초월

/

기억의 이편

초월

1판 1쇄 인쇄 2025. 7. 18.
1판 1쇄 발행 2025. 7. 30.

지은이 이묵돌

발행인 박강휘
편집 김민경 | 마케팅 김민준 | 홍보 김예린
발행처 김영사
등록 1979년 5월 17일(제406-2003-036호)
주소 경기도 파주시 문발로 197(문발동) 우편번호 10881
전화 마케팅부 031)955-3100, 편집부 031)955-3200 | 팩스 031)955-3111

저작권자 ⓒ 이묵돌, 2025
이 책은 저작권법에 의해 보호를 받는 저작물이므로
저자와 출판사의 허락 없이 내용의 일부를 인용하거나 발췌하는 것을 금합니다.

값은 뒤표지에 있습니다.
ISBN 979-11-7332-292-1 03810

홈페이지 www.gimmyoung.com   **블로그** blog.naver.com/gybook
인스타그램 instagram.com/gimmyoung   **이메일** bestbook@gimmyoung.com

좋은 독자가 좋은 책을 만듭니다.
김영사는 독자 여러분의 의견에 항상 귀 기울이고 있습니다.

초월

기억의 이편

이묵돌 장편소설

김영사

일러두기

이 책의 인명, 지명 등 외국어의 우리말 표기는 국립국어원 외래어표기법을 따르되,
입말로 굳은 단어 등은 예외로 하였습니다.

차
례

1부 · 7

2부 · 223

에필로그 · 705

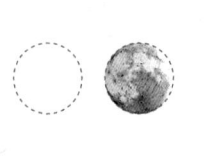

1부

1

 루블린 공항에서 그를 마주친 것은 전적으로 우연이었다. 그 무렵 공항은 금방이라도 폐쇄될 것처럼 보였다. 천장의 불은 대부분 꺼져 있고, 실내의 밝은 곳과 어두운 곳이 각각 낮과 밤처럼 도드라졌다. 비행기가 결항한 지 열일곱 시간째였다. 졸지에 국제미아가 된 나와 각국의 관광객들은 로비에 드리운 그늘에 짐짝처럼 놓여 있었다.

 청색 유니폼 차림의 직원들이 바쁘게 뛰어다녔다. 직원들은 영어에는 능통했지만 지금 공항이 처한 상황에 대해서는 아는 바가 없었고, 알더라도 말할 수 없는 사정이 있는 모양이었다. 항공편이 끊긴 다른 관광객들은 지나가는 직원을 붙잡고 실랑이를 벌였다가, 그것이 소득 없이 힘만 빼는 일이라는 것을 깨닫고 이내 그만두었다. 몇 시간쯤 지나자 그 직원들조차 하나둘 자취를 감추기 시작했다. 나는 무슨 일이 일어나는지도 모르고, 사실은 관심도 가지지 않은 채로, 공항 내 그늘진 공간의 일부가 되어 시간을 보내고 있었다.

루블린은 폴란드 동부에 위치한 작은 도시로 공항은 도시처럼 작았다. 갑작스러운 사태에 발이 묶인 관광객도 나를 포함해 서른 명 정도. 그중에 한국인이라고는 나 하나밖에 없었다.

아는 사람도 없고, 볼일도 없고, 딱히 유명한 관광지도 아닌 이런 도시에 구태여 찾아온 이유는 나도 모르겠다. 어쩌면 그것은 멀지 않은 시점에 자신이 결혼해야 할 것을 예감한 여자가 불쑥 유럽으로 긴 여행을 떠나는 일과 관계가 있을지 모른다. 열죽음을 앞둔 왜성이 마지막으로 희미한 빛을 방출하듯이. 곧 채집통에 들어갈 배추흰나비가 밭뙈기 주변을 서성거리듯이. 앞으로 평생에 걸쳐 사랑해야 할 남자를 고국에 두고, 그곳에서 이름도 모르고 관심도 없었던 도시들을 발 닿는 대로 거쳐 가며 최후의 비행을 벌인다.

적어도 나는 지난 구십여 일 동안 그런 여행을 한 참이었다. 한없이 다정한 약혼자, 판에 박힌 프러포즈, 토가 나올 정도로 새하얀 드레스, 사방에서 빛이 쏟아지는 예식장, 무더운 휴양지로의 신혼여행과 사막처럼 메마른 섹스 같은 것들을 떠올리고 싶지 않아서, 한 번도 들어본 적 없는 이름의 도시들을 정처 없이 쏘다니다가 도착한 곳이 루블린이었다. 내게 루블린이 루블린이어야 할 이유는 하나도 없었다. 그곳은 루블린이 아니라 오스트라바일 수도 있었고, 나폴리나 바르나, 클레르몽페랑일 수도 있었다. 따라서 나는 내가 왜 루블린에 있는지, 어째서 이곳의 초라한 공항에서 한국으로 돌아가기로 마음먹었는지 명쾌한 설명을 내놓을 수 없다.

예정보다 한 달이나 길어진 여행에도, 급작스레 귀국행 항공편을 잡아달라는 요구에도 약혼자는 화를 내지 않았다. 그는 내게 화를 내는 법이 없다. 어쨌거나 나와 결혼하고 싶기 때문이다. 내게 반지 모양의 수갑을 채우고, 자신의 씨앗을 잉태시키고, 두 번 다시 운명으로부터 벗어날 수 없도록 꽁꽁 묶어두고 싶은 것이다. 나는 그가 그렇게 하고 싶어 안달이 나 있다는 것을 알았고, 내가 하는 거의 모든 요구를 들어주리라는 것도 알았다. 물론 이 모든 것이 공짜가 아니라는 것도 알고 있었다. 나는 구십여 일간 누린 자유의 비용으로써 남아 있는 삶 전체의 자유를 지불할 것이었다. 유감은 없다. 어떤 인간은 단지 누군가로부터 구속되기 위해 태어나니까. 그것이 불행일지언정 도저히 감당할 수 없는 불행은 아닐 테니까.

"……듀 투 언 얼전트 시츄에이션, 올 플라이츠 앳 디 에어포트 해브 빈 캔슬드. 패스인저즈 얼 어드바이즈드 투 리턴 투 어 세이프 로케이션 오어 웨잇 포어 퍼더 인스트럭션즈 프럼 데어 에어라인."

영어와 현지어로 된 안내방송이 각각 반복해서 송출되고 있었다. 긴급한 상황이고, 모든 항공편이 취소되었으며, 안전한 곳으로 귀가하거나 추가 안내를 기다리라는 내용이었다. 돌아가라고 해봤자 루블린에는 내가 머무를 곳이 없었다. 이틀간 묵었던 민박집은 있지만 그곳이 돌아갈 집은 아니다. 가뜩이나 호스트는 동양인을 좋아하지 않는 눈치였다. 나는 그리로 돌아가고 싶지 않았고, 하루빨리 귀국하고 싶지도 않았다. 한국이라고 해서 내가 돌아갈 집이 있다고 장담할 순 없는 것이었다. 나는 지금 처한 상황이 그런대로 만족스러운 건지도 몰랐다. 어디로 갈지도, 어떻게 될지도 알 수 없는 모호한 경계에 머무르는 것이.

 전면 유리 너머로 비치는 공항 주변의 날씨는 이를 데 없이 화창했다. 늦가을을 맞은 하늘은 아득한 상승감을 품고 있었다. 이런 하늘이라면 날개가 없어도 날아오를 수 있을 것 같다. 그건 날아오르는 것보다는 공중에 빨려 드는 것에 가깝겠지만. 항공사도 차마 날씨 때문에 비행기가 뜨지 못한다고는 할 수 없었을 것이다. 왜 비행기가 취소되었는지도, 언제 다시 출발할 수 있을지도 모른다. 나는 공항 건물 안에서 시간을 때우고 있을 따름이었다. 열 시간 넘게 식사도 하지 않았고, 스무 시간 가까이 잠도 자지 않았다. 그럼에도 배가 고프거나 피곤하다는 느낌은 없었다. 마음만 단단히 먹는다면 며칠은 더 깨어 있을 수 있을 것 같았다.

 공항에는 전력이 통하는 콘센트가 많지 않았다. 그나마 있는 몇 군데에도 일찌감치 다른 관광객들이 자리를 치고 앉았다. 나는 휴대폰을 방전된 채로 두었다. 여행 중에 읽었던 실비아 플라스의 시집을 배낭에서 꺼냈다가 다시 집어넣었다. 이런 책은 돌아가는 길에 불태워 없애야 할 것이다. 번 애프터 리딩. 적국에 잠입한 스파이가 비밀지령을 처리하는 것처럼.

아무것도 하지 않고 그저 주위를 둘러보았다. 살이 두툼하게 찐 백인 남자가 노트북 화면을 보고 연신 한숨을 내쉰다. 주황색 머리를 한 여자는 벽에 몸을 기댄 채 잠들어 있고, 어른 사이즈 목도리를 칭칭 둘러 감은 네다섯 살배기 아이가 그 옆에서 나를 빤히 응시하고 있다. 나는 그 아이가 남자인지 여자인지도 잘 모르겠다.

다시 창이 있는 쪽으로 시선을 돌렸다. 난방이 필요 없는 날씨인 데 반해 내부의 공기는 음산했다. 통창으로 들어와 산란하는 햇살과 실내의 그늘이 분명한 경계를 형성하고 있었다. 부산스러운 정적이 이어졌다. 사람들은 침묵하고 정지해 있는데, 같은 동 건물의 먼 어딘가에서 이따금 크고 작은 소음이 튀어나왔다. 용도 불명의 기계가 작동하고 돌바닥에 알 수 없는 물건을 떨어트리는 듯한 소리. 공항의 디스플레이가 언제까지고 완고하게 '취소됨 Cancelled'을 표시하고 있을 것처럼 보였을 때. 내가 빈집에 혼자 남겨진 것처럼 쪼그려 앉아 있었을 때. 시선이 닿지 않는 뒤쪽에서 나를 부르는 소리가 들린 것은 그 무렵이었다.

"도연."

누군가 그런 목소리, 그런 투로 나를 부른 것이 언제였을까. 나는 거의 반사적인 동작으로 뒤를 돌아보았다.

"아."

몇 초 정도, 그를 알아보기까지 꽤 시간이 걸렸다. 이상한 일이었다. 나는 그 남자가 누구인지보다 한때 그와 이 년 정도 함께 살았었다는 사실을 먼저 기억해냈다. 내가 그를 어떻게 불렀었는지도 뒤따라 떠올랐다.

"오빠."

그는 기시감이 드는 온화한 표정을 지었다. 나는 엉덩이를 털고 일어났다. 그를 빤히 보면서도 몇 초 동안이나 긴가민가했다는 것이 공연히 부끄러웠다. 그는 나를 단번에 알아보았는데.

"세상에, 이런 곳에서 다 만나네."

나는 최대한 천연덕스러운 태도를 가장하며 말했다.

"여긴 무슨 일로 온 거야?"

"어쩌다 보니……." 그는 무미건조하게 답변했다. 그 맥없는 목소리며, 대답하면서 공연히 먼 곳을 쳐다보는 습관도 십 년 전 그대로였다.

그는 내 기억 속에서의 모습보다 키가 조금 작아진 것처럼 보였다. 가로로 품이 넓은 그의 항공 점퍼 탓인지,

그와 헤어진 뒤로 내가 키 큰 남자를 많이 만났던 탓인지 모르겠다. 나이 때문일 수도 있었다. 사람의 키는 이십 대 이후로 계속 작아지게 되어 있으니까. 내가 그를 처음 만났을 때가 스물두 살이었다. 그는 나보다 여섯 살이 더 많았다. 나는 그가 서른 살이 되던 해에 버려졌다. 내가 볼 수 없었던 곳에서도 꼬박꼬박 나이를 먹었을 그는 지금 마흔 살을 목전에 둔 나이인 것이다.

내가 '버려졌다'라고 표현하는 것이 그로서는 억울한 일일지도 모른다. 그는 단지 떠나달라는 부탁을 했었다. 그것은 여느 연인들처럼 있는 대로 감정을 소진해 버리고, 서로를 헐뜯으며 찢겨져 나가는 난잡한 이별과는 달랐다. 나는 그의 정중한 요청에 어쩔 줄 모르고 떨어져 나왔다. 손끝에 맺힌 물방울이 중력에 이끌려 낙하하듯이. 돌바닥에 부딪히자마자 산산조각으로 깨어지듯이.

그의 이름 석 자를 떠올리는 것만으로 눈을 질끈 감고 머리를 쥐어뜯던 시기가 있었다. 나는 그와 함께했던 이 년을, 그 시절의 내 모습을, 그에 대한 기억을 필사적으로 망각했다. 그런 노력들이 노상 허사는 아니었던 모양이다.

나는 그를 한 번에 알아보지 못했을 뿐만 아니라 상황을 제법 객관적으로 보고 있었다. 어쨌거나 이렇게 먼 타지에서 전 남자친구를, 아주 오래전이지만 동거까지 했던 사람을 만나는 것은 보기 드문 우연이었다. 그가 여태껏 나를 몰래 쫓아다니다가 여기 나타난 것은 아닐 테니까. 애당초 그는 그럴 만한 끈기가 있는 사람도 아니니까.

무언가를 줄곧 바라보지도 못하고, 어딘가에 영원히 소속될 수도 없는 부류의 인간이 바로 그였다. 오랜 동반자로서의 관계나 결혼과는 전혀 어울리지 않는 사람이었다. 내게는 그가 아무도 찾아보지 않고, 누구도 알아봐 주지 않는 그런 쓸쓸한 죽음을 맞이할 것이라는 확신에 가까운 생각이 있었다. 저주할 생각은 없지만 정말로 그랬다. 남자치곤 꽤 좋은 사람 축에 속하는 그가 고독한 죽음을 맞는다면 안타까운 일일 것이다. 다만 그는 그렇게 될 운명을 타고났다. 운명을 극복하고자 죽어라 노력하는 타입의 인간도 아니거니와, 발길 닿는 대로 떠돌고 살아지는 대로 살면 그만이라는 적당주의의 삶이 그에게는 익숙했다.

따라서 기막힌 우연일 수는 있어도 그 같은 사람을 루블린 공항 같은 곳에서 느닷없이 마주치는 것이 아주 불가능하거나 납득할 수 없는 일은 아니었다. 세상에는 드넓은 하늘에서조차 비행기와 새가 부딪히는 일이, 아무 까닭 없이 항공편이 취소되는 일이 벌어지기도 하니까.

"오빠도 비행기가 취소됐어?"

"비슷하다고 볼 수 있지." 그가 대답했다. 늘상 그렇게 모호한 답변을 하는 습관도 변함없었다.

"얼마 동안 여기 있었던 거야?"

"꽤 오랫동안. 너는?"

"나는 열일곱 시간째야." 나는 앞으로 쏟아진 잔머리를 귀 뒤로 쓸어 넘겼다. 손에 엉겨 붙은 기름기 때문에 머리가 엉망이 된 것을 알았다. 역시 기분이 좋지 않았다. 왜일까. 내게 그는 더 이상 중요한 사람도 아닌데.

나는 아직도 그의 이름을 기억해 내지 못했다는 사실을 숨기려고 무의식중에 애를 쓰고 있었다. 한때는 잊으려고 안간힘을 썼던 그것을.

바보 같은 일이었다. 그는 이런 걸 신경 쓰는 성격도 아니었는데. 지난 몇 년 동안 조금은 성격이 바뀌었을지도 모르지. 나 역시 그사이에 몰라보게 바뀌지 않았는가 말이다. 요즘의 나는 거울 속에서 지난날의 내 모습을 찾아보려다가 실패하고 좌절할 때가 종종 있었다. 그런 데 비해 그는,

해도는 키가 조금 작아 보이고 옷차림이 아주 약간 늙수그레해진 것을 빼면 헤어지던 그때와 동일한 사람 같았다.

외면상의 사소한 변화로는 감출 수 없는 어떠한 본질이, 금속과 같은 불변함이 그의 몸 안에 있음을 나는 느꼈다. 그것은 나처럼 시간을 피하지 못해 낡아버린 사람을 부끄럽게 만드는 무언가였다.

2

하늘이 참 맑아.

적어도 날씨 때문은 아닌 것 같지?

그러게.

유럽에 있는 내내 날씨가 좋았어.

그러니.

오빠 안 그랬어?

눈이 꽤 많이 왔더랬지.

눈이 왔었어?

응. 바람도 많이 불었고…….

얼마 동안 우리는 짧게 툭툭 끊어지는 대화를 주고받았다. 그것은 '그동안 어떻게 지냈어?' 같은 질문을 먼저 꺼내는 사람이 지는 게임 같았다. 지나간 세월에 대해 묻는 것이 너무도 진부한 안부 인사 같다는 공감대가 우리 사이에 있는 것처럼.

그러나 나는 게임이라면 지긋지긋한 사람이었다.

"그동안 어떻게 지냈어?"

"그냥, 별일 없었어." 해도는 평범하게 얼빠진 사람처럼 대꾸했다.

"그래?" 나는 고개를 휘휘 젓고 공항 내부의 먼 곳을 쳐다보았다. 소박한 작업복을 입은 직원 하나가 비어 있는 수레를 끌고 어디론가 걸어가고 있었다. "난 정말 많은 일이 있었는데."

"그러니."

"응, 나는 변했어. 오빠랑 살던 시절의 나랑 비교도 할 수 없을 정도로. 거의 다른 사람이 되어버린 것 같아."

"그렇지 않아."

"뭐?" 고개를 돌려 그와 눈을 마주 보았다. 해도의 눈이 검게 빛나고 있었다.

"너는 여전히 내가 알던 그 사람이야."

"진심으로 하는 말이야?"

그렇지 않았으면, 해도가 말했다.

어떻게 널 한눈에 알아봤겠어? 그 한마디가 어떤 사건의 방아쇠라도 되는 것처럼.

별안간 공항 내부의 먼 곳에서 굉음이 튀쳐나왔다. 동시에 발 아래에서 둔중한 진동이 느껴졌다. 탄내 나는 공기덩어리가 바람을 흉내 내며 다른 관광객이 있는 곳까지 불어 들었다. 사람들은 본능적으로 눈과 입을 가리고 몸을 움츠렸다. 어떤 여자가 외마디 비명을 지르는 소리가 났다. 동요하는 직원들의 모습이 관광객들을 불안케 했다.

"방금 그건 뭐였지? 뭐가 터졌나?"

"폭발이야." 해도는 화약 냄새가 풍기는 바람을 정면으로 마주 보고 있었다. 그의 초점은 아주 먼 곳에 던져져 있었다. 너르고 광활한 초원 위에 서서, 가야 할 방향의 지평선 너머를 바라보는 유목민처럼. "내가 가볼게." 그가 말했다.

"가? 어딜 간다는 거야?" 나는 아연실색해서 물었다.

"걱정 마."

"걱정하는 거 아니야. 뭔가 터진 거잖아? 오빠."

"다 괜찮을 거야. 약속해."

그는 나를 돌아보았다. 그리고 입술을 좌우로 죽 늘리며 익살스러운 표정을 지었다. 아빠가 어린 딸에게, 오빠가 한참 어린 여동생에게 안심하라는 듯이 짓곤 하는 그런 표정…… 내가 예전과 똑같아 보인다는 그의 말이 거짓이 아니라는 것을 그 표정을 통해 알았다.

"아."

해도는 내가 붙잡을 틈도 주지 않고 훌쩍 가버렸다. 한순간에 폭발음과 진동과 냄새가 흘러나온 곳으로 뛰어 사라졌다. 자욱하게 퍼진 연기가 그의 멀어지는 뒷모습을 겹겹이 감싸 숨겼다. 그것으로 끝이었다. 우리는 또다시 이별한 것이다. 어쨌거나 나는 해도를 잡을 수 없었겠지만.

가지 말라는 말. 나를 보내지 말라는 간절한 언어가 내게는 없었다. 몇 년 전, 그가 내게 떠나라고 했던 날에도 비슷한 말 한마디 꺼내지 못했던 것이 나라는 사람이었다. 그런 내가 해도를 붙잡기 위해서는 영원이나 다름없는 시간이 필요했을 것이다. 잡을 수 없는 사람. 닿지 않는 사람. 사실은 그럴 만한 가치도 없었던 사람.

까마귀처럼 새까만 군복을 입은 군인들이 구둣발 소리를 내며 나타났다. 그들은 혼비백산해 공항 밖으로 달아나려던 관광객들을 멈춰 세웠다. 그리고 저들끼리 뭐라 짧게 쑥덕거렸다. 거구의 군인 한 명이 앞으로 걸어 나와 동유럽 특유의 억양이 느껴지는 영어로 고함치듯 말했다. 이머전시.

긴급상황이다. 불가피한 사유로 공항과 공항 내부의 민간인들을 통제한다. 이동하지 말고 기다려라. 불응하거나 소란을 일으킬 경우 구금될 수 있다…… 이의를 제기하는 사람은 없었다. 때로는 아무 설명도 늘어놓지 않는 것이야말로 그 상황의 심각성을 가장 잘 말해주는 법이므로.

군인들은 세 개의 조로 나뉘었다. 두 조는 폭발이 일어난 것으로 보이는 쪽으로 뛰어갔고, 나머지는 공항 출입구와 관광객들을 감시했다. 일사불란한 움직임과 함께 소총이 절그럭거리며 흔들렸다.

억류된 관광객들의 반응은 제각각이었다. 뚱뚱한 백인 남성은 공포에 질린 듯 연신 마른세수를 하고, 나잇살이 있는 백발의 노파는 왜 화장실도 마음대로 못 가게 하느냐고 역정을 냈다. 상황 파악이 되지 않아 어리둥절한 아이 곁에서 한 엄마가 심호흡을 하고 있었다. 가벼운 슈트 차림의 흑인 남자는 군인 몰래 구시렁댔다. 질식성의 적요가 공항의 공기를 짓눌렀다.

다만 나는 이 모든 일에 관심이 없는 유일한 사람이었다. 겁이 나거나 가슴이 뛰지도 않았다. 당장에 모든 상황이 해결되고 항공기 운항이 정상화되든지, 직전의 폭발보다 더 큰 일이 일어나든지 나와는 관계가 없는 일처럼 느껴졌다. 해도의 등장이 이 모든 세계가 신기루라는 착각에 힘을 실었다. 그의 존재는 아주 오랫동안, 아주 가끔씩 꿈에서만 나타났었으니까.

배에서 소리가 나기 시작했다. 아무것도 입에 넣지 않은 채 너무 긴 시간이 지났던 것이다. 나는 허기 때문이 아니라 배에서 나는 소리 때문에 신경이 곤두섰다. 무심코 가방을 열다가 근처 보초병에게 가벼운 경고를 받았다. 그는 내가 사제폭탄이라도 꺼내려는 줄 알았던 것 같다.

가벼운 소지품 검사가 끝나고 나서야 에너지바 한 개와 물병을 꺼낼 수 있었다. 구석 자리 의자에 앉아 우물우물 씹고 마시면서, 차라리 내 손에 폭탄이 있으면 얼마나 좋을지를 생각했다. 나는 격발 버튼을 누르는 데 단 일 초도 고민하지 않을 테다. 그때 해도는 내가 있는 곳까지 연기를 뚫고 와줄까.

다 괜찮을 거야.

해도는 그렇게 말했다. 그는 좀처럼 약속 같은 걸 하지 않는 사람이었지만, 한번 약속한 것에 대해서는 어떻게든 안간힘을 쓰는 면이 있었다. 결과적으로 해도가 모든 약속을 지키지는 못했다. 먼 곳에서 나의 행복을 기도하겠다고 약속했지만 내 앞에 나타났다. 나를 잊어보겠다고 약속했지만 한눈에 날 알아보았다. 나를 사랑한다고, 죽을 때까지 사랑하겠다고 말했었지만 결국에는 나를 떠났다.

그렇다고 해서 그가 유별난 거짓말쟁이라고 할 수는 없을 것이다. 해도로 말할 것 같으면, 어떻게든 약속을 지키려는 마음은 타고났지만 그러한 능력은 없었을 뿐이다. 한 가지 다행스러운 건 그가 나를 행복하게 해주겠다고 약속한 적은 없었다는 것이다.

나는 행복하지도 않았고, 행복해질 가망도 없었다. 삼십 년이 넘는 인생 속에서 내가 손에 넣은 유일한 것은 가까스로 견뎌볼 만한 불행에 지나지 않았다. 실상 그가 했다는 기도는 의미가 없었을지 모른다. 해도는 신의 미움을 받는 인간이니까. 미운 아이의 부탁을 들어주는 부모는 없다. 나는 그것을 알고 있다. 하지만 그는 알고 있을까.

여전히 아무것도 모르는 사람. 앞으로도 알 도리가 없는 사람. 내가 그런 너를 얼마나 추억하고 증오했는지 짐작이나 해보았을까. 별 볼 일 없이 초라한 너와의 삶을 결심했던 나를 알긴 했을까.

나는 그의 뒷모습이 사라져 버리고 없는 빈 공간으로부터 눈을 돌렸다. 총을 든 군인들의 옆으로 어린아이가 종종걸음을 쳤다. 화들짝 놀란 엄마가 뒤에서 아이를 안아 올렸다. 공항은 적막했고 나는 멍하니 앉아 공항 천장의 하얀 철골을 응시했다.

3

 누구에게나 인생에서 가장 오래된 기억이 있다. 우주망원경이 탄생의 기원을 더듬어 더 깊은 우주를 탐사하듯이, 끊임없이 과거의 일을 거슬러 올라가다 보면 '이 이상 오래된 과거를 떠올릴 수 없는 지점'에 도달하게 된다. 내게도 그런 기억이 있다. 나는 기억력이 썩 좋지 않은 편이지만.

 어느 늦은 밤이었다. 나는 불 꺼진 고아원의 복도에 꿇어앉아 손을 들고 있었다. 무슨 잘못으로 벌을 받고 있었는지는 기억이 나지 않는데, 나는 뭐가 그리 서러워 가슴을 들썩이며 눈물을 삼키고 있었다. 하기야 그때의 내가 무슨 잘못을 저질렀는지는 중요하지 않다. 그것은 내가 어른이 되고 나서 저지른 잘못들에 비하면 아무것도 아닐 테니까.

오랫동안 손을 들고 있느라 팔이 저렸고, 무거운 쇳덩이를 올려놓은 듯 어깨가 아팠다. 복도 너머에 있는 방에서 형광등 불빛이 새어 나왔다. 안에서 누가 무슨 일을 하고 있는지는 보이지 않는다. 복도와 방 안을 엄격하게 구분 짓는 문, 그 문의 가슴께 높이에 나 있던 주름지고 불투명한 창유리 때문이었다. 나는 그 너머에서 가끔씩 일렁이는 그림자를, 불분명한 형상의 실루엣이 나타났다가 금방 사라지는 것을 보았다. 그것이 내 인생 최초의 기억이다. 억울하고, 서럽고, 지독하게 외로웠던 다섯 살의 어느 날. 나라는 존재는 바로 그날로부터 태어났다.

친부모가 어떤 사람인지, 어떤 이유로 나를 그곳에 맡겼는지는 모른다. 수녀님이나 시설에 오는 자원봉사자들도 그런 것들에 대해서는 철저하게 함구했다. 그들 역시 말해줄 만한 것이 없었기 때문이다.

고아원 맞은편의 성당에 베이비박스가 있었다. 자식을 낳았지만 키울 형편이 되지 않는 부모들, 원치 않는 임신과 출산을 겪은 미혼모들이 일 년에 네다섯 번꼴로 아이를 두고 갔다. 베이비박스 위에는 〈아이를 맡기기 전에 반드시 상담을 신청하세요)라는 문구가 팻말에 새겨져 있었지만, 나를 포함한 대부분의 아이들은 어느 날 아침, 아무 예고도 없이 거기에 나타나 있었다. 아기라는 것이 새벽이슬과 실안개의 부산물이라도 되는 것처럼.

 야밤을 틈타 저들이 낳은 아기를 유기해 놓고 가는 부모의 마음이 어땠을지 나는 모른다. '죄송합니다' 같은 짤막한 사과, '못난 부모가 아닌 하느님의 은혜 속에서 살도록 도와주십시오' 같은 당부의 메시지를 붙여놓고 가는 부모가 있는가 하면, 큼직한 글씨로 아이 이름 석 자만 써두고 떠나는 부모도 있었다. 내 경우에는 아무것도 쓰여 있지 않았기 때문에 고아원의 실무를 담당하는 수녀님이 이름을 지어주었다. 한 자원봉사자에게 들은 말에 따르면 수녀실에는 임의로 지어진 이름들이 줄줄이 쓰인 목록 같은 게 있다는 모양이었다. 그래서 이름 없이 나타난 아이들에게는 그 목록에 있던 이름 하나를 떼어주고 목록에서 지워버린다는 것이다. 그 말이 사실인지 아닌지는 알 수 없지만, 부모를 모르는 아이들 중에 유달리 김 씨가 많았던 것만큼은 기억이 난다.

 앞뒤 폭이 좁은 고아원 건물은 부모 없는 아이들로 항상 붐볐다. 그 아이들을 보살필 어른은 수시로 동원되는 자원봉사자를 포함해도 턱없이 모자랐다. 고아원에 파견된 수녀님들은 하나같이 오랜 수도 생활로 다듬어진 인격자였으며, 모든 아이들을 동등하게 사랑해 주고자 애썼다. 그러나 백 명에 달하는 아이들 전부에게 충분한 사랑을 나눠준다는 것은 물리적으로 불가능한 일이었을 테다. 그래서 모든 아이들은 사막 속에서 이따금 목을 축이는 표류자처럼, 겨우 말라 죽지 않을 만큼의 사랑을 배급받으며 만성적인 애정 결핍에 시달렸다.

모든 아이들은 매일 아침 일곱 시에 일어났다. 각자 베고 잤던 베개며 이불을 반듯하게 갠 다음 화장실로 가면, 세수를 하기 위해 졸린 눈으로 줄을 선 아이들이 있었다.
"성부와, 성자와, 성령의 이름으로,"
"아멘."
수녀님의 선창에 따라 아침기도를 하고 나면 식사가 나왔다. 어린 시절 생긴 습관은 실로 무서운 것이어서, 나는 식사 전에 성호를 긋는 버릇을 고치기까지 오랜 시간이 걸렸다.

식사시간이 끝나면 잠깐의 자유시간이 주어졌다. 열 살이 넘은 아이들 중에 당번을 맡은 아이는 설거지를 하러 가고, 그보다 어린아이들은 놀이방에 가서 그림을 그리거나 노래를 불렀다. 그러다 아홉 시가 되면 공부방에 모여 글씨쓰기와 말하기 그리고 간단한 산수 같은 것들을 배웠다.

이른 오후는 수녀님과 자원봉사자들이 한숨을 돌리는 시간이었다. 여덟 살이 넘은 오빠와 언니들은 학교에 가고 없었고, 점심을 먹은 아이들도 불 꺼진 방 안에서 낮잠을 잤다.

나는 낮잠 시간을 좋아하지 않았다. 다른 아이들과 다르게 곧잘 잠에 들지 못해서, 뜬눈으로 마냥 누워 있거나 화장실 주변을 몰래 서성거리다가 수녀님께 혼이 나곤 했다.

"민진아, 다들 자는데 너 혼자 돌아다니면 되겠니? 얼른 돌아가 눕거라."

나는 그럴 때마다 네, 하고 짧게 대답한 다음 자리에 돌아가 누웠다. 그러고 있으면 어두침침한 방 천장밖에 보이지 않았다. 길고 긴 낮잠 시간이 끝나고, 이중창을 가린 암막 커튼이 걷힐 때까지. 나는 산채로 땅에 묻혔다가 되살아난 사람처럼 저녁시간을 맞았다. 그때의 기억은 어째서인지 짧은 죽음과 부활을 연상시킨다.

세례를 받는 시기는 아이들마다 달랐다. 어떤 아이는

고아원에 들어온 지 얼마 되지 않았을 때 받기도 하고, 또 어떤 아이는 입양이 되어 나갈 때까지 받지 않기도 했다. 나는 여섯 살 때 세례를 받았는데 다른 아이들에 비하면 다소 늦은 편이었다.

아직 학교도 들어가지 않은 어린아이가 기독교 신앙을 머리로 이해한다는 것은 불가능하다. 다만 다른 아이들이 수녀님에게서 세례명과 함께 애정 어린 이름으로 불리는 것을 나는 부러워했다. 가톨릭에서는 세례받은 사람의 이름 뒤에 세례명을 붙여 부르는 관습이 있다. 이현서 마리아, 정현수 베로니카, 박승준 안드레아 등등. 그것이 내게는 비밀스럽고 예쁜 이름 하나를 더 갖게 되는 일처럼 여겨졌다. 아무렴 김민진이라는 이름보다 별로인 세례명은 없을 테니까.

나는 세례받는 날을 하루하루 손꼽아 기다리기까지 했다. 마리아는 예쁘지만 너무 흔하고, 모니카는 과자 이름 같고, 베로니카는 현수랑 겹치지. 스텔라나 수산나, 루치아도 괜찮을 것 같은데. 미리 물어보면 혼나겠지. 앞으로 며칠 밤만 더 기다리면 돼. 그렇게 생각하며 이불을 뒤집어쓰고 히죽댔었던 내 모습이 생각날 때가 있다.

얼마 뒤, 이름이 떠오르지 않는 한 살 아래의 여자아이가 생일을 맞은 날이었다. 나는 그 아이와 둘이서 수녀님을 따라 시설 맞은편의 성당으로 향했다.

우리는 수녀님께 미리 배운 대로 착실히 세례성사를 받았다.

"그대, 전능하신 천주 성부, 천지의 창조주를 믿습니까?" 흰머리가 희끗희끗한 주임신부는 근엄한 목소리로 물었다.

"예, 믿습니다." 나와 다른 여자아이는 또박또박 대답했다. 주임신부는 우리들의 귀여운 발음이 흡족한 듯 엷은 미소를 지었다.

"그 외아들 우리 주 예수 그리스도님, 동정 마리아에게서 나시고 고난을 받으시고 묻히셨으며, 죽은 이들 가운데서 부활하시고 성부 오른편에 앉아 계심을 믿습니까?"

"예, 믿습니다." 나는 대답했다.

"성령을 믿으며 거룩하고 보편된 교회와 모든 성인의 통공을 믿으며 죄의 용서와 육신의 부활을 믿으며 영원한 삶을 믿습니까?"

"예, 믿습니다." 나는 다시 대답했다.

주임신부는 잠깐 동안 눈을 감고 침묵하더니, 내 옆에 있던 여자아이 앞으로 가서 머리 위로 성호를 그은 뒤 말했다.

"나는 성부와 성자와 성령의 이름으로 ○○○ 루치아에게 세례를 줍니다."

그런 다음 내 앞으로 와서 똑같이, 살짝 고개를 숙인 내 위로 성호를 그은 다음 말했다.

"나는 성부와 성자와 성령의 이름으로 김민진 효주아녜스에게 세례를 줍니다."

효주아녜스, 그게 내 세례명이었다. 세상에 이런 세례명도 있었나?

아녜스는 '순결'을 의미하는 고대 그리스어다. 영어로는 아그네스Agnes에 해당하는 이 세례명은 기독교가 박해받던 시절 순교한 로마의 성녀에게서 유래했다. 한편 효주아녜스는 천주교 박해가 심하던 조선 후기에 억울하게 죽은 김효주 아녜스에게서 나온 세례명이다. 김효주 아녜스는 모진 고문과 매질에도 신앙을 포기하지 않아 끝내 목이 잘려 죽었는데, 로마의 교황은 그녀의 용기를 높게 사 가톨릭 성인 중 한 명으로 추대했다. 따라서 세례를 받는 사람들은 '효주아녜스' 자체를 새로운 세례명으로 사용할 수 있게 된 것이다.

따라서 한국의 가톨릭 신자로서 효주아녜스라는 세례명을 받는 것은 대단히 의미가 있는 일이라고 할 수 있다. 그러나 당시의 나로서는 이러한 사실들을 알지도 못했거니와, 설령 알았다 하더라도 중요한 문제가 아니었다. 내게 중요한 것은 그저 고아원의 다른 아이들처럼 예쁜 세례명을 얻는 것이었는데.

가톨릭 신자에게 한번 주어진 세례명은 죽는 그 순간까지 바꿀 수 없다. 세례를 받는 순간 교적에 등록돼 버리고, 그 교적이라는 것은 어떤 일이 있어도 수정이 불가능하기 때문이다. 이름도, 세례명도, 내가 선택하고 결정한 것은 아무것도 없었다. 하지만 나를 둘러싼 세계는 그 이름들을 통해서만 나를 불렀다.

김민진 효주아녜스. 나는 그 길고 번거롭고 예쁘지도 않은 호칭으로 불리는 데 좀처럼 익숙해지지 못했다. 얼마쯤 적응이 되고 난 후에는 그 이름을 나라고 인정하고 싶지 않았다. 누군가 나를 부르는 소리를 빤히 듣고도 한두 번 모른 체하는 버릇은 그때부터 생겼다.

4

내가 갓 일곱 살이 됐을 무렵이었다.

"김민진 효주아녜스야. 이리 와보렴."

수녀님 한 분이 나를 마당 뒤꼍으로 조심스럽게 불러내더니, 바로 내일 나를 입양할지도 모르는 부부가 찾아올 예정이니 마음의 준비를 해두는 것이 좋겠다고 했다.

"내일 오시는 분들이 네 부모님이 될 수도 있다는 뜻이란다."

나는 입양이라는 말이 무엇을 의미하는지 이해했다. 하지만 마음의 준비라는 것을 어떻게 해야 하는지는 이해하지 못해서, 그 부부가 온다는 다음 날까지 아무렇지 않게 지냈다.

부부는 이른 오후에 고아원을 찾아왔다. 남편 쪽이 검은 양복을, 아내 쪽이 베이지색 코트를 입고 있었다는 것 말고는 특별히 떠오르는 것이 없다. 그들은 놀이방 입구 쯤에 서서 얌전히 노는 내 모습을 쳐다보았다. 그리고 수녀님의 손에 이끌려 나온 내 얼굴을 내려다보며 형식적인 미소를 띠었다.

이윽고 남편 쪽이 수녀님과 먼 복도 끝자락으로 가서 대화를 나눴다. 그동안 아내는 가여운 동물을 바라보듯 쪼그리고 앉아서, 내 볼을 쓸어 만지거나 이름을 묻거나 했다.

"김민진이요." 나는 대답했다.

"응, 그렇구나." 여자는 내 머리를 쓰다듬으면서 말했다. 그녀는 곧 되돌아온 남편과 함께 무어라 이야기를 하다가 고아원을 빠져나갔다.

무뚝뚝하다 못해 다소 냉랭하기까지 했던 남편과 다르게 아내는 정문을 나갈 때까지 내게 손을 흔들며 인사했다. "다음에 또 보자"라는 말도 잊지 않았다. 내가 그 부부를 본 것은 그때가 마지막이었다.

한 달쯤 뒤에 또 다른 부부가 찾아왔다. 이들 부부는 부부라기보다 비즈니스 파트너처럼 보였다. 서로 대화하는 모습도 없었고, 그래야 할 필요도 느끼지 못하는 것 같았다. 수녀님이 "아이에게 궁금하신 건 없으신가요?" 하고 묻자 그제야,

"아, 예" 하고 남편 쪽만 대답했을 뿐이다.

그는 쪼그려 앉아 나와 눈높이를 맞추고, 양쪽 어깨에 손을 올린 다음 물었다.

"김민진 효주아녜스야."

내가 대답하지 않자, 수녀님은 덩달아 쪼그려 앉으며 "민진아, 대답해야지" 하고 채근했다.

"아, 괜찮습니다." 남편이 말했다. 놀랍도록 차분하고 안정적이었던 그의 음성을 나는 기억할 수 있다. "너는 하느님 아버지를 사랑하니?"

그 질문에 "네"라고 대답하는 것, 내가 해야 했을 일은 그것뿐이었다. 그렇게만 하면 나는 이 부부에게 '입양'되어서, 다른 평범한 아이들처럼 부모도 갖고 학교도 다니고 할 수 있을 것이었다.

그런데 거짓말처럼 입이 떨어지지 않았다. 매일같이 하느님을 사랑하고, 찬미하고, 흠숭한다는 내용의 기도를 해왔으면서. 지금 내 아빠가 될지도 모르는 남자가 '하느

님 아버지를 사랑하느냐'고 물어오는 것에는 대답할 수가 없었다. 긴 신앙고백이 필요한 것도 아니었고, 그저 "네" 하고 짧은 대답만 하면 그만이었는데. 나는 그런 대답에 책임지지 않아도 좋을 나이였는데.

남자는 우물쭈물하는 내 눈을 얼마간 바라보았다. 그리고 수녀님께 공손히 고개를 숙여 인사했다. 수녀님은 부부가 자박자박 발소리를 내며 떠난 곳을 망연히 바라보다가, 고아원 건물이 있는 쪽으로 말도 없이 걸어 돌아갔다.

반년이 더 지났다. 나도 어느덧 초등학교 입학을 준비해야 하는 시기에 접어들었다. 매일 오전시간이 끝나면 사라지는 언니 오빠 들, 특히 내가 좋아하던 언니들은 하루가 멀다 하고 학교에 대한 이야기만 했다. 그 학교라는 것이 무엇인지, 대체 뭐 하는 곳이기에 학교에 간 사람들 모두가 학교 이야기밖에 하지 않는지 궁금해 죽을 지경이었다.

처음 학교에 가는 기념으로 수녀님이 사주신 남색 책가방, 햇자두처럼 새빨간 티셔츠의 감촉이 아직도 생생하게 떠오른다. 나는 아직 교과서를 받지 않아서 텅 비어 있는 책가방 속에 아끼던 스케치북이며 크레파스 따위를 넣었다.

그 가방을 메고 고아원 복도를 돌아다니다 보면, 나보다 어려서 학교에 갈 때까지 몇 년이나 더 남은 아이들이 쫓아와 부러움 가득한 눈빛으로 쳐다보고는 했다. 내가 그런 아이들의 관심을 원껏 즐겼음은 말할 것도 없다.

모든 일에는 순서가 있고, 일어날 일은 일어나야 할 때 일어나는 것이 좋다. 그러나 나의 삶에서, 특히 살아가는 방향을 결정하는 중요한 사건들에 있어서, 나는 언제나 이도 저도 아닌 타이밍에 휩쓸리듯이 떠내려온 듯한 기분을 느낀다. 그런 일들은 당장에 특별한 사건이 아닌 것처럼, 그다지 대수롭지 않은 어긋남처럼 느껴지지만.

그 여자는 나와 수녀님이 학교에 교과서를 가지러 가는 날 사흘 전에 찾아왔다. 그녀는 고급스러워 보이는 모피 코트 차림에 약간 굽이 높은 검은색 힐을 신고 있었는데, 부스스한 머리며 화장기 없는 얼굴 때문에 그 모든 것들이 어디서 빌려온 것처럼 엉성하게 보였다.

"어머! 네가 민진이니?" 그녀는 나를 보자마자 살갑게 인사했다. 마치 딸의 친한 친구를 만난 것처럼, 건너건너로만 이야기를 듣던 사람을 직접 본 것처럼. "만나서 반가워. 한번 안아봐도 되겠니?"

수녀님은 멍하니 서 있던 내 등을 보이지 않게 툭 떠밀었다. 그것이 내 자발적인 동의의 표시라고 여긴 그녀는 나를 와락 떠안아 몸을 일으켰다. 모르는 사람의 손에서 떨어지지 않기 위해 나는 여자의 목덜미를 덩달아 안을 수밖에 없었다.

 그녀는 마음에 꼭 드는 곰인형을 찾은 소녀같이 나를 꽉 껴안았다. 나는 나를 껴안은 여자의 손과 모피코트의 옷자락에서 어둡고 쿰쿰하며 쓸쓸한 기분이 드는 냄새를 맡았다. 그것은 내가 살면서 처음 맡아본 담배 냄새였다.

 입양 수속은 일사천리로 진행됐다. 그녀는 바로 다음 날 다시 찾아와서 입양신청서를 작성했고, 수녀님은 며칠 동안 입양과 관련된 행정절차를 처리했다. 그 과정에서 나와 오고 간 이야기는 거의 없었다. 몇몇 수녀님들이 마음의 준비를 하는 게 좋겠다거나, 너라면 새로운 곳에 가서도 잘 지낼 수 있는 거라는 말 몇 마디를 던지듯 하고 갔을 뿐이다.

 마지막 주일미사를 하루 남긴 토요일에 나는 고아원을 떠났다. 수녀님은 교과서를 받으러 학교에 가지 않았다. 이날 여자는 두꺼운 천으로 된 커다란 여행용 가방을 들고 왔는데, 고아원에서 갖고 나올 만한 내 물건들은 얼마 있지도 않았다. 가방에는 머쓱할 정도로 빈 공간이 많이 남아 있었다.

선물로 받은 책가방은 고아원에 두고 왔다. 새어머니가 이것보다 더 멋진 가방을 사주실 거라고 수녀님은 위로하듯 말했다. 나와 친했던 아이 몇 명이 고아원 마당까지 나를 마중하러 나왔다. 배웅하는 시간은 길지 않았다. 아이를 입양 보내는 데 익숙한 수녀들은 물론이거니와, 헤어짐의 의미를 알기에는 너무 어린아이들까지 누구 하나 눈물을 흘리지 않았다. 단지 나만이 가기로 했던 학교에 가지 못하게 된 것이나 그곳에서 친했던 언니 오빠 들을 만나지 못하게 된 것에 대해 생각하느라 표정이 굳어 있었다.

여자는 대로에서 기다리고 있던 택시로 달려가 트렁크를 열고 짐을 넣었다. 그리고 뒷문을 열어 나를 먼저 타게 만든 다음, 그녀 자신도 뒤따라 차에 올라탔다. 이때 수녀님과 다른 아이들이 고아원 정문 밖까지 나와서 내게 손을 흔들었던 것도 같은데, 성인이 되고 나서야 그것이 내 멋대로 상상해 만들어 낸 기억이라는 걸 알았다. 그때 나는 그녀의 앉은키에 가려 창밖을 볼 수 없었던 것이다.

회색 택시는 폭이 넓은 도로에 접어들어 속도를 내기 시작했다. 맑지도 흐리지도 않은 어중간한 날씨였다.

나는 여자가 없는 방향의 창밖을 쳐다보았다. 풍경은 멈추지 않는 강처럼 흘러 지나갔다. 택시를 탄 것도, 고아원에서 그렇게 먼 곳까지 떨어져 본 것도 처음이었다. 온몸에 힘이 바짝 들어 있었던 나는 물에 빠진 사람처럼 숨을 참느라 얼굴이 빨개져 있었던 것 같다.

옆에 앉은 여자는 그런 나를 안심시키고자 시시콜콜한 말들을 늘어놓았다. 며칠 동안 잘 지냈니? 아줌마가 보고 싶지는 않았어? 아, 별로 안 보고 싶었나 보구나. 좀 섭섭하네. 아줌마는 민진이가 정말 보고 싶었는데. 아직 점심 안 먹었지? 도착하면 우리 맛있는 점심부터 먹을까.

차 안에 멋쩍은 침묵이 감돌았다. 그녀는 괜히 손으로 부채질을 하기도 하고, 뒷자리 시트에 자세를 고쳐 앉기도 했다. 그러고 나서 숨쉬기가 답답스러운 듯 차창을 살짝 열었다. 이월의 스산한 공기가 뒷좌석으로 새어 들었다.

"한 대 태워도 되죠?" 여자가 운전석 쪽으로 고개를 빼꼼 내밀고 물었다. 택시기사가 예에, 하고 대답하자 그녀는 코트 안주머니에서 담배 한 개비를 꺼내 불을 붙였다.

그녀는 창밖에서 불어오는 바람 때문에 연기가 내게로

올 거라고는 생각지 못한 것 같았다. 내가 연기로 덮이는 것을 보자마자 "어머, 어머. 미안해" 하고 창밖으로 불붙은 담배를 던져버렸다. "내 정신 좀 봐. 옆에 너가 있는 것도 모르고. 아줌마가 실수했네."

나는 머리를 도리도리 휘저어 보였다. 그녀를 용서해서가 아니라, 그런 행동이 안절부절못하며 사과하는 어른들을 안심시킬 수 있음을 알아서였다. 그녀는 안심했다. 그리고 무표정하게 앉아 있던 나의 머리카락을 쓸어 만지며 말했다.

"이제부터는 내가 네 엄마란다."

지은 지 얼마 되지 않은 것처럼 보이는, 인천의 어느 아파트 단지 앞에서 우리는 내렸다. 엄마는 손목시계를 잠깐 보더니 밥을 먹고 들어가자고 말했다. 우리는 아파트 상가 맞은편에 있던 한 분식집에 들어갔다.

"우리 민진이, 먹고 싶은 거 다 골라. 엄마가 다 사줄게."

그녀가 메뉴판을 가리키며 말했다. 때마침 나는 배가 고팠다. 그 나이대의 여자아이들은 시도 때도 없이 배가 고픈 법이었다. 나는 메뉴판에 쓰인 라면을 손가락으로 가리켰다.

"영양가 없게 라면은 무슨 라면이야? 다른 거 먹어도 돼. 비싼 거 골라. 비싼 거."

나는 끝끝내 돈가스를 주문할 수밖에 없었다. 그 분식집에서는 돌솥비빔밥 다음으로 비싼 메뉴였다.

그녀와 처음으로 밥을 먹었던 그때가 왜 이리도 생생하게 떠오르는지 모르겠다. 나는 한 조각도 잘리지 않고 통째로 그릇에 올려 나온 돈가스를 보고 잠깐 동안 얼어 있었다. 그러자 그녀는 내 앞에 있는 칼과 포크를 집어 들고서는, 이건 이렇게 하는 거야, 하고 보여주려는 것처럼 슥슥 먹기 좋은 크기로 썰어주었다.

나는 놀랍게도 돈가스 한 접시를 거의 다 먹어치웠던 것 같다. 분식집 아주머니가 "이 나이에 이렇게 잘 먹는 여자애는 또 처음 보네" 하고 너스레를 떨었을 정도다. 반면에 엄마는 자기 몫으로 김밥 한 줄을 시켜 장국과 함께 먹었고, 그나마도 분식집을 나갈 때까지 반절이나 남겼다.

5

그녀에게는 남편이, 달리 말해 내 아빠가 될 사람이 있었다. 사십 평쯤 되는 인천의 아파트에 그가 나타나는 일은 매우 드물었다. 주중에는 밤늦게까지 회사에 있었고, 주말에는 사업상 필요하다는 미팅에 나갔다. 나는 그 집에 입양되고 일주일이 지난 뒤에야 그를 처음 보았다.

"아, 너구나? 민진이라는 애가." 일요일 아침이었다. 거실 식탁에 앉아 신문을 읽고 있던 남자가 방에서 나오던 내게 인사를 했다. "애가 이렇게 일찍 일어나고 말이야. 참 부지런하네."

하얀 와이셔츠와 검은 양복바지 차림에 종아리까지 덮는 긴 양말을 신은 남자. 그는 이 집에 사는 사람이라기보다 지나가는 길에 아주 잠깐 아는 곳을 들른 사람처럼 보였다. 내 엄마가 된 여자보다 열 살 정도 나이가 많았는데 키는 비슷했다. 다소 노란 피부에 눈가에 엷은 주름이 있었고, 대체로 무난한 아저씨 같은 얼굴이었다. 반듯하게 다려진 옷깃이며 커피잔을 들어 마시는 자세 같은 것에서 신사처럼 잰 체하는 태도가 느껴졌다.

"아! 민진아, 이 아저씨가 네 아빠야." 내 엄마가 되었다고 주장하는 여자가 설거지를 하다 말고 식탁 옆으로 왔다.

"아저씨가 일이 바빠 놔서, 민진이 왔다는 말 듣고 제대로 인사도 못 했네." 남자는 사람 좋은 웃음을 띠며 말했다.

"엄마도 얼굴 보기 정말 힘든 사람이라니까. 자, 아빠라고 한번 불러볼래?"

"이제 처음 봤는데 아빠는 무슨? 그냥 아저씨지."

"민진아, 빨리 해봐."

나는 그녀가 하라는 대로 해주고 싶었다. 그래서 "아, 아빠" 하고 우물거리듯이 말했다. 하지만 그 목소리는 어린아이였던 내가 생각하기에도 너무 작았다.

"아, 벌써부터 무슨 아빠야. 아빠가 아빠 같아야 아빠지." 남자는 읽고 있던 신문을 반으로 접어 식탁 안쪽으로 치워놓으면서 말했다. "아빠 노릇 제대로 안 하면 그냥 아저씨인 거야. 나도 노력을 해야지. 그럼."

"이제 가려고?"

"가야 돼."

"조금만 더 있다 가지, 민진이도 처음 봤는데." 엄마는 다소 칭얼거리는 투로 말했다.

"점심 되기 전에 중요한 미팅이 있어. 대전까지 가야 하는데 길이 얼마나 막힐지도 모르고."

"언제는 안 중요할 때가 있어요?"

"미안해. 다음에." 그는 의자에 걸쳐둔 검은색 블레이저를 휙 하고 둘러 입었다. 그리고 길가에 난 이파리를 만지듯 내 머리를 가볍게 쓰다듬은 다음 현관 밖으로 사라졌다.

그 집안에는 아들도 하나 있었다. 내게는 피 안 섞인 오빠가 되는, 나보다 한 살이 많은 외동아들이었다. 그 아이는 아침 일찍 엄마와 함께 나갔다가 오후 나절이 돼서 돌아왔다.

"경민아, 민진이한테 인사해. 오늘부터 얘가 네 여동생이란다."

경민은 나를 한 번 쳐다보았다. 그러고 나서 아무것도 없는 집 안을 두리번거리더니, 길쭉하게 큰 머리를 다빡 앞으로 조아렸다. 그것이 그 아이의 인사였다.

고아원에서도 그런 아이를 본 적이 있었다. 행동이며 말 하나하나가 어눌한 아이. 다른 아이들이 노는 데에 곧잘 끼지 못하며, 어딘가에 처박힌 채 혼잣말을 많이 하는 아이. 수녀님은 그런 아이를 콕 집어 "애한테 잘 대해줘야 한다"고 말했다. 물론 나를 비롯한 다른 아이들은 대답만 알겠다고 했고, 실제로는 같이 놀지도 신경을 써주지도 않았다. 되레 수녀님이 그렇게 말했다는 이유로 그 아이에게만 심술궂게 구는 아이도 있었다.

자폐증 진단을 받은 아이의 부모들이 으레 그렇듯 나를 입양한 그 여자에게도 막연한 믿음이 있었다. 제 자식이 일반 학교에 다니며 평범한 아이들과 어울리다 보면 정상적으로 자라나 줄 것이라는 믿음 말이다.

"경민이는 다른 아이들과 조금 다를 뿐이야"라고 말하는 것이 그녀의 말 습관이었다. "네가 경민이가 나아질 수 있게 도와줬으면 좋겠어. 학교에 가서도 잘 대해주고. 애들한테도 이야기 잘 해주고. 그렇게 해줄 수 있지? 민진아, 부탁한다."

나는 정해진 수순처럼 경민과 같은 초등학교에 입학했다. 경민은 나보다 한 살이 많았음에도 학년이 같았다. 지난해 출석 일수 부족으로 한 차례 유급을 했었던 것이다. 그러나 내 쪽도 사정이 좋지 않기는 마찬가지였다. 초등학교 입학 시기를 덮치듯 진행된 입양 때문에, 나는 다른 아이들보다 한 달가량 늦게 입학 수속을 마쳤다. 그 한 달의 지연으로 인해 나는 일 학년 학교생활의 대부분을 이방인처럼 보냈다.

입양아로서 들어온 집과 전학생으로서 넘어온 학교. 나는 어느 곳에서도 어울리지 못한 채 첫해를 보냈다. 그 시절의 내게 자신과 가장 어울리는 장소는 고아원처럼 느껴졌다. 수녀님 중 한 분이 밤늦게 이곳 아파트의 문을 두드리고는, 역시 민진이는 저희가 데려가야겠어요, 하고 나를 도로 데려가는 꿈도 자주 꾸었다. 그 꿈에서 깼을 때 소리 죽여 울지 않기까지 얼마만큼의 시간이 걸렸었는지.

6

 공부에는 소질이 없었다. 출석과 숙제는 빠짐없이 했어도 수업시간은 따분했다. 성적은 좋지도 나쁘지도 않았는데, 담임과 엄마를 비롯해 내 성적을 신경 쓰는 사람은 없었으므로 문제가 되지는 않았다. 재미있는 것은 나처럼 공부 머리가 없는 아이들 중에도 책 읽기만큼은 좋아하는 경우가 있다는 것이다.

 거실에는 커다란 책장이 있었다. 붙박이로 짜맞춘 격자형 책장에 수십 권짜리 위인전이며 청소년용 전집이 잔뜩 꽂혀 있었다. 아무도 읽지 않아 새것이나 다름없는 책들이었다. 나는 그 책들을 내가 읽어도 되는지 엄마에게 물었다.

"민진아, 여긴 우리 집이야. 너는 내 딸이고. 여기 있는 책은 다 너가 읽어도 되는 책들이야. 일일이 물어보지 않아도 돼."

그렇게 해서 나는 집에서 책을 읽기 시작했다. 달리 할 일이 없기도 했고, 그나마 재미있는 책을 읽다 보면 고아원에 돌아가고 싶다는 생각이며 학교생활에서의 외로움을 잠시나마 잊을 수 있었기 때문이다. 잔 다르크 위인전이나 《안네의 일기》를 특히 자주 읽었던 기억이 난다. 나처럼 어리고 약한 여자아이가 온갖 역경과 고난을 견뎌내며 살아가는 이야기들. 비록 그녀들은 마지막에 가서 비극적인 죽음을 맞이하지만, 아동용 도서에는 그런 부분들이 상세하게 묘사돼 있지 않다.

처음에 엄마는 내가 얌전히 앉아 책을 읽는 모습에 흡족해했다. 그 책들은 내가 읽기 전까지만 해도 거실 한편에 꽂힌 장식물에 불과했던 것이다. 그러나 그녀는 경민을 위해 사놓았던 책들을 입양아인 내가 다 읽어버린다는 사실에 곧 심기가 불편해졌던 것 같다.

"민진아, 그 책 너만 읽지 말고 경민이하고도 같이 읽고 그래. 왜 맨날 혼자만 읽고 그러니?"

"경민이는 책을 아직 못 읽는데요." 내가 대답했다. 그건 사실이었다. 경민은 한글로 제 이름 쓰는 것조차 겨우 하는 아이였고, 교과서를 비롯한 어떤 책이든 제대로 읽지 못했다. 하지만.

"아! 그러니까 네가 좀 읽어주라는 것 아니야?" 그녀는 내가 공연히 사실을 이야기한 것에 더 화가 나서 말했다. 내 손에 들려 있던 책을 거칠게 채어가서는, 거실 바닥에 큰 소리가 나도록 내던지고 나서 소리쳤다. "너만 계속 읽으니까 경민이는 못 읽는 거잖아!"

나는 그녀처럼 다 큰 어른이 그런 억지를 부린다는 것에 놀랐다. 내가 책을 읽든 읽지 않든 간에, 경민은 방에 틀어박혀 나오지 않는 아이였는데. 책 읽기는커녕 밥 먹을 때를 빼면 방에서 혼자 알아들을 수 없는 말들을 중얼거리고, 이따금 온 집이 울리도록 큰 소리로 웃는 일 말고는 아무것도 하지 않는 것이 경민이었다. 그런 아들의 모습에 익숙해져 있던 엄마에게 나의 평범함은 상처가 됐다. 결국은 나도 그녀에게 상처를 받았지만.

어쨌거나 나는 갈수록 책을 많이 읽지 않게 되었다. 학년이 올라 등하굣길을 같이 걸어 다닐 수 있는 아이가 생기고, 집 안에서 혼자 지내는 시간이 지루해졌기 때문이다. 급식이 시작되는 삼 학년 때에는 같이 밥을 먹을 친구도 여럿 있었다. 다만 그럼에도 학교생활은 순탄하지 않았다. 경민과 내가 끝내 같은 반에 배정받았기 때문이다.

"아, 정말 다행이야. 이제는 민진이가 경민이를 옆에서 챙겨주고, 친구도 사귀게 도와줄 수 있을 거 아냐" 하고 호들갑을 떠는 엄마. 그런 엄마의 기대감을 충족시켜줄 마음이 내겐 없었다. 나와 경민은 호적상으로나 남매였을 뿐이다. 입양된 이후 몇 년간 대화를 나눈 일도 손에 꼽을 정도로 적었다. 복도에서 가끔 마주칠 때조차 아는 체를 하지 않았다. 이제 같은 반이 되었기로서니 그런 관계가 바뀔 일도 없고 그럴 필요도 없을 것이었다.

더구나 경민은 지난 삼 년간 벌여온 수많은 기행들로 학생들 사이에 악명이 자자했다. 전에 경민과 같은 반이었던 아이들은 그가 수업시간에 코딱지를 파서 먹었다거나, 바지에다가 오줌을 쌌다거나, 여자 화장실에서 웃옷을 벗고 우두커니 서 있었다거나 하는 괴담을 꼭 하나씩은 알고 있었다. 나는 그런 괴담을 곧이곧대로 믿지는 않았지만, 그렇다고 해서 경민을 두둔하거나 변호하는 말도 하지 않았다. 그런 이야기에는 잠자코 웃으며 거드는 것이 안전하다는 사실을 알았으니까.

사실은 경민과 내가 같은 집에 사는 남매라는 것. 그 사실을 다른 아이들에게 들키지 않고자 애면글면했던 기억이 난다. 그것은 내가 조금만 조심하면 가능할 일처럼 보였다. 같은 교실 안에서 사적으로 이야기하지 않는 건 기본이었다. 집에 가는 방향도 돌아가는 시간도 일부러 다르게 했다. 집에 친구들을 초대하거나 가족에 대해 이야기하는 일도 없었다. 나와 경민은 성도 달랐다. 입양아가 입양 가족에 따라 성을 바꾸는 경우도 종종 있었지만 내 경우는 그렇지 않았다. 내가 실수로 이상한 말만 하지 않는다면, 누구도 나와 경민이 남매라는 사실을 상상조차 할 수 없을 것이었다. 그래야만 했다.

삼 학년이 되어서 만난 담임선생, 삼십 대 중후반쯤 돼 보이던 그 신경질적인 교사가 몇 번씩 말을 흘린 것이 화근이었다. 경민이 수업시간에 느닷없이 쿡쿡 웃는다거나, 의미 없어 보이는 말을 혼자 중얼거리다가 들켰을 때,

"민진아, 너가 경민이 좀 어떻게 해봐라. 수업시간에 이렇게 하지 말라고 말 좀 해" 하고 애먼 내게로 잔소리가 돌아오는 일이 생겼던 것이다. 같은 상황과 비슷한 말이 몇 번이나 반복되자 나와 경민 사이에 무슨 관계가 있는 것 아니냐는 이야기가 교실의 뜬소문처럼 돌아다녔고, 급

기야는 반에서 가장 기가 세고 목소리도 컸던 단발머리 여자애가 내게 와서 물었다.

"야, 김민진. 너 혹시 경민이 여자친구냐?"

"뭐, 뭐?" 나는 질문이 아닌 모욕을 당한 사람처럼 얼굴이 화끈하게 달아서, 말까지 더듬거리면서 겨우 되물었다. "그, 그게 무슨 소리야? 내가, 내가 왜?"

"그럼 왜 선생님이 이경민이 뭐 할 때마다 너 얘기를 해?"

"……"

그런 상황에서의 침묵이 도움이 안 된다는 것 정도는 알고 있었다. 하지만 뭐라고 대답하면 좋을까. 마땅한 거짓말이 떠오르지 않았다. 이 아찔한 순간을 기억하면 기억할수록.

그 순간 내가 모든 것을 솔직하게 말하려고 했었다는 것에 놀라곤 한다. 나는 정말로 다 말해버릴 뻔했다. 사실은 내가 성당에 딸린 한 고아원에서 자란 아이이며, 이 년 전부터 지금의 부모에게 입양돼 학교에 다니고 있다고. 그 부모의 아들인 경민과는 형식상의 남매일 뿐 아무 관계도 아니라고. 그렇게 말해서라도 그 못생기고 더럽고 멍청한 경민의 여자친구가 되는 것만큼은 피하고 싶었다. 그럴 나이였다.

"있잖아, 그러니까, 원래 경민이는 우리 엄마의 진짜 아들이고, 나는……"

"아." 단발머리 여자애는 내 말을 다 듣기도 전에 머리를 주억거렸다. 그것은 지금부터 내가 무슨 말을 하려고 하는지 다 알고 있다고, 거기에 꼭 필요한 만큼의 이해를 하고 있다고 말하는 듯한 제스처였다. 그녀는 아예 싱긋 웃어 보이기까지 하면서 말했다. "너는 아빠 쪽이구나? 나랑 비슷하네. 나는 내 동생이 아빠 쪽이고 내가 엄마 쪽이거든."

그 아이는 내가 입양된 것이 아니라, 각자 다른 자녀가 있던 부모들끼리 결혼한 것으로 착각한 것 같았다.

아.

"역시 이상하다 싶었어." 단발머리는 이제야 다 알게 되어서 만족스럽다는 투로 말했다. 그러고 나서는 아예 내 손을 잡아끌면서 같이 화장실에 가자고 했다. 나는 그 아이에게 이끌려 허둥지둥 따라가면서 물었다.

"뭐가 이상하다는 거야."

"아." 단발머리가 대답했다. "애들이 니가 이경민 여자친구가 아니면 남매라는데. 내가 보기에는 남매는 아닌 거 같더라고."

"그래?"

"응. 이경민은 이상하게 생겼고 못생겼잖아. 너는 눈도 크고 예쁜데…… 이경민이랑은 닮은 게 하나도 없어."

단발머리는 내 팔을 당겨 화장실 세면대 앞으로 이끌었다. 나는 그제야 거울을 제대로 보았다. 그것은 내가 살면서 처음 본 거울인 것처럼 느껴졌다.

그 아이의 말이 맞았다. 나는 눈이 동글동글하게 컸다. 눈동자는 머릿결보다 까맣고, 그 옆으로 뽀얀 볼살이 오밀조밀한 이목구비를 감싸고 있었다. 거울 속에 비친 나는 분명하게 귀여운 아이였다. 왜 그런 사실을 열 살이 되어서야 알게 되었는지 놀랍기만 하다. 그 단발머리 여자아이가 말해주기 전에는 누구도 내게 말해주지 않았던 것이다.

단발머리에 목소리가 큰 도연이라는 여자아이와 나는 이 사소한 사건을 계기로 단짝친구가 되었다. 반 아이들과 두루두루 친했던 도연은 나와 경민의 관계가 아무것도 아니라는 사실을 대신 해명해 줬고, 오해를 푸는 걸 넘어 몇몇 친구들과 더 가까워지는 계기를 마련해 줬다.

아니. 그녀는 내게 단짝친구 이상의 존재였다. 단순히

밥을 같이 먹고, 학교 앞 문구점에 가고, 수업시간에 떠들다가 둘 다 벌을 서곤 했다는 정도로는 충분한 설명이 되지 않는다. 도연이는 잠들어 있던 나를 건드려 깨운 아이, 내가 알지 못했던 세계로 팔을 잡아 이끌어준 아이, 내 모든 어리석은 질문에 그럴듯한 답변을 내주는 아이였다. 이를테면 "그런데 아빠는 대체 왜 엄마랑 다시 결혼한 걸까? 그러니까, 우리 아빠랑 이경민 엄마 말이야." 같은 질문들에도,

"아, 그건 있잖아" 하고. 도연은 문구점에서 산 하얀색 아이스크림을 두 입 베어 먹고 말했다. "그건 남자들이 여자 없이는 살 수가 없기 때문이지."

나로서는 전혀 생각지 못한 대답이었다.

"남자들은 여자 없이 살 수가 없대?"

"글쎄. 우리 엄마는 그렇게 말하던데."

"정말?"

"나이 먹을 수록 더 심하대."

"아하."

"그러니까 그것만 머리에 넣고 있으면." 도연이는 익살스러운 목소리로 덧붙였다. "여자로 태어나서 굶어 죽을 일은 없다고 그랬어."

"근데 왜 그런 거지?"

"뭐가?"

"남자들이 여자 없이 못 산다는 게." 나는 다 먹고 남은 아이스크림 막대를 전봇대 옆 쓰레기더미에 던졌다. 새끼손톱만한 파리 세 마리가 공중으로 날아 도망쳤다. "뭔가 이유가 있을 것 아니야?"

"그건 나야 모르지."

"너도 모르는 게 있구나."

"별로 상관없잖아."

"그래?"

"응. 지금 아빠가 나랑 엄마한테 얼마나 잘해주는데. 엄마랑 나 없이는 죽을 거 같대."

도연은 그렇게 말하고 나서 다 먹은 막대를 주머니에 집어넣었다. 그리고 이번 주말에 아빠와 남동생, 엄마와 함께 쇼핑을 하러 간다는 이야기를 했다. 과시의 의도라고는 일절 없었을 그녀의 말을 나는 묵묵히 들어주었다. 지금쯤 집에서 경민의 냄새 나는 옷을 힘으로 벗기고 있을 엄마와, 보름에 한 번 집에 들어오는 그 양복 차림의 남자를 차례로 떠올리면서.

7

 도연이와는 다른 반이 되고 나서도 자주 만났다. 우리는 쉬는 시간마다 복도에서 마주쳤고, 점심시간에는 담벼락 근처에 옹기종기 모여 떠들고 놀았다. 그러나 도연에게는 늘 자기 근처에 있는 아이들과 더 친하게 지내려 하는 습성이 있었다. 그녀에게 중요한 것은 눈앞에 바로 보이는 것, 지금 바로 옆에서 자신의 손에 닿는 사람이었다. 한때의 단짝이었던 나는 옆 반 내지 옆 옆 반의 친한 친구 정도의 지위로 남은 초등학교 생활을 보내야 했고, 그러한 변화에 아무런 감정의 동요가 없는 척하느라 속앓이를 했다.

 그러는 사이 내게도 적당히 친하게 지낼 만한 아이들이

생겼다. 도연이만큼은 아니어도 그럭저럭 사이좋게 놀 수 있는 친구들이었다. 우리는 같은 반의 철없는 남자아이들에 대해 자주 이야기했다. 뒷자리의 누구는 코흘리개고, 그 옆자리의 누구는 난쟁이처럼 키가 작고…… 그런 식으로 운을 떼기 시작한 대화는 결국 남자친구로 삼을 만한 애는 한 명도 없다는 결론으로 끝났다.

그런가 하면 우리는 중학생인 언니가 최근에 교복을 입은 남자친구를 사귀었다거나, 어떤 반 담임선생님이 시험이 끝난 기념으로 햄버거를 사줬다더라, 같은 얘기도 했다. 별일 없이 지루했지만 평화로운 시절이었다. 나는 성적이며 친구에 대한 고민 없이 학교에 다녔고, 경민은 여전한 자폐증세에도 불구하고 유급을 면했으며, 엄마가 아직 희망을 잃지 않은 가운데 그녀 남편의 사업 또한 건재했다.

초등학교 고학년이 되자 주변 친구들은 성적에 대한 압박을 받기 시작했다. 부모님이나 선생님께 꾸지람을 듣고, 더 많은 학원에 다니게 되면서 같이 놀 시간이 줄어들었다. 생전 공부라고는 않는 도연이조차 보습학원에 등록했다며 우는 소리를 했다. 나는 그런 종류의 압박으로부터 자유로운 거의 유일한 아이였다. 당시 내 학교 성적은 좋지도 나쁘지도 않았고, 굳이 말하자면 나쁜 쪽에 가까웠지만, 지금 성적으로는 곤란하다거나 좀 더 열심히 하라는 말을 하는 어른은 아무도 없었다.

처음에는 그런 말을 하는 부모들이 유난스러운 것이 아닌가 생각했다. 그러다 학원에 가는 친구들이 가지 않는 친구들보다 많아지고, 마침내 아파트 단지에서 가장 큰 놀이터에 혼자 남아 오후시간을 보내게 되었을 때 나는 깨달았다. 아무도 내 형편없는 성적에 신경 쓰지 않고, 더 잘해야 한다고 말하지 않는 이유. 그것은 내가 입양아이기 때문이고, 나의 미래가 그들과 본질적으로 아무 관계도 없기 때문이었다.

엄마는 하나뿐인 아들의 중학교 진학을 앞두고 분주해졌다. 이번에도 가능한 한 나와 같은 중학교로 경민을 진학시킬 작정 같았다. 나의 운명은 상당 부분 경민에게 종속돼 있었고, 그 생각으로 인해 나는 한동안 침울했다. 육학년이 되어 도연이와 같은 반 친구로 돌아온 사실조차 위로가 되지 않았다.

경민을 보는 일 자체가 내게는 몹시 괴롭고 견디기 힘

든 일이 되어 있었다. 얼굴이 못생겼다거나, 이따금 보이는 추잡스러운 행동 정도는 어떻게든 용납할 수 있었지만, 도저히 용납할 수 없는 것은 그가 다름 아닌 나의 오빠로서 존재한다는 사실이었다. 나는 좋든 싫든 매일 돌아가는 집에서 경민을 보아야 했고, 엄마 앞에서는 그를 오빠라고 불러야 했다. 이제 막 사춘기에 접어든 내게 그 사실만큼 나를 미치게 만드는 것도 없었다.

나의 거부감에 맹목적이고 부당한 구석이 있었음을 나는 인정한다. 그때껏 경민이 내게 직접적으로 피해를 준 일은 없었기 때문이다. 다만 내 주변에 그럴듯한 친구가 많아졌다는 사실이 경민에 대한 혐오를 부추겼다. 말할 때마다 몸을 배배 꼬는 것. 커다란 머리통을 가만두지 못하는 것. 아주 단순한 단어조차 어눌하게 발음하는 것. 그런 모습들을 보고 있는 것만으로도 혐오감에 토가 나올 것 같았다. 왜 평범하고 정상적인 아이들처럼 행동하지 못하는 건지.

"학교라니까. '혁교'가 아니라."

"혁교."

"학교."

"혀혀, 혁교오오."

"아, 진짜 미치겠네!"

그 무렵의 나는 누군가를 혐오하는 일에 지금만큼 능숙하지 못했다. 싫은 마음에도 웃으며 식사하고, 짜증을 꾹 참으며 겉치레뿐인 친절을 베푸는 일 따위를 해낼 수 없었다. 지금도 그런 생각을 한다. 만약 그럴 수 있었다면 뭐가 바뀌었을지를.

엄마는 머리가 좋은 사람은 아니었다. 들은 말로는 고등학교 졸업도 겨우 했다는 것 같았고, 성인이 되자마자 취직을 했다가 지금의 남편과 덜컥 결혼해서 아이를 낳았다고 했다. 요컨대 그녀는 제 인생에 있어 중차대할 수밖에 없는 결정들을 쉽게 쉽게 저질러 버리는 사람, 매사 열심이기는 했지만 요령이 좋지 않은 부류의 사람이었다.

다만 어떤 사람이 멍청하다고 해서 눈치까지 나쁘다고는 할 수 없는 법인데, 나는 그 사실을 몰랐다. 그녀는 내가 매일 아침 식탁에 앉아 밥을 먹는 표정에서, 어쩔 수 없이 "오빠"라고 부르는 뉘앙스에서, 또 매사 경민에 대해 언급하지 않으려는 태도 같은 것에서 눈치챌 수밖에 없었을 것이다. 자폐증세를 앓는 그녀의 아들이 다름 아닌 입양한 딸에게서 미움받고 있다는 사실을.

8

수학시간이었던 것 같다. 카디건을 입은 선생이 교탁 뒤에서 학생들을 등진 채 문제 풀이를 하고 있을 때였다. 비둘기와 참새 우는 소리가 햇살과 함께 창틀을 넘어오는 봄학기. 칠판에 백묵이 부딪히는 불규칙한 리듬 속에서 나는 생리를 시작했다.

"양이 꽤 많구나. 이번이 처음이니?"

나는 양호실 선생님에게 고개를 끄덕여 보였다. 하나쯤 들고 다닐 법도 한데, 하고 중얼거리면서 그녀는 상비용 생리대를 꺼냈다.

"옷에 피가 너무 많이 묻었어. 갈아입어야겠는데?" 양호실 선생님이 옷에 묻은 핏자국을 보며 말했다. "부모님한테 연락해 줄까? 전화해서 옷 좀 가져와 달라고."

"아뇨. 괜찮아요." 나는 딱 잘라 대답했다. 이런 일로 엄마에게 도움을 청해선 안 된다는 생각이 들었다. 대신 반에 있던 도연이에게 체육복 바지를 가져와 달라고 했다.

"너도 시작했구나?" 도연이는 내가 생리를 시작한 것이 유쾌한 사건이라도 되는 것처럼 실실거리며 말했다. "집에 안 가도 돼? 우리 엄마가 그랬는데, 그거 시작했을 땐 우유랑 고기를 많이 먹어야 된대. 나도 그래서 갈비 먹으러 갔다 왔잖아. 그날 저녁에."

"어어."

나는 건성으로밖에 대답하지 못했다. 생각이 너무 많았다. 옷을 갈아입은 것까지는 괜찮았는데, 피 묻은 옷을 어떻게 갖고 가야 할지 곤란스러웠다. 그렇게 우물쭈물하고 있자 양호실 선생님은,

"이거라도 쓸래?" 하며 검은색 비닐 봉투를 건네줬다. 받아든 봉투 안쪽에서 귤껍질 냄새가 은은하게 났다.

나는 검은 봉투가 빵빵해질 때까지 옷을 욱여넣은 다음 양호실을 나왔다. 곧바로 교무실을 찾아갔지만 선생님은 생리가 조퇴 사유가 될 수는 없다고 말했다. 그날 남아 있던 수업시간을 어떻게 버텼는지 기억이 나지 않는다. 나

는 종례가 끝나자마자 부리나케 교실을 뛰쳐나왔다.

집에 도착하기 무섭게 옷들을 내던지고 샤워를 했다. 몸을 씻는 중에도 피가 흘러나왔다. 뭔가 잘못된 것 같았다.

수차례 비누 거품을 내서 몸을 씻었는데도 수건에 피가 묻어 나왔다. 그 눅진한 핏자국이 전부 내 몸속에서 나왔다는 사실을 상기할 때마다 머리가 어지러웠다.

그때 화장실 문 바깥으로 현관문 여닫는 소리가 났다. 짐을 내려놓고 내가 있는 곳으로 다가오는 인기척이 느껴졌다.

엄마.

나는 그때만큼 엄마의 도움을 필요로 했던 적이 없었다. 나는 문을 활짝 열고 그녀에게 말하려고 했다. 엄마. 피가 멈추지 않고 계속해서 나와요. 뭔가 잘못된 것 같아요.

그러나 열어젖힌 문 바깥으로 나타난 사람은 엄마가 아니라 경민이었다. 그는 내가 던져놓은 검은색 봉투에 손을 집어넣어, 피가 묻은 옷가지들을 하나씩 꺼내 전시하듯 바닥에 늘어놓고 있었다. 나의 생리가 자신에게는 재미있는 놀이라도 되는 것처럼.

아마도 나는 화장실을 뛰쳐나왔을 것이다. 멍청하게 서 있던 경민을 있는 힘껏 밀쳐버리고, 바닥에 떨어진 옷들을 정신없이 주워 담아 방으로 들어갔을 것이다. 기억이 흐릿하기는 하지만 아마도 그랬을 것이다. 그러지 않았더라면 그날 저녁부터 경민이 사흘간 병원에 입원하는 일은 없었을 테니까.

엄마는 "가벼운 뇌진탕 증세이고, 다행히 큰 문제는 없는 것 같습니다"라는 의사의 말을 곧이곧대로 듣지 않았다. 구태여 큰돈을 들여 CT와 MRI 촬영을 하고, 최종적으로 아무 문제가 없다는 판정을 들은 뒤에야 안심하고 내 뺨을 때렸다.

"못돼먹은 년이, 갈 데 없는 것 거둬줬더니."

주말에 찾아온 그녀의 남편도 드물게 한마디 거들었다.

"민진아, 오빠가 불쌍하지도 않니? 도와주지는 못해도 괴롭히지는 말아야지. 참 내."

그는 그렇게 말하고 나서 혀를 쯧쯧 찼다. 엄마는 말없이 밥을 먹고 있었고, 나는 식탁 위의 그 불쾌한 분위기며 대화를 인지조차 못 하고 있는 경민에게 뇌진탕으로 끝나지 않을 정도의 외상을 입혀주고 싶었다. 마음 같아서는. 그러나 나는 밥을 절반도 먹지 않고서 방에 들어갔을 뿐이다.

엄마는 경민의 그 뇌진탕 사건을 아주 끈질기게도 우려

먹었다. 그 뒤로 경민이 자폐증세로 전과 다르지 않은 사고를 치게 되었을 때. 그녀는 슬퍼하거나 우울해하는 대신 내 탓을 했다. 우리 경민이가 저 못된 것 때문에. 그때 머리만 세게 부딪히지 않았어도. 최소한 지금처럼 이러지는 않았을 텐데. 등등. 나는 어처구니가 없었다. 그 멍청한 것이 다쳐봐야 얼마나 더 멍청해진다고.

 엄마가 나를 대하는 태도는 뇌진탕 사건을 전후해 크게 바뀌었다. 그녀의 변화는 아직 어린 소녀였던 나조차 불쾌감을 느낄 만큼 노골적이었다. 그것은 일반적인 분노라기보다 어떤 믿음의 배반, 환멸이나 좌절에 가까운 감정처럼 느껴졌다. 나는 그녀가 자기 아들을 위해 나를 입양했다는 사실을 알았다.

 김민진. 지나치게 똘똘해 보이지도 않고, 그렇다고 아주 멍청해 보이지도 않는, 적당히 착하고 적당히 얌전한 봉제 인형 같은 여자아이. 때마침 나는 입양이 두 번이나 고꾸라진 아이였다. 이제 막 초등학교 입학을 준비하고 있고, 들어가게 되면 그녀의 덜떨어진 아들과 같은 학년이 될 참이었다. 엄마는 얼떨결에 태어난 강아지에게 단짝을 만들어 줘야겠다는 그런 천진난만한 발상으로 나의 입양을 결정한 것일지도 몰랐다. 그녀가 필요로 했던 것은 또 하나의 딸이 아니라 자기 아들의 친구이자 보호자가 될 타인이었다.

생각이 여기까지 미치자, 나는 내 마음속에 쌓여 있던 두터운 모래층이 바람에 흩어지는 것을 느꼈다. 그 아래에서 긴 세월 동안 모습을 감추고 있던 적의가 고대의 유적처럼 드러났다. 내 의지와는 관계없이 나를 고아원에서 꺼내고 택시에 태운 그 여자. 나를 입양한 엄마라는 여자. 나는 그 여자의 모든 말을 귓등으로 듣고, 모든 기대를 부정하고, 그럼으로써 깊은 상처를 주고 싶은 충동에 휩싸였다.

머잖아 나는 일생일대의 반항을 계획하고 실행하기에 이르렀다. 엄마에게 가서 '경민과 같은 중학교로는 가지 않겠다'라고 선언한 것이다. 그럴듯한 이유도 핑계도 대지 않았다. 나는 윗사람이 아랫사람에게 이야기하듯이, 거의 거만하기까지 한 태도로 이야기했다. 잠시 후 내가 나 자신의 우악스러움에 스스로 경악하고, 앞으로 받게 될 말이며 취급에 대해 두려워하고, 그러한 동요가 표정으로 드러나는 것을 필사적으로 막고 있을 때.

"그래. 알았어"라고 엄마는 대답했다. 그러고 나서 들고 있던 행주를 뒤집어 테이블을 도로 닦기 시작했다. 나의 결연한 저항이 그녀에게 아무런 감흥도 주지 못한다는 듯이.

나는 맥이 풀렸다. 내 말을 들은 엄마가 길길이 날뛰며 폭언을 퍼붓지 않아서, 나를 벌거벗겨 집 밖으로 내쫓지 않아서 안심했다. 뭔가 해낸 것 같은 성취감도 느꼈다. 지난 몇 년간 내 삶을 좌지우지했던 그 여자가 내가 한 말에 꼼짝도 못 한 것이다. 그래. 나는 내가 원하는 학교에 갈 권리가 있어. 다만 내가 몰랐던 것은 어떤 행동의 결과가 뒤늦게 나타나기도 한다는 사실이었다. 하물며 나는 배신감이 정확히 어떤 감정인지도 모르고 있었다.

9

 일찍이 말한 대로 나는 경민과 다른 중학교에 진학했다. 집에서 가장 가까운 학교는 아니었지만, 버스를 타면 십오 분 내외로 오갈 수 있는 거리에 있는 곳이었다. 중학교 생활에 대한 나의 전망은 썩 나쁘지 않았다. 도연을 비롯해 나와 친하던 몇몇 친구들도 같은 중학교로 진학했던 것이다. 어찌 됐건 초등학교 생활을 시작할 때보다 나쁠 수는 없을 것이었다. 중학생이 된다는 것, 새로운 옷을 입고 새로운 학교로 간다는 것, 그런 일들이 집 안에서 일어나는 작은 균열 따위를 덮어주리라고 믿었던 적이 있었다.

 "이게 새로 들어가는 학교 교복이에요. 괜찮지 않아요?"

엄마는 주말 아침부터 교복을 입힌 경민을 거실로 질질 끌고 나오며 물었다.

 "음, 착실해 보이고 좋기는 한데." 신문 모퉁이 너머로 경민의 모습을 힐끗 쳐다본 그녀의 남편이 말했다. "조금 크지 않아? 사이즈가 거의 내 사이즈 같은데."

 그의 지적은 정당했다. 어깨너비가 한 뼘 이상, 바지 기장은 발등을 다 덮을 정도로 큰 교복이었다. 가뜩이나 왜소하고 못생긴 경민의 모습이 못 봐줄 만큼 형편없어 보였다. 그 자신도 평소보다 더 얼빠진 얼굴로 허둥거리고 있었다. 교복 소매에는 이미 흘러나온 콧물을 닦느라 생긴 얼룩이 보였다.

 그러거나 말거나, 엄마는 "무슨 소리예요? 남자애들이 중학교 들어가면 얼마나 빨리 크는데…… 이것도 이삼 학년 되면 작을지도 모른다니까요" 하고 호들갑을 떨었다. 그 말을 들은 남편은 더 이상 자신이 신경 쓸 문제가 아니라고 생각했는지, 더는 대꾸를 하지 않고 보던 신문을 마저 읽었다.

 한편 교복 차림의 중고등 학생들을 선망하고 있었던 나는 경민의 모습을 보고 충격 아닌 충격을 받았다. 세상에 교복을 입고도 저렇게 멋있지도, 예쁘지도 않은 사람이 있을 수 있구나. 설마 나도 교복이 안 어울리는 아이면 어떡하지, 라는 걱정을 했던 때가 있었다. 그것은 내가 할 수 있었던 가장 별 볼 일 없는 걱정이었다.

나는 엄마에게 무언가를 요구하는 일이 많지 않았다. 학교생활에 꼭 필요한 준비물이나, 부모의 확인과 서명이 필요한 가정통신문 정도가 아니면 뭘 해달라고 부탁한 적도 거의 없었다. 밥은 나오는 대로 먹었으며, 다른 아이들은 다 가지고 있는 장난감이나 캐릭터가 그려진 가방도 사달라고 조른 적이 없다. 나는 그런 것들이 내게 허락되지 않는다는 사실을 본능적으로 알았고, 그 외에 사는 데 꼭 필요한 것들은 엄마가 눈치껏 다 해놓았기 때문이다.

그래서 나는 엄마에게 교복을 사달라고 말하지 않았다. 나보다 경민의 교복을 먼저 맞추는 것쯤이야 이해할 수 있었고, 조금 더 지나면 내게도 "슬슬 네 교복도 맞추러 가자"라는 얘기가 자연스레 나올 줄로 알았다.

하지만 첫 등교일을 일주일 앞둔 날, 나는 마침내 엄마에게 요구하고 말았다. 거실에 모로 누워 텔레비전을 보고 있던 그녀에게 물어보았던 것이다.

"엄마, 내 교복은?"

그러자 그녀는 시선을 내게 돌리지도 않고 "으응, 생각 좀 해보자"라고 대답했다. 거기서 나흘이 더 지나 등교까지 사흘이 남았을 때에도 똑같은 대답이 나왔다. 생각을 좀 해보자고.

그러나 그녀는 끝까지 아무 생각도 하지 않는 것처럼 보였다. 등교하기 하루 전날, 나는 화가 머리끝까지 나서 엄마에게 다그치듯 말했다. 이게 대체 뭐 하는 짓이냐고. 나를 학교에 안 보낼 생각이냐고. 하루 전날까지 교복도 안 사주는 부모가 어디 있느냐고.

"아, 벌써 내일이었구나" 하고 엄마는 능청을 떨었다. 중학교 개학 날짜는 다 똑같았고, 그녀는 경민의 첫 등교를 위해서는 한참 전에 준비를 다 끝낸 참이었다. "미안하다, 미안해. 자, 이거 가지고 너가 원하는 곳에 가서 교복 사 올래? 엄마는 지금 좀 해야 할 일이 있어서."

나는 그녀가 내민 카드를 낚아채듯이 집어 집 밖으로 나왔다. 잔뜩 흐린 구름에 해가 거의 들지 않는 날이었다. 대부분의 가게가 문을 닫은 일요일이었다. 하지만 나는 당장 내일 학교에 가야 하고, 학교에 가려면 교복이 있어야 했다. 어떻게든 교복을 맞추는 수밖에 없었다. 내가 살던 동네는 물론 옆 옆 동네까지 쥐 잡듯이 뒤졌다. 해 질

녘이 돼서 겨우 불 켜진 교복취급점을 한 군데 찾아냈지만, 끝내 교복은 사지 못했다. 엄마가 내게 준 것은 사용할 수 없는 신용카드였다.

나는 첫 등교일에 학교에 갈 수 없었다.

엄마는 아무 계획도 하지 않았을 것이다. 단지 지난 칠 년 동안 퇴적된 악의가 있을 뿐이었다. 계획이 아닌 악의라는 것은 도무지 피할 도리가 없다. 나는 숨을 참고 머리를 뒤로 젖히며, 늘 그랬듯 습관적으로 울음을 참는 일밖에 할 수 없었다.

하지만 "그냥 아무렇게나 입고 가면 안 되나? 첫날인데 뭘······." 이라는 엄마의 말에는 기어코 눈물이 나왔다. 서러움인지 비참함인지 모를 심정이 되어 하염없이 울었.

"아이, 민진아! 왜 이런 걸로 울고 그래? 내가 더 미리 못 사줘서 미안해. 네가 말을 안 해서 깜빡 잊고 있었는데 그게 이렇게 될 줄 몰랐네? 내일 바로 사러 가자. 학교 하루 빠진다고 별일이야 있겠어."

실제로 엄마가 나를 데리고 교복을 사러 나간 것은 사흘 뒤였다.

그렇게 해서 빠질 수밖에 없었던 나흘 때문에 내 중학

교 생활이 망했다고 주장하는 것은 억지일지도 모른다. 도연 그리고 다른 초등학교 친구들이 다른 층에 있는 반으로 배정된 것이나, 그사이에 친해져 있는 아이들 사이를 비집고 나를 소개할 수 없었던 것이나, 공부든 뭐든 돋보이는 것 하나 없이 존재감 없는 여학생으로 첫 번째 학년을 지나 보낸 것을 전부 교복을 늦게 산 탓으로 돌릴 수는 없는 일이다. 그것은 부당하다. 한갓 교복만으로 결정되기에 내 중학교 시절의 파멸은 너무도 치밀했기 때문에. 그것은 내가 알지 못하는 누군가가 아주 오랫동안, 심혈을 기울여 쌓아 올린, 하나의 공든 탑처럼 느껴질 정도다.

10

나흘 늦게 중학교에 입학한 나는 주위에 이미 너무도 많은 성이 세워져 있음을 깨달았다. 이유 없이 내게 문을 열어주지 않는 성, 내 힘으로는 벽을 오르거나 무너트릴 수도 없는 성. 나는 줄곧 살고 있던 마을에서 추방된 중세 시대의 농부처럼, 그 어느 곳에도 정착하지 못한 채 황야를 떠돌아다녔다. 늘 혼자서 밥을 먹었고, 무리가 다가오면 친한 아이들끼리 앉도록 말없이 자리를 비켜줬다. 그런 일들로부터 낙담한 모습을 보이고 싶지 않아서, 쉬는 시간에도 책상에 엎드려 자는 척을 하는 날들이 언제까고 이어졌다.

간혹 복도에서 도연이나 다른 친구들을 마주칠 때도 있

었다. 그 아이들은 내가 아닌 초등학교 시절의 추억을 만난 듯 사뭇 반갑게 인사를 나눴다. 두세 마디나 주고받았을까. 배려는 거기까지였다.

"민진아, 미안. 나 같이 밥 먹는 친구들이 있어서." 도연이가 말했다. 그녀는 내가 그런 평범하고 일상적인 대화에 목말라 있다는 것을 눈치 챈 모양이었다. 알고도 그렇게 말하는 것 같았다.

"아, 응." 나는 별안간 잠에서 깬 사람처럼 얼떨떨한 목소리로 대답했다. "미안해."

"왜 미안해? 너 좀 이상해졌다." 도연이는 실수로 떫은 음식을 먹은 듯한 표정으로 말했다. "그럼 안녕."

기다렸다는 듯이 손을 흔들며 멀어져 가는 그녀의 뒷모습을 떠올린다. 그날 나는 텅 비어 있는 교실로 돌아갔다. 점심은 먹지 않았던 것 같다.

나는 컴퓨터 앞에 앉아 있는 시간이 길어졌다. 학교생활에 적응하지 못한 아이들이 으레 그렇게 되듯이.

거실에 있는 컴퓨터는 엄마가 경민을 위해 마련한 물건이었다. 다만 중학생이 되도록 책 한 권 바로 읽지 못하는 경민이 컴퓨터씩이나 되는 물건을 다룰 수 있을 리 없었고, 엄마는 컴맹이었으며, 그녀의 남편은 노트북을 들고 다녔다. 따라서 나는 자연스럽게 우리 집 컴퓨터의 실질적이고 유일한 사용자가 됐다.

엄마는 컴퓨터를 내 것처럼 사용하는 데에 별 신경을 쓰지 않았다. 그녀에게는 당장 돌봐야 할 것이 몇 배는 많아진 경민의 중학교생활이 있었다. 그녀는 자신의 아들이 중학교에서 부당한 따돌림을 받고 있으며, 교사가 그런 따돌림을 의도적으로 방치할 뿐 아니라 되려 부추기고 있다는 피해망상에 사로잡혀 있었다. 내가 컴퓨터 앞에 오래 앉아 있다는 사실 따위는 신경 쓸 겨를이 없었던 것이다.

덕분에 나는 낮이고 밤이고 시간이 허락하는 한 언제든 컴퓨터를 사용할 수 있었다. 학교조차 가지 않는 방학이 되면 하루 종일 화면 앞에 앉아 온갖 종류의 온라인 게임과 채팅으로 시간을 허비했다. 모름지기 제대로 된 부모라면 그런 자식의 행태에 제동을 걸고 무어라 쓴소리를 해주는 것이 일반적이었겠지만.

나는 입양아였다. 엄마는 그녀 자신과 외동아들의 삶밖에 생각하지 못했고, 그녀의 남편 역시 집 밖에서의 사업과 오입질 말고는 관심이 없는 사람이었다. 우리는 가끔 한 지붕 밑에 모여 잠을 잤을 뿐이다.

일 년 반 동안의 컴퓨터 폐인 생활로 인해 나는 점점 더 고립되어 갔다. 학교에서는 은근한 따돌림을 당했다. 원래부터 평균을 밑돌던 성적은 꼴찌를 다투는 수준까지 떨어졌다. 밥을 수시로 걸러대는 바람에 몸이 야위었고, 눈도 부쩍 나빠져서 화면이며 칠판에 쓰인 글자를 알아보기가 힘이 들었다.

경민은 초등학교에 이어 중학교에서까지 유급을 당했다. 나는 다른 중학교에 진학한 뒤로 그에 관한 소식을 아예 모르고 살다가, 엄마가 전화로 하는 말들을 의도치 않게 엿들으면서 그 사실을 알았다.

"……세상에 그런 법이 어디 있냔 말이야. 당신도 봐서 알겠지만 우리 경민이, 다른 애들이랑 좀 다를 수는 있어도 말해서 못 알아듣는 애는 아니라고요. 그런데 같은 애들끼리 좀 치고받았다고 한쪽은 다음 날에 바로 등교하고, 경민이는 일주일씩이나 정학을 시키고 그런 게 말이 되냐 이거지……. 그러니까 애가 일 년 동안 학교에서 완전히 겉돌았다는 거예요. 학교 앞에 차로 내려줬는데 학교가 싫으니까 다른 데로 빠져버리고. 그래서 유급을 한 것 아니야? 교사가 그 상황에 제대로 대처라도 했어 봐. 우리 경민이가…… 그야 민원은 한참 전에 넣었지! 근데 뭐 별다른 조치도 없었어요. 맘 같아선 전근이 아니라 영원히 퇴직을 시켜도 모자랄 판에. 내가 다른 학교로 전학을 시키든가 해야지. 이거는……"

좀처럼 나이를 먹지 않던 사람이 겨우 일이 년, 혹은 몇 달 사이에 부쩍 늙어버리는 일이 있다. 그 무렵의 엄마는 눈에 띄게 늙어 보였다. 나는 그녀가 가진 인간 자체의 기력과 정신이 급격히 쇠락하였음을 느꼈다. 그것은 나이가 들면서 생기는 자연스러운 노화와는 확연히 달랐다.

자폐증을 앓는 아들을 정성껏 보살피는 일. 그것을 엄마로서의 고결한 의무이자 겸허히 받아들여야 할 고행처럼 여겨왔던 그녀였다. 그로 인한 고통과 좌절이 임계점을 넘어선 순간. 엄마는 문득 꿈에서 깬 사람처럼 눈을 뜨고 혼란해했다. 그녀가 기쁘게 짊어져 왔던 그것이 숫제 아무런 기약도, 희망도 주지 않는 영원한 고통이라는 사실을 뒤늦게 깨달았던 것이다.

엄마는 경민을 기숙제 특수학교에 보내기로 결심했다. 자신의 단 하나뿐인 아들에게 남과 다른 문제가 있다는 것, 그리고 그 문제를 온전히 감당할 만큼 그녀 자신이 강하지 않다는 것을 인정했다는 측면에서, 그것은 간절한 도망일 뿐 아니라 가느다란 용기의 발로이기도 했다. 그러나 엄마의 그러한 용기가 보상받는 일은 없었다. 그녀는 단지 스스로를 겨우 지탱하던 어떤 힘줄 하나가 끊어진 상태로 계속 걸어가야 했을 뿐이다.

사건은 엄마가 경민을 특수학교에 보내겠다고 선언한 지 일주일도 되지 않았을 때 일어났다. 평일부터 그녀의 남편이 아무 데도 가지 않고 집 안에 붙어 시간을 보냈던 것이다. 느닷없는 일이었다.

다시 한번 말해두지만, 엄마는 결코 눈치 없는 여자가 아니었다. 그녀는 집에 머무르는 그 남자의 거동과 표정, 이따금 심각한 얼굴로 전화를 하러 나가는 말투 등으로 미루어 알아차렸을 것이었다. 이것이 어떤 사건의 징조라는 것을. 그 사건이 우리 가족을 영구적으로 변화시키고, 되돌아올 수 없는 궁지로 몰아넣으리라는 것을.

11

 그녀의 남편, 나의 아빠는 중소 건설사의 대표였다. 규모는 크지 않지만 밑바닥에서부터 경험과 실적을 차근차근 쌓아 올려온 내실 있는 회사였던 것 같고, 대부분의 건설사들이 그렇듯 그의 회사 역시 공사대금 문제로 언제나 골치를 썩었던 모양이다.

 그는 붙임성 있는 성격과 적절한 사업수완으로 미수금 문제가 크게 불거지지 않도록 회사를 유지해 왔다. 작은 건설사임에도 일거리가 끊이지 않도록 로비활동에 열을 올렸고, 구멍이 날 것 같은 돈이 있으면 어떻게든 영업을 뛰어서 자금을 융통했다. 그가 허구한 날 일을 핑계 삼아 집 밖으로 나다닌 것에 아주 이유가 없었던 것은 아닌 셈이다. 그렇게 근 이십 년을 버텨온 회사는 단 한 건의 실패로 인해 무너졌다.

정부의 신도시 개발사업에 호기롭게 뛰어들었던 것이 화근이었다. 건설판에 잔뼈가 굵었던 그는 대규모 사업 유치로 중견급 건설사로 도약하겠다는 야망이 있었고, 체급에 맞지 않는 큰 프로젝트에 뛰어들었다가 정부가 신도시 사업을 돌연 중단하는 바람에 현금흐름이 막혔던 것이다.

정부와 직접 협상하는 대형 건설사들, 제법 규모가 있는 하청 업체들은 어디선가 현금을 끌어와 버티며 다른 사업으로 탈출했다. 그러나 아빠의 작은 건설사는 그러지 못했다. 사업중단을 예견하지 못하고 무리하게 끌어온 자금, 그것의 원금은 고사하고 이자조차 감당할 수 없었다.

그는 결국 사업을 포기했다. 전국을 부리나케 쏘다닌 끝에 원금의 절반은 돌려막았지만, 나머지 돈은 도무지 손쓸 방법이 없었다. 회사는 부도가 났다. 이십 년을 들여 쌓아 올린 자산들, 서초구에 있던 사무실과 회사 명의의 건축 장비 일체가 경매로 넘어갔다.

그나마 집 안 가구에 압류딱지가 붙는 지경까지 가지 않은 것은 다행이었다. 나와 엄마에게 있어 당장 눈에 보이는 변화는 아빠가 너무 오래 집에 머무른다는 것 말고는 없었다.

물론 엄마는 경민을 특수학교에 보내지 못했다. 평판이 좋은 기숙제 특수학교들은 모두 고액의 등록금과 학비가 필요했기 때문이다. 회사를 정리한 뒤 실의에 빠진 남편에게 밥과 해장국을 해주던 엄마, 경민의 징계위원회에 참석하기 위해 학교에 가는 나날을 이어나가던 그녀는 이듬해 겨울 목을 매달아 죽었다.

지독하게 추운 겨울이었다. 나는 엄마의 장례식에 대해 몹시 추웠다는 기억 말고는 떠오르는 것이 거의 없다. 형편이 좋지 않아 거창한 빈소를 마련하지 못했다는 것, 그녀의 몇 안 되는 가족과 학창시절 친구를 제외하면 조문객이 거의 없었다는 것이 어렴풋이 기억날 뿐이다.

며칠 뒤 그녀는 인천 교외의 한 싸구려 화장터에서 한 줌의 재가 되어 사라졌다. 싸라기눈이 내리던 일월의 어느 날이었다.

"자, 돌아가자." 아빠는 엄마의 유해를 눈 덮인 산속에 흩뿌리고 나서 말했다. 경민은 근처 풀숲에서 얕게 쌓인 눈 위로 그림을 그리고 있었고, 나는 희뿌연 하늘로 빙그르 나는 까마귀를 보고 있었다. 우리는 해가 지기 전에 집으로 돌아왔다.

엄마는 유언을 남기지 않았다. 새마을금고 로고가 인쇄된 작은 쪽지에 검은 볼펜으로,

〈미안해〉

라고 적어 탁자 위에 올려둔 것이 전부였다. 그런 쪽지를 유언이라고 할 수는 없을 것이다.

나는 장례식 내내 울음을 참았다. 이상한 일이었다. 제 친아들을 위해 입양한 딸을 핍박하고 방치했던 엄마. 그런 그녀의 죽음이 그렇게 슬픈 일일 수는 없었을 텐데.

그녀가 고아원에 들어와 내게 인사했을 때, 나를 안아봐도 되겠냐고 물었을 때, 그녀에게서 생애 처음으로 담배 냄새를 맡았을 때, 그리고 상가 앞 분식집에서 김밥을 반이나 남겼을 때를 떠올리면서 나는 슬픔에 잠겼다. 사람의 죽음에는 그런 힘이 있다. 아무 의미도 없었던 옛날 일을 영영 재생할 수 없는 과거로 매듭짓고, 우리로 하여금 시간의 무정함과 아득한 외로움을 절감하도록 하는 힘이.

단지 나는 엄마가 남긴 쪽지 앞에서만 울었다. 교복을 제때 사지 못해 학교에 못 가게 되었을 때보다 더 많이 울었다. 그것이 날 위해 쓰인 쪽지가 아니었기 때문이다. 〈미안해〉라는 말. 엄마는 그녀의 하나뿐인 아들과 남편에

게 사죄했을 뿐이다. 아들의 자폐성 장애와 남편의 사업 부도, 그 두 가지 비극을 다 감당할 만큼 강하지 못했던 자신의 나약함에 대해서 미안하다고 했을 뿐이다.

엄마의 죽음은 가정생활에 즉각적이고 분명한 변화를 불러일으켰다. 아빠는 집안일에 대해 아무것도 몰랐다. 사람이 살기 위해서는 무언가 먹어야 하므로, 별수 없이 밥을 안치고 라면을 끓이는 경우는 있었으나 그 외 잡다한 일들은 열여섯 살 소녀인 내 몫이 되었다.

나는 쓰레기통이 꽉 차서 넘치지 않게 봉투를 비우고, 사흘 동안 아무도 손대지 않은 설거지를 혼자 처리하고, 얼마 안 되는 돈을 받아 텅 빈 냉장고를 채워 넣은 다음 변변찮은 요리 몇 가지를 하는 데 능숙해졌다. 그런 집안일들을 도맡게 된 것이 억울하거나 불만스럽지는 않았다. 엄마가 하던 일은 당연히 딸이 물려받아야 한다는 당위적 사고에는 짜증이 좀 났지만, 그것 말고는 되레 통쾌한 마음도 없지 않았다. 아들의 덤으로서 나를 입양해 와놓고 불필요한 인간으로 전락시켰던 이 집, 이 가족이 이제는 비척거리며 내게 의지하고 있었다. 나는 기꺼이 그렇게 하도록 했다. 한때 자신을 학대했던 부모가 노인이 되었을 때, 병원에 가기 위해 도움을 청하는 것을 자식들이 외면하지 않듯이. 당신이 필요로 하는 도움을 순순히 건네주면서 역전된 권위를 만끽하듯이. 나는 나의 보살핌 없이 유지될 수 없는 그 집을 되도록 귀찮아하고 무시함으로써 그동안의 설움을 위안했다.

엄마의 죽음을 계기로 아빠와 나 사이의 관계가 좋아졌다고는 할 수 없었다. 아빠와 나는 근본적으로 잘 맞지 않는 부류의 인간이었다. 우리 부녀를 어떤 식으로든 한데 묶어주는 것이 있다면, 그것은 경민에 대한 무신경한 태도밖에 없었다. 요컨대 나와 아빠는 경민을 집 안에 같이 사는 영장류 정도로 생각했다.

그 자신을 지난 십칠 년 동안 보살펴 주었던 엄마의 장례식에서, 경민은 자신이 좋아하는 만화 주제가를 따라부르며 깔깔거리는 것을 멈추지 않았다. 그런 그에게 통상적인 인간의 기준을 적용해 비난하는 것은 무익한 일이었다. 우리에게 있어 경민의 존재란 인간과 흡사한 모습으로 태어난 동물에 불과했던 것이다.

아빠는 아무런 망설임도 없이 경민을 특수학교로 전학시켰다. 돈이 없어 기숙제 학교로 보내지 못하는 것이 아쉬울 뿐, 학교에서 무슨 연락이 오든 개의치 않았다. 엄마처럼 학교 앞까지 차로 데려다주는 일도 하지 않았다. 적당히 돈을 채워놓은 교통카드를 손에 쥐여주고서, 매일 아침마다 '자, 너는 자유야. 너가 가고 싶은 곳으로 가'라는 식으로 현관문을 활짝 열어주었을 뿐이다. 경민은 학교에 갈 때도 있고 가지 않는 날도 있었지만, 어쨌거나 밤이 되기 전에 혼자서 집으로 돌아오기는 했다. 갈 데 없는 동물이 해가 지면 알아서 보금자리를 찾아오는 것처럼.

"혼자 가다가 차에 치이기라도 하면 어떡해?"라던 엄마에게는 상상할 수도 없는 일이었다. 반대로 아빠와 나는 경민이 그렇게 되기를 얼마쯤 희망하고 있기까지 했다. 아빠는 경민에게 교통사고 사망보험금을 왕창 들어두었다는 말을 농담처럼 한 적도 있었다. 나는 그것이 농담이 아니었다고 해도, 하물며 그가 사고를 위장해 경민을 죽이려고 시도했었다고 해도 놀라지 않을 것이다. 우리는 그렇게 살아가고 있었다. 엄마의 죽음, 아빠의 부도. 이 두 가지 사건은 내가 삶을 바라보는 관점을 영구적으로 비틀어 놓았다. 거대 운석의 충돌이 행성의 자전축을 영원히 바꿔놓는 것처럼.

12

 우리는 사십 평 아파트를 벗어나 이십 평쯤 되는 다세대주택으로 이사했다. 내가 열여섯 살이 되던 해 겨울이었다. 두 개 있던 방은 경민과 내가 각각 썼고, 아빠는 부엌을 겸한 거실에서 필요할 때마다 접이식 침대를 펴놓고 잠에 들었다.

 거실에서 쓰던 공용 컴퓨터는 당연한 수순처럼 내 방에 들어왔다. 그러나 나는 컴퓨터로 하던 모든 오락거리에 더 이상 흥미를 느끼지 못했다. 밖에 나가 놀고 싶은 마음도 없었고, 친구를 사귀거나 새 휴대폰을 사거나 맛있는 음식을 먹는 일에도 관심이 없었다. 도대체 할 만한 것이 아무것도 없다고 느껴질 무렵 나는 공부를 시작했다.

중학교 삼 학년이 되었을 때, 나는 또 한 번 도연이와 같은 반에 배정받았다. 그러나 우리는 전처럼 다시 친해지지 못했다. 오히려 초등학교 시절 친하게 지냈다는 것이 일종의 오류처럼 느껴질 만큼 어색한 사이가 되었다.

도연이는 지난 이 년 동안 더 많은 친구를 사귄 모양이었다. 학년이 바뀌어 새롭게 온 반에서도 모르는 친구가 없었다. 원래부터 붙임성이 좋았던 성격이 더욱 발랄하고 능청스러워졌다. 머리는 당시 유행하던 버섯 모양, 화장도 교사들에게 지적당하지 않을 만한 선에서 적당히 잘하고 다녔고, 무릎 위로 떨어지는 치마에 품이 거의 남지 않는 교복이 잘 노는 아이 같은 인상을 줬다. 웃을 때는 철딱서니 없는 여학생처럼 깔깔댔고, 언제 무슨 말을 해도 부자연스러운 느낌이 없었다. 말하자면 도연은 학창시절 모두가 친구로 삼고 싶어 하는 그런 여자아이가 되어 있었다.

반면에 나는 반에서 가장 눈에 띄지 않는 아이였다. 말수도 적고, 특출나게 잘하는 것도 없었다. 초등학생 때만 해도 선생님께 시끄럽다고 야단을 맞았던 내가 중학교 들어선 아무 말도 하지 않는 데 익숙해져 있었다. 가끔은 내가 말하는 법을 아주 잊어버린 건 아닐까 하는 생각도 들어서, 아무도 없는 화장실 거울 앞에서 "아, 아" 하고, 공연히 목구멍을 울려 소리를 내본 뒤에야 안심하고는 했다. 그러다 입구 쪽에 인기척이 느껴지면 죄라도 지은 사람처럼 자리를 피했고.

겉모습도 볼품없었다. 나는 요령 없이 기른 머리에 기장이 긴 치마를 입었다. 꾸미는 것은 엄두도 내지 못했다. 애초에 집에는 내 것인 화장품도 없었다. 실속 있게 꾸미기로는 도가 튼 도연이와 비교하자면 같은 반 여학생이라는 것이 낯부끄러워질 만큼 촌스러운 쪽이 나였다.

그녀에게 느낀 복잡다단한 감정을 말로 설명하기란 쉽지 않다. 나와 동년배인 아이에게 느끼는 질투라고 할지, 열등감이라고 할지, 하여간 그 불가해한 감정은 나로 하여금 공부에 매진하게 하는 촉매제가 됐다. 그 잘나간다는 도연이조차 공부에는 별 재주가 없는 것처럼 보였으니까.

유년 시절에 이런저런 책을 많이도 읽었던 덕분에, 나는 공부를 시작한 지 얼마 되지도 않아서 꽤 좋은 성적을 거둘 수 있었다…… 같은 맹랑한 소리는 하지 않겠다. 친구가 많지 않았던 내가 다른 아이들보다 책을 많이 읽은 것은 사실이지만, 책을 읽는 것과 공부를 잘하는 것 사이에는 거의 상관관계가 없다는 것이 나의 지론이다. 머리가 좋지 않은 건 물론이고 공부에 흥미조차 없는 아이들, 이를테면 도연이 같은 부류보다도 못한 성적을 받았던 나는 가장 단순한 한 가지 방법에 천착했다. 그냥 공부를 많이 하는 것이었다.

공부를 잘하고 싶은 생각은 없었다. 단지 주변의 모든 것에 흥미를 잃고 무료하기 짝이 없는 하루하루를 보내고 있었을 무렵, 나는 하나의 놀라운 발견을 했다. 시간이 절대적이고 고정되어 있는 개념이 아니라는 것이다. 오히려 그것은 지극하게 상대적이다. 조금 극단적인 표현을 쓰자면, 시간이라는 것은 실지로 존재하는 것이 아니라 인식의 단위로서 기능하는 것이다. 달팽이와 인간의 일 초가 동일하지 않듯이. 넋을 빼고 게임에 몰입한 밤샘이 한순간처럼 느껴지는 반면에, 응급실에서의 짧은 기다림이 영겁처럼 다가오듯이.

나는 삶이라는 것이 가능한 빨리 죽음으로 달려가는 과정이며, 그 과정에서 중요한 것은 얼마쯤 몰입할 만한 무언가를 찾아 시간을 마구 들이붓는 일이라는 결론에 다다랐다. 나는 삶에 기대하는 것이 없었다. 남아 있는 삶을 누리거나 즐기고 싶다는 생각, 고생한 만큼 무언가를 돌려받아야겠다는 평범한 욕망이 내게는 없었다. 나는 가능한 한 빨리 죽고 싶었다. 그러기 위해서는 최대한 오랫동안, 빈틈없이 몰입할 만한 것을 찾아 시간을 죽이는 수밖에 없었다. 시간을 죽이는 것은 존재를 죽이는 것이다. 나는 그러한 사유의 결과물로서 공부하는 것을 선택했고, 그것은 본질적인 면에서 아주 오래 걸리는 자살과 다르지 않았다.

　다른 아이들은 삶을 살아가기 위해 공부를 참았지만, 나는 삶을 참아내기 위해서 공부를 했다. 아무리 컨디션이 나쁜 날에도 하루 열 시간 정도는 공부에 열을 쏟았다. 학교에서는 물론 집에 있는 시간 대부분을 책상 앞에 앉아 있는 데 할애했다. 많이 하는 날에는 열다섯 시간도 넘게 공부했다. 공부 외에 다른 일은 아무것도 하지 않았다. 내가 투여한 시간은 압도적인 것이었다. 그것은 천천히 쪼개지는 지반처럼, 실처럼 가는 균열로부터 시작해 눈에 띄는 차이로 벌어져 나갔다.

　학년을 시작할 무렵 나의 석차는 한 학급에 있는 마흔 명 학생 중 정확히 삼십칠 등이었다. 그러나 한 학기가 지나고 두 번째 학기를 맞았을 때. 방 안에 틀어박혀 공부만 하느라, 땀띠로 온몸의 살갗이 붉어졌던 여름방학이 지났을 때. 나는 반에서 일곱 번째로 성적이 좋은 학생이 되어 있었다.

"김민진." 도연은 공부 중이던 내게 말을 거는 것이 무척 어색하다는 투로 덧붙였다. "방해하려는 건 아니고, 담임이 너 부르더라. 이번 수업시간 끝나고 잠깐 들르래."

그녀는 내가 대답할 틈도 제대로 주지 않고, 용건이 끝나자마자 몸을 휙 돌려 어디론가 사라져 버렸다.

나는 그녀가 말해준 대로 쉬는 시간에 맞춰 교무실로 향했다.

"아, 민진아." 담임은 나를 불렀다는 사실을 뒤늦게 떠올린 것처럼 약간 허둥지둥하며 말했다. "지금 별로 안 바쁘지? 여기 잠깐 앉아봐라."

"네" 하고 나는 대답했다.

그녀로 말할 것 같으면 나이가 많지도 적지도 않은 담임 교사였다. 말을 잘 듣고 성적이 좋은 아이들에게는 다정하게 대해주었지만, 그렇지 않은 아이들에게는 요령껏 무관심할 만큼 연차가 쌓인 베테랑 교사. 그런 그녀가 처음에 민진아, 하고 살갑게 이름을 부른다는 것에 나는 놀랐다.

"다른 건 아니고, 요즘 민진이 너 성적이 엄청 올랐더라. 방학 동안 공부 열심히 했나 보네? 어디 학원이라도 다녔어?"

"아뇨."

"학원이 아니면 과외?"

"아니에요."

"그럼? 뭘 했길래 이렇게 성적이 오른 거야? 선생님도 궁금하다야."

"그냥, 집에서……"

"집에서?"

"집에서 공부를 많이 했어요."

담임은 "왜?"라고 되묻지 않았다. 대신 바퀴 달린 사무 의자를 소리 나게 돌려 컴퓨터 쪽으로 자세를 틀었다. 그러고 나서 내가 보이는지 안 보이는지 알 수 없는 미묘한 시선으로, 예상보다 일찍 본론을 말하게 되어 유감이라는 투로 이야기했다.

"물론 선생님은 민진이를 믿어. 수업시간에도 쉬는 시간에도 책을 펴놓고 열심히 공부하는 걸 봤지. 아마도 무슨 계기가 있었을 거라고 생각해. 보기 드물게 그런 친구들이 하나씩 있거든. 집안에 무슨 일이 생기거나 해서, 갑자기 정신을 차려가지고 열심히 공부를 시작하는 애들이 있어. 뭐, 나는 그런 것까지 물어볼 생각은 없는데."

그녀는 내가 집안 사정이 고꾸라진 것을 계기로, 혹은 엄마가 돌연 죽음을 선택한 것을 계기로 마음을 바로잡은 학생이라고 생각하는 듯했다. 나로서는 그런 오해가 기분이 좋기는커녕 불쾌한 구석이 있었다.

아뇨, 그렇지 않아요. 저는 그냥 빨리 죽고 싶어서 공부하는 거라고요.

당장 그렇게 던지고 싶은 기분이 굴뚝같았지만, 담임은 그럴 만한 틈을 주지 않고 말을 이어나갔다.

"너처럼 갑자기 성적이 오르는 애가 있으면 오해하는 애도 생기거든. 정확하게는 오해하는 부모가 생기는 건데, 너 때문에 등수가 떨어진 애 부모님이 의심을 하시더라고. 마침 네 앞자리에 진희가 앉아 있기도 하잖아."

진희는 당시 우리 반에서 공부를 가장 잘하는 아이였다. 학년 전체를 통틀어도 세 손가락 안에 들었고, 서울에 있는 유명 자사고에 진학할 것이 거의 확실시되는 모범생이었다. 분명 나는 그 진희의 바로 뒷자리에 앉아 있기는 했지만 평소에 말을 주고받는 사이도 아니었던 데다가, 진희가 여자치고는 덩치가 큰 편이어서 수업시간 칠판을 보는 데 조금 방해가 될 정도였다. 그런 마당에 뒷자리에서 시험지를 훔쳐본다는 것은 마음을 굳게 먹는다 해도 불가능한 일이었다.

"나야 민진이 네가 평소에 열심히 한다는 걸 알고 있고, 지난 학기 초부터 꾸준하게 성적이 올랐다는 것도 아는데. 그 부모님한테는 이게 씨알도 안 먹히는 거야. 나라고 뭐 얘길 안 해봤겠니. 어차피 시험 칠 때는 좌석을 띄워서 치고, 대놓고 부정행위를 하는데 감독하는 교사가 못 알아챌 리도 없다고 했지. 근데 이 분이 학부모회에서도 공론화를 시키겠다고, 교육청에 민원도 넣겠다고 말도 안 되는 엄포를 놓는데 어쩔 수 있니. 사실 저쪽에서 원한다는 것도 별것 아니기는 해서…… 민진이 너한테는 좀 불쾌할 수 있다는 건 알지만."

결국 담임의 부탁이란 주변에 공부 잘하는 아이가 하나도 없는 자리로 옮겨줄 수 있겠냐는 것이었다. 아주 옮기는 것도 아니고 다음 시험이 있을 때까지 잠깐만. 어차피 공부를 제대로 했다면 자리에 상관없이 괜찮은 성적이 나올 것이고, 그렇게 되면 그 익명의 학부모라는 사람도 납득을 하지 않겠느냐는 얘기였다.

지난 몇 년간 컴퓨터 화면에 넋을 빼느라 시력이 나빠

져 있던 나였다. 교실 뒤쪽으로 자리를 옮긴 뒤로는 수업 시간에 칠판이며 자료화면을 볼 때마다 눈을 찡그리는 수밖에 없었다. 그럼에도 나는 아무런 반발도 하지 않았다. 어쨌거나 나는 곧 있을 시험에서 변함없이 좋은 성적을 거둘 것이었다. 그 익명의 학부모라는 작자가 큰코를 다쳐 괴로워할 모습을 상상하려니 죽기 위해 하는 공부가 즐겁게 느껴지기도 했다. 응당 그렇게 될 수밖에 없을 것이었다. 나의 운명에 중대한 착오가 생기지 않는 한, 반드시.

13

"이정우입니다. 강원도 홍천에서 왔어요."

이 시기에 전학을 오는 것이 흔한 일은 아니다, 피치 못한 사정으로 오게 됐지만 잠깐이라도 잘 지내길 바란다, 같은 의례적인 말을 담임은 몇 마디 했다. 그러고 나서 교실 뒤쪽에 비어 있는 자리를 하나 가리켜 전학생을 거기 앉도록 했다. 내 뒷자리였다.

정우의 첫인상은 평범했다. 그저 그런 또래 남자아이의 전형이라고 봐도 좋았다. 키는 크지도 않고 작지도 않았으며, 피부는 희지도 않고 검지도 않았지만, 굳이 구분하자면 조금 가무잡잡한 쪽이었다. 머리 스타일만이 어설프게 유행을 따라 하다 만 듯한 느낌을 줬는데, 그것조차 그

나이대 남자아이들의 평균적인 어리숙함처럼 비쳐졌다. 그런 와중에 품이 좀 남는 교복과 촌스러울 만치 검고 뚜렷한 이목구비가 좀 부담스러운 인상을 풍겼다. 종합적으로 봤을 때, 정우는 평범하게 까마귀를 닮은 남자아이였다고 할 수 있다.

앞뒤로 붙어 있는 자리였음에도 우리는 말 한마디 섞지 않았다. 나는 원래도 말수가 없다시피 한 학생이었고, 그때는 날 의심했다는 그 이름 모를 학부모에게 굴욕감을 선사하겠다는 목적을 가지고 학교 공부에 박차를 가하고 있었기 때문이다.

반면 정우는 일주일도 되지 않아서 두루두루 많은 아이들과 친해졌다. 신기한 일이었다. 정우는 겉모습이 눈에 띄는 것도 아니었고, 그렇다고 말이 많은 타입도 아니었는데. 쉬는 시간만 되면 남자아이 여자아이 가릴 것 없이 정우 주변으로 모여들었다. 그리고 하잘것없는 말들을 주고받다가 같이 화장실에 가거나 매점에 가거나 했다. 또 정우가 무어라 속삭이듯이 말하면 주변의 아이들이 왁자지껄 웃었다. 나는 그런 녀석의 어디가 그렇게 유쾌하고 재미있는지 이해할 수 없었거니와, 내게는 하등 관심이 없는 웃음소리들을 뒤통수로 온전히 느끼며 은근하게 열이 받고 있었다.

정우 근처에 와서 와자지껄 웃는 아이들 중에는 도연이도 끼어 있었다. 그즈음 도연이는 부쩍 화장기가 진해지고 머리도 길어진 상태였다. 적당히 요령을 피웠던 이전과 달리 학교 선생들에게 공공연한 주의를 받았다. 듣는 소리로는 얼마 전 로데오거리를 걷던 중에 길거리 캐스팅이라는 걸 받아서, 이름만 대면 누구나 알 법한 연예기획사에 오디션을 보기로 했다는데. 그걸 엿들은 나는 연예기획사라는 것이 할 일도 더럽게 없는가 보다 싶었다. 다른 사람도 아니고 도연이라니. 화장을 지우면 나랑 별다를 것도 없는 애를.

그 일로 헛바람이 들었던 도연이는 한동안 근처 남자고등학교에서 잘생기기로는 세 손가락 안에 든다는 오빠와 사귀네 마네 하는 뜬소문을 뿌리더니, 이제는 무슨 생각으로 정우같이 무색무취한 남자아이 옆에 와서 히죽대고 있었던 것이다. 그뿐만이 아니다. 도연이라고 하면 남자애들처럼 호탕하게 으하하 웃어재끼는 것이 그녀의 트레이드 마크나 다름없었는데, 이상하게 정우 앞에서는 입을 가리고 쿡쿡 하며 수줍고 이상야릇한 웃음을 짓곤 했다. 하나부터 열까지 납득이 안 되는 일들 투성이였다.

더 납득이 되지 않는 것은 나와 아무 관계가 없는 그런 일들이 내가 하는 공부에 지장을 주고 있다는 사실이었다. 단어와 숫자의 의미가 갈피 없이 흔들리기 시작했고, 하루에 일곱 시간도 채 집중하지 못하는 날이 생겼다.

내가 왜 그들을 신경 쓰고 있는지 알 수 없었다. 나는 정우를 전혀 좋아하지 않았고, 도연이 역시 몇 년 전에 친하게 지냈던 애 그 이상 그 이하도 아니었다. 스스로를 마주보기에는 목이 너무도 짧았던 시절. 나는 사람이 원하지 않는 것조차 시기할 수 있고, 뿌리내리지 않고도 미워할 수 있음을 모를 만큼 어리석었다.

14

 경민의 병증이 심해지고 있었다. 집 안에서 보내는 시간이 많아진 그는 예전처럼 방 안에만 웅숭그리고 있는 대신, 거실이며 부엌까지 나와 이해할 수 없는 행동을 반복했다. 탁자 위에 있던 접시를 원반처럼 벽에 던져 깨트리고, 소파에 얼굴을 비비면서 "아, 아아, 아아아" 하고 기분 나쁜 소리를 냈다. 텔레비전 앞에서 차렷자세로 한 시간 내내 쿵쿵 뛰어댄 것은 대단할 정도였다. 아랫집 할머니가 거동도 시원찮은 몸을 이끌고 올라와 주의를 주었다.

 "귀 안 들리는 내도 이라는데 다른 사람은 오죽하겠능교."

 "죄송합니다. 제가 자식을 잘못 키웠습니다. 다음에는 이런 일 없도록 하겠습니다."

초인종 소리에 잠에서 깬 아빠는 연방 고개를 숙이며 깍듯하게 사죄했다. 우리 아들에게 자폐증이 있다거나, 이쪽에서도 통제가 되지 않아 어쩔 수 없다는 말 같은 건 꺼내지도 않았다. 사과를 할 거라면 철저하게. 그것이 사업을 하던 시절 그가 배운 방법이었다.

모쪼록 조심 좀 해주이소, 라는 말과 함께 현관문이 닫혔다. 아랫집 할머니가 끙끙 앓으면서 계단을 내려가는 소리가 들렸고, 아빠는 문이 열렸다 닫히는 소리가 들릴 때까지 현관 앞에 서서 기다렸다가 거실로 돌아왔다. 그런 아빠를 쳐다보면서 쿵쿵 뛰고 있던 경민은 배를 걷어차이자마자 마룻바닥에 나동그라졌다.

"컥, 컥."

"병신 같은 놈."

아빠는 욕지거리를 하면서 쓰러져 있는 경민의 발목을 지르밟았다. "방에 들어가. 허락 없이 나오기만 해봐라. 다리 몽둥이를 부러트려 줄 테니까."

아빠는 아들의 멱살을 붙잡고 질질 끌어다가 방에 던져 넣듯이 한 다음 문을 쾅 닫았다.

그 사건 이후 경민은 아빠나 내가 하는 말에 잠자코 순응하는 것처럼 보였다. 그러나 습관적으로 주변을 두리번거리거나, 누군가의 눈치를 살피듯 인상을 찌푸리며 고개를 갸웃하는 행동 같은 것들에 나는 위화감을 느꼈다.

무엇보다 두려웠던 것은 언젠가부터 경민이 밥을 두 그릇, 세 그릇씩 먹어대기 시작했다는 점이다. 아빠가 그만 먹는 게 좋겠다고 타이르는 것도 아랑곳 않고, 스스로 밥솥 앞으로 가서 빈 공기에 밥을 한가득 퍼담았다. 아빠는 한숨을 쉬며 고개를 가로젓고 상황을 넘겨버렸지만.

나는 못 보던 사이 경민의 팔뚝이며 배에 부쩍 살이 오른 것을 보았다. 그리고 밥을 다 먹고 일어섰을 때, 우연찮게 같이 일어난 경민의 키가 나보다 손가락 한두 마디만큼 더 커져 있다는 사실을 알게 되었을 때, 나는 그 엄습하는 두려움의 정체를 아빠에게 해설할 수 없어 그대로 방에 들어가 문을 잠갔다.

나는 학교 도서관에서 공부를 하기 시작했다. 좀처럼 찾는 학생이 없어 조용한 서고에는 관리가 잘 되지 않은 책들이 이렇다 할 규칙 없이 마구 꽂혀 있었고, 사서 선생님은 그런 무질서나 학생이 인사도 없이 들락날락하는 데 아무 관심도 없는 것처럼 앉아 책만 읽고 있었다.

도서관에서의 공부는 여러모로 나쁘지 않았다. 공기 중

에 은은히 감도는 오래된 책 냄새, 눈으로 회전을 좇을 수 있을 만큼 천천히 돌아가는 실링 팬, 이따금 반납된 책들을 제자리에 꽂기 위해 수레를 끌고 다니는 소리 같은 것들이 층층이 쌓여 나를 일정한 궤도 위에 올려놓았다. 그 궤도는 흔들림을 멈춘 행성이 가만히 별 주변을 맴도는 것처럼 규칙적이며 안정적이었고, 외부에서 질량이 충분한 천체가 날아와 개입하지 않는 한 그대로 유지될 것처럼 보였다. 그런 와중에 정우가 도서실에 나타난 사건은 새로운 천체의 침략에 비견할 만했다.

정우가 도서관을 찾은 것은 그 당시 유행하던 학습만화 시리즈를 보기 위해서였다. 한동안 두세 권이 같은 반 남자아이들 사이에서 돌아다니더니, 이쪽은 아예 재미를 들였는지 전권을 다 보겠다는 생각으로 도서관까지 찾아온 것이었다. 웬일로 도서관에 다 온다 했더니 본다는 게 기껏해야 만화라고, 나는 정우를 평범하게 얕잡아 보았다.

나흘 정도는 아무 일도 일어나지 않았다. 사흘이었을지도 모른다. 정우는 스무 권이 넘는 학습만화 전권을 불과 사나흘 만에, 그것도 방과 후에 도서실에 치고 앉은 그 몇 시간 만에 다 읽어버렸다.

그때 나는 정우의 책 읽기가 실로 '읽기'라는 행위의 범주에 들어가기나 하는지에 대해 생각하고 있었다. 그렇게 맹렬하고 거침없는 속도로 책장을 넘기는 동안 저 애도 뭔가 느끼는 게 있을까, 등장인물의 대사나 에피소드의 전개 같은 것들이 머리에 들어가기는 할까. 그렇게 나와 아무 관계도 없는 일에 대해 생각하다 보면, 누군가 내 뒤에 서서 말을 걸어오는 것조차 잘 들리지 않게 된다.

"⋯⋯김민진!"

"어?" 나는 얼뜨기 같은 소리를 내며 뒤를 돌아보았다. 이정우는 아무런 의도도 느껴지지 않는 모습으로, 차렷 자세로 서서 나를 내려다보고 있었다.

"너 맨날 여기서 공부하네?"

"어, 어⋯⋯." 상황 파악이 덜 된 내가, 그저 매일같이 내 뒷자리에 앉아 있을 뿐 제대로 된 대화는 해본 적도 없는 남자아이가 말을 걸어온 것에 얼어 있는 동안.

정우는 내 대답 따위는 아무래도 상관없다는 태도였다. 내 앞에 펼쳐져 있던 교과서와 공책을 손가락으로 쓸어 만져보고, 좌우로 책장을 넘겨 내가 빽빽하게 필기한 자국을 살펴보다가 휙 사라져 버렸다. 그것이 첫 번째였다.

두 번째 침략은 이틀 뒤에 일어났다.

"왜 그렇게 열심히 해?"라고 이정우가 물었다.

질문을 이해하지 못한 나는,

"뭐를?" 하고 대꾸했다. 그때 나는 공부를 열심히 하고 있지 않았기 때문이다. 모처럼 환경을 바꿔보았더니 웬 불청객이 나타나 정신을 어지럽혔고, 이제는 내 앞자리에 마주 앉아 훼방을 놓고 있었다. 나는 교과서에 있는 아주 간단한 연습문제 하나를 푸는 데만 십 분이 넘게 걸린 참이었다.

"공부." 정우는 양손을 책상 아래로 내려놓은 기묘한 자세로 다시 물었다. "왜 그렇게 열심히 하냐고."

"그냥, 할 게 없어서"라고, 나는 대답해 버리고 말았다.

"아, 그래."

정우는 그렇게 말하고 나서 한숨을 푹 쉬었다. 나잇살 먹은 선생들이 말주변 없는 학생 앞에서 하는 것처럼 눈을 지그시 감고 한쪽 뺨을 쓸어 만졌다. 그리고 자리에서 일어나 어디론가 사라져 버렸다.

나는 도서실 책상에 덩그러니 앉은 채 생각에 잠겼다. 먼지 많은 날의 코딱지처럼 후회가 머리를 가득 채웠다. 할 게 없어서라는 건 아주 틀린 말이 아니었는데, 대체 왜

했던 걸까. 그냥이라는 말은.

 주말이 지나 월요일이 찾아왔을 때, 나는 아무 표정도 없이 도서실에 앉아 문이 닫힐 때까지 공부하는 척을 했다. 그다음 날인 화요일도 마찬가지였다. 나는 수학 교과서에 있는 연습문제 두 개에 대해 무척 많은 시간과 노력을 들인 오답을 내놓은 다음 엎드려 잠을 청했다. 집으로 돌아가는 길에 해가 점점 짧아지고 있었다.
 그리고 수요일.
 이정우는 도서실 책상에 교과서와 공책을 각각 펼쳐놓고 나를 기다리고 있었다. 내가 늘 앉아 있던 자리 맞은편이었다.
 나는 아무렇지 않다는 듯이 가방을 내려놓고, 정우가 고개를 내리깔고 무언가에 집중하는 모습을 힐끔 쳐다보았다. 새로 산 티가 확연한 샤프와 지우개. 정우는 내가 책과 필기도구를 다 꺼내놓고 자리에 앉을 때까지 기다렸다가 "안녕" 하고 인사했다. 나는 갑자기 웬 공부야, 하고 되묻고 싶은 마음을 참느라 애간장을 태웠다. 어쨌거나 그가 대꾸할 말은 정해져 있었던 것이다.
 그냥, 할 게 없어서…….

15

 공항은 시간이 갈수록 조용해졌다. 억류된 관광객들도 얼마쯤 마음의 평화를 되찾은 것처럼 얌전했다. 첫 폭발음이 있었던 뒤로는 아무런 진동도 냄새도 없었다. 로비는 평일 오전의 박물관처럼 고요했다. 발밤발밤 걸어 다니는 아이들의 신발 소리가 돌바닥에 울리는 것이 느껴질 정도였다. 태평한 인상의 북유럽계 남자는 아예 의자 팔걸이에 긴 다리를 늘어놓고 잠을 청하고 있었다. 사람의 긴장을 풀고 근육이 이완되도록 하는, 적정한 수준의 어수선함이 줄곧 이어졌다.

 반면에 군인들은 경계를 늦추지도 않고, 조만간 그럴 것 같은 기색도 비치지 않았다. 여전히 무슨 이유로 우리들 관광객을 억류하고 있는지, 공항에 어떤 사태가 일어난 것인지 설명해 주지도 않았다. 상황은 변함없이 계속되고 있었다.

공항 내 무선 인터넷이 차단돼 있었기 때문에, 나는 노트북에 내장되어 있는 일지를 하릴없이 읽고 있었다. 아주 오래전부터 기록해 왔던 그 메모장 파일들은 용량이 수백 메가에 달했다. 언제부턴가 내게는 지나간 인생을 지나치리만큼 솔직하게 기록해 두는 습관이 있었다. 남이 알아선 안 되는 것은 물론이거니와 내가 기억하지 말아야 할 것까지 모두 적어두었다.

그러나 나는 귀국과 함께, 그 따분한 남자와의 결혼과 함께 새롭게 태어나야 했다. 과거에 대한 상세한 기록은 이 이상 필요하지 않다. 지금의 억압된 상황이 나에게는 기회였다. 오래된 과거와 시간을 들여 이별할 수 있는.

아무에게도 보여준 적 없고, 보여준다 하더라도 이해받을 일 없는 이 일지들을 읽으며 나는 내가 살아온 인생에 대한 하염없는 동정심에 젖는다. 자기연민이 몸에 좋지 않다는 것쯤은 알고 있다. 그러나 자기 삶에 관한 한 한없이 객관적인 사람은 존재할 수도 없고, 실은 그래야 할 필요도 없다고 나는 생각한다. 정도의 차이가 있을 뿐 인간은 누구나 저 자신을 연민하며 살아가니까.

나는 나의 일지가 세상에 공개되지 못하고 삭제될 예정이라는 것에 설명할 길 없는 아쉬움을 느낀다. 아쉬움이라는 것도 지나치게 점잔을 뺀 표현이다. 실은 안타깝고, 서럽고, 못내 비참하기까지 한 기분이다. 이 지구상 누구에게도 영원히 이해받지 못할 나의 과거. 내 영혼의 일부이자, 낳아지자마자 버려진 나 자신. 나는 그것을 없애버리기로 결심했으면서, 아무 곳으로도 옴짝달싹할 수 없는 공항에 이르러서야 읽고 있는 것이다. 클릭 몇 번이면 영원히 세상에서 사라져 버릴 나의 기록들을.

"야, 김민진. 공부 잘하는 줄 알았더니. 이런 것도 틀리면 어떡해?"

"아, 틀렸는데 어쩌라고." 나는 그 말에 정말로 기분이 상해서 대꾸했다. 정우가 보는 앞에서 문제를 틀린 것도, 얼굴이 홍당무처럼 빨개진 것도 모두 짜증스러웠다.

"앞으로 믿고 물어보기가 망설여지는데."

"그럼 진희한테나 물어보든지."

나는 그렇게 말하면서 책을 탁 밀어버렸다. 그리고 몸을 반대로 돌려 내 심기가 불편하다는 점을 노골적으로 드러냈다. 여느 커플이나 부부가 말다툼을 한 직후에 그러는 것처럼.

나와 이정우가 사귀는 관계였다고 말하려는 것은 아니다. 단지 그렇다고 해도 이상하지 않을 만큼 서로가 가깝게 느껴진 것도 사실이었다. 정우는 내가 그렇게 책을, 자신을 밀어낼 때마다 나를 어린아이 달래듯이 했다. 내 머리를 쓰다듬고 어깨를 주무르거나 뒤에서 살포시 껴안아 올리면서 귓가에 속삭였다. 미안해, 나 때문에 삐진 거야? 기분 풀어.

그런 행위들이 어떤 의미를 가지고 있는지, 남학생과 여학생 사이의 건전한 교류라는 것이 어디까지인지 나는 전혀 아는 바가 없었다. 그 무렵 내게는 남자친구는 고사하고 친하게 지내는 동성 친구조차 없었던 것이다.

다만 나도 친한 여자애들끼리는 서로 팔짱을 끼고 걷거나 손을 잡거나 뒤에서 껴안는 일들이 퍽 자연스럽다는 것 정도는 알고 있었다. 정우가 내게 해오는 접촉들도 그런 자연스러운 신체적 교류의 연장이라고 생각하면 이상할 것이 없었다. 외려 이상한 것은 이토록 평범한 일에도 가슴이 뛰고, 근육이 굳고, 안절부절못하며 식은땀이 나는 나 자신이라고 생각했다.

그런가 하면 이정우의 접촉은 갈수록 대담해졌다. 지레

겁을 먹고 굳어 있는 나, 그의 손길에 저항하기는커녕 침묵한 채 얌전히 있는 김민진을 보고 퍽 자신을 얻은 모양이었다. 그는 사서 선생님이 자리를 비운 틈을 타 내 볼에 입을 맞췄다. 내가 아무 반응도 하지 않자, 그다음 날에는 아예 입술을 노리고 들어왔다. 따라서 나의 첫 키스는 영어 교과서의 네 번째 챕터 메인지문을 읽고 있던 와중에 불시 검문처럼 이루어졌다. 나는 그때 내가 보고 있었던 단어도 기억할 수 있다. **Consider.** ~로 여기다, 고려하다, 자세히 바라보다, 음미하다.

다만 그것은 첫 키스라는 낱말이 풍기는 분위기처럼 달콤하거나 낭만적인 행위는 아니었다. 그것은 서로 다른 입술 간의 시시한 충돌이었고, 아무런 느낌도 감흥도 없는 접촉이었다. 나는 그 행위의 무색무취함에 좀 당혹스러울 정도였다. 정우 쪽에서도 첫 키스가 이런 무미건조한 것일 리 없다는 듯이, 확인이라도 해야겠다는 듯 재차 입술을 갖다 댔지만 별다를 것은 없었다.

내가 천천히 고개를 돌리자 그는 멋쩍은 듯이 자리에 돌아가 앉았다. 오 분쯤 지나자 사서 선생님이 돌아왔다. 우리는 도서실이 문을 닫을 때까지 한 시간은 더 앉아 있다가 학교를 나왔다.

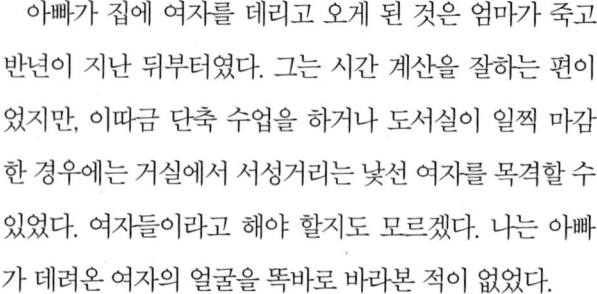

16

 아빠가 집에 여자를 데리고 오게 된 것은 엄마가 죽고 반년이 지난 뒤부터였다. 그는 시간 계산을 잘하는 편이었지만, 이따금 단축 수업을 하거나 도서실이 일찍 마감한 경우에는 거실에서 서성거리는 낯선 여자를 목격할 수 있었다. 여자들이라고 해야 할지도 모르겠다. 나는 아빠가 데려온 여자의 얼굴을 똑바로 바라본 적이 없었다.
"어어, 민진이 왔니."
 그럴 때면 아빠는 황급히 옷을 걸친 듯한 모습으로, 땀에 살짝 절어 헝클어진 머리를 한 채 어색한 인사를 해왔다. 뭐 맛있는 거 먹지 않겠냐거나, 학교에서 공부는 잘되어 가느냐는 둥 평소 같지 않은 말도 늘어놓았다. 나는 그에게서 치킨이며 피자 같은 음식을 얻어먹기도 하고, 어떨 때는 대꾸도 없이 곧장 방에 들어가는 일도 있었다. 그럴 때마다 내 방에서는 축축하고 야릇한 땀 냄새 같은 것이 풍겼다. 한번은 내 사이즈와 전혀 맞지 않는 속옷이 침대 아래에 떨어져 있는 것도 보았다. 나는 그것에 대해 아무 말도 하지 않는 대신, 이따금 거울을 보며 그 헐렁한 보라색 브래지어를 가슴께에 맞춰보았다.

여자와 입을 맞추는 데 성공한 남자들은 대개 당연한 수순처럼 혀를 섞으려 든다. 정우도 그랬다. 입술만 대는 키스를 하다 말고 내 아랫입술을 슬쩍 핥더니, 너도 입을 열고 혀를 꺼내라는 듯이 꾹 눌렀다. 남녀 간의 사랑이 순수하고 애틋한 것으로 남을 수 있는 것은 입맞춤까지다. 어느 한쪽이든 혀가 튀어나와 엉키는 순간, 그 사랑은 순수성을 잃고 성애적인 범주에 접어든다. 아름다운 정신성의 상징에서 타락한 육체성으로의 전락. 불과 몇 센티에 불과한 입술과 혀 사이의 간극이란 바로 그런 것이다.

이정우와 처음으로 혀를 섞는 키스를 하게 되었을 때, 나는 맛 비스름한 것을 느끼긴 했으나 결코 달콤하지는 않았다. 달콤하기는커녕 텁텁하고 비릿하며 시큼한, 저도 모르게 미간을 움푹 찌푸리게 만드는 맛이었다.

 욕망하는 여자의 혀를 먹어치운 남자들, 그들의 다음 목표는 자연스럽게 가슴을 만지는 것이 된다. 정우는 가슴에 손을 얹는 행위에 앞서서 전보다 신중을 기하는 모습이었다. 사서 선생님이 자리를 비운 틈을 타서, 나를 도서실에서 가장 외진 서고 구석으로 끌고 가 혀를 집어넣고 가슴을 만졌다.

 마치 이전에 서로 합의한 일이라도 되는 것처럼 당돌하게 가슴을 주무르는 정우. 나는 거기에 얼마만큼 당황하고, 또 얼마만큼 화를 내야 적당할지를 알지 못해서 잠자코 있었다. 침묵이 곧 허락을 의미했던 것은 아니다. 나는 무엇을 허락하고 금지해야 하는지조차 모르고 있었다. 그것은 금의 가치를 모르는 인디언이 아무 생각 없이 정복자에게 보물을 건네는 것과 같은 상황이었다. 그들에게 금이란 그저 길가에 굴러다니는 돌멩이에 불과했는데, 그때의 나 역시 나 자신에게 꼭 그런 존재였다. 길가에 굴러다니는 돌멩이 같은 것. 정우는 그것이 탐할 만한 가치가 있음을 알았고, 서슴없이 주워 제 주머니에 넣었을 뿐이다. 나는 그것을 필요 이상으로 비난하려는 마음은 없다. 이제 와서 그에 대해 왈가왈부하는 것 자체도 우습게 느

꺼진다.

그때 정우가 마음만 먹었다면, 그렇게 하려는 의지와 실현 가능한 계획만 있었더라면, 그는 내 옷을 모두 벗긴 후 범하고도 남았을 것이다. 하지만 정우의 욕망은 그 정도로 치밀하지 못했다. 기껏해야 브래지어 너머에 있는 가슴을 몇 번 더듬고 주무르는 것이 고작이었다. 내 생각에는 그가 내 등 쪽으로 몇 번 손을 집어넣은 것이 브래지어를 풀어헤치려는 시도였던 것 같은데, 잇따라 실패하고 나서는 그냥 하던 대로 만지는 것에 만족하는 듯했다. 속옷을 한 번 벗기지 못한 것만으로 풀이 죽어 포기해 버리는 동물이라니. 그런 이정우를 경솔하고 어리석다고 생각할지언정 추악하다고는 여기지 않았던 것 같다. 그때는 나도 열여섯 살이었다. 누구 할 것 없이 어리석은 나이였다.

도서관 구석에서 혀를 섞는 키스가 막 끝났을 때, 나는 정우에게 나를 좋아하느냐고 물었다.

"김민진." 할 말이 마땅치 않거나 망설여질 때, 대뜸 앞에 있는 타인의 이름을 부르는 사람이 있다. 정우가 그랬다. "나, 고백받았어."

"누구한테?"

"도연이한테지."

"그래서 뭐라고 했어?"

"거절했어." 정우는 앞으로 뺀 도서실 의자에 팔을 기대고 서서 말했다. 그리고 "당연히 거절했지" 하고 거듭 말하더니, 앉지는 않고 그대로 책과 가방을 챙겨 도서실을 훌쩍 나가버렸다.

혼자 남은 내가 그런 대답 같지도 않은 대답에 만족한 것이나, 우물쭈물하며 고백했다가 마음을 거절당한 도연의 표정을 상상하며 내심 흡족해했던 것은 놀랍지도 않은 일이다. 그런 어리석음은 놀랍지 않다. 가련하고 쓸쓸할 뿐이다.

17

 한번은 아빠가 경민의 방문 앞을 지나가다가 주우욱 미끄러져 엉덩방아를 찧는 일이 있었다. 그가 밟은 것은 점성이 있고 표면에 하얀 기운이 도는 액체 덩어리였다. 잠깐 동안 넋이 빠져 있던 아빠는 울그락불그락해진 얼굴로 화장실에 들어가서, 발에 묻은 그것을 꼼꼼하게 씻어낸 다음 방 안에 드러누워 있던 경민의 머리를 발로 걷어차고 욕을 퍼부었다.

 그것이 엄마의 장례식을 치른 지 일주일이 채 되지 않았을 때였다. 따라서 경민은 나나 아빠가 알아차리기 한참 전에 자위를 시작했을 가능성이 있었다. 나와 아빠가 뒤늦게 그 사실을 알게 된 것은, 그 흔적을 티가 나지 않게 지우고 닦아왔던 엄마가 사라졌기 때문일 수도 있었다.

그때까지 내가 학교에서 받았던 성교육은 형식상에 불과한 것이었다. 나는 정액이 무엇인지, 거실 바닥과 벽면 곳곳에 달라붙어 있는 그것이 무엇인지 알 도리가 없었다. 그런 내 입장에서 그 하얗게 눌어붙은 자국을 목격할 때마다 폭발하는 아빠의 분노란 종종 뜬금없는 것으로 느껴졌다. 그는 매번 얼굴이 벌겋게 달아오른 채로 경민의 방에 쳐들어가 심한 욕설을 퍼부었다. 그러고도 분이 풀리지 않을 때에는 손찌검을 했다. 뺨을 후려치고 정강이를 찍어 차고 권투를 하듯 관자놀이에 주먹을 질렀다.

나는 그것을 몹시 야만적인 폭력이라고 생각하다가도, 그 못생기고 멍청한 것이 사정없이 두들겨 맞는 모습을 보며 스릴을 느끼기도 했음을 고백한다. 안타깝게도 나는 그러한 점에 아무런 죄책감도 느낄 수가 없다.

내가 평소보다 일찍 집에 돌아온 날이었다. 나는 현관에 들어서자마자 경민이 끙끙거리는 소리를 들었다.

"……너 뭐 해?"

들어가 보니 그는 실오라기 하나 걸치지 않은 채 거실에서 자위를 하고 있었다. 양손으로 성기를 붙든 채 앞뒤로 흔드는 동작을 거듭했다. 무척 크고 격렬한 움직임이었다. 그는 내가 집에 들어온 것을 보고도 행위를 멈추지 않았다.

나는 비명을 지르는 대신 조용히 뒷걸음질을 쳤고, 건물 현관으로 되돌아 나와 가방을 내려놓고 앉았다. 언제라도 뛰어 도망칠 준비를 하고 있었던 것 같기도 하다.

언제 들어가야 좋을지 고민을 하던 찰나 멀리서 아빠가 걸어오는 모습이 보였다. 간만에 말쑥한 양복 차림이었던 그는 건물 현관에 우두커니 앉아 있는 나를 보고 온화한 목소리로 물었다. 왜 집에 안 들어가고 여기 앉아 있느냐고. 나는 조금 전 거실에서 본 것을 있는 그대로 이야기했다.

아빠는 거실 텔레비전에 정액을 뿌려놓고 뻗어 누운 경민을 멀거니 내려다보았다. 찬찬히 재킷을 벗어 의자에 걸쳐놓고, 허리에 차고 있던 가죽 벨트를 뽑아 들던 그의 모습이 생각난다. 그는 벨트가 멀쩡한지 확인하기라도 하듯 두세 차례 팽팽하게 당겨보았다. 이윽고 살진 피부에 채찍이 휘감기는 듯한 소리가 났다.

"으! 악! 악!" 벨트에 맞은 경민의 어깻죽지가 일자로 벌겋게 달았다. 벌렁 넘어진 자세로 매질을 당하는 멧돼지처럼 버둥거리던 그는 벽에 기대 있던 빨래건조대며 다림판이며 선반에 올려놓은 책들을 바닥에 내동댕이쳤다.

아빠는 개의치 않고 벨트를 계속 휘둘렀다. 난도질을 하듯이 마구 때리다가, 등이나 허벅지를 집요하게 노리기도 하고, 허겁지겁 뒹굴며 방구석으로 도망하는 녀석을 쫓아 살갗에서 피가 날 때까지 후려쳤다.

머잖아 나는 그가 나를 위해, 내가 느꼈을 두려움이며 당혹감을 보상하기 위해 매를 든 것이 아니라는 사실을 알았다.

일방적인 매질이 멈추었다. 넘어져 버둥거리던 경민이 두 다리로 벌떡 일어났을 때. 지금까지도 내 뇌리에 강하게 남아 있는 것은 바로 그 장면이다.

두 발로 선 경민은 아빠를 코 아래로 멀찍이 내려다보고 있다. 살집으로 통통하게 부풀어 오른 배와 팔뚝, 허벅지가 평균보다 작은 아빠의 덩치 앞에서 더욱 거대해 보인다. 나 못지않게 당황한 아빠의 표정이 눈에 띈다. 아니다. 그는 당황한 것이 아니라 두려워하고 있다.

우리가 경민에게 거의 아무 관심도 가지지 않았기 때문이다. 최근 들어 부쩍 살이 쪘다고만 생각했을 뿐 일어선

키며 덩치가 그렇게나 큰 줄은 모르고 있었다. 구타당할 때의 경민은 언제나 눕거나 엎드리거나 웅크린 자세였던 것이다. 옆에서 봤을 때 두 사람의 몸집은 거의 두 배가량 차이가 나 보였다. 아빠도 큰 충격을 받은 모양이었다. 그는 쥐고 있던 벨트를 휘두르는 것도 잊고 경민을 올려다보고 있었다.

올려다보고 있었다. 셔츠와 양복바지를 입은 왜소한 아빠가, 누렇게 뜬 트렁크 팬티만 걸치고 선 커다란 경민을 올려다보고 있었다. 부자 관계에 있는 그 두 남자의 대치는 어느 상반된 개념의 대립처럼 보였다. 문명과 야만, 이성과 본능, 다윗과 골리앗, 초식동물과 육식동물.

아빠는 산책 중에 곰을 마주친 노파처럼 굳어 있었고, 조금 전까지 가죽 벨트로 마구잡이 구타를 당했던 경민은 연신 거친 숨을 내몰아 쉬었다.

포르투갈을 여행하던 중에 투우경기를 볼 기회가 있었다. 그러나 나는 메인 이벤트가 시작하기도 전에 경기장을 빠져나왔다. 근처 벤치에 앉았을 때는 이마와 등줄기에 식은땀이 흥건하게 흐르고 있었다. 팔다리가 후들거리는 것을 주체할 수 없었다. 뒤따라 나온 남자 두 명이 내게 무슨 일이냐고 물었다. 나는 대답할 수 없었다. 투우사의 몸짓에 바짝 약이 올라, 금방이라도 뿔로 투우사를 들이박을 것처럼 씩씩거리던 수소에게서 그때 경민의 모습을 겹쳐 보았다고는 말할 수 없었다. 아무도 그 말을 이해하지 못할 테니까.

경민은 방바닥에 쓰러진 아빠에게 있는 힘껏 팔을 휘둘렀다. 옆머리를 강타당한 아빠가 일순간 무언가를 상실한 사람처럼 머리를 고꾸라트렸다.

나는 마침내 비명을 질렀다. 그리고 경민이 나를 똑바로 쳐다보기 전에 문 밖으로 나왔다. 신발을 신을 새도 없이 맨발로 뛰쳐나와 미친 듯이 옆집 문을 두드렸다. 아무런 반응이 없었다. 미친 사람처럼 건물 앞으로 뛰어나갔다. 경찰에 전화했다. 정신이 아득해질 정도로 긴 신호음 끝에 사무적인 목소리가 들려왔다.

"안녕하세요. 인천 서부 ○○ 파출소입니다. 무엇을 도와드릴까요."

나는 아빠가 맞고 있다고 말했다. 이러다 사람이 죽을지도 모른다고, 그러므로 최대한 빨리 와달라고 이야기했다. 전화를 받은 경찰은 전혀 서두르는 기색 없이, 나의 신분과 집 주소와 자세한 상황을 재차 물었다. 나는 울음이 나오려는 것을 꾹 참고 침착하게 주소를 말했고, 내가 지금 맞고 있는 아빠의 딸이라는 것도 덧붙였다. 경찰은 석연찮다는 투로 '곧 출동하겠다'라고 말한 뒤 전화를 끊었다.

십 분쯤 지나서 경찰이 도착했다. 다세대주택 건물 앞에서 초조해하고 있던 나는 경찰관 두 명을 이끌고 집 안으로 들어갔다.

집 안은 막 폭풍우가 지나간 자리처럼 적막했다. 아무도 없는 거실에 마구 던져지고 넘어져 망가진 물건들만이 나의 신고가 허위가 아니라는 것을 증명하고 있었다. 나이가 들어 습관적으로 여유를 부리는 경찰관 한 명이 "이것 봐라, 누가 보면 지진이라도 일어난 줄 알겠네" 하고 너스레를 떨었다.

경민은 방 안에 들어가 이불을 뒤집어 쓰고 잠들어 있었다. 그런 일이 있고 나서 어떻게 곧장 잠들 수 있는지, 그 징그러운 것을 흔들어 깨워 묻고 싶었지만 그러지 않았다.

문제는 아빠가 화장실 안에서 문을 잠근 채 나오지 않는다는 것이었다.

"선생님, 문 좀 열어보세요." 젊은 경찰관이 나이 많은 남자를 대할 때 쓰는 공손한 말투와 함께 화장실 문을 두드렸다. "따님이 경찰에 연락을 하셨어요. 아드님한테 맞으셨다고, 위험하신 상태라고 들었는데."

"그런 일 없습니다"라고 아빠는 대답했다.

그런 일이 없었다고?

거듭 괜찮냐고 묻는 경찰관의 말에 그는 묵묵부답이었다. 거실이 엉망인데 아무 일이 없었던 것이 맞느냐, 화장실에서는 왜 안 나오시는 거냐, 얼굴을 보고 이야기하시는 것이 어떠냐는 말에도,

"그냥 돌아가세요. 별일 없습니다"라는 대꾸밖에 하지 않았다.

"그럼 돌아가지? 별일 없다는데 우리라고 별수 있나." 나이 든 경찰관이 현관 쪽으로 나가자는 손짓을 하며 말했다.

나는 그들이 떠나고 난 거실에서 망연히 서 있다 앉아 있기를 반복했다. 아빠가 나오기를 기다린 것은 아니었다. 그것은 오히려 두려운 일처럼 느껴졌다. 그때 내가 갈망했던 것은 인기척이었다. 이 허름한 빌라에 세 명이나 되는 사람이 살고 있다는, 한때는 네 명도 됐었던 한 가족이 여기에 있다는 것을 무언가가 증명해 주기를 바랐다.

그러나 아무 소리 없이 자는 경민, 숨을 죽인 채 숨은 아빠, 기억에서조차 멀어진 엄마. 나는 그 세 명에게서 제각기 분담한 외로움으로 말미암아 방법 없이 슬펐다. 공연히 어질러진 거실을 치우다 보니 창밖에 새벽 어스름이 거뭇거뭇했다. 서너 시간 뒤 학교에 가기 위해서 침대에 누웠다. 불현듯 도서실에 가고 싶은 마음이 간절해졌다.

18

 이튿날 학교에서 수업을 듣는데 머리가 지끈지끈했다. 잠을 못 자서 피곤한 것과는 느낌이 달랐다. 보건실 선생님은 타이레놀 두 알을 꺼내주었다. 조금 누워 있다 가면 안 될까요? 물어봤지만 소용이 없었다.

 나머지 수업시간을 어떻게 지나 보냈는지 모르겠다. 현기증이 나고 몸이 뜨거웠다. 가방을 메고 이마에 손을 대보니 땀이 흥건했다. 몸을 일으키는 데는 성공했지만, 똑바로 걸어가는 것은 힘에 부쳤다. 그러나 집에 가고 싶은 생각은 없었다. 여느 때처럼 아무도 없는 도서실로 가서 책과 공책과 필통을 책상 위에 부려놓았다. 그리고 연습 문제를 푸는 체하며 정우가 오기를 기다렸다.

나는 정우가 오자마자 필기구를 내려놓고 입을 맞췄다. 내 쪽에서 먼저 혀를 집어넣자 화들짝 놀라서 고개를 쳐드는 정우.

"오늘 아파 보이던데 괜찮아? 무슨 일 있는 거 아니야?"

"괜찮아. 별거 아니야."

나는 그렇게 대답하고 나서 다시 키스를 이어갔다. 혀를 섞는 키스로 모자라서, 속옷도 입지 않은 가슴이며 허벅지를 그의 몸에 밀착시켜 비비기까지 했다. 교복 바지가 팽팽해진 채 들릴 듯 말 듯한 소리로 신음하는 정우. 그가 나로 인해 괴로워하는 모습을 보자, 펄펄 끓는 듯한 신열에도 불구하고 기분이 상쾌해졌다.

그렇지만 더 이상 도서실에 머무르는 것은 어려웠다. 쉬지 않고 위에서 빙글거리는 실링 팬을 더는 참을 수 없었다. 침으로 범벅이 된 입가를 훔치고 뒤돌아 가려는데 정우가 뒤에서 어깨를 붙잡았다.

"토요일 오후에 단둘이 만나지 않을래? 중요한 할 말이 있어."

"생각해 볼게"라고 나는 대답했다. 그날이 목요일이었다.

집에 돌아가니 아빠는 어디로 사라지고 없고, 경민은 혼자서 밥을 꺼내 먹고는 방에서 자는 것 같았다. 싱크대에 마른 밥알이 덕지덕지 붙은 밥공기와 숟가락들이 아무렇게나 놓여 있었다. 아무런 힘이 남아 있지 않았던 나는 물 한 컵을 따라 마신 뒤 내 방 침대에 가서 쓰러지듯 누웠다.

금요일에는 학교에 가지 못했다. 열이 내리기는커녕 온몸 구석구석을 들쑤시며 활개쳤다. 열이 특히 심할 때 느껴지는 찌릿함, 기계에 전력을 공급하는 퓨즈가 아주 잠깐 끊겼다가 돌아오는 듯 아찔한 느낌이 계속되고 있었다.

비척거리며 거실로 나가자 경민이 선반에서 과자를 꺼내 먹고 있었다. 그는 뭐라 웅얼거리는 소리를 내더니, 갈색 꼬깔콘 봉투를 거꾸로 세워 입안에 전부 털어 넣었다. 그리고 가늘게 뜬 눈으로 나를 보며 히죽거렸다.

"병신 새끼가."

나는 다 죽어가는 목소리로 씹어뱉듯이 말했다. 경민은 침팬지 같은 걸음걸이로 제 방에 돌아갔고, 나는 부엌 선반에서 언제 샀는지 알 수 없는 오래된 진통제를 두 알 꺼내 삼켰다.

의자에 앉아 약 기운이 돌기를 기다렸다. 거실은 가까스로 치운 보람이 무색하게 어지럽혀져 있었다. 싱크대에는 밥풀 낀 설거짓거리가 더 많이 쌓여 있었다. 종일 집에 있는 경민은 하루에 밥을 대여섯 끼는 먹는 모양이었다.

사라진 아빠는 돌아오지 않았다. 나는 아빠가 집에 없는 것이 당연했던, 아빠를 아빠라고 생각조차 하지 않았던 때를 문득 떠올렸다. 딸이 무단으로 결석했으니 부모인 그에게 연락이 갔을 것이다. 그러나 아빠가 그 전화를 받을지 어떨지도 나는 알 수 없었다. 나는 단지 토요일 오후를 위해, 정우를 만나기 위해 몸의 열을 내려야 한다는 생각뿐이었다.

19

그날 밤.

나는 아주 깊이 잠들어 있었던 것 같다. 그 덩치 큰 것이 내 침대에 올라와 내가 덮고 있던 이불을 걷어내고, 파자마 앞섶의 단추를 잡아 뜯고, 억센 손으로 가슴을 주무르고 송곳니로 유두를 깨물 때까지도 잠에서 깨지 못했다. 나는 가슴팍의 아릿한 통증을 느끼며 이것이 병중의 고약한 악몽이라고만 생각했다.

꿈.

그건 꿈이라고밖에 생각할 수 없었다. 이렇게 고통스럽고 혐오스러운 것이 꿈이 아닌 현실이어서는 안 된다. 이 모든 것은 가짜에 불과한 것, 그림자에 지나지 않는 것이므로. 나는 그 상황을 지나치게 진지하거나 심각한 것으로 받아들이지 말아야 했다.

그럼에도 나는 몸부림쳤다. 어쩔 수 없었다. 어쩔 수 없는 것들이 너무 많았다. 팔과 다리에 힘을 주어 그 짐승을 내게서 밀어내 보려고 했다. 그러나 미처 가라앉지 않은 열감이, 온몸의 근육이며 말단 신경에 보내는 신호를 게을리했다. 화재경보가 울리는데 나는 잠들어 있다. 해일이 밀려오는데 소녀는 조개껍질을 줍고 있다.

어차피.

꿈과 다를 바 없는 것이었다. 욕망으로 눈이 새카매진 채 달려드는 그 동물을 내가 막아낼 방법이란 처음부터 없었다. 잠옷 바지로 침범한 손이 속옷을 거칠게 잡아 벗겼다. 일련의 상황이 얼마나 갑작스럽게 일어났던지, 나는 누군가에게 처음으로 음부를 보인 것을 의식하지도 못했다. 모든 일이 나의 의지와 관계없이 일어났다.

아.

머리에 피가 마르는 기분과 함께, 기압의 차이에 의한 소리처럼 미약한 신음이 새어 나왔다. 그 순간 커다란 손바닥으로 내 입을 틀어막은 경민은 치아를 훤히 드러내며 웃고 있었다. 그리고 다른 한 손으로 누워 있던 내 목을 콱하고 눌러 조였다. 그것이 놈의 계획이었다. 힘으로 제압하고, 소리를 낼 것 같으면 입을 막고 목을 조르는 것. 자신에게는 언제든지 나를 죽일 수 있는 힘이 있음을 상기시키는 것.

죽음을 이해하지도 못하는 대상에게 생명을 인질 잡히는 것. 그런 죽음이 두려워 저열한 협박에 굴복하고, 끝내는 다리를 벌려 국부를 허락하는 것. 나는 찌르고 터지는 육체적 고통 때문이 아니라 처절한 굴욕과 무력감 때문에 눈물을 흘렸다.

세상은 지극히 단순화되었다. 우주는 물리력의 많고 적음에 따라 지배되는 세계이고, 나는 부조리한 자연의 우연, 암컷이 수컷에 비해 근육량이 적고 왜소하다는 법칙에 따라 제압되었다. 내 몸집의 세 배는 되는 경민. 그 몸에 자리 잡아 있는 살과 근육들. 물리적 강제력들. 그것들에 비하면 나는 덩어리였다. 저항할 힘도, 의지도 없이, 부드럽고 연약한 살갗을 타고난 죄로, 욕구를 충족시키기 위해 존재하는 덩어리.

밤새껏 욕망을 채운 경민은 마침내 동작을 멈추고 뻗어 잠들었다. 창밖으로 동이 트고 있었다. 이불 위로 회청색 아침이 떨어져 비쳤고, 가까운 골목길로 오토바이 한 대가 지나가는 소리가 들렸다.

나는 군데군데 멍들고 쓰라린 다리를 절룩거리며 화장실로 향했다. 살이 데일 만큼 뜨거운 물로 아주 오랫동안 샤워를 했다. 그렇게 함으로써 더러워진 무언가가 사라져 없어지고, 조금 전까지 있었던 것들이 없는 일이 되는 것처럼. 정말로 그렇게 착각하고 있는 사람처럼.

하얀 거품이 인 물줄기가 끊임없이 하수구로 흘러들었다. 그 기분 나쁘게 끈적끈적한 것들은 이미 내 몸 안에 점착해 자리를 잡고 있는지도 몰랐다. 나는 누렇게 뜬 화장실 타일에 주저앉았다. 흐느끼는 소리가 새어나가지 않도록 침묵한 채 울었다.

나는 집 안에 있던 돈 몇 푼을 챙겨 밖으로 나왔다. 토요일에 문을 여는 약국은 많지 않았다. 나는 쌀쌀한 바람에 맞서 동네 곳곳을 돌아다니다가, 후미진 골목 어귀에서 유일하게 문을 연 약국을 찾았다.

약사는 하얗게 센 머리를 시장 아주머니처럼 볶은 할머니였다. 그 할머니가 진짜 약사였는지 나는 모르겠다. 그녀는 하얀 약사 가운도 입고 있지 않았고, 약에 대해 전문적인 지식을 가진 것 같지도 않았다. 단지 그녀는 내가 사후피임약을 건네받고 값을 치르고 나올 즈음 쯔쯔, 하고 다 들리는 소리로 혀를 찼을 따름이다. 약국을 나와서 얼마쯤 걸었을까. 깜빡 잊고 해열제를 사지 않은 것을 깨달았지만 나는 되돌아가지 않았다. 돌아가기에는 너무 먼 길을 온 것 같았다.

경민은 제 방으로 돌아가고 없었다. 약을 먹고 눕자 덮는 이불에서 전날 경민이 흘린 땀이며 침이며 살이 부대꼈던 냄새가 났다. 나는 누운 채로 이불을 바닥에 내던져 버렸다가, 오한이 느껴지자 하는 수 없이 도로 주워 덮었다. 줄곧 속이 메스꺼운 것이 감기 기운 때문인지, 이불에서 풍기는 냄새 때문인지, 조금 전에 먹은 약 때문인지 알 수 없었다.

오후 나절이 다 지나고 나서야 잠에서 깼다. 꿈을 꾼 것 같은데 내용은 떠오르지 않는다. 나는 식은땀을 많이 흘리고 있었고, 해가 기울고 있던 창밖에서 까마귀 우는 소리가 멀어지는 것을 들었다. 정우와의 약속을 떠올린 것은 바로 그때였다.

아니다. 나는 정우와 만나기로 약속한 적은 없었다. 그저 생각해 보겠다고 한 것이 나의 대답이었지만.

급하게 옷을 챙겨입고 집을 나왔다. 으슬으슬 추운 가을 공기 때문에 머리가 어지러웠다. 메스꺼움은 위치를 조금 옮겼을 뿐 여전했다. 나는 버스가 방지턱을 넘을 때마다 구토를 참느라 안간힘을 썼다. 해 질 녘에 출발한 버스는 완연한 저녁이 돼서 사거리에 도착했다.

영화관이 있는 건물, 그 맞은편 분수 앞에서 정우는 기다리겠다고 했다. 그가 말했던 시간은 오후 네 시였는데 내가 도착한 시간은 오후 여섯 시 십삼 분이었다. 폭이 좁은 분수대는 오랫동안 물이 나오지 않은 듯 녹이 슬어 있었다.

나는 무엇을 기대했던 걸까. 이미 지칠 만큼 지쳐서 세상에 아무런 기대도 없다고 착각했던 사람. 그런 사람이 사실은 그렇지 않았다는 것을 또 한 번의 좌절을 통해 깨달을 때만큼 비참한 순간도 없을 것이다.

나는 분수대에 우두커니 앉아 두 시간을 넘게 기다렸다. 겨울을 예고하는 바람이 쌩하니 불고, 사람들은 옷깃을 여며가며 좌우 양옆으로 지나다녔다. 그 인파를 눈으로 좇으며 정우를 찾던 나는 문득 초라한 기분이 되어 휴대폰 연락처를 살펴보았다. 왜 그때 내게는 이정우의 전화번호조차 없었나. 그때 그곳에 있던 우리는 대체 뭐였나.

20

 뒤따라 온 일주일. 그 무렵에 있었던 일들을 떠올리는 것은 언제나 괴로운 일이었다. 사건 사이에 있었던 사소한 일들은 좀처럼 떠오르지 않는다. 그것은 선명한 피사체와 대비해 흐릿하게 만든 사진의 배경처럼, 뭉개지고 뿌예져 더는 원래의 이미지를 되찾을 수 없는 것처럼 느껴진다.

 그럼에도 불구하고 내가 학교에 간 것은 신기한 일이다. 나처럼 일탈해 본 경험이라고는 없던 학생들에게 등교는 관성적인 행위였다. 무슨 일이 일어났던지 갈 수 있다면 가야 하는 곳이 학교였다.

 담임선생님은 조례가 끝나자마자 나를 교무실로 불렀다.

지난 금요일에 아무 연락도 없이 결석한 이유를 묻기 위해서였다. 다만 그녀도 무작정 벼르고 있었던 것 같지는 않았다. 아빠도 연락을 받지 않던데, 라며 의외로 사정을 궁금해하는 투였다.

나는 아빠가 집을 나가서 돌아오지 않는다고, 며칠째 연락도 되지 않는다고 짧게 대답했다. 그건 모두 사실이었다. 전부 말하지 않는 것도 사실이 될 수 있다면.

"그러니." 담임선생님은 건조하게 대답했다. 필요 이상으로 배려하는 척은 하지 않겠다는 듯이. "알았다. 돌아가 봐."

그녀의 책상 위에 반 학생 전체의 학교생활기록부가 놓여 있었다.

정우는 평소와 다를 것 없는 모습이었다. 지난주 며칠 동안 아무 일이 없었던 것처럼. 반에서 서로 모른 척 지내는 것은 익숙했다. 하지만 그가 더 이상 도서실에 오지 않는다는 것, 그의 발소리를 기다리느라 문제 하나 건드리지 못하고 집으로 돌아오는 기분은 생소한 만큼이나 복잡다단했다.

집에서는 거의 아무것도 하지 않았다. 밥도 먹지 않았고, 거실로 나가지도 않았다. 화장실은 꼭 필요할 때만 사용했다. 그 밖의 시간에는 방 안에 문을 잠그고 내내 혼자 지냈다. 대개는 잠을 잤던 것 같다. 잠이 깨면 다시 잠이 올 때까지 누워 천장을 보고.

이따금 새벽에 경민이 내 방 문고리를 잡아 돌리는 소리가 들렸다. 몇 분쯤 그러다 혼자 돌아가 잠에 드는 듯했다. 그가 마음만 먹으면 방문도 부술 수 있을 거라고 생각했기 때문에, 나는 그 얌전한 체념이 퍽 자비로운 행위나 되는 것처럼 느껴졌다. 이불 속에서 부엌칼을 얼마나 꽉 쥐고 있었는지. 머리맡에 내려놓는 것도 미처 잊고 잠든 밤이 있었다.

수요일쯤이었을 것이다. 아침부터 반 전체가 시끌벅적했다. 나는 교실에 들어가기 전 복도에서부터 그 이유를 엿들을 수 있었다.

"이정우가 먼저 고백했대?" 한 여학생이 물었다.

"근데 도연이가 너무 아깝지 않아?" 다른 여학생이 물었다.

"그럼 아이돌은 포기하는 건가?" 또 다른 여학생이 물었다. "아이돌은 원래 연애 못 하는 거 아냐?"

대답하는 사람은 없고 묻는 사람들뿐이었다. 당사자인 도연과 정우는 서로 멀리 떨어진 곳에서 어색하게 웃고 있었다. 친구들이 두 사람을 둘러싼 채 수선을 떠는 모습이 전통혼례를 앞둔 남녀를 연상케 했다. 그 둘의 수줍음이 모든 것을 말해주고 있었다.

나는 낙담하지도 실망하지도 않았다. 우리는 서로에게 속했던 적이 한 번도 없다. 기대한 것도 없이 절망에 빠질 수는 없는 법이었다. 다만 나는 그 상황에서 어떤 감정을 느껴야 할지 알 수 없었고, 그로 인해 며칠 동안 혼란스러워했다.

쪽지를 받은 것은 그다음 날이었다.

〈아무도 없는 학교 뒤뜰에서 단둘이 만나자〉

나는 한눈에 도연이의 필체를 알아보았다. 초등학교 때와 전혀 달라진 것이 없는 글씨였다. 그저 그녀가 말하는 내용이며 뉘앙스를 해석하는 데 애를 먹었다. 대관절 무슨 이유로 도연이가 날 보려고 하는지 알 수 없었다. 마지막으로 우리가 단둘이 얘기한 적이 언제였는지 기억도 나지 않았다.

다만 나는 직감적으로 알았다. 그녀가 내게 하려는 말이 무엇이든지 간에, 그것이 나를 회생할 수 없도록 망가트리고 상처 주리라는 것을. 설령 도연에게 그럴 의사가 전혀 존재하지 않는다고 해도 나는 무너질 수 있었다.

지금 느끼고 있는 것 이상의 비참함은 위험해.

보지 않고도 눈앞에 낭떠러지가 있음을 감각한 맹인처럼, 그 쪽지가 불러일으키는 호기심과 집착을 극복해야 한다는 것을 나는 온몸으로 느꼈다.

어차피 내게는 그 아이와 주고받을 만한 얘기가 없다. 기말시험도 코앞으로 다가왔다. 집안의 상황도 좋지 않았다. 먹을 것이 다 떨어져 가고 있었다. 집에서만 시간을 보내는 경민은 음식을 찾겠답시고 집 안을 마구 뒤져 엉망으로 만들었다. 참치통조림이며 김 따위를 뜯어내 먹은 쓰레기가 바닥에 굴러다녔고, 부패한 찌꺼기들이 풍기는 악취가 현관문 바깥까지 진동하고 있었다. 캔 뚜껑의 날카로운 면에 발바닥을 베인 경민이 상처 입은 들짐승처럼 울부짖었다. 아빠는 여전히 전화를 받지 않았다. 그가 어디로 가서 뭘 하고 있는지 나는 아무것도 몰랐다. 그것은 경찰도 마찬가지였다.

이런 상황에 도연의 철딱서니 없는 요구에 응해 감정을 학대하는 것은 있을 수 없는 일이었다. 그래서 나는 가지 않았다. 그러한 거부로 인해 예상되는 일이라고 해봤자 뻔한 것이었다. 도연은 주변 친구들에게 나에 대해 아무렇게나 말하고 다닐 것이고, 때때로 인기척을 느낀 나를 적대감 어린 눈빛으로 쏘아보다가 이내 고개를 돌릴 것이다. 열여섯 살 여자아이가 할 수 있는 보복, 저지를 수 있는 일이란 겨우 그런 것들이 아닌가. 내가 각오한 것은 겨우 그 정도였다. 그녀가 그렇게 완벽하게 사라질 수 있으리라고 예상한 사람은 없었다.

도연이는 다음 날 학교에 오지 않았다. 전날 학교 일과가 끝난 뒤 행적이 묘연해져서, 그대로 실종되어 두 번 다시 나타나지 않았다.

21

 아이돌을 준비한다던 현역 여중생의 돌연한 실종. 그것은 학교는 물론 동네 전체를 떠들썩하게 만들 만한 사건이었다. 가장 직급이 낮은 순경조차 신경 써주지 않았던 아빠의 실종과는 달랐다.

 경찰은 이례적으로 수업 중이던 교실에까지 들어와 실종 수사를 벌였다. 언젠가 재혼을 했다던 도연이의 엄마가 앞문 쪽에서 소리 없이 흐느끼고 있었다. 도연이와 친했던 반 아이들 몇몇이 따로 불려가 경찰의 질문을 받았다. 마지막으로 도연이와 대화한 것이 언제인지, 어디서 뭘 하는 모습을 보았는지, 최근 들어 도연이의 기분이 어때 보였는지, 특별히 이상하게 느낀 점은 없었는지……

아이들은 도연이의 실종에 가족 못지않게 큰 충격을 받은 상태였고, 경찰이 묻는 말에 눈물을 쏟으며 바른대로 대답했다. 그날 오후 수업 끝나고 복도에서였어요. 학교 끝나고 바로 가야 할 곳이 있다면서 나간 게 마지막이었어요. 기분이 정말 좋아 보였던 것 같아요. 네, 도연이 혼자 어딘가로 사라졌을 것 같지 않아요.

나 역시 참고인 신분으로 경찰에게 불려가 몇 차례 질의응답을 했다. 나와 도연 사이에 이렇다 할 교류가 없다는 것은 주지의 사실이었지만, 초등학교 시절 자주 어울려 지냈다더라는 증언 때문에 형식상의 조사를 받게 된 것이었다.

"그러니까, 도연이랑 초등학교 때까지는 친했는데 중학생이 되고 나서는 서먹서먹해졌고, 특히 삼 학년 올라와서는 말도 거의 하지 않았다는 거지?"

"네. 맞아요." 나는 일부러 겁을 조금 집어먹은 듯한, 소심하고 유약한 소녀 같은 태도로 대답했다.

"그래. 알겠다. 그냥 혹시나 싶어서 물어보는 거야." 조사관은 그런 내 모습이며 대답에 마음이 좋지 않은 것 같았다. 그는 담임이나 다른 경찰들로부터 나에 대한 말을 들었는지, 질문이 끝나고 자리에서 일어서려던 찰나 괜한 말을 덧붙이기도 했다. "그, 아버지 일은 안됐다. 연락도 안 되고 주변 사람들도 모르니 방법이 없어서…… 그래도 다 큰 어른이시니까, 어디에서든지 건강하게 계실 거야. 곧 돌아오실 거라고 믿어보자."

"감사합니다"라고 나는 대답했지만, 내가 가장 걱정한 것은 아빠의 건강 같은 게 아니라 그의 부재로 위태로워진 나의 안위였다.

벌써 며칠째 학교에서 먹는 급식으로만 끼니를 해결하고 있었다. 집에서는 굶주린 경민이 피가 눌어붙은 발바닥을 이끌고 부엌의 찬장을 뒤지거나 방 안에서 소리를 지르거나 했다.

물론 도연이 내게 남긴 그 쪽지, 〈아무도 없는 학교 뒤뜰에서 단둘이 만나자〉라고 쓰인 작은 종이가 결정적인 단서가 될지도 몰랐다. 그러나 그것이 도연의 실종에 대해 본질적으로 말해주는 것은 아무것도 없었다.

무엇보다 그 별것도 아닌 쪽지로 귀찮아지는 것이 싫었고, 털어놓는다고 한들 달리 이야기할 수 있는 것도 없었다. 도연이가 이런 쪽지를 너한테 남긴 이유가 뭔지 짐작 가는 게 있니? 만약 그날 뒤뜰로 갔다면 도연이가 무슨 이야기를 했을지 상상해 본 건 없니? 물론 나는 사실대로 대답할 것이다. 아뇨. 없어요. 전혀 상상이 되지 않아요. 경찰은 내 말을 믿는 대신 나를 용의선상에 올려놓을 것이다. 그런 건 싫었다. 나는 형체를 알 수 없도록 잘게 찢고 구긴 쪽지를 쓰레기통에 처넣었다.

최유력 용의자로 지목돼 조사를 받은 것은 이정우였다. 경찰의 가설은 이러했다. 그는 열여섯 살이었다. 비로소 성에 대한 관심과 욕구가 싹트는 시기다. 강원도에서 막 전학을 온 정우는 어떻게든 여자친구를 사귀어 보겠다는 생각으로 머리가 가득했을 것이다. 그러던 중 반에서 가장 인기 있는 여자아이인 도연과 가까워졌고, 얼마 뒤에는 사귀는 관계가 됐지만, 그것만으로는 만족할 수 없었다. 그래서 사귀기 시작한 바로 다음 날, 아무도 모르는 곳으로 그녀를 불러내 성적인 접촉을 시도한 것이다.

남자 경험이 없었을 도연은 당혹감에 정우의 손길을 뿌리쳤을 것이다. 어쩌면 홧김에 이별을 선고했을지도 모른다. 그때 이정우가 느꼈을 굴욕감은 격렬한 분노로 전이되었을 것이다. 그는 막 힘이 붙기 시작한 사춘기 소년의 완력으로 도연을 제압하고, 지금쯤 어딘가에 감금해 놓았거나 혹은……

경찰은 도연이 살해당했다거나, 어딘가에 매장되었을지 모른다는 표현을 일부러 사용하지 않았다. 의도성이 다분한 배려에도 불구하고 도연의 엄마는 눈물을 참지 못했다. 정우가 단독조사를 받기 위해 교실을 비우자, 반에 있던 아이들 모두가 정우에 대한 욕설과 악담을 마구 늘어놓기 시작했다. 갑자기 전학 와서 친한 척할 때부터 알아봤다든지, 눈매부터가 범죄자처럼 생겼다든지, 강원도 사람들은 산을 잘 아니까 산에 숨겨놨을지도 모른다든지 같은 이야기가 쉬지도 않고 쏟아졌다. 그중에서 가장 자극적인 소문 몇 개는 돌고 돌아 교사와 경찰들의 귀에 들어갔다.

 이정우는 그러한 혐의 일체를 극구 부인했다. 자신은 실종 당일에 도연과 만난 적도 없으며, 몇 번 전화를 주고받았을 때도 서로 귀엽다느니 사랑한다느니 하는 풋내 나는 연인들끼리의 대화였을 뿐이었다고 주장했다. 일평생 강원도에서만 살았다는 부모님까지 학교에 찾아와 정우의 결백을 탄원했다. 내사 그런 몹쓸 남자애로 정우를 키우지는 않았소. 등등.

 나도 마음 같아서는 전부 다 말하고 싶었다.

 그가 내게 입 맞췄노라고, 도서실에서 스스로 삶을 죽

이고 있던 내게 다가와 허락도 없이 키스하고 가슴을 더듬었다고, 마음만 먹으면 그는 날 강간할 수도 있었을 거라고 증언하고 싶었다. 나는 그때 이정우의 숨통을, 그의 미래를 손안에 쥐고 있다고 생각했다. 하지만 그렇지 않았다. 그런 증언들이 정우에 대한 심증을 더 깊게 만들 수는 있을지 몰라도, 그의 죄를 확정 짓고 판결되도록 만들 수는 없었다.

도연이가 나타나지 않았기 때문에.

그 어디에서도 도연이의 행방을 찾을 수 없었다. 이미 죽었다면 주검이라도 발견이 됐어야 했는데, 학교 주변은 물론 동네에 있는 야산 전체를 뒤져보아도 사람처럼 보이는 뼈 한 조각 나오지 않았다. 새벽이슬 같던 그녀는 하룻밤 사이에 증발해 버렸다. 지금껏 아무도 그녀의 행방을 모른다.

나라고 해서 도연이의 실종에 아무렇지 않았던 것은 아니다. 그러나 불과 한 달 사이에 너무 많은 일들이 일어나고 있었다. 그녀의 돌연한 증발에 대해 심란함 이상의 감정을 느낄 여력이 없었다. 도연이가 내게 중요한 친구였던 시절은 너무도 옛날이었다. 이제 나와는 별 관계도 없는 그녀에 대해, 도연이의 행방불명에 대해 내가 얼마나 슬퍼해야 한단 말인가. 사람들은 언제나 자기 주변에 있는 모든 것들의 조용한 실종 속에서 살아간다.

22

 한편 도연이가 실종된 이후 한껏 어수선해진 동네 분위기는 내 개인적인 계획을 실천하는 데 도움이 됐다. 그러잖아도 나나 우리 집에 신경 쓸 사람이 있었을지는 모르겠지만. 나는 누구의 관심도 간섭도 받지 않고 탈출을 준비할 수 있었다.

 나는 일부러 탈출이라는 단어를 사용했다. 누구도 나를 보호해 줄 수 없는 집, 썩고 악취가 풍기는 쓰레기들에 구더기가 끓는 집, 밤이 되면 짐승 같은 자폐아가 발기된 성기를 문지르며 괴성을 지르는 집. 그런 집에서 짐을 챙겨 나오는 것을 가출이라고 부를 수는 없다. 나는 그 집을 탈출했다. 생쥐가 가라앉는 배에서 빠져나오듯이.

아무도 깨지 않은 새벽에 일어나 택시와 버스와 지하철을 번갈아 타며 무작정 먼 곳으로 떠났다. 누군가 나의 탈출을 눈치채고 행방을 추적하지는 않을지 노심초사한 적도 있었다. 그러나 나의 행방불명은 도연과 달리 세간의 화제가 되지도 않았고, 인천의 어느 가정집에서 한 여중생이 실종되었더라는 기사도 나오지 않았다. 내 주변에 있던 그 누구도 내가 사라진 일에 신경 쓰지 않았던 것이다. 같은 반 아이들은 그렇다 쳐도 학급을 관리할 책임이 있는 담임교사까지도 아무 조치를 하지 않은 것은 의아했다. 아마도 그녀는 내가 남들 몰래 나타난 아빠와 함께 야반도주라도 했으리라고 생각했을지 모른다.

어쨌거나 내게는 잘된 일이었다. 나는 내 존재에 대한 사람들의 무관심에, 황당무계할 정도의 무신경함에 처음으로 감사했다. 그로 인해 나는 완전히 새로운 인생을 시작할 수 있었다. 지금은 사라져 버리고 없는 도연이와, 더 이상 내 알 바가 아닌 정우에게도 감사했다. 언젠가 도연이는 남자는 여자 없이 살아갈 수 없는 존재라는 것을 내게 귀띔해 주었고, 이정우는 그 말이 사실이었음을 증명해 주었기 때문이다. 도연의 어머니는 우리에게 정말이지 중요한 가르침을 주었다. 그 소중한 깨달음만 마음에 간직하고 있다면.

나는 결코 혼자가 되지 않을 것이다. 설령 죽으려고 해도 죽을 수 없을 것이다. 세상에는, 특히 인터넷에는 열여섯 살 여자 중학생을 비밀리에 재워주겠다는 남자가 셀 수도 없이 많았다. 그에 대한 대가는 나에게 있어 가장 무가치한 것, 이미 망가지고 깨어진 것에 지나지 않았다. 나는 마음만 먹으면 얼마든지 그것을 줄 수 있었다.

〈그럼 열 시에 강남역 4번 출구 앞에서 기다려〉

나는 이름도 얼굴도 모르는 남자와의 채팅을 끝내고, 시외버스터미널로 가서 강남으로 가는 직행버스에 올라탔다. 푯값을 치르고 나니 수중에 오백 원짜리 동전 하나가 남았던 것을 기억한다. 겨울의 문턱에 있는 하늘이 유난히 푸르렀다는 것도.

승객들은 창가에 앉자마자 커튼으로 햇빛을 가렸다. 출발시각이 다 되자 이내 좌석이 가득 찼다. 모자를 쓴 중년 남자가 통로와 닿아 있는 내 자리 안쪽을 보더니, "아가씨, 다른 자리가 없어서 그런데 혹시 가방 좀 치워줄 수 있어요?" 하고 물었다.

"아, 죄송해요."

나는 창가 쪽 자리에 뒀던 가방을 들어 무릎 위에 올려놓았다. 얼마 전까지 학교에 다닐 때 메고 다닌 가방이었다. 검은색 나일론이라 몇 년을 써도 끄떡없는 재질이라고, 새 가방을 사주며 오만 생색을 내던 엄마의 모습이 머리에 스쳤다. 속으로는 아직 그녀를 아줌마라고 불렀던 시절이었다.

강남행 시외버스가 터미널을 떠났을 때, 그리고 옆에 앉은 중년의 남자가 다른 승객들처럼 커튼을 쳤을 때. 별안간 머리가 핑 돌더니 눈물이 멈추지 않고 흘러내렸다. 그것도 한두 방울씩 애처롭게 떨어지는 것이 아니라, 수도관에 이상이 생긴 것처럼 몇 가닥의 물줄기가 동시다발적으로 쏟아지기 시작했다. 그것은 울음이라기보다 누수에 가까운 현상 같았다. 요란한 엔진소리 위로 차 바닥에 눈물방울이 부딪히는 소리가 불규칙적으로 겹쳐졌다.

"아이고, 이런. 학생. 무슨 일이 있어요?" 옆에 있던 중년 남자가 화들짝 놀라서 물었다.

"에구, 무슨 일이에요?" 통로 건너편 앞쪽에 앉아 있던 아주머니도 물었다.

"아니, 갑자기 이 여학생이 눈물을 뚝뚝 흘리길래…… 어떤 속상한 일이 있나 봐요."

그렇지 않았다. 내게 슬픈 일 같은 건 아무것도 없었다. 나는 단지 집에서 가져온 짐이 그 검은색 가방뿐이라는 사실을 생각했던 것이다.

23

 강남역에서 나를 기다리고 있던 사람은 삼십 대 중후반쯤 돼 보이는 남자였다. 살집이 조금 있지만 뚱뚱한 정도는 아니고, 아주 못생기지는 않았지만 피부가 좋지 않은 듯 얼굴 곳곳에 여드름 패치를 붙이고 있었다.

 그는 가방을 메고 나타난 나를 위아래로 쓱 훑어보더니,
 "열여섯 살 같네."

 대뜸 그렇게 말하고 나서 나더러 따라오라는 손짓을 했다.

 온갖 상점 간판들과 유리 벽면들이 휘황찬란한 강남대로, 그곳에서 불과 한두 블록만 이동하면 사람이 사는 오피스텔 건물들이 즐비하게 늘어서 있다. 바둑판처럼 점점

이 박힌 창문이 일정한 높이와 간격으로 치솟아 있는데, 하나같이 개성이라고는 찾아볼 수 없어 어디로부터 다른 건물이 시작되는지조차 불분명했다.

그의 오피스텔은 그런 건물들 가운데 십칠 층에 있었다. 앞뒤로 폭이 길쭉한 열다섯 평쯤의 공간에 부엌과 거실과 침실이 이렇다 할 경계 없이 이어진 방이었다. 복도와 연결된 현관과 욕실로 통하는 것 말고는 문이 없었다. 방에 있는 것이라고는 좌우가 넓은 침대, 텔레비전 그리고 얼마 전에 새로 산 듯한 서랍장뿐이어서 휑하게 비어 있는 듯한 느낌이었다. 바닥에는 오랫동안 세탁하지 않은 듯한 옷 몇 벌이 사람이 사라진 흔적처럼 널브러져 있었는데, 나중에 그것들 하나하나가 수십만 원이나 하는 명품이라는 걸 알고 놀란 기억이 있다.

그는 내게 뭔가를 좀 먹겠느냐고 물었다. 나는 오전 일찍 컵라면을 먹었기 때문에 배가 고프지는 않았다. 그러자 그가 곧바로 본 게임에 들어가겠느냐고 물었다. 나는 그 말이 무슨 뜻인지도 모르고 고개를 끄덕였다. 그리고 그의 지시에 따라 욕실에서 몸을 씻었다.

그는 집 안을 가능한 한 어둡게 유지하는 것을 좋아했다. 이불처럼 두꺼운 커튼을 쳐놓으면 벌건 대낮에도 한

밤중과 다름없는 암흑이 찾아왔다. 나는 그런 어둠 속에서 그의 욕망과 맞부딪혔다. 행위는 그리 길지 않았지만, 한 차례 끝날 때마다 솜이 죽은 인형처럼 나가떨어져 있고는 했다.

침대에 파묻혀 있는 내게 그는 "수고했어, 기분 좋았어"라고 말하고, 휴대폰을 들어 커다란 피자를 시켜주었다.

배달된 피자 냄새를 맡자 급격한 허기가 밀려들었다. 나는 혼자서 한 판을 거의 다 먹다시피 했다. 치즈와 함께 떨어진 페퍼로니를 허겁지겁 손으로 주워 먹는 나를 흘겨보면서, 그는 처음으로 질문다운 질문을 내게 했다.

"이름이 뭐야?"

"……도연이요." 내가 대답했다. "이도연이에요."

"예쁜 이름이네."

나는 그 말을 듣자 도연히 기분이 좋아져서, 피자를 먹다 말고 바보처럼 배시시 웃었다.

24

그는 강남에서 작은 쇼핑몰을 운영하고 있는 사업가였다. 대로변 건물 몇 층에 사무실 겸 물류창고가 있고, 거기에 부하직원 몇 명이 상주하며 거의 매일같이 일을 한다는 듯했다. 그의 일정은 늘 유동적이었다. 하루 종일 집에 머무르며 내게 욕구를 해소하는 날이 있는가 하면, 지방 출장이다 뭐다 해서 이틀 내지 사흘 동안 돌아오지 않는 경우도 잦았다. 그럴 때마다 그는 자기 명의의 카드를 주면서 '원하는 건 전부 사도 괜찮다'는 말을 했다.

나는 이틀이 채 안 돼서 그 카드의 한도가 백만 원이라는 사실을 깨달았다.

"뭘 하려고 한도까지 카드를 긁은 거야?"

출장에서 돌아온 그의 질문에 나는 대답하지 않았다. 그는 묻는 것을 포기하고 필요한 게 있으면 말을 하라고 덧붙였다.

그에게 원하는 걸 얻어내는 것은 어렵지 않았다. 그는 내가 '다른 마음만 먹지 않는다고 약속한다면' 최신형 스마트폰을 사주겠다고 했다. 나는 기꺼이 그러겠다고 약속했다. 내게는 마음이 없었으니까. 그는 바로 다음 날 포장도 뜯지 않은 최신형 아이폰을 가져왔다. 나는 그렇게 비싼 휴대폰을 가져본 적이 없었다.

문제는 개통이었다. 그것을 개통해 자기 것으로 만들기 위해서는 살아 있는 명의가 필요했다. 나는 이름과 주민등록번호를 쓰는 공란 앞에서 우물쭈물했다. 그 모습을 본 그는 금방 상황을 파악했다. 그리고 내게 사흘만 더 기다려 보라고 말했다.

사흘이 지나자 내게는 이도연이라는 이름의 새로운 신분이 생겼다. 강남구 역삼동에서 태어난 열여섯 살짜리 소녀로서, 생년월일과 주민등록번호도 새롭게 만들어졌다. 그것은 감쪽같았을 뿐 아니라 행정상으로도 아무런 문제가 없었다.

"어떻게 했는지는 묻지 마. 나도 묻지 않을 테니까."

그는 못생기고 허영심 많고 징그러운 변태성욕자였지만, 내게 아무것도 묻지 않았다는 점에서만큼은 유용한 남자였다.

 나는 그가 집을 비운 동안 청소며 장보기 같은 집안일을 하고, 남는 시간에는 강남역 주변을 산책했다. 사람이 들끓다시피 하는 대로만 벗어나면 비교적 한적한 길을 걸을 수 있었다. 건너편 대로 앞에는 작은 초등학교도 있어서, 하교 시간에 맞춰 집으로 돌아가는 아이들을 구경하러 가고는 했다.

 무슨 생각으로 검정고시를 준비하게 되었는지 모르겠다. 어쩌면 학교 앞 산책을 너무 자주 나갔던 탓일 수도 있다. 뜻밖에도 그는 내가 공부에 의욕을 보이는 것에 반색했다. 뭐가 됐든 목표가 있는 건 좋은 것이라면서. 아예 노트북을 하나 장만해 주기도 했다. 회사에 굴러다니는 걸 가져왔다지만 어느 모로 보나 새것처럼 느껴졌다. 나는 그것으로 온라인 강의를 듣다가, 지루해지면 영화도 보고, 가끔은 담배 냄새를 맡고 싶다는 이유로 PC방에 가기도 하고, 그러다 정말로 담배를 사서 피우기도 하면서 시간을 보냈다. 어쨌거나 나의 지상과제는 시간을 지나 보내는 것이었다.

 이 일이고 저 일이고 다 지긋지긋할 때는 도서관에 가서 책을 빌려 읽었다. 구태여 사서 읽지 않은 이유는 그가 무슨 물건이든 사서 집 안에 들여놓는 것을 싫어했기 때문이었다. 강남의 도서관에는 사람이 거의 없었다. 가끔 찾아오는 사람들조차 강남에 이런 곳이 다 있네, 하고 책 몇 권을 뽑아서 만져본 다음 화장실에 들렀다 갈 뿐이었다. 나는 그곳에서 주로 오래된 소설들을 읽거나, 긴 의자에 누워 낮잠을 자거나, 어떨 때는 책장 사이의 종이 냄새만 맡고 돌아오기도 했다. 천장에 있는 냉난방기에서 언제나 엷은 바람이 흘러나오고 있었던 기억이 난다.

 시키지도 않은 집안일을 하고, 인터넷 강의를 보며 공부를 하고, 때때로 건물 밖으로 나가 산책을 하고, 강남역 출구와 지하상가를 드나드는 사람들을 구경하고, 텅 빈 도서관에 가서 책을 읽고, 사무실에서 돌아온 그의 욕망을 채워주고, 늦은 저녁을 먹은 다음 씻고 잠드는 하루들. 모노톤처럼 단조로운 그 일상들을 어떻게 이태나 버틸 수 있었는지 지금에 와서는 놀라울 지경이다. 그가 난데없는 결혼을 통보하면서 사라져 달라고 부탁하지 않았더라면.

나는 그 죽도록 따분한 삶에 몇 년의 젊음을 허비했을 것 같기도 하다.

갑자기 결혼은 무슨 결혼이냐, 같은 질문은 하지도 않았다. 그러잖아도 나가달라는 얘기를 하던 그가 묻지도 않은 말을 혼자서 줄줄 늘어놓았기 때문이다. 각별히 기억해 둘 만큼 흥미롭지도 중요하지도 않은 이야기였다. 사업을 하다가 자기보다 나이가 좀 많은 여자를 만났는데, 만나다 보니 배울 점도 많고 사업을 키우는 데 도움이 될 것 같아서 결혼을 결정했다는 것이다.

오랫동안 준비한 변명을 내놓고 조금 후련해진 듯한 표정에, 멋쩍게 머리를 긁고 얼굴을 붉히는 꼴이라니. 그 역시 갈데없이 타락한 인간이 아니라 남들처럼 외로운 한 사람이었음을 깨닫자니 욕지기가 치밀었다. 어차피 그자에게 평생 동안 빌붙어 살 수 있을 거라고는 생각도 하지 않았지만.

"위로금이라고 하기는 좀 뭣한데."

그는 삼천만 원이 들어 있는 통장과 카드를 내밀어 왔다. 그것은 그가 만들어 준 나의 새로운 명의, 이도연의 이름으로 개설되어 있는 계좌였다. 좌우지간 그는 나에게 '할 도리는 다했던 남자'로 기억되고 싶은 듯 온갖 폼은

다 잡고 있었다. 자신과 몸을 섞었던 여자에게 그런 행동이 어떤 의미로 다가올 것인지, 별안간 밀린 화대를 받게 된 매춘부로 전락하는 기분이 어떨지는 생각해 보지도 않았을 것이며 앞으로도 그럴 것이었다.

그 삼천만 원이 든 계좌를 손에 들자 별안간 가슴 아래, 단전보다 낮은 어딘가에서 무언가 비어져 나오는 것을 나는 느꼈다. 그것은 위화감, 저항감, 지난 이 년간 저 좋을 대로 내 몸을 이기고 찔러댔던 남자를 향한 본능적인 적개심이었다.

"겨우 이 정도밖에 안 돼요?" 나는 그전까지 한 번도 그에게 보여준 적 없는 반항적인 태도로 쏘아붙였다. "이 년 동안 그딴 짓거리를 해댔으면서."

"갑자기 무슨 소리야? 서로 합의하에 한 거잖아." 그는 내 말을 듣자마자 아연실색해서 되물었다. 나는 그런 그를 더 적극적으로 몰아붙이고 싶다는, 목적 없는 충동이 울컥 치밀어 올라 냅다 소리를 질렀다.

"내가 언제 합의를 했어요?"

"아니, 잠깐만."

"내가 언제 합의를 했냐고요?!"

"도대체 원하는 게 뭐야?" 그가 눈을 날카롭게 치켜뜨고 대드는 나를 손짓으로 막으며 말했다. 명백하게 협상을 원하는 제스처였다. "이도연."

물론 나는 원하는 것이 없었다. 하지만 상황이 그렇게 된 이상 뭐라도 말을, 어처구니없는 요구를 해야 할 것 같은 기분이었다. 나는 아무래도 상관없다는 기분에 짓눌려 아무렇게나 말했다. "오천만 원은 받아야겠어요"라고 했던가.

"뭐라고?"

"대학에 갈 거예요. 검정고시도 합격했으니까."

"네가? 대학을?" 그는 긴장이 탁 풀린 듯 나사 빠진 웃음을 터트렸다. 그것이 어떤 의미를 지닌 웃음인지 나는 몰랐다. "이도연. 나더러 네 등록금을 내달라 이거야?"

"싫으면 마세요."

문자 그대로 싫으면 말아라, 라는 뜻으로 한 그 말이 그에게는 최후통첩처럼 느껴졌을지 모른다. 그는 사무실에 갈 때 언제나 들고 다니던 검은색 보스턴백을 지익 소리가 나게 열었다. 그 안에서 오만 원권 지폐로 된 돈다발 두 개를 꺼내 내 손에 올려놓았다.

"천만 원이야. 나머지는 장학금으로 해결하도록 해."

"장학금은 아무나 받아요?"

"그러니까 열심히 해야지."

나는 얼마쯤 잠자코 서 있었다. 그러다 이미 싸놓았던 짐가방, 이 년 전 그를 따라 이곳에 왔을 때 가져온 검은색 책가방에 돈다발을 던지듯이 집어넣었다. 그길로 현관문 바깥으로 걸어 나갔다.

남자는 떠나는 내 뒤통수에 대고, 어디 가서 쓸데없는 말 하지 마라, 하고 덧붙였다. 오피스텔의 육중한 현관문이 쾅 하고 닫혔고, 도어락 잠기는 소리가 절걱하고 났다.

어디 가서 쓸데없는 말 하지 마라.

전혀 할 필요가 없는 말이었다. 나는 그와 있었던 일이나 그의 존재에 대해 누구에게도 발설할 생각이 없었다. 착각도 유분수였다. 그는 세상 어딘가에 내 말에 귀 기울여 줄 사람이 한 명이라도 있는 줄 알았는지.

25

 정말로 대학에 갈 생각은 없었다. 그런 말을 한 것은 단순히 그가 당황하는 모습을 보고 싶어서였다. 내게는 하고 싶은 것이 없었다. 하고 싶은 게 아무것도 없는 젊음들조차 대학에 가게 된다는 건 나중에 알게 되었지만.

 두 번 다시 강남에 돌아오지 않겠다는 각오로 지하철에 탔다. 숨이 막힐 듯이 높은 건물, 정오의 햇볕을 난반사하는 유리 궁전들 사이를 걸으며, 온갖 멋진 옷과 액세서리로 치장한 사람들이 인상을 팍 쓰고 걸어가는 강남이 이제는 지긋지긋했다.

 나는 자기만의 방을 갖게 되었다. 태어난 지 햇수로 열

아홉 번째가 된 어느 날이었다.

신림동에 방을 잡은 것은 그곳이 서울에서 집값이 가장 저렴한 곳이었기 때문이다. 그런 곳에서조차 보증금 오백만 원에 일 년 치 월세를 한 번에 치르고 나니 남자에게서 받은 돈다발 두 개가 눈 뜨고 코를 베인 것처럼 사라졌다.

"그래서 이사는 언제 올 건 감?" 한사코 어린 세입자를 보겠다고 나온 백발의 할아버지가 뒷짐을 진 자세로 물었다.

"이사요?"

"그려. 혼자서 짐 옮기기가 마땅찮을 터인디."

나는 '이사'라고 표현할 만큼 많은 것들을 옮겨본 일이 없었다. 그 정도로 많이 가져본 적이 없었다. 이번에도 내가 가져온 것은 빈자리가 넉넉한 검은 책가방 하나뿐이었다. 이런 것도 이사라고 할 수 있는 것일까. 몸도, 마음도, 짊어진 짐꾸러미조차도 왜소한 나. 그런 내게는 여섯 평 남짓한 자취방조차 광막하게 넓었다.

한동안 아무것도 하지 않았다. 방 한쪽 구석에 기본옵션으로 놓여 있는 싱글 사이즈 침대. 자세를 고쳐 누울 때마다 스프링 소리가 삐걱거리는 그 싸구려 침대 위에서 온종일 잠만 자다 일어났다. 내가 눈을 뜨는 시간은 이른 아침이기도 했고, 해가 중천에 오른 정오 부근이기도 했고, 구름이 짙게 물드는 저녁이거나 가로등 불빛이 새어 드는 한밤중, 해 뜨기 전 박명이 어슴푸레한 새벽이기도 했다.

배가 고프면 참았다. 뭔가를 먹는 건 허기가 물리적인 고통처럼 느껴질 때였다. 미리 사놓은 식재료나 편의점 음식으로 끼니를 때웠고 그마저도 하루에 한 끼면 충분했다. 나는 책도 읽지 않고, TV도 보지 않았으며, 휴대폰은 충전도 하지 않고 꺼둔 채로 방치해 놓았다. 그렇게 누워 하염없이 죽기만을 기다렸다.

그러나 죽음은 창문 너머 코빼기도 보이지 않았다. 그럴수록 실감되는 것은 나와 세계의 생명력 같은 것이었다. 하필이면 창문도 동향이었다. 새벽녘이 밝을 때마다 일출의 햇살이 쇠바늘처럼 눈을 찔렀고, 동틀 무렵이면 요란하게 짹짹거리는 새 무리가 창가에서 법석을 떨었다. 참다못해 창문을 확 열어젖히면 퍼드덕 소리를 내며 날아갔다. 나는 문득 삼 층에 난 창 바깥쪽을 내려다보았다.

해가 다 뜨지도 않아 어스름이 진 새벽, 두꺼운 패딩에 목도리로 추위에 맞선 젊은이들이 제각기 어디론가 걷고 있었다. 학교나 학원으로 향하는 버스를 타기 위해 정류장으로 향하는 사람들이었다. 제 몸통만한 가방을 등에 인 채 위태로이 걸음을 옮기는 내 또래의 소녀도 있었다. 도대체 이들은 무엇을 위해 가는가. 이 을씨년스럽게 추운 날, 살벌한 바람이 부는 꼭두새벽에.

귀중한 잠기운이 달아날까 황급히 창문을 닫았다. 두터운 암막 커튼을 쳐서 다가오는 아침에 대비했다. 그것으로 아침 햇살이 내 눈을 찔러 잠을 깨울 일은 없을 것이었다. 그러나 그놈의 새소리, 짹짹거리며 무언가를 깨우는 소리.

나는 하루가 육십 시간은 되는 것처럼 느껴졌다. 자도 자도 끝나지 않는 하루 때문에, 그 지겨운 한 달이 정말로 일 년은 아니었는지를 몇 번이나 확인했었는지 모른다.

할 일이 없다는 것은 무서운 일이었다. 권태는 정확히 죽지 않을 만큼만 사람을 괴롭힌다. 그것은 사람으로 하여금 하지 않아도 될 일들, 원래대로라면 할 생각조차 없었던 일들을 시작하거나 저질러 버리게 만든다. 아무것도 하지 않는 것으로는 도저히 그 적막과 싸울 수 없기 때문이다. 정지된 상태로는 삶을 죽일 수 없었다. 뭐라도 하지 않으면 미쳐버릴 것 같았다. 결국 두꺼운 수험용 교재를 몇 권이나 사서 책상에 쌓아두었다.

지금 이 순간까지 이어지는 긴 일지를 쓰게 된 것도 그때부터였다. 나는 나 자신에 대해, 내가 살아온 시간에 대해 기록하고자 하는 강한 충동을 느꼈다. 내가 기억하는 가장 오래된 과거에서부터 시작해 오늘에 이르는 일지, 그것은 일종의 고백록처럼 쌓여 내 노트북 가장 깊숙한 폴더에 숨겨졌다. 나는 이것을 내내 써오기만 하다가 공항에 발이 묶인 지금에 와서야 읽고 있는 것이다.

이 일지에 관한 나의 이야기도 끝에 가까워진 듯하다. 원래 일기라는 것은 쓰기 전에는 할 이야기가 너무 많다가 쓰기 시작한 뒤부터는 이상하리만큼 무료한 일상 때문에 쓸 거리가 마땅찮은 것이다. 나의 인생도 이 일지를 쓴 시점에서부터 부쩍 지루해졌고, 지루해진 정도의 제곱만큼 빠른 속도로 시간이 지나가 버렸다. 롤러코스터는 떨어질 힘을 축적하고자 느릿느릿 정상에 오른다. 최초의 낙하로 모든 것이 시작되고, 우리는 실감할 겨를도 없이 종착지를 향해 돌진한다. 대부분의 사람들은 자신이 떨어지는 줄도 모르고 앞으로 간다.

26

 공항이 통제된 지 열아홉 시간이 지났다. 억류된 관광객들이 하나둘 풀려나고, 공항 디스플레이에 전력이 돌아왔으며, 취소Cancelled로 표시되어 있던 항공편 몇 개가 지연Delayed으로 바뀌는 것이 보였다. 긴장이 풀려 마구 떠들어 대는 한 군인의 말에 따르면 운 좋게 직항편이 승인된 몇 개국 노선은 그대로 이륙할 수 있고, 거기에 속하지 못한 관광객들도 몇 시간 내에 폴란드 정부가 제공하는 군용기에 탑승해 제삼국으로 이동 후 귀국할 수 있다고 했다. 그는 제삼국이 높은 확률로 옆 나라 독일일 것이며, 아마도 프랑크푸르트나 뮌헨으로 가게 될 공산이 크다는 말도 덧붙였다.

"정말 안됐네요." 검은 제복과 하얀 피부의 부조화가 현저한 군인이 머리를 점잖게 앞으로 숙이고 말했다. "우리 군용기는 착석감이 최악이거든요. 이코노미석보다도 별로예요."

물론 군용기를 타는 것도 신선한 경험이 될 것이다. 옆 나라로 가는 노선이라면 기껏해야 두 시간 비행에 그치겠지만. 프랑크푸르트나 뮌헨에서 인천행 직항편을 타면 열다섯 시간 내로 한국에 도착할 것이다. 이 지긋지긋한 시간도 끝이 보인다.

나는 아쉬울 지경이었다. 기왕이면 좀 더 큰일이 일어났어도 좋았을 것이다. 전쟁을 알리는 적국의 폭격이나, 무장테러단체의 무차별 자살테러 같은 굵직한 사건들. 그러다 운 좋게 역사적 폭력의 희생양이 된다면.

도저히 결혼이라는 건 할 수 없는 상황이 될 것이다. 어디 그뿐인가. 재미라고는 티끌만큼도 없는 나의 약혼자, 그가 속한 부대도 이곳에 파견될지 모른다. 덧없이 죽은 약혼녀와 나라를 위해 총을 든 그 남자를 상상하자니 웃음이 터진다. 개미 한 마리 죽이지 못할 그 숙맥이 군인이라니, 나는 그가 입은 군복을 보고도 쉽사리 믿지 못했다.

개미 한 마리 죽이지 못할 숙맥이라고 하니 또 한 명의 남자가 떠오른다. 해도. 십 년 만에 내 앞에 나타나서는 십 분 만에 폭발이 일어난 곳으로 사라진 남자. 한국행 게이트가 눈앞에 어른거리는 지금까지도 나타나지 않는 그에 대해 이야기하려면, 나는 롤러코스터가 낙하한 이후의 일에 대해 좀 더 털어놓아야 한다. 곧 지워질 일지를 마저 읽어야 한다.

삶이 지루해 다시 공부를 시작했지만, 열심히 하지는 않았다. 다른 수험생들처럼 가능한 한 좋은 학교에 진학하겠다는 바람이 내겐 없었기 때문이다. 대한민국에는 열심히 공부하지 않은 학생들을 위한 대학도 많이 있었다.

나는 그런 대학 가운데 한 곳에서 합격통지를 받았다. 정문 맞은편에는 오직 그 학교 학생들을 뜯어먹을 목적으로만 세워진 상가와 원룸촌이 있고, 주변에는 밤마다 개구리 소리가 들리는 논밭과 야트막한 언덕이 펼쳐져 있는 곳. 캠퍼스 전체에 은근하게 풍기는 소똥 냄새와 흰 줄무늬 모기의 횡포를 느낄 수 있는 곳. 그나마 전문대가 아닌 구색을 갖춘 사 년제라는 사실이 재학생들의 유일한 자부심인 그런 대학교였다.

서울에서 차로 한 시간 반, 대중교통을 타면 버스와 지하철을 세 번 갈아타서 두 시간 반을 가야 하는 위치에 캠퍼스가 있었다. 나는 그 긴 통학시간 동안 할 일이 마땅찮았고, 구태여 서울에 머물러야 할 필요도 없었으므로 한 학기 만에 기숙사에 들어갔다.

대학에서의 인간관계는 별 볼 일 없었다. 모든 학생들은 성실하지 않았던 학창시절 또는 내세울 것 없는 시험 성적의 결과로 같은 학교에 진학했지만, 같은 이유로 인해 서로를 혐오하고 비난했다. '나도 공부 못해서 여기 왔지만 저 정도는 아니'라거나, '나도 사회에 나가면 쟤랑 같은 취급이겠지' 같은 레퍼토리는 따분할 정도였다. 이런 시골 냄새 나는 대학조차 마음에 든다거나, 이런 곳에서도 열심히 하면 좋은 곳에 취직할 수 있을 거라고 서로를 독려하던 몇몇 학생들도 술기운이 돌기 시작하면 말이 바뀌었다. 솔직히 내가 왜 여기에 있는지 모르겠어. 이런 똥통학교, 지잡대, 패배자들의 소굴 같은 곳에.

중학교를 중퇴한 뒤로 또래와 어울리지 못했던 내가 대학생이 되었다고 해서 입이 트이는 일은 없었다. 나는 별다른 이유 없이 사회복지학과에 원서를 넣어 합격했는데, 비교적 인원이 많지 않은 학과였음에도 늘 겉돌았다. 아무래도 좋은 취지의 동아리에도 몇 개 들어보았지만 헛수고였다. 강의실에서, 일상적인 대화에서, 느지막한 회식 자리에서, 나는 내가 그들과 영원히 어울릴 수 없는 이방인이라는 사실만을 거듭 확인했을 뿐이다.

"도연이는 영 말이 없네." 한 학년 위의 과 선배가 말했다.

"기분 나쁜 거라도 있어?" 행사를 진행하던 과대표가 말했다.

"뭔가 말 좀 해." 같은 강의를 듣던 동기 여학생이 말했다.

대학에서 흔히들 말하는 '아웃사이더'의 전형이 바로 나였다. 모두가 나를 이상한 여자, 말이 안 통하는 애로 생각하고 있다는 사실을 피부로 느낄 수 있었다. 방금 전까지 화기애애하게 대화하던 무리도 근처에 내가 다가갈라치면 주변이 고요해졌다. 그런 녀석들이 내가 멀어지기만 하면 재수 없는 년이라든지, 평소에 뭘 하고 다니는지 모르겠다느니 같은 뒷말을 하리라는 건 안 봐도 비디오였다. 나 역시 그런 대우에 걸맞게 말이 짧고 냉랭한 사람이 되어갔다.

하지만 그렇게 말주변 없고 불친절한 여자에게조차 남자는 다가온다. 깎아지른 절벽 아래 핀 꽃에도 벌과 나비가 날아들듯이.

잘 쳐줘야 백칠십 후반이 될까 말까 한 키로 자신이 딱

백팔십이라며 우겨대곤 했던 그는 첫 학기부터 집요하게 나를 노려댔다. 싫다는 말도 하고, 불쾌하다는 말도 하고, 혐오스럽다는 말도 해보았지만, 그는 아랑곳하지 않았다. 카톡에 전화에 술자리 약속까지 수단을 가리지 않고 귀찮게 굴었다. 마지못해 학교 맞은편의 허름한 포차에서 단둘이 만나 소주와 맥주를 섞어 마시게 됐을 무렵, 나는 그가 단지 나와의 섹스를 원한다는 사실을 알았다.

그날 밤 그에게 몸을 허락한 이유는 두 가지였다. 내게는 속옷을 벗어 음부를 내준다는 행위가 별일 아니었기 때문이고, 그렇게만 해준다면 그가 더는 나를 귀찮게 하지 않으리라고 생각했기 때문이다.

예상은 보기 좋게 빗나갔다. 십 분여 정도 내 가슴에 머리를 처박고 발정기의 돼지처럼 헉헉거렸던 그는 다음 날에도, 그다음 날에도 똑같이 그 형편없는 짓을 하고자 내게 연락해 왔다. 나는 거절했다. 원하는 대로 해줘 봐야 떨어져 주지 않는다는 걸 안 이상, 생리적인 거부감을 참아가며 그의 니즈를 맞춰줘야 할 필요가 더는 없었기 때문이다. 그는 이러한 거절을 제 남성성에 대한 중대한 모욕으로 받아들였다. 소리를 지르고 욕을 퍼붓고 기숙사에 찾아오기까지 했다. 그것은 우습지도 않은 해프닝으로 일단락되었지만, 자존심에 큰 상처를 입은 그가 친구들이며 같은 과 학생들에게 나를 어떻게 묘사했을지는 뻔하다.

나는 그 대학교를 삼 년 동안 다녔다. 그동안 내게 남은 인간관계가 없다는 것은 슬프지 않다. 나는 인간관계로 인해 슬퍼했을지언정 그것의 부재로 인해 슬퍼한 적은 없으니까.

마지막까지 나를 진심으로 사랑했다던 교수가 한 명 생각난다. 그는 교양 철학을 가르치던 교수였는데, 강의시간마다 맨 앞에 앉아 있던 나를 보고는 자신에게 관심이 있는 줄 알았다고 했다. 그는 강의가 끝날 때마다 나를 따로 불러서는 커피를 사주고, 밥을 사주고, 술값과 숙박료도 내주었다.

"이래서는 안 되는데"라는 말을 그는 달고 살았다. 서울 유수의 명문대 철학과를 나와 영국에서 유학생활을 하고, 맞선을 통해 만난 아내와 딸 두 명을 낳아 기르고 있다던 그는 나와 관계를 할 때마다 오 분 이상 사정을 참지 못했다. 그것이 못내 아쉬워 손으로 만져달라며 애걸하는 모습은 볼썽사나울 정도였다.

관계가 반년쯤 이어졌을 무렵 교수의 아내로부터 전화가 왔다. 그녀는 이미 모든 것을 알고 있었다. 그녀가 말한 것들은 하나같이 명징한 사실들뿐이어서, 그것은 질문이라기보다 사실관계를 재차 확인하기 위한 절차처럼 느껴졌다. 나는 창피하다기보다 좀 놀랍다는 느낌으로 일련의 질문에 대답해 주었다.

그리고 다음 날 교수에게서 온 장문의 메시지. 나는 그것을 다 읽지도 않고 지워버렸다. 그런 구질구질한 메시지 한 통으로 상황이 해결되었더라면.

나는 대학교 졸업장을 받고 사회로 나갔을지도 모른다. 그렇다고 해도 제대로 된 일을 구하는 데에는 별 도움이 안 됐겠지만. 처자식 있는 교수를 꾄 미친년, 가정파탄을 내려고 작정한 꽃뱀이 되어 쫓겨나듯 학교를 그만둔 것보다는 기분이 나았을지 모른다.

교수와 학생 사이의 스캔들로 학교가 떠들썩해지자, 학과장은 나를 개인 면담실로 불러 '앞으로 어떻게 할 셈이냐'는 투로 질책하고 들었다. 최 교수는 처자식도 있고 연구실에 있을 때부터 각별히 아끼던 제자인데, 학생의 분별없는 행동으로 입장이 난처해졌다는 것이었다.

나는 잠자코 있다가 졸업할 수도 있었다. 거기서 내가,

"최 교수님이 한번 대달래서 대준 게 그렇게 잘못이에요? 왜요? 학과장님한테도 한번 대드릴까요?" 하고 뻗대지만 않았더라도 그렇게 할 수 있었다. 그런 대학교를 졸업하는 것쯤이야 돈과 시간만 있으면 누구나 할 수 있는 일이니까. 하지만 나는 그것조차 못 했다.

기숙사에서 가져갈 만한 짐을 모두 빼자 가방 하나가 가득 찼다. 인천터미널에서 강남행 버스를 탈 때만 해도 절반이 채 차지 않았었는데. 그 차이만큼인 절반을 채우는 것이 내 지난 몇 년의 성과였던 셈이다.

문제는 학교를 나와서 갈 곳이 없었다는 것이다. 다른 학생들과 달리 내게는 돌아갈 집이 없었다. 사 년 전 그에게서 받은 돈도 학비와 생활비로 다 써버렸다. 수중에 남아 있는 돈은 한 푼도 없고, 교통카드에만 몇 회분의 여비가 충전돼 있을 뿐이었다. 그때 왜 그렇게 배가 고팠었는지 모르겠다. 충전된 금액 일부로 삼각김밥 한 개를 사 먹었던 기억이 난다. 고추장 소고기 맛이었다.

27

 오래된 습관처럼 서울로 가는 지하철을 탔다. 신림역에 내려 주변을 배회하다 보니 금방 해가 저물었다.
 밤이 깊어지자 큰 가방을 멘 채 하릴없이 주저앉아 있는 내게 남자 몇 명이 말을 걸어왔다. 나는 그들에게 몸을 내어주고 하룻밤 머무를 수 있는 침대를 상상해 보았다. 그러나 세상에 피 흘리는 여자를 상대해 주는 남자는 거의 없다. 만일 있다 하더라도 그는 어딘가 정신이 이상한 사람일 것이다.
 해도. 이제야 그가 등장한다.
 그는 내가 자정 너머 새벽까지 주저앉아 있던 역 근처 빌딩의 당직 경비원이었다. 건물 앞 돌계단에 앉아 있는 날 보고 "괜찮아요?"라고 물었던 그 남자.

이상한 질문이었다. 누구냐고 묻는 것도 아니고, 저리 가라는 것도 아니고, 다짜고짜 처음부터 괜찮냐고 묻다니.

나는 아무 대답도 하지 않고 계속 앉아 있었다. 그는 별말 없이 경비실로 가더니 두툼한 모포 하나를 가져와 내 옆에다 두었다. 나는 그것을 활짝 펼쳐서 머리와 몸 전체를 둘러 감쌌다. 새벽의 추위는 모포 한 겹으로 막아질 만큼 얄팍하지 않았지만.

그렇게 몇 시간을 더 있으려니 스멀스멀 해가 밝아왔다. 전선 위로 무리 지은 참새가 날아다니고, 짹짹거리는 소리가 건물 틈바구니로 새어들고, 이른 아침의 공기가 폐부를 횅하게 후벼팔 때. 나는 옷을 갈아입은 그가 내 어깨를 툭 건드리는 것을 느꼈다.

그것이 '나를 따라오라'는 신호라는 근거는 어디에도 없었다. 그는 아무 말도 하지 않았다. 심지어 내가 그의 열댓 평 됨직한 빌라까지 따라 들어가서, 시키지도 않았는데 먼저 몸을 씻고 침대에 누워도 별말 하지 않았다.

해도는 그저 그날 입었던 옷을 정리하고, 가볍게 세수를 하고 나서 낡아빠진 잠옷으로 갈아입었다. 그리고 거실에 있는 작은 소파에 누워 나보다 먼저 잠들었다. 창밖에 오전의 햇살이 가득한데. 시끄러운 새소리가 귓전을 왱왱 울리는데. 사람은 아침에 쓰러지는 것이 당연한 이치라는 듯이 그렇게 잠들어 버렸다. 나는 하는 수 없이 침대에서 혼자 잤다.

    그대로 그의 집에서 꼬박 이 년을 살았다.

    해도는 나보다 나이가 여섯 살이 많았다. 내가 그를 따라 집에 들어갔을 그때가 스물여덟 살이었나 그랬다. 빌딩 경비원이나 하기에는 다소 젊은 나이였다. 누가 법으로 정해놓은 것은 아니지만, 그런 건 나이 지긋한 노인들의 전유물 같은 일이니까.

    "왜 하필 그런 일을 해?"라고 나는 물었다.

    그는 달리 할 일이 없어서라고만 대답했다. 사실이 아니었다. 해도처럼 사지 멀쩡한 젊은 남자가 할 수 있는 일은 세상에 빌딩 경비 말고도 많을 것이었다. 경비 일을 하지 않으면 안 될만큼 좋아하는 것처럼 보이지도 않았는데.

    해도는 일주일에 총 육십 시간을 일했고, 매달 이백만 원이 조금 넘는 돈을 급여로 받았다. 겨우 혼자 먹고살기에도 빠듯한 그 돈으로 그는 식재료도 사고, 기름값도 대고, 어머니에게 용돈도 보내고, 전세금 이자도 내면서도

다 큰 성인 여성인 나를 끼고 살았다. 어떻게 그런 일이 가능했었는지 모르겠다. 심지어 그는 그러고도 남은 돈 몇만 원을 저축하기까지 했던 것이다.

그것이 가능했던 건 해도가 일 말고는 아무것도 하지 않는 사람이었기 때문이다. 좀 더 정확히 말해서 그는 사는 일 말고는 아무것도 하지 않았다. 아침 일찍 일어나 밥을 차려 먹고, 일을 다녀오면 씻고 이런저런 집안일을 하다가 자정이 되기 전 잠자리에 누웠다.

절간의 수도승이라도 이렇게 살 수는 없겠다고 생각했다. 해도의 삶은 단조롭다기보다 무언가 단절돼 기능을 상실한 것처럼 보였다. 내가 이런 말을 하는 게 좀 우습긴 하지만. 인간을 인간답게 하는 어떤 것이 그의 일상에는 없었다. 해도는 만나는 친구도 없었고, 텔레비전도 영화도 보지 않았으며, 술담배도 하지 않았다. 나는 수상쩍을 만큼 행실이 바른 모범수를 보는 것처럼, 그에게 숨겨진 다른 모습이 있지 않은지 의심하고 관찰하는 데만 석 달을 넘게 썼다. 그 결과 해도는 정말이지 아무것도 하지 않는 사람이라는 것을, 세상에 이렇게 텅 비어 있는 사람이 존재한다는 것을 알고 놀라지 않을 수 없었다.

그렇게 일밖에 안 하는 해도를 보자니 나도 뭔가 일을

해볼까 하는 생각이 들었다. 아무 일도 않는 객식구로 사는 것도 슬슬 좀이 쑤셨다. 하지만 무슨 일을 해야 하는 걸까. 나는 할 줄 아는 게 아무것도 없는데. 그때 해도가 찍어 보내준 것이 역 근처 카페의 구인공고였다. 그의 도움을 받아 이력서를 접수한 나는 짧은 면접 끝에 곧장 직원으로 채용되었다.

아무 경력도 없는 나 같은 직원을 얼굴 한번 보고 뽑아버리는 데는 이유가 있었다. 그곳은 거의 항상 인력난에 시달린다는 대형 프랜차이즈 체인점이었고, 처음 몇 달 동안은 엄격한 업무 프로세스에 적응하느라 적잖이 고생을 했다.

첫 두어 달까지는 화가 나 있었다. 다른 직원들이 내게 화를 냈기 때문이다. 또 그들이 내게 화를 내는 이유는 내가 화를 내는 것처럼 보였기 때문인데, 사실 나는 겉치레로 웃어주거나 과장된 억양으로 "주문하신 커피 나오셨습니다"처럼 문법에도 맞지 않는 말을 하는 것이 낯뜨거웠을 뿐이다.

나보다 직급이 좀 높다고 본인을 상사라고 착각하는 어떤 남자는 심심할 때마다 나를 창고 뒤쪽으로 불러 닦아

세웠다.

"그렇게 불만이 많으면 그냥 그만두라고. 아무도 안 잡는다고."

먼저 일을 하겠다고 말을 꺼냈기에 망정이지, 그렇지 않았다면 이쪽도 애저녁에 그만뒀어.

그렇게 속으로 중얼거리며 남은 잡일을 끝내고 나면 퇴근시간이 됐다. 하얗고 노란 불빛이 제멋대로 점멸하는 역 주변을 지나, 집으로 가는 버스 정류장에 줄이 늘어선 모습을 보면 견딜 수 없이 화가 치밀었다. 길 가던 사람 아무에게나 땀에 절은 앞치마를 던지고 폭언을 내뱉고 싶었다. 당신들은 대체 왜 이러고 사는 거냐고. 이 모든 것에 무슨 의미가 있어서 숨 쉬고 일하고 잠에 드는 거냐고.

머잖아 해도의 일과에는 일에 지친 나의 이야기를 들어주는 것이 포함되었다. 내가 늘어놓는 오만가지 불평불만들을 그는 몇 시간이고 앉아 잠자코 들었다. 그는 충고도 핀잔도 위로도 하지 않고, 내가 제풀에 지쳐 엎드리면 껴안아 줄 뿐이었다. 그러고 나면 나는 다음 날 아침 다시 카페 직원이 되어 요란한 에스프레소 머신에서 샷을 추출하고, 다른 직원과 떠들며 손님들 앞에서 음료 이름을 외치는 것 따위의 일을 어떻게든 해낼 수 있었다. 어쨌거나 그는 아무렇지 않게 일을 끝내고 돌아와 집안일을 하고 있었고.

해도와 나는 기계처럼 일을 했다. 그것은 누가 더 군말 없이 일만 하며 사는지 겨루는 일상 같았다. 매달 정해진 날짜에 들어오는 금액은 맹목적 노동의 부산물이었다. 돈은 자연스럽게 모였고, 해도는 그 돈 모두를 내가 스스로 관리하게 했다.

나는 나도 모르게 쌓인 돈을 어떻게 처리해야 할지 몰라 안절부절못했다. 가장 먼저 든 생각은 해도의 가계에 조금이나마 보태보자는 것이었다. 그러나 그는 지금 이상으로 필요한 것이 없었다. 뭔가 도와줄 게 없겠느냐고 물어도 딱히 없다는 대답이 돌아왔다. 해도의 그 말이 어딘지 모르게 야속해서, 나는 한동안 옷이며 책 같은 것들을 마구 사서 그의 집 안에 들여놓았다. 꽤 큼지막한 옷장이며 화장대도 주문했다. 그러자 그는 자기가 쓰던 오래된 서랍장을 내다놓으면서까지 자리를 비워주었다.

그 외에 집에 필요한 식재료며 이런저런 가재도구들을 사서 갖다놓는 것이 내 최선의 보탬이었다. 해도는 그런 것까지는 말리지 않았다. 남은 돈은 전부 정기적금으로 쌓아두었다. 그때의 나는 돈을 필요로 하지 않았지만, 적어도 무언가 퇴적되고 있다는 기분 덕분에 기계처럼 일할 수 있었다. 그 고된 노동의 결과로 말미암아 어제와 오늘이 완전히 똑같지 않다는, 그 묘한 느낌 때문에.

일밖에 하지 않던 우리도 일주일에 하루쯤은 함께 있을 시간이 있었다. 근로기준법 때문이었다. 해도에게는 연식이 오래된 경차가 한 대 있었다. 그는 종종 계획도 없이 나를 태우고 가까운 바다로 나갔다. 볼품없는 서해바다 앞에서 우리는 회 한 점, 술 한잔하지 않았다. 알알이 고운 모래 해변에 주저앉아 얕은 파도가 해안선을 따라 잦아드는 모습을 말없이 보다가 돌아왔다. 나는 집에 가는 길 조수석에서 끔뻑 잠이 들었고, 해도가 내 몸을 가볍게 흔드는 감각을 통해 돌아왔음을 알았다. 그때마다 내 잠이 깨지나 않을까 들릴 듯 말 듯한 음량으로 흘러나오던 카 오디오, 부드러운 선율의 재즈 색소폰 소리를 나는 좋아했던 것 같다.

그와 처음으로 몸을 섞은 것은 자존심 때문이었다. 나를 이성으로서 먼저 대하지 않는 남자가 나로서는 생소할 따름이었고, 따라서 아주 성욕이 없는 사람처럼 구는 해도를 이해할 수 없었다. 나는 그가 성적으로 불구가 아니라는 것을 확인하기 위해 작정하고 덤벼들었다.

그는 정상적인 남자였다. 기능상에 아무런 문제도 없었다. 사람이라면 엄연히 갖고 있을 욕구가 그에게도 있음을 알고 나니 불안감이 가셨다. 어쨌든 해도도 남자였던 것이다. 그와의 섹스가 만족스러웠다는 것은 아니다. 나는 단 한 번도 그것을 좋다고 느껴본 적이 없다. 그에게 성적인 이끌림을 느꼈던 것도 아니다. 해도의 외모는 못생긴 수준을 가까스로 벗어나 있다고 할까, 나이에 비해 서너 살쯤 젊어 보인다는 걸 빼면 그저 그런 생김새의 남자였다. 외관상의 특징이라고 할 만한 것이 아무것도 없었다. 금방 보고도 뒤돌아서면 흐릿해져 버리는 그런 얼굴이었다.

내가 살면서 남자에게 먼저 관계를 요구한 것은 해도가 처음이자 마지막이었다. 나는 기본적으로 그것을 혐오하고 있으니까. 반면에 그는 섹스를 두려워하는 것 같았다. 남자가 그 짓을 두려워하다니. 그것은 사자가 피 묻은 고기를 두려워하는 것만큼이나 우스꽝스럽다.

사실 그는 여러모로 남자답지 못한 구석이 많았다. 몸

에는 털이 많지 않았고 담배 냄새도 나지 않았으며 느닷없이 욕을 뱉거나 음담패설을 하는 일도 없었다. 게임이나 도박도 하지 않았다. 언젠가 큰일을 벌여야겠다는 야망도 없었다. 여자의 뒤꽁무니도 쫓지 않았다. 위험하게 끼어드는 앞차에 경적을 울리지 못했고, 누가 새치기를 해도 가만히 있었다. 집 안에 들어온 거미를 때려잡지 않고 창밖에 풀어주었다. 소처럼 일하고 밥은 여물처럼 먹었다. 나의 벗은 몸을 훑기는커녕 황급히 눈을 가렸다.

나는 그런 해도를 몸으로 짓누르고, 옴짝달싹 못 하게 만든 다음 첫 섹스를 했다. 내가 그를 범했다고 말해도 좋을 것이다. 저항하는 몸짓이며 말들과는 다르게 그의 남성은 빳빳하게 세워져 있었다. 나는 그가 사정에 다다를 때까지 난폭하게 움직였다. 형편없는 섹스였다.

침대에 걸터앉아 담배를 피우는 동안, 나는 해도가 얼굴을 가린 채 흐느끼는 소리를 들었다.

"뭐야, 울어?"

물어보고 말 것도 없었다. 그는 울고 있었다. 팔로 덮어놓은 두 눈에서 알사탕 같은 눈물 몇 방울이 또르르 굴러 떨어졌다. 나는 그 모습을 보고 자지러지듯이 웃었다. 그 뒤로 그렇게 웃어본 적이 언제인지 기억이 나지 않을 만큼 크게 웃었다.

　해도는 내 웃음소리가 커지는 만큼 더 서럽게 우는 모양이었다. 나는 눈물에 범벅이 된 그의 얼굴을 보고 싶어서, 어떻게든 얼굴을 가린 팔을 떼어내 보려 했지만 필사적인 저항에 가로막혔다. 어째서 그렇게 울고 있는 남자의 얼굴이 보고 싶었는지 모르겠다.

　하지만 여자가 된 입장으로 남자에게 먼저 달려드는 것은 여간 계면쩍은 일이 아니었다. 하루 일에 지친 우리가 침대에 나란히 눕고 나면, 대부분의 경우 그가 나를 솜인형처럼 꼭 껴안거나 반대로 내가 그의 팔이며 허리에 팔을 둘러 안은 채로 잠들었다.

　그렇게 몇 시간이 지나면 해가 떴다. 우리는 이불을 개고 양치를 하고 간단한 아침 식사를 한 다음 각자 일을 하러 떠났다. 저녁에 돌아오면 작은 계란프라이 두 개에 찌개가 끓고 있는 조촐한 밥상이 차려져 있었고, 김이 모락모락 나는 두부를 입에 넣고 앗뜨뜨……

　영원히 이렇게 살아도 나쁘지 않겠다고 생각했다.

28

 해도에 대해 어떻게 설명하는 것이 좋을지 모르겠다. 그가 어떤 사람인지에 대해 설명하는 것이 무척 어렵게 느껴진다. 당시를 기록한 일지에서도 그가 어떤 사람이었는지보다는 그와 함께 지냈던 일상에 대해 쓰고 있을 뿐이다.

 무슨 생각을 하는지, 앞으로 어떤 미래를 그리며 살아가는지 종잡을 수 없는 사람이었다. 나는 해도가 먼 나중의 일에 대해 이야기하는 것을 들은 적이 없다. 그는 아무런 목적이나 의도 없이 존재하고 있었다. 하천변 그늘에 자라 있는 억센 잡초처럼. 이름 없는 산기슭에 덩그러니 놓인 돌멩이처럼.

나는 끝끝내 해도를 이해하지 못했다는 생각이 든다. 때때로 그와 함께했던 시절이 떠올라 애틋했던 것은 그런 미련 때문일지도 모르겠다. 영원히 이해할 수도 없고, 이해할 필요도 없었던 그의 삶이 못다 읽은 책처럼 마음 한편에 남았기 때문에.

그와 함께한 나날이 가장 행복했었다거나 할 수만 있다면 그때 그 시절로 돌아가고 싶다는 생각은 하지 않는다. 시간이 지나 그 시절을 객관적으로 평가할 수 있는 시기가 되어 생각해 보았을 때, 해도와 함께했던 이 년은 구질구질하고 별 볼 일 없는 시간이었다.

단지 나는 그 구질구질하고 별 볼 일 없는 삶을 믿었다. 매일매일 생각 없이 일하고, 그가 치워놓은 집에서 그가 차려놓은 밥을 먹고, 그가 벗어놓은 땀내 나는 셔츠를 빨고 널면서 흐린 하늘을 쳐다보고, 밤이 되면 나를 졸라 죽일 듯이 껴안는 그의 품에서 죽은 듯이 잠을 자고 싶었다. 그렇게 늙어가던 어느 날 해도가 먼저 죽고, 내가 그의 흔적을 정리하는 상상을 했었다.

내가 한때나마 그런 삶을 믿었다는 것이 놀랍다.

이 년이 넘게 지난 어느 월요일이었다.

"내 집에서 나가줬으면 해."

해도가 말했다. 더는 어쩔 수 없을 만큼 침착한 음성으로.

그는 내가 미워진 것도 아니고, 다른 여자가 생긴 것도 아니고, 악의를 가진 누군가에게 협박을 받은 것도 아니었다. 차라리 그랬다면 얼마나 좋았을까. 나는 그의 얼굴에 침을 뱉고, 그의 인격을 모독하고, 그의 삶을 저주하면서 홀가분하게 그 집을 나올 수 있었을 것이다. 그러나 해도는 순수한 그의 자유의지로서 내가 떠나기를 바라고 있었다. 질식할 것처럼 투명한 그 말에 나는 "왜?"같이 상투적인 반발도 못 해보았다.

무엇보다 그가 말한 '내 집'이라는 표현에 숨이 턱 막히는 느낌이었다. 내 집이라니. 나와 당신은 서로 비어 있는 우리가 아니었던가. 그런데 이제 와서 내 집이라니. 내 집에서 나가달라니.

그는 단지 감당할 자신이 없다고 말했다. 마치 나라는 무거운 짐을 오랫동안 짊어지고 온 것처럼. 그리고 꽤 오랫동안 여행을 다녀올 예정이니 그사이에 여유롭게 짐을 빼라는 말도 덧붙였다.

그것으로 끝났다.

빈틈없이 단호한 해도의 말투 때문에, 나는 감히 가지

말라거나 다시 생각해 보라는 말도 하지 못했다. 해도가 이런 식으로도 말을 할 수 있는 사람이었나. 의문을 가질 새도 없이 그는 작은 여행 가방을 꾸려 집을 나섰다. 짐을 부리고, 신발을 신고, 문을 나서는 그의 동작은 무섭도록 일사불란했다. 그를 붙잡고 싶었지만 방법을 알 수 없었다. 어떻게 해도를 막을 수 있단 말인가? 내가? 무슨 자격으로? 내게는 그를 막을 수 있는 말이 아무것도 없었다. 한순간 내가 그에게 아무것도 아니게 되었듯이.

나는 지구의 중력을 처음으로 벗어난 인간처럼, 아득하게 외로운 우주의 압력을 견디지 못해 구토를 거듭했다. 그럴 때면 말없이 나의 뒤로 와 등을 토닥여 주던 해도, 그 남자는 이제 어디론가 가고 없었다. 주차장의 빈자리는 몇 날 며칠이고 채워지지 않았다.

나는 해도를 기다렸다. 매일같이 전화를 걸었지만 그는 받지 않았다. 갈 곳 없이 홀로 남겨진 기분, 내 집조차 아닌 곳에 덩그러니 버려지는 기분, 연거푸 거절되는 통신 시도. 나는 그런 기분들에 기시감을 느꼈다. 그 모든 것들은 원래 내 것이었는데. 나는 약기운이 떨어진 환자처럼 온몸이 벌벌 떨리는 고통을 되찾았다.

나는 일도 그만두고, 밥도 먹지 않으며, 혼자 있는 그

집의 기압에 찌그러진 채 한 달을 버텼다. 그러나 해도는 오지 않았다. 그는 내 연락이 닿지 않는 어딘가에서 내가 떠나기만을 기다리고 있을지도 몰랐다. 나는 낙담했다. 남겨진 동시에 떠나야 한다는 사실이 그토록 가혹할 수 있는지.

끝까지 왜, 라고 묻지 않은 이유에 대해서도 생각했다. 이미 답을 알고 있었기 때문이다. 나는 그를 사랑했는데, 그는 나를 사랑하지 않았다. 나는 그와 불행할 각오가 되어 있었는데, 그는 그렇지 않았다. 해도는 내가 질렸던 것이다. 나는 또다시 버려졌다. 떠나야 했다.

그 무렵 내게는 갖고 나와야 할 짐이 한가득이었다. 검은색 나일론 가방은 온데간데없고, 언젠가 그가 사다 주었던 연보라색 배낭과 수십 권의 책들, 바다가 보이는 옷 가게에서 함께 샀던 옷들이며, 큼지막한 화장대와 서랍장이 전부 내 것이었다.

나는 이사를 위해 봉고차 한 대를 불렀다.

내 물건을 모두 빼내자 해도의 집에는 남은 게 별로 없었다. 두 사람이 부대끼며 좁았던 그 집이 이렇게나 넓었나. 화장대며 서랍장이 있던 자리에 꼭 그만한 모양의 자국이 나 있었다. 손이 닿지 않는 가구 뒤편에는 잃어버렸던 볼펜, 백 원짜리 동전, 배를 까고 죽어 있는 작은 벌레 같은 것들이 먼지에 싸여 있었다.

그렇게 나는 다시 세상으로 나왔다. 그의 마음처럼 공허하고 황량한, 아뜩해질 만큼 외로운 그 집을 뒤로한 채. 비록 해도는 내게 잘 지내라고 말했지만. 그의 집에서 나온 뒤부터 나는 지독하게 형편없는 인생을 살았다.

29

 나는 일을 그만두었다. 인생이 무료한 나머지 회사 같지도 않은 회사, 계약서 한 장 작성하지 않는 아르바이트에 몇 번 가본 적은 있지만 전부 한 달도 되지 않아서 나왔다. 가축처럼 묵묵히 일을 하는 것, 그로 인해 무료해 빠진 하루를 버텨내는 것이 더는 불가능했다. 일 없이 몇 달을 허송세월하니 모아뒀던 돈이 자취를 감췄다. 나는 더 이상 죽고 싶지는 않았지만 사는 게 습관이 된 사람처럼 살고 있었다.

 그러나 습관 같은 삶에도 돈은 필요한 법이었다. 그래서 돈이 궁해지면 번듯한 회사에 다니는 아저씨들과 술자리를 했다. 배가 나오고 머리가 벗겨진 아저씨들에게 술을 얻어 마시고, 두세 시간쯤 넋을 놓은 채 맞장구를 쳐주고 나면 얼마간 먹고살 만한 돈이 생겼다. 어떤 아저씨들은 몇 달이고 용돈을 챙겨주기도 했다.

핵심은 결코 그들과 잠자리를 하지 않는 것이었다. 남자들이란 저들이 결코 가질 수 없는 것들에 대해서만 돈을 아낌없이 쓰기 때문이다. 나는 그들이 지쳐 나가떨어질 때까지 집요하게 돈을 뽑아먹으면서, 세상의 거의 모든 여자들이 별 가당치도 않은 신비주의를 표방하며 비싼 척 구는 이유를 알게 되었다. 나와 해도는 왜 그렇게 바보같이 땀을 흘리며 일했었던가. 돈 벌기가 이렇게나 쉬운데. 그런 의문도 그의 이름도 잊기 위해서 나는 부단히도 멋대로 살았다. 술을 마시고 담배를 피우고 남자들과 놀아나면서 돈은 생기는 족족 다 써버렸다. 해도와의 이 년이 더는 떠오르지 않을 때까지 머리를 바보로 만들었다.

단 한 번, 해도의 집에 몰래 찾아간 적이 있었다.

그날따라 끈질기게 달라붙어 술을 먹이던 아저씨 때문에, 나는 자정이 조금 넘었을 뿐인데도 만취에 가까운 상태였다. 근처 호텔로 가서 쉬자는 손길을 뿌리치고 택시를 탄 것까지는 좋았다. 나는 곧장 집으로 간다는 것이 그만 몇 년 전 해도와 함께 살았던 집 주소를 기사에게 읊어 버렸던 것이다.

뒷좌석 창문을 열고 담배를 한 개비 피우고, 금방이라도 토가 올라오려는 것을 꾹 참고 잠들었더니 목적지에 도착해 있었다. 택시비를 치르고 차에서 내리려는데 무언가 똑 하고 부러지는 소리가 났다.

나는 부러진 구두 굽을 손에 든 채로 건물을 올려다보았다. '빈 차' 조명에 불이 들어온 택시가 연한 엔진음을 내며 사라지자, 연립주택의 안뜰에서 벌레 우는 소리가 찌르르 들렸다.

나는 나와 해도가 살던 이 층 창문을 올려다보았다. 붉은 벽돌에 담쟁이넝쿨이 뒤덮고 있는 창문 주변. 나는 창틀 앞 작은 틈새에 있던, 아마도 재떨이 대용으로 쓰이고 있을 골뱅이 깡통을 보았다. 해도는 담배를 피우지 않았는데.

나는 발길을 돌렸다. 앞으로 영원히, 죽는 그 날까지 해도를 볼 수 없을 거라는 생각을 하면서.

몇 년이 더 지났다. 어제 열여섯 살이었던 나는 삼십 줄에 접어들었고, 그것은 더 이상 이름 모를 아저씨들과 술을 마시는 것만으로 먹고살 수 없다는 것을 의미했다. 물론 여자도 남자도 시간이 지나면 나이를 먹기 마련이다. 그러나 남자들의 취향이라는 것은 나이를 먹지 않기 때문에, 가진 것이 젊음뿐이었던 나 같은 여자는 세월에 절망하는 비극적 동물로서 운명지어진다.

더 이상 술집에 출근하지 못하게 되었을 때. 내게 용돈을 주는 아저씨가 한 명도 남지 않았을 때. 나는 가지고 있던 돈 몇 푼에 빌릴 수 있는 돈을 전부 보태 크루즈 여행을 떠났다. 한 달에 걸쳐 나가사키, 하와이와 샌프란시스코를 경유해 돌아오는 배였다.

그야 물론 나는 죽을 작정이었다. 더는 살아갈 이유도, 방법도 찾지 못했으니까. 아무도 보지 않는 까마득한 밤을 틈타 태평양에 몸을 던질 계획이었다. 다만 계획이란 내 인생과 가장 어울리지 않는 단어다. 내가 계획을 비껴가듯이 계획도 나를 외면한다.

선내의 한 고급 바에서 마르가리타를 홀짝이고 있을 때였다. 어울리지 않게 하얀 정장을 빼입은 한 남자가 건너편 자리에서 내 쪽을 힐끔거리는 것을 보았다. 그 힐끔거리는 눈짓이 어찌나 서툴렀는지, 그가 여자 경험이 없는 숙맥이라는 사실을 대화해 보기도 전에 알 수 있었다.

투박하게 치 깎은 머리의 그는 아니나 다를까 군인이었다. 만 스무 살이 되자마자 장교로 임관해서 어느덧 소령 진급을 앞두고 있다는 그는 부모님의 환갑잔치를 겸해 크루즈 여행을 왔다고 했다.

"효심이 지극하시네요." 나는 은근한 비아냥을 섞어 말했다. "부모님을 정말 좋아하시나 봐요."

"아, 물론 아버지 어머니 두 분 다 훌륭한 분이시죠. 제가 잘못된 길로 가지 않고 잘 성장할 수 있었던 것도 전부 부모님 덕분이고요. 요즘 들어서는 언제 색싯감을 데려올 거냐고 허구한 날 잔소리만 하시지만……." 그는 내가 자신을 조롱하고 있다는 것을 전혀 눈치채지 못한 듯, 얼빠진 목소리로 어떻게든 나와의 대화를 이어가려고 안간힘을 썼다.

"저, 도연 씨. 이렇게 된 것도 인연인데, 도연 씨만 괜찮으시면 내일 같이 식사나 하실까요. 여기 선내 삼 층에 아주 괜찮은 레스토랑이 있는데……."

이렇게 된 것도 인연인데, 라니.

그는 정말로 그렇게 말했다. 드라마 중에서도 아주 형편없는 드라마에서나 나올 법한 그런 대사를 실제로, 현실 세계에서 읊었다. 게다가 그는 다음 날 식사 약속에 제 부모님을 대동하는 모습으로 추가적인 당혹감을 내게 주었다. 그쯤 되니 나로서도 터져 나오려는 웃음을 참느라 애를 써야 했다. 나는 죽고 싶었던 것이 아니라 살아갈 방법을 찾고 있었던 것이다. 이제 그것은 주워지기를 기다리는 조약돌처럼 내 눈앞에 놓여 있었고.

30

"아이고, 세상에 어쩜 그런 일이 다 있을꼬."

그의 부모님을 사로잡는 것은 마흔을 앞둔 숫총각 군인을 꾀는 것보다 쉬웠다. 그들 앞에서의 나는 본래 유복한 집안의 딸로, 유년 시절을 캐나다에서 보내다 한국으로 돌아왔으나 한발 늦게 귀국하려던 양친이 강도에게 살해당한 비극 속 여주인공이었다. 설상가상 내게 상속되었어야 할 막대한 재산도 현지 변호사의 비열한 수법으로 인해 한 푼도 받지 못했으며, 빈털터리 신세로 어떻게든 살아보고자 고생을 거듭했지만 더는 희망이 보이지 않아 그동안 모아둔 돈으로 마지막 크루즈 여행을 떠나온 것이다.

"여행이 끝나가는 대로 바다에 몸을 던질 생각이었어요.

부끄러운 말이지만, 여자 혼자 살아간다는 것이 이제는 너무 버겁게 느껴져서······."

"그런 말 말아요!" 원탁에 나와 마주 앉아 있던 그가 불쑥 말허리를 끊었다. "전혀 부끄럽지 않아요. 만약 세상에 당신을 지켜줄 사람이 한 명, 단 한 명만 있었더라면······."

"옳은 말 했다, 우리 아들."

"저기, 도연 씨. 실례가 아니라면 이번 여행 끝날 때까지만이라도 우리랑 같이 있읍시다. 오해는 말아요. 나는 도연 씨가 딸 같기도 하고, 이렇게 이야기를 들으니 걱정도 되고 그래서."

나는 못 이긴 척 그 제안을 받아들였다. 연락처를 교환한 우리는 여행이 끝난 뒤로도 자주 만났고, 남양주에 있는 그들 가족의 육십 평 아파트에도 심심찮게 드나들었다.

그는 얼마 지나지 않아서 내게 청혼했다.

"저는 역시 도연 씨를 좋아하는 것 같아요. 제 나이도 곧 마흔이고, 저희 부모님도 더 늙기 전에 손주를 보고 싶어 하시고."

나는 그에게 관심이 없는 것은 아니지만 결혼까지는 생

각해 본 적이 없다고 대답했다. 그러자 그는 당장에 결혼이 아니더라도 약혼까지는 어떻겠냐고, 자신은 언제까지고 기다릴 자신이 있다고 말하는 것이었다.

"도연 씨도 제가 싫지는 않은 거잖아요. 그러면 일단 약혼이라도 하자고요. 그렇게만 되면 우리 부모님도 안심하실 수가 있고, 도연 씨가 하고 싶어 하는 일들도 어느 정도는 뒷바라지해 줄 수도 있고. 그게 결국 나중에 우리 가족과 아이들을 위한 투자이기도 하니까……."

나는 그렇게 그와 약혼했다. 적당한 예식장을 빌려서 약혼식이라는 것까지 치렀다. 그와 그의 부모님 내외는 적당히 만족한 것처럼 보였다. 그들 집안이 독실한 기독교 가정이라는 것도 한몫했다. 나는 어릴 적 부모님을 따라 교회에 자주 드나들었으며, 성경도 꽤 열심히 읽었노라고 말했다. 한국에 돌아와 교회에 가지 않은 것은 그저 삶이 고달파서였다고. 그렇지만 하나님이 내 곁에 있다는 사실을 한 번도 의심한 적은 없다고.

"그래, 새아가야. 앞으로 우리와 함께 살면서 예배도 같이 나가고, 더불어 은총을 누리는 가정을 꾸려보자."

나는 실제로 그들과 함께 교회에 나가보기도 했다. 그러나 습관이란 아무리 오래된 것이라 하더라도 무서운 것이어서, 하나님을 하느님으로 잘못 부르지 않는 것에 적잖이 고생해야 했다.

내 약혼자가 된 그와 그의 가족은 나를 옭아매기 위해 오만가지 노력을 기울였다. 나는 그들로부터 전폭적인 투자와 지원을 받으며 하고 싶었던 일들을 했다. 이 년 동안 통신대학교의 수업을 들어보기도 하고, 카페 창업을 해보겠답시고 그들 소유의 건물과 돈을 끌어다 쓰기도 했지만 모두 허탕이었다. 나는 아무것도 제대로 하지 못했다. 할 줄 아는 게 아무것도 없었으니까.

그와 그의 부모의 인내심이 한계에 다다른 것이 느껴졌다. 나도 얼마 뒤면 삼십 대 중반에 접어들 것이었다. 노상 친절했던 그의 어머니조차 나를 앉혀놓고 겁을 주었다.

"얘, 지금 당장 결혼을 하고 애를 배도 늦은 판이다. 요즘 노산 문제가 얼마나 심각한지 아니? 한 살이라도 어릴 때 애를 낳아야 건강하게……."

내가 더 이상 젊지 않다는 것은 알고 있었다. 해가 갈수록 윤기를 잃어가는 피부, 머릿결, 갈라지는 땅처럼 희미하게 자리를 잡아가는 주름살, 그런 것들은 얼마든지 참을 만했다.

내가 도저히 참을 수 없었던 것은 잿빛으로 탁해지고

작아진 나의 눈동자였다. 초등학교 시절 도연이가 화장실 거울을 보며 했던 말이 떠올라 불현듯 눈물이 났다. 민진이, 너는 눈도 크고 예쁜데.

이쯤에서 결혼하는 것도 나쁘지 않겠다는 생각이 들었다. 그가 벌어오는 돈으로 적당히 집안일을 하고, 냄새 나는 양말을 빨고 똥 냄새 나는 기저귀를 갈며 살다가 죽는 것이 내게 유일하게 허락된 운명 같았다. 그래, 그것이 내게 남은 운명이라면.

그는 내가 결혼을 결심했다는 말을 듣자마자 뛸 듯이 기뻐했다가, 몇 달쯤 유럽에 여행을 다녀온 다음에 식을 올리고 싶다는 말을 듣자 생각이 복잡해진 듯했다. 여행에 드는 비용은 둘째 치더라도, 여자 혼자 먼 나라들을 돌아다니는 일에 염려되는 것이 한두 가지가 아니었을 테다. 당연하게도 나는 그가 염려하는 대부분의 일들을 저지를 작정이었지만. 당장은 그를 안심시키는 말들을 한껏 늘어놓았다. 요즘 유럽 치안이 얼마나 좋은지 아느냐고, 나 같은 아줌마에게 접근하는 사람이 어딨겠느냐고, 살면서 단 한 번이라도 혼자 긴 여행을 다녀오고 싶었다고, 이번에 다녀오는 대로 영원히 당신의 여자가 되어주겠다고…….

31

 두 달간의 유럽여행을 승낙받자마자 나는 파리행 비행기에 올랐다. 살면서 처음 타보는 비행기였다. 나는 파리나 프랑스, 유럽에 대해 아는 것이 아무것도 없었다. 그곳이 서쪽 먼 곳에 있다는 것만 알았을 뿐이다. 다만 나는 가장 갇혀지기 전에 가장 멀리까지 가보고 싶었던 것일지도 모른다.

 내키는 대로 온갖 도시를 쏘다녔다. 아름답고 낭만적인 풍경과 건물, 자연과 문화유산을 실컷 보았다. 바다가 보고 싶어서 니스에, 공장이 보고 싶어서 맨체스터에, 그림이 보고 싶어서 마드리드에, 호수가 보고 싶어서 루체른에 갔다. 호텔 로비나 바, 관광지 투어에서 만난 사람들이

가보라는 곳도 빠짐없이 다 가보았다.

그러나 시간이 지나고 나면 내가 보고 느꼈던 개별적이고 구체적인 감상들은 증발해 버리고, '하여간 아름답고 낭만적이었다'는 진부한 감각적 잔상밖에 남지 않는다. 수십 일 동안 유럽 도처를 휘젓고 다녔음에도 나는 유럽이 어떤 곳인지 알 수 없었다. 내가 잘 알게 된 것은 유럽이 아니라 유럽을 여행하는 일에 대해서였다. 그것은 아침 일찍부터 일어나 도시의 대성당에 가고, 점심 무렵이면 번화가에 있는 레스토랑에서 와인을 곁들인 식사를 하고, 해가 지면 술집에서 주변 테이블을 두리번거리면서 생소한 이름의 칵테일을 홀짝이다가 숙소로 돌아오는 것이다.

가이드의 신호에 따라 휴대폰 카메라를 치켜드는 사람들. 열병식의 군인들처럼 일제히 셔터를 누르는 관광객들. 눈앞에 펼쳐진 아름답고 낭만적인 장관을 오인치 디스플레이로밖에 보지 못하는 머저리들. 삶에 파묻히다 보면 그 모든 것들이 잊히고 말겠지. 그런 생각을 하는 자신을 문득 알아보았을 때. 나는 인생으로 돌아갈 때가 되었음을 느꼈다. 내게 성큼 다가온 불행을 껴안을 때가 된 것이다.

유럽에서의 마지막 행선지로 폴란드를 떠올린 것은 수용소 때문이었다. 갈 데 없이 국경 주변 도시를 떠돌고 있던 그때 왜 초등학교 시절이, 오전 수업밖에 없던 어느 날 담임선생님이 보여준 〈인생은 아름다워〉가 떠올랐는지 모르겠다. 그 영화를 보면서 나는 슬퍼하기보다 안심했던 기억이 난다. 나는 행운아였다. 저 시기의 유럽에 유대인으로 태어나지 않아서, 아무 잘못도 없이 수용소에 갇히고 박해받다가 죽지 않아서.

나치에 의해 모든 인간적 자유를 박탈당한 사람들. 가장 비참하고 고통스러운 종말을 맞이했던 사람들. 나는 그런 사람들의 흔적을 더듬으면서 앞으로의 부자유한 삶에 위안을 얻고자 했다. 수백만 명이 연기처럼 죽어 사라졌던 그곳에는 한 세기가 채 되지 않아서 현대적인 인테리어의 추모관이 들어서 있었다. 유리 벽 너머에는 이름 없이 세상을 스쳐 간 아이들의 낡은 옷가지, 폐품이 된 신발 수천 켤레들이 무더기로 쌓여 있었다. 꼭대기 부분이 안쪽으로 굽어 있는 철조망 기둥이 지평선 쪽으로 끝없이 이어졌다. 나는 그렇게 휘어진 철 기둥을 마포대교에서 본 적이 있었다. 그것은 사람이 결코 넘어갈 수 없도록, 벽을 넘어 뛰어내릴 수 없도록 하기 위한 것이었다.

이윽고 나는 창문 하나 없이 천장이 낮고 좌우가 좁은 건물 한 곳으로 들어갔다. 좁고 두꺼운 쇠문 외에는 모든 곳이 두꺼운 콘크리트로 덮여 있는 장소였다. 폐소공포증 환자의 악몽에나 나올 것 같은 그 음산한 공간은 가스실이었다. 삶의 완전한 종말을 상징하는 그 장소에는 쇠창살조차 달려 있지 않았다. 그럴 필요가 없었다. 그곳은 죽은 뒤에야 나갈 수 있는 장소니까.

별안간 나는 그곳을 뛰쳐나가고 싶다는 생각이 들었다. 한시라도 빨리 나가서 따사로운 아침의 햇살을 느끼고 싶었다. 가슴이 부풀어 오르도록 공기를 들이마시고 내쉬고 싶었다. 한낮의 쨍한 햇볕이 들이치고 있었으므로 나는 출구를 찾을 필요가 없었다. 볼이 빨간 어린아이들이 공터를 가로질러 걷고 있었다.

나는 그 길로 정처 없이 폴란드를 떠돌아다니다가, 작은 국제공항이 있다는 루블린에 다다라 귀국을 결심했다. 결혼을 고대하고 있는 나의 약혼자는 곧바로 인천행 비행기를 예약해 주었다. 마침내 나의 비행에 결착이 지어지려는 순간.

바로 그 순간에 항공편이 지연되고, 취소되고, 공항이

폐쇄되고, 빛바랜 추억처럼 해도가 나타났다. 그 모든 것은 우연이었다. 우연일 수밖에 없었다. 그런데.

어쩌면 그가 나를 위해 남겨두었을 운명이 있을지도 몰랐다. 그 무력하고 비겁했던 남자가 나를 구원해 줄지도 몰랐다. 그 구질구질하고 별 볼 일 없던 불행으로 나를 이끌어 줄 수도 있었다. 그러나 내가 그런 희망을 머금기도 전에 그는 사라졌다. 폭발음과 연기가 나는 방향으로. 아무것도 없는 곳으로.

걸어도 걸어도 닿지 않는 어딘가를 향해 그는 사라졌다. 나는 해도가 두 번 다시 돌아오지 않으리라는 것을 알았다. 우리 두 사람의 시공간이 이렇게 맞아떨어지는 일은 이제 다시 없을 것이었다. 나는 울음을 참았다. 그리고 줄곧 앉아 있던 자리에 쪼그린 채 문이 열리기를, 삶이 돌아오기를 기다렸다. 가장 오래된 기억에서의 내가 고아원 복도에서 그랬었듯이.

항공편이 끊기고 공항에 억류된 지 스물한 시간째.
공항 내부에 경쾌한 억양의 안내방송이 울려 퍼진다. 절반 이상 꺼져 있던 실내등 모두에 불이 들어와 공항이 대낮처럼 밝다.

수십 명의 공항 직원들이 업무에 복귀한다. 안내소 카운터에 줄이 늘어서고, 공항에 마련된 작은 편의점과 면세점에도 사람이 들어선다. 나는 조금 전까지 살풍경했던 공항이 이렇게 빨리 생기를 되찾는 것에 놀란다. 스무 시간 넘게 꿈을 꾸다가 깬 것은 아닐까 싶을 정도다.

군인이 섞인 공항 직원들의 친절한 안내를 받아 비상활주로로 향한다. 몇 시간 전까지 폭발음과 연기가 났던 곳이 어디였는지 모르겠다. 나는 그곳과 전혀 다른 차원의 공간으로 이동해 걷고 있는 것 같다.

해도는 지금쯤 어디에 있을까? 아직도 이 주변에 있을까? 아니면 또다시 어디론가 사라졌을까?

그런 생각과는 작별하기로 한다. 어디선가 나타날 것 같은 기대로 주위를 두리번거리는 것도 그만두기로 한다. 그는 과거의 망령일 뿐이다. 나는 그를 실제로 만난 적이 없는 건지도 모른다. 모든 게 다 꿈이었을지도 모른다.

그 막연한 추측 앞에 커다란 군용기 한 대가 즉물적인 형태로 나타난다. 그 군용기는 나를 비롯한 수십 명의 관광객을 태우고 뮌헨으로 향할 것이었다. 나는 그곳에서 인천으로 돌아가는 직항편에 몸을 실을 것이다. 그렇게 한국으로, 서울로 돌아가게 되면.

나는 내가 돌아오기만을 기다리는 그와 결혼할 것이다. 그를 꼭 닮아 못생긴 아이를 둘 낳고, 허리가 빠져라 집안일을 하고, 차려놓은 저녁이 다 식었을 때쯤 술에 취해 돌아오는 그의 옷을 벗길 것이다. 자식들의 사소한 일탈에 고개를 숙일 것이다. 시댁의 이유 없는 심술에 속을 썩을 것이다. 삶의 무의미함에 자책하고 때때로 우울해할 것이다. 드라마를 보고, 찌개를 끓이고, 설거지를 하고, 용돈을 보내고, 술을 마시고, 눈물을 흘리고, 미친 듯이 화내고, 서글퍼하고, 그렇게 몇십 년쯤 살다가, 문득 해야 할 일을 떠올린 사람처럼 스스로 목숨을 끊을 것이다. 언젠가는 그렇게 되고 말 것이다. 그런데.

나는 아직도 해도가 어디로 사라졌는지 모른다.

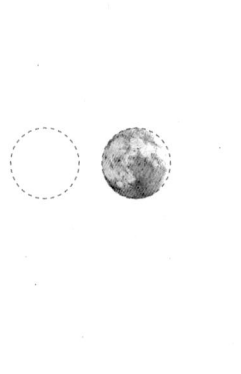

2부

1

그 도로 위에서 차가 아홉 번째 고장 났을 때, 해도는 자신이 시간을 되돌아갈 수 있다는 사실을 알았다.

아주 먼 길을 달린 차였다. 페달을 밟아 앞으로 전진할 때마다 엔진이 쿨럭거리고, 위아래로 차체가 위태롭게 진동하는 그 구형 레이를 헐값에 넘겨받은 것이 오 년 전의 일이었다. 기름 냄새가 조금 배어 있다든가 뒷좌석 오른쪽 창문을 열 수 없다든가 하는 것 말고는 이렇다 할 고장도 없던 그 차를 해도는 자식처럼 아꼈다.

그런 녀석이 이번 해 들어선 배터리 방전이다, 타이어 펑크다 해서 걸핏하면 뻗어대고 있었다. 해도는 가뜩이나 사정도 좋지 않은 때에 말썽을 피우는 자동차가 야속하기까지 했다.

해도가 삼 년째 관리인으로 일해왔던 건물이 관리비 감축을 결정한 것은 지난달이었다. 관리인 중에서 가장 연차가 짧고 젊은 편에 속했던 그는 내부결정에 의한 해고 일 순위였다.

"자네는 아직 젊잖아. 아직 창창하니 다른 할 수 있는 일이 많겠지. 이해 좀 해주게."

나이가 일흔이 넘은 경비부장의 말이었다. 그는 해도를 향한 해고통지가 자신의 유언이라도 되는 양 쇠잔한 목소리로 말했다. 입사 때부터 일머리가 없던 해도를 유독 챙기고 보살펴 줬던 그였다. 건물관리팀은 다름 아닌 그에게 해도의 해고통보를 맡겼다.

경비부장의 말은 반만 사실이었다. 해도는 서른두 살이었다. 나이가 많다고는 할 수 없지만, 앞날이 창창하게 젊은 나이라고도 할 수 없었다. 대한민국에서 서른이 넘었다는 것은 관성과 노련함으로 일해야 한다는 것을 의미했다. 그는 역 근처에 있는 다른 건물들의 경비원 자리를 알아보았지만 하나같이 허탕이었다. 역 근처가 아니라 좀 더 멀리 떨어진 곳, 출근하기 힘들 정도로 외지다 싶은 곳까지도 가보았으나 사정은 다르지 않았다.

귀신이 곡할 노릇이었다. 이 넓은 서울 땅에 관리가 필요한 오 층 이상의 건물이 얼마나 많이 있는데, 어떻게 사지 멀쩡한 청년이 일할 건물 한 채가 없다는 것인지.

"건물값이 다 올라가지고 그래."

역 근처 빌딩에서 일하는 노인은 혀를 쯔쯔 차며 제 넋두리를 하듯이 말했다.

"부동산은 오르는데 세 들어 사는 사람들 처지는 그대로지. 그러니까 관리비라도 줄이겠답시고 인력을 계속 줄이는 거야. 글쎄, 요즘은 전기세 아끼겠다고 새벽시간에 엘리베이터도 한 개 빼고 다 꺼버린다니까……."

노인의 설명에도 해도는 좀처럼 수긍이 가질 않았다. 사람들은 어째서 집값이 오르는 것을 두고 집주인이 아닌 관리인들에게 횡포를 부리는가.

"이 사람아, 세상 사는 이치가 그렇지가 않네. 원래 사정이 안 좋아지면 없는 것들 모가지부터 자르는 거야. 남아 있는 우리두 편치를 않아. 원래 두 명 세 명이 하던 걸 혼자 다 해야 하니까는. 그런다고 급여를 올려주기를 하나. 이거 더러워서 때려치겠다고 말할 수도 없어. 요새 널리고 깔린 게 경비 일 허겠다는 노인네들이라."

요컨대 건물관리업이란 부동산가격 폭등과 노동인구

고령화 현상에 직격탄을 맞은 업종이었다. 해도는 본인의 의지와는 관계없이 다른 직업을 찾아야 하는 처지에 놓였다. 해가 떠 있는 내내 건물들을 돌아다니느라 흘린 땀이 눈썹 끝에 맺혀 있다가 떨어졌다.

해도에게는 몇 달쯤 느긋하게 쉬며 인생의 다음 스텝을 기획할 여유가 없었다. 그에게 있는 것이라고는 매년 계약갱신 때마다 어김없이 보증금이며 월세가 오르는 셋방과, 노름에 빠져 평소에는 연락도 안 되는 어머니 정도였다. 그녀는 한 달에 한 번꼴로 불쑥 전화를 걸어와서는,

"있지, 해도야, 나 길 가다 넘어져서 무릎이 깨졌다니까" 하며 돈을 가로채 가다시피 했다. 올해 들어 그녀의 무릎이 얼마나 자주 깨졌는지 헤아릴 수도 없었다. 걸어다니는 것이 용했다.

해도는 급한 대로 공사판이며 대리기사 일을 전전하며 하루살이처럼 살았다. 다 쓰러져 가던 다세대주택에서 나와 쿰쿰한 냄새가 나는 반지하 단칸방으로 이사했다. 매 끼니 두 알씩 부쳐 먹던 계란프라이는 한 알로 줄였다. 빨강 신호등에 차가 걸리거나, 엔진 없이도 굴러 내려가는 비탈길 앞에서는 기어를 중립으로 놓았다. 그렇게 허리

띠를 졸라 얼마 없는 수입과 지출의 대차대조를 맞출라 치면, 어김없이 어머니가 돈을 요구하거나, 휴대폰을 잃어버리거나, 갑자기 몸이 아프거나 해서 가계부에 구멍이 뚫리는 것이 그의 인생이었다. 이런 마당에 내내 멀쩡해 보였던 차까지 퍼져버렸다.

해도는 하는 수 없이 차를 점검하러 갔다가, "이런 건 폐차가 빠릅니다. 고치는 게 의미가 없어요" 하고 넌더리를 치는 카센터 직원의 말을 듣고도 공연히 에어컨 필터나 갈아주고 돌아왔다. 때가 탄 필터를 새것으로 교체한다고 해서 차가 고쳐지는 것은 아니지만.

해도의 삶에는 그런 순간들이 찾아오고는 했다. 난치병에 시름하는 아이의 손을 꽉 붙잡는 것 같은, 무의미하고도 가련한 노력이 강제되는 순간이.

그런가 하면 해도는 일순간 돌이나 나무토막으로 변해 버린 것처럼 동작을 멈추고 바닥에 쓰러질 때도 있었다. 그리 자주 있는 일은 아니었다. 말하자면 연례행사처럼, 잊어버릴 만하면 찾아오는 주민세나 자동차세처럼 가끔씩, 그는 급작스레 졸도했다가 서너 분쯤 뒤에 일어나고는 했다.

"어이! 괜찮나?"

해도는 금방 깊은 낮잠에서 깬 사람처럼 의식을 되찾고 허둥지둥했다. 오후 작업을 앞두고 컨테이너 앞에서 담배를 태우던 인부들은 난데없이 흙바닥에 고꾸라진 그를 둥그렇게 둘러싸고 있었다. 아니, 괜한 일에 이렇게들. 정말 아무것도 아닙니다. 그냥 가끔 이래요. 발작 비슷한 거죠. 일 년에 한 번 이럴까 말까입니다. 사는 데는 지장이 없어요. 걱정 안 하셔도 괜찮습니다.

"그야 사는 데는 지장이 없겠지. 근데 일하다 말고 그러면 어쩌려고 그러나?" 인부들 뒤에서 줄곧 담배를 물고 있던 작업반장이 엄한 목소리로 물었다.

일하다가는 이런 일 없을 겁니다, 하고 해도는 결연한 표정으로 대답했다.

"그래. 그럼 일하러 가자." 반장은 녹슨 드럼통 위로 담뱃불을 거칠게 비벼 껐다. 해도와 인부들은 그것이 작업을 시작하는 신호라도 되는 것처럼, 제각기 옷을 털고 헬멧을 쓰며 현장으로 터벅터벅 걸어 나갔다.

일 년에 한 번 그럴까 말까 한다는 단언이 무색하도록, 해도는 그런 일이 있은 지 보름이 채 안 돼서 다시 쓰러졌다. 그다음에는 일주일 만에 쓰러졌고, 사흘 뒤에는 또 한

번 쓰러졌다. 한때는 나이답지 않게 근면하고 우직한 일꾼이었던 그는 언제 쓰러질지 모르는 천덕꾸러기가 되었다.

해도의 사정을 모르지 않는 인부들은 너무 무거운 자재들을 옮기거나 중장비를 돌리는 일들에서 넌지시 그를 빼놓고는 했다. 그것은 단순한 배려심에 지나지 않는 것은 아니고, 현장에서 인명피해가 생길 경우 피차가 골치 아파지기 때문이었다. 현장에 폐를 끼치고 싶지 않았던 해도는 전보다 더 부지런히 작업에 힘썼다.

하지만 끝내는 그런 가상한 노력으로도 어쩔 수 없는 순간이 왔다. 마지막으로 쓰러진 지 이틀도 안 돼 또다시 쓰러진 것이다. 한 번도 아니고 하루에 두 번이나 쓰러졌다. 두 번째 쓰러진 것은 비계 위에서 파이프를 고정시키고 있을 때였는데, 다행히 발판에 걸친 몸은 멀쩡했지만 들고 있던 파이프는 삼 층 높이 아래로 추락했다. 추락지점에서 시멘트 작업을 하던 인부가 때마침 물을 마시러 자리를 비우지 않았더라면 큰일이 났을 터였다.

작업반장은 "잠깐 담배나 피우러 가자"고 해도를 불렀다. 그리고 그날 일당과 약간의 차비를 주며 큰 병원에 가보라는 언질을 줬다. 다시 오지 말라는 말은 하지 않았다. 다만 정확한 병명과 그것이 업무에 지장이 없을 만큼 나

앗다는 소견서를 받았을 때 다시 오라고 했다. 그것은 차라리 다시 오지 말라는 말보다 더 잔인했다. 결단코 쓰러지지 않는다고 장담할 수 있는 사람이 어디 있는가. 모든 인간들은 최후의 최후에 쓰러질 수밖에 없는데…….

2

 해도는 꽤 오랫동안 편두통을 앓았다. 기억하기로는 이십 대 후반이 된 후부터 불규칙적으로 지끈거리며 뒤통수를 울리는 두통에 시달렸다. 전국에 용하다는 병원 수십 곳을 찾아갔지만, 차도는 없었다. 해도는 고통을 참으며 살아가는 법을 배우는 것이 헛된 희망을 품고 실망하는 것보다 낫다는 것을 깨달았다.

 그러므로 해도는 이번에도 아무 기대를 하지 않았다. 보나 마나 아무것도 아닌 일에 돈을 쓸 뿐이다, 결국 아무것도 아니라는 걸 확인하는 비용을 들일 뿐이다······. 그런데 이번에는 양상이 조금 달랐다. 동네 병원에서는 조금 큰 병원으로, 중견 병원에서는 지역구에 하나 있는 대학병원으로 가라며 막무가내로 해도를 떠밀었던 것이다.

"꼭 제가 적어드린 교수님께 가셔야 돼요. 알겠죠?" 중견 병원의 젊은 의사는 포스트잇에 한 의학 교수의 이름과 전화번호를 적어 내밀었다. "먼저 전화를 하고 가시는 게 좋을 거예요. 워낙 저명하신 분이라."

'워낙 저명하다'는 게 무슨 뜻인지. 해도는 적혀진 번호로 전화를 걸기 전까지는 몰랐다. 접수원은 안 그래도 바빠 죽겠다는 사실을 호소하는 듯한 말투로, "가장 빠른 날짜는 다다음주 금요일 오전 열 시예요"라는 사실만 통보하듯이 말했다. "지금 이것도 기존 예약이 취소가 되어야 뵈실 수 있는 거예요. 싫으시면 예약을 안 하시면 되고요. 하루에도 수십 수백 명이 전화가 와서 저희도 일정 잡기가 힘들어 죽겠다고요."

해도는 예약을 하지 않고 전화를 끊었다. 그러나 하루도 안 돼서 마음을 바꿨다. 그럴 수밖에 없었다. 그날 오후 장을 보고 돌아오는 길에 돌연 쓰러져 아스팔트에 이마가 찢어진 것이다. 그는 응급실로 가는 앰뷸런스 안에서 개구리처럼 뻗은 자세로 눈을 떴다. 사정도 모르고 119를 불러댄 과일가게 아줌마의 오지랖 덕분이었다. 달리는 차에서 내릴 수 없었던 그는 응급실에 도착하자마자 곧장 집으로 걸어 돌아왔다. 응급실 진료비도 택시비도 그에게는 무의미한 지출이었다.

해도는 불 꺼진 단칸방에 홀로 돌아왔다. 하나뿐인 방 대신 화장실에 불을 켰다. 거나하게 취한 사람처럼 세면대에 양손을 걸쳐 올리고, 스르르 고개를 들면 그 자신의 모습이 비쳐 보인다. 앰뷸런스 안에서 급하게 동여맨 붕대를 손으로 끄르자, 관자놀이 위쪽에서 몇 줄기의 핏방울이 기다렸다는 듯이 얼굴을 타고 내려왔다. 그 핏자국 때문에.

다음 날 그는 체념한 채로 전화기를 들었다. 예약은 하룻밤 사이에 몰라보게 늘어 있었다. 오 분 남짓한 시간 동안 의사를 만나기 위해 이제는 한 달을 기다려야만 한다고 접수원은 말했다. 해도는 반쯤 잠긴 목소리로 그렇게 하겠다고 대답했다.

걸핏하면 의식이 끊어지는 몸으로 한 달을 살아내기란 녹록지 않았다. 해도는 그 원인 모를 증상을 숨기고 일을 구해봤지만, 대개는 얼마 지나지 않아 들통이 났다. 쫓겨나는 와중에 딱한 마음으로 일당을 챙겨주는 곳이 있는가 하면, 그런 중대한 결함을 숨겼다는 것이 괘씸하다는 투로 되려 보상청구를 하겠다는 곳도 있었다. 해도는 도망치고, 연락을 끊고, 여의치 않을 때는 곡기도 끊어가면서 한 달을 겨우 버텼다. 바보 같은 일이었다. 버틴다고 해서 어떻게 될 일은 아니었으니까.

"오, 암입니다." 노교수는 거리낌 없는 투로 말했다. 지나가던 길에 서 있던 나무의 이름을 읊듯이 아무렇지 않게. 그는 해도의 뇌를 촬영한 MRI을 앞뒤로 능숙하게 움직여 보다가, 모니터 앞에 놓인 진단서를 가져다 해도의 앞에 놓고 가리켰다. "여기에 쓰여 있죠. '상세 불명의 악성종양'이 관찰된다는 건데. 이게 세간에서 말하는 암이라는 거거든요. 가끔 양성을 악성으로 오진하는 경우가 없지는 않은데, 그건 말 그대로 아주 가끔일 뿐이고."

그럼 이제 어떻게 해야 하느냐는 해도의 질문에는,

"그건 이제 환자분의 선택이라고밖에는 제가 말씀을 못 드리겠습니다. 우리는 일차적으로 병리적인 진단을 할 뿐이고, 앞으로 어떤 결론을 내려서 어떤 치료방법을 선택할지는 환자분 스스로 판단을 하셔야겠지요······."

일곱 평 남짓한 진료실에 정적이 이어졌다. 노교수는 침묵을 통해 더 이상 해줄 말이 없다는 말을, 다음 진료 환자를 위해 '알아서 나가달라'는 말을 대신하고 있었다.

"괜찮으세요?" 진료실을 나오는 길에, 줄곧 상황을 지켜보고 있던 간호사가 물었다. "많이 혼란스러우실 텐데…… 저희 교수님이 원래 말이 짧아요. 너무 상심하지 마시고요. 일단은 친지분이나 보험사에 연락해서 의견을 물어보시는 게."

하지만 해도에게는 의견을 물어볼 만한 친지도, 보험도 없었다. 그는 괜찮지 않았다. 그러나 그가 있던 병원이라는 곳은 그 말고도 괜찮지 않은 사람들뿐이었다. 세상이 그에게만 특별히 가혹한 것은 아닐 것이다.

해도는 아무 대답도 없이 건물 밖으로 나왔다. 구월 한여름의 햇볕이 병원 앞의 하얀 돌바닥에 튕겨 눈이 아팠다. 산책하는 사람은 없고, 이따금 주차되어 있는 자동차 보닛 위로 아지랑이가 일어 어지러웠다.

3

집으로 돌아가는 길은 유달리 뜨거웠다. 해도는 시원하기는커녕 후덥지근한 바람을 뿜어내는 차량 에어컨을 신경질적으로 꺼버렸다. 별수 없이 차창을 내렸지만 이른 오후의 더위가 불어올 뿐이었다. 그조차도 차가 달리는 동안에만 잠깐 부는 바람이었다.

몇 분 뒤 해도는 모르는 열한 자리 번호로부터 전화를 받았다. 그때. 수화기 너머에서 모르는 중년 남자에게, 당신의 친모가 쓰러져 위독한 상황이라는 말을 전해 들었을 때.

자동차는 시속 오십 킬로미터 남짓한 속도로 남부순환로를 지나고 있었다. 그녀는 몇 년 전에도 중풍으로 쓰러진 적이 있었다.

머리가 핑핑 돌았다. 집에 돌아가고 싶었다. 한시 빨리 머리를 아래로 누이고 싶었다. 몸을 수평으로 펴고 누워 영원히 삶을 잊고 싶었다. 그러나 세상이 그에게만 특별히 가혹한 것은 아닐 것이다…… 해도는 방배를 지나 사당에 이르기까지 죽 앞으로만 차를 몰다가, 낙성대 부근에 다다라서 유턴을 했다.

서초로 접어드는 길에서부터 정체가 있었다. 경부고속도로는 초입부터 거칠게 자동차들을 막아섰다. 왕복 팔차선 도로 어디에도 빈틈이랄 곳이 없었다. 깜빡이 없이 차선을 바꾸는 차량들, 육중하게 앞길을 가리는 화물차들, 탑차들, 언제고 앞으로 가겠다는 신호 하나 없이 멈추어 서 있는 행렬들.

수천 대에 달하는 자동차들이 옴짝달싹 못 하고 도로 위에 갇혀 있었다. 그 기나긴 행렬의 맨 앞에 그들의 전진을 가로막고 있는 것이 무엇인지도 모른다. 하필이면 괜한 때에 왔다고, 생각할 때에는 이미 늦었다.

해도는 길을 돌리지도 못하고 도로에 발이 묶였다. 뒤늦게 창을 내리고 뒤를 돌아보았다. 해도의 차가 앞으로

가기만을 기다리고 있는 차들이 시야를 가득 메웠다. 아직 그런 사정을 모르는 차들까지도 잔뜩 부대끼며 고속도로로 밀려오기를 멈추지 않았다.

일 분을 기다려도 십 미터를 채 나아가지 못했다. 차들은 서로의 차선을 뺏으며 간헐적으로 성이 난 듯 빵빵거렸다. 재난이나 다름없는 그 정체 상황이 모두 다른 차들 때문이라는 듯이. 태양은 지상의 상황에 아랑곳않고 땅 위에 광선을 흩뿌렸다. 정오보다 뜨거운 이른 오후의 열기가 아스팔트를 끓이고 있었다.

사방에서 으르렁대는 배기음들. 클랙슨 소리들. 무수한 차 유리로부터 난반사되는 빛 공해들. 무더위로 푹푹 찌던 공기는 작열하는 찜통이 되어갔다. 견디다 못해 창을 올리면 차량 내부가 온실처럼 달았다. 에어컨은 여전히 말을 듣지 않았다. 머리가 더욱 뜨거워졌다. 계속해서 핑핑 돌고 있었다.

지이이잉…… 지이이잉…….

해도는 땀에 푹 절은 채, 무력하게 차창을 올렸다 내리기를 반복했다. 이렇게 뜨겁다 보면 내 머릿속의 그 종양이라는 것도 죽는 게 아닐까. 그렇지만 그것들이 다 소멸할 때까지, 나는 살아 있을까.

지이이잉…… 지이이잉…….

순간 해도는 땅이 몇 센티미터쯤 내려앉는 듯한 기분을 느꼈다. 그리고 일종의 방어막처럼, 그의 주위를 감싸고 있던 소리가 별안간 꺼져버린 것을 느꼈다. 차창은 위에서 반의반쯤 열린 상태에서 멎었다. 스위치를 몇 번 더 까딱거려 봤지만 요지부동이었다. 시동 버튼을 눌러도 미동이 없는 차. 뒤통수 안쪽 깊숙한 곳을 면도날로 후벼 파는 듯한 두통.

해도는 자포자기한 권투선수처럼 주저앉아 고개를 숙였다. 무수한 땀방울이 덥수룩하게 자란 앞머리와 속눈썹을 타고, 목덜미와 등줄기에 기분 나쁜 궤적을 그리며 주르르 흘러내렸다. 예상 못 한 비를 맞은 것같이 온몸이 폭삭 젖었다. 해도는 앞 유리로 구름 한 점 없는 하늘을 흘끗 보았다.

이윽고 앞에 있던 차가 앞으로 나아갔다. 삼사 미터쯤 나아간 것 같았다. 양옆의 차선에서도 진전이 있었다. 백라이트가 얼마간 꺼졌다가 멀어지고 다시 켜졌다. 눈치를 보던 차 몇 대가 해도의 앞으로 끼어들었고, 뒤에 있던 차가 낌새를 알아차린 듯 클랙슨을 울렸다. 반응이 없자 차선을 바꿔 운전석의 해도를 노려보는 차주. 뭐라 고함치는 소리가 뒤따랐다. 곧 그 뒤에 있는 차들, 그 차들의 더 뒤에 있는 차들이 원성을 높이듯 경적 소리를 쌓아갔다. 해도는 세상의 모든 소리가 자신을 겨누고 있음을 알았다.

해도는 알았다. 지금이라도 차 문을 열고 나가서, 정신이 나갈 것처럼 뜨거운 아스팔트, 그 위에 서서, 수많은 사람들 앞에서 고백해야 한다는 것을.

여러분. 나는 가난뱅이입니다. 실직자입니다. 제때 차를 고치지 못했습니다. 머리에 종양이 생겼습니다. 보험은 들지 않았습니다. 무책임한 데다 한심한 친모가 또 쓰러졌습니다. 땀에 절어 온몸에 악취가 풍깁니다. 그리고 무엇보다도, 빌어먹게 고독합니다. 하지만 세상이라는 게 나한테만 특별히 가혹한 것은 아니겠지요.

그는 말해야 한다고 생각했다. 당장이라도, 차 문을 열고, 나가서…….

그러나 몸이 말을 듣지 않았다. 그의 영혼이, 해도의 몸과 연결되어 있던 무언가가, 신체의 완강한 거부에 튕겨 나와 길을 잃었다. 해도는 의식할 수 없을 정도로 아주 천천히, 오래된 영화의 시퀀스처럼 시각이 새카매지는 것을 느꼈다.

그는 벽 너머에서 누군가가 크게 소리치는 것을 들었다.

저항할 수 없는 질량을 가진 무언가가 해도의 의식을 한계에 다다를 때까지 무겁게 짓눌렀다. 한때 소행성만큼 거대했던 그것은 두꺼운 책 한 권 정도의 두께로 압축되더니, 이내 담뱃갑, 고무줄, 머리카락만큼 얇아졌다. 짓눌리는 압력은 계속되었다. 잠시 후 그는 분자와 원자 단위에 이르기까지 가늘어졌고, 더는 좁혀질 수 없는 간격 사이에까지 다다랐다. 핵이 으깨지고 입자가 탈출했다. 이제 그것들은 확률에 의해서만 관측된다. 아무도 그것이 어디에 있는지 모른다.

그는 자유다.

해도는 불현듯 정신을 차렸다. 차는 요란한 엔진음과 함께 남부순환로를 거슬러 가고 있었다. 그의 손에 운전대의 뻑뻑한 감촉이 전해져 왔다. 페달을 밟자 시야가 빨려들었다.

황급히 상황을 되짚어 보았다. 오늘 머리에 종양이 있다는 것을 알았고, 어머니가 다시 쓰러졌다는 사실을 들었다. 그래서 그는 수원으로 차를 몰고 있었다. 어머니가 쓰러졌다는 전화를 받았기 때문에.

하지만 가서 뭘 어떻게 한단 말인가. 해도에게는 그녀를 치료할 능력도, 힘도, 시간도 없었다. 어차피 그가 할 수 있는 일은 없었다. 볼품없이 쓰러져 있을 그녀의 옆에서 멀뚱멀뚱 서 있는 것 말고는. 그럼에도 불구하고 해도는 서초IC로 진입했다.

두 번, 세 번, 다섯 번과 여섯 번.

일곱 번이 되어서야 그는 무언가를 느끼기 시작했다. 여느 때처럼 나들목에 진입하려던 그때, 해도는 예감보다 강한 확신이 자신에게 있음을 알고 놀랐다.

이 길은 막힌 길이다. 그리고 나는 그곳에 갇혀서 돌아 나오지 못한다.

그것은 직감이라 하기에는 너무도 선명했고, 역사적 사실처럼 즉물적인 질감을 지닌 것이었다. 그렇지만 내가 **어떻게** 그것을 알고 있지? 해도는 또다시 경부고속도로에 접어들었고, 눈앞이 어두워졌고, 벽 너머에서 누군가가 크게 소리치는 것을 들었다.

여덟 번째의 해도는 의심하기 시작했다. 세계가 아니라 자신을. 자신이 모를 수밖에 없다는 사실을 의심했다. 사실 그는 알 수도 있었다. '알 수 없다'고 제쳐두기에 그것은 너무도 뚜렷했다. 그는 의식이 사라지기 전 삼사 미터쯤 앞으로 멀어져 가던 진청색 포터의 번호판도 떠올릴 수 있었다. 그리고 그것이 실제로 그의 앞을 가로막고, 현기증으로 아득해지는 가운데 멀리 사라져 가는 것을 목격했다.

그리고 아홉 번째.

이제 그는 알았다. 지금 내 머릿속에 있는 것은 추측이나 예언이 아니다. 초자연적 계시에 의한 직감도 아니고, 과대망상증에 따르는 환각도 아니다. 이것은 선험적인 기억이다. 이 나들목에 들어서면 나는 돌아 나올 수 없다. 분명 그랬다. 그는 그것을 알고 있었다. 그럼에도 해도는 서초IC로 차를 몰았다. 알고도 그렇게 했다.

수천 대의 차가 신음하는 도로에 들어가서, 차창을 올렸다 내렸다 하고, 차 엔진이 끝장났을 때. 그리고 진청색 포터가 잠깐 동안 백라이트를 끄고 앞으로 꿈틀거리며 나아갔을 때.

해도는 문을 열고 나갔다.

땅을 달구던 햇볕이 그의 몸에 가로막혀 뜨거운 그림자를 드리웠다. 불판처럼 달궈진 아스팔트는 신발 밑창을 녹여버릴 것 같고, 느닷없이 차 문을 열고 나와 서 있는 그에게 경적이 모여들었다. 해도는 지끈거리는 편두통과 현기증에 휩싸여 위를 쳐다보았다. 하늘은 파랬다. 먼 곳에서 온 이름 모를 새가 지상에 작은 그림자를 던지며 날아갔다.

열 번째…….

해도는 차를 거꾸로 돌렸다. 나들목으로 향하는 샛길로부터 멀찍이 떨어져서, 꽤 오랫동안 앞으로 가다가 그렇게 했다. 이제 그는 집으로 돌아갈 것이다. 그리고 언젠가 이것이, 돌아가는 것이 그토록 오래 걸렸다는 것을 기억해 내고 스스로 놀랄 것이다.

4

엄마는 그날 죽었다. 어쩌면 그 전날일지도 모른다. 해도는 그녀의 임종을 지키지 못했다. 집에 누워 잠들어 있었기 때문이다. 몹시 피곤한 하루였다. 소리가 꺼진 텔레비전에서 그날 경부고속도로에서 일어난 삼십칠 중 추돌 사고가 보도되고 있었다.

해도는 그다음 날이 돼서 수원으로 향했다.

길고 지루하고 초라한 장례식이었다. 조촐한 빈소에는 엄마가 쓰러질 당시 곁에 있었던 중년의 남자가 잠깐 머물다 갔을 뿐이다. 화장비용만을 치르고 홀연히 사라진 그는 엄마의 마지막 내연남이었다. 해도는 그의 존재를 이해할 수 없었다. 엄마는 예쁘지도 않았고, 나이보다 겉

늙어 보이는 데다가, 제멋대로인 성격에 도벽과 거짓말하는 버릇까지 있는 아줌마였다. 누가 그녀를 진심으로 사랑할 수 있을까.

알고 보면 그도 나처럼 외로웠을지 모르지. 그녀가 그저 여자라는 이유만으로 사랑을 착각했을지 모르지. 해도는 광교산에 올라, 적당히 해가 잘 드는 곳에 엄마의 뼛가루를 풀어 날리며 생각했다.

집으로 돌아가기 위해 수원역 로비를 가로지르던 그의 시선에 화면이 들어왔다.

―이번 10×× 회 로또 당첨번호는 4, 7, 17, 18……

해도의 기억에 그는 두 번 더 엄마의 뼛가루를 흩날려 보냈다. 하산하자마자 복권판매점에 들렀지만, 여섯 개의 번호를 정확히 기억해 내는 일은 쉽지 않았다. 원래부터 해도는 무언가를 외우고 기억하는 일에는 쥐약이었다. 마지막 번호와 보너스 번호를 착각해서 이등으로 그치기도 했다. 그는 시간을 되돌아가기 이전의 기억을 정교하게 떠올리는 것이 어려운 일이라는 사실을 알았다. 그것은 전날 밤 꾸었던 꿈의 내용처럼 쉽게 휘발되었던 것이다.

끝내 그는 산을 오르는 것을 포기했다. 그리고 복권판

매점에 곧장 찾아가서 일등 번호를 모두 맞췄다. 세금을 제외하고 수령한 당첨금은 십억을 조금 넘었다. 동일한 번호를 여러 번 썼다면 더 많은 돈을 받을 수 있었겠지만 해도는 그렇게 하지 않았고 그런 생각조차 못했다.

해도는 당첨금으로 산어귀의 양지바른 땅 한 토막을 샀다. 그곳에 엄마의 유골을 묻었다. 현금으로 뽑아둔 오백만 원도 함께 유골 상자에 넣었다. 오백만 원은 생전에 엄마가 집요하게 요구했던 금액이다. 그녀는 목돈이 없다는 그의 말을 죽어도 믿지 않으면서,

"내가 널 혼자 키우면서 얼마나 갖은 고생을 했는데, 그깟 오백이 얼마나 많은 돈이라고 혼자 꽁꽁 숨겨놓아? 애미도 모르는 자식. 연락하지 마라!"

그렇게 말해놓고 열흘쯤 지나면 용돈 한두 푼이 궁해 전화를 걸어오는 것이 엄마라는 사람이었다. 오백만 원은 한때 내연관계였던 다른 남자와 결혼하기 위해 필요했던 돈이다. 그 관계가 어그러지고 나서도 두고두고 해도에게 싫은 소리를 했던 그녀. 다섯 살 때부터 그에게 담배와 술 심부름을 시키고, 재떨이를 던져 갈비뼈를 부러트렸던 그녀가 이제는 한 줌의 먼지가 되어 땅속에 묻혀 있었.

해도는 손목으로 이마의 땀을 훔치며 산을 빠져나왔다.

주위에서 울어대는 매미 소리에 귀가 먹먹해졌다.

얼마 뒤 병원을 다시 찾아갔다. 간호사는 이전과 똑같은 진료실로 해도를 안내했다.

그에게 암 판정을 내렸던 교수보다 스무 살쯤 더 어려 보이는 젊은 의사가 앉아 있었다. 그는 안식년으로 자리를 비운 노교수 대신 자신이 진료를 보게 되었다면서 의례적인 미소를 지었다. 그리고 직전의 진료기록과 화면 속 영상을 밋밋한 동작으로 번갈아 보았다.

"어디 보자, 그러니까, 뇌에 악성종양이…… 어이쿠, 이거 위치가 왜 이래." 젊은 의사는 해도가 같은 진료실에 앉아 있는 걸 잊은 사람처럼, 마치 작업공이 고장 난 실외기 내부를 살필 때처럼 혼잣말을 했다. "이것 참 곤란한데. 정말 곤란해. 예삿일로 끝날 게 아니야."

그는 해도의 머리에 자란 종양이 일반적이지 않다는 것을 여러 번 반복해서 말했다. 자신으로서는 노교수가 그것을 왜 암이라고 단정 지었는지도 이해할 수 없으며, 크기나 위치로 보았을 때 쉽사리 수술을 결정하기도 어렵다. 성급하게 적출을 시도했다가 되려 목숨을 잃거나 영구적인 장애를 얻을 수도 있다. 일상 생활에 큰 지장이 없다면 반년에서 길게는 일 년 정도 추이를 지켜보는 것이 좋겠다.

일상생활에 큰 지장이 없다면, 이라고 젊은 의사는 말했다.

시간을 되돌아가게 된 뒤부터 해도는 기절하는 일이 없어졌다. 아침저녁으로 지끈거렸던 두통도 사라졌다. 그러나 머릿속에 있는 상세 불명의 종양은 그대로였다. 난데없던 기절도 두통도 종양 때문이 아니었던가. 일상을 괴롭히던 증상이 잦아든 것은 다행이었지만, 대뇌 아래쪽에 자라난 그 덩어리가 언제 자신의 목숨을 앗아갈지 알 수 없는 일이었다.

해도는 아직 자신이 할 수 있는 일의 원리를 잘 알지 못했다. 하지만 그것이 죽음 앞에 무력하다는 사실은 예감하고 있었다. 시간은 존재에 뒤따르는 것이다. 존재가 없다면 시간도 없다. 죽은 존재, 더 이상 존재하지 않는 존재에게 되돌릴 시간이 있을 리 없다. 죽은 자가 시간을 되찾는 것은 부활이다. 부활은 생명을 잃었던 것이 되살아나 미래로 가는 것이다. 그러나 해도의 행운이란 그저 조금 이전의 과거로 돌아가는 능력에 지나지 않았다.

어쩌면 해도는 다른 대학병원으로 가서 새로운 진료를 받고, 입원 치료를 하며 몇 달 일찍 종양 제거 수술을 할 수도 있었다. 다만 그것이 성공한다는 보장은 없었고, 자칫하면 그대로 죽음을 맞거나 식물인간이 될지도 몰랐다. 해도에게는 불구가 된 그를 보살펴 주거나 시신을 수습해 장례를 치러줄 만한 사람이 아무도 없었다. 그가 가진 것이라고는 그 자신의 온전치 못한 몸, 시간을 되돌려 얻은 십억 원 남짓의 복권당첨금뿐이었다.

하얀 돌이 방사형으로 깔려 있는 병원 앞 광장. 환자복을 입은 사람들이 짧은 산책로를 따라 천천히 걸어 다녔다. 연분홍색 옷을 입은 간병인이 깡마른 노파의 휠체어를 밀고 지나갔다. 청명한 하루였다. 산들바람이 옷자락을 가볍게 어루만지고, 투명한 햇살이 기분 좋게 정수리를 쓰다듬는 시월의 어느 날.

해도는 광장 한가운데에 멍하니 서서 공중을 보았다. 공활한 가을 하늘이 깎아지른 듯한 파란색 절벽을 이루고 있었다. 하늘이 이렇게도 파란데. 그는 아직 살아본 적이 없다는 기분이 들었다. 사실은 태어난 적조차 없었던 것 같다. 그날 밤 해도는 인천으로 가서 가장 먼 곳으로 떠나는 비행기를 탔다.

5

 첫 행선지가 뉴욕이었던 것은 그곳이 해도가 알고 있는 가장 먼 도시였기 때문이다.

 도시의 야광이 그를 최초로 매혹시켰다. 높은 건물들, 산란하는 불빛들, 창백하고 파랗고 그을린 얼굴들. 초라한 옷차림에 아는 영어라고는 인삿말밖에는 없는 그에게는 적지 않은 돈이 있었다. 그 돈 덕택에 해도는 큰 불편함 없는 대도시 생활을 했다.

 커크 리Kirk Lee는 맨해튼에서 십 년 넘게 한인 민박을 운영한 사람이었다. 해도의 행색과 영어 실력을 살펴본 그는 해도가 별 볼 일 없는 사람이라는 결론을 내렸다. 부유한 집안 출신의 유학생이나 씀씀이가 헤픈 신혼부부를 무수히 상대해 본 그로서는 칙칙한 야전 상의차림의 남자가 눈에 거슬리기까지 했다. 보아하니 몇 년 동안 모은 돈을 탈탈 털어서 왔나 본데. 짐은 배낭 하나밖에 없나? 무슨 생각으로 여기에 온 거지. 얼핏 보면 브루클린에서 화장실 청소나 할 것 같은 남자가.

그러나 하룻밤에 이십만 원이 넘는 숙박료를 한 달 치 선불로 치르고, 다른 한인 숙박객들에게 아낌없이 식사를 사고, 그 금액의 절반이 넘는 팁을 종업원에게 남기고, 뉴욕의 길거리에 버려진 개처럼 나뒹구는 홈리스들에게 말없이 수백 달러의 돈을 쥐여주는 모습. 그런 해도의 모습을 보며 커크는 생각했다. 이 남자에게는 돈이 있다. 하지만 그 돈을 쓸 줄은 모르는 사람이다.

커크는 뉴욕 경찰에 사소한 연줄을 갖고 있었다. 삼 세대 이민자인 그는 칠 년 전에 아내를 사고로 잃었지만, 경찰학교를 졸업하고 뉴욕에서 순경생활을 시작한 처남과는 지금까지도 도움을 주고받는 사이였다. 커크는 수입이 변변찮은 처남에게 용돈을 챙겨주고, 처남은 불법 주차 단속지역을 미리 알려준다든지, 민박집에서의 주류판매를 눈감아 준다든지, 돈깨나 있어 보이는 숙박객에게 경찰 신분으로 겁을 줘서 형사합의금을 뜯을 수 있게 돕는 식이었다. 그것은 길에 침을 뱉는다든가 쓰레기를 아무 곳에나 버리고 간다든가 하는 사소한 이유 때문이었지만, "자칫하면 감옥에 갇힐 수 있다"는 커크의 말에 누구 하나 합의금을 내지 않는 사람이 없었다. 먼 타지인 뉴욕까지 와서 철창신세를 지고 싶은 관광객은 한 명도 없었거니와, 이마저도 사오백 달러쯤으로 넘어갈 수 있는 것이 현지인인 커크가 발 벗고 나섰기 때문이라는 말까지 듣고 나면 연방 허리를 굽히며 감사합니다, 감사합니다, 하는 것이 한국인이라는 족속이었다.

요컨대 커크는 뉴욕 한복판에서 어떻게든 제 몫을 챙기며 살아남는 데는 도가 튼 한국계 미국인이었다. 그런 그에게 일행도 없고 영어도 서투른 해도를 벗겨 먹는 것쯤이야 식은 수프 마시는 것보다 쉬울 것이었다. 분명 그래야 했는데.

해도라는 이름의 이 남자는 이상하리만큼 책잡힐 행동을 하지 않는 것이다. 길가에 쓰레기도 버리지 않고, 침도 뱉지 않았으며, 혼자 여행하는 남자가 종종 그러듯이 여자나 유흥업소를 찾아다니는 일도 없었다. 하다못해 술이나 왕창 마시고 기억을 잃어준다면, 주변에 망가진 잡동

사니를 늘어놓고 삼천 달러는 족히 뜯어낼 수 있었겠지만. 해도는 강권하는 술조차 한두 잔 마시고 방으로 돌아가 버리는 것이었다.

저놈 대체 뭐야? 커크는 불 꺼진 민박 로비에 홀로 앉아서 생각했다. 아무리 봐도 점잔 빼는 스타일은 아닌 것 같은데. 이상하게 작업 칠 타이밍만 되면 몸을 빼버린단 말야. 설마 우리가 뭘 노리고 있는지 눈치챘나? 그럴 리가 없지. 이 얼빠진 인간이 그럴 리가 없어. 그래. 슬슬 제대로 한 방 먹여줘야 해.

커크의 작전은 이랬다. 그는 대학에 다니고 있는 스무 살짜리 조카와 나이아가라 폭포에 가기로 했다. 표면적인 이유는 그 아이의 리포트 작성을 도와주기 위해서지만, 별 일정이 없는 해도에게 겸사겸사 동행하지 않겠느냐고 묻는다. 떠나기 전에 한번은 보셔야죠. 미국에 살면서 한번도 못 보는 사람도 있는데. 왔다 갔다 하면서 드는 부대 비용은 제가 다 내겠습니다. 아이고 무슨 말씀을. 이것도 다 인연인데요. 그러자면 해도는 두말하지 않고 수락한다. 안 할 리가 없다.

뉴욕 시내에서 나이아가라까지는 약 육백오십 킬로미

터 떨어져 있다. 차로 가면 편도로 여섯 시간, 왕복으로는 열두 시간 정도가 걸린다. 뉴저지와 펜실베이니아를 거쳐 캐나다에 접어드는 긴 여정이다. 뉴욕에서 출발한다면 일박이일은 잡아야 여유가 있다. 그러나 커크는 굳이 일요일 당일치기 일정을 고수한다. 이틀이나 민박을 비워놓을 수가 없고, 대학생인 조카 역시 평일 오전 수업이 있기 때문이다. 역시 표면상의 이유였지만 해도는 이것에 대해서도 별말 없이 수긍한다.

커크와 그의 조카 그리고 해도는 일요일 새벽에 차를 몰고 나갔다. 가는 길은 커크가, 돌아오는 길은 조카가 운전하기로 했다. 나이아가라까지 이어진 도로는 제법 한산했다. 커크가 신나게 속도를 낸 덕택에 정오가 되기 전 폭포에 도착했다.

조카는 짧은 트레킹 코스를 마치자마자 당장 집에 가고 싶다고 칭얼댔다. 물 떨어지는 소리가 시끄러워서 귀가 멀 것 같다는 것이었다. 한때 나이아가라 여행코스의 가이드를 했었던 커크도 별수 없이 심드렁했다. "정말 대단하죠? 너비만 일 킬로미터가 훨씬 넘어요." 하고 마음에도 없는 호들갑을 떤 것은 순전히 해도의 기분을 맞추기 위해서였다.

그런 노력을 아는지 모르는지. 해도는 한 시간 넘게 주변을 걸어 다니며 뜸뜸이 넋이 나간 사람처럼 가만히 폭포를 내려다보았다. 촌뜨기처럼 감상에 빠진 그의 모습을 보며 커크는 생각했다. 불쌍한 자식. 즐길 수 있을 때 충분히 감동해 놓으라고.

6

 커크는 나이아가라 근처 도시의 한식당에서 마지막 만찬을 준비한다. 북미 최대의 폭포를 보고 와서 먹는 제육볶음과 김치찌개. 한 병에 십 달러가 넘는 소주도 양껏 시켜서 마신다. 나이아가라를 보면 이상하게 소주가 생각나더라고요. 돌아가는 길은 내가 운전을 안 하니 게 탄 거죠. 해도 씨도 한잔 드세요.

 해도는 별말 없이 몇 잔을 받아 마신다. 커크는 웃음을 참는다.

 조카는 다섯 시간을 운전해 뉴욕주 경계에 접어들었다. 그러나 한 시간 전부터 현기증을 호소하던 조카의 상태가 급변한다. 조카는 교차로 신호등 앞에서 차를 멈추더니 갑자기 의식을 잃는다.

"뭐야? 갑자기. 얘 왜 이래?"

커크는 과장되게 취한 목소리로 차에서 내린다. 운전석을 벌컥 열지만 조카는 반응하지 않는다. 그는 조카의 왼쪽 가슴팍에 손을 몇 번 대보고 나서 선언한다. 아무래도 심장에 문제가 생긴 것 같아요.

커크가 황급히 조카를 뒷자리로 옮긴다. 해도는 자연스럽게 운전석으로 자리를 바꾼다. 커크는 다급하면서도 진중한 목소리로 말한다.

선생님, 위급상황입니다. 제가 뒤에서 심폐소생술을 하는 동안 근처 병원으로 차를 조금만 몰아주시겠습니까. 쓰리 마일만 더 가면 중형병원이 있어요. 운전은 할 줄 아시죠. 방향도 한국이랑 똑같으니 문제없으실 겁니다. 다 똑같아요. 십 분만 더 가면 병원입니다.

그런 순간에 사람이라면, 특히나 정에 약한 한국인이라면 운전대를 잡지 않을 수 없다. 그다지 어려운 일도 아니지 않은가. 다섯 시간 전에 소주를 몇 잔 했을 뿐이고, 목숨을 잃을지 모르는 젊은이를 위해 십 분쯤 운전하는 것쯤이라면. 해도는 그렇게 해서 운전대를 잡는다. 그리고 사오백 미터 정도 운전하다가 우뚝 멈추어 선다. 도시 외곽을 순찰하던 경찰차 한 대가 그들을 멈춰 세우기 때문이다.

커크의 처남은 이 모든 게 우연이라는 듯이, 뒷좌석에 있는 커크와는 눈도 마주치지 않으며 정해진 대사를 읊는다. 크랙다운 온 드렁크 드라이빙. 플리즈 테이크 아웃 유어 라이센스.

해도는 그 말을 알아듣지 못한다. 무언가 잘못되었음을 깨닫고 뒷자리의 커크를 쳐다보지만, 그가 해줄 수 있는 것은 아무것도 없다. 상황은 여기서 끝난 것이나 다름없다. 미국의 공권력은 절대적이고, 사정이 어쨌든 간에 해도는 면허증도 없이 음주운전을 한 외국인일 뿐이다.

불행 중 다행으로 조카는 정신을 차렸다. 그러나 해도에게는 이제 막 문제가 시작된 참이다. 처남은 즉각 해도를 연행하려 하고, 커크는 그에게 다가가 온갖 사정을 토로하며 오랫동안 대화를 나눈다. 차에서 긴장된 표정으로 앉아 있던 해도는 돌아온 커크의 말을 듣는다. 이거 큰일 났습니다. 정말입니다.

미국에서 무면허 운전은 중대한 범죄다. 거기에 음주운

전까지 들통나면 처벌이 가중될 것이다. 지금 연행되면 곧장 유치장으로 가야 하고, 재판과 처벌도 피할 수 없다. 벌금형이어도 금액이 상당하지만, 까딱 잘못하면 감옥에 가게 될지도 모른다. 솔직히 우리도 난처하다. 당장 이 차가 견인되어도 우리는 할 말이 없는 처지다. 운이 너무 좋지 않았다.

커크는 굳어 있는 해도의 표정을 얼마간 살피다가 조심스럽게 말을 잇는다.

"그런데 방법이 아예 없지는 않아요. 저 경찰 하나만 어떻게든 구워삶으면 넘어갈 수 있을 겁니다. 저도 음주운전을 걸렸다가 그렇게 한 번 빠져나온 적이 있어요. 하지만 경찰을 매수할 땐 신중해야 합니다. 잘 풀리지 않으면 죄만 더 커지니까요. 거절할 수 없는 금액을 한 번에 딱 제시해야 해요. 그러니까 해도 씨가 당장 지불할 수 있는 최대 금액을 말해주세요. 제가 거기에 좀 더 보태서 얘기를 잘 해보겠습니다. 여기서는 아끼지 말아야 해요. 미국 교도소는 장난이 아닙니다. 돈이야 다시 모으면 그만이지만……."

커크는 이번 건에 공을 잔뜩 들인 만큼, 적어도 오만 달러는 뜯어낼 작정을 하고 있었다. 그런데 뜻밖에도 해도의 입에서 이십만 달러라는 금액이 나온다. 커크는 가까스로 감정을 숨기고 고개를 끄덕인다. 처남은 놀랍다는 표정으로 그들을 지나쳐 보내고, 해도는 돌아온 다음 날 곧장 은행에 가서 돈을 인출한다. 커크는 돈 가방을 은밀하게 챙겨, 경찰에게 잘 전달하겠다고 말한 다음 해도와 헤어진다……. 그것은 상당히 설득력 있는 시나리오였고, 실제로도 그렇게 풀려야 옳았다.

그러나 해도는 운전을 하지 않았다. 커크가 목을 놓아 부탁했음에도 끄떡없었다. 해도는 차라리 히치하이킹을 하자고 주장했다. 이런 사정이라면 누구든 우리를 데려다주지 않을 리 없다고. 실제로 해도가 히치하이킹을 시도하려고 차를 나가는 순간, 조카는 연기를 멈추고 금방 의식을 회복한 사람처럼 말하고 행동했다.

"저, 저 이제 괜찮아요. 운전할 수 있어요."

정말 다행인 일이었다. 커크도 입으로는 그렇게 말했다. 하지만 속으로는 어떻게 이런 일이 있을 수 있는지, 이 얼간이가 무슨 수로 이 모든 함정을 다 피해갔는지를 이해할 수 없어 머리가 아팠다.

커크의 생각은 전적으로 옳았다. 해도 같은 뜨내기 여

행객이 커크의 수법을 전부 피하기란 불가능에 가까웠고 실제로도 그랬다. 해도는 길에 침을 뱉다가, 포장지를 전봇대 옆에 버리다가, 건물 앞에서 담배를 피우거나 술주정을 하다가도 벌금을 물었을 것이다. 또 나이아가라에서 돌아오는 길에는 정말로 면허 없이 음주운전을 하다가 걸려 이십만 달러의 합의금을 냈을 것이다. 커크가 해도에 대해 놓친 것이 있다면, 그것은 해도가 시간 여행자라는 사실밖에는 없었다.

나이아가라에 다녀온 다음 날. 해도는 아침 해가 뜨기도 전에 배낭을 챙겨 커크의 민박집을 영영 떠났다. 그가 이곳으로 다시 돌아올 일은 없을 것이다. 다만 그 독사 같은 커크와 함께 지내면서 분명히 알게 된 사실도 있었다.
해도가 자유자재로 시간을 넘나들 수 있는 것은 아니었다. 그는 어떤 조건에 따라서만 과거로 돌아갈 수 있었다. 그 조건은 후회하는 마음이었다. 해도는 지나간 시간을 후회하고, '되돌아가고 싶다'고 속으로 되뇌는 정도의 마음만 먹으면 시간을 되돌릴 수 있었다. 되돌릴 수 있는 시간은 후회의 크기에 비례했다. 그가 가진 후회가 깊고 클수록 더 긴 시간을 되돌아갔다. 커크에게 속아 이십만 달러를 날린 것은 후회스러운 일이었지만, 뉴욕까지 온 사건 자체를 없앨 만큼 큰 후회는 아니었던 것이다. 그는 그저 시간을 돌아가 운전대를 잡지 않기만 하면 됐다.

그렇게 아무것도 모르는 커크가 저 먼 곳까지 앞서가고 있을 때. 해도는 나이아가라 앞에 한참을 멍하니 서 있었다. 그토록 크고 웅장하고 위대하며 장엄한 것을 그전까지 본 적이 없었던 것이다. 폭포는 세상의 광대함이 실제적인 형태를 띠고 나타난 것 같았다. 사방천지로 쏟아지고 덮치는 물줄기 소리. 그의 정신세계는 마구 두들겨 맞은 반죽처럼 확장되었다.

정말이지 그는 살아본 적도 태어나 본 적도 없는 사람이었다. 지난 삼십여 년 동안 해도는 삶을 한 마리 달팽이처럼 살았던 것이다. 비록 달팽이는 영영 도달할 수 없는 세계, 바다 너머의 세계를 궁금해하지 않지만, 이제 그는 세상을 알고 싶어졌다.

7

세계를 팔십 일 만에 일주할 수 있었던 것이 십구 세기의 일이다. 그러나 이십일 세기 사람인 해도가 세계를 여행하는 데는 삼 년이 넘게 걸렸다.

그는 에펠탑의 교만과 콜로세움의 덧없음을 보았으며, 대성당들의 첨예한 탑과 영원을 희구하는 피라미드들을 보았다. 신기루가 가물거리는 열사의 사막을 횡단했고, 안나푸르나의 험준한 협곡을 오르내렸으며, 끝이 없는 대양과 이름 없는 섬들 사이를 항해했다. 그 과정에서 겪을 수 있었던 불운들—소매치기, 낙상, 질병, 표류와 고립, 피랍—은 충분한 가능성에도 불구하고 일어나지 않았고, 설사 일어났다고 하더라도 이내 없던 일이 되었다.

갖은 우여곡절 끝에 한국에 돌아온 해도는 삼 년 전과 다른 사람이었다. 남들보다 더 넓고 다양한 세계를 탐험해 본 사람, 죽음이 임박하는 위기와 두려움을 경험해 본 사람들이 으레 지니게 되는 초연함이 그에게도 생겨 있었다. 피부가 약간 거칠어지고, 몸이 그을리고, 얼굴에 자연스러운 주름이 진 것 말고는 겉보기에 차이가 없었음에도 불구하고, 해도를 알거나 이전에 알았던 사람들은 대부분 그를 알아보지 못했다.

해도가 마지막으로 만났던 젊은 의사도 그랬다. 그는 진료기록부와 환자의 얼굴을 여러 번 교차해 보면서, 기억 속 환자의 모습과 현재 모습 간의 괴리를 이해하지 못해 혼란스러워했다.

"몇 년 사이 인상이 많이 바뀌셨네요." 의사는 멋쩍은 인사 대신 짧은 소감으로 대화의 운을 뗐다. 그리고 지난 삼 년 동안 이 병원도 구조가 많이 바뀌었다느니, 먼젓번에 있던 그 진료실은 수술실로 변했다느니 하는 얘기에, 안식년을 가지러 간 노교수가 여태껏 돌아오지 않아서 곤란하다는 말도 덧붙였다.

"일단 검사를 한번 해볼까요. 지금 육안으로 보기에는 괜찮아 보이시지만요. 원체 오랜만에 오셨으니까. 상태를 한번 봅시다."

해도는 아무것도 하지 않고 검사를 기다렸다. MRI 촬영이 끝났을 때는 이미 점심시간이었다. 그는 병원 근처에서 간단히 요기를 하고 돌아와 진료실로 향했다.

의사는 검사결과를 한참 동안 들여다보았다. 한 차례 안경을 고쳐 쓰고, 모니터 쪽으로 머리를 쭉 뺐다가 돌아오기도 했다. 그러고 나서는 이게 옛날 영상인지 오늘 찍은 영상인지 모르겠다며, 간호사를 시켜 몇 번이나 촬영 날짜를 재확인한 다음에야 소기의 결론을 내렸다.

그러니까 이런 일이 아예 일어날 수 없는 건 아닙니다. 보통 악성종양은 시간이 지날수록 급격하게 커지기 마련인데, 임상에서는 아주 가끔 쪼그라드는 모습도 관찰이 되거든요. 그런데 이건 작아지지도 않았고, 확산하지도 않았고, 그냥 그 자리에 그대로 있는 겁니다. 아무 변화도 없이. 종양이 뇌의 일부라도 되는 것처럼.

해도는 병원 밖으로 나왔다. 앞으로의 삶에 대해 생각해 보았다. 언제라도 나를 죽일 수 있는 것과 한 몸이 되어 산다는 것. 생각하기에 따라 그것은 절대적인 위협이기도 했고, 아무 상관없는 것이기도 했다. 죽음은 도처에 있었다. 도로를 활주하는 자동차들, 건물 뒤꼍에서 제각기 태워 올리는 담배연기들, 심혈관질환을 유발하는 음식들과 높다란 건물에 따개비처럼 밀착한 실외기들, 그로 인해 녹아내리는 남북극의 빙하, 펄펄 끓으며 상승해 오는 해수면. 인간은 그 모든 것들로 인해 죽을 수 있고, 죽어가고 있음에도 살고 있었다.

그런 죽음이 한 줌 종양의 모습으로 머리 한쪽에 똬리를 틀었다 한들 다를 것은 없었다. 지난 삼 년 동안 해도는 지구를 몇 바퀴나 돌았고, 몸소 자연의 경이와 신비를 체험했으며, 인간존재의 본질적 무상함을 깨우쳤다. 그럼에도 그는 쓰러지지 않고 서 있다. 해도는 이미 살아 있었으므로, 살아가기 위해 안간힘을 쓸 필요가 없었다. 해도의 고민은 이제부터 어떻게 살아가느냐 하는 것이었다.

세계를 탐험하고 돌아온 해도에게는 일억이 채 안 되는 돈이 남아 있었다. 전에 그랬듯이 복권으로 돈을 불려보려고 했지만 잘되지 않았다. 후회는 무의식의 반영이었다. 그의 무의식은 지금 갖고 있는 돈만으로도 충분하다고 말하고 있었다. 해도는 두 번 다시 복권을 사지 않았다.

그는 사업을 시작했다. 화물트럭 몇 대를 사거나 빌려

서 운용하는 유통회사였다. 처음에는 해도 스스로가 운전수가 되어 화물을 실어 나르다가, 얼떨결에 동료 기사 몇몇을 끌어들여 별도의 법인을 차린 것이 시작이었다.

여느 일꾼들보다 부지런하고, 감정변화가 적다는 장점을 빼면 그는 평범한 초짜 사업가에 불과했다. 섣부르게 순진한 결정을 여러 차례 내렸고, 크고 작은 실패를 셀 수 없이 겪었다. 다만 이 일련의 과정으로부터 해도는 어떻게 해야 실패하지 않는지를 배웠다. 모든 것을 배우고도 남을 풍부한 번복이 그에게는 허락되었기 때문이다.

해도는 자신의 이름을 딴 유통회사를 설립한 지 오 년 만에 중견기업으로 성장시켰고, 팔 년이 지났을 때는 유가증권시장에 상장했다. 십 년이 지나자 그는 수십 명의 임원, 수천 명에 달하는 직원들을 거느리는 회사의 대표, 사회적으로 크게 촉망받는 사업가이자 야망 있는 청년들의 멘토가 되어 있었다. 서른 살이 넘도록 건물관리며 막노동 같은 일에 종사했던 사실이나, 세계를 모험하며 호연지기를 키웠던 일들은 그의 업적을 더욱 위대하고 매력적인 것으로 포장해 주었다. 해도는 드라마 같은 인생의 주인공으로서 두루 사랑받는 저명인사로 거듭났다.

가정에서의 성공도 뒤따랐다. 해도는 남자의 사회적인

위치, 경제적인 능력만을 보고 저돌적으로 접근해 오는 여자들에 대해 아무런 내성이 없었다. 그는 여자와 관련해 종종 사소한 문제를, 가끔은 치명적인 실수를 저질렀다. 어떨 때는 사업의 흥망과는 관계없이 이 년이 넘는 시간을 통째로 되돌리는 경우도 있었다.

어쨌거나 그는 단정한 용모만큼이나 지혜롭고, 헌신적이며, 가정에서의 일에 충실한, 이른바 양갓집 규수 같은 아내를 만나 아들딸 하나씩을 낳고 잘 살았다. 누구나 한 번쯤 머리에 그려보기도 하고, 부러워하기도 하다가, 이번 생에서는 이룰 수 없음을 깨닫곤 하는 이상적인 삶. 해도는 자신이 그러한 삶을 받아 마땅한 것처럼 당연하게 누렸다.

폭발적인 성장을 이어온 회사가 동아시아에서 손꼽히는 초거대 유통기업으로 자리잡았을 무렵. 해도의 나이는 환갑을 훌쩍 넘겨 노년기에 접어들었다. 표면상으로는 수십 년, 해도 자신에게는 그보다 훨씬 길었을 시간 동안 키워온 회사를 후계자에게 물려주고, 그 자신은 경영일선에서 물러나 평온한 삶을 살 때가 되었을 때.

그는 자신의 최측근 수행비서인 김정석에게 회사를 넘

겨주었다. 이 파격적인 결정 때문에 회사 주가가 크게 출렁인 것은 물론이거니와 이사회 임원과 가족들, 심지어 후계자로 지목된 정석 본인까지도 당혹감을 감추지 못했다. 회사 안팎에서 지금이라도 결정을 재고해 주십사 탄원하는 목소리가 이어졌으나 아무 소용없었다. 해도가 내놓은 이유는 단순명료했다. 이 회사에서 믿을 만한 사람은 김정석 한 사람뿐이다.

정석은 해도가 사업을 벌인 초기에 입사한 인물이었다. 지방 소재의 평범한 대학에서 평범한 학과를 평범한 성적으로 졸업한 그는 그 시기의 회사가 부담 없이 뽑을 수 있는 인물이라는 이유만으로 채용됐다. 이후 회사는 급속도로 성장했고, 그와 비슷한 시기에 입사해 비슷하게 부족한 경력을 가졌던 직원들은 모두 버티지 못하고 나가떨어졌다. 오직 정석만이 자신의 진실됨과 성실함을 무기로 끝까지 살아남았다.

수십 년간 사업을 운영해 오면서, 해도는 인간관계에서의 실패를 셀 수도 없이 많이 겪었다. 철석같이 믿어 의심치 않았던 동업자가 배신해 사업의 근간을 뒤흔들기도 하고, 별것도 아닌 일로 앙심을 품은 직원이 고발을 해오는가 하면, 전략적 동맹 관계에 있는 줄 알았던 타사 관계자가 비열한 뒷공작을 펼치는 것도 보았다. 죽는 날까지 충성을 다하겠다고 말하던 부하 간부들조차 보이지 않는 곳에서는 그를 흉보고 제 안위를 위해 파벌싸움을 벌였다.

정석 말고는 없었다. 해도가 사람 사이의 문제에 골머리를 앓고, 상처받고, 실의에 빠져 은둔하다가 마침내 시간을 되돌렸을 때, 그렇게 수백 번의 상황을 거슬러 올라갔을 때, 변함없이 정직하고 앞뒤가 똑같은 인물은 정석뿐이었다. 표면상으로 정석은 회사에 오래 근속한 것 말고는 내세울 것이 없는 인물이었지만, 회사 내 그 누구에게도 찾을 수 없는 신의가 있는 사람이었다.

신의는 강인함이나 명석함보다도 드물고 귀한 특성이다. 똑똑한 사람, 약삭빠른 사람, 힘이 센 사람, 똑똑하고 약삭빠른데 힘까지 센 사람은 얼마쯤의 돈과 지위로 부릴 수 있다. 반면 진실로 올곧고 의로운 사람은 오로지 통찰력으로만 발견된다. 비록 해도는 통찰이 아닌 수백 번의 실제적 경험을 통해 그것을 알게 되었지만.

정석은 그만한 반복과 수고가 무색하지 않은 인재였다. 그는 속에 있는 말들을 그대로 피력하면서도 정중할 줄 알았고, 맡은 일 모두를 알아서 처리하면서도 윗사람의 권위를 해치지 않았다. 무리해 보이는 일조차 묵묵하게 해내는 성실함과 우직함도 가졌다. 회사를 물려준다면 바로 그런 사람에게 주어야 했다. 그래서 그는 아무런 미련도 없이, 수십 년 동안 자신을 믿고 따라준 정석에게 마지막 선물이라도 되는 양 회사를 넘기고 은퇴했다.

8

 스위스의 별장에서 안온한 말년을 보내던 어느 날, 해도는 불현듯 죽음이 임박했음을 느꼈다.

 어느덧 그의 나이도 여든이 넘었다. 시간을 되돌아가는 일은 현저히 줄어들었다. 칠순 잔치 이후로는 한 번도 되돌린 기억이 없을 정도였다. 여전히 시간을 거슬러 오르는 힘이 남아 있는지도 긴가민가했다. 시험 삼아 '시간을 돌리고 싶다'고 생각해 보았지만 아무 일도 일어나지 않았다. 그가 후회하지 않게 되었기 때문이다.

 슬픈 일이 없지는 않았다. 아내가 모르던 지병으로 쓰러지거나, 며느리가 손녀를 유산했던 일 등은 삶의 황혼기에 접어든 해도를 눈물짓게 했다. 차라리 내가 대신 아프거나 죽을 수 있다면 얼마나 좋을까! 그러나 세상에는 결국 일어날 수밖에 없는 일들이 엄연히 존재했다. 그런 일들은 제아무리 시간을 돌려도, 다른 말과 행동과 선택을 하더라도 막을 수 없었다. 그것은 시간 여행자들이 깨닫는 가장 상투적인 진리일지도 모르지만.

살다 보면 후회할 수 없는 슬픔, 괴로워도 받아들이는 것 말고는 방법이 없는 슬픔도 있다. 자기 죽음조차 하나의 슬픔이라고 말할 수 있다면, 해도는 다가오는 그 최후의 슬픔을 부둥켜안는 것 말고는 방법이 없음을 알았다. 후회할 필요는 없었다. 어째서 후회해야 한단 말인가?

그는 행운아였다! 해도는 후회할 만한 지난날들로 원하는 만큼 되돌아갔으며, 결과적으로 최선의 선택지만을 골라 인생을 완성했다. 그는 막대한 재산과 사랑하는 가족을 얻었고, 그가 낳고 이룩한 것들 사이에서 큰 고통 없이 눈을 감을 수 있었다. 세상에 이런 행운이 어디 또 있을까?

해도는 눈부신 햇살과 깨끗한 공기로 가득 찬 별장의 이 층, 가장 넓고 안락한 안방 침대에 차분하게 누워 있다. 하얗게 센 머리에 몸은 야위었고, 나이가 든 만큼 키도 쪼그라들어 왜소해진 모습이다.

그가 죽음을 앞두고 있다는 소식을 들은 가족들은 곧장 전세기를 타고 날아왔다. 눈을 뜨지 못하는 해도는 가족 내외가 천천히, 아주 조심스럽게 방 안에 들어와 자리를 잡는 기척을 느꼈다. 수군대는 소리로 미루어 보건대 어림잡아 스무 명은 넘을 것 같았다. 죽음을 이해하지도, 상상하지도 못하는 손주들이 할아버지에 대해 뭐라 귓속말을 한다. 누군가가 병상에 늘어진 손을 꽉 붙잡는 것을 느낀다. 큼지막하면서 힘이 있고 다정한 손길이다.

"아버지, 가지 마세요······."

마음씨 착한 첫째 아들의 목소리다. 큰 말썽 없이 자라 건실한 가장이 됐다. 다만 심약하고 순수한 면이 있어 큰일에는 맞지 않는 아이였다. 때문에 생판 남인 정석에게 후계를 물려줬지만, 원망하는 기색 없이 아버지의 결정에 따라준 고마운 아들. 그 아들이 이제는 울먹거리며 자신의 죽음을 만류하고 있다.

"아버지."

"장인 어르신."

둘째인 딸과 견실한 사위의 목소리도 들린다. 아마도 딸의 품에는 얼마 전 무사 출산했다는, 늦둥이 손자가 안긴 채 잠들어 있을 것이다. 해도는 아기의 눈을 마주 보고, 작은 손에 엄지손가락을 넣어보고 싶은 충동을 느꼈다. 그러나 그렇게 할 수 없음을 깨닫고 숨을 가다듬는다.

"회장님."

정석의 목소리다. 일선에서 물러난 지 수십 년이 지났지만, 지금껏 해도를 회장이라는 호칭으로 깍듯이 대했다. 그는 경영권을 계승한 이후 회사를 세계적인 대기업으로 성장시켰다. 해도와 달리 정석은 시간을 되돌리는 능력 없이도 그렇게 했다. 회장님은 무슨, 자네야말로 진짜 회장님이지. 해도는 입을 떼지 못해 생각만 했다. 이제 얼마 남지 않았다.

"여보……."

아내가 그를 여보라고 부르는 일은 흔치 않았다. 인생의 늘그막에 접어든 뒤에도 해도 씨, 해도 씨, 하며 노상 웃어른 대하듯 했다. 그러지 말고 우리 친구처럼 지내면 어떻겠소. 점잖게 말을 해봐도 소용없었다. 그녀는 자신이 한평생 해도를 보필하기 위해 태어났다고 주장했다. 무수한 시행착오 끝에 찾아낸 사랑, 내 생애 가장 완벽했던 동반자. 어쩔 수 없는 죽음이라는 걸 알고 있음에도 못내 마음에 걸리는 것은, 그녀를 세상에 두고 떠나야 한다는 사실이었다. 그러나 때는 다가온다.

때가 왔다. 눈꺼풀 위로 쏟아지던 빛이 암전된다.

마치 누군가 커튼을 친 것 같다. 손끝에 느껴지던 힘 있는 따스함도 바람에 모래가 날리듯 사르르 흩어져 사라진다. 귓가를 맴돌던 말소리들이 거대한 홀 내부에서처럼 넓게 퍼지고, 윙윙 울리다가 자취를 감춘다. 모르는 사이 숨을 쉬는 느낌조차 제거된 순간. 해도는 모든 감각으로부터 탈출해 순수한 의식이 된다.

이것이 죽음이로군.

해도는 생각했다. 곧이어 그는 자신이 해도라는 이름을 갖고, 한때 세상에 존재했었다는 인식조차 잊고 먼 우주로 떠날 것이다. 아무튼 이것으로 끝났다. 짧고도 긴 여정이었지만.

아, 좋은 인생이었다.

빛과 어둠이 구분되지 않는, 까마득한 혼돈에 의식이 침몰돼 간다. 그는 아무것도 아니게 될 준비가 된 참이었다. 보이지 않는 벽, 그 벽 너머에서 누군가 크게 외치는 소리가 들렸다.

이윽고 해도는 눈을 떴다. 느닷없이 밝아진 시야 때문에, 그는 몇 년 만에 지상으로 나온 벌레처럼 몸을 웅숭그렸다.

오래된 차 엔진 소리가 귓전을 울린다. 카시트의 퀴퀴한 냄새가 폐부에 스며든다. 해도의 손은 자동차 핸들에 올라가 있다. 그는 방금 전까지 운전을 하고 있었던 것 같고, 차는 경부고속도로로 접어드는 나들목 앞에 멈춰 있다. 〈서초 IC〉라고 쓰인 파란색 표지판이 시선 한구석에서 진동한다.

신호가 초록불로 바뀐다. 출발하지 않고 멈춰 있는 그의 차 때문에, 뒤에 있던 차량들 몇 대가 성이 난 듯 경적을 울린다. 그러나 해도는 페달을 밟지 못한다. 그는 초조하게 차 문을 열고 나와 서서, 자신을 쏘아붙이는 차들을 물끄러미 쳐다보고 있다.

9

 첫 일주일 동안 해도는 방에 틀어박힌 채로 시간을 보냈다. 어차피 꿈속의 꿈 같은 것이겠거니 생각하며 눈을 감고 있었다. 이런 일을 진지하게 받아들이는 것부터가 웃기지 않은가. 나는 이미 죽었는데. 이런 것들이 진짜일 리가 없지. 그래서 그는 몇 번이고 다시 잠을 청했다. 더는 잠이 오지 않을 때까지, 잠이 오지 않으면 억지로라도 눈을 감고 잠에 매달렸다.

 그다음에 든 생각은 이 모든 것이 누군가의 심술궂은 장난이 아닐까 하는 것이었다. 신이나 악마, 또는 의인화된 죽음 같은 것이. 인간은 이해할 수 없는 의도를 가지고 무언가 일을 저지른 것이다. 그렇지 않다면 이 모든 것은 설명될 수 없다. 하지만 해도의 앞에 펼쳐진 것은 꿈도, 장난도 아니었다. 그것은 삶이었다.

놀랍게도 그것은 삶이었다! 그는 자신이 선택하지 않았음에도 주어졌던 그것을 잘 마무리했고, 지금쯤 그것의 속박으로부터 벗어나 완전한 자유와 안식을 누리고 있어야 했다. 그래야 했는데.

해도는 살아 있었다. 다시금 그는 볼 수 있었고, 들을 수 있었고, 느낄 수 있었다. 시간이 흐르면 배가 고팠고, 누워 있으면 좀이 쑤셨으며, 문틈에 발가락을 찧으면 고통스러웠다. 그는 또다시 삶에 **던져진** 것이다.

다 끝났다고 생각한 삶이 돌아오는 일. 그것은 마치 상영을 마치고 엔딩 크레딧이 모두 올라간 영화가 처음부터 다시 재생되는 것과 같았다. 관객은 극장을 나가려 하지만 문이 잠겨 있다. 그는 어떤 곳으로도 빠져나갈 수 없음을 뒤늦게 깨닫는다.

영화가 계속되고 있다.

영화가 끝나지 않고 계속되고 있다.

죽음이 아닌 삶 때문에 해도는 두려움에 떨었다. 창에 암막 커튼을 드리우고, 두꺼운 이불 속으로 파고들어 눈과 귀를 막아도 도망칠 수 없었다.

삶으로부터 도망칠 방법이 없었다. 전신에 흐르는 땀이 옷과 베개를 흠뻑 적셨다. 심장이 하염없이 뛰었다.

이건 부조리해. 그는 생각했다. 내가 살면서 경험한 것 중에서 가장 큰 부조리야. 끝도 없는 길을 계속해서 달려 마침내 결승선에 다다른 마라토너를 상상해 봐. 악마는 보이지 않는 손으로 그를 사로잡아, 단 한순간에 시작점으로 돌려놓은 거야. 말도 안 되는 일이야. 분명 끝이 눈앞에 있었는데.

그렇지만 내가 뭘 할 수 있단 말인가. 그에게 재차 주어진 삶이 부조리하다고 한들. 그 사실을 확고부동한 논리로 증명한다고 한들.

해도가 달리할 수 있는 일은 없었다. 저질러진 삶을 반증하는 것은 무의미하다. 삶이 가지고 있는 가장 큰 부조리는 거기에 있다. 좋든 싫든 주어진 이상 살아갈 수밖에 없다는 바로 그 지점에.

무엇보다 불쾌한 것은 일찍이 그가 살았던 수십 년의 인생이 물거품처럼, 한여름 날의 꿈처럼 덧없게 느껴진다는 사실이었다. 그 훌륭한 인생을 실제로 살아보긴 한 건지, 아니면 과대망상증 환자의 유달리 긴 꿈에 불과했는지 알 수 없었던 그는 문방구에서 펜과 공책 한 무더기를 샀다. 그리고 무언가에 홀린 사람처럼 방 안에 틀어박혀 일기를 쓰기 시작했다.

그것은 지나간 삶이 아니라 앞으로 펼쳐질, 펼쳐져야 할 삶에 대한 기록이었다. 그는 백 일 동안 최소한의 물과 식량만을 먹으며, 하루하루 꿈결로 잊히는 기억을 붙잡아 글자로 남겼다. 언젠가 그가 일궈냈던 사회적 성공과 명예, 사랑했던 가족에 대한 이야기를 떠오르는 대로 종이 위에 쏟아냈다. 그것은 이 장난 같은 삶에 표시할 수 있는 최대한의 저항이었으며, 지나간 인생의 기억을 보존할 수 있는 유일한 방법이었다.

백 일이 지나 방에서 나왔을 때, 해도의 몸무게는 사십 킬로그램까지 줄어들어 있었다. 몸에 살이라고는 없어 해골의 윤곽이 모두 드러났고, 자신의 필체로 가득 찬 수십 권의 공책을 옮길 수조차 없어 힘없이 비척거렸다. 병원에서는 그를 응급환자로 판단하고 중환자실에 입원시켰다.

해도의 두 번째 인생은 그 중환자실에서 시작되었다.

살아야 한다. 살 수밖에 없다.

그렇게 생각하자 모든 것이 단순해졌다. 가장 먼저 해

도는 닥치는 대로 먹고 마시기 시작했다. 모든 환자가 맛이 없다며 불평을 늘어놓는 병원식을 해도는 두 그릇 세 그릇씩 먹어댔다. 갑작스럽게 너무 많은 음식이 들어가는 통에 한밤중에 자다가 구토를 해댔음에도 그는 멈추지 않았다.

긴급한 영양실조 상태가 해소되고, 병원에서 퇴원절차를 밟고 나온 뒤로는 더욱 왕성하게 먹어댔다. 또 먹은 만큼 쉴 새 없이 움직였다. 걷고 뛰고 운동하면서 말라비틀어진 근육에 힘을 불어넣었다. 살고자 하는 의지가 그를 가공할 만한 속도로 빠르게 회복시켰다.

해도는 다시 한번 살기로 결심했다. 그리고 불과 한 달 전까지 미라 같은 몰골을 하고 있었다는 것이 믿기지 않을 정도로 건장하고 혈색 좋은 청년이 됐다. 계속해서 잘 먹고 많이 움직여야 했다. 그것은 엄청난 체력이 필요한 일이었다. 해도가 수십 권의 일기에 걸쳐 기록한, 마땅히 그의 몫이어야 할 인생을 되찾는 것은.

10

그것은 계획이 아니라 반드시 재현되어야 할 운명이었다.

자신이 일기에 기록한 삶을 그대로 실천하기 위해, 해도는 할 수 있는 모든 일을 했다. 모험심이 아닌 의무감으로 세계를 여행했다. 트럭을 운전하다가 적절한 때에 사업을 일으켰다. 일기에 쓰인 성공의 시나리오대로 말하고 행동하고 선택한 결과, 회사는 전에 한 번 그랬듯 연이은 성공을 거두며 몸집을 불렸다.

그러나 일기에 쓰인 인생을 이어갈수록, 이미 완성되었던 삶을 되짚어갈수록, 해도의 마음속에는 엷은 불안감이 눈처럼 일어 켜켜이 쌓였다. 긴 세월 동안 퇴적해 단단한 지층을 이루는 불안. 그는 모든 게 잘 풀리는 가운데서도 초조해지거나 상념에 빠지는 일이 잦았다.

"회장님, 어디 편찮으십니까? 안색이 안 좋으십니다."

해도의 곁에 서 있던 정석이 귓속말로 물었다. 국내 최대 규모의 유통허브를 완공해 처음으로 가동하는 행사였다. 회사는 이 사건, 이날 하루를 기해 일곱 배가 넘는 매출 성장을 기록하며 유수의 대기업들과 어깨를 나란히 하게 될 것이다. 그런 날에 해도는 시름에 빠진 표정으로 최측근의 걱정을 산 것이었다. "뭔가 마음에 걸리는 것이라도 있으십니까?"

너무 늦었어.

"늦었다니요? 회장님. 이 정도 규모와 설비는 국내에서 전례가 없습니다. 기공에서 준공까지 이렇게 빨리 된 건 기적이에요. 다들 회장님의 결단과 추진력에 놀라고 있습니다."

아니야. 늦었어. 정석은 해도의 그 단호한 발언을 해독하고자 며칠은 속앓이를 할 것이었다.

행사가 치러진 그 날은 일기에 쓰여 있는 것보다 반년 이상 늦은 날짜였다. 아무리 시간을 돌리고, 계약과 로비로 공사기일을 앞당겨 봐도, 그 반년의 격차는 좁힐 수 없는 전생과의 괴리처럼 남았다. '한여름의 땡볕 아래서 참석한 사람들 모두가 더위를 참느라 고생했다'는 일기의 묘사와 달리, 이날 해도의 눈에 보였던 것은 꽃샘추위에 맞서 두꺼운 패딩이며 코트로 몸을 감싼 직원들의 모습이었다.

불길한 느낌은 오래전부터 있었다. 창업 당시 멤버 한두 명의 면면이 바뀌어 있다거나, 정석의 입사가 한 달가량 늦었다거나, 그 외 일기에는 적혀 있지 않았던 행정상의 골칫거리가 늘었다든가 하는. 그런 사소한 변화들은 연거푸 쌓여 반년의 차이로 나타났다. 산 위에 떨어진 눈송이가 설붕이 되어 쏟아지고, 나비의 날갯짓 한 번이 어느 벌판의 태풍으로 나타나듯이.

전생의 아내는 그사이 다른 사업가와 약혼을 한 상태였다. 해도는 수십 년간 자신의 것이었던, 그 보기 드물게 지혜롭고 순종적인 여성을 되찾기 위해 많은 대가를 치러야 했다. 이미 짝지어진 남녀를 떨어트리는 것은 쉽지 않았다. 수많은 뒷공작과 불법적인 수단을 총동원한 뒤에는 그 스스로 그녀의 마음을 사로잡아야 했다. 연이은 되돌림으로 아내와의 재혼에는 성공했지만, 결혼사진 속 그녀의 표정은 이전 인생에서처럼 흔쾌해 보이지 않았다.

결혼생활도 일기와는 같지 않았다. 일기에서의 내용과 달리 그녀는 침울하고 냉담한 사람이었다. 어렵사리 얻은 첫째 아이는 딸이었는데, 아내는 딸 돌보는 일을 전적으로 고용인에게 맡겼다. 이것 역시 살림은 물론 육아에도 지극정성이었다는 기록과는 판이한 모습이었다. 해도는 그녀의 무정함을 비난하기라도 하듯 딸의 육아에 적극적으로 관여했다.

딸은 일찌감치 기숙형 사립학교에 들어갔다. 값비싼 학비에 걸맞은 교육을 받은 딸은 성인이 되자마자 유학을 떠났다. 몇 년 뒤 미국에서 돌아왔을 때, 그녀는 졸부 같은 허영심과 낭비벽이 몸에 밴 똑똑한 여자가 되어 있었다. 자연스러운 수순처럼 아버지의 회사에 입사했지만 일년도 채 되지 않아서 그만뒀다. 이유는 단순했다. 죽을 때까지 써도 다 못 쓸 돈이 있는데 왜 일을 하느냐? 그런 딸의 논리에는 일리가 있었다. 첫째 딸은 명석하지만 한심했다. 해도가 그렇게 자라도록 내버려 두었기 때문이다.

그런 딸이 연상의 인기배우와 염문을 일으키고 집을 나간 날. 해도는 이전 생에서의 첫째, 아내를 닮아 순박하고 착실했던 장남의 기록을 일기에서 찾아 읽으며 밤새 흐느꼈다. 그는 지나간 삶을 그리워해서가 아니라 망각해 버렸기 때문에 울었다. 아무것도 기억이 나지 않다니. 이렇게나 자세히 써두었는데도.

딸이 아니라 아들이었다면 다를지도 모른다. 모성애라는 건 자녀의 성별에 따라 선택적으로 발현되기도 하니까. 그런 발상에 따라 억지에 가깝게 둘째를 가졌다. 그 아이는 태어난 지 백 일이 안 돼서 죽었다. 이후 몇 년 동안 아내는 해도와 다른 방을 쓰며 두문불출했다. 그리고 예상치 못한 어느 날 짧은 쪽지만 남긴 채 친정으로 떠났고, 두 번 다시 돌아오지 않았다. 쪽지에는 단정한 글씨로 〈회장님, 그동안 신세 많이 졌습니다. 안녕히 계세요.〉라고 적혀 있었다.

파탄이나 다름없는 가정생활 실패에도 해도는 시간을 되돌아가지 않았다. 되돌아갈 수 없었다. 지금 겪는 불행은 후회와 되돌림으로 회피할 수 있는 속성의 것이 아니다, 그는 은연중에 그런 결론을 내린 채 살아가고 있었던 것이다.

그가 차린 회사만이 전생 못지않게 대단한 성공을 이뤘다. 해도는 가정에서의 실패를 회사에서의 성공으로 만회하고자 했고, 사업에 몰두하고 집착하는 경향은 나이를 먹을수록 심해졌다. 그 결과 회사는 일기에 기록된 것보다 빠르게 매출 규모를 경신했다.

다만 그러한 성공에는 그림자가 있었다. 해도는 인적자원 유연화를 명목으로 비정규직 노동자를 착취하고, 탄소 배출량을 조작해 거액의 보조금을 타내는 한편 불법 로비로 정계와 적극적인 유착관계를 맺었다. 노조위원회는 여의도 앞에서 회장을 규탄하는 천막시위를 몇 년간 지속했으며, 정권이 바뀔 때마다 사법적인 압박으로 인해 근신하기를 수차례…….

그렇게 환갑을 앞둔 어느 날, 해도는 동그랗게 벗어진 앞머리를 손으로 쓸어넘기다 말고 모든 것이 지긋지긋하다는 생각을 했다.

그는 수십 년 동안 보관해 두었던 일기를 모두 불태운 뒤, 합법적으로 돌릴 수 있는 자산을 모두 챙겨서 스위스로 떠났다. 그곳에는 일찍이 일기에 쓰인 내용을 바탕으로 지어둔 별장이 있었다.

북쪽으로는 눈부시게 투명한 루체른 호수가, 남쪽으로는 알프스산맥의 만년설이 하얀 식탁보처럼 덮여 있는 저택이었다. 전 지구적인 해수면 상승이 걷잡을 수 없게 된 뒤부터 수많은 부자들이 그 근처에 별장이며 벙커를 짓고 살았다. 그중에 가족이라고는 없이 홀로 고용인들과 사는 사람은 해도뿐이었다.

 아름답고 안락한 별장에서 그는 이십 년 넘게 혼자 살았다.
 아내는 물론 딸도 그를 찾아오지 않았다. 지구는 점차로 뜨거워졌다. 인천공항과 부산항이 각각 침수되었다는 소식을 뉴스로 접했다. 그대로 해수면이 몇십 미터 더 상승하면, 대한민국의 절반이 바다에 잠기면, 그때는 안전한 이곳으로 날 찾아올까…… 해도는 그런 가엾은 생각과 더불어 괴팍하게 늙었다.
 치매에 걸린 것은 아니었다. 한 달에 한 번 왕진을 오는 의사들은 해도의 정신이 멀쩡하다고 진단했다. 별장에서 일하는 고용인들은 그 진단을 믿지 않았다. 어디 제정신인 노인이 그런 짓을 하느냐는 것이었다. 저택 아무 곳에서나 볼일을 보고, 멀쩡한 책을 불태우고, 지나가는 사람에게 음식을 집어 던지는데.
 일흔 살이 넘은 뒤로는 혼자서 배를 건조했다. 별장 뒤뜰에 널찍한 작업장을 만들어 놓고, 물에 잘 뜨면서 단단한 목재를 공수해 와서 온종일 대패질과 못질에 몰두했다.

백발이 성성한 노인이 대관절 무슨 까닭과 힘으로 해발고도가 천오백 미터를 넘는 스위스의 평원에서 배를 만드는지. 이유는 해도 스스로도 몰랐다. 어쨌거나 그는 몸이 더 이상 말을 듣지 않고, 눈과 귀가 흐릿해져 침대에서 움직일 수 없게 되는 날까지 배 만드는 일에 열중했으나, 끝끝내 완성하지 못한 채 다가오는 죽음을 맞았다.

해도는 고요한 침실에 혼자 누워 있었다. 신열과 욕창으로 인해 몸이 괴로웠다. 그러나 곁을 지켜주는 가족 한 명 없이, 죽지 말라고 손 붙잡아 주는 사람 한 명 없이 최후를 맞이한다는 비참함이 더 큰 정신적 고통을 주었다. 이제는 편안해지고 싶었다. 마지막 순간에 그는 한평생 믿은 적 없던 신들의 이름까지 주워섬기며 기도했다. 부디 끝을 허락해 주소서. 자비라는 게 있다면.

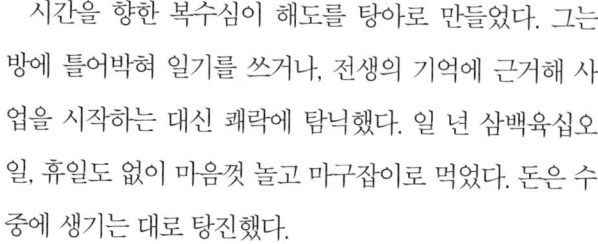

11

　시간을 향한 복수심이 해도를 탕아로 만들었다. 그는 방에 틀어박혀 일기를 쓰거나, 전생의 기억에 근거해 사업을 시작하는 대신 쾌락에 탐닉했다. 일 년 삼백육십오 일, 휴일도 없이 마음껏 놀고 마구잡이로 먹었다. 돈은 수중에 생기는 대로 탕진했다.

　여자들과는 기회가 되는대로 즐겼다. 그는 분별없는 여자를 한눈에 구분할 수 있었다. 영화나 드라마를 너무 많이 본 나머지 자신의 인생이 적어도 지금보다는 더 특별해야 한다고 믿는 여자. 줏대가 없고 상대방의 눈을 똑바로 보지 못하는 여자. 직장이나 가정에서의 압박을 이기지 못해 비겁한 탈출을 기도하는 여자. 그런 가련한 여자들을 꾀어내는 데 필요한 것은 약간의 돈과 거짓말밖에 없었다.

거짓말.

인생이 단 한 번뿐이라고 생각하는 사람들은 결코 할 수 없을 거짓말. 생의 일회성에 짓눌려 오로지 생각만 할 뿐, 감히 입 밖으로는 내지 못하는 거대한 거짓말들을 해도는 아무렇지도 않게 했다. 삶이야말로 그 모든 것들을 다 합한 것보다 더 큰 거짓임을 알았으니까.

그의 터무니없는 거짓말에 전부 속은 여자가,

"너는 인생이 장난이야?" 하고 묻는 말에 해도는 코웃음을 쳤다. 구태여 대답도 하지 않았다. 그럼, 장난이 아니라면 이게 다 뭔데?

삶이 그를 속이고 있는 만큼 그도 삶을 기만하고자 했다. 모든 사람들에게 믿음과 환상을 주면서 그 자신은 누구도 믿지 않았다. 술과 노름 그리고 약물에 아낌없이 몸과 돈과 시간을 썼다. 해도는 하고 싶은 대로 살았다. 원치 않게 막대한 재산을 상속받은 아들처럼, 주어진 삶을 마구 낭비하고 불태우는 것으로 신에게 반항했다. 그럼에도 자유롭다고 느낀 적은 한순간도 없었다.

이것은 불리한 싸움이었다. 먼저 지쳐 나가떨어지는 것

은 필연적으로 그일 수밖에 없었다. 육체적 욕망에는 임계가 있다. 사과 과육에 파묻힌 애벌레도 어느 시점이 되면 먹기를 멈춘다. 쾌락에 절여져 삶을 내던짐으로써 얻을 수 있었던 배덕감, 해방감과 도취감은 몇 년도 안 돼 고갈됐다. 그는 다 타버린 재처럼 소진되었다. 반백 살도 안 된 나이에 머리가 새하얘졌고, 몸을 함부로 대한 대가로 다리를 절고 말을 더듬게 되었다. 해도는 더 이상 삶을 원하지 않았다.

문제는 그가 후회하지도 않았다는 것이다. 후회조차 불운과 비극에 꺾이지 않은 사람만이 가질 수 있는 감정이었다. 해도는 자신의 삶이 아무 곳에도 도달할 수 없음을 알았다. 삶을 인식할 때마다 집요하게 따라오는 허무감, 그 적막감을 더는 이겨낼 도리가 없었다.

마지막으로 받은 정신과 상담은 아무 도움도 되지 않았다. 중년의 여의사는 손깍지를 낀 채 해도의 이야기를 십 분 정도 들었다. 그리고 〈우울장애로 인한 자살 욕구와 과대 망상장애 관찰. 약물 중독 후유증으로 보임〉이라고 진료기록에 적었다. 해도는 자판기처럼 처방된 항우울제와 신경안정제 봉투를 갈기갈기 찢은 뒤 쓰레기통에 처넣었다.

첫 번째 투신은 그날 밤 아무 연고도 없는 어느 아파트 옥상에서 시도되었다. 이십일 층이었다.

해도는 고소공포증은 없었지만 보통 사람들이 높은 곳을 무서워하는 만큼은 공포를 느꼈다. 웃음이 나왔다. 이제 와서 죽는 것이 무섭게 느껴지다니. 환한 대낮이 아닌 한밤으로 하길 잘했다는 생각도 들었다. 수십 미터 떨어져 부딪히는 곳이 돌바닥이 아닌 아득한 어둠처럼 보였으니까.

제아무리 삶이 지긋지긋하다고 해도 죽음은 두려운 것이었다. 그 두려움은 개인의 용기 없음이 아니라 인간이라는 종 자체, 의식이 존재하는 모든 동물의 본능으로서 유전자에 각인되어 있다. 바람이 불어오는 아파트 난간 끝에서 해도는 다리를 파들파들 떨었다. 절룩거리는 다리도 아직은 살아 있다고, 죽고 싶지 않다고 말초적인 아우성을 치는 것이다. 오랫동안 해도가 느끼지 못했던 살아 있음을, 죽음 앞의 몇 초 동안 가장 선명하게 느꼈다는 것은 아이러니한 일이었다.

별안간 쾅, 하는 소리와 함께 아파트 옥상의 유일한 철문이 열렸을 때.

거짓말처럼 몸이 공중에 떴다. 시간의 흐름이 급격하게 느려지고, 추락하기 직전의 찰나가 수십 초가 되는 것처럼 길게 늘어졌다. 문 앞에서 무어라 다급히 소리치는 남자. 해도는 순간 고개를 돌려 그의 실루엣을 보았다.

그렇지만 한밤중에 옥상 문을 안 잠가 놓다니. 건물관리인으로서는 실격이야. 실격이고 말고. 그나저나 건물관리인이라니. 옛날 생각 나는군.

아파트의 지상층이 있는 맨바닥, 그보다 더 낮은 곳으로 곤두박질치는 동안, 해도에게는 지금까지의 인생을 찬찬히 돌아볼 시간이 주어졌다. 주마등이라고 부르는 그것이 얼마나 아련하게 느껴지는지. 해도는 떨어지는 와중에도 눈알 뒤쪽이 뻑뻑해지는 것을 느꼈다. 그로서는 이런 순간이 처음도 아니었는데. 특별히 기념할 만한 것도, 기억할 만한 것도 없는 하찮은 인생이었는데.

기억은 아주 먼 곳에서부터, 보이지 않던 수평선 너머로부터 서서히 페이드인 된다.

가장 오래된 기억은 아버지의 장례식이다. 먼바다의 선원이었던 아버지는 배와 함께 좌초돼 가라앉았다. 시신이 없는 장례식. 안개 같은 비가 사위를 자욱하게 가렸다. 어머니는 그때부터 담배를 피우고 있었다. 해도의 첫 번째 기억은 절반만 팔짱을 낀 자세로, 그에게서 열 발자국쯤 떨어져 연기를 내뿜고 있는 어머니의 뒷모습이었다. 오랫동안 그의 유일한 가족이었던 그녀.

그 어머니와 함께 내륙의 도시를 전전했던 일. 거나하게 취한 그녀에게 툭하면 두들겨 맞았던 일. 같은 동네의 가난한 아이들과 코를 훌쩍이며 놀았던 일. 머잖아 간 학교에서 말 없는 학생이 되었던 일. 어머니가 이웃집 아저씨와 치고받다가 경찰이 출동한 일. 보호자로서 유치장 신세를 진 그녀를 데리러 갔던 일. 합격 소식을 들은 다음날 대학교 진학을 포기했던 일. 논밭 가운데 있는 공장에서 숯검정이 묻은 도시락을 먹었던 일. 억척스럽게 돈을 모아 서울에 작은 전셋집을 얻은 일. 닳고 닳은 중고차에서 담배 냄새를 빼느라 고생했던 일과, 처음으로 건물관리를 맡아 청색 유니폼을 입었던 날. 이제는 떠오르지 않는 **어떤** 인연과 헤어짐. 모래 먼지 속에서 삽을 뜨다가 기절했던 일. 어머니가 마지막으로 쓰러졌을 때와, 남부순환로에서의 유턴.

바로 그때.

해도는 이 모든 순간들을 돌바닥에 부딪혀 으깨지기 직

전까지, 누군가 머릿속에 직접 이미지 파일을 집어넣은 것처럼 생생하게 떠올렸다. 벽 너머에서 소리치는 소리가 들렸다.

이윽고 의식을 되찾은 그는 정신과 로비에 앉아 상담을 기다리고 있었다. 그는 머리를 푹 숙인 채 한숨을 쉬었다.

마포대교와 성산대교, 깎아지른 북한산 자락, 남산타워 전망대, 스크린 도어가 없는 대구의 지하철 등에서 몇 차례의 투신을 더 시도해 보았지만 다를 것은 없었다. 발이 떨어지는 순간 시간이 느려지고, 머릿속에 지나간 일들이 몽타주처럼 스쳐 지나가고, 추락의 종점에 다다르는 그 순간.

해도는 꿈에서 깨어나듯이 과거로 돌아간다. 하루 이틀 전에 들렀던 정신과 로비에서, 끼니를 때우러 간 김밥천국에서, 모두가 말없이 휴대폰 화면을 바라보고 있는 대합실과 버스정류장에서 그는 정신을 차렸다.

처음에는 투신이라는 방법에 문제가 있는 줄 알았다. 떨어지는 순간까지의 그 찰나가 죽음을 방해하는 것은 아닐까, 그렇게 생각한 해도는 맨발로 국경을 넘어 비무장지대를 질주해 보았다. 보이지 않는 먼 곳에서 날아온 총

알, 수십 년 만에 주인을 찾아 폭발한 지뢰에도 그는 죽을 수 없었다. 가스를 틀어놓고 수면제를 먹거나, 몸을 담근 욕조에 전원을 켠 토스터기를 넣어도, 선풍기 다섯대를 동시에 작동시킨 뒤 문을 닫고 잠들어도, 그는 언제 그랬냐는 듯 태연하게 눈을 떴다. 마치 시간이 아무 일도 일어나지 않았다고 발뺌하는 것처럼.

해도는 사실상의 불멸을 획득한 것이나 다름없었다. 유사 이래 인류의 영원한 숙원이자, 역사적 인물들이 그토록 찾아 헤맸던 바로 그것. 그러나 해도가 획득한 불멸이란 죽지 않을 권리가 아니라 죽을 권리의 박탈이었고, 살아갈 수 있음이 아니라 살 수밖에 없음이었다.

모든 사람이 태어날 때부터 가지고 있는 죽음. 세상에서 가장 천대받고 무시받는 이조차 소지하고 있는 그 죽음이 해도에게는 허락되지 않았다. 그는 죽음으로부터 소외된 최초의 인간이었다.

해도는 삶 속에 영원히 방치되었다.

12

 해도는 계속해서 살았다. 정확히 말해서 그는 살아 있기만 했다. 일을 하는 것도, 떠돌아다니는 것도, 그때뿐인 쾌락을 좇는 것도 신물이 났다. 자살을 기도하는 것은 최악이었다. 죽음에 대한 우발적인 충동은 지나간 며칠을 의미 없이 반복하게 만들 뿐이었다. 그래서 해도는 그냥 살았다. 왜 살아야 하는지도 모르면서 계속해서 살았다.

 인적이 뜸한 깊은 산골 또는 바닷가 마을에 오랜 세월 틀어박혀 지냈다. 시골에는 비어 있는 집이 많았다. 그는 다 쓰러져 가는 집을 얼기설기 고쳐 그곳에서 여생을 보냈다.

해도는 살면서 거의 아무것도 하지 않았다. 먹고사는 것은 큰 문제가 아니었다. 그는 약간의 곡식과 식수만으로 연명하는 법을 배웠다. 그것조차 없으면 없는 대로 굶었다. 그러면 그를 딱하게 생각한 시골 사람들이 먹을 것을 가져다주거나, 작은 소일거리를 주고 밥을 먹였다. 아무 말도 하지 않고, 무언가를 요구하지도 않고, 시키는 일은 곧잘 해주었으므로 사람들은 해도를 썩 나쁘지 않게 생각했다.

"머리 어딘가에 이상이 있는 거예요."

"가족한테서 버림받은 거지, 뭐."

"딱한 젊은이야. 저렇게 실성한 걸 보면 뭔가 일이 있어도 큰일이 있었을걸."

마을 어르신들은 가엾어 죽겠다는 얼굴로, 어떨 때는 한심하다는 표정으로 해도를 쳐다보았다. 미칠 거면 저렇게 점잖게 미쳐야 한다는 말도 들었다. 해도는 그렇게 말하던 노인들이 하나둘 수명을 다해 죽고, 마을이 텅 비어가는 모습을 말없이 지켜보았다. 수십 년이 지나면 그 어떤 시골 마을도 그렇게 되는 법이었다.

찾아오는 이도 없고, 살고 있는 이도 없는 유령 마을.

관리가 안 된 도로는 잡초로 뒤덮였고, 버려진 노인정 건물 벽에 줄기가 두꺼운 덩굴이 무성하게 자랐다. 외곽에 있던 작은 보육원에서 부모 없는 아이들이 재잘대는 소리가 들릴 때도 있었지만, 재정난을 겪다 폐원한 뒤로는 주변에서 가장 적막한 장소가 되고 말았다. 그렇게 용도를 잃고 버려진 건물과 물건들이 시선이 닿는 모든 곳에 있었다.

그는 마을 한가운데에 버티고 선 아름드리나무를 올려다보았다. 나무는 가지 정리가 되지 않아 수북한 이파리를 힘겹게 이고, 바람에 흔들릴 힘도 남아 있지 않은 듯 탈진한 채로 거기 서 있었다. 해도는 끝이 쩍쩍 갈라진 나무 벤치에 홀로 앉았다. 그리고 그곳에서 하루 종일 아무도 없는 마을을 바라보다가 돌아오고는 했다.

시간은 모든 것을 낡고 외롭고 쓸쓸한 것으로 만들었다. 집이 버려지고, 자동차는 고장 나고, 항구는 바다에 잠겼다. 사람은 허름하게 늙다가 죽었다. 해도는 아주 오랫동안 그 광경들을 지켜보았고, 그 자신도 죽을병에 걸리거나 수명이 다하면 순순히 눈을 감았다. 그리고 나면 다시 서초IC로 접어드는 도로 위에 있을 것이었다.

몇 번의 인생이 그저 존재하는 것으로 지나갔다. 얼마나 긴 시간을 그냥 지나 보냈는지, 해도로서는 알 수도 없고 알아야 할 필요도 없었다. 그가 아는 것은 지나가 버린 것 모두에 아무런 의미가 없다는 사실이었다. 어느덧 그는 과거로 돌아갈 수 있다는 사실조차 잊었다.

 한 사람이 감당할 수 있는 인생의 질량이 있다면, 오래전에 그 질량을 초과한 해도의 정신에는 커다란 구멍이 뚫려 있었다. 그것은 해도 주위의 세계를 블랙홀처럼 빨아들여 무無로 만들었다. 아무것도 아닌 시간은 무한에 가깝게 늘어졌다. 아무것도 하지 않는 일은 시간을 정지 상태에 수렴시켰다. 끝이 없는 선분 위에서 옴짝달싹 못 한 채, 해도는 갈 곳을 잃고 표류한 점이나 다름없었다.

 해도는 아무것이나 손에 잡히는 대로 공부했다. 학문이라기에는 아무런 체계도 없고, 이렇다 할 목적도 없이 삶을 태워버리는 용도에 불과한 공부였다. 다만 그렇게 하는 공부조차 수십 년을 매진하다 보면 일정한 패턴과 구조를 띠기 시작하고, 독자적인 논리와 깨달음에 도달하는 일이 생겼다.

 어떤 인생에서 그는 자와 컴퍼스만을 갖고 죽을 때까지

기하학에 매진했다. 말년에는 유클리드에 비견될 몇 가지 공리를 발견했는데, 그중에는 인류문명 전체를 뒤흔들 만한 발견도 있었다. 무한에 가까운 시행의 반복, 원숭이조차 〈햄릿〉을 쓰게 만드는 확률의 기적이 그러한 일을 가능케 했다. 다만 그의 발견이 세상에 공개되는 일은 없었다. 그로 인해 온 우주가 송두리째 바뀐다고 해도 해도에게는 무용한 일이었으므로.

그는 자신이 발견한 모든 것들을 모닥불에 던져 넣었다. 그리고 다음 생이 되자마자 까맣게 잊어버렸다. 해도에게 남은 것은 자신이 아주, 아주 긴 시간을 살았다는 어렴풋한 느낌뿐이었다.

13

 삶을 살해하기 위해 시작한 해도의 공부는 철학에 다다랐다. 해도는 모든 학문의 배후에 어떤 형태의 철학이 있음을 알았지만, 철학적 사유를 거듭할수록 자신이 외롭고 비참해지는 것을 느꼈다. 다른 철학자들의 글이며 책을 읽는 일도 마찬가지였다. 우주의 본질이나 실존의 의미를 따져 묻는 모든 텍스트들이 그를 공격하기 위해 쓰인 것 같았다. 모든 철학은 삶에 끝이 있다는 가정으로부터 발돋움했다. 그러나 어떤 관념을 위해 딛고 올라갈 죽음이 그에게는 없었다. 그는 생각을 위한 생각에서마저 소외되었다.

 어떤 인생에서의 해도는 책을 많이 읽었다. 책을 읽는

것은 아무것도 하지 않는 것보다는 나은 일 같았다. 톨스토이나 도스토옙스키, 카잔차키스 같은 대가의 작품을 읽고 나면 삶과 우주가 감추고 있는 어떤 비밀을 엿본 것처럼 황홀한 기분을 느끼기도 했다. 하지만 시간이 조금만 지나면 다시금 무익하게 연속되는 삶, 죽음으로부터의 소외에 맞닥뜨리고 절망해야 했다.

책과 문학, 나아가 모든 예술이 아무런 정답을 내주지 않는다는 것, 그것들이 제공하는 것이 그저 단서뿐이라는 사실을 깨달았을 때 그는 머리와 수염이 희끗희끗한 나이가 되어 있었다. 수십 년 동안 방 안에서 책만 읽어온 해도의 얼굴은 창피할 정도로 허옜다.

어떤 인생에서 해도는 다짜고짜 대학교 강의실들을 쏘다녔다. 어딘가에 자신보다 고차원적인 지식을 가지고 세계를 인식하는 사람이 있다면, 그런 사람을 만날 가능성이 조금이라도 있는 장소는 학교나 연구실일 거라고 생각했다. 탁월하게 명석한 누군가가 나타나 한 단어로, 아니 한 문장의 의미로 내 삶을 정의해 준다면 얼마나 편안해질 것인가.

그러나 해도는 그런 사람을 찾지 못했다. 캠퍼스와 강

의실에 숨어드는 것은 쉬운 일이었지만, 그나마 똑똑한 사람들이라는 교수들도 취업에만 혈안이 되어 있는 학생들과 그들을 상대로 한 강사 노릇에 지쳐 맥을 못 추고 있었다.

해도는 바다를 건너 해외로도 나가보았다. 그러나 그 어디에도 돈과 무관하게, 사회적인 성공을 잠재하지 않고 삶에 파고드는 학자는 없었다. 학자라고 주장하는 이들에 따르면 학문이란 연구비 없이는, 충분한 장비와 인력 없이는, 그에 따르는 명예와 권력 없이는 도저히 성립할 수 없는 것이었다. 자본주의는 모든 지식에 목줄을 채우고 자신으로부터 떨어지지 못하도록 길들여 놓았다.

사상적 공황에 빠져 유럽을 배회하던 해도는 한 철학자를 마주쳤다. 그는 한국에서 태어났지만 성인이 된 후 독일로 이주했고, 지금은 하이델베르크에서 철학을 가르치고 있었다. 해도는 그의 강의를 훔쳐 들으면서 그가 자본주의에 대해, 그것의 전면적 통제를 받는 현대사회에 대해 갖고 있는 관점을 엿보았다.

"오늘날의 자본주의 영향력 아래에 있는 현대인, 그들은 노예가 아닙니다. 그들은 가축입니다. 노예는 자유를 빼앗기면 저항하고 반란을 일으키지만, 가축은 울타리를 감옥이라고 감히 생각조차 할 수 없습니다. 자본주의가 우리를 길들인 방식을 보십시오. 우리는 이 울타리 속에 스스로 들어와 자기 자신을 착취하며……"

철학자는 강의가 끝나기도 전에 몇몇 학생들로부터 반박을 당했다. 어떻게 당신은 최선을 다해 살아가는 현대인 모두를 가축으로 취급하느냐. 그러는 당신도 자본주의 국가에서 교수로 일하고 있지 않느냐. 자본주의가 주는 혜택을 모두 누리면서 그런 말을 하다니. 당신이야말로 입만 살은 위선자다. 당신은 자본주의 체제 아래에서, 자본주의를 비판하는 것을 생존전략으로 삼고 있을 뿐이다.

독일어로 된 고함은 위협적이었다. 다만 철학자는 그런 상황에 익숙해져 있는 듯, 낮은 높이의 강단에 서서, 말없이, 오랫동안 학생들을 바라보다가 강의실을 나갔다.

해도는 철학자에게 메일을 보냈다. 답신은 오지 않았다. 사흘 뒤에 전보다 긴 내용의 메일을 다시 보냈지만 묵묵부답이었다. 그런 다음에는 메일의 내용을 독일어로 써서 보냈다. 그러자 답신이 왔다. 자신에게 두 번 다시 연락하지 말라는 내용이었다.

해도는 하이델베르크 외곽의 작은 집에 셋방을 구했다.

아침에는 근처 마트에서 청소나 짐 나르기 같은 허드렛일을 하고, 밤에는 철학자에게 메일을 보냈다. 일은 주말마다 쉬었지만, 메일은 매일 보냈다.

그렇게 일 년을 꼬박 보내자 두 번째 답신이 왔다. 이런 행위는 자신에 대한 중대한 괴롭힘일 뿐 아니라 당신 인생에도 아무 도움이 되지 않는 짓이라는, 말하자면 짧은 설교가 담긴 메일이었다. 해도는 다음 날부터 하루에 두 번씩 메일을 썼다. 해가 뜨기 전 새벽에 한 번, 천지가 깜깜한 깊은 밤에 한 번.

이 년이 지났다. 해도는 불법체류자 단속을 피해 주인집 다락방에 숨어 있었다. 주인 내외가 방문 경찰과 대화를 하는 도중에 메일이 왔기 때문에, 해도는 철학자가 보낸 세 번째 메일이 반갑기는커녕 난감하기까지 했다. 보이지 않는 곳에서 쥐 한 마리가 화들짝 놀라 숨어드는 소리가 들렸다.

철학자의 연구실은 구시가지에서 가장 외딴 골목의 한 건물 이 층에 있었다. 한때 야스퍼스가 살았다는 그 건물 맞은편에는 쇼윈도가 텅 빈 가게가 있고, 옆에는 입구의 손잡이며 경첩에 녹이 슬어 있어 문을 여닫을 때마다 요란한 소리가 나는 헌책방이 있었다.

해도는 축축하고 오래된 종이 냄새가 나는 연구실에서 철학자를 만났다. 그를 본 철학자는 별달리 놀란 기색도 없이, 단박에 그가 메일을 보낸 장본인임을 알아챘다는 듯이 말했다. 삼 년이나 걸렸어.

뭐가 말입니까, 하고 해도가 묻자,

"제대로 된 독일어로 메일을 쓸 때까지." 그가 대답했다.

철학자는 지난 삼 년 사이 부쩍 나이가 든 모양이었다. 해도가 그를 처음이자 마지막으로 보았던 강의실에서, 그는 머리가 조금 길었을 뿐 사십 대나 오십 대 정도의 중년으로 보였다. 그런데 지금은 눈가의 주름 하며 파리한 얼굴이 예순은 훌쩍 넘은 노인처럼 여겨졌다. 키도 조금 작아진 것 같았다. 뒤로 넘겨 묶은 머리카락들은 윤기가 없어 뻣뻣하게 마른 볏짚을 연상시켰다.

"작년부터 학생 가르치는 일을 그만두었네. 올해 초부터는 두꺼운 책을 한 권 쓰고 있지. 존재와 시간, 그리고 자본주의에 대한 책이야. 나는 자네가 그걸 도와줄 수 있을 것 같다는 생각이 들어."

해도는 그러겠다고 대답하지 않았다. 철학자도 대답을 기다리지 않고 차를 한 잔 내왔다. 해도는 뜨거운 차를 단

숨에 들이켰다. 그리고 칠 년 동안 그 연구실에서 먹고 자며 철학자가 책 쓰는 일을 도왔다.

14

 두 사람은 대화를 거의 하지 않았다. 사나흘에 한 번 할까 말까 한 말조차 일과 관련한 짧은 대화였고, 서로가 말을 잃지 않았다는 것을 확인하기 위해 불가피한 방편처럼 느껴졌다. 의사소통의 대부분은 필담이나 쪽지를 통해 이루어졌다.

 철학자가 먼저 크거나 작은 철학적 주제를 던져놓는다. 시간이란 무엇인가. 우리는 존재함을 어떻게 인식하는가. 해도는 그에 관해 두서없는 주장을 전개해 놓았다. 그러고 나면 철학자는 그 주장들, 문장과 단어 하나하나에 메모를 남기고, 해결될 수 없는 논쟁을 불러일으켰다. 하나의 토론은 짧게는 하루, 길게는 반 년 동안 멈추지 않고 이어졌다. 결론은 날 때보다 나지 않을 때가 더 많았다. 뚜렷한 결론이 나왔다는 건 무언가 잘못되었다는 뜻이었다.

지난한 논쟁 끝에 〈자본주의적 존재와 시간의 소멸〉의 초고가 완성되었을 무렵, 도시는 여느 때보다 오래 이어지는 장마에 시달리고 있었다. 구슬처럼 굵은 장대비가 하루걸러 하루 내렸고, 그렇지 않은 날에도 엷은 비가 좌우로 부는 바람에 흩날렸다.

그러던 어느 날이었다. 빗줄기가 창유리를 꿰뚫을 것처럼 거센 날에, 철학자는 연구실 창문을 활짝 열었다. 그리고 칠 년에 걸쳐 완성한 초고 전체를 창밖으로 내던졌다. 가냘픈 종이 뭉치들이 억수같이 쏟아지는 빗속에 흩어지고 뭉개져 돌바닥에 녹아내렸다. 해도는 그것의 출간을 위해 컴퓨터로 옮겨 쓰는 작업을 이틀 전에 시작한 참이었다. 그러나 이제는 아무 의미 없는 일이 되었다.

"이게 무슨 짓이냐고 묻지 않는가?" 철학자가 물었다. 열려 있는 창문으로 비바람이 쏟아져 들어왔다. 해도가 아무 말도 없이 앉아 있자 그는,

"묻지 않는군. 물어보려는 생각도 없어. 그것이 자네의 문제라네. 아무것도 묻지 않는다는 것 말이야. 내가 방금

자네의 시간을 물거품으로 만들고 말았는데."

비가 계속해서 들어오는데도 그는 창문을 닫지 않았다. 젖은 담배에는 좀처럼 불이 붙지 않았다.

"자네는 전생을 믿나? 아니, 해도. 자네는 이 모든 일이 **영원히 반복되고 있다**고 생각해 본 적이 있는가? 우주의 시작부터 지금 이 순간에 이르기까지, 있었던 모든 일들이 그대로 벌어지고 있다고 생각해 본 적이 있느냐는 말이야. 당장 우리가 하고 있는 이 생각까지도……"

철학자는 담배를 다시 입에 물었지만, 불이 꺼져 있었다. 세찬 비바람이 그의 머리며 옆얼굴과 상의를 흠뻑 적셨고, 창문에 걸쳐 있던 갈색 커튼이 강풍에 반쯤 뜯겨나가 깃발처럼 휘날렸다. 연구실은 실시간으로 난장판이 되어가고 있었다. 그러나 철학자는 전혀 아랑곳하지 않는 태도로, 그런 것들이 눈에 잡히지도 않는다는 표정으로 말을 이었다.

"자네가 보낸 그 메일들을 나는 빠짐없이 읽었네. 뻔한 이야기라고 생각했어. 독일 철학은 일찍이 자네가 말한 것 같은 종류의 사고실험을 거쳐온 바가 있거든. 하지만 자네가 철학에 대해 아는 것이 없다는 것쯤은 금방 알 수 있지. 요컨대 자네는 철학사에 대한 아무런 지식 없이 스스로 그런 모티브를 떠올려 냈거나, 아니면 정말로 그런 상황에 처해 있는 사람이라는 얘기가 되네. 전자라면 평범하게 칭찬해 줄 만한 일이지만, 후자는 실상 있을 수 없는 일이지. 하지만 자네는 무려 삼 년씩이나 메일을 보냈고, 칠 년 동안 내 옆에서 이해할 수 없는 일을 했어. 무려 십 년이나 되는 세월을 나 같은 노인에게 허비한 거야. 그리고 그 노망난 노인네는 십 년 동안의 결과물을 빗속에 던져 없애버렸는데…… 자네는 지금 아무렇지도 않군. 애써 태연한 체하는 것도 아니고. 마치 십 년이 아닌 십 초가 지났을 뿐인 것처럼 굴고 있어. 이제야 확실하게 알겠네. 자네는 영원히 되돌아가는 자야. 죽지도 않지만 살아 있지도 못한 사람이지. 이 말이 기분 나쁜가? 하지만 살아 있는 사람이라면 응당 시간 앞에 분노해야 하네. 초조해하고 두려워해야 하네. 그렇기 때문에 이 순간을, 운명을 사랑해야 마땅함을 알게 되는 거야. 그런데 자네에게는 그런 것들이 아무것도 느껴지지 않아…… 해도! 대체 얼마나 오랜 시간을 살아온 건가? 여태껏 자네가 살았던 인생이 얼마나 되는지 기억할 수 있나?"

해도는 조용히 고개를 가로저었다. 일순간 철학자의 얼굴이 잿빛으로 변했다. 해가 뜨기 직전의 어스름, 살갗이 그 희미한 빛을 받아 반사시킬 때처럼 우수를 띈 잿빛이었다. 늙은 철학자는 반쯤 목이 멘 소리로 말했다.

"나는 자네에게 내 이야기를 전혀 하지 않았네. 자네도 나에 대해서는 아무것도 묻지 않았고. 하기야 내 이야기 같은 건 전부 바보 같은 것뿐이지. 나는 바보 같은 인생을 살았으니까. 자네는 모를 거야. 이 모든 일이 내게는 이전에 일어난 일처럼 느껴지는 것도…… 그렇군, 자네가 믿지 못할 일 같은 건 세상에 아무것도 없겠지. 믿든 안 믿든 자네에게는 별반 중요치 않은 일일 테니까. 하지만 믿어주게. 세상에 중요하지 않은 일이라고는 아무것도 없다네. 그리고 나에게도 사랑하는 것이 있었어. 한 명의 제자가 삶의 전부인 학자가 있다면 비웃음거리가 되겠지. 나는 그 녀석을 위해서 내 모든 지식을 바쳤어. 돈을 벌기 위해 굴욕적인 강의를 하고, 밤에는 돌아와서 새벽같이 글을 썼지. 자네처럼 그 아이에게도 죽음을 향한 열망이 있었어. 하지만 그 아이의 열망은 자네와는 조금 달라서, 기필코 역사적이고 인류적인 죽음을 맞이하고야 말겠다는 것이었지. 그것을 위해서라면 그 어떤 수단과 방법을 가리지 않겠다는 것이 그 녀석의 주장이었어. 그때 나는 아무것도 몰랐다네. 기껏해야 젊은 혈기에 들끓어 하는 말이라 생각했던 거야. 얼마 뒤 그 녀석은 내 지난 십 년간의 연구를 모두 들고 도망쳐 버렸어. 철학자가 연구를 도둑맞았다고 하는 것이 꼴사나운가? 그럴 수도 있어. 그렇게 생각하지 않을 수도 있지만, 제발 새겨듣게. 사상은 세상을 송두리째 바꿀 수 있네. 자네의 세상이 바뀌지 않는 것은 자네의 생각이 바뀌지 않았기 때문이야. 자네가 죽을 수 없는 이유도 자네가 죽음을 생각하는 방법이 달라지지 않았기 때문이지. 죽음을 맞이하고 싶나? 이제 그만 편해지고 싶나? 그렇다면 해도, 자네는 죽음을 두려워해야 하네. 그 누구보다 강렬하게, 절실하게 살고 싶어져야 하네. 죽음은 그런 사람에게 찾아오는 법이니까. 아, 해도, 불쌍한 인간이여."

철학자는 온몸을 사시나무처럼 떨기 시작했다. 창밖으로부터 비가 멈추지 않고 들이쳤다. 창가에 면해 있던 그의 책상과 마룻바닥이 엉망진창으로 젖었고, 몇 평 남짓한 연구실 구석구석으로 종이서류들이 나부꼈다.

해도는 그 모든 광경들을 불상처럼 앉아서 바라보았다. 철학자가 난생 처음 해보는 것 같은 억양의 한국어로, 한 글자 한 글자를 또렷하게 씹어뱉듯이 묻고 나서 창밖으로 몸을 던지는 모습도 보았다.

그는 마지막에 이렇게 물었다.

"죽도록, 사랑해, 본, 적이, 있는가?"

연구실이 있는 이 층 창문에서 돌바닥까지는 그다지 높지 않았다. 그러나 철학자는 지면을 향해 머리부터 들이받듯이 떨어졌고, 두개골이 반으로 쪼개져 즉사했다. 터져 나온 뇌수와 피가 흐르는 빗물에 희석돼 하수구로 흘러들었다. 해도는 창문을 통해 주검이 된 철학자의 모습을 쳐다보다가, 문득 자신이 도망쳐야 한다는 것을 깨닫고 밖으로 나갔다.

15

해도는 태평양의 이름 없는 섬에 다다랐다. 도망생활 끝에 자그마한 돛단배를 만들고, 공해로 빠져나온 지 이 년 만의 일이었다.

국제경찰의 추격을 피해 영해를 벗어나는 건 어려운 일이었다. 어쩌면 탈출하는 과정에서 시간을 몇 번 되돌렸을 수도 있다. 다만 시간에 대한 해도의 인식은 하루 또는 이틀, 일주일이나 한 달의 반복을 인지할 수 없을 정도로 무뎌져 있었다. 그에게 시간이란 그날 하루, 영원불멸한 삶의 원자적 개념에 머물렀다.

섬은 그다지 크지 않았다. 적당한 초등학교 부지 정도

의 넓이에, 서쪽의 아담한 모래 해변을 빼면 사방이 수직으로 깎인 절벽에 둘러싸여 있었다. 절벽 위에는 초록색 수목이 빽빽하게 자라 있었으며 섬 전체의 사 분의 삼 가량이 그런 야트막한 숲으로 뒤덮여 있었다. 해도는 섬을 몇 바퀴 둘러보고 나서 섬의 해안선이 위아래로 찌그러진 쉼표 모양이라는 것을 알았다. 그는 섬에 **토트**라는 이름을 붙였다.

토트에서의 생활은 지극히 단조로웠다. 해도는 통나무를 손질해 작은 오두막을 지었지만, 비가 오지 않는 한 모래 해변이나 해안가 동굴에서 잠을 잤다. 날씨는 일 년 내내 따사로웠다. 숲속에는 형형색색의 과일들이 주렁주렁 열렸고, 바닥이 보이는 에메랄드색 해변에서는 크고 작은 조개류나 생선들을 큰 노력 없이 얻을 수 있었다. 해도는 옷도 입지 않고, 말도 하지 않으며, 먹고사는 일 이외에는 아무것도 하지 않았다.

섬에 정착한 뒤로 몇 년이 지났는지.

해도는 헤아리지도 신경 쓰지도 않았다. 그는 자신이 인간이라는 자각이나 이성적인 생각을 하지 않았다. 불안이나 초조함, 조바심, 지루함 같은 감정도 느끼지 못했다. 그가 느끼는 것은 단지 매일같이 해가 뜨고 진다는, 지극히 자연적인 섭리에의 놀라움이었다. 동틀 무렵 총천연색으로 일렁이는 수평선, 투명한 바다와 눈꺼풀을 뚫고 들어오는 태양, 우윳빛으로 창공을 유영하는 구름의 무리, 해가 질 때면 들려오는 새와 벌레들의 합창, 밤하늘의 검은 식탁보 위에 유리 파편들처럼 흩뿌린 별, 별, 별……

해도는 이 모든 것을 내려준 존재, 신이라고 말해도 좋을 그 무언가에게 무한한 감사를 느끼게 되었다. 자신에게 쓰고 넘칠 만큼의 인생이 주어진 것, 그 길고 길었던 괴로움의 보상은 바로 이것이었다. 황홀한 피안. 자연을 사랑하는 것을 넘어 자연과 하나가 된 삶.

나와 세계는 더 이상 분리되지 않고, 지극히 조화로운 하나로서 완전한 유기적 체계의 일부가 됐다. 합일됨으로써 느끼게 되는 지고의 기쁨, 이 망막한 행복을 느끼지 못하고 죽는 존재는 얼마나 가련할 것인가. 해도는 깨우침에 이르기까지의 긴 시간, 단 한 번의 인생으로는 턱도 없었을 그 여정을 끝마친 것에 대해, 하염없이 안도하고 감사하는 마음으로 매일 밤 눈물을 흘렸다. 수많은 동물들이 밤마다 구슬픈 소리로 울어대는 이유를 이제는 알 수 있었다. 그는 아주 오랫동안 순수한 동물로서의 한살이를 영위했다. 그것은 인간이 문명을 발명하기 이전, 최초의 인간이 뱀에게 속아 추방되기 전에 누렸을 낙원에서의 삶이었다.

그의 안녕한 인생은 원형을 알 수 없는 플라스틱 덩어리들이 이탈한 해류에 실려 밀려오고, 바다의 높이가 모래 해변과 동굴과 오두막을 집어삼킬 만큼 높아지기 전까지 유지되었다. 자연은 이렇다 할 저항 한 번 없이, 밀려들어 오는 인간의 영향에 그대로 잠겨 죽어갔다. 그러나 해도는 인간이었다.

인간은 어쩔 수 없이 저항한다. 인간의 역사는 저항의 역사다. 나일강의 범람, 북아프리카의 말라리아, 프랑스의 절대주의, 갑오년 고부군수의 횡포, 생명이 살 수 없는 절대영도의 우주, 염색체 한 끗에 좌우되는 생애의 형태에 저항해 온 것이 곧 인류가 여태껏 이뤄온 성취의 총합이다.

끝내 인간일 수밖에 없는 해도는 도리도 없이 저항했다. 돌과 나무로 섬 주변에 제방을 쌓고, 크고 있는 작은 수목들을 고지대로 옮겨 심었다. 하지만 해수면은 얼마쯤 상승하다가 적당히 멈춰주지 않았다. 태양은 대지를 터트릴 듯한 기세로 불타오르고, 강풍을 동반한 열대성 스콜이 분노하듯 토트에 물벼락을 쏟아부었다. 자연의 학대는 멈추지 않았다. 인간이 그에 대한 학대를 결코 멈추지 않듯이.

마침내 섬 전체가 바다에 잠겼을 때, 해도는 나뭇가지 수백 개를 조악하게 엮은 뗏목 위에 누워 있었다. 낙원으로부터 완전히 추방되었음을 실감하면서.

 올려다본 하늘은 안구를 얼려버릴 듯이 파랗다. 그즈음 해도는 신이 어디서 무얼 하고 있을지를 생각해 보았다. 하늘을 파랗게 만든 것 말고, 바다에 파도가 일도록 만든 것 말고 그는 아무것도 하지 않았다. 인간은 이렇게나 슬픈데…….

16

삶이 다시 그에게로 돌아왔다.

해도는 왼쪽 가슴 위에 면도날을 그어 〈**토트를 찾아**〉라고 썼다. 서초IC로 돌아가 유턴을 할 때마다, 곰팡내 나는 반지하 방 화장실에 들어가 번번이 그렇게 했다. 그는 이 방법으로 아주 오랫동안 섬의 존재를 기억했으며, 그 뒤로 헤아릴 수 없이 많은 세월을 토트를 찾는 데 썼다.

태평양 어딘가에 있는 찌그러진 쉼표 모양 섬이라는 것이 그가 토트에 대해 아는 전부였다. 해도는 어떻게든 배를 구하고, 태평양을 탐험하는 데 남아 있는 인생 전부를 할애했다. 찾고, 찾고, 또 찾다가, 어느덧 백발의 노인이 되어서, 과연 그 섬이 존재하기나 했는지, 하룻밤의 꿈을 착각한 것은 아닌지 의심하다가, 수평선 앞에 불쑥 나타난 섬의 신기루에 홀린 듯이 다가갔다. 그리고 그곳에 도사리고 있는 실망감과 허탈감에 몸서리치면서, 다음 생에서야말로 찾고 말리라는 아집과 함께 눈을 감았다.

그렇게 몇십 번의 인생이 지나갔다.

그가 기어코 섬을 찾아냈다는 사실은 놀랍지 않다. 놀라운 것은 그렇게 긴 시간, 많은 인생을 거치고 나서도 해도가 한눈에 토트를 알아보았다는 것이다. 서쪽의 해변과 기묘한 모양의 해안선, 수직으로 곧게 뻗은 절벽 위에 숲이 우거진 모양. 그는 머리로 판단하기 전에 마음으로 알았다. 토트가 틀림없었다.

황금색 고운 모래로 덮인 해안은 변함없이 아름다웠다. 비록 기억은 없었지만 모든 게 기억 그대로인 듯한 느낌이 들었다. 해도는 모래 속에 숨어 있던 소라껍데기를 밟았다. 발바닥이 찢어지는 격통을 느꼈다.

피가 계속해서 나는 모양이었다.

그는 그대로 섬 전체를 산책하듯 한 바퀴 돌았다. 그리고 돌아오는 해변에서 멈추지 않고 바다로 걸어 들어갔다. 서쪽으로부터 잔잔한 파도가 치고 있었다. 해도는 더 깊숙하게 들어갔다. 파도가 끊임없이 쳤다. 얼마 지나지 않아 폐에 물이 차고 눈앞이 캄캄해지면 의식이 돌아왔다. 그는 토트를 향해 배를 몰고 있었다.

바다를 향해 몇 번을 걸어 들어갔는지는 알 수 없다. 해도는 숫자를 헤아리지 않은 지 오래되었다. 그것은 몇천 번일 수도, 몇만 번일 수도 있다. 단지 그는 아무런 말도 표정도 생각도 없이, 오직 파도가 치는 쪽으로 걸어가기 위해 존재하는 것처럼 같은 행동을 반복했다.

시간은 이 이상 흘러가지 않고 무한정 되풀이되었다. 해도는 토트를 발견하고 바다로 걸어 들어가는 그 짧은 시간 사이에 세계를 가둬버렸다. 세계가 그것을 인식하는 자아의 표상으로 정의된다면.

자아를 포기한 해도에게 우주는 끝없이 반복재생되는 비디오에 불과한 것이 되었다. 해도는 그 자신의 세계와 함께 죽지도 살지도 않은 경계에 머물렀다. 우주는 자그마한 구슬처럼 축소되어, 제 나름의 내생적 균형을 유지하면서 안정적인 상태로 진입했다. 뚜껑이 닫히고 통 속에서는 언제나 일어나는 일들만이 일어나게 되었다.

하얀 수염의 사내가 토트에 모습을 드러낸 것이 언제부터인지를 따져 묻는 것은 어리석은 일이 될 것이다. 그는 수염뿐 아니라 눈썹과 턱까지 오는 곱슬머리까지 눈처럼 밝은 흰색이었는데, 벌거벗은 적갈색 피부와의 대조로 인해 흰색보다 더 밝은, 말하자면 조명 빛을 정면에서 본 것처럼 눈이 부신 하얀색이었다. 따라서 그의 얼굴을 바라보는 사람은 누구나 맨눈으로 태양을 볼 때와 같이 눈살을 찌푸릴 수밖에 없고, 나아가 그가 짓고 있는 표정을 살핀다는 것은 숫제 불가능한 일처럼 느껴진다.

해도가 사내의 존재를 처음으로 인식했을 때 그는 해변에서 숲으로 이어지는 길목 쪽에 우두커니 서 있었다. 사내가 아무것도 하지 않고 거기 서 있기만 했기 때문에, 해도는 그를 정지된 풍경 이상으로 인식하지 않았다. 전혀 개의치 않고 반복하던 일, 바다로 걸어 들어가 세계를 되돌리는 일을 계속해 나갔다.

그의 존재를 다시 인지하게 된 것은 사내가 해변에 더 가까운 곳으로, 아예 모래사장 위로 와서 해도를 바라보기 시작하면서부터였다. 해도는 사내가 자신을 바라보고 있음을 노골적으로 인식했다. 사내의 시선은 차분하고 고요했지만, 되려 그 침묵으로 인해 해도를 불안하게 했다.

그러나 해도는 멈추지 않고 바다로 걸어 들어갔다. 파도가 치는 곳으로 계속해서 걸어 들어가면, 이번에도 끝나지 않는 끝이 있을 것이었다.

하얀 수염의 사내는 점점 더 가까이 왔다. 이제 그는 바다를 향해 걸어가는 해도의 옆에, 파도가 그 위로는 다다르지 못해 발이 젖지 않는 경계까지 따라와 섰다. 해도는 사내를 무시하는 것이 점점 힘이 들었다.

그는 해도가 하는 일을 방해하지는 않았지만, 지나치게 가깝게 존재하고 있었다. 바다를 향해 걷는 자신의 걸음걸이가 왜곡되는 것을 해도는 느꼈다. 그는 술에 취한 사람처럼 비트적거렸고, 등에 무거운 짐을 인 사람처럼 끙끙거렸으며, 한쪽 다리가 불구가 된 사람처럼 절룩거리거나 아예 네발짐승이 된 것처럼 기어가기도 했다. 해도는 그렇게 해서라도 가야 했던 것이다. 가고 싶었다. 갈 수밖에 없었다. 생각조차 할 수 없었다. 가지 않는다는 것은.

—이제 그만하게.

해도가 바다를 향해, 등 뒤에 총을 맞은 사람처럼 납작 엎드린 채 기어가고 있을 때였다. 하얀 수염의 사내가 다시 한번 말했다. 그는 생전 처음 들어보는 언어를 구사하고 있었는데, 그럼에도 불구하고 해도는 그가 하는 말을 모두 알아들을 수 있었다. 그것이 이상한 일처럼 느껴지지도 않았다.

—이제 그만하게.

어째서요?

—자네가 가야 할 길이 아니니까.

제가 갈 곳은 여기밖에 없어요.

—아니야. 그렇지 않아. 일단 일어나 볼까.

안 돼요. 못 일어나겠어요.

—내가 잡아주지.

해도는 하얀 수염의 사내가 내민 손을 무심코 잡았다. 나무뿌리처럼 단단하고 남자다운 손이었다. 휘청거리는 해도가 중심을 잡고 일어서기까지 기울어지지도 흔들리지도 않았다. 해도는 손을 통해 그의 힘을 전해 받기라도 한 듯이, 일순 온몸에 전류가 흐른 사람처럼 몸을 꼿꼿하게 세워 섰다. 알알이 고운 모래가 부드럽게 발가락 사이에 스며들고, 동쪽에서 축축한 흙냄새를 머금은 바람이 불어 등을 어루만졌다.

서쪽 수평선 너머로 해가 기우는 것이 보였다. 석양은 금방이라도 섬을 덮쳐올 것처럼 하늘과 수면 위로 맹렬하게 이글거리고, 주황과 보라가 햇무리에 섞여 이지러졌다. 땅거미가 기웃거리는 해안가에서 선뜻한 밤공기가 솟아 가슴을 파고들었다. 그 순간 해도는 삶의 가장 지독한 문제를 오감을 통해 느꼈다.

 세상이 너무도 아름다웠다. 그것을 저버리기에는, 한량없이 바다로 걸어가기에는. 그가 발을 붙이고 선 이 세상이 빌어먹게 아름다웠다. 머잖아 밤이 찾아오면 내일이 될 것이다. 해도는 살아갈 수밖에 없을 것이다.

17

토트에서의 두 번째 삶이 시작되었다.

해도는 바다가 보이는 해안가의 큰 바위나 숲속의 키 작은 나무 위에 앉아 묵상을 하며 시간을 보냈다. 해가 뜨거나 지는 것, 비가 내리는 것, 안개가 끼고 걷히는 것, 벌레가 귓전을 맴돌며 비행하다가 살을 물어뜯는 것, 발밑에 구불거리는 뱀이 혀를 내밀며 스산한 소리를 내는 것, 그 어떤 것도 신경 쓰지 않고, 오로지 생각하는 일에만 온 정신을 집중시켰다. 그는 그렇게 수십 년 동안 앉아 단 한 가지만을 생각했다.

무엇을 위해 살아야 하는가.

토트, 토트를 찾는 여정은 더 이상 삶의 목적이 될 수 없었다. 섬에서의 삶은 안락하기만 할 뿐 의미가 없고, 끝없는 항해는 영영 섬을 찾을 수 없을 때에나 쓸모가 있을 것이었다.

그렇다면 무엇을 위해 살아야 하는가. 그것은 할 수 있는 것이 아니라 할 수밖에 없는 것, 괴로움 끝에 찾아오는 행복이 아니라 괴로움을 견디는 것조차 행복이 되는 것, 현명하지 않고 미련한 것, 미련함으로써 현명해지는 것, 죽음마저 불사하게 되지만 결코 죽을 수 없게 되는 것, 영원히 살고 싶어지는 순간 사라질 수밖에 없는 것이었다.

결단코 그것은 존재할 수밖에 없었다. 인간은 존재하지 않는 것을 생각할 수는 없으니까. 어떤 것의 부재를 인식할 수 있다면 존재 또한 마찬가지다. 모든 죽어가는 것들에게는 있지만 해도에게는 없는 것. 아무리 시간을 되돌아가도 찾을 수 없었던 그것의 빈자리를 해도는 온 인생에 걸쳐 느낄 수 있었다.

이따금 하얀 수염의 사내가 나타났다. 그는 직접 잡아온 듯한 생선이며 해초와 나무 열매 따위를 가져다 놓았다. 해도가 오랜 참선 중에도 굶지 않은 것, 의식을 잃고 시간을 번복하지 않을 수 있었던 것은 사내 덕분이었다.

그는 말없이 음식을 갖다놓고는, 한참 동안 해도를 응시하다가 홀연히 사라져 있고는 했다.

가끔은 그가 먼저 말을 거는 일도 있었다. 사내는 단순하고 어려운 질문으로 운을 뗐다. 무슨 생각을 하고 있는지, 신을 믿는지, 삶이 해도에게 어떤 의미인지 같은 것들.

바로 그걸 찾기 위해 이러고 있는 겁니다.

―그것을 어디에서 찾지?

모든 것에서.

―바보 같은 짓을 하고 있군.

무슨 뜻이죠?

―자네는 이미 갖고 있어.

뭘 말입니까?

―이제부터는 그걸 생각해야겠는데.

하얀 수염의 사내는 사라지고 없었다. 해도는 눈을 번쩍 뜨고 만 것을 후회했다. 얼마나 오랜 시간이 걸릴 것인가. 그가 돌아오는 것을 기다리지 않기까지, 다시금 온전히 상념에 빠지기까지.

18

언제인가 신을 믿느냐고 물어봤었죠.

―그랬지.

저는 믿지 않아요.

―그렇다면 유감인데.

왜죠?

―신은 편리하거든. 자네 존재의 의의와 고통의 목적까지도 대충은 설명해 주니까. 어디까지나 대충이지만.

물론 뭔가가 있다는 생각은 합니다. 그건 초자연적인 원리일 수도 있고, 인격화된 믿음일 수도 있겠죠. 모든 것에 깃들어 있는 어떤 것일 수도 있고. 다만 이름이 다를 뿐이에요.

―그렇다면 신을 믿는 것이나 진배없는 것 아닌가?

정확하게는 나 아닌 무언가, 초자연적인 뜻에 따라 사는 것을 믿지 않아요. 그런 발상은 지나치게 순수하지요.

―순수한 것이 잘못일까?

모르겠습니다. 단지 내 밖에 있는 것, 내가 어떻게 할 수 없는 것을 믿고 따르는 것이 부당하게 느껴져요. 그동안 나 자신을 연민했던 이유도 그 때문인 것 같고요.

―내 밖에 있는 것. 그럼 내 안에 있는 것은 뭐지?

의지. 신념. 마음 같은 것들.

―사랑은 어떤가? 마음과 별 차이도 없는 것 같은데.

모르겠습니다.

―왜지?

글쎄요. 오래전에 누군가가 내게 물어본 듯한 기억이 납니다. 지나가던 행인이었나.

―뭐라고 물어보았는데?

죽도록 사랑해 본 적이 있느냐고.

―그래서? 사랑해 본 적이 있는가?

모르겠습니다. 사랑이 무엇인지도.

―사랑해 본 적이 없는가? 가족도?

어머니요? 나는 어머니를 사랑하지 않았어요.

―불효자식이로군.

어쩔 수 없죠. 어차피 그녀도 날 사랑하지 않았어요.

―자식을 사랑하지 않는 어머니가 어디 있나?

겪어보지 않은 사람들만 그런 이야기를 하죠.

―자네도 사랑을 겪어보지 않았잖아.

그래서 모르겠다고 말했습니다.

―어머니가 자네를 사랑하지 않았다고 단언하면서?

사랑이 뭔지는 몰라도, 무엇이 사랑이 아닌지는 알 수 있죠.

―사랑에 대해 아주 거창한 기대를 걸고 있는 모양인데. 생각보다 별것 아닐 수도 있지 않을까? 사랑이라는 것이.

기대라고요?

―여자는 어떤가? 여자를 사귀어 본 적은 있겠지? 남자라는 것들은 대체로 여자를 사랑하게 되어 있잖아.

질문이 점점 유치해지는군요.

―그럼 유치하게 대답해 봐. 자네는 오랫동안 서른두 살이었잖아. 그 나이면 여자를 만난 경험 정도는 있어야지. 그렇지 않으면 놀림거리가 된다고.

내가 신경이라도 쓸 것 같나요?

―대답이나 해봐.

두 번 있었습니다.

―두 번이나?

두 번 다 별것 아니었어요. 사랑이었는지도 모르겠고.

―설명해 보게.

설명할 것도 없습니다. 처음은 스물세 살 때 아르바이트 하다가 만난 누나였어요. 일 년 정도 만났나. 나쁘지 않았어요. 그렇게 좋아하지는 않았지만.

―좋아하지도 않는데 왜 만났나?

남자는 보통 그러니까요. 사귈 수 있다면 일단 사귀어 보는 거죠. 처음이라면 더 그런 법이고. 여자친구가 있어서 나쁠 건 없잖아요.

―비겁한 말이군.

저도 알고 있습니다.

―그래서 어떻게 됐나?

제가 차였죠.

―왜?

나와 함께하는 미래가 그려지지 않는다고요. 내가 대학도 다니지 않고, 아르바이트에만 열심인 게 불만이었던 것 같아요. 더 조건이 좋은 사람을 원했나 보죠.

―꽤 상처가 됐겠는데.

다 옛날 얘깁니다. 상처 운운하기에는. 그녀의 입장도 이해가 안 되는 건 아니고요. 보통 여자들은 그렇잖아요. 자기가 보기에 한심한 남자는 좋아하지 않죠.

―두 번째도 얘기해 줘야지.

두 번째요?

―그래.

별로 얘기할 것이 없어요. 두 번째는. 기억도 잘 안 나고.

―기억 나는 것만이라도 말해보지. 몇 살 때였나?

아마도 서른 살.

―중간에 오래도 쉬었군.

날 좋아하는 사람이 있어야 말이죠.

―꼭 누가 좋아해 줘야 관계를 시작할 수 있는 건가?

그렇지 않나요? 보통은.

―보통을 참 좋아하는 것 같군. 보통, 보통, 보통은.

두 번째는 그렇지 않았어요.

―그래?

내가 먼저 말을 걸었죠. 건물관리 일을 하던 때였는데. 웬 여자애 하나가 계단에 쪼그려 앉아 있더라고요. 그 아이를 집에 데려와서 씻기고 먹이고 재워줬습니다. 그러다가 덜컥 같이 살게 돼버렸죠. 꽤 오랫동안.

―그녀를 사랑했나?

모르겠어요.

―모르겠다고?

막연하게 돌봐주고 싶다는 생각은 들었던 것 같습니다. 저보다 나이도 한참 어린데, 아무도 그 아이를 챙겨주지 않았거든요.

―그건 자네도 마찬가지였잖아.

그렇죠. 그래서 그랬는지도 모르겠네요. 이상하다고 생각했습니다. 저는 다정한 사람이 아니거든요. 누군가를 돌봐주는 일 같은 건 해본 적도 없고.

―그런데 그 아이에게는 그렇게 했군. 이름이 뭐였지?

기억이 안 납니다. 다연이었나, 도희였나. 적당히 흔한 이름이었는데.

―도희라고 치지. 왜 도희한테는 그런 마음이 들었지? 보살펴 주고 싶은 마음이. 얼굴이 예뻤나?

아뇨.

―딱 잘라 말하는군.

눈이 좀 컸던 것만 생각이 납니다. 아주 가끔, 얼굴이 일그러지도록 웃을 때는 무척 가늘어지는……. 생각해 보면 입 모양에 콤플렉스가 있었던 것 같아요. 항상 입을 가리고 웃었거든요.

―흥미로운데. 도희에 대해서는 꽤 구체적인 기억을 갖고 있잖아.

그냥 문득 생각이 났습니다. 그리고 그 아이 이름은 도연이에요.

―도희라고 하지 않았나?

아닙니다.

―그렇다고 하지. 그럼 그 도연이라는 친구와는 어쩌다가 헤어졌나? 같이 살았을 정도면 꽤 각별한 사이였을 텐데.

이유랄 것이 있나요. 자연스럽게 그렇게 되는 거죠. 서로 마음이 멀어지다 보면.

―그런가? 그 아이는 자네에게 많이 의지했을 것 같은데.

왜 그렇게 생각하죠?

―자네가 그 아이를 보살펴 주고 싶었다고 했잖아.

마음뿐이었죠. 실제로는 잘 해내지 못했어요. 저랑 있을 때 도연이는 자주 울었고······.

―왜 그녀를 떠났지?

그러니까, 마음이 자연스럽게······.

—왜 떠났느냐고 물었어.

······.

—얼굴이 예쁘지 않아서? 머리가 좋지 않아서? 마음씨가 못돼서?

그런 건 상관없었어요. 나는 성녀를 사랑한 것이 아니니까.

—그럼 뭐지? 말할 수 없는 이유인가?

아뇨.

—그럼 말해보게.

읽어버렸어요.

—무엇을?

무언가 일기 같은 것.

—남의 일기를 읽는 취미가 있나?

집 청소를 하다가 노트북이 켜져 있는 걸 봤어요. 도연이가 맨 처음 집에 들어올 때 갖고 있었던 거였죠. 칠칠치 못하게 화면을 다 띄워놓고 나갔더라고요. 원래 그런 애가 아닌데.

—대신 꺼줬어야지.

그러려고 했어요. 근데 화면에 메모장이 떠 있더라고요. 엄청 길고 장황한 글이었는데, 아마도 쓰다가 나간 것 같았어요. 무심결에 읽었죠. 거의 나 보란 듯 띄워져 있었으니까. 몇 줄 읽고 나서 그냥 끄려고 했습니다. 그런데 그럴 수가 없었어요. 뒤에 떠 있던 폴더에는 그런 메모장 파일이 수백 개는 더 있었고.

—그게 전부 일기였군.

여느 여자애들이 쓰는 일상적인 기록 같은 게 아니었어요. 뭐랄까, 말 못 할 사정으로 감옥에 갇힌 사람이 수감 기간 내내 쓴 것 같은…… 처음에는 도연이가 아닌 다른 사람이 쓴 건 줄 알았을 정도예요. 내용을 읽고 나서야 그 아이 이야기라는 걸 알았죠.

—그걸 다 읽었나.

네. 제 컴퓨터로 몰래 옮겨서.

—읽어보니 어땠나?

……놀랐습니다. 쉽지 않은 인생을 살았을 거라고는 생각했었어요. 하지만 그런 과거를 갖고 있을 줄은.

—그녀에게 실망했지?

아뇨.

—실망하지 않았다고?

……그래요. 실망한 부분이 없지는 않았습니다. 좀 미련한 여자라는 생각이 들었죠. 자신을 더 소중히 할 수 있

었다면 좋았을 텐데.

─그래서 그녀가 더럽게 느껴졌나?

아뇨.

─거짓말하지 마.

아니에요. 그렇게 생각하지 않았습니다.

─거짓말하지 말라니까. 보통은 더럽다고 생각할 텐데.

그렇겠죠. 분명 그래야 했어. 그런데 나는······.

─나는?

마음이 아팠어.

─아팠다고?

너무 아파서 숨도 못 쉴 지경이었어. 누군가 내 심장을 칼로 찌르고, 불로 지지는 것 같은 고통이었어. 스스로가 바보 같았지.

─겨우 그런 여자 때문에?

겨우 그런 여자 때문에.

─그 여자를 어떻게 하고 싶었지?

안아주고 싶었어. 사는 것처럼 살게 해주고 싶었어. 진심을 다해 보살펴 주고, 돌봐주고, 아껴주고······.

─······.

무엇보다 꽉 껴안아 주고 싶었어. 아무도 도연이에게

그렇게 해주지 않았으니까. 일기를 읽는 내내 그 생각밖에 들지 않았어. 나도 내가 미쳤다고 생각했지. 내 주제에 누군가를 구해주고 싶다고 느끼다니.

―그런데 왜 그렇게 하지 않았나.

나 혼자 살기에도 세상이 버거웠어. 제 몸 하나 챙기지 못하는 사람이 타인을 구할 수 있을까? 애초에 착각일 뿐이야. 나 아닌 다른 사람을 구원할 수 있다는 생각은, 따지고 보면 오만하기까지 하지. 나처럼 초라한 사람 옆에 있어봤자 도연이는 불행할 뿐이었어.

―그래서 버렸군.

맞아. 버렸어.

―혼자 도망쳤지.

도망쳤어. 도연이가 혼자 가도록 내버려 두고. 나보다 더 좋은 사람이 나타나 그녀를 구해줄 거라는, 그런 속 편한 생각을 하면서.

―후회하지는 않았나.

후회했어. 후회해 봤자 할 수 있는 게 아무것도 없는데도. 계속 후회했어.

―그래서 어떻게 했지?

매일같이 벽을 들이받았어. 옆집에서 사람이 찾아오고,

찢은 머리에서 피가 흘러도 멈추지 않고 계속.

—계속.

그래. 그 아이가, 도연이가 머리에서 잊힐 때까지, 계속…….

—머리가 이상해질 만도 하군.

맞아. 머리가 어떻게 됐었던 것 같아. 어떻게 잊을 수가 있었지? 도연이를. 내 전부였던 여자를. 내 목숨보다 사랑했던 사람을.

—드디어 찾았군.

무엇을?

—네가 찾던 것.

내가 찾던 게 뭔데?

—네가 살아가기 위한…….

이제 그런 건 상관없어.

해도는 말했다.

도연이가 보고 싶어.

어두컴컴한 해수면 위에 남자의 그림자가 길게 드리웠다. 동쪽의 우듬지 너머로 새빨간 홍염이 일고 있었다. 존재하고 있는 모든 밤을 녹여버릴 것처럼 눈부신 불꽃이었다. 해도는 아주 천천히 눈을 감았다. 불이 붙은 나무들이 하나둘 쓰러지는 소리가 들린다. 보이지 않았던 벽이 무너진다.

눈을 뜨면 삶이 돌아올 것이다.

이윽고 서초IC로 향하는 표지판이 나타난다. 해도는 멈추지 않고 직진할 것이다. 그리고 이튿날 아침에, 희뿌연 거울 앞에 서서 면도날 하나를 손에 쥘 것이다. 그는 왼쪽 가슴 위에 <**그녀를 찾아**>라고 쓴다. 좀처럼 피가 멎지 않는다.

19

"오빠는 무슨 재미로 살아?"

그것은 인스타그램도, 트위터도 하지 않는다는 해도를 반쯤 놀리기 위해 던진 말이었다. 그렇게 묻던 도연의 표정과 말투, 턱을 괴고 고개를 건들거리던 모습을 그는 떠올린다. 하얀 티셔츠에 'How deep is our love?'라는 문구가 빨간색 글씨로 쓰여 있었고, 그 위에 비친 햇살이 옷에 일어난 보풀과 먼지를 드러낸 모양까지도 생생하게 기억할 수 있다.

하지만 무슨 재미로 살아, 그 질문에 뭐라고 대답했었는지는 기억이 나지 않는다. 그냥 살아? 그런 것 안 해도 재밌어? 너는 그런 게 재밌니? 아닌 것 같다. 그는 아무 말도 하지 않았을지 모른다. 말없이 일어나서 늘 하던 대로 그녀를 꼭 껴안아 준 다음, 선선히 부엌으로 설거지를 하러 갔을지도 모른다.

해도가 도연을 찾는 일은 쉽지 않았다. 그것은 단순히 연락이 끊어진 전 여자친구의 행방을 찾는 것이 아니라, 물리적 외상으로 인해 변형되고 왜곡된 기억을 복구하는 일이었다. 도연을 잊기 위해서 할 수 있는 모든 일을 했었던 그는 이제 이도연이라는 이름 하나로 그녀를 찾아야 하는 상황에 놓였다.

다만 해도는 언제 어디서든, 어떤 모습의 도연이더라도 한눈에 알아볼 자신이 있었다. 단 한 장의 사진으로도 그녀를 알아볼 수 있을 것이었다. 아무리 왜곡된 모습이더라도 상관없다. 심지어 타인의 모습이더라도. 마구 구겨지고 변색된 사진이더라도. 하지만 그 한 번의 모습이, 사진 한 장이 그에게는 없었다.

그는 뒤늦게 인스타그램에 가입했다. 그곳에서 사흘 내내 도연의 계정을 찾아보았지만 이내 헛수고라는 것을 알았다. 세상에는 도연이라는 이름을 가진 여자가 너무 많았던 것이다. 어쩌면 그는 이 문제를 지나치게 단순한 것으로 생각했을지도 몰랐다. 언젠가 함께 살았다고 해서, 더없이 가까운 사이였던 적이 있었다고 해서 언제든지 그녀를 찾을 수 있는 것은 아니었는데. 그가 알고 있는 것은 도연에게 무엇이 없었는지에 대한 것들뿐이었다. 그녀에게는 집이 없었고, 가족이 없었고, 의지할 사람도 친한 친구도 없었다. 한때는 해도가 그 모든 존재가 되어주었지만.

"이게 이상하긴 하거든요." 흥신소 소장이 큰 덩치를 의자 등에 푹 기댔다. 그는 어떻게 설명해야 좋을지 난감하다는 표정으로, 손끝으로 눈썹을 쓸어 만지다가 말을 이었다. "왕왕 있긴 합니다. 이름 석 자만 갖고 사람 찾아달라는 손님이. 그래서 처음 있는 일은 아닌데, 이게, 뭐라고 해야 하나. 흥신소나 심부름센터에서 보통 사람 찾는 방법이라고 해야 하나? 일반적인 매뉴얼 같은 게 있어요. 이건 영업상 비밀이라서 설명해 드릴 수가 없지만, 아무튼 그런 게 있는데……."

전혀 통하지 않더라는 것이었다. 단지 이도연이라는 이름이 흔하다는 정도의 문제가 아니다. 과거에 다녔던 학교나 직장에 대한 정보도 묘연하고, 이전의 행적이라든지 가까운 가족이라든지 어디 하나를 짚어 추적할 만한 것이 없다. 전에 일했다는 카페에도 찾아가 보았지만 헛수고였다. 그곳에서 그녀는 박수연이라는 이름으로 일했다. 이력서에 쓴 신상정보는 전부 거짓이었다.

그녀에 대해 알고 있는 사람이 없다. 사람 행방 찾는 일은 여러 번 해보았지만 이런 경우는 처음이다. 지금까지 조사한 바로만 따지면, 그녀는 실체가 존재하지 않는 가상의 인물이나 다름없다고 생각된다.

"아마 이도연이라는 이름도 가짜였을 거예요. 모든 곳에서 자기 정보를 바꿔 썼어요. 이게 보통 누군가한테 쫓기는 사람들이나 하는 짓인데…… 뭐 하는 여자예요? 어디서 사람이라도 죽였나?"

해도는 소장에게 이미 지급했던 착수금의 두 배를 얹어 주고, 나중에라도 짚이는 곳이 생기거나 추적할 만한 단서가 나타나면 연락을 달라고 한 다음 흥신소를 나왔다.

종로는 점심때가 돼서 몹시 붐볐다. 건물 밖으로 나오자마자 보이는 길이 지나다니는 사람으로 꽉 차 있었다. 해도는 인도로 나와 횡단보도로 이어지는 길목의 무수한 인파들을 바라보면서, 세상에 도연이가 아닌 사람이 얼마나 많은지를 묵묵히 헤아려 보았다.

20

 해도가 도연의 실종신고를 할 수 없었다는 점을 말해두어야겠다. 그는 그녀의 가족이 아니었기 때문이다. 그 말고 그녀에게 가족이라고 할 만한 사람은 아무도 없었지만, 어쨌거나 해도는 경찰이며 공권력의 도움 없이 도연을 찾아야 했다.

 해도는 도연이 그의 인생에서 사라진 그 순간에서부터의 행적을 그려보기로 했다. 쉽지 않은 일이었다. 그 무렵 해도는 그녀에게 이별을 통보한 뒤 전국을 떠돌아다니고 있었던 것이다. 말로는 그저 여행을 다녀오겠다고 말했었지만.

 그것은 정처 없는 방황이었다. 그는 도로가 뚫려 있는

아무 곳으로나 내달렸다. 그러다 돈푼이 없어 수시로 밥을 굶고, 잠은 차에서 자거나 허름한 시골에서 잡일을 도운 대가로 해결했다. 도연에게서 걸려온 전화는 모두 무시했다. 어떨 때는 오랫동안 전화벨을 내버려 두어도 포기하지 않아서, 일주일 넘게 전화기를 꺼놓고 지냈던 적도 있었다.

당초 생각하기로는 한 달쯤 그런 생활을 하다가 돌아갈 생각이었다. 하지만 그녀가 포기하지 않고 집에서 기다리고 있을 것이 우려되었다. 그가 실제로 집에 돌아간 날은 석 달이 넘게 지난 뒤였다. 비겁한 만큼 신중했던 그의 도망은 텅 비어 있는 집구석과 그녀의 부재로 보답받았었다. 이제 해도는 그것의 대가를 치러야 하는 것이다.

해도가 집을 비웠던 백 일. 그중의 어느 하루에 도연은 기다리기를 포기하고 집 밖으로 나왔을 것이다. 그녀를 위해 샀던 가구와 이런저런 짐들이 있었지만 대부분 내다 버렸을 것이다. 그녀에게는 이곳 말고 돌아갈 곳이 없었으니까.

미리 다른 방을 구했을 가능성도 없지 않았지만 왠지 그랬을 것 같지는 않다. 해도는 분명하지 않은 것들에 관해서는 그러한 직감에 의존했다. 그녀는 왔을 때처럼 가방 하나를 들고 집 앞에 서 있었을 것이다. 그리고.

나를 찾았을 거야. 그때의 나는 도연이에게 가족과 다름없는 존재였으니까. 그녀가 내게 그러했듯이. 자신을 떠난 이유를 납득하기 위해서라도 나를 찾아 떠났을 거야.

하지만 어디로 갔단 말인가.

당시 두 사람이 살았던 다세대주택에서 가장 가까운 버스터미널은 남부에 있었다. 해도는 서울남부고속버스터미널을 찾아가, 몇 년 전 실종된 여자아이 한 명을 찾기 위해 백 일가량의 CCTV 기록을 조회할 수 있겠는지 물었다.

"그게 대체 무슨 소리예요." 행정담당자가 말했다. 수년 전의 CCTV 기록 같은 건 남아 있지도 않고, 만약 있다고 해도 마음대로 줄 수 없다는 것이었다. 까놓고 말해서, 댁이 경찰도 검찰도 아닌데 우리가 왜 줘야 합니까. 그 사람들도 필요할 땐 다 서류 떼와서 본다고요.

맞는 말이었다. 가뜩이나 개인정보 유출이다 뭐다 해서 정보통제에 민감한 시대다. 아무나 와서 보여달라고 한들 선뜻 내줄 리가 없다. 해도는 그가 맞는 말만을 했기 때문에 아무 대꾸 없이 고개만 끄덕이고 나왔다.

이튿날 해도는 남부터미널에 이력서 한 장을 넣었다. 삼십 대의 신체 건강한 젊은이였던 그는 곧장 터미널 청소부로 채용되었고, 바로 다음 주부터 일을 시작하라는 통지를 받았다.

"힘들어 죽겠으니까 일손 좀 보태달라고, 보태달라고, 그렇게 사정을 했는데, 이제야 제대로 사람을 뽑아줬네, 응? 진작에 이렇게 해줬음 좀 좋아?"

남부터미널 본관의 청소를 총괄하는 아주머니였다. 그녀는 해도가 청소한 복도와 화장실을 꼼꼼히 살펴보고는 만족한 표정으로 말했다. "이름이 석도라 그랬죠? 요즘 총각 같지 않게 일머리가 좋네. 어디서 청소 좀 해봤나 봐요. 하는 것도 아주 씩씩해서 좋아. 앞으로도 같이 잘 해봐요."

남부터미널에서 반년을 청소부로 일했다. 그 시간 동안 터미널 건물의 전체적인 구조를 파악하고, 크고 작은 통로들이 어디로 이어지는지, 승객들과 직원들이 어떤 용무를 위해 어느 길로 다니는지를 꼼꼼하게 관찰했다. 석 달쯤 지났을 때는 CCTV 영상이 보관되어 있는 자료실에도 드나들 수 있었다. 제아무리 보안이 삼엄한 자료실이라도 먼지를 털고 바닥을 쓸 청소부는 있어야 했기 때문이다.

그는 자신이 도연을 떠나 방황했던 백 일 사이의 터미널 촬영자료를 확보하고, 휴일이나 일이 끝나 집으로 돌아온 시간 내내 그 영상자료를 시청했다. 백 일 동안의 CCTV 영상을 두 번 반복해서 전부 보는 데 석 달이 더 걸렸다. 영상 그 어디에도 도연이 없다는 것을 확인한 해도는 그녀가 남부터미널에 오지 않았다는 결론을 내렸다.

그는 남부터미널 청소부를 그만두었다.

강남터미널의 청소부로 일하는 것은 더 힘들었다. 이용객과 직원, 그리고 CCTV의 개수까지도 남부터미널과 비교하면 훨씬 많았고, 일과 시간에 쫓기는 청소부들은 노상 신경이 날카로워져 있었다. 설상가상 건물도 크게 두 개로 나뉘어 있었다. 해도는 호남선이 있는 센트럴시티에서 석 달을, 나머지 모든 노선이 있는 구 종합터미널 건물에서 일 년을 일했다. 넓디넓은 터미널의 영상을 빠짐없이 확인하느라 시력이 부쩍 나빠졌다. 어쨌든 그는 도연이 강남터미널에서도 버스를 타지 않았다는 사실을 확인했다.

어쩌면 버스가 아닌 택시나 전철을 탔을 수도 있어.

그는 새로운 버스터미널에 출근한 지 둘째 날 아침에

그런 생각을 했다. 다만 해도는 광명종합터미널에서 겨우 두 달만을 일했다.

그가 집을 떠나 있었던 백 일 중 마흔두 번째가 되는 날짜였다. 시외버스 승강장 벤치 앞을 찍은 CCTV 영상에서, 이른 아침부터 커다란 검은색 가방을 품에 안은 채 앉아 있는 젊은 여자의 모습을 보았다. 해도는 그녀의 희끄무레한 실루엣이 눈에 들어오자마자 도연이라는 것을 알았다. 그 승강장을 출발하는 버스는 모두 수원으로만 향했다. 다른 곳으로는 가지 않았다.

21

 해도는 자기 이야기를 거의 하지 않는 사람이었다. 함께 살았던 시절 도연에게도 마찬가지였다. 어쩌다 도연이 뭘 물어보아도 최대한 짧게 필요한 대답만을 했고, 해도는 그녀에게 아무것도 묻지 않는 것을 미덕이라 여기고 있었다. 해도가 도연에 대해 잘 몰랐던 만큼 도연으로서도 해도를 알지 못했다.

 이야기에는 이야기를, 침묵에는 침묵을 되돌려받는 것이 의사소통의 원리라면, 서로에 관한 무지라는 것은 제각기 자신을 보호하고 드러내지 않고자 하는 정서적 관성에 따라 유지되는 것일지 모른다. 해도는 단지 그녀와 함께 살고, 보살펴 주며, 울거나 악몽에 시달리고 있는 모습을 보면 꼭 껴안아 줬을 따름이다. 오랫동안 그와 그의 어머니가 가까이 존재하기만 했던 것에 반해.

어머니가 수원에 살고 있다는 것도 해도는 말한 적이 없다. 다만 가끔씩 긴급한 전화를 받고 베란다에 나가는 일이 있었고, 그럴 때마다 휴대폰에 뜬 〈엄마〉라는 글자를 도연이가 몇 번 보았을 뿐이다. 그러고 나서 곧장 옷을 차려입고 나갈 채비를 하는 해도에게,

"오빠, 어디 나가게?" 하고 물었을 때 그는 한 번에 대답하는 일이 없었다.

도연이 그의 옷자락이 늘어날 때까지 꼭 붙잡고는, "어디 가는지 말 안 해주면 안 놔줄 거야" 하고 생떼를 부리고 나서야 싱거운 대답을 내놓았을 따름이다.

도연아, 수원에. 금방 다녀올게.

그때 그녀는 아무것도 묻지 않으려 애썼을 것이다. 해도는 슬며시 끌어안은 머리가, 목덜미가, 영하의 추위에 노출된 듯이 희미하게 떨리는 것에서 알 수 있었다.

도연이 그를 찾으러 수원에 왔는지는 알 수 없지만, 그것이 사실이라면 실로 순진한 발상이라고밖에는 생각되지 않았다. 집을 떠나 갈 만한 곳은 부모님 집밖에는 없을 거라니. 세상에 남보다 못하고, 가능하면 늘 떨어져 있고

싶은 친부모가 있음을 도연은 알지 못했을 테다. 수원이 얼마나 넓고 사람이 많은 곳인지도 몰랐을 것이다.

하지만 그 작은 가능성, '해도의 친엄마가 수원에 산다'는 티끌 같은 정보에 의지해 길을 떠났을 그 아이를 미련하다 말할 수 있나. 해도는 폭우가 내리는 수원역 입구 앞에 앉아 생각했다. 비를 피해 대합실이며 천장이 있는 육교 통로로 밀려든 노숙자들이 느물거리며 누울 자리를 찾는 것이 보였다. 비는 금방 멎을 것 같지가 않다.

소장은 해도의 번호를 저장해 놓고 있었다. 그는 일전에 받은 돈만큼의 값을 못 한 채 시간이 지났으므로, 해도에게는 뒤를 다 닦지 못한 것 같은 찜찜함이 남아 있는 상태였다. 게다가 전보다는 상황이 한결 나았다. '이도연'이라는 이름 세 글자 말고도 집에서 사라진 날짜, 광명에서 수원으로 이동했다는 사실, 그리고 어쩌면 의뢰인인 해도와 그의 친모를 찾고 있었을지 모른다는 점을 알았다. 그러나 의뢰인은 어떻게 이런 사실들을 알아낸 것일까. 이 남자에게 이도연이라는 여자는 어떤 의미인 것일까. 그러한 것들을 소장은 묻지 않았다. 그도 묻지 않는 것에 익숙했다.

"이번에는 제가 도와드릴 수 있을 것 같습니다." 소장이 말했다. "수원에 줄이 좀 있어서요. 전화를 몇 통 돌려보겠습니다. 그래서 뭔가 짚이는 구석이 생기면 말씀을 드릴게요. 그래도 너무 기대는 하지 마시고요. 이게, 시간이 많이 지나가지고."

그렇게 말했던 소장은 보름이 지난 날 아침에 연락을 해왔다.

"해도 씨. 수원에 흥신소가 얼마나 많은지 아십니까?" 그는 그렇게 운을 떼고 나서, 수백 곳에 달하는 흥신소며 심부름센터와 탐정사무소에 수소문한 결과를 알려주었다.

"확실하지는 않습니다. 말씀하셨던 그 시기에…… 이게 정확하게는 아니고, 이틀 정도 차이가 나긴 하는데요. 이십 대 초중반쯤 돼 보이는 여자가, 젊은 남자를 찾았었다는 곳이 하나 있습니다. 더 자세한 건 직접 가보셔야 할 것 같아요. 업체들끼리도 보안 문제가 있어서."

해도는 소장으로부터 권선구 서둔동으로 시작되는 주소 한 줄을 문자를 통해 받았다. 지체 없이 그 주소에 해당하는 건물로 갔지만, 문이 잠겨 있었다. 일요일이었다.

"주일에는 제가 예배를 드리러 가서요."

월요일이 돼서 다시 심부름센터를 찾자 남색 양복 차림의 깡마른 남자가 해도를 맞았다. 군인처럼 치 깎은 머리에 쇄골이 비치도록 와이셔츠 단추를 풀어헤친 그는 손 사장이라고 부르십쇼, 하고 하얗게 도색된 철문을 열어젖혔다.

낮고 오래된 빨간 벽돌의 건물이었다. 흐린 날보다 맑은 날에 더 빨갛게 보이는 사 층짜리 건물에는 흔하게 있는 간판이나 광고지 한 장 붙어 있지 않았다. 심부름센터는 삼 층에 있었다. 태양이 눈부신 맑은 날인데도 내부는 암막 블라인드를 빠짐없이 쳐놓아 어두웠다.

손 사장은 센터 가장 안쪽에 있는 방의 소파로 해도를 안내했다. 사장실처럼 보이는 그 방은 하얀색 실내등을 켰음에도 불구하고 어딘지 모르게 침침했다. 손 사장은 잠깐만요, 하고 방을 나가서는 잠시 뒤 양손에 종이컵을 하나씩 들고 들어와 앉았다. 해도는 믹스 커피를 좋아하지 않았거니와 그다지 뭘 마실 기분도 아니었으므로 그냥 두었다.

"아, 그거요." 그는 해도가 하는 말을 다 듣지도 않고,

"그런 일이 있었습니다. 아는 쪽 형님이 물어봐서 대답해 드렸죠. 저도 그걸 다 기억을 해서 한 말은 아니고, 기

록을 보니까 그런 게 있대요…… 몇 년 전에 젊은 여자가 와서, 뭐. 그런데, 무슨 일로 찾으십니까? 가족이나 친지라도 돼요?"

해도는 대답하지 않았다. 손 사장은 엄지손가락으로 한쪽 관자놀이를 꾹 누르면서 해도를 마주 보았다. 사나운 인상의 그가 곰치 같은 눈으로 가만히 쳐다보면 십중팔구는 겁에 질리든지 침묵이 어색하든지 해서 무엇이든 술술 말해버리곤 했던 것이다. 그러나 해도는 묵묵부답이었고, 그렇게 쳐다본다고 해서 대답할 위인도 아니라는 것을 손 사장도 금방 알아차렸다. 그는 위아래로 고개를 까딱거리면서, "알았습니다. 일단은 서류를 갖고 오지요" 하고는 다시 일어났다.

서류실로 간다던 손 사장은 십오 분 정도가 지나서 방으로 돌아왔다. 다만 그의 손에 들려 있었던 것은 서류가 아니라 쇠망치였다.

망치의 평평한 부분이 해도의 왼쪽 관자놀이를 강타했다. 해도는 자신의 골이 깨지는 소리와 함께, 지지대를 잃은 한쪽 안구가 코앞으로 흘러내리는 것을 느꼈다. 갑작스러운 물리적 타격과 그로 인한 고통은 전생의 기억처럼, 무의식중에 시간을 되돌린 직후에까지 감각적인 잔상으로 남아 그를 어지럽혔다.

도대체 무슨 일이 일어난 거지? 그는 때가 탄 것처럼 칙칙하게 붉은 건물 외벽을 보며 생각했다. 이런 방식으로 시간을 거슬러 오르는 것은 해도에게 있어 아주 오래되었을 뿐 아니라 몹시 고통스러운 일이었다. 조금 전까지 자신의 머리에서 쏟아져 나오던 선혈이며 찢겨나간 살점을 떠올리자 속에 메스꺼웠다. 손 사장이 그를 적대하고 있고, 여차하면 해치고자 한다는 것은 확실했다.

더구나 그는 프로였다. 무방비 상태였다고는 하지만 해도처럼 다 큰 성인 남자를 한 방에 절단냈다는 것은 아마 추어의 솜씨가 아니다. 누군가의 도움 없이 그와 대적한다는 것은 틀림없이 힘든 일이 될 것이었다.

그러나 적당히 하는 방법은 없으리라는 것도 해도는 알았다. 그는 수원역 근처에 있는 철물점에서 손잡이가 단단해 보이는 송곳 하나를 사서, 허리춤에 보이지 않게 끼워 넣은 뒤에 건물 삼 층으로 걸어 올라갔다.

22

"이, 이 미친, 미친 새끼." 손 사장은 이미 세 번은 꿰뚫린 오른손을 부르르 떨면서 온몸을 꿈지럭거렸다. 그를 죽이지 않고 제압해서 팔다리를 묶어놓는 것은 스스로 바다에 잠겨 죽는 것보다 어려웠다. "어, 어디서 너 같은 놈을 보, 보, 보냈냐."

해도는 골절로 인해 둥글게 부풀어 오른 손목을 움직여 보았다. 단면이 날카로운 뼛조각이 피부 안쪽의 살을 찔렀다. 화끈거리는 고통 때문에 얼굴 근육이 일그러졌다. 그런 류의 고통은 몇 번을 반복한다고 해서 경감되는 것이 아니었다.

해도는 백 번을 넘게 싸워서 단 한 번 이겼다. 과연 손 사장은 전문가였다. 도구를 쓰는 손놀림이나 격투 중에 쓰는 동작에도 군더더기가 없었다. 손발을 구속했음에도 쉽사리 입을 열지 않았다. 되려 그런 상황에서도 해도가 누구인지, 어떤 패거리의 사주로 이 일을 쫓게 되었는지를 역으로 알아내려 들었다. 그는 회유를 위해 구슬리는 말과 협박투로 크게 외치는 것을 번갈아 가며 했다. 그럴 때마다 해도는 말없이 송곳을 들어 손 사장의 몸에 뚫린 구멍의 개수를 늘렸다. 그것은 소리 없는 단언이었다. 나는 말할 것이 없다. 그저 네게 들어야 할 것들이 있다.

출혈이 계속되고 있었다. 해도는 아무 조치도 없이 반나절이 넘도록 그가 죽어가도록 내버려 두었다. 그러자 손 사장은 아주 조금씩, 그렇지만 멈추지 않고 스며 나오는 혈액처럼 단어들을 주워섬겼다.

그가 아무렇지 않게 뱉는 단어들에 단서가 있을 것이었다. 해도는 불 꺼진 벽에 걸터앉아 그의 말에 집중했다. 그리고 거기서 알아낼 수 있는 여러 가지 사실들을 침착하게 정리해 나갔다.

수원 여러 곳에 외국계 인신매매 조직이 있다. 손 사장은 그 조직 중 한 곳의 중간급 관리자다. 이들은 신분이 불

확실한 이민자, 불법체류자 또는 노숙자들을 노리는데, 조직 간의 경쟁이 격화한 최근에는 갈 곳이 없는 민간인에게도 손을 뻗치는 중이다. 팔리는 사람에게는 각자 등급이 매겨진다. 말 못 하는 노인이 가장 저렴하고, 건강하면서 젊은 여자는 최고가격을 받는다. 하지만 젊은 여자를 납치하고 매매하는 것은 리스크가 크다. 웬만큼 큰 조직이라고 해도 쉽게 손댈 수 없다. 가족도 없고 갈 데도 없는 아가씨가 이런 곳에 혼자 찾아오는 건 거진 상상할 수 없는 일이다. 몇 년 전 이곳에 그런 일이 있었다. 조직원 입장에서는 호박이 넝쿨째 굴러들어온 것이다. 그녀는 한 남자와 그의 본가를 찾고 있다고 했다. 손 사장은 친절하게 그녀를 사장실로 모셨다. 여자는 그가 타준 커피를 마시고 쓰러졌다.

여자가 조직에 넘겨지면 일사천리로 일이 진행된다. 의식을 잃은 그녀에게서 몇몇 간부가 재미를 본다. 그러고 나서는 밀수선이 있는 항구로 보내진다. 무조건 중국으로 가게 되는 노인과 남자는 인천항으로, 그보다 더 많은 곳으로 팔릴 수 있는 여자는 부산항으로 간다. 이동하는 틈틈이 불법 약물을 통한 마취와 강간이 일어난다. 손 사장은 일차적으로 그녀를 조직에 넘기고 뒤처리를 하는 역할이었다. 이후에 여자가 어디로 갔는지, 어떤 일을 당하는지는 알지도 못하고 관심도 없다. 이런 경우의 매매에는 꼼꼼한 후조치가 이뤄진다. 추적의 실마리가 될 수 있는 서류나 기록들도 모두 폐기된다. 연락책과 운반책의 신원도 숨겨져 있다. 중간급인 손 사장조차 조직 내의 누가 그 일들을 처리했는지 알지 못한다. 이것에 관해서는 심장을 찔러도 말할 수 있는 것이 없다. 아는 것이 없기 때문에.

생각을 정리한 해도는 인적이 드문 새벽까지 건물 안에서 기다렸다가, 다시 송곳을 허리춤에 넣고 심부름센터의 문을 잠근 다음 빠져나왔다. 손 사장은 김장 봉투처럼 꽁꽁 묶인 채, 구멍이 뚫린 곳으로 시뻘건 국물을 계속해서 흘리다 죽을 것이다. 그의 정장 외투 안주머니에서 손바닥만한 수첩을 꺼낼 때 내뱉은 말이 고스란히 그의 유언이 될 것이었다.

"이, 이, 이제 알겠다. 너, 넌 그년 가족도 아, 아니고, 치, 친척도 아니야. 아. 이, 이럴 수가."

해도는 문 닫힌 상가 차양을 우산 삼아 서 있었다. 밤새껏 추적추적 내리고 있는 빗줄기였다. 손가락을 갖다 대자 얼어붙기 직전의 물기처럼 차갑다. 그는 양손으로 빗방울들을 하나둘 그러모아서, 이른 아침 세수를 하듯 얼굴에 부딪혔다. 비릿한 물 냄새가 목줄기를 따라 몸으로 흘러든다.

시선을 느낀 해도는 젖은 얼굴을 옆으로 돌렸다. 대여섯 걸음 앞에 카키색 잠바를 입은 노인이 그를 쳐다보고 있었다. 노인은 얼음장 같은 비에 한기가 치민다는 듯 연신 이를 딱딱거리다가, 불현듯 행선지가 어딘지를 기억해낸 것처럼 발길을 옮겼다. 해도는 그 노인의 뒷모습이 우중에 완전히 가려질 때까지 바라보았다.

수첩에는 알 수 없는 전화번호가 빼곡하게 적혀 있었다. 해도는 수첩 종이들의 오른쪽 끝을 잡고 좌르륵 소리가 나게 퉁겨보았다. 맨 뒤쪽 네다섯 페이지를 빼면 다 쓴 수첩이나 마찬가지였다. 줄잡아도 수백 개는 되는 번호들.

"연락처에 전화번호가 스무 개밖에 없어." 도연은 허락도 없이 그의 휴대폰을 만져대다가 말했다. 오빠는 사람 좀 많이 만나야겠다. 아무리 그래도 그렇지.

그러는 너는 어떻고? 해도는 엎드려 있던 그녀에게서 휴대폰을 탁 뺏으며 말했다. 그러면 그녀는 대답한다. 나는 오빠보다 몇 년은 덜 살았잖아. 아직까진 괜찮아. 그런

데 오빠는 안 돼. 더 열심히 살아야 해.

내가 게으르게 사는 것 같아?

"아무튼, 이런 전화번호부로는 안 돼."

도연은 그렇게 대꾸하고 나서 화장실로 가버렸다. 해도는 앉아 있던 그 자리에서 자신의 휴대폰을, 스무 개밖에 되지 않는 그의 전화번호부를 쓸어내렸었다. 거기에는 도연이, 엄마, 경비부장, 집주인, 카센터 사장, 자주 가던 주유소, 가장 가까운 병원, 연락이 뜸한 학창시절 친구, 자신을 삼촌이라고 부르라던 엄마의 과거 내연남, 미처 지우지 못한 오래된 연인의 번호.

이것만 해도 내게는 많아. 접은 수첩을 품 안에 쑤셔 넣으면서, 체온으로 데워진 송곳을 바로잡으면서, 차가운 빗속을 향해, 뭉뚝한 구둣발 소리와 함께 걸어가면서. 해도는 생각했다. 지워야 할 번호가 아직도 많이 남았어.

23

도연은 부산으로 갔다. 부산에는 눈이 내리지 않는다.

해도가 수첩에 적힌 연락처 절반을 지우는 데 이 년이 걸렸다. 그것은 달력상의 시간이었다. 달력은 그가 도연의 행방을 쫓으며 거슬러 오른 수천 번의 시간을 헤아려 주지 않았다. 객관적 시간과 주관적 시간의 괴리로 인해, 시간에 관한 해도의 인식은 기형적으로 왜곡돼 있었다. 그는 지나간 시간을 헤아리지 않았다. 그는 지금 알고 있는 사실만을 셌다. 지금으로서는 세 개다. 도연은 부산으로 갔다. 부산에는 눈이 내리지 않는다. 그녀를 찾아야 한다.

수원의 인신매매 조직들, 불법적인 일과 관련된 패거리들 다수가 해도를 추적하고 있었다. 그는 대낮의 길거리에서, 출퇴근 시간의 수도권 전철에서, 라면과 김밥을 먹고 있던 분식집 창가 자리에서 난데없는 기습을 당했다. 칼에 찔리고 도끼에 찍히는가 하면 전기충격과 함께 납치될 뻔하기도 했다. 그들은 그저 자기 조직원들을 고문하고 죽인다는 이유로 해도를 쫓았는데, 해도가 무슨 이유에서 그런 일들을 하는지는 알지 못했다.

도연의 행방을 알기만 하면 되는 해도로서는 그들의 조직적 위해가 거슬리기만 했다. 그는 자신이 왜 도망쳐야 하는지도 몰랐다. 그녀가 부산항으로 실려 간 것은 확실했다. 손 사장부터 시작해 해도가 만났던 모든 조직원들, 이해관계자들이 일관되게 같은 증언을 했다. 그 여자? 부산으로 옮겼어. 하지만 그다음에는? 아무도 대답하지 않았다. 눈앞에 죽음이 도사리고 있을 때조차 그들은 말하지 못했다.

단 두 명만이 다른 이야기를 내놓았다. 얼마 전까지 부산항에서 사람을 포함한 여러 화물을 운반했다는 외부조직원, 그리고 선상에서 그러한 품목들을 체크했었다는 간부. 이 두 사람은 제각기 다른 곳에서, 똑같이 곤죽이 된 말투로, 알아듣기 불분명하게 뭉개진 목소리로 말했다.

부산에는 눈이 내리지 않는다.

그것이 어떤 종류의 암호라고 생각한 해도는 부산 전역을 헤집듯이 돌아다니며 물었다. 부산에 눈이 안 내린다는 게 무슨 뜻입니까. 그는 이내 여러 곳의 부산사람들에게 비웃음을 샀다.

"머라카노? 눈이 안 온다카면 그냥 안 오는 기지."

"서울서 왔는 갑네. 부산에서 눈 보기 차암 힘들긴 하지."

"니는 그걸 질문이라고 하고 댕기나?"

"부산이라꼬 아예 안 오는 건 아이고." 부산항에서 십칠 년째 세관원으로 일했다는 남자의 말이었다. "그냥 안 온다 캐도 될 만큼 거의 안 온단 거지예. 일이 년 상간에 한 번 볼까 말까 한다 아입니까."

"맞지, 맞지, 부산에서는 눈 볼 생각하면 안 되지. 눈 구경할라면 저어기 블라지보스톡까지는 가야지." 때마침 어시장을 지나치던 고기잡이 노인이 한마디 덧붙였다. 해도는 가던 길을 가던 그를 뒤따라 붙잡고, 부산에서 러시아로 가는 배가 많은지 물었다.

"많다 뿐이겠나. 그짝도 전쟁 땜에 물자가 작살나뿟다 아이가. 여기 부산에서 묵을 것도 수입하고, 사람도 갖고 가고 그 칸다 카이까는."

러시아가 수출국에서 수입국으로 변모한 것은 전쟁의 영향이었다. 서방세계와의 전쟁이 길어지면서 물자가 부족해졌고, 인력유출을 막기 위해 모든 민간인의 해외 출국을 막았다. 러시아 국내에 발이 묶인 자산가나 재벌가의 가족들은 극동의 블라디보스톡항을 통해 필요한 물건들을 수입했다. 고가의 전자제품이나 패션하우스의 액세서리, 외산 브랜디나 마약 같은 사치품들이었다. 특히 석유와 천연가스 같은 국내 산출품이 곧 부의 원천인 이들. 그런 부자들 중에는 취미로 사람을 사고파는 괴짜도 더러 있다는 모양이었다.

그러나 그런 뜬소문들만 믿고 움직이는 것은 미련한 짓이다.

해도는 알고 있었다. 동시에 그는 시간이 흐름에 따라, 도연의 존재가 자신으로부터 점차 멀어지는 것 같았다. 그것은 직관적인 불안이었다. 범속한 방법으로는 능가할 수 없는 지엄한 섭리가 두 사람 사이를 가로막고 있었다. 우주가 팽창을 거듭함으로써 점점 더 빠르게, 인류의 힘과 논리로는 영원히 도달할 수 없는 곳으로 향해 가듯이. 보이지 않는 안벽에 막혀 더 이상 나아가지 못하는 나룻배를 그는 떠올렸다. 와중에도 우주는 넓어지기를 멈추지 않는다. 그녀와 나 사이의 공간은 팽창하고 있다. 이 순간에도, 생각을 하고 있는 이 순간에도.

크게 뛰어넘지 않으면 갈 수 없는 곳이 있다. 그곳에 가기 위해서는 배를 버려야 한다. 보이지 않는 곳에 매달려 맨손으로 올라야 한다. 그러므로 해도는 배에 올랐다. 블라디보스톡으로 가는 밀항선이었다.

24

 정월의 블라디보스톡항은 얼어붙는다. 해수면은 엷은 파도가 치던 어느 날의 모양 그대로 결빙된 듯 울퉁불퉁하고 창백했다. 밀항선은 밤사이 먼바다에서 정지한 상태로 떠 있다가, 새벽이 되어 수평선 부근이 어슴푸레하게 빛날 무렵 항구로 향했다. 얕게 얼은 얼음층을 쇄빙선처럼 쪼개며 나아가는 모양이었다. 화물창 밑바닥에 숨은 해도는 선체의 바닥이 얼음과 충돌하는 진동을 느끼며 탈출할 시기를 살폈다.

 항구에 정박하고 나서는 늦다. 무장한 러시아인들이 입구를 통제하고, 하선하는 모든 인원과 화물을 체크할 것이다. 신원이 불분명한 밀항자는 그 자리에서 쏘아 죽인다.

해도는 미간 한가운데에 총알이 박히는 고통, 그것의 두통 같은 여운을 느끼며 바다 가운데로 되돌아왔다. 배는 다시금 얼음을 쪼개며 나아가고 있다. 그의 몸은 파도가 아닌 얼음을 부수는 소리에 따라 흔들리고 있다.

이번에 해도는 배의 우현으로 뛰어들었다. 항구에 도착하기까지 몇 분쯤 남았을 때였다. 갑판의 높이는 해수면으로부터 삼 미터 정도였다. 그는 황량한 모양으로 얼어 있는 수면 위로 나동그라졌다. 상륙에 앞서 배의 상태를 체크하던 선원들은 얼음판을 미끄러지듯이 달려가는 남자를 보았다.

"자야츠заяц!"

러시아인들은 어스름한 빛보라가 스치고 있는 북동쪽을 향해 총을 쏘았다. 검은 실루엣 모양의 과녁이 된 해도는 수십 발의 총탄에 등이 꿰뚫린 채 쓰러졌다.

몇 번의 시도 후에 그는 좌현으로 뛰어들어 보았다. 러시아인들의 총알은 배의 그림자에 가려 컴컴한 어둠 속으로 날아갔다. 그들은 한동안 사격에 애를 먹는 듯하더니 오래지 않아 감을 잡았다. 승선자 가운데 총질에 능숙한 녀석이 있는 것 같았다. 해도의 뒷머리, 등, 엉덩이와 종아리가 시간차를 두고 꿰뚫렸다. 그는 얼어붙은 바다 위에서 추위와 총상과 출혈을 느끼며 죽어갔다.

지그재그로 뛰기. 점프하면서 뛰기. 앞과 옆으로 마구 구르며 달리기. 도망가는 방법에도 변화를 줘보았지만 소용없었다. 그것은 첫 순간 소총수들에게 당혹감을 주는 효과는 있었으나, 사람의 움직임으로는 그저 쏘아 맞힐 재미가 더해진 사냥감밖에 되지 않았다. 해도는 또 다시 총에 맞았다. 추위. 총상. 출혈. 끝.

좀 더 시간을 되돌릴 수는 없나?

어쩌면 이보다 나은 상황, 유리한 처지에서 다음을 도모할 수 있을지 모른다. 그러나 해도는 죽는 순간마다 화물창의 밀항자로 되돌아왔다. 그의 무의식은 밀항선에 몸을 실은 일을 전연 후회하지 않는 것 같았다. 그것은 빗발치는 총알들을 뚫고 나아가라고만 한다. 단지 그렇게만 말한다.

그도 알고 있었다. 해도는 수백 번 아니라 수천 번, 아니, 수만 번 중에 단 한 번만 돌파해 내면 되었다. 그것은 불가능한 것과는 다르다. 다만 불가능해 보일 만큼 어렵고, 매우 긴 시간이 소요될 뿐이다.

"자야츠, 자야츠заяц, заяц!"

그 말이 '밀항자'를 뜻한다는 것을 알아챌 만큼 해도가 많은 시행을 반복했을 때였다. 배의 그림자를 업고 뛰던 그는 유달리 표면이 매끈하고 투명해 보이는 얼음 지대를 보았다. 뭘 생각하거나 계산할 틈 같은 건 없었다. 뒤에서 날아온 총알 하나가 왼쪽 귓불을 꿰뚫고 얼음 속에 박혔다.

해도는 귀에서 터져 나오는 피를 막을 생각도 못 하고, 바닥이 투명한 쪽으로 방향을 틀어 달렸다. 발밑을 보았다. 실금이 쳐진 얼음층 밑으로 요동하는 물살이 보였다. 그 속에서 팔뚝만한 크기의 삼치 한 마리가 홀연히 나타나 짙푸른 등지느러미를 움찟거리는 순간.

얼음이 깨지고 하늘이 내려앉았다. 조타실 옆과 선 측의 난간에 기대 그의 궤적을 쫓고 있었던 사수들에게는 해도가 땅으로 꺼진 것처럼 보였을 것이다.

해도에게 주어진 시간은 길지 않았다. 표면이 얼어붙을 만큼 싸늘한 바닷물이었다. 전신의 피부며 골통의 뇌수가 당장에라도 굳어 기능을 정지할 것 같았고, 물에 잠긴 말초신경들이 요란한 경고신호를 울려대고 있었다. 심장. 고작해야 주먹 크기에 불과한 인간의 심장이 이 광대하고 냉혹한 바다에 맞서 오 분은 버틸까? 삼 분은? 일 분은?

필연적인 마비가 뒤따라왔다. 추위가 아니라 몸이 경직해 가는 두려움 때문에 해도는 몸을 떨었다. 감각을 잃은 팔과 다리로 죽음을 불사한 잠영을 이어나갔다. 자신이 얼마나 전진하고 있는지도 그는 몰랐다. 냉탕에서 눈을 질끈 감은 채 헤엄치는 남자아이처럼, 해도는 정수리가 단단한 벽에 부딪힐 때까지, 항구 바깥쪽에 면한 방파제에 머리를 처박을 때까지 맹목적으로 헤엄쳤다.

해도는 충돌의 통증도 느끼지 못했다. 냉각수나 다름없는 바다에 십이 분 동안이나 잠겨 있었던 것이다. 다만 그는 영원히 파도가 치지 않을 것처럼 보이는 그곳에 방파제가 있다는 사실이 의아했다. 새빨갛게 달은 손발을 간신히 움직여 방파제 위로 기어올랐다. 이제 그는 총격 대신 영하 이십 도의 바람에 노출되었다. 그의 체온은 더 이상 내려가지도 않고, 생명을 유지할 수 있는 최저한의 경계에서 버티고 있었다. 동쪽으로 해가 뜨고 있었다. 수평선 너머로 드리우는 광채 앞에서 밀항선의 윤곽은 힘 한 번 못 쓰고 이지러졌다.

비로소 해도는 자기 앞에 서 있는 등대를 보았다. 석고상처럼 새하얀 등대는 여명의 햇볕에 감응하듯 눈부시게 빛났다. 팔각형으로 깎인 벽면을 따라 오르면, 넓적한 체스 말 모양의 빨간 지붕이 실수로 얹어진 것처럼 그곳에 있다. 등대는 빛줄기가 내뻗는 곳으로, 세상이 끝날 때까지 감시하는 형벌을 받은 신화 속 거인처럼 보인다.

 그는 몸에 남아 있는 마지막 열량을 사용해 등대의 문을 두드렸다. 몇 초간의 정적이 지나자, 누군가가 계단을 내려오는 소리가 문 너머로 희미하게 들렸다.

25

 열흘에 한 번 토카렙스키 등대에서 당직근무를 서는 항구 관리청 소속 공무원 이반은 문 앞에서 쓰러져 있던 해도를 난로가 있는 관사로 업어다 옮겼다. 그리고 심각한 저체온증과 후유증에서 벗어날 때까지 간호해 주었고, 밀입국자를 쫓는 중앙당 소속의 군인과 불법조직으로부터 숨겨주었으며, 지난 몇 년 동안 항구에 '화물'로 등록돼 수송됐던 외국인들의 명단도 구해다 주었다. 이반은 이 모든 일들을 혼자서 전부 해냈다. 블라디보스톡 항구에서조차 표류당한 듯 외따로 서 있는 그 등대에서, 언젠가 해도가 찾아와 의탁하기만을 기다려 온 사람처럼.

 그가 구한 명단 가운데 출처가 남한Южной Кореи으로 되어 있는 화물의 이름은 모두 일곱 개였다. 해도는 거기 쓰여 있는 키릴문자들을 떠듬떠듬 읽어보았다.

도, 연Ао, ён.

그녀의 이름은 마지막에서 두 번째 칸에 있었다. 행정상 기록에 따르면, 육 년 전 여름에 하바롭스크로 가는 상행선에 도연이라는 이름의 화물이 '실렸다'.

그 상행선은 시베리아를 횡단해, 유럽의 끝자락에 다다를 때까지 멈추지 않는다. 팔백오십 개가 넘는 역은 지구 둘레의 사 분지 일 적에 달하는 철로들을 점점이 잇는다.

살면서 제일 멀리 가본 곳이 어디야?
불 꺼진 방 안에서의 목소리였다.
이 무렵 해도는 과거의 사건을 꿈으로 꾸는 일이 잦았다. 사건이라고 해봐야 대부분 시답잖은 것들이었다. 기억 속에서도 잊혀 맨정신일 때는 떠오르지 않다가, 의식이 흐물흐물해졌을 때에나 겨우 자기주장을 하는 장면들. 해도는 그 장면들이 실제로 있었던 과거인지, 조합된 꿈인지, 무의식중에 멀리 되돌아온 눈앞의 현실인지를 재깍 분간하지 못해 혼란스러웠다.

살면서 제일 멀리 가본 곳이 어디냐니까, 도연은 귓가

에 속삭이듯이 한 번 더 물었다. 그녀에게는 해도가 잠이 들었는지 아닌지를 기가 막히게 구별해 내는 능력이 있었다. 도연과 함께 있으면서 여러 번 자는 척을 해보았지만 그럴 때마다 그는 빠짐없이 들켰다. 깨어 있는 걸 아는데 침묵할 수는 없다.

살면서라고. 해도는 도연이 머리를 얹은 왼팔이 조금 저려서, 받친 각도를 한 번 들썩이면서 말했다. 태어난 곳에서부터?

"태어난 곳에서부터."

아마 지금일걸.

"지금이라고?" 도연은 짐짓 놀라 머리를 조금 일으켜 가면서 되물었다. "오빠, 외국에서 태어났어?"

아니. 해도는 짧게 대답했다. 외국에 나가본 적 없어.

"뭐야. 해외여행 안 해봤어?"

응.

"왜? 비행기가 무서워서?"

잘 모르겠어. 타본 적이 없으니까.

"사실 나도 그래." 도연은 그렇게 말하고 나서 머리를 똑바로 뉘었다. 불 꺼진 천장에는 오래된 화재경보기가 작고 빨간 불빛을 튀기고 있었다. 오전 내내 말렸던 이불이 바스락거렸다. 그녀는 잠들기 전의 아슴아슴한 목소리로 말했다. 우리는 얼마나 멀리 갈까. 얼마나 멀리 가야 하는 걸까. 그때 해도는 아무 대꾸 없이, 도연이 잠들기만을 기다리며, 오래도록 천장을 바라보다가 의식을 잃었다.

긴 여정이 될 것이었다. 이반은 떠날 채비를 하는 해도를 성심성의껏 도왔다. 혹한에 견딜 수 있는 옷과 약간의 여비, 위조된 신분증을 챙겨주면서, 신원과 관계없이 항상 쫓겨 다닐 수밖에 없다는 사실도 말해주었다. 그의 말에 따르면 러시아는 전쟁을 멈출 생각이 없었다. 크고 작은 도시와 마을, 외국인용 호텔, 설국 위를 달리는 열차, 그 어떤 곳에서도 군복을 입은 사나이들과 마주칠 수 있었다. 그러나 이반은 해도 역시 멈추지 않으리라는 것을 알았다. 해도는 그가 이미 알고 있다는 것을 알았다.

간밤 내내 눈이 내렸다. 역사 지붕과 그 주변 건물들 모두에 눈이 쌓여 있었다. 쌓인 모습이 소복하기보다 육중해 보이는 눈더미들이었다. 제식 털모자를 눌러쓴 노동자 세 명이 선로 밖에서 눈을 실어나르고 있었다. 서리 맺힌 갈대가 바닷바람에 휘늘어지고, 녹은 눈과 매연이 섞인 듯한 냄새가 공기 중으로 퍼졌다.

해도는 이반의 조언에 따라 기차가 출발하는 플랫폼 끝에 숨어 있다가, 출발할 무렵 가장 끝에 있는 화물차량에 올라타 객실로 이동하기로 했다. 동쪽 끝 종점역인 블라디보스톡에서 승차할 경우 매우 까다로운 여권 검사를 거쳐야 하는데, 일단 열차에 오르고 나면 차량 내 검문이야 명목상 절차에 불과하다는 것이었다. 하지만 군복을 입은 사람들은 피해야 한다.

다 스비다냐До свидания, 해도가 꺼낸 그 말은 '다시 만날 때까지'라는 의미의 작별인사였다. 사실 두 사람이 다시 만나지 못하리라는 사실은 명백했다. 해도는 되풀이되는 시간 속에서조차 그와 재회하지 못할 것이다. 그런데 그 눈, 모든 것을 이해하고 받아들인 자의 슬픔 같은 회색 눈동자가 해도를 응시하고 있었다. 이반은 말했다.

"류블류люблю."

모든 승객이 올라탔다. 열차는 이제 막 먼 길을 나서는 낙타같이 깊은 연기를 내쉬었다. 철로가 점이 되어 사라지는 방향으로 일만 킬로미터의 여정이 기다리고 있다. 해도는 말없이 이반을 부둥켜안았다. 이반의 몸통은 오래된 죄수처럼 가냘팠다. 열차의 후미가 다가오면, 해도는 묶은 팔을 풀고 선로 위의 컨테이너를 향해 뛰어들 것이다.

26

그들은 왼쪽 귀에 상처가 있는 동양인 남자를 찾고 있었다. 허리에 찬 칼라시니코프 소총이 이등석 객실이 있는 복도의 창문 쪽 벽면에 부딪혀 묵직한 소리를 냈다. 새벽 두 시에 불심검문을 받게 된 러시아 승객들은 불평 한마디 없이 여권과 탑승권을 내밀었다. 군인들은 그들의 손에서 채어가듯이 여권을 받아들고, 사진에 있는 얼굴과 잠이 덜 깬 승객의 얼굴을 몇 번 교차해 본 다음 도로 던졌다.

"에탓 그료바니 코레이츠Этот грёбаный кореец?" 선두에 있던 군인이 말했다.

동료 군인은 객실 안에 군밤 모자를 푹 눌러쓰고 앉은 남자를 힐끗 내려다보았다. 횡단 열차의 삼등석은 객실의 구분 없이 열차칸 하나에 수십 명의 승객이 남녀노소 구분 없이 탄다. 형편이 좀 나은 승객은 네 명이서 한 객실을 쓰는 이등석에 타는데, 그 남자는 침대가 두 개 있는 일등석을 혼자서 쓰고 있었다.

얇은 면바지 위로 검은색 터틀넥 셔츠를 입은 남자였다. 발가락이 드러나는 슬라이드를 신고 있는 것으로 보아 열차 내 생활이 익숙한 사람 같았다. 쌍꺼풀 없이 양 끝으로 매섭게 뻗은 눈과 굴곡이 낮은 얼굴형이 그가 동양계 외국인임을, 특히 서양인이라면 맡지 못할 리 없는 은근한 마늘 냄새가 한국인임을 짐작케 했다.

"쉬토 슬루치로Что случилось?" 새벽녘에 노크도 없이 들이닥친 군인들에게, 남자는 더할 수 없이 침착하고 신사적인 태도로 물었다. 침대 사이에 있는 접이식 탁자에 책 두 권이 놓여 있었다.

"파스포르트, 오트다이, 비스트로Паспорт, отдай, быстро!"

멀대 같은 키의 군인이 필요 이상으로 사납게 대꾸했다. 그는 모스크바 군사학교 출신의 장교로, 동양인인 그 남자가 흠잡을 데 없이 완벽하고 예의 바른 러시아어를 구사한 데 신경이 곤두섰다. 이내 그가 내민 여권을 받아 들고서도 한참을 번갈아 보았다.

이 사진에 있는 남자가 이놈이라고? 턱 아래에 찢어진 흉터가 있는 다른 군인이 어깨너머로 여권을 보며 고개를 갸웃했다. 그는 동양인들의 얼굴을 구분하는 데는 재주가 없었다.

"블럇, 스니미 에투 예부츄 메코뷰 샤프쿠Блядь, сними эту ебучую меховую шапку!"

멀대가 더 이상 참지 못하겠다는 듯 남자를 윽박질렀다. 그는 당황한 기색은 없었지만, 이렇게 되었으니 별수 없다는 표정으로 털모자를 벗었다. 가능한 한 느리게, 마치 무겁고 날카로운 헬멧을 벗는 것처럼.

모자에 가려져 있던 남자의 턱선이며 볼, 광대뼈가 차례로 드러났다. 턱 흉터는 그에게 한 걸음 크게 다가가서 손가락으로 그의 왼쪽 귀를 찔러보고 만져도 보았다. 그러고 나서 의심하던 도마처럼 믿을 수 없다는 얼굴로, "우에토보 무지카 우시 츠엘리у этого мужика уши целы?" 하고 멀대를 쳐다봤다.

"에탓 무지크 코레이츠Этот мужик кореец." 멀대는 고개를 가로저었다. 동양인 남자에 대한 경계와 의심을 지우지 않은 눈빛이었다. 그는 일등석 칸 복도에 설치된 수화기를 거칠게 집어 올리고 말했다. "야 리치노 스프로쉬 우콘두크토라я лично спрошу у кондуктора."

수화기는 일등석 승객들을 위해 설치된 것으로 열차장에게 직접 연결되는 회선이었다. 길고 불쾌한 전자음이 연달아 울렸다.

턱 흉터는 그 옆에 서서 객실 안에 있는 남자를 바라보았다. 이 시기의 러시아를 동양인으로서 여행하는 것은 바보 같은 짓이었다. 과도정부는 전쟁을 무기한 지속하기로 결정했고, 젊은 외국인 남성은 누구나 강제징집 대상이 될 수 있었다. 적어도 그가 알거나 본 적이 있는 동양인 남자는 전원 징집돼 최전방으로 보내졌던 것이다.

그런데 이 남자는 뭘 하고 있나. 총부리를 쥔 군인들이 자신의 신분을 의심하고 있는데, 그는 걸터앉은 침대에서 일어나지도 않고 읽던 책을 마저 읽고 있다. 멀대가 통화하는 내내 자신을 노려보고 있는 것도 개의치 않는 것 같았다.

턱 흉터는 고개를 약간 기울여 남자가 읽고 있는 책의 제목을 읽어냈다. 톨스토이의 《부활Воскресение》. 몇 년 전 그의 노쇠한 아버지가 읽는 모습을 본 적이 있다. 그때 아버지는 사모바르와 벽난로가 보이는 집에 앉아 계셨는데.

지금 그 동양인 남자는 희읍스름한 불빛의 객실에서, 아득하게 검은 차창을 배경으로 그 책을 읽고 있다. 그 모습은 제정러시아 말기에 그려진 인물화를 떠올리게 했다. 창밖에는 불빛 한 점 없이 캄캄한 밤이 끝나지 않는 필름처럼 이어졌다. 보이지 않는 시베리아의 침엽수들은 자욱한 어둠에 가려진 채, 눈 속에서 가쁜 숨을 쉬고 마시며 근신하고 있을 것이었다. 아마도 해가 뜰 때까지. 몇 시간 뒤 떠오를 태양이 어둠을 녹이고 눈을 걷어낼 때까지.

"다, 다. 포냐트나. 스파씨바, 쉬토 프라베릴리Да, да. Понятно. Спасибо, что проверили." 멀대는 단호한 동작과 함께 수화기를 내려놓았다. 그리고 객실 안의 남자에게 뚜벅뚜벅 다가가서, 그의 여권과 모자를 테이블 위에 조심스럽게 내려놓으며 말했다. "프로슈 프로셰니야. 프로이숄라 오쉽카Прошу прощения. Произошла ошибка."

그는 평소보다 눈에 띄게 깍듯한 경례를 했다. 영문도 모르던 턱 흉터도 멀대와 덩달아 경례했다. 그러자 동양인 남자는 아무 일도 없었다는 듯이, 오히려 제 존재로 인해 혼란을 준 데 유감스럽다는 태도로 답변했다.

"라드, 쉬토 니다라주메니에 라즈레쉴로스. 스파코이노

이 노치Рад, что недоразумение разрешилось. Спокойной ночи."

    군인들의 경우 없는 결례에 남자가 보여준 태도는 온화하고 자비로웠다. 멀대와 턱 흉터는 그의 격조 높은 대응에 감화되기까지 해서, '이후 일등석 칸의 세 번째 객실에는 얼씬도 하지 말라'는 무전을 쳤을 정도다. 그 세 번째 객실 출입구의 바로 위, 미사용 침구류를 보관해 두는 어두운 공간에서 해도가 기어 나온 것은 그로부터 한 시간 뒤였다.

27

 조심성이 많네요. 터틀넥을 입은 남자는 희미한 웃음기가 섞인 말투였다. 한국인은 보통 성격이 급한데.

 해도는 남자의 말에 아무 반응도 하지 않았다. 수상쩍은 남자였다. 이런 전쟁통에 한국인 혼자 횡단 열차에, 그것도 일등석 칸에 전세 내듯 타고 있는 것으로 모자라서, 군인들과 열차장에게서까지 특수한 취급을 받고 있는 것이다. 이것이 이번 열차에서 들키지 않고 살아남는 유일한 방법이 아니었다면. 그 기이한 사내에게 난데없이 숨겨달라는 부탁 같은 건 하지 않았을 것이다.

 안드레이입니다. 그는 해도에게 정식으로 악수를 건네며 자기소개를 했다. 해도라고 하셨죠. 삼 년 동안 시베리아를 수색하고 있다고요? 저는 러시아에 온 지 올해로 칠 년인데, 시베리아에 '수색'이라는 단어를 쓰는 사람은 처음 봤습니다. 말만으로도 멋지고 대단하네요. 이 시베리아를 수색한다니요.

해도는 안드레이의 악수를 받았다. 커다랗고 뜨거운 왼손이었다. 손목을 뒤덮은 굵직굵직한 핏줄이 근육의 움직임에 따라 생기 있게 굼틀거렸다. 손이 작은 해도는 그의 기운에 지지 않으려고, 손아귀에 방어막을 치듯 힘을 불끈 주면서도 의식하지 못했다.

한국말을 쓰면서 안드레이라니 이상하죠? 당연히 한국 이름은 따로 있습니다. 그건 우리가 더 친해지면 이야기해 드리는 걸로. 지금은 안드레이로 충분하지 않나요? 당신도 지금은 알렉세이잖아요. 여권상으로는 그렇더군요.

해도는 안드레이가 내미는 여권을 빤히 내려다보다가 하는 수 없이 받아들었다. 어째서 자신이 이런 일에 자존심이 상하는지 알 수 없었다.

아까 문 위로 올라가시면서 떨어뜨리셨어요. 실례지만 조금 봤습니다. 위조 퀄리티가 나쁘지는 않은데, 시한이 너무 지났어요. 이제 이걸로는 돌아다니기 어려울 겁니다. 사진의 모습과도 많이 달라졌네요. 그동안 고생을 많이 하셨는지.

안드레이는 해도를 쳐다보고, 해도는 칠흑 같은 차창에 비친 자신의 얼굴을 쳐다봤다. 나이에 비해 앳된 편이었던 그는 겉늙어 있었다. 이마와 입가에 못 보던 주름이 졌고, 발갛게 달은 피부는 버석버석했다. 해도를 둘러싸고 있던 젊음이 시베리아의 북풍에 깎여나가 비로소 중년의 모습을 하게끔 조각된 것 같았다. 그는 늙어가는 일에는 감회가 없었지만, 창문에 비친 자신의 얼굴, 사십 대 중반은 되어 보이는 그 남자의 모습이 지치고 약해 보인다는 것에는 놀랐다. 아직은 그래야 할 때가 아닌데.

대체 어쩔 작정이세요. 안드레이는 진심 어린 걱정과 핀잔이 반쯤 섞인 어조로 말했다. 계속 숨어서 다닐 수는 없는 노릇이잖아요. 찾아야 할 것이 있다고 하셨는데. 러시아는 걸어서 돌아다닐 만한 나라가 아닙니다. 잘 아시겠지만.

해도는 고개를 돌려 안드레이를 쳐다보았다. 혈색이 말끔하고 훤칠한 인상을 가진 남자였다. 칼처럼 정돈된 눈썹과 매끈하게 면도된 턱, 우아한 질감의 옷차림 등이 전체적으로 도련님 같은 분위기를 풍겼다. 나이는 많아 봐야 삼십 대 초반이나 될까. 이런 때 러시아를 횡단하면서 남 걱정이나 하는 모습이 좀체 어울리지 않는 사람이었다. 그런데 그는 지금 설국을 가로지르는 열차 안에 앉아 가방에서 양철로 된 수통을 꺼내고 있는 것이다.

목 좀 축이시겠습니까? 안드레이가 해도에게 수통을 건네며 말했다. 그냥 우유입니다. 정말이에요.

목이 말랐던 해도는 그것을 받아 곧장 들이켰다. 일순간 뜨겁고 부드러운 것이 목구멍 안으로 치고 들어와, 속에서 이글거리는 듯한 열기가 일었다. 입가를 닦은 해도는 꼭 그만큼 이글거리는 눈으로 안드레이를 주시했다.

왜 그러시죠, 그거 우유 맞아요. 안드레이는 돌려받은 수통을 한 번 더 마시고 나서 쓱 웃었다. 보드카를 조금 섞었을 뿐이죠. 원래 열차 안에서 음주는 금지거든요.

안드레이. 그에게는 분명 같은 말을 쓰는 한국인이라는 사실 이상으로 사람의 호감을 사는 구석이 있었다. 그는 기본적으로 잘생기고 예의 바른 청년이었고, 해도가 처한 상황에 진정으로 관심을 갖고 궁금해했다. 더구나 해도가 가던 길은 막혀 있었다. 더 나은 단서도, 조력자도 없었던 그가 갖고 있는 서류 몇 건을 안드레이에게 보여준다 한들 여기서 나빠질 것도 없었다.

안드레이는 해도가 말없이 내민 서류를 받아들기 무섭게 읽기 시작했다. 해도는 그가 영문도 모르고 건네진 글에 그렇게 빨리 몰입할 수 있다는 것에 놀랐고, 몇 분도 안 돼 명쾌한 결론을 내리듯이 꺼낸 말에 한 번 더 놀랐다.

제가 아는 사람이네요.

해도가 내민 서류에는 어느 올리가르히Олигархи와 그 일가친척들의 신상명세, 그리고 최근 몇 년 사이 그들의 행적들이 정리돼 있었다.

천연가스 독점으로 압도적인 부를 쌓은 재벌 일가였다. 한때 정치권과의 유착으로 무소불위의 권력을 자랑했으나, 전쟁이 길어지면서 국내에 발이 묶인 뒤로는 가족 구성원 전체가 갖가지 기행을 벌이는 것으로 유명한 집안이었다. 그중에서도 가장 제정신이 아니라는 차남은 일찌감치 가업 승계를 포기했다. 대신 자기 몫만큼의 유산을 먼저 상속받은 그는 시베리아 어느 외딴곳에 벙커를 겸한 성 한 채를 지었다. 그리고 그 성에서 중세시대의 영주 흉내를 내며 상상할 수 없는 온갖 미친 짓들을 하고 산다는 것이었다. 값비싼 술과 최고농도의 마약 같은 건 말할 것도 없고, 각국에서 납치된 외국인 여성을 거느리며 난교를 벌인다는 소문도 있었다. 하지만 차남은 공식적으로 행방불명된 인물이었다. 그가 지은 성이라는 것도 시베리아 어딘가에 있다는 말만 무성할 뿐 정확한 위치를 아는 사람은 아무도 없었다. 다만 해도는 수년간의 조사를 통해 그 풍문이 사실이며, 어딘지 모르는 그곳으로 도연이 휩쓸려 갔을 공산이 크다는 것을 알았다. 문제는 그가 누군지, 그곳이 어딘지에 대해 알 방법이 전혀 없다는 것이었다.

누군지도 알고 위치도 알고 있어요.

안드레이는 코로 짧은 숨을 뱉고 나서 말을 이었다. 사실 저는 유능한 엔지니어거든요. 겸사겸사 무기도 거래하고 있고요. 더 솔직하게 말하면, 몇 년째 러시아에 발이 묶여 있는 것도 전부 저의 유능함 때문이지요.

해도는 잠자코 안드레이가 하는 말을 들었다.

나, 안드레이는 원래 한국계 보안회사의 리드 엔지니어로 일했는데, 러시아 지부에서 파견근무를 하던 중 모종의 사건으로 정치계와 깊게 연루되었다. 그 결과 적잖은 부와 명예, 권한을 얻을 수 있었지만 고국으로 돌아갈 수는 없었다. 러시아 당국이 보안 유지 사유로 무기한 출국금지 처분을 내렸기 때문이다. 지금의 자신은 러시아로 귀화한 한국계 이민자이다. 이곳에서 부족한 것 하나 없이 살고 있으며, 상트페테르부르크에는 전형적인 슬라브계 미인인 아내와 귀여운 딸도 있다. 그러나 향수병, 자신이 태어나 자란 한국으로 돌아가고픈 마음은 어쩔 도리가 없다.

저는 러시아의 더러운 이면을 너무 많이 알고 있습니다. 그래서 러시아는 전쟁 중에도 저를 놔주지 않죠. 이 나라를 빠져나가려고 시도하는 순간, 그 순간부터 저는 인민의 적이 되어 변사체로 발견될 겁니다. 무슨 말인지 아시겠습니까? 저는 당신이 원하는 정보를 주겠습니다. 필요하다면 무기도 제공하겠어요. 다만 두 가지만 약속해 주십시오.

첫 번째, 일이 끝나면 제가 한국에 돌아갈 수 있도록 도와주세요. 그건 위험한 일이지만, 제가 제공할 도움은 그런 위험을 감당할 만한 가치가 있어요. 분명 당신만이 할 수 있는 일이 있을 겁니다.

두 번째는? 해도는 그렇게 질문하는 대신 객실의 불빛을 받아 반짝이는 안드레이의 검은자위를 보았다. 깊이를 알 수 없는 결의, 평온해 보이는 외면 아래 보드카처럼 요동치는 뜨거움을 보았다.

두 번째. 안드레이가 말했다. 지금 찾고 있는 것을 반드시 찾아내세요. 반드시.

해도는 다시 차창을 바라보았다. 그곳에는 한 사나이가 세월의 지울 수 없는 상흔처럼 앉아 자신을 바라보고 있고, 빈속에 마신 우유가 안에서 끓고 있는 듯 몸이 더웠다.

28

 시베리아 최북단에 살레하르트라는 이름의 도시가 있다. 북극권에 자리 잡은 인류의 유일한 도시이자, 최저기온이 영하 오십 도에 육박하는 이곳은 수천 년 동안 사모예드족이 살던 지역이었다. 소규모 부족생활을 해왔던 그들은 대부분 삶의 터전을 잃고 쫓겨났다. 그들이 살던 척박한 툰드라에서 막대한 양의 천연가스가 발견되었기 때문이다.

 살레하르트에서 북극이 있는 방향으로 곧게 뻗어 있는 모양의 반도가 있다. 남한보다 조금 큰 넓이의 이 반도를 야말Ямáл이라고 한다. 야말은 사모예드족 말로 '세상의 끝'이라는 뜻이다. 러시아 가스 재벌의 차남, 파벨이 지었다는 '얼음성'은 이 야말반도의 한가운데에 위치해 있었다.

 나라면 미사일로 날려버렸겠지만요. 헤어지기 전 안드레이는 그렇게 말했다. 해도 씨는 그렇게 할 수 없지요? 찾아야 할 사람이 있으니까.
 그는 의미심장한 미소와 함께 한 달 뒤의 날짜와 시간이 적힌 쪽지를 내밀었다. 그리고 자신이 말하는 장소에 숨어서 차를 기다리라고 했다.

 횡단 열차를 빠져나와 살레하르트로 가는 데만 보름이 넘게 걸렸다. 북쪽 툰드라로 향하는 길 같은 건 없었다. 열차 편은 고사하고 제대로 된 도로도 마련돼 있지 않았다. 해도는 군인들의 추적으로부터 자유로워진 대신 고질적인 동상과 저체온증, 탈수와 굶주림에 시달렸다. 예고 없는 눈보라에 방향을 잃는 경우도 있었고, 설원에 고립된 나머지 같은 고생을 몇 번이나 반복한 시기도 있었다.
 설원. 하얀 지형선 너머로 끝날 기미 없이 펼쳐지는 설원.
 얼어붙은 강이 거대한 지네처럼 땅을 기어다니고, 크고 작은 웅덩이가 흉하게 부르튼 상처 자국처럼 대지 위에 드러났다. 인간과 문명의 접근을 전력으로 거부하는 듯한 풍경. 그런 가운데서도 돌연히 나타나곤 하는 숲이며, 수십 명 남짓이 사는 작은 촌락 같은 것에 해도는 위안받았다. 그들이 서 있을 수 있다면 나 역시 이곳에 서 있지 못할 리 없다.

그는 몇 날 며칠을 서서 걸었다. 잠은 꼭 필요할 때만 눈구덩이를 파서 잤고, 음식은 촌락에서 훔치거나 야생동물을 잡아먹는 것으로 해결했다. 이미 갔던 길을 또 가고 있다는 기분이 든다면 밤중에 곰 같은 맹수에게 습격당했다는 의미였다. 차나 스노모빌, 개 썰매를 훔쳐 타고 달아나는 일도 있었다.

해도는 삼만 명의 러시아인이 살고 있는 살레하르트에 그렇게 도착했다. 달력상으로는 이십 일에 불과한 여정이었지만, 그 자신에게는 일 년이 넘는 긴 시간이었다는 것을 그는 몰랐다.

안드레이가 말한 장소는 도시 외곽에 있는 초소 부근이었다. 해도는 눈에 젖은 수목 사이에 몸을 숨기고 있다가, 약속한 시간이 되자마자 도착한 헌터에 인사 한마디 없이 올라탔다. 하얗게 도색된 차량은 오비강을 건너 북쪽으로 내달렸다.

운전석에는 어깨가 우람하게 넓은 거구의 사내가 앉아 있었다.

그가 '만포'였다.

머리통의 너비만큼이나 두꺼운 목과 꽉 다문 입, 꽉 쥔 주먹을 하나 붙여놓은 것 같은 턱이 어딘지 모르게 죽음을 다짐한 군인을 연상시켰다. 키는 백구십이 족히 넘었고, 머리는 바짝 밀었고, 대체로 아무런 표정 없이 사는 데 익숙한 것처럼 보였다.

태어났을 때부터 타고난 장사였다는 그는 압록강 너머 중국이 내다보이는 북한의 국경 마을에서 자랐다. 약관의 나이에 이미 근처 도시에서 모르는 사람이 없는 해결사로 통했는데, 안드레이는 우연한 계기로 그와 깊은 친분을 쌓았다고 했다. 그동안 많은 도움을 주고받은 만큼 이번 일에도 기꺼이 나서줄 것이라고. 좌우간 만포만 있으면 아무 문제 없을 거라고 말했다. 하지만 과연 그럴까. 해도는 아무 문제 없는 삶이라는 것을 상상할 수 없었다.

질퍽거리는 눈길 사이로 사흘 밤낮을 헤치고 나아갔다. 차는 목적지인 '얼음성'에서 수 킬로미터 떨어진 곳에 멈췄다.

"여기서부터는 걸어가는 게 좋겠소."

만포는 그렇게 말하고 나서 트렁크에서 검은색 상자 하나를 꺼냈다. 상자에는 소음기가 부착된 레베데프 권총 두 자루가 들어 있었다. 일단 그것도 무기는 무기라고 할 수 있었다. 무기를 제공하겠다더니. 안드레이가 거짓말을 하진 않았다. 해도는 만포라는 사나이 한 명 그리고 권총 한 정과 함께, 러시아 재벌의 숨겨둔 자식이 있는 성채로 숨어들어야 했다.

  얼음성은 그 별명처럼 해득한 회색으로 칠해져 있었다. 대저택 같은 본관을 중심으로 사오 층 높이의 방벽이 둘러쳐져 있고, 그 내부로 향하는 유일한 통로는 무장한 사병 한 쌍이 돌아가며 지키고 있었다. 성채 내부에는 더 많은 병력이 있을 것이었다. 상황이 좋지는 않았다. 그러나 할 수밖에 없는 일이었다.

  만포는 눈보라가 칠 때까지 기다리자고 했다. 경비 중인 사병들이며 감시카메라의 눈에 띄지 않으려면 그것이 최선이었다. 하지만 어쩔 작정인 걸까. 해도는 묻지 않고 기다려 보았다.

  얼마 지나지 않아서 눈보라가 치기 시작했다. 눈이 펑펑 나리는 가운데 두 사람은 조금씩, 이따금 나타나는 지형지물에 몸을 숨겨가며 성채로 접근했다. 그러다 방벽의 유일한 입구에서 오십 미터쯤 떨어진 곳까지 왔을 때.

"가만히 있으시오." 만포는 그렇게 말하고 나서 총 겨누는 자세를 취했다.

눈보라는 멈추지 않고 있었고, 경비를 보는 두 사병은 저 멀리 흐릿한 실루엣으로만 보였다. 만포는 총에서 멀리 있는 왼쪽 눈을 살짝 감았다. 총 쏘는 소리가 두 번 났다. 길쭉한 소음기와 눈보라 치는 소리에 먹혀 바로 옆에 서나 들을 수 있는 총성이었다. 눈발 너머에 있던 사람 모양의 윤곽 두 개가 별안간 전원이 꺼진 인형처럼 지면으로 고꾸라졌다.

두 사람은 긴 통로를 지나 성채를 향해 숨어 들어갔다. 만포는 때때로 기둥이나 관목 뒤에 엄폐해 몇 발의 총을 눈보라 속을 향해 쏘았다. 그러고 나면 먼 곳에서 사람의 윤곽 같은 것이 쓰러지고, 처마에서 뭉친 눈덩이가 떨어지는 것 같은 소리가 났다. 신기에 가까운 사격 솜씨였다. 그런 일을 아무렇지 않게 해내고, 아무런 동요도 없이 전진하는 만포 때문에 해도에게는 마땅히 총을 쏠 만한 기회 한 번 주어지지 않았다.

그는 해결사일 뿐 아니라 살인 병기였다. 그가 사람을

죽이는 모습은 게임이나 영화에서 묘사되는 살인처럼 단순명료했다. 세계적인 사격대회나 올림픽의 메달리스트조차 그보다 총을 잘 쏘리라는 생각이 들지 않았다. 그런 솜씨로 여태껏 몇 명이나 되는 사람을 쏴 죽여왔을지 해도는 생각했다. 그런 생각을 하는 자신이 지금껏 찌르고, 목 조르고, 때려죽인 사람은 얼마나 되는지. 옷에 붙은 먼지를 떨듯 타인의 목숨을 빼앗는 만포와 자신 사이에 얼마나 좁은 간극이 존재하는지.

성채에 들어선 해도는 남자가 눈에 보이는 족족 쏘아죽였다. 약에 취해 비틀거리는 남자, 바닥에 쓰러져 발작적으로 경련하는 남자, 사지가 묶인 여자 위에 올라타 허리를 흔드는 남자와, 그에게 시가와 샴페인을 서빙하는 반바지 차림의 웨이터, 치솟는 핏줄기들에 놀라 층계참으로 달아나는 직원 모두를 향해 방아쇠를 당겼다. 그들이 무장했든 무장하지 않았든 상관없었다. 그가 찾는 것은 한 명의 여자였다.

"위층으로." 만포가 말했다.

그는 상층에서 파벨을 찾아낼 생각이었다. 소돔과 고모라의 주인, 이 모든 악덕의 지배자인 그를 찾아낸다면 도연의 행방에 대해서도 물어볼 말이 있을 것이다. 해도는 그를 따라 복도 끝에 있는 엘리베이터에 탔다.

칸이 비좁고 내부 조명이 침침한 엘리베이터였다. 얼음성은 멀리서 봤던 것보다 더 높았다. 꼭대기 층에 도착하기까지 엘리베이터는 일 분을 넘게 상승했다. 얼마간 올라가자 낮고 둔중한 베이스 소리로 천장이며 귀가 웅웅 울렸다. 만포는 승강기 문이 열리기 전부터 총을 조준하고 있다가, 문밖으로 컴컴한 파티 홀이 나타나기 무섭게 총 몇 발을 쏘았다.

파티 홀 내부는 후덥지근했다. 홀에서는 어림잡아 서른 명 정도가 춤을 추고 있었다. 누구 할 것 없이 모두가 헐벗은 상태였다. 가까이 가보니 그들은 춤을 추는 것이 아니라, 약 기운에 똑바로 서 있지 못하고 휘청거리는 것이었다. 입을 헤벌리고 알아들을 수 없는 말을 웅얼거리고 있었다. 만포와 해도가 사람들을 다 쏘아죽이는데도 헤실헤실 웃었다.

디제이가 죽었지만, 음악이 계속되고 있었다. 총소리를 재미있는 효과음쯤으로 착각한 한 사람이 테이블에 올라가 춤을 추다가 핏자국에 미끌려 넘어졌다. 해도는 문득 그가 파벨이라는 생각이 들었다. 그가 넘어진 쪽으로 가려고 몸을 움직이자마자 약쟁이 두 명이 달려들었다.

갈비뼈가 앙상하게 드러난 여자가 해도의 목덜미를 깨물었다. 덩치가 산만한 남자는 바짓가랑이를 붙잡고 옷을 찢어발기려 했다. 그들은 이 모든 것이 쇼라고 생각했다. 해도는 총을 빼앗기지 않으려고 한 손을 높이 쳐들고, 나머지 한 손으로 허리에 차고 있던 송곳을 꺼내 두 사람을 찔러 죽였다. 그래도 상관없다는 마음만 갖고 있으면, 사람은 얼마나 쉽게 타인을 죽일 수 있는지.

그러는 사이 파벨은 죽어 있었다. 관자놀이에 펜으로 그린 듯 선명한 구 밀리 지름의 총상이 나 있고, 그곳으로 피가 꼴꼴 흘러나오다가 조금 전에 멎은 것 같았다. 해도는 황급히 주변을 살펴보았다. 일을 모두 끝낸 만포가 반대편 엘리베이터로 들어가는 뒷모습이 보였다.

만포는 무섭도록 빠른 속도로 성을 내려갔다. 해도는 그를 따라잡기 위해 시간을 다섯 번 돌렸다.

숨이 턱까지 찬 상태로 만포의 어깨를 잡아 돌리자, 그는 반사적으로 몸을 돌려 해도의 목과 팔을 붙들어 제압했다. 눈 깜짝할 사이에 일어난 일이었다. 해도는 돌바닥에 머리를 옆으로 처박혔다. 고양잇과 맹수가 토끼의 목덜미를 낚아채듯 일방적이고 싱거운 제압이었다. 오히려 만포는 그를 죽이지 않기 위해서 노력하고 있는 것처럼 느껴졌다. 해도는 지금 자신이 처한 상황이 이해가 가지 않았다. 가까스로 입을 떼서 던진 말은 세 마디 정도였다. 왜 죽였지? 나는 여자를 찾고 있어. 놈이 알고 있었을지도 모르는데.

"여자?" 만포는 일관되게 강한 힘으로 그를 짓누르면서 말했다. "하하…… 그런 건 알아서 찾으시오."

해도는 한동안 목을 컥컥거리면서 바닥에 나뒹굴었다. 만포의 거대한 뒷모습이 불규칙적인 눈보라 속으로 충충거리며 사라졌다.

29

 얼음성에서의 하루가 천 일이 넘게 이어졌다. 만포가 파벨을 죽이는 것을 해도는 막지 못했다. 성에 진입하면서 최고층에 다다를 때까지, 할 수 있는 모든 수를 써보았지만 단 한 번도 저지하지 못했다. 가망조차도 없었다.

 하루가 아닌 이틀, 사흘, 일주일이나 한 달을 되돌린다고 해도 결과는 달라지지 않았다. 결국 해도는 안드레이나 만포의 도움 없이 얼음성에 도달할 수 없고, 일단 도달한 뒤에는 만포를 이겨낼 수 없었다. 만포의 힘과 능력은 절대적이었다. 시간을 수백 번 되돌린다고 해서 어떻게 해볼 수 있는 종류의 것이 아니었다. 얼마든지 시간을 되돌릴 수 있는 햄스터가 있다고 상상해 보라. 그 작은 쥐가

능력을 이용해 독사를 뿌리칠 수 있을지는 몰라도 설원의 호랑이와 대적해 이길 도리는 없는 것이다.

시간을 되돌릴 수 있다는 것이 곧 무슨 일이든 할 수 있다는 것을 의미하지는 않는다. 어떤 존재가 시간을 되돌려서 얻을 수 있는 것은 꼭 그만큼의 시간이 흐르기 이전의 세계와 자기 존재에 지나지 않기 때문이다. 실상 그것은 전능하지도 않고 무언가를 넘어서게 두지도 않는다. 시간만 되돌릴 수 있다면 무엇이든 할 수 있다고 생각하는 것은 실존에 관한 무지의 자백이다.

그러한 사실을 누구보다 잘 알고 있다고 생각한 사람이 해도였다. 해도는 만포를 막을 수 없었다. 그가 파벨을 죽이고 눈보라 바깥으로 나가, 두 사람이 타고 왔던 헌터 트럭을 몰고 떠나는 것을 어쩔 수 없었다. 시간도 더 이상은 되돌아가지 않았다. 되돌아갈 수 없었다. 해도가 포기했기 때문에. 더는 되돌아가는 것이 의미가 없다고 생각했기 때문에.

그럼에도 해도에게 남겨진 것, 종말하지 않는 그것은 시간이었다.

성채에 남은 해도는 얼음성 내부를 탐험하며 단서를 찾

왔다. VIP룸, 루프탑, 메인 파티 홀, 응접실에서 층계참, 길게 이어진 복도, 천장이 높은 화장실, 손님들이 묵는 방, 경비실, 통합관리실, 사병용 숙소와 내부직원들이 묵는 숙소, 탕비실, 직원용 식당, 대형 주방, 식재료 보관소, 주류창고, 성채 외부의 우물, 바위로 둘러싼 비밀통로, 넓고 어두운 지하 공간, 좀 더 걸어 들어가자 모습을 드러내는 지하 감옥.

얼음성으로 납치된 노예들이 국적이나 남녀노소를 불문하고 지하 감옥에 수감되었다는 것은 확실했다. 지난 이십 년 동안 이 성으로 납치된 노예의 숫자만 삼천 명이 넘는다는 말도 있었다. 지하 감옥의 수용인원은 백 명가량이었다. 그동안 납치되어온 사람들은 모두 어떻게 되었나.

"야, 야 니 즈나유я, я не знаю." 경비실 직원은 꽉 묶인 손목 바깥으로 손가락 마디를 바들바들 떨었다. 해도는 아무것도 모른다는 그의 발목을 송곳으로 꿰 찔렀다. 똑같은 곳을 서너 번 더 후벼 파자 대답이 길어졌다.

"이즈비니테. 무 파호로니리 이흐 브 젬류. 프쎄 우미르쉐 브릴리 파호로나니 브 젬류. 무 탁 푸스토필리. 무 오시블리스. 파잘스타, 스파씨테 나스Извините. Мы похоронили их в земле. Все умершие были похоронены в земле. Мы так поступили.

Мы ошиблись. Пожалуйста, спасите нас."

그가 해도에게 사과해야 할 이유는 없었다. 해도는 그를 살려둘 생각도, 도덕적으로 판단할 생각도 없었다. 그로서도 제 한 몸 건사하기 위해 위에서 시키는 일을 했을 뿐이다. 그런데도 해도는 그가 피를 흘리다 죽도록 내버려 둔 채, 성 안의 복도를 걸어 나가는 내내 속죄하는 소리를 들었던 것 같다.

견고해 보이는 그 성도 기초공사에 시간을 들이던 날이 있었을 것이다. 그때는 포크레인이며 불도저 같은 중장비들이 이 황량한 땅을 뒤엎어 놓았겠지만, 지금 해도가 가진 연장은 공구실에서 찾은 각삽 아홉 자루가 다였다.

이제 성채 내부에 해도가 신경 써야 할 것은 없었다. 성의 손님들, 경비를 보던 군인들과 직원들은 모두 죽었다. 지하 감옥에 갇혀 있던 출신 모를 노예들도 시간이 지남에 따라 굶어 죽었다. 살아 있는 수감자 중에 도연이 없다는 사실을 알고 나서는 신경도 쓰지 않았다.

비로소 해도는 자신이 찾아야 할 것이 무엇인지를 알게 되었다.

지금 서 있는 대지가 온통 무너져 내리는 듯한 무연한

기분에 휩싸였다. 스스로가 이미 죽은 사람처럼 생각되었다. 붕괴된 댐에서 쏟아지듯 슬픔이 밀려들었다. 그릇에 담기지 않는 슬픔이 범람해 숨통을 조였다. 눈물은 물보다 무거웠지만, 사람을 잠겨 죽이지는 못했다.

닷새를 죽을 것처럼 울던 해도는 아직도 자신이 살아 있음을 알았다. 저열한 육신이 만신창이가 된 영혼을 사로잡고 놓아주지 않았다. 그것이 삶이었고, 해도에게는 해야 할 일이 남았다.

저주받을 인간. 저주받을 삶. 해도는 갖은 저주의 말들을 입에 주워섬기며 삽을 들었다. 그리고 성채의 빈 땅에서부터 흙을 파내기 시작했다.

차갑게 얼은 툰드라의 땅덩이는 걸핏하면 보습을 튕겨 냈다. 하루 종일 삽질로 흙을 퍼내고 나면 그의 키 높이만 한 무더기가 땅 위에 쌓였다. 그는 해가 떠 있는 내내 땅을 파내다가, 아무것도 보이지 않는 까만 밤이 되어서야 성채로 기어들었다. 누가 때려죽인 사람처럼 소리 없이 자다 보면 기필코 도연이 나오는 악몽과 함께 잠에서 깼다.

땅을 파기 시작한 지 한 달 만에 첫 번째 시신을 발견했다. 완전히 백골이 된 두개골이 삽에 부딪혀 날카로운 금속음을 냈다. 해도는 같은 시신으로 보이는 뼛조각들을 하나하나 수습해 흙 위에 정돈해 놓았다. 머리뼈의 형태나 골격으로 보아 여자의 것 같았다. 이런 형태가 된 도연이도 알아볼 수 있을까. 해도는 생각했다. 적어도 이건 아니야. 도연이일 리가 없어. 머리에서 발끝까지의 길이가 너무 길잖아.

하지만 이 길쭉한 것이 죽은 지 얼마나 오래 지났을까. 아무튼 도연은 아닌 그 이름 모를 노예는 수십 개의 크고 작은 뼈로서 사물화되었다. 그것은 너무도 물질적이고 비생명적이어서 한때나마 살아 있었다는 사실이 믿기지 않았다. 북극에서 분 듯한 바람에 흙구덩이의 기분 나쁜 냄새가 퍼져 구역질이 났다. 한번 시작한 구토는 좀체 멈추지 않았고, 그는 그날 오후 내내 몸을 지지는 듯한 신열에 시달렸다.

30

 시신을 파내는 일에 적응한다는 건 불쾌한 일이었다. 그것은 단순히 어떤 일에 숙달되었다는 의미에 그치지 않고 인간성으로부터 유리된 존재가 되어가는 일처럼 느껴졌다. 안타깝게도 해도는 그 일에 빠르게 적응했을 뿐만 아니라 몹시 노련해지기까지 했다.

 해가 바뀌고 오뉴월에 접어들었다. 세상의 끝에도 여름이 찾아왔다. 제법 무더운 햇살이 광막한 툰드라를 어르듯이 데웠다. 녹아내린 흙 덕분에 작업의 능률도 올랐다. 갑피를 두른 것 같았던 겨울의 언 흙에 비하면 여름의 흙은 푸딩이나 계란찜을 파내는 것처럼 부드러웠다. 부쩍 해가 내리쬐는 날에는 아예 웃통을 벗고서 삽질에 몰두했다.

이마에서 흐른 땀이 어깨와 등줄기를 거쳐 옷을 함빡 적셨지만, 해도는 자신의 땀 냄새가 아니라 흙 속에 잔뜩 웅크리고 있는 시신들의 쿰쿰한 썩은 내를 맡는 데 여념이 없었다.

그들은 죽거나 쓸모없어진 노예들을 성채 바깥의 벌판에 묻었다고 했다. 아무렇게나 되는대로 묻었다는 뉘앙스였지만 그럴 리는 없었다. 사람이 하는 일인 이상, 같은 작업을 그렇게나 반복하다 보면 의식적으로든 무의식적으로든 의존하게 되는 경로가 생기게 마련이다.

해도의 가설은 점차 설득력을 얻는 것처럼 보였다. 시신이 묻힌 방식에는 어떤 패턴 같은 것이 있었다. 죽어라 파도 아무것도 나오지 않는 땅이 있고, 파다 보면 수십 구의 시신이 줄줄이 발견되는 땅이 있었다. 한 번 유골이 나온 곳 주변에는 항상 다른 노예의 유골이 나타났다. 그것은 오래된 동굴 속에서 광맥을 찾아내는 일과 비슷했다.

해도는 죽은 노예들의 유해를 관찰하고 분류했다. 가장 눈에 띄는 차이는 옷차림이었다. 크게는 수의를 입은 시신이 있고, 벌거벗겨진 채 매장된 시신이 있었다. 수의의 가슴팍에는 작은 이름표가 달려 있어 분간하기가 편했다. 니콜라이Николай, 블라디미르Владимир, 일리야Илья, 스테

판Стефан과 보그단Богдан. 대부분은 남자들의 이름이었다. 여자로 보이는 이름도 없지는 않았지만 대부분 나체로 파묻힌 것처럼 보였다.

이름도 없이 죽어간 수백 명의 여자들. 해도는 그녀들을 하나하나 땅에서 건져 올리면서, 옷을 입은 시신보다 더 유심히 살피고 만져보았다. 유골은 묻힌 시기에 따라 상태가 달랐다. 어떤 뼈는 상아처럼 희고, 어떤 뼈는 착색된 것처럼 누런빛을 띠는가 하면, 또 어떤 곳에서는 백골화가 다 진행되지 않아 썩은 살점이 남아 있었다. 그러한 차이가 땅의 환경적 요인에 따른 것인지 묻힌 시기에 따른 것인지는 알 수 없었다. 그래도 분명한 것은 모든 뼈의 상태가 동일하지 않다는 것이고, 그들이 노예를 묻은 방식에 일정한 패턴이 있다는 것이다. 파고 파다 보면 언젠가 그 패턴을 파악할 수 있을지도 모른다.

얼음성 주위의 땅을 파내기 시작한 지 이 년이 지났다. 해도는 해가 지고 난 뒤에 문서로 그날 수습한 유해에 대해 정리하고 기록하는 습관이 생겼다. 그것은 매장 패턴을 분석하는 데 큰 도움이 되었다. 그는 유골이 성채에서 가까운 곳에서 발견될수록 오래되었고, 멀면 멀수록 최근에 묻힌 것이라는 사실을 알았다. 다만 그것은 순전히 비교적 관점에 의한 것이었으므로 어디에 묻힌 어떤 뼈가 몇 년 전에 묻혔는지는 알 수 없었다.

삼 년이 지났다. 아홉 개의 각삽이 전부 쓸 수 없는 지경까지 닳았기 때문에, 해도는 성채 안에 있는 도구들을 이용해 삽을 만들어 쓰기 시작했다. 영하 사십 도까지 내려가는 겨울의 추위도 제법 견딜 만해졌다. 어쩌면 툰드라도 따뜻해지고 있는지 몰랐다. 이 무렵 그는 칠백 명 정도의 유골을 수습했다.

사 년 반이 지났다. 해도는 유해가 발견된 장소를 지도로 그려 정리하다가, 그 장소들을 선으로 이으면 어떤 형태의 그림이 그려진다는 것을 발견했다. 다음 날부터 그는 그 그림에 따라 유골들이 묻혀 있을 것으로 추정되는 곳들을 파헤쳤지만 아무것도 찾을 수 없었다. 열흘 뒤에 다시 지도를 보니 장소를 이은 선분들은 불규칙적인 모양을 드러낼 뿐 그림은 온데간데없었다. 이때쯤 그는 천백 명의 유골을 수습한 상태였다.

칠 년이 지났다. 성채 내 벙커의 물자가 바닥나고 있었다. 해도는 먹고 마시는 양을 반으로 줄이고, 작업하는 양은 단계적으로 더 늘렸다. 유골이 발견되는 빈도는 갈수록 줄어들었다. 그는 이제 성채에서 일 킬로미터 넘게 떨어진 곳까지 가서 땅을 팠다. 해 질 녘이 돼서 돌아가다가 스스로 파놓은 구멍에 빠져 정강이뼈가 부러지기도 했다. 다리가 다시 붙는데 석 달이 걸렸다. 해도는 자신이 천이백오십 명의 유해를 수습했다고 생각했지만 확실하지는 않았다.

십 년이 넘게 지났다. 성에 있던 물자는 오래전에 끝장났다. 해도는 툰드라에서 자연인으로 살아남는 법을 익혔다. 땅을 파러 오고 가는 길에 나무 열매를 따고 덫을 놓았다. 밤사이 내린 눈이 아침이면 녹았으므로 마실 물은 부족하지 않았다. 그의 유일한 걱정은 무수한 해골 속에서 도연의 유해를 그냥 지나쳐 버리진 않을까 하는 것이었다. 지금까지 천오백 개는 보았을까. 이제는 백 일을 쉬지 않고 파야만 매장지 한 곳을 발견할 수 있었다.

몇 년이 더 지났는지도 알 수 없는 어느 날. 백야가 계속되고 있었다. 그도 나이를 먹었다. 땅을 파는 일도 숫자를 세는 일도 힘에 부쳤다. 그나마 나아진 점이라고는 아침잠이 줄어들었다는 것, 동공이 흐릿해 웬만해서 눈이 부시지 않는다는 것 정도였다. 해도는 박명이 도는 이른 새벽에 성을 떠났다. 그러면 해가 중천에 올랐을 무렵 그날 파야 할 땅 위에 도착할 수 있었다.

축축하게 젖은 흙 위에 단풍색 수풀이 무성한 땅이었다. 듬성듬성 까만 털이 있는 레밍 한 마리가 멀찍이 떨어진 곳에서 해도를 쳐다보다가 숨었다. 입가 쪽 털이 삐쭉 뻗어 있는 것을 보아 어디선가 물을 마시고 온 모양이었다. 해도는 회색 천 조각을 손에 휘휘 감은 다음 삽을 꽉 쥐었다. 그는 지난 팔십사 일 동안 한 구의 유해도 발견하지 못했다. 그런데도 여전히 무언가 나올 것 같은 기분에 사로잡혀 첫 삽을 떴다. 녹이 슨 쇠붙이가 물기 있는 땅을 파 뒤집었다. 암적색 흙더미가 깊어가는 구덩이 옆으로 쌓여갔다.

다섯 시간쯤 파 내려갔을 때 유골이 나타났다. 두 번째와 세 번째 유골은 삼십 분 뒤 동시에 나왔다. 해도는 젖어 있는 뼈들을 수거하는 데 애를 먹었다. 해가 기울어질 즈음까지 일곱 구의 유해를 더 발견했다. 해도는 허리춤에 고인 물로 목과 이마를 축인 뒤 다시 삽자루를 쥐었다.

땅은 갈수록 축축해져서 진흙 같은 점성을 띠었다. 근처에 지하수가 있는 것 같았다. 해골이 자꾸 나오고 있었으므로 해도는 멈추지 않았다. 다음 날 새벽부터는 비나 눈이 올 것이었다. 구름, 노을에 물들지 않는 거대한 회색 구름이 먼 곳에서 몸을 비트는 소리가 들렸다.

구덩이에는 점점 물이 차고 있었다. 시간, 아주 오랜 시간이 지나면 그곳도 강이나 호수가 될지 몰랐다. 삽질을 할 때마다 발아래에서 찰박찰박 물이 튀겼다. 뼈가 계속해서 나오고 있었다. 대부분 수의를 입은 유해들이었다. 거친 면 소재의 수의들은 젖은 흙색으로 물들어 있었다. 해도는 몽롱하게 흐린 눈을 치켜뜨고, 파헤쳐진 수의들의 웃옷 명찰을 엄지손가락으로 비벼 보았다. 흙이 묻어 지저분한 이름표들은 이국 여성들의 것처럼 보였다.

한쪽 팔이 없는 시신은 마를Марал의 것이었다.

가오 루Гао Лу의 두개골은 어디에 맞은 듯 금이 가 있었다.

라모Лхамо는 무릎 아래의 뼈가 발견되지 않았다.

프리야Прия는 하의 뒷부분이 반쯤 찢겨나가 있었다.

도로타Дорота는 갈비뼈가 산산조각난 채 묻힌 것 같았다.

마니타Манита는 척추가 활처럼 굽혀진 모습이었으며, 노조미Нозоми는 양손을 어딘가로 뻗은 채 기도하는 자세로 나타났다.

툴리사Тулиса는 체격에 비해 턱없이 작은 수의를 입고 있었는데, 그녀에 비하면 도연Доён은 제 몸보다 큰 수의를 이불처럼 감싼 채 묻혀 있었다.

한편 마르셀라Марсела는 상의 앞섶이 완전히 풀어헤쳐졌다.

목 끝까지 단추가 채워져 있는 수이린Цуйлинь이 바로 다음에 나왔으므로,

그는……

31

 보안국 경찰 미하일은 그날 아침 의아한 보고를 받았다. 연방령 헬싱키 외곽에서 동양인 남자 한 명이 체포되었다는 것이다. 그곳은 그의 담당구역 밖이었다.

 경찰 초소가 있는 도로 옆을 지나가다가 붙잡힌 그 남자는 허름한 몰골이나 행색으로 보아 시베리아 민족으로 생각되었으나, 여권도 통행증도 없이 오래된 제식 권총 한 자루만 갖고 있는 것 때문에 현장에서 즉시 연행되었다. 그리고 가까운 서로 가서 남자의 얼굴을 자세히 살펴보았더니 눈매며 얼굴형 같은 것이 시베리아 민족과는 사뭇 달랐다는 것이다. 어디서 왔느냐는 담당 경찰의 물음에 남자는 한참 동안 대답하지 않다가 마지못한 듯 '코레이Kopeu'라고 대답했다—고 보고서에 쓰여 있었다.

그래서 내게 이런 보고가 왔군. 미하일은 생각했다. 그의 아버지는 외교부 소속 공무원이었다. 전쟁 이전에는 한국에서 꽤 오랫동안 삼등 서기관으로 근무했다. 그 시절 오 년 넘게 아버지와 함께 살았던 그는 한국어를 유창하게 구사했다. 다만 귀국한 뒤로는 평범한 러시아 공무원이 되어 러시아어를 쓰며 살았다. 세월이 지난 지금은 자신에게 그런 언어가 있었다는 기억조차 가물가물했다. 언어는 녹이 잘 스는 칼 같은 것이라서, 자주 갈아주지 않으면 금세 닳아 못쓰게 되고 만다. 그런 사정을 알 리가 없는 과도정부 당국은 '한동안 한국에서 살았다'는 이유만으로 그에게 남자를 심문하는 일을 맡긴 것이었다.

'정말 귀찮게 됐군. 보내주신 김치가 정말 맛있어요, 라는 말을 어떻게 발음했었더라······.'

미하일은 머리를 벅벅 긁으면서 시내의 경찰서 앞에 차를 세웠다. 경찰서 입구 위에 장식된 낫과 망치 모양의 부조가 정오의 햇살을 반사해 눈이 찌푸려졌다. 경찰서 내부에는 유치장에서 막 꺼내진 남자가 심문실에 앉아 그를 기다리고 있었다.

"지독하게 말을 안 듣습니다." 미하일에게 남자를 안내한 담당 경찰은 질렸다는 듯이 고개를 저으며 말했다. "그냥 쏴 죽이고 싶었어요. 보고서도 괜히 보냈다 싶습니다."

미하일은 그더러 물러나라는 손짓을 했다. 보안국 소속 경찰은 통상적인 계급 이상의 대우를 받았다. 담당 경찰은 점잖게 인사한 다음 자리로 돌아갔다. 그는 철제 책상을 사이에 놓은 채 남자와 마주 앉았다. 어깻죽지까지 내려오는 장발에 말갈기처럼 억세고 푸석거리는 머리카락과 오래전에 떨어져 나간 듯한 왼쪽 귀의 흉터 같은 것들이 눈에 띄었다. 확실히 한국인 같은 느낌을 주는 이목구비였다. 다만 오랜 세월에 걸쳐 발갛게 달은 듯한 피부색과 드문드문 깊게 파인 얼굴의 주름선이 그를 혼란스럽게 했다. 남자는 오십 대 이상의 중장년처럼 보였는데, 그의 나이 듦은 왠지 모르게 부적절해 보이는 구석이 있었다. 마치 삼십 대 정도의 남자가 말하기 힘든 사정으로 인해 분장한 것처럼.

"아, 안녕하세요." 미하일은 저도 모르게 한국말이 튀어나온 것에 놀랐다. 그는 고향 사람을 만나 사투리를 하듯, 자연스럽게 외국어를 구사할 수 있다는 사실에 자신감이 솟았다. 공연히 헛기침을 하고 목소리를 내리깔은 것은 그런 내색을 감추기 위해서였다. "나는 미하일이라고 한다. 경찰이다. 그럼 시작해 봅시다. 한국말로 대답해도 돼. 대충은 다 알아들으니까. 당신의 이름은?"

…….

"이름은?" 미하일은 자신의 발음을 체크하듯 한 번 더 말하고 나서 남자를 쳐다보았다. "이름, 이름 말이야."

…….

"나이는?"

…….

"뭘 하고 있었지? 우리 연방에서."

…….

미하일은 남자의 굳게 다문 입술을 바라봤다. 건조한 바람에 오래 노출된 듯 세로로 갈라지고 패인 입술이었다. 심문실의 블라인드 사이로 시월의 햇살이 비쳤고, 그 빛살 모양에 맞춰 심문실 공기중에 떠다니는 먼지가 눈에 띄었다. 남자의 갈라진 뺨은 햇볕을 받아 더 나이 들고 지쳐 보였다. 미하일은 그 뺨에 새겨진 시간의 흔적을 헤아리다 말고 팔을 크게 휘둘렀다. 느닷없이 뺨이 돌아간 남자는 그대로 심문실 바닥에 내동댕이쳐졌다. 앉아 있던 의자도 함께 넘어져 요란한 소음을 냈다.

'마네킹을 때려도 이것보다는 잘 버티겠군.' 보안국 소속 경찰로서 여태껏 많은 피심문자들을 두들겨 봤지만, 이 남자처럼 힘없이 나가떨어지는 인간은 처음 보았다. 심지어 그는 고통을 느끼는 것 같지도 않았다. 뺨을 맞은 쪽에 코피가 터져 뚝뚝 흐르는데도. 남자는 그것을 닦을 생각도 없이 바닥에 번지는 핏자국을 내려볼 뿐이었다.

"나도 이렇게 하고 싶지 않아. 그런데." 미하일은 계속 주저앉아 있는 그를 향해 다그치는 투로 덧붙였다. "너는 알고 있나? 우리 정부는 전쟁 중이야. 우리 연방에 허가 없이 출입하는 외국인은…… 즉결처분대상이다. 게다가 너는 총기도 소지하고 있었지. 나는 당장, 지금, 바로 널 쏴 죽여도 상관없어."

…….

남자는 변함없이 침묵했다. 저항은커녕 바닥에 나자빠진 채 미동도 없이 있었다. 이런 자를 총으로 쏘아 죽인다 한들 의미가 있을까. 미하일은 허리에 찬 권총집에 손을 올렸다 떼면서 속으로 중얼거렸다. 이 남자는 이미 죽은 사람처럼 존재하고 있는데.

"나도 사람은 죽이고 싶지 않다. 다음에 올 때까지 상황을 좀 생각해 봐."

미하일은 그렇게 말하고 나서 곧장 경찰서를 빠져나왔다. 놈이 입을 열던가요, 하고 묻는 담당 경찰의 질문은 들은 체도 하지 않았다.

이상하리만큼 기분 나쁜 심문이었다. 그 남자는 미하일이 어린 시절 한국에서 봤던 그 어떤 한국인과도 달랐다. 그가 본 한국인들은 하나같이 삶에 미쳐 있었다. 더 나은 삶, 더 훌륭한 인생을 위해 영혼이라도 바칠 것 같은 사람들. 미하일은 같은 학교에 다니던 한국인 친구들에게 영혼에 대해 몇 번 이야기했다가 비웃음을 산 적이 있었다. 그는 한국인에게 영혼이 없다고 생각했다. 더 정확하게는 한국인들이 영혼에 대해 생각하지 않는다고 생각했다.

"하지만 오늘 그 남자는 정반대였어." 미하일은 잠들기 전 머리맡에 있는 전등을 끄면서 말했다. "그놈은 뭐라고 해야 할까, 삶은 없고 영혼밖에 남지 않은 사람 같았어. 아주 미약하고, 야위고, 꺼지기 직전의 촛불 같은, 그런 영혼밖에 남지 않은 사람."

"한국인이 맞기는 한 거예요?" 침대에 누워 있던 미하일의 아내가 물었다. "말을 한마디도 안 했다면서요. 한국인인 건 어떻게 알아요?"

"눈코입이 한국인 같긴 하던데."

"동양인은 다 똑같이 생기지 않았어요?"

"그건 당신이 몰라서 하는 소리야. 한국인, 일본인, 중국인, 몽골인, 베트남인은 다 다르게 생겼지. 러시아 사람이랑 핀란드 사람, 세르비아 사람이 다르게 생긴 것처럼 말이야."

"뭐 상관이에요. 이제는 다 같은 러시아인데."

"아직은 모르는 거야."

"연방을 위해 일하는 공무원이 그런 말을 하면 안 되죠."

"무슨 상관이야? 전쟁이 끝나지 않은 건 사실이잖아."

"말조심해서 나쁠 건 없잖아요. 그것도 거짓말일지도 몰라요."

"뭐가?"

"그 남자가 한국인이라는 거요." 미하일의 아내가 베개에 누인 머리를 남편 쪽으로 휙 돌리면서 덧붙였다. "그냥 물어보니까 둘러댔을 수도 있죠. 실제로 당신이 한국어로 말한 것도 못 알아들었을지도 모르고요. 무슨 말인지 모르니까 아무 반응도 못 한 거 아닐까요?"

"아니야. 내가 느끼기에 놈은 한국인이 맞아. 내 말을 다 알아듣고 있는 것 같았어. 듣고 있는데 무시한 것뿐이야."

"어떻게 그걸 알아요? 그 남자는 아무 말도 안 했다면서."

"느낌으로 알아." 미하일은 똑바로 누운 자세로 이불을 가슴까지 덮으면서 말했다. "조만간 놈을 다시 심문할 거야."

정 말이 안 통한다면 죽이는 수밖에 없지, 라는 생각은 입 밖으로 내지 않았다. 아내는 그가 몇몇 외국인의 머리에 총을 갈겼다는 사실을 모르고 있었고 앞으로도 모를 것이었다. 미하일은 그것이 아주 잘못된 일이라고는 여기지 않았다. 좌우지간 그가 죄를 저지른 것은 사실이었다. 그런 왜소한 체구의 동양인 남자가 연방 교도소에 수감되었을 때 당하게 될 일들을 생각해 보면, 차라리 총알 한 방으로 편안하게 해주는 것이 더 자비로운 일일 수 있었다.

하지만 어쩐지 그를 심문하는 것도, 쏴 죽이는 것도 내키질 않았다. 그 남자는 도대체 누구일까. 대체 왜 그런 곳에서 혼자, 총 한 자루만 들고 배회하다가 연방 경찰에게 저항 없이 붙잡혔을까. 만약 내가 심문하는 입장이 아니었더라면 모든 것을 솔직하게 이야기해 주었을까.

32

차일피일 심문을 미루고 있던 차에 부하 경찰에게서 연락이 왔다. 국제경찰에게서 공조수사 요청이 들어왔다는 것이었다. 흔히 있는 일은 아니었다. 혁명 이후 연방은 국제경찰을 비롯한 초국적 조직들과 사이가 좋지 않았다. 그들의 요청은 뜻밖에도 그 한국인 남자에 관한 것이었다.

어째서 국제경찰씩이나 되는 조직이 신원도 파악되지 않은 한국인 남자 한 명을 조사하기 위해 나선 것인지 미심쩍었다. 일단은 거절의 의사를 답신으로 보내고, 곧장 다음 날 그 남자와의 심문 일정을 잡았다. 다행히 남자는 건강에 큰 이상이 없다는 모양이었다. 그동안 생각을 조금은 바꿨을까. 내일은 그 남자의 이름 정도라도 알아내면 좋겠군.

 날이 밝자마자 미하일의 휴대폰에 불이 떨어졌다. 새벽부터 쌓여 있는 부재중 연락을 본 그는 잠이 확 달아났다. 휴대폰 화면 가장 위에 떠 있는 번호에 허겁지겁 전화를 걸었다. 유난히 길게 느껴지는 통화연결음이 세 번 이어지다가 뚝 하고 멎었다.

"미하일!" 그것은 연방보안국장의 목소리였다.

 미하일은 그를 개인적으로 알지도 못하고 독대한 적도 없었다. 몇 년 전 보안국 신입 경찰 취임식에 방문해 단상 위에서 짧은 축하와 격려의 말을 하던 모습을 먼발치에서 본 것이 고작이었다. 그런 상황이 아니라면. 인민위원장과도 긴밀하게 소통한다는 보안국장과 말단 행정관에 지나지 않는 미하일이 맞닥뜨릴 일은 없어 마땅했다. 그럼에도 그는 "어째서 새벽에 전화를 받지 않았나?"라고 묻는 보안국장의 말에 제대로 된 대답을 내놓아야 했다.

"죄송합니다. 연방보안국장 동지."

"왜 전화를 받지 않았냐고 물었네."

"잠을…… 자고 있었습니다."

"잠을!" 보안국장은 의중을 알아차릴 수 없는 탄성을 내뱉었다. "잠을 잤단 말이지. 그렇군. 보통 러시아 사람들은 밤과 아침 사이에 잠을 자는 법이지."

"죄송합니다. 휴대폰에 수면 모드가 켜져 있었던 것 같습니다."

"수면 모드, 그것 참 좋지. 내 와이프도 곧잘 이용한다네. 하여튼 지금은 이런 얘기를 할 때가 아니고…… 자네와의 대화가 지루하다는 얘기가 아니야. 절대 그렇게는 받아들이지 말게. 나는…… 미하일이라고 했나? 자네에 대해 관심이 아주 많아. 지금도 직접 만나서 이야기하고 싶은데, 그러지 못해서 안타까운 마음이야. 그걸 이해하겠나?"

"이해하고 말고가 있겠습니까. 연방보안국장 동지, 제가 도와드릴 수 있는 일이 무엇입니까?"

"좋아. 자네의 친절에 감사하네. 다름이 아니라, 최근 자네가 담당하는 구역에 동양인 남자가 한 명 구금되지 않았나?"

"아, 그자 말씀이십니까. 사실 그 남자를 체포한 건 제 담당구역은 아니고……"

"그래, 그래. 바로 그 남자 이야기네. 나는 항상 그 동양인 남자에 대해 이야기하고 싶었어. 내 말 알아듣겠나, 미하일 동지?"

"예. 연방보안국장 동지……."

"인민위원장께서 특별히 그 남자를 신경 쓰고 있네."

"……." 미하일은 보안국장이 꺼낸 '인민위원장'이라는 단어에 말문이 턱 막혔다. 이런 상황, 이런 사람과 이런 주제에 대해 어떤 태도로 대화를 이어나가야 하는지 알 수 없었다. 그가 생활하는 아파트 거실에도 인민위원장 동지의 사진이 걸려 있었다.

"어째서인가? 이유는 중요하지 않네. 나는 그런 걸 일일이 설명하는 걸 좋아하지만, 오늘 아침에는 시간이 여의치 않구만." 보안국장은 이쯤에서 짧은 숨을 한 번 들이마셨다가 내쉬고, 애써 침착한 목소리로 이어 말했다. "미하일. 지금 내가 말하는 것을 잘 듣게. 그 한국인 남자에게 혹시……"

미하일은 그 남자, 왼쪽 귀에 흉터가 있는 그 한국인이 갇혀 있는 경찰서를 향해 미친 듯이 가속페달을 밟았다. 그러나 도착했을 때는 이미 늦어 있었다. 경찰서 내부는 전에 본 적 없이 어수선했다. 경관들은 큰일이 나서 비상이 걸렸다기보다, 어떻게 이런 일이 일어났는지 신기해하는 것처럼 보였다.

"유치장 쪽에 있는 콘크리트를 아예 도려냈습니다. 뜨겁게 달군 나이프로 버터를 잘라내듯이." 미하일 이전에 그 남자를 담당했던 경찰이었다. 그는 폐에 잔뜩 숨이 들어찬 목소리로 말했다. 순수하게 놀란 것 같은 철없는 뉘앙스에 미하일은 심기가 불편했다. "영화에서나 보던 일이에요. 대체 어떻게 한 걸까요?"

그는 유치장이 있는 곳으로 들어가 보았다. 한국인이 갇혀 있던 곳은 독방이었다. 간이로 만든 용변기 옆면에 벽돌만한 크기의 작은 쇠창문이 있었다. 둥그런 모양으로 뚫린 구멍은 그 창문 아래에 나 있었다. 그리 크지는 않지만 적당한 체격의 성인 여성이나 어린아이 정도는 쉽게 드나들 만했다. 얼추 체구가 있는 미하일은 그 구멍 밖으로 어깨 한쪽을 빼는 것이 고작이었다.

그는 야외로 머리를 빼고 납작하게 엎드린 채, 건물 바깥의 잔디들이 탈출 경로를 따라 고개를 꺾은 자국들을 보았다. 이슬기 섞인 풀냄새에 코가 시큼했고, 어렵사리 몸을 돌려 쳐다본 하늘에 새털 같은 구름 한 점이 떠다니고 있었다.

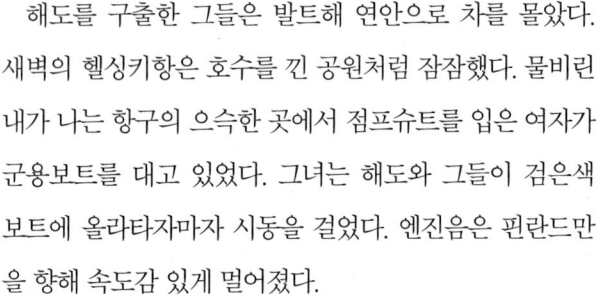

33

 해도를 구출한 그들은 발트해 연안으로 차를 몰았다. 새벽의 헬싱키항은 호수를 낀 공원처럼 잠잠했다. 물비린내가 나는 항구의 으슥한 곳에서 점프슈트를 입은 여자가 군용보트를 대고 있었다. 그녀는 해도와 그들이 검은색 보트에 올라타자마자 시동을 걸었다. 엔진음은 핀란드만을 향해 속도감 있게 멀어졌다.

 모든 과정은 일말의 지체 없이, 몇 마디 말도 없이 진행되었다. 해도는 그들이 주도면밀하게 짜인 작전을 수행하고 있음을 알 수 있었다.

 항구에서 멀찍이 떨어진 곳에 바지선이 떠 있었다. 바지선과 그 위에 안착해 있던 헬리콥터는 보트를 가까이 대기 전까지 자우룩한 밤바다의 일부처럼 보였다. 그들은 해도의 몸을 이끌어 스키드를 밟고 내부로 올라가도록 했다. 가죽 재킷을 입은 남자는 조종석으로, 점프슈트를 입은 여자는 해도와 같은 객실에 올라탔다.

그녀는 함께 올라타지 않은 요원들을 향해 경례했다. 그리고 조종석을 향해 수신호를 했다. 실루엣으로 보이는 여자의 모든 동작에서 빈틈없는 절도가 엿보였.

해도의 머리 뒤로 기계 만지는 소리, 열쇠 꾸러미가 짤랑이는 소리와 몇 개의 스위치가 올라가는 소리가 들렸다. 조종석 위쪽으로부터 엔진이 사나운 맹수처럼 으르렁거렸다. 동체가 위아래로 진동하기 시작했다. 로터의 회전과 함께 그들은 공중에 올랐다. 헬리콥터는 규칙적인 회전음을 내며 바지선과 해수면으로부터 멀어져갔다.

"불은 아직 켜지 마." 여자가 말했다. 해도는 그때야 그 여자가 한국에서 왔다는 것을 알았다. 그녀는 불이 꺼진 기체 내부에서 능숙하게 점프슈트를 벗었고, 그 안에서 흑표범을 연상케 하는 까만 정장이 나타났다. "발트해에 진입했나?"

"방금 진입했습니다." 조종석에 있는 남자가 대답했다.

"좋아. 내부에 전등 하나만 켜. 그리고 독일 영공까지 전속으로 비행해."

"확인했습니다."

그다지 밝지 않은 전등 하나가 켜졌다. 해도는 뒤늦게 앉아 벨트를 차고 있는 여자를 곁눈질로 바라보았다. 정수리 뒤로 꽉 묶은 머리와 동그란 와중에 날이 선 듯한 턱선이 이채롭고, 무엇보다 고양이처럼 크고 예리한 눈매가 특징적인 여자였다. 반대로 그녀는 해도의 얼굴을 정면으로 쳐다보았다. 카메라 렌즈처럼 크고 감정 없는 눈으로 뚫어져라 보았다. 그리고 그것만으로는 부족하다는 듯 상체를 들어, 더 가까운 곳에서 그의 머리통을 좌우로 살펴보고 나서 말했다.

"당신이네요. 왼쪽 귀에 상처가 있는 남자."

새벽 세 시의 발트해 상공은 태양의 그림자도 없이 호젓했다. 예정에 없었고, 생각지도 못했고, 완전히 처음 있는 사건임에도 불구하고. 해도는 이 모든 상황이 여러 번 반복된 것처럼 편안하게 느껴지는 것에 위화감을 느꼈다. 활공하고 있는 헬리콥터 안에서마저 몸이 붕 떠오르는 기분이 들었다. 욕실 타일에서 피어오르는 비눗방울. 규칙이 없는 유영. 터트려지기를 기다리고,

"정해도 님. 당신은," 고양이 눈의 여자가 입을 열었다.

"시간을 되돌릴 수 있나요?"

타라라라, 프로펠러가 돌아가고 있었다.

34

 헬리콥터는 베를린 인근에 있는 간이비행장에 잠깐 착륙했다가, 주유가 끝나는 대로 프랑크푸르트 남서쪽의 공군기지로 향했다. 그곳에서 이른 아침부터 대기하고 있던 미군 소속 공병들이 착륙한 헬기를 군용수송기로 옮겼다. 고양이 눈의 여자, 가죽 재킷을 입은 남자, 그리고 해도는 그 길로 세인트루이스를 경유한 뒤, 열두 시간 뒤에는 제주도에 있는 정부 임시청사에 도착했다.

 여권도 없고, 신원도 불확실한 해도가 불문에 부쳐진 채로 제삼국가들을 경유, 그토록 빠르게 한국으로 귀환할 수 있었던 것은 상식 밖의 일이었다. 그것은 고양이 눈의 여자와 그녀가 소속된—해도의 신병을 확보하기 위해 수단과 방법을 가리지 않았던—조직의 성격이 비상식적이었기 때문이다.

"일단은 우리 얘기를 해야겠네요." 고양이 눈의 여자는 설명하는 일에 도통 적응이 안 된다는 듯이, 크게 한숨을 내쉬고 나서 말을 이었다. "그러니까 저희는, 국제적인 경찰조직입니다. 쉽게 말하면 그래요. 좀 비밀스러운 조직이기는 하지만."

"단도직입적으로 말하시죠." 조종석에서 듣고 있던 남자가 끼어들었다. "타임패트롤이라고요."

"넌 가만히 있어."

"어렵게 설명할 필요 없잖아요. 이 사람도 시간 여행자라면서요? 웬만해서는 알아듣겠죠." 가죽 재킷의 남자는 조종석 상단의 거울로 해도의 뒤통수를 흘낏 보았다. 해도는 거울을 매개로 그와 눈을 마주쳤다. 적대적이지는 않지만 친근하지도 않은 시선이 거꾸로 반사돼 왔다.

"정확하게는 국제수사 기관의 시간관리국이에요." 고양이 눈의 여자가 재빨리 정정하고 들었다. "타임패트롤이라는 말은…… 물론 아주 넓은 의미에서는 그런 쪽일 수도 있겠죠. 그런데 영화나 드라마에서 나오는 것 같은 집단은 아닙니다. 무엇보다 저희는 시간을 자유자재로 왔다 갔다 할 수가 없거든요. 굳이 말하면 이미 일어난 시간 왜곡에 대해 뒷수습을 한다고 해야 되나…… 저질러진 시간을 시체라고 치면, 저희는 장의사협회라고나 할까요."

"뭐? 시간과 장의사라니. 나라면 안 믿는다."

"왜 자꾸 끼어드는 거야? 조종이나 똑바로 해! 좀 닥치고 있으라고." 고양이 눈의 여자는 성질을 버럭 내고 나서, 한껏 찌푸렸던 양미간을 엄지로 꾹 누르며 계속 말했다. "믿든 안 믿든 그건 해도 님의 자유예요. 하지만 우리에게도 우리의 입장을 피력할 수밖에 없는 상황이라는 걸 알아주세요."

해도는 말없이 고개를 끄덕였다. 고양이 눈의 여자는 그 정도의 의사 표현으로도 퍽 용기를 얻은 듯 말을 이었다.

"해도 님, 역사에 우연이 없다는 걸 아시나요? 많은 사람들은 역사라는 것이, 크고 작은 우연들이 모이고 모여서 만들어졌다고 생각하죠. 땅에 뿌려진 빗물이 한방울 한방울 모여 강이 되어 흐르는 것처럼요. 하지만 역사는 그렇지 않습니다. 작은 우연 몇 개로 크게 바뀌거나 뒤흔들릴 만큼 가볍지 않아요. 지금까지 인간의 역사를 결정해 왔던 사건들, 거대한 파도나 다름없는 일들은 모두 강력한 의지가 개입된 것들이죠. 우연적으로 역사가 개변하는 일은 존재하지 않습니다. 지금 세계가 처한 상황도 마찬가지고요."

이어지는 해도의 침묵을 해석하려는 것처럼, 고양이 눈의 여자는 그의 눈동자를 똑바로 마주 보았다. 그녀는 그로부터 혼란과 무지를 감지하고 나서 말했다.

"시베리아에서 얼마나 오래 계셨나요?"

고양이 눈의 여자는 눈치 감각을 타고난 사람이었다. 무언의 응답을 알아채고 소기의 결론을 이끌어 내는 데 비상한 재주가 있었다. 그녀는 비록 정확한 기간은 알 수 없으되 해도가 시베리아에서 아주 긴 시간을 혼자 보냈다는 사실을 알았고, 그로 인해 세상이 어떻게 바뀌었는지 알지 못한다는 것도 짐작해 냈다. 우선은 거기서부터 시작해야 한다. 고양이 눈의 여자는 생각했다. 때마침 그들에게는 한국으로 돌아가기까지의 길고도 무료한 시간이 남아 있었다.

35

 전 세계에 공산주의 혁명이 일어났어요. 고양이 눈의 여자는 그렇게 시작했다. 온 세계에 망령이 떠돌고 있습니다. 공산주의라는 되살아난 망령이.

 시작은 러시아였다. 이미 한 세기 전에 그랬던 것처럼.

 장기화된 전쟁. 청년세대들의 무수한 죽음. 서방세계가 주도한 경제봉쇄와 그에 따른 경기침체. 수십 년간 독재정권을 이끌었던 국가지도자는 그중 어느 것도 해결하거나 책임지지 않은 채 지병으로 죽었다. 그것은 혼란의 끝이 아니라 시작이었다. 차기 지도자를 놓고 정치적 암투를 벌이는 군벌들 때문에 국가행정은 사실상 마비되었다. 러시아 전역에서 소요사태가 빈번했다. 과도정부는 치안 유지를 명목으로 전쟁을 지속했다. 적지 않은 수의 운동가, 무고한 시민들이 체포 또는 납치돼 고문받은 후 죽었다.

적색당Красная партия이 러시아 전역에서 전폭적인 정치적 지지를 받으며 주요 교섭단체로 떠오른 것은 그 무렵이었다. 전쟁과 불황, 국가적 불안에 지친 러시아 국민들에게 '철저한 혁명'을 부르짖는 그들의 구호는 호소력이 있었다. 적색당은 이미 실패하고 낡은 것으로 받아들여졌던 공산주의를 재해석하고, 발전된 현대의 기술로 완전하게 구축할 수 있다고 주장했다. 과거 경험을 근거로 그러한 주장을 반박할 수 있었을 세대는 대부분 죽고 없었다. 적색당의 핵심 주장은 '새로운 시대, 새로운 세대를 위한 새로운 공산주의 혁명이 필요하다'는 것이었고, 그들은 몇 년 후 실제로 정권을 장악하고 나서 그렇게 했다. 그것도 거의 모든 사람들이 예상하지 못한 방식으로 해냈다.

모든 일들이 불과 몇 년 사이에 벌어졌다. 다수당이 된 적색당은 민중으로부터의 혁명을 선언하고, 대통령의 권한을 총리에게 귀속시켰으며, 행정부가 입법권을 자유롭게 행사할 수 있도록 하는 법을 통과시켰다. 이후 적색당이 실시한 혁명적 정책은 이루 헤아릴 수도 없다. 토지를 비롯한 모든 생산수단의 국유화, 금융자본가 세력의 재산

몰수, 거주지 연속성을 고려한 생활터전의 무상 분배, 가계부채의 일괄 탕감, 연방에서 이루어지는 모든 행정 절차의 전산화, 이를 통한 전면적 배급제 시행 등. 그러나 종국에 이르러 사람들의 기억에 아로새겨진 것은 단 하나, 그들이 교착상태에 빠진 동유럽 전선에 핵폭탄을 투하했다는 것이었다.

전 세계로부터 쏟아진 외교적 지탄에도 적색당은 동요하지 않았다. 외려 그들의 떳떳한 입장표명에 나머지 세계가 동요했다. 적색당은 자본주의 진영에 속한 국가들을 일종의 병원체로 규정했다. 지구와 그 위에 문명을 일군 인류를 하나의 생명으로 보았을 때, 자본주의는 암이고 자본주의 국가는 그것의 악성종양이라는 것이 이들의 주장이었다. 인류가 살기 위해서는 자본주의라는 이름의 암덩어리를 한시라도 빨리 도려내야 하며, 이를 위해서는 전에 없이 전격적이고 철저한 혁명이 필요했다. 그러므로 핵무기 사용은 지극히 정당하고 합리적인 선택이었다. 그것은 궁지에 몰린 쥐가 죽음을 각오하고 벌인 일 같은 것이 아니라, 응당 그래야만 하고 그럴 수밖에 없는 역사적 과업으로 선전되었다.

적색당 치하의 러시아가 동구권의 팔십 퍼센트—북유럽의 절반과 중앙아시아 전체—를 장악하고 새로운 소비에트연방의 탄생을 선언하는 동안, 서구사회는 전례 없는 패닉상태에 빠져 대응책을 내놓지 못했다. 미국과 영국을 위시한 자유 진영은 극단적인 정치적 분열과 자국 우선주의에 발목이 묶였다.

다름 아닌 자본주의가 그들의 족쇄였다. 핵전쟁이 벌어지게 되면 주가는? 내 가족이 살고 있는 집과 교외의 별장, 파격적인 우대금리로 계약한 럭셔리카는? 자본가 계급의 또 다른 인격에 지나지 않는 지도계층은 결국 아무 결정도 내리지 못했다. 그저 러시아의 확장주의가 저들 나라에서 가능한 한 먼 곳에 머무르기를 기도하면서, 여차하면 제삼국으로 도망칠 수 있는 전세기와 해외의 안전자산을 몰래 사들였을 뿐이다.

그동안 적색당은 전 세계를 대상으로 한 첩보작전에 공을 들였다. 연방 첩보국의 전방위적인 공작은 자본주의 진영의 만성적인 사회적 불안과 위화감을 조성했고, 더 교묘하고 기만적인 형태로 바뀌었을 뿐인 경제적 계급제를 적나라하게 폭로했다. 오래도록 누적된 빈부격차와 실업자 증가, 그런 사정은 알 바 없다는 듯 한도가 없는 소비와 무한성장을 부추기는 자본주의 체제는 해결책을 찾지 못한 채 마구 흔들렸다. 패배자로 낙인찍힌 사회의 하위계층, 계급을 유지하기 위한 노동 압박에 지친 중산층은 연방의 혁명사상에 동조하기 시작했다. 오직 많은 부동산과 금융자산을 축적하고 있는 상류층만이 혁명에 반대하는 목소리를 냈고, 그중 대부분은 혁명이 시작되자마자 가장 야만적인 방식으로 살해당했다.

세계 곳곳에서 혁명의 붉은 깃발이 나부꼈다. 한국은 혁명이 일어난 국가들 중에서도 모범사례였다. 연방에 소속되지 않은 자유 진영의 나라 가운데 가장 먼저 적색당이 출범했고, 전국지부에서 동시다발적인 혁명이 불거졌다. 외제 차를 타고 출근하던 국회의원이 납치돼 시청광장에서 참수되었다. 해외로 도주하고자 인천에 몰려든 고위정치인과 자산가들이 공항의 청소노동자들에게 맞아 죽었다. 강남과 여의도의 통유리 건물에 폭발 테러가 자행됐다. 은행과 명품매장, 신용카드사의 화려한 건물들이 맹화에 뒤덮이거나 폭발했다.

"광기가 지배하는 시대였어요." 고양이 눈의 여자는 목구멍 안쪽이 먹먹해진 듯한 목소리로 말했다. "대통령이 계엄령을 선포했지만, 군인들이 명령을 듣지 않았어요. 군대 내에서도 혁명을 지지하는 세력과 그렇지 않은 세력이 나뉘졌고요. 결과적으로 내전이 일어났습니다. 많은 사람들이 죽었어요. 우리 오빠도 정부 측에 가담했다가 목숨을 잃었죠. 전역까지 두 달 남아 있었는데."

한국의 내전은 계속되고 있었다. 그것은 제주도로 수도를 이전해 가까스로 명맥을 유지하고 있는 대한민국 자유정부의 입장이었다. 적색당이 장악한 대한민국 혁명정부는 러시아와 동일한 방법으로 국가권력을 독점하고, 무상몰수 무상분배로 대표되는 급진적 공산화를 추진했다. 그러고 나서는 북한을 공산주의를 명목삼아 전제정치를 이어온 '반혁명적 국가'로 정의, 선전포고 없이 평양을 폭격한 것을 시작으로 한반도 전체가 전화戰火에 휩싸였다.

36

"전쟁의 경과가 궁금하시죠?" 가죽 재킷의 남자가 브리핑 자료를 띄우며 말했다. 정부 임시청사 내부에 있는 작은 세미나실이었다. 해도는 한가운데 놓인 의자에 덩그러니 앉아 그 남자의 말을 들었다. "전 세계 인구의 삼 분의 일이 죽었습니다. 한국은 그것보다 좀 더 심했어요. 혁명 이전 오천백만 명이던 인구가 지금은 삼천만 명이 안 됩니다."

"서울의 절반이 황폐화됐습니다." 고양이 눈의 여자가 말했다. "핵 폭격을 집중적으로 받은 인천, 수원, 세종은 유령도시가 됐습니다."

"지금도 천만 명의 피난민이 국토를 떠돌고 있습니다."

가죽 재킷의 남자가 말했다.

"북한 지도부는 신의주로 수도를 옮겼습니다." 고양이 눈의 여자가 말했다.

"전쟁을 계속할 작정이지요." 가죽 재킷의 남자였다.

"혁명정부도 멈추지 않아요. 체제 유지에 도움이 되기 때문에." 고양이 눈의 여자였다.

"방사능 오염 때문에 토지와 식수가 귀해졌습니다." 남자가 말했다.

"많은 폭발로 인해 해수면 상승도 더 빨라졌죠." 여자가 말했다.

"우리나라만의 문제가 아니에요." 남자의 목소리.

"지구 전체가, 사람이 살 수 없는 환경이 되어가고 있어요." 여자의 목소리.

"그런데도 아무도 멈추지 않아요." 남자.

"다 같이 죽어가고 있을 뿐이에요." 여자.

"저기요. 이런 상황에 그다지 공감이 안 되실까요?"

"하지 마." 고양이 눈의 여자가 만류하듯이 말했다.

"이 아저씨가 눈을 감고 있잖아." 가죽 재킷의 남자가 구부린 손가락으로 해도를 가리키며 말했다. "자기랑은 상관없는 이야기라는 것처럼."

"그럼 설명을 더 잘해야지." 여자가 말했다. "해도 님. 미안합니다. 우리 얘기를 어떻게 생각하시든지 당신 자유죠……."

해도는 눈을 뜨고 그녀를 바라보았다. 그녀는 치밀어오르는 감정을 통제하고 있는 것처럼 보였다.

"물론 인류의 역사에 이런 비극은 항상 있어왔어요. 그건 알아요. 제 개인적인 감정으로 징징대고 싶지는 않습니다. 그런데 문제는 이것이 원래 우리에게 예정된 현실이 아니었다는 거예요."

"사실은 아저씨 때문이야." 가죽 재킷의 남자가 시비조로 씹어뱉듯이 말했다. 그의 적대감 어린 말투는 전에 없이 노골적이었다. "말했다시피 우리는 시간을 되돌릴 수가 없어. 단지 시간이 왜곡됐다는 사실을 느낄 수만 있을 뿐이고, 실제로 시간을 역행시킬 수 있는 사람은 한 명뿐이야. 언제나 한 명밖에 없지."

"그게 어떤 원리인지는 저희도 몰라요. 왜인지도 모르죠." 고양이 눈의 여자는 조금 지친 듯한 어조로, 팔을 지탱하고 있던 의자에 풀썩 소리가 나게 앉으면서 말했다. "그런데 늘 있어왔어요. 모든 시대에, 전 인류를 통틀어 단 한 명의 인간만큼은 시간을 역행할 능력을 가지고 있습니다. 그 사람을 텐서Tensor라고 해요. 누가, 어디서, 어떻게 텐서가 되는지는 알 수 없어요. 우리가 아는 건 단지 그런 사람이 세상에 있고, 그 텐서 한 사람의 의지에 따라 역사가 흘러간다는 거죠. 대다수의 인간들은 텐서가 시간을 되돌린다는 걸 인지조차 못 하고 그냥 살아가고요."

"그런데 극소수의 사람들은 텐서가 되돌린 시간을 감지할 수 있어. 스칼라Scalar라고 하지. 사실 일반적인 사람들도 시간 왜곡을 느낄 때가 있어. 기시감. 요컨대 데자뷔déjà vu라고 불리는 느낌이 그거야. 대부분은 그걸 아주 잠깐 동안 느끼고, 일종의 착각이라 치부하고 넘어가. 그런데 우리 같은 스칼라들은 데자뷔를 아주 길게, 그것도 자주 느끼는 거야. 아예 머릿속에 생생한 이미지가 떠오르는 경우도 있어. 머릿속에 짧은 다큐멘터리 영화가 재생되는 기분이지."

"왜곡되기 전의 시간을 보는 건 높은 확률로 미래를 보는 것과 비슷한 일이에요. 텐서가 일으키는 시간 왜곡은 당연히 역사를 바꾸지만, 매번 개인의 삶에 큰 영향을 끼칠 정도로 크게 바꾸진 않거든요. 텐서와 멀리 떨어질수록, 나와 관계없는 사람일수록 데자뷔는 더 정확해져요. 수천 년 전부터 있어왔던 예언자, 점성술사, 무당 같은 존재들도 대개는 스칼라였죠."

"스칼라는 타고나는 경우가 많아. 텐서랑은 다르지. 데자뷔를 느끼는 빈도나 깊이도 타고난 것에 따라 다르고, 역량에 차이가 나는 거야. 나는 하루에 다섯 번 정도 데자뷔를 느끼는 편인데, 누나는 열두 번도 넘게 본 적이 있어. 그만큼 나보다 뛰어난 스칼라라고 할 수 있지. 그래서 대를 이어 타임패트롤로 일하는 거야. 우리 아버지도 시간관리국 소속이었어. 지금은 누나와 내가 물려받아서 이 일을 하고 있는 거고. 한국인으로는 우리 둘뿐이고······."

"아니, 엄밀하게 말하면." 고양이 눈의 여자가 동생의 말허리를 끊고 들었다. "세 명일 수도 있어요. 스칼라라는 것으로 치면."

"아."

"그리고 그 사람은 아마도, 해도 님이 본 적이 있는 사람이에요."

"다 얘기하는 거야?"

"지금은 그 방법밖에 없어."

"그래. 그렇긴 하네." 가죽 재킷을 입은 남자가 체념한 듯 고개를 내저었다.

"해도 님. 그 사람의, 그 남자의 이름은 〈산〉입니다." 고양이 눈의 여자가 말했다. "그는 신 소비에트연방과 적색당의 실세이고, 한국을 포함해 전 세계를 혁명과 혼돈으로 몰아넣은 장본인이에요. 러시아에서는 안드레이라는 가명을 썼습니다."

37

 본명은 반길산이다. 집안에서는 유년 시절부터 '산'이라는 애칭으로 불렸다.

 그의 아버지 반명선은 '국제교'라고 불리는 사이비종교의 교주였다. 서른 살에 목사 생활을 시작한 그는 광복 이후 부산에서 만든 자신의 교파를 전 세계로 확장시키고, 수십 년 뒤에는 한국인으로서 손꼽히는 부와 명성, 권력을 지닌 종교지도자로 국제사회에 이름을 떨친 인물이었다. 과거 무소불위의 권력을 자랑하던 대통령과 독대하거나 미국의 의회에서 연설을 한 적도 있었을 정도다.

 산업화가 급격하게 이루어지던 시기, 막대한 외화를 축적한 국제교와 그 주인이었던 반명선이 대한민국 근대사에 미친 영향력은 대단한 것이었다. 그럼에도 불구하고 국제교가 정식종교로 인정받지 못하고, 끝끝내 사이비라는 오명을 벗지 못한 데에는 그의 추잡한 여성 편력이 큰 역할을 했다.

반명선이 세상에 남긴 자녀가 몇 명인지에 대해서는 오래도록 논란이 분분했다. 국제교 측은 교주의 가계도를 공식적으로 정리해 놓기도 했는데, 이 계보에는 반명선이 총 다섯 명의 아내로부터 팔 남 십이 녀를 탄생시켰다고 되어 있다. 그러나 그를 따르는 국제교 신도들은 물론 가계도를 작성한 교회 간부조차 그것을 사실로 믿지 않았다. 일설에 따르면 그가 알게 모르게 건드린 여신도의 숫자만 오백 명이 넘고 그렇게 태어난 사생아만 백 명에 달했다. 여기에 반명선의 부인들이 반명선의 내연녀와 사생아를 어떻게든 찾아 죽이고, 사체를 갈아 가축의 사료로 먹였다는 얘기도 나돌았다. 이러한 풍문들은 그 구체적인 숫자에 차이가 있을지언정 대부분 사실이었다.

그렇게 많은 자식을 두었음에도 후계자 문제에 골치를 썩었다는 것이 바로 반명선이 치른 업보였다. 반명선의 자식들은 모두가 어려서부터 엘리트 교육을 받고, 커서는 거액이 드는 유학을 다녀온 뒤 특정 지역의 국제교 지부나 관련 기업의 중책을 맡았다. 그러나 그렇게 된 자녀 가운데 그의 뒤를 이어 교회 전체를 이끌 카리스마는 없다는 것이 반명선의 생각이었다.

수천 년 전 반인반신의 권위를 누렸던 파라오처럼, 그는 사후에도 자신의 제국이 불멸하기를 원했다. 그러기 위해서는 단순하게 말을 잘 듣는 좋은 자식이 아니라, 자신을 위협할 만큼 대담하고 위대한 자식이 필요했다.

그런 와중에 그가 열아홉 살의 여신도와 관계를 맺어 낳은 막내아들이 반길산이었다. 세계적 사이비종교의 교주가 환갑이 넘은 나이로 손녀뻘 아내에게서 자식을 보았다는 소식은 얼마간 주간지 일면에 오르내리며 화제가 되었다. 반명선 본인은 물론 그의 다른 처자식들도 그 사실을 알게 되었다. 너무도 많은 사람들이 산의 출생에 대해 쑥덕거렸다. 그들은 산의 인생이 비극으로 결딴나리라고 말했다.

38

 산의 어머니가 의문의 사고로 목숨을 잃은 것이 그의 나이 일곱 살 때였다. 산을 포함해 장례식장에 있던 그 누구도 사망진단서에 적힌 '실족사'를 곧이곧대로 믿지 않았다. 그는 다만 어린아이답게 처신했다. 죽음이 무엇인지 이해하지 못하는 천연덕스러운 소년을 연기했다. 우리 엄마 어디로 갔어요? 언제 다시 볼 수 있어요? 그의 아버지는 표정 없이 산의 머리를 쓰다듬으며, 이 불쌍한 늦둥이를 본가 친척들에게서 보이지 않는 곳으로 떨어트려 놓아야겠다고 생각했다.

 경기도 모처의 외딴 동네로 보내진 산은 양부모 슬하에서 착하고 건실한 아들로 자랐다. 학창시절에도 '다른 또

래들보다 머리 회전이 좋다'거나 '만사에 긴장하는 법 없이 태평하다'는 점이 생활기록부에 적혀 있을 뿐 평범하게 얌전하고 착실한 아이였다. 그가 아버지와 뭇 형제자매들의 시선을 끈 것은 예상보다 좋은 점수로 서울대학교에 합격했을 때였는데, 공과대학을 중간 정도의 성적으로 졸업한 뒤에는 느닷없이 건설현장 노동자가 되어 일했다. 공부를 너무 해서 머리가 돌아버렸다거나 이상한 바람이 들었다는 둥 주변에서 쑤군덕거리기를 이 년. 시간이 흐르자 산의 동태를 예의주시하던 반명선의 다른 부인들, 자녀들은 노가다판을 전전하고 있는 그에게서 관심을 떼기 시작했다.

보다 못한 아버지는 막내아들을 독일로 강제유학 보냈다. 산은 유서 깊은 대학도시 하이델베르크에서 석사과정을 마친 다음 귀국했지만, 아버지가 말하는 '큰일'들에는 관심이 없이 지방의 교회에서 소일거리를 할 뿐이었다. 반명선은 크게 실망했다. 노쇠한 그의 후계자 자리를 놓고 형제들 간의 다툼이 계속되고 있는데, 나름대로 큰 기대를 걸었던 막내아들조차 배포도 욕심도 없는 쭉정이였음이 드러난 것이다.

느닷없이 러시아로 보내 달라는 산의 요청에는 화도 내

지 않았다. 정교회의 입김이 강한 러시아는 국제교 선교의 불모지였다. 자신의 교회가 더 번영하기 위해서는 북미와 유럽에 깊이 뿌리를 내려야 한다고 생각했던 반명선에게 러시아는 안중에도 없었다. 그런 그가 산을 러시아로 갈 수 있도록 허락한 데에는 아버지로서 베푸는 마지막 정이, 몇 년간 우리에 가둬놓고 키우던 야생동물을 숲속에 풀어놓는 것 같은 체념이 있었다. 이제 가족 중에 그를 신경 쓰는 사람은 아무도 없게 되었다. 어려서부터 산을 눈엣가시처럼 여겼던 그의 배다른 형, 반명선의 육 남 반길동까지도 사석에서 말하길,

"걔가 머리는 괜찮은데, 그릇이 너무 작더라 이거야. 몇 년 동안 하는 꼬라지를 보니 도무지 큰일을 할 놈은 아니더라고. 지금은 저어기 위에 러시아인지, 눈 덮인 시베리아에 가서 혼자 삽질이나 하고 있지 뭐."

그러나 가족의 눈 밖에 났다는 것은, 비로소 산에게 기회가 주어졌음을 의미했다.

러시아로 간 산은 난생처음으로 획득한 자유를 실감했다. 누구의 감시도 구속도 받지 않으며 길을 걷고, 말하고, 행동할 수 있게 된 자신을 만끽했다. 그는 너무도 오래 기

다렸다.

반명선은 제 자식들이 자신과 비슷한 신통력을 타고 태어난 줄은 알고 있었으나, 막내아들이 하루에 이백 번도 넘는 데자뷔를 느끼고 미래를 가늠한다는 것은 몰랐다. 산은 그 능력을 그때껏 자신의 신변을 보호하는 데에만 사용해 왔지만, 이제는 그럴 필요가 없었다.

하얗게 소멸해 가는 지평선. 아무것도 모르고 있는 인간들. 산이 갈망하게 된 것은 전 인류의 자유였다. 돈이나 재능을 타고나야만 얻을 수 있는 자유가 아닌 무조건적 자유를 그는 원했다. 그것을 위해서는 혁명이 필요했고, 혁명을 위해서는 사람이 필요했다. 산은 이제 막 제막된 바둑판 앞에 양반다리를 하고 앉은 사람 같았다. 필요한 모든 수가 그의 머릿속에 있었다.

산은 극동 러시아와 중국 동북부를 여행하며 자신을 위해 일할 사람을 모았다. 그것은 새로운 종교의 신도를 모으는 일과 다르지 않았다. 그 일에 관한 한 천부적인 재능을 물려받은 그였다. 앞날을 훤히 내다보는 듯한 그의 말과 행동에 하나둘 추종자가 생겨나갔고, 입소문이 퍼지자 딱히 뭘 하지 않아도 군중들이 그를 따라다녔다.

산을 따라다니는 사람들 대부분은 가난하고 교육받지

못한 하류층 노동자였다. 오래전부터 빚더미에 쌓인 채 고된 삶을 살아가던 이들. 산은 예지를 통해 획득한 부를 기꺼이 그들과 나눴고, 단체 숙소로 활용할 수 있는 지부 건물을 사들여 잘 곳과 먹을 것을 무료로 제공했다.

   국경 마을에 사는 가난한 사람들의 맹목적 지지는 산을 정치적 거물로 성장시켰다. 연해주 최고의 해결사라는 만포를 최측근으로 끌어들인 것도 이 무렵이었다. 산은 차분하면서도 빠른 속도로, 올바른 결정만을 내리며 극동아시아의 무시할 수 없는 실권자로 자리 잡고 있었다. 그리고 얼마 안 가서 전쟁이 일어났다.

39

 반명선은 러시아 정부에 무단징집돼 종군하던 막내아들이 지뢰에 폭사했다는 비보를 들었다. 이 무렵부터 그는 시름시름 앓기 시작했다. 나이가 팔순이 다 되었던 데다가 늘그막에 얻은 막내아들까지 개죽음을 당했으므로, 주변의 가족들은 물론 신도들까지 그것을 이상하게 여기지 않았다.

 실제로 산이 죽지 않았다는 것을 아는 건 그의 최측근인 만포와 몇몇 관계자밖에는 없었다. 이들은 몇 년 뒤 산의 계획에 따라 병상의 반명선을 독살하고, 장례가 끝난 뒤 화장터로 들어가기 직전에 사체를 바꿔치는 일에도 제 역할을 했다.

반명선의 시신은 냉동된 참치로 위장되어 러시아에 밀수입되었다. 산은 주검이 된 아버지의 모습을 보자마자 얼굴을 일그러뜨렸다. 그의 마음에 파도가 회오리쳤다. 산은 죽어 있는 반명선의 목을 부러뜨리고, 성기를 잘라 바다 한가운데 던져버렸다. 지상에 태어나 자의식을 느낀 뒤부터 줄곧 그를 괴롭혀왔던 파도는 그제야 잠잠해졌다. 산은 마지막 남은 구속을 벗고 자유로워졌.

저들끼리 싸우기 바쁘던 반명선의 다른 핏줄들을 하나하나 죽여없앴다. 그들은 누구에게 어떻게 왜 죽는지도 모른 채 삶을 잃었다. 오래전 산의 어머니가 그랬던 것처럼. 배다른 형 길동을 살려둔 것은 공식적으로 망자인 자기 대신 국제교를 이끌 사람이 필요했기 때문이다. 산을 가장 무시했던 인물이었던 그는 귀신처럼 살아 돌아온 산을 단 한 번 마주한 것만으로 공포에 질렸다. 그리고 남은 평생을 산의 꼭두각시로서 교주 노릇을 하는 데 바쳤다.

때마침 러시아에 정치적 혼란이 찾아왔다. 산은 인망이 좋은 러시아 운동가 몇 명을 포섭하여 적색당을 창당하게 했고, 그의 세력은 마침내 때가 된 주인공처럼 러시아 전역에 나타났다. 서구 자본주의에 찌들어 러시아를 망친

정부를 비판하고, 지금이야말로 철저한 혁명을 통해 공산주의 사회를 실현해야 할 때라고 주장했다. 전쟁과 정부의 무능, 궁핍한 경제 상황에 지칠 대로 지친 러시아 국민들은 집단최면에 걸린 것처럼 적색당 운동에 가담했다.

때가 다가오고 있었다. 현 지구상에서 가장 크고 넓은 나라, 러시아의 붉은 혁명은 전 인류의 정신체계를 송두리째 뒤집어 놓는 사건의 첫 단추가 될 것이었다. 일차적으로는 민주주의적 절차를 밟아 합법적인 형태로 정권을 장악할 필요가 있었다. 혁명은 위에서부터도, 아래서부터도 아닌 사회 전반에서 동시다발적으로 불거져야 했다. 산은 만반의 채비를 위하여 주요 도시의 적색당 지부로 쉼 없이 쏘다니며 상황을 진두지휘했다.

산의 헌신적인 노력에 응답하듯 혁명의 준비는 더할 나위 없이 순조롭게 진행되었다. 문제는 그가 가진 스칼라로서의 능력이 약해지고 있다는 것이었다.

애당초 그의 능력은 미래에 대한 '완전한 예지'가 아니었다. 산이 느끼는 기시적 이미지는 그 시점에서 가장 '가능성이 높은 미래'를 머릿속에 그려줄 뿐이었다. 따라서 그가 감지한 것과 다른 미래가 현실에 나타나기도 했는데,

그 차이는 대개 기차가 도착하는 시간이 이삼 분가량 늦어지는 정도의 미세한 것에 지나지 않았다. 결과적으로 산이 내다보는 미래는 사건의 큰 맥락에 있어 크게 틀리는 일이 없었다.

그러나 혁명의 순간이 다가오면 다가올수록, 산은 자신의 능력이 더욱더 부정확해지고 있다는 것을 실감했다. 머릿속에는 계속해서 그럴듯한 미래의 형상이 들어오고 있는데, 기차의 도착시간이 십 분, 삼십 분에서 한 시간 차이가 나기 시작하더니 기차가 아주 오지 않는 일도 생겼던 것이다.

일어나야 할 일이 일어나지 않는다.

그것은 치명적인 변수였다. 산은 지금까지 자신을 이끌어온 그 이미지들로부터 결정적인 순간 배신당할지 모른다는 생각이 들었다. 전에 느껴본 적 없는 당혹감과 초조함이 찾아왔다. 그에게 있어 미래에 대한 감각이란 시각이나 청각처럼 세계를 인식하는 주요한 장치를 담당하고 있었다. 그러나 그것이 더 이상 믿을 만하게 작동하지 않는다는 생각 때문에, 맑은 날 들판을 내다보는 것처럼 훤히 느껴졌던 미래가 돌연 흐릿하고 불분명해졌다는 기분으로 인해 그는 불안을 발명했다.

평정심을 잃은 산은 자기 자신을 가누지 못했다. 혹한의 추위에도 식은땀을 흘렸고 매일 밤 잠을 설쳤다. 무언가로부터 집요하게 쫓기는 기분에 휩싸여 단 하루도 어딘가에 멈춰 있지 못했다. 불안감이 최고조에 다다랐을 때는 아예 시베리아 횡단 열차에 살다시피 했다. 그렇게 끊임없이 어딘가로 움직이고 있으면, 자신의 미래를 헤집어 놓으려는 그것이 떨어져 나가기라도 하리라는 듯이.

창밖으로 칠흑에 쌓인 설원이 시속 백이십 킬로미터의 속도로 지나가고, 쉬지 않고 돌아가는 히터 때문에 건기의 사막처럼 건조했던 열차 내부. 일등석의 가장 안락한 침대에서도 잠들지 못한 산은 익숙한 동작으로 책을 읽고 있었다.

그때 객실 문을 박차고 들이닥친 남자, 그 거지 같은 몰골의 남자가 미리 써놓은 듯한 쪽지를 자신에게 내밀었을 때.

〈숨겨줘. 쫓기고 있다. 찾고 있는 게 있어. 삼 년 동안 시베리아를 수색 중이다.〉

그 남자의 침입, 그 쪽지의 내용, 그 어떤 것도 자신의 머릿속에는 그려진 적이 없는 이미지였다. 그럼에도 산은 전혀 놀란 표정을 짓지 않았다. 침착하게 그 남자의 부탁대로 몸을 숨겨주었다. 그리고 태연하게 말하고 행동하면서 생각했다. 오래전 엄마의 장례식에서 그랬던 것처럼.

쪽지는 미리 쓰여 있었어. 그것도 한국어로. 마치 내가 여기에 있고, 자신을 숨겨줄 수 있는 한국인이라는 사실까지 다 알고 있다는 듯이. 그는 우연을 믿지 않았다.

이놈이다. 이놈이 미래를 바꾸고 있어.

이 순간 산은 머릿속에 그 어떤 형태의 미래도 그릴 수 없었다. 데자뷔를 느끼던 모든 감각이 수신기가 고장 난 텔레비전처럼 작동을 멈춘 것이다.

문득 그는 어린 시절 보았던 만화를 떠올렸다. 음속으로 하늘을 날고, 주먹 한 방으로 운석을 깨부수고는 슈퍼히어로가 등장하는 만화. 무적이나 다름없었던 그 영웅은 단 하나 치명적인 약점을 갖고 있었다. 외계에서 온 형광색 돌멩이. 슈퍼히어로는 그 돌멩이 앞에만 서면 모든 능력을 잃고 평범한 인간과 다름없는 존재가 되어버렸다. 산에게는 난데없이 객실 문을 열고 들어온 해도가 그 형광색 돌멩이같이 느껴졌다.

다만 돌멩이 같은 그 남자는 산의 정체나 그가 가진 능력에 대해 아무것도 모르는 모양이었다. 불행 중 다행이었다. 아니다. 이것은 오히려 행운일 수 있었다. 여기서 어떻게 대처하는지에 따라서, 산은 지금까지 자신을 이끌어와준 능력을 되살릴 수도 유지할 수도 있었다.

죽일 수는 없어. 그건 리스크가 너무 크니까. 나의 능력이 이 남자의 존재와 어떤 식으로든 연결되어 있는 이상. 최대한 내게서 멀리 떨어트려 놓는 것이 상책이야. 내 주변의 일이나 사건에 영향을 끼치지 않을 만큼 멀고 황량한 곳에. 가급적이면 아무것도 없는 곳이 좋겠지. 하지만 어떻게 이 남자를 보내버릴까. 분명 뭔가를 찾고 있다고 했는데. 머리가 돌아가지 않아. 술을 좀 마셔야겠어.

그때 남자가 서류를 꺼냈다. 그것은 산이 몇 달 전쯤에 만나본 적이 있는 인물의 프로필이었다. 파벨. 돈이 썩어 넘치도록 많은 천연가스 재벌을 부모로 둔 덕택에 마음껏 쓰레기처럼 살고 있는 놈이었다. 온 나라에서 사람을 납치해 노예로 쓴다고 했었지. 한국인 노예도 있다고 자랑했었어. 언젠가 만포를 시켜서 치워버릴 생각이었는데.

산은 마주 앉은 그 남자가 찾고 있는 것이 사람이라는 사실을 직감했다. 그렇게 생각하면 모든 것이 맞아떨어진다. 그는 한국에서 이 먼 곳까지, 시베리아에서도 가장 외진 곳에 납치된 누군가를 찾아 헤매며 군인에게 쫓기고 있었던 것이다.

하지만 안됐군. 그놈에게 잡혀간 노예는 전부 몇 년도 안 돼서 죽고, 근처 땅에 아무렇게나 파묻히게 되어 있는데…… 아니야. 내게는 잘된 일이야. 이놈을 도와줘야겠어. 만포를 시켜서, 이 남자가 그곳에서 완전한 좌절을 찾아낼 때까지, 그 휑하고 삭막한 곳에서 스스로 시간을 보낼 수 있게끔.

누군지도 알고 위치도 알고 있어요. 생각을 끝낸 산이 입을 열었다. 다만 두 가지만 약속해 주십시오.

40

 창문 없는 방이었다. 벌건 대낮인데도 방 안에는 빛 한 줄기 새어 들어오지 않았다. 안전가옥 바깥에는 요원들이 교대로 건물 주변을 지키고 있었다. 해도는 특수한 경우에만 허가를 받아 외출할 수 있게 돼 있었고, 그 외의 시간 동안은 상부의 지시가 있을 때까지 그곳에서 지내야 했다. 다만 고양이 눈의 여자가 "외출 허가는 기대하지 않는 게 좋아요"라고 귀띔해 주었으므로, 해도는 이것이 실질적인 수감생활에 지나지 않는다는 것을 알았다.

 사는 데 필요한 것은 대부분 제공됐다. 식재료와 각종 생활용품은 물론 무료함을 달래줄 책이나 전자기기 같은 것들도 원한다면 곧장 가져다 주었다. 그에게 금지된 것은 외부세계와의 통신과 바깥을 돌아다닐 자유밖에는 없었다. 해도는 방 안의 불을 모두 끄고 지내면서, 배가 고프면 먹고 졸음이 몰려오면 자는 단조로운 생활을 반복했다. 방은 그가 잠들어 있는 동안 은밀히 청소되는 것 같았다. 그것은 어느 정도 물리적인 수색을 겸하는 조치였다. 그들은 저들이 가둬놓은 해도가 자해나 자살을 기도하지는 않는지 감시하고 있었다.

일주일에 한 번은 조직에서 보낸 사람과 상담을 가졌다. 해도가 좀처럼 말을 꺼내지 않았기 때문에, 상담사들은 기록지 종이 한 장도 채우지 못하고 돌아가는 일이 부지기수였다. 끝내는 그와 그나마 대화가 통한다는 고양이 눈의 여자, 지선이 그의 전담 요원이 되어 주된 의사소통을 담당하게 됐다. 물론 해도는 그녀에게도 말을 하지 않았다. 두 사람이 있는 시간은 대부분 침묵으로 이어지다가, 그것에 지친 지선이 아무런 말을 마구 늘어놓으면서 끝났다. 상담을 받는 쪽은 되려 지선인 것처럼 느껴졌.

"……어차피 당신한테는 아무 상관없는 얘기겠죠. 오늘도 미안합니다."

한동안 해도는 쥐죽은 듯이 생활했다. 자유의 박탈이 그에게는 고문이 되지 않았다. 그러자 조직은 차츰 더 노골적인 전략을 사용하기 시작했다.

안전가옥 내부에 커다란 디스플레이가 설치되었다. 해도의 방송 청취는 원칙상 금지되어 있었으나, 그 디스플레이를 통해서는 단 하나의 채널을 시청하는 것이 가능했다. 여전히 전쟁 중인 전 세계, 한반도 본토의 침울한 소식만을 담은 뉴스였다. 전날 오후부터 오늘 아침까지 몇 건의 폭격으로 사상자 몇 명이 발생했으며, 생화학무기를 사용한 적습 때문에 모 도시가 봉쇄 조치되었다는 것, 또 피폭된 환자들이 자가격리 권고를 지키지 않고 식량을 구하러 다니다가 사망했다거나, 그 사체가 쌓여 또 다른 방사능 폐기물이 되고 있다는 보도가 무미건조한 목소리를 통해 전달되었다.

해도를 대하는 지선의 태도에도 변화가 생겼다. 신변잡기에 대해 시답잖은 말들만 늘어놓던 그녀는 좀 더 본질적인 주제들, 이를테면 조직이 해도를 구속하고 있는 목적에 대해서도 말을 꺼내기 시작했다. 지금 이 생활이 답답하실 수도 있고, 화가 나실 수도 있을 거예요. 하지만 저희는 해도 님을 가둬놓으려는 것이 아닙니다. 보호하려는 거죠. 저희가 하는 모든 일은 올바른 미래를 되찾기 위해서입니다. 그러기 위해서는.

"해도 님의 힘이 필요합니다. 해도 님만이 할 수 있는 일이 있어요." 지선은 해도의 양쪽 어깨를 붙잡고, 열의로 가득한 교사가 부진한 아이에게 하듯 절실한 표정으로 말했다.

그럼에도 해도는 아무 반응을 보이지 않았다. 단지 그는 지선의 눈을, 자신의 머리를 통과해 먼 뒤쪽의 벽을 바라보는 듯한 동공을 쳐다보았다. 그러자 지선은 돌연 멋쩍어진 듯한 얼굴로,

"실례했습니다" 하고 돌아서 방을 나갔다.

그에게는 그만이 할 수 있는 일이 있다.

해도는 언제 어디선가 비슷한 말을 들은 기억이 났다.

그 남자. 안드레이. 아니, 산은 자신이 한국으로 돌아갈 수 있게 도와달라고 했다. 그러나 그는 해도의 도움 같은 건 필요하지 않은 사람이었다. 그는 스스로의 힘으로 얼마든지 돌아갈 수 있지만. 어쩌면 그에게 돌아가야 할 곳이 없을지도 몰랐다.

그렇다면 이 모든 것에 납득이 간다. 산 같은 사람, 돌아갈 곳이 없는 사람은 종종 상상하기 어려운 일들을 해

내곤 하니까. 전 세계에 혁명과 핵전쟁을 일으키는 사람은 반드시 돌아갈 곳이 없는 사람일 수밖에 없다.

   그는 침대와 이불에 파묻힌 채 생각에 잠겨 있었다. 그리고 새벽녘 방 청소를 위해 숨죽여 들어오는 이들의 인기척을 느꼈다.

41

 며칠이 지나 지선이 찾아왔다. 전혀 방문이 예정되지 않은 날짜와 시간이었다. 해도가 문을 열자 그녀는,

 "모든 허가가 떨어졌어요."

 하며 가지고 온 커피며 서류 더미들을 테이블 위에 쏟아놓았다. 그녀는 전에 없이 생기가 넘치는 모습으로, 생일을 하루 앞둔 소녀처럼 기대감에 넘치는 목소리로 운을 뗐다.

 "이제야 모든 걸 말씀드릴 수 있게 됐어요. 사실은 헬리콥터에서 해드렸던 얘기만으로도 문책을 받았습니다. 그만큼 해도 님이 저희에게, 아니, 세계에 있어 중요한 사람이라는 의미겠지만." 지선은 해도를 위해 의자를 빼주고,

그가 잠이 덜 깬 듯한 모습으로 그녀 앞에 앉을 때까지 기다렸다가 말했다. "단도직입적으로 말씀드리면, 그렇습니다. 해도 님의 힘이 필요해요. 해도 님은 우리 세계에 남은 유일한 희망이니까."

해도는 그녀가 재미없는 농담을 한 줄 알았다. 이어지는 말들도 대체로 터무니없는 것들이었다. 이를테면 이런 것이다. 그녀가 소속된 시간관리국은 기원전 수천 년 전까지 이어지는 긴 역사를 가지고 있다. 인류의 발전과 시대에 따라 이름을 바꿔가며 존속해 온 비밀결사로서, 태초에 이 조직이 탄생하게 된 배경에는 하나의 발견이 있었다. 그것은 지구상에 존재하는 인간 중 단 한 명, 자연의 뜻에 따라 무작위로 선택된 누군가가 '자신의 의지에 따라 시간을 되돌리는 능력'을 갖게 된다는 것.

"그게 텐서라는 건 이미 말씀드린 적이 있죠. 물론 뭐라고 부르는지가 그리 중요한 건 아니지만." 지선은 그렇게 말하고 나서 커피를 한 모금 삼켰다. 그녀의 목소리가 꼭 한 모금 적셔졌다.

"역사는 이 텐서의 의지에 따라 크게 변화해 왔어요. 이름만 대면 다 알 만한 역사적 인물들, 인류 문명에 돌이킬 수 없는 영향을 준 인물들 중에는 텐서가 많았습니다. 알렉산더 대왕, 카이사르, 칭기즈칸, 나폴레옹 등등은 거의 확실한 케이스죠. 제가 속한 비밀결사, 지금은 시간관리국이라고 불리는 조직은 그런 텐서의 의지를 감지하고, 그것이 문명 전체를 파멸시키지 않는 방향으로 가게끔 이끌기 위해 만들어졌습니다. 말하자면 저희는 안전장치 같은 거예요. 잘못된 의지를 가진 텐서가 한순간의 실수로 인류를 끝장내지 않도록만 유지하는 거죠. 그건 그렇게 어려운 것도 아닙니다. 대개는 텐서가 누구인지 알 필요도 없어요. 우연히 텐서가 된 인물들. 그런 사람들이 시간을 되돌려서까지 얻고자 하는 것들은 그렇게 대단한 것이 아니거든요. 사람들은 시간만 되돌릴 수 있다면 뭐든 할 수 있다고 믿지만. 실제로 원하는 것이라고는 기껏해야……"

부자가 되거나, 막강한 권력을 손에 쥐거나, 명예를 얻어 모두의 부러움과 존경을 사는 것. 최고의 미인을 배우자로 들이는 것. 그리고 행복한 가정을 꾸리는 것. 기껏해야 그런 것들뿐이다.

의식적으로든 무의식적으로든, 인간이 충족하고자 하는 욕망은 십중팔구 유년 시절의 결핍으로부터 탄생한다.

가난하게 자란 사람은 물질적으로 풍요로운 삶을 갈망하고, 모욕받고 무시받는 인생을 살아온 사람은 누구 앞에서든 떳떳할 수 있는 지위를 필요로 한다. 그러나 절대다수의 인간들에게 삶이란 단 한 발만 쏠 수 있는 권총이다. 요행으로라도 단번에 과녁을 쏘아 맞힐 수 있는 사람은 거의 없고, 대부분은 자신의 결핍을 메우지 못한 채 죽는다.

텐서는 그렇지 않다. 그는 자신의 욕망이, 결핍이 완전히 충족될 때까지 무한히 반복되는 시간을 부여받는다. 모든 차원에서의 실패를 거부하면서. 오직 자기 자신의 완성을 위하여 세계를 조각할 권리가 생기는 것이다.

어떤 원리로, 어떤 초자연적 의지에 의해 텐서가 결정되는지는 조직도 아는 바가 없다. 텐서는 도시의 꿈많은 청년이 될 수도 있고, 작은 섬나라의 소녀가 될 수도 있으며, 고산지대의 양치기나 고래 뱃속에 들어간 노파가 될 수도 있다. 그들이 아는 것은 텐서가 그 능력을 얻게 된 시점 이전의 과거로는 돌아갈 수 없다는 것, 그리고 자기 결핍으로 인해 발생한 근원적 욕구가 채워지는 순간 죽는다는 것이다. 바로 그 순간 세계에는 새로운 텐서가 나타나…… 결국 인류의 역사란 연속되는 텐서의 삶과 그 의지의 반영이나 다름없는 셈이다.

"어떻게, 여기까지는 이해와 납득이 가시나요?"라고 그녀가 물어봤자, 해도는 그 자신이 텐서인 마당에 믿는 것 밖에는 방법이 없었다. 눈치 빠른 지선은 그런 해도의 심중도 반쯤은 알아차린 것 같았다. "그렇다면 다행이고요. 그런데 이 다음부터가 중요합니다. 우리 조직은 수천 년의 역사 속에서 몇 차례, 그 보기 힘들다는 텐서의 죽음을 목격한 바가 있습니다. 정말 드문 일이죠. 텐서의 죽음을 관찰한다는 건, 수십 년에 한 번 관측되는 혜성을 우연히 보는 것만큼 희귀한 사건입니다. 우리 조직에는 그것이 기록으로 남아 있어요. 저도 조직에 소속된 스칼라로서 그것들을 읽은 적이 있고요. 그런데 이상한 것이 있었습니다. 앞에서 말한 대로라면 텐서라는 건, 자기가 만족하는 삶을 살 때까지 시간을 되돌릴 수 있는 존재잖아요? 그렇다면 상식적으로…… 생각해 보세요. 텐서가 죽는 순간이란 그 자신의 모든 욕망을 채우고, 결핍이 해소된 상태에서 지고의 기쁨을 느끼며 눈을 감는 것이 이치에 맞지 않을까요?"

그런데 그렇지 않았다. 텐서들 중에는 적당히 행복을 만끽하며, 자신이 이룬 삶에 만족감을 느끼며 죽는 사람도 분명 있었지만. 그에 못지않게 많은 텐서들이 헤어나올 수 없는 좌절감에 빠지고, 폐인과 같은 상태가 되어 죽었다는 것이다.

그것은 확실히 이상했다. 인간이 좌절한다는 것은 자기 인생에 기대한 바를 이루지 못했다는 의미이고, 텐서에게는 분명 그 시간을 되돌릴 능력이 있을 것이었다. 그럼에도 어떤 텐서는 불행하게 죽는다. 평범한 사람처럼 이루지 못한 꿈과 채우지 못한 결핍을 남겨놓은 채로 세상을 등진다. 그것은 어째서인가.

"저와 조직이 생각하는 가설은 일치합니다. 그것은," 지선은 자기 앞에 있는 해도가 텐서라는 사실을, 다시 한번 힘들여 상기하고 난 뒤에야 말을 이었다. "텐서는 자신의 결핍이 결코 채워질 수 없다는 것을 깨달았을 때, 그토록 바라왔던 것에 그만한 가치가 없다는 것을 알게 되었을 때, 아무리 시간을 되돌리더라도 원하는 것에 다다를 수 없다고 판단했을 때 '죽을 수 있습니다'. 살아갈 이유가 하나라도 있는 텐서는 그 어떤 총과 칼에도 불멸하지만, 그렇지 않은 텐서는 일반 사람들처럼 손쉽게 죽어버리는 거지요."

해도는 침묵하고 있었다.

"여기서 말해두고 싶은 것은 '텐서가 죽는다'는 것의 의미입니다. 인간의 역사를 태초부터 지금까지 이어지는 선형적 연속체라고…… 아니, 알기 쉽게 게임이라고 생각해봅시다. 그런 거 있잖아요. 초록색 옷을 입은 용사가 온갖 고생을 하면서 세계와 공주님을 구하는 게임 같은 거. 그런 긴 게임을 하려면 중간중간 저장을 하는 게 필수겠죠. 여기서 텐서 한 명 한 명의 삶은 게임의 장, 챕터 같은 거예요. 일반적으로 그런 게임은 한 챕터가 끝날 때마다 자동으로 게임 진행 상황이 저장되잖아요. 그러니까 텐서의 죽음이라는 건, 그 자체로 이 세계의 최종 세이브 파일을 덮어쓰는 것입니다. 텐서가 죽으면 지금까지의 세계가 전부 확정지어지는 것이나 다름없어요. 인류는 결코 그 이전의 세상으로 돌아갈 수 없는 거예요. 지금까지 저희가 말했던, 그리고 당신이 뉴스로 보았던 이 암울하고 지옥 같은 세계가 결정돼버리는 겁니다."

해도는 계속 침묵하고 있었다.

"당신이 텐서가 되고 나서, 저를 포함한 우리 조직의 스칼라들은 고생을 많이 했어요. 왜냐하면 이전의 텐서는…… 이렇게 많이 시간을 되돌리지는 않았거든요. 전 세계의 스칼라들이 너무도 많은 데자뷔를 느꼈습니다. 저는 이런 생각도 했어요. 대체 뭐가 그렇게 불만이길래 이토록 시간을 돌려대는 걸까. 얼마나 대단한 야망을 갖고 있길래 이러는 걸까. 그런데 갈수록 세상이 이상하게 흘러가는 거예요. 이번에 텐서가 된 사람은 대전쟁이나 인류의 공멸을 바라고 있는 건지도 몰랐습니다. 역사는 확실히 그런 방향으로 가고 있었죠. 시간관리국은 이례적으로 텐서를 찾아내 접촉하겠다는 결정을 내렸어요. 세계를 뒤덮은 혁명, 반자본주의적 움직임, 핵전쟁. 모든 것이 맞아떨어지는 이 역사적 사건은 시간의 왜곡을 이용하지 않고는 일어날 수 없는 일이니까요."

해도는 끊임없이 침묵하고 있었다.

"마침내 우리는 산이라는 인물을 발견했습니다. 지금 세계가 겪고 있는 거의 모든 혼란, 갈등과 분열, 멸망으로 치닫는 도화선에 불을 붙인 사람. 하지만 조직은 그가 텐서가 아니라는 사실을 금방 알 수 있었어요. 텐서 주변에 나타나는 시간왜곡장이 느껴지지 않았거든요. 무엇보다 그는 텐서처럼 **살지 않았어요**. 텐서의 삶이라면 살아온 시간의 대부분이 기막힌 우연의 연속처럼 보이기 마련인데, 산이라는 남자는 정확히 그 반대 부류였죠. 아주 어려서부터 모든 것을 내다보고 계산해오면서 살아온 것처럼 보였어요. 우리는 그가 스칼라라는 것을 알았습니다. 그것도 아주 뛰어난 스칼라라는 걸요."

해도는 여전히 아무 말도 하지 않았다.

"굉장히 특이하고 전례 없는 사건입니다. 역사는 원래 텐서의 의지에 따라 이행되는 인류의 기록인데, 지금의 세계는 텐서가 아닌 스칼라의 능력을 가진 누군가가 역사를 개변한 결과니까요. 물론 스칼라가 역사에 개입하는 일도 그리 드물다고는 할 수 없습니다. 확률적이기는 하지만 미래를 내다볼 수 있는 능력이 있으니까요. 그러나 텐서가 역사에 미치는 영향력은 절대적입니다. 스칼라는 결코 그것을 능가할 수 없어요. 적어도 지금까지는 그랬었는데. 산은 텐서조차 해내기 어려운 방법으로 역사를 바꾸고 있어요. 아니, 오히려 텐서가 아니기 때문에 그럴 수 있는 걸지도 모릅니다. 그는 하루에 저보다 몇 배는 많은 데자뷔를 볼지도 몰라요. 아마도 그런 일이 가능했던 것은 아마도……"

내가 너무 많은 시간을 되돌렸기 때문이겠지.

해도는 하마터면 입 밖으로 그 말을 꺼낼 뻔했다. 지선은 그의 입술이 미세하게 떨어졌다가 다시 닫히는 것을 보았다. 이 남자를 비난할 필요는 없어. 그 모습을 본 그녀는 생각했다. 나는 알 수 있어. 그에게는 도저히 죽을 수 없는 이유가 있었을 거야. 하지만, 하지만 내가 텐서였다면. 내가 시간을 되돌릴 수만 있었다면.

지선은 불현듯 머나먼 곳에서, 마치 우주의 반대편에서 쉬지 않고 달려온 듯한 이명을 들었다. 그것은 곧 다가올 데자뷔의 징조였다. 그녀에게는 이 모든 상황이 이미 경험한 과거의 일처럼 느껴진다. 그리고 그다음에 일어날 사건들, 뒤따라 그녀가 보게 되었을 광경들이 영화의 몽타주처럼 스쳐 지나간다.

몇 분간 이마를 붙잡고 앉아 있던 지선은 파르르 떨리는 한숨을 내쉬었다. 어디론가 떠나가있던 의식이 되돌아온 것처럼. 그녀는 자리에서 벌떡 일어섰다. 느리지도 빠르지도 않은 속도로 뚜벅뚜벅 걸어서, 해도의 숨소리가 선명할 만큼 가까이 다가와 멈췄다. 그녀가 뻗은 손이 셔츠를 빼입어 가린 바지 안쪽으로 파고들었다.

지선은 그곳에서 날카롭게 다듬어진 송곳 하나를 빼 들었다. 해도는 하루 이틀 정도 뒤에 깊이 잠든 시늉을 할 것이고, 청소를 위해 들어온 요원 한 명을 붙잡아 그 송곳으로 인질극을 벌일 것이었다. 이곳을 빠져나가기 위해서. 해도는 가옥 주변을 둘러싼 숲을 허위허위 헤쳐나가다가, 숨어 있던 요원들에게 발각돼 허무하게 제압당할 것이다. 그러고 나서는 독방에 갇힐 것이다. 그녀가 본 미래의 그는 분명 그렇게 될 것이었다.

하지만 왜일까. 누구보다도 가장 많은 시간을 되돌렸던 텐서, 해도라는 이름의 이 남자는 왜.

"되돌릴 수 없는 건가요? 이제는……."

해도는 아무런 대답도 하지 않았다. 지선은 메마른 나무 같은 그의 몸통을 껴안고 서럽게 울었다. 그녀의 자그마한 머리통이 가슴팍에 파고들었다. 해도는 저도 모르게 감싸 안으려던 손을 공중에 멈춰 세웠다. 굳은살과 흉터가 너무 많았다.

42

안전가옥의 경비 인원은 두 배로 늘었다. 요원들은 해도가 자고 있지 않을 때에도 불시에 들이닥쳐서, 매우 정중한 태도로 가옥 전체와 그의 신체 구석구석을 수색했다.

세계의 참상을 적나라하게 담은 비디오와 방송이 더 자주 상영되었다. 그는 핵무기 피해로 이목구비가 반죽처럼 뒤섞인 남자의 얼굴, 오염된 황야 위에 주저앉아 부모를 찾는 아이, 폭발에 괴사한 다리를 스스로의 손으로 잡아 뜯는 여인과, 굶주린 들개가 갓 태어난 고양이를 잡아먹는 장면 같은 것들을 어쩔 수 없이 보았다. 다 보고 나면 의자에 묶일 때 생긴 벨트 자국이 다음 날 아침까지 선명했다.

높은 직급을 가진 조직의 상급자들, 고위 요원들이 잇따라 해도를 찾아왔다. 그들의 태도는 한결같이 비슷했다. 처음에는 해도가 감금 생활에 느낄 염증과 구속감에 공감하는 척하고, 자신의 직위나 권한을 언급하며 스스로를 얼마든지 협상이 가능한 인물인 것처럼 소개했다. 상대의 말문을 틀 목적으로 어르고 달래는 화법들. 그랬던 것이 해도의 변함없는 침묵에 견디지 못해 고함으로 바뀌었다. 큰 소리에도 반응하지 않으면 전인격적인 비난을 퍼붓는다. 지구가, 인류 문명이 이 모양이 됐는데. 넌 너밖에 생각을 못 하는 건가. 이미 들었어. 네가 그렇게 많은 시간을 돌리지 않았다면 그 남자는 그따위 혁명을 일으키지 못했을 거라고. 네 하잘것없는 욕심 때문에 얼마나 많은 사람들이 죽어간 줄 아나. 그런 걸 보고도 아무 생각이 들지 않는 건가. 이제는 정말 모르겠어. 당신에게 인간의 마음이라는 게 있는지. 최소한의 양심이라는 게 있는지 말이야. 이런 상황에도 아무것도 하지 않다니. 하늘도 무심하시지. 어떻게 이런 인간에게 그런 능력이 주어졌을까. 하필이면. 이런 보잘것없는 인간에게.

"정말 미안합니다." 지선은 두 달이 지난 뒤에야 겨우 얼굴을 비췄다. "이렇게까지 될 줄 몰랐어요. 무책임한 말이라는 건 알고 있습니다. 그렇지만……"

해도는 한마디 대꾸도 않고 그녀와 포옹했다. 가옥 안의 모든 대화는 도청되고 있었다. 그녀의 잘못이 아니라는 건 알고 있었다. 애초에 누구의 잘못이라고도 할 수 없었다. 텐서인 그가 누구를 탓한다는 것은 우스꽝스러운 일이었다. 해도에게는 그 순간을 쌓아온 모든 시간에 관한 책임이 있었기 때문에. 지선은 또다시 터져 나오려는 울음을 참고 돌아갔다.

그날 밤은 느지막이 찾아왔다. 해도는 머리에 이불을 덮어쓰고, 지선이 말없이 주머니에 넣고 간 수첩과 펜을 꺼냈다. 그녀가 수첩에 무언가 써두었는지도 몰랐다. 다만 불 꺼진 방과 이불 안에서는 그것을 볼 수 없었다. 해도는 보이지도 않는 종이 위에서 펜을 들었다. 거기에 무엇을 쓰든 그녀의 의도와는 다를 것이었다. 그것은 막 글씨를 배워나가는 아이의 낙서처럼 마구 휘갈겨졌다. 눈을 뜰 필요도 없었다. 그러고 나서 잠에 들었다. 죽음의 사촌 같은 잠이었다.

언제나처럼 도연이 나오는 꿈이었다.

그녀는 불규칙적인 수면장애를 앓았다. 어떤 날에는 눈을 감고도 뜬 정신으로 밤을 지새우는가 하면, 또 어떤 날에는 심장이 멎은 사람처럼 정신을 잃고 잤다. 이날 꿈에 나타난 것은 좀처럼 잠들지 못하는 날의 도연이었다.

그는 눈꺼풀을 깜빡이는 기척을 느낀다. 사실 도연은 신호를 보내는 것이다. 그녀가 보내는 신호는 언제나 그렇게 미약했고, 해도는 그것을 튕겨내는 법을 몰라 잠을 설쳤다. 견디지 못하고 눈을 와짝 뜬다. 코앞에서 얕은 숨을 쉬고 있는 그녀의 눈이 보인다. 도연의 눈동자는 암막 커튼을 친 단칸방보다 새카맣고, 오랫동안 그가 자는 모습을 지켜봐 왔던 것처럼 간절하다.

나 때문에 깼어, 하고 도연이 묻는다. 해도는 아니라고 대답한다.

얼마나 오랫동안 못 자고 있었던 거야?

그냥 조금.

잠이 안 오나 보네.

응. 도연이 대답했다. 머리에 걱정이 많아. 이렇게 자고 있는데 누가 들어오면 어떡해.

들어오긴 누가 들어와.

나쁜 사람들이.

문 잠가났는데.

나쁜 사람들이면 문 정도는 다 딸 수 있지.

세상에 다른 집이 얼마나 많은데. 우리 집 같은 건 신경도 안 쓸 거야.

이유가 있어서 터는 게 아니야. 나쁜 사람들이니까.

차라리 귀신이 무섭다면 이해가 되겠는데.

오빠는 내가 바보인 줄 알아. 도연이 고개를 가로저었다. 그녀의 머리카락이 베갯잇과 문질러지는 소리가 났다. 세상에 귀신은 없어. 나쁜 사람들이 있지.

그녀의 말이 맞았다. 여태껏 수만 년이 넘는 시간을 살아왔지만 귀신은 본 적이 없다. 나쁜 사람들은 수도 없이 봐왔지만. 하지만 나쁘다는 것이 무엇일까. 알고 보면 그것은 관점을 어디에 두느냐의 차이가 아닐까.

그래. 그럴 수도 있겠다. 해도는 그렇게 말하면서 왼편으로 팔을 뻗었다. 도연은 머리를 띄워 그의 팔 위에 사뿐히 올려놓는다. 그것은 너무 자주 반복되어서 약속된 동작처럼 보인다. 그래도 자야지. 누가 들어올 때 들어오더라도.

정말 들어오면 어떻게 할 건데?

내가 어떻게든 해볼게.

오빠가 다 쓰러트려 줄래? 도연은 천연덕스러운 표정으로 묻고 있다. 해도는 그녀의 얼굴을 보지 않아도 알 수 있다.

아니. 그럴 수는 없고.

뭐야. 그럼.

만약 그런 일이 일어나면.

해도는 눈을 감은 채. 그녀의 머리를 와락 끌어안고 말했다.

같이 죽어줄게. 네가 외롭지 않도록.

해뜨기 전의 가장 깜깜한 새벽이었다. 검은 옷을 입은 요원들이 방문을 열고 들이닥쳤다. 조직은 가옥을 수색하는 요원의 숫자를 세 명에서 일곱 명으로 늘린 참이었다. 해도로서는 가옥에 그득해지는 인기척 때문에라도 잠을 설칠 수밖에 없었다. 하여간 그때까지는 일어날 일이 일어난 셈이었다.

어둠 속에서 사람이 쓰러지는 소리, 짧은 비명과 격투가 벌어지는 소리가 이어서 났다. 그림자들은 무장한 총과 칼을 꺼냈지만, 적과 아군을 구분하지 못하고 혼비백산하다가 급소를 맞고 죽어갔다. 여섯 개의 그림자가 바닥에 고꾸라지기까지 단 일 분도 걸리지 않았다. 놀라운 일이었다. 해도가 알기로 그런 일을 해낼 수 있는 사람은 한 명밖에 없었다.

거구의 그림자, 죽음의 의인화 같은 그 존재가 해도가 누워 있는 침대로 걸어 다가왔다. 칼처럼 치켜든 물건은 휴대용 랜턴이었다.

"찾았다."

만포는 그렇게 말하고 해도의 목덜미에 주사기를 푹 찔러넣었다. 몸을 일으키려던 해도는 풀썩 쓰러졌다. 흐려져 가는 의식 속에서 두꺼운 마대 자루 같은 것이 머리에 씌워지는 것을, 자신의 몸이 공중에 들려 어디론가 옮겨지는 것을 그는 느꼈다.

43

 꿈도 없이 깊은 잠을 자다가 깬 사람처럼, 해도는 자신에게 살아 숨 쉬는 육체가 있다는 사실을 납득하지 못한 상태로 오랫동안 앉아 있었다. 무의식이 아니라 죽음에서 돌아온 듯한 기분이었다.

 공간은 넓지도 좁지도 않다. 만들다가 만 스튜디오처럼 허전하고 불안한 기운이 도는 장소였다. 하얀색 조명이 켜져 있지만 주변은 노이즈가 낀 듯 희뿌옜다. 어느 곳에서도 바람이 불지 않았다. 아주 깊숙한 내부인 듯했다.

 손발은 움직일 수 없도록 단단히 묶여 있다. 목덜미에 묵직한 붓기가 느껴졌다. 그렇게 강력한 약을 맞고도 죽지 않은 것은 기적이었다. 얼마나 긴 시간 동안 의식을 잃고 있었는지도 알 수 없었다. 그는 거대한 해일에 휩쓸린 사람처럼, 막을 수 없이 흐르는 것에 몸을 맡기고 그저 모든 것이 끝나기만을 기다리는 것 같았다.

문을 열고 들어온 산에게는 그렇게밖에 보이지 않았다. 그는 여전히 검은색 터틀넥과 면으로 된 바지를 입고 있었다. 그 뒤로 곰처럼 어깨가 떡 벌어진 남자, 만포가 원경의 그림자처럼 따라 들어왔다. 손에 든 검은색 서류 가방이 육중한 체구와 대비되어 작은 핸드백처럼 보였다. 만포는 사람이라기보다 잘 닦이고 훈련된 기계 같았다. 해도는 그 두 사람이 노골적으로 기척을 내며 들어왔음에도 반응하지 않았다. 그것이 연극적인 행동이라고 여긴 산은 이죽거렸다. 여전히 말수가 없는 아저씨네.

정해도 씨, 우리 오랜만이지요? 산은 해도가 앉은 의자로부터 정면으로, 겨우 두세 발자국 정도 떨어진 곳에 뒷짐을 지고 섰다. 오래전 열차에서 마주쳤을 때와는 사뭇 다른 인상과 태도다. 둘 다 이제 말이나 편하게 할까요. 어쩐지 존대를 하면 백 퍼센트 할 말을 다 못 하게 되는 것 같거든.

해도는 응답하는 대신 머리를 바로 놓았다. 한때 그의 조력자였던 안드레이는 전 세계적 혁명의 배후이자 수괴인 반길산으로서 눈앞에 서 있었다. 신경이 돌아오지 않은 오른쪽 눈두덩이 부르르 떨렸다.

정신 차려, 정해도! 산이 호령하듯이 외쳤다.

나는 바쁜 사람이야. 만국의 혁명을 지도하고 다스리느라 하루 이십사 시간이 모자란 형편이지. 그런데도 널 만나기 위해 여기 온 거야. 조금 더 대화하는 성의를 보여줄 수 없겠나? 내가 널 위해 해준 일들을 생각하면 그래야지. 한국인에게는 중요하잖아. 염치라는 것 말이야.

산은 집게손가락을 펴서 자신의 매끈한 관자놀이를 몇 번 두드렸다.

운트 벤 두 랑어 인 아이넨 압그룬트 블릭스트, 블릭트 더 압그룬트 아우흐 인 디히 히나인.

이 말이 무슨 말인지 알고 있나? 꽤 유명한 문장이야. 네가 심연을 들여다 보면, 심연 또한 나를 들여다본다는 거지. 니체가 한 말이야. 물론 나는 그 양반을 별로 좋아하지 않아. 원래 공부라는 게 그렇거든. 뭔가에 대해서 깊게 공부하다 보면 그 대상에 대해 학을 떼게 된단 말이야. 그런데 이번 일을 겪고 보니 용케 이 문장이 떠오르더라고. 널 데려간 그 조직. 시간관리국이라고 했나. 나는 그런 게 있는 줄도 미처 몰랐어. 얼마나 감쪽같이 꼬리를 감춰

왔는지. 시베리아에서 나타난 너를 납치해 가지만 않았어도 덜미를 못 잡았을걸. 이제는 다 알고 있어. 놈들이 날 들여다본 만큼, 아니, 그 이상으로 나도 그들을 샅샅이 들여다봤거든. 텐서니 스칼라니 하는 얘기 말이야. 그걸 보고 나니 어이가 없었지. 사실대로 말하자면 화도 조금 났어. 세상에 나만이 알고 있는 비밀 같은 게 있었다고. 그런데 알고 보니 나만 알고 있는 것도 아니었던데다가, 내가 아는 것과는 사실이 좀 달랐던 거지. 또 보니까 그 설명이라는 것이 제법 설득력이 있어. 내가 미래를 예지하는 것이 아니라, 텐서라는 것들이 시간을 되돌리기 이전의 세계를 보는 것에 지나지 않는다는 거야. 뭐 그런 것 아니겠나? 나는 내가 세상의 주인공인 줄 알고 살아왔는데. 알고 보니 주연까지는 아니고, 비중이 좀 높은 조연 정도라는 걸 알았을 때의 실망감이라고 할까……. 너에게 자존심이 꽤 상했었다는 것을 흔쾌히 고백하지. 정말 흔쾌히.

산은 웃었다. 아닌 게 아니라 정말 유쾌하다는 것처럼 웃고 있었다. 평상시 말이 많지 않았을 그가, 참을 수 없다는 듯 계속해서 말하는 모습은 옆에 서 있던 만포에게도 생소했다.

나를 봐, 해도. 이게 어떤 웃음으로 보이나. 나는 너를…… 그래, 방법이 좀 난폭했다는 것은 인정해. 하지만 그 자식들, 시간을 관리한다는 놈들치고 얼마나 살벌하게 무장을 하고 있었는가 몰라. 나는 웬만한 일에 만포를 보내지 않는다고. 정말 어쩔 수 없는, 피치 못한 상황일 때만 부탁을 하는 거야. 너에 관한 일이 내게 얼마나 중요한 것인지 알겠지? 여전히 아무 말도 하지 않는군. 넌 내가 제때 대답하지 않는 사람을 얼마나 싫어하는지 모를 거야. 다른 사람이었다면 그 자리에서 총살해 버렸을 상황인데. 이래 보여도 나는 쏴 죽이는 걸 꽤 좋아해. 아무렇지도 않게 하지. 가끔은 재미로. 지금은 너니까 괜찮아. 적어도 지금은. 왜냐하면 나는 다 알고 있거든. 네가 아무 말도 하지 않고, 거기서 멀뚱멀뚱 보고만 있어도 상관없어. 여기서 내가 다 알고 있다는 건 문자 그대로의 의미야. 나는 정말로 다 알고 있어. 나는 실질적으로 연방을 다스리고 있는 사람이고. 연방 첩보국이 입수할 수 없는 정보는 세상에 존재하지 않아. 정확하게 말하면 그래. 그것이 존재한다는 것만 알면, 나는 그것에 대해 원하는 만큼 다 알 수 있어. 무슨 말인지 알겠나?

산은 소년처럼 배시시 웃으면서 해도가 앉은 의자 주

변을 배회하기 시작했다. 그에게는 정말로 소년 같은 면이 있었다. 정묘하게 다듬어진 어른의 마스크, 그 이면에 자리 잡고 있는 천진난만함에는 사람을 정신적으로 깊이 압박하는 힘이 있었다. 노련한 안마사가 감각만으로 가장 예민한 부위를 누르고 들어오듯이. 그는 언제 어디서 어떤 말을 해야 상대를 자극할 수 있는지를 본능적으로 알았다.

진실이라는 건 때때로 믿기 어려울 때가 있지. 이 말에 동의하나?

산은 일부러 대화에 뜸을 들이고 있었다. 정적이 길게 느껴졌다. 해도는 등 뒤의 환풍구로 음습한 공기가 드나드는 작은 소리를 들었다.

네가 동의하든 동의하지 않든, 세상에는 그런 일들이 일어나. 나의 상식선에서는 전혀 이해되지 않는 일들. 그러니까 황당한 진실이지. 나도 처음에는 믿기지가 않더라고. 너 같은 남자가 시간을 되돌리는, 그래. 텐서라고 했었나. 그런 능력을 가진 사람이 그런 꼴로 시베리아를 방황하고 있을 거라고 생각하는 사람이 어딨겠냐 이거야. 전말을 다 알지 못하는 나로서는 상상도 못 했단 말이지. 그래서 그냥 내게서 떨어트려 놓아야겠다고만 생각했어. 너를 돕겠다는 마음도 진심이었지. 네가 그걸 찾고 만족해서, 알아서 사라져주기를 희망했던 거야. 그런데 참 이상하지 않나? 무한하게 시간을 되돌리는 초능력이라니. 그런 능력이 내게 있었더라면 혁명은 오래전에 완수하고도 남았을 거야. 그리고 시간이 허락하는 한 할 수 있는 위대한 일들을 다 하고 죽었겠지. 그런데 너는 뭘 하고 있었던 거야? 넌 부랑자 같은 행색을 하고 내 앞에 나타났어. 밥을 못 먹어서 광대가 푹 패이고, 씻지도 못해서 꾀죄죄한 몰골에 고약한 냄새가 났지. 심지어 쫓기고 있는 마당이었어. 별것도 아닌 놈들한테. 너라면 그런 남자가 수도 없이 시간을 되돌리는 사람이라는 걸 믿을 수 있겠나. 그것도 여자 하나 때문에.

불현듯 해도의 동공이 커졌다. 망막으로 빛이 쏟아져 들어왔고, 그는 의도치 않게 눈살을 약간 찌푸렸다. 산은 그 모습을 놓치지 않고 보았다. 그리고 못내 즐겁다는 듯이 덧붙였다.

이도연. 그 여자 말이야. 뭘 그리 놀라나. 내가 말했잖아. 다 알고 있다고.

44

산 이도연. 이 이름을 내가 알고 있다는 것에 충격을 받았나. 이제야 너라는 사람한테도 표정이라는 게 생겼군. 앞으로도 이렇게 인간답게 대화를 해보자고. 그런데 말야. 나는 그렇게 당황하는 게 이해가 안 돼. 딱히 비밀도 아닌 것 같던데. 너와 그 여자는 이 년 동안이나 같이 살았잖아. 네 명의 낡아빠진 빌라에서.

해도 (아무 대꾸도 하지 않는다.)

산 (계속해서 의자 주위를 거닐며) 부끄러워할 필요 없어. 나도 그런 얘기는 꽤 좋아해. 서로 오갈 데 없는 사람끼리, 외로운 사람끼리 서로 거둬주고 같이 사는 거. 내가 하는 혁명이라는 것도 결국 그걸 위한 거거든. 애초에 공산주의가 다 뭐야. 누구 하나 소외되는 일 없게 체제를 개편하고 개선하는 일이야. 거기에 필요한 건 소위 말하는 혁명 정신이라는 것도 있지만, 나보다 안타까운 처지에 있는 사람을 긍휼히 여기는 마음이 있어야 한다 이거지. 그게 없다면 혁명이라는 것도 결국 나보다 잘사는 것들에 대한 시기심과 복수심의 발로밖에는 되지 않거든. 무슨 말인지 알아듣겠어? 그런 차원에서 너의 그런 행동은 아주 높이 살만해. 가출청소년이나 다름없는 그런 여자를 길에서 거둬줬잖아. 재워주고, 씻겨주고, 뭐…… 사랑도 줬겠지. (더 덧붙일 말이 있지만 즐겁게 함구하겠다는 듯이, 양 손바닥을 문지르면서) 그건 참 숭고한 일이라고 봐. 왜냐하면 너는, 정해도라는 인간은 정작 그런 사랑을 받지 못하고 자랐기 때문에.

해도 (고개를 숙이고 거친 숨을 뱉는다.)

산 물론 너에 대해서도 알고 있어. 내가 다 알고 있다고 했잖아. 그게 문자 그대로의 의미라는 것도. (답답해서 핀잔을 주는 사람처럼) 내가 말한 걸 전적으로 믿어주길 바라. 그렇지 않으면 계속 놀라기만 하다가 대화가 끝날 테니까. 너의 아버지, 그를 뭐라고 해야 할까? 어부라는 말은 격이 좀 떨어지는 것 같고. 그래, 해양노동자로 일하다가 일찍 돌아가셨다는 것도 알지. 그 뒤로 철없고 무책임한 모친 때문에 얼마나 고생을 많이 했나? 아, 오해하지 말아. 이건 네 어머니를 욕하는 게 아니니까. 그건 딱히 욕할 계제라고도 할 수 없어. 세상에는 너무 많거든. 죽을 때까지 어른이 될 수 없는 성질을 타고 난 사람과, 그런 주제에 별수 없이 결혼을 하고 애를 낳아 부모가 돼버린 사람들이. 나야 물론 그런 것들까지도 자본주의의 폐해라고 인식하지만. 이런 좋은 얘기는 나중에 하기로 하고, 지금은 정해도가 한때 사랑을 실천했다는 사실에 집중해 보자고. (양팔을 과장되게 뻗으며) 사랑의 실천. 그건 말할 것도 없이 좋은 거야. 이래 봬도 나는 독실한 기독교 가정에서 자랐거든. 예수님이 뭐라고 그랬나? 이웃을 네 몸과 같이 사랑하라. 그게 바로 사랑의 실천이라는 거지. 그런 말을 어려서부터 귀에 딱지가 앉도록 들었어.

어린 시절의 경험은 성인이 되고 난 이후의 사고에 지대한 영향을 미치기 마련이야. 나로 말할 것 같으면 그래. 지금 하는 혁명도 더 넓고 광활한 사랑의 실천을 위해 한 거고, 사람도 기왕이면 사랑을 실천할 줄 아는 사람을 좋아한다는 거지. 그래서 나는 정해도 당신을 꽤 좋게 생각하고 있어. 제대로 사랑받은 적도 없으면서 누군가를 사랑하려는 그거. 그 미련한 구석이 나와도 좀 닮아 있는 것 같고.

해도 (코가 막혀 갑갑한 소리로 훌쩍인다. 콧구멍 안에 피가 덩어리져서 숨쉬기가 괴롭다.)

산 (해도가 내는 소리에 전혀 개의치 않고, 앞으로 자신이 할 이야기에 몹시 들뜬 것 같은 모습으로) 그렇기 때문에 나는 내가 너를, 네가 나를 서로 이해할 수 있다고 생각한 거야. 우리는 받아본 적 없는 사랑을 베푸는, 말하자면 사랑을 베풀기 이전에 먼저 발명해야 하는 입장이니까. 하지만 그 사랑이라는 건 좀 더 숭고한 무언가여야 한다는 거지. 삶에 대해 지나치게 감상적인 접근을 하는 건 위험해. 가령 너처럼, 길에서 거둔 들짐승 같은 여자에게 모든 걸

퍼붓는…… 그런 건 숭고하지 않아. 예수가 말한 사랑과는 다르지. (자신이 입고 있는 셔츠 위로 가슴팍을 쥐어뜯는 시늉을 하며, 입안으로 씹어 삼키는 듯한 강렬한 어투로) 오직 박애, 마음에서 끝도 없이 터져 나오는 그 무한한 인류애야말로 추구할 가치가 있는 사랑이라는 말이야. (연극적인 동작과 말투로) 사랑! 사랑은 인간이 무언가를 넘어설 수 있는 유일한 에너지야. 넌 누구보다 잘 알고 있어. 그것을 위해 너무도 많은 것들을 헤치고 오지 않았나. 나는 그 사랑을 존중하네. 정말로 존중해. 하지만 내가 존중하는 것은 사랑 그 자체야. 네가 가진 사랑의 위대함은 내 숭배의 대상이지만, 그 사랑이 향하는 방향에 대해서는 이의를 제기해야겠어. 사랑이라는 건 하잘것없는 인간 개인에게 향해서는 안 되는 것이거든. 그렇게 낭비되기에 사랑은 너무도 고귀한 감정이야. 개인으로서의 인간은 그걸 감당하지도 못하지. 우주의 진리라든지, 생명의 보존이라든지, 인류라는 종 전체의 행복 같은. 그런 것들이야말로 인간이 가진 지고의 힘, 사랑의 대상이 될 가치가 있는 거야. 억만금을 갖고 태어난다고 해도 그것을 길가의 못생긴 돌멩이를 사는 데 써버려서야 무슨 의미가 있겠느냐 이거지. 내 말 알겠나? (몇 초 동안 침묵한다. 그는 발소리도 없이 방의 가장자리로 걸어가서, 갑작스레 미친 사람처럼 벽을 있는 힘껏 때린다.) 씨발! 지금까지 얼마나 많은 사랑을 낭비해 왔나?

해도 (입을 굳게 닫은 표정으로 산을 응시한다.)

산 (주먹에서 피가 흐르고 손가락 뼈마디가 부러진 듯 벌겋게 부어오르고 있지만 아랑곳하지 않으며) 낭비! 내가 가장 견딜 수 없는 것이 그런 사랑의 낭비야. 정해도, 넌 이도연이라는 여자가 어떤 여자인지 알고는 있나? 정확하게 누군지는 알고 있나? 알 리가 없지. 안다면 그렇게 할 리가 없어. 만포!

만포 (말이 떨어지기 무섭게 가방에서 서류철을 꺼내 내민다. 모든 동작이 기계적이고 정확해 군더더기가 없다.)

산 이게 다 뭔지 알고 있나? 그래, 넌 알 리가 없어. 내가 읽어주지. (그는 건네받은 서류철을 떼어내고, 수십 장 분량의 종이를 눈으로 훑으며 읽는다.) 본명은 김민진. 친부모에 대한 정보 없음. 태어나자마자 버려진 것으로 추정. 인천시 서구에 위치한 고아원에서 유년 시절을 보냈으며, 일곱 살 때 자폐 성향의 아들이 있는 가정에 입양되었음. (읽고 있던 한 장의 서류를 공중에 휙 내던진다. 던져진 종이는 팔랑거리면서 바닥에 착 가라앉는다.) 입양 가족과의 사이는 좋지 않았던 것으로 추정됨. 양부는 사업상 출장과 잦은 외도로 사실상 가정을 방치하였으며, 홀로 자폐아와 입양된 딸을 키워야 했던 양모는 부담을 이기지 못하고 자살을 선택. 집안의 유일한 여성으로 남겨진 김민진은 사업 실패를 겪은 양부와 중증 자폐로 이행한 오빠의 존재로 심각한 수준의 신경증에 노출되었을 것으로 예상됨. (이번에는 종이 두 장을 공중에 던진다. 해도는 느닷없이 날아온 종이 날에 눈을 찔릴 뻔한다.) 여기까지는 그래. 적당히 불운한 여자의 인생이야. 나는 감히 동정의 여지마저 있다고 말하겠어. 의지 없이 태어나 부모 없이 자란 것, 품위 없는 가정에 입양돼 괴로움을 겪은 것, 그중에 이 여자의 잘못이라고 할 만한 것은 아무것도 없지. 문제는 이다음이야. 이다음이라고. (들고 있던 종이들을 구겨질 만큼 세게 붙잡고서) 이 여자가 중학교 졸업반이 되던 해에 사건이 하나 있었어.

같은 반에 연예인 데뷔를 준비하고 있던 여학생이 있었는데, 어느 날 갑자기 그녀가 쥐도 새도 모르게 실종된 거야. 김민진은 그 여학생과 초등학생 때부터 알던 사이였어. 경찰 조사기록에 따르면 그녀 역시 참고인으로 짧은 조사를 받았는데, 결과적으로 핵심 용의자로 조사받은 건 실종된 여학생의 남자친구였지. 그런데 그 남학생은 왜 경찰이 자신을 조사하는지 전혀 이해를 못 하는 거야. 어린놈이 너무 감쪽같이 발뺌을 하는 것 같으니까, 경찰도 겁을 좀 준 것 같아. 알고 있는 걸 전부 말하지 않으면 감옥에 보낸다고 했겠지. 그러니까 펑펑 울면서 잘못했다고 싹싹 빌더라 이거야. 자기가 김민진이라는 여학생에게 입을 맞추고 가슴을 만졌다, 난데없이 그런 얘기를 털어놓더라는 거지. 그 불쌍한 놈은 여태껏 자기가 그 일 때문에 조사를 받고 있다고 생각한 거야. 웃기지 않나? (종이 여러 장을 손잡이처럼 쥐어 구기며 공중에 흩뿌린다.) 그 증언과 실종사건의 연관 관계를 조사하려고 경찰이 다시 김민진을 찾았어. 그런데 이번에는 김민진도 어디론가 사라지고 없는 거야. 그냥 사라진 것도 아니었어. 그녀가 살던 다세대주택 한 동이 전소됐거든. 대부분의 사람들은 잘 대피했지만. 타고 남은 잔해를 조사하다 보니 사체가 나왔어. 불에 너무 바싹 구워져서 신원파악조차 어려운 그런 사체가 세 구. 전부 김민진이 살던 그 집에서 발견됐지. 경찰은 안타까운 가스 사고로 화재가 났다고 판단하고, 그 집에서 살던 김민진과 그녀의 아빠 그리고 자폐증을 앓던 오빠가 자던 중에 변을 당했다고 기록하고 사건을 유야무야 끝냈어. 그 동네 경찰들은 세간에 떠들썩하던 아이돌 후보생 실종사건에 정신이 팔려 있었거든. 그때 실종되었다는 여학생의 이름이 뭔지 알고 있나?

해도 (침묵한다. 침묵할 뿐 아니라 조금도 몸을 움직이지 않는다.)

산 바로 이도연이야! 이게 무슨 뜻인지 짐작이 가나? 짐작이 가겠지? 응? 너라면 분명히 짐작 가는 게 있을 거야. (섬뜩할 정도로 눈을 크게 뜨면서) 정해도! 짐작이 가느냐고 묻잖아!

해도 (꽉 다물고 있던 입술이 열릴 듯 말 듯 몇 차례 움찔거린다.)

산 싱겁기는! 당황해서 말도 안 나오는가 봐…… (해

도의 머리를 과격하게 쓰다듬으면서) 내가 대신 말해 주지. 참고로 나의 결론은 연방첩보국, 비밀경찰국의 결론과 동일했어. 아주 설득력이 있고, 높은 확률로 그러리라는 거야. 물론 진실이라는 건 직접 시간을 되돌려 가서 보지 않는 이상 알 수가 없지만. 아주 높은 확률로, 거의 백 퍼센트에 가까운 가능성으로 그랬을 것이라는 거지. 들어봐. 그 당시 김민진은 아주 불행했어. 양부모에게 제대로 된 사랑도 못 받고, 가세는 기울고, 어쩌면 같이 사는 남자들에게 학대를 받았을지도 모르지. 다니던 학교에서도 적응을 못 하긴 마찬가지였어. 그런데 초등학교 때 친하게 지냈던 아이, 이도연은 그새 예쁘고 귀여운 열여섯 살 소녀로 자라 인기를 독차지하는 거야. 아는지 모르겠지만 여자들의 질투는 정말 지독한 거거든. 그녀의 남자친구를 성적으로 유혹해 망가트리려는 것도 무리가 아니야. 그런데 그게 마음처럼 되지 않았어. 상황은 전혀 나아지지 않았지. 그래서 어느 날 도연에게 할 말이 있다느니 하면서, 혼자 자신을 만나러 나오도록 유인하거나 했을 거야. 그리고 그 자리에서 처리해 버린 거지. 그런 뒤에 새벽을 틈타 사체를 숨겨놓고, 며칠 뒤에는 꼴 보기 싫은 가족들이 자고 있는 동안 집에 불을 싸지른 다음 도망친 거야. 어떤가? 꽤 그럴듯한 가설 아니야?

해도 (눈이 빨갛게 충혈되어 간다. 흰자위 위에 붉은색 실핏줄이 도드라지고, 묶인 몸을 움직여 보려는 듯 어깨를 들썩거린다.)

산 아니야! (그는 그렇게 말하면서 해도가 앉은 의자 옆구리를 세게 걷어찬다. 의자는 걷어찬 방향으로 거칠게 넘어지고, 해도는 모로 쓰러지면서 옆머리를 바닥에 부딪힌다. 산은 그 머리를 세게 걷어차려는 동작을 하다가 직전에 멈추고 말한다.) 가설 같은 게 아니라고! 그냥 이게 사실이야. 그런 얘기 들어본 적 없나? 모든 가능성을 배제하고 남은, 단 하나의 가설이 바로 진실이라고. 너도 이게 사실이라는 걸 알고 있어. 그냥 믿기 싫을 뿐이지. 얼마나 좌절스럽겠나? 자신이 맹목적으로 쫓아온 그녀가 무고한 여학생과 일가족을 몰살한 살인자라는 게.

해도 (의자와 함께 옆으로 쓰러진 채 끙끙 앓는 소리를 낸다. 상처 입고 늙은 개가 신음하는 모습 같다.)

산 아, 김민진. 그렇게 탈출하고 난 뒤 그녀의 인생은 어땠을까? 침울했던 과거를 청산하고 잘 먹고 살았을까? 그랬다면 참 좋았을 텐데. (신난 사람처럼 서류를 획획 바닥에 던지면서) 그렇지 않았어. 갈 데도 없고, 신원을 숨길 수밖에 없는 처지의 어린 여자가 할 일이 또 있겠나. 당연하게도 그녀는 몸을 팔았어. 이름을 이도연으로, 그러니까 자기가 세상에서 죽여 없애버린 친구의 이름으로 바꿔서. 정말 무섭지 않나. 내가 말했잖아. 여자들의 질투심은 정말 지독하다고. (고개를 쳐들고 껄껄 웃으면서) 그래. 그 이름으로 몸을 팔고, 팔고, 또 팔았어. 그렇게 자기를 팔아댄 돈으로 감쪽같은 새 신분을 만들었지. 얼굴도 좀 고치고, 대학교에도 들어갔어. 그런데 몸 팔던 습관이 어딜 가나. 임자 있는 교수한테 다리를 벌려서 팔자 좀 펴보려다가 실패했지. 그러다 학교에서 쫓겨나서, 이제 어떤 놈팡이한테 몸을 팔면서 살아야 하나, 고민하던 찰나에 나타난 것이 바로 정해도, 너였던 거야. 이제 상황파악이 되나?

해도 으, 으. (발갛게 부은 얼굴 옆면이 눈물로 젖기 시작한다.)

으으.

산　아이고, 저런. (혀를 쯧쯧 차며) 마음이 정말 안 좋네. 다 큰 남자가 여자 때문에 질질 짜는 걸 보다니. 한숨이 나오는구만. 그러려면 차라리 끝까지 안고 갔어야지. 이제 와서 울어봤자잖아. 혹시 오순도순 잘 살던 중에 그녀의 정체를 알아버리기라도 했나? 그렇지, 감당할 자신이 없어서 버렸군. 그래서 쫓아냈던 거야. 어차피 그런 여자는 버릇이 잘못 들어놔서, 너처럼 별 볼 일 없는 남자에게는 만족을 못 하고 언젠가 떠났겠지만.

해도　······아니야.

산　(그는 이를 드러내고 활짝 웃으며 쪼그려 앉는다.) 감동이야. 부모가 첫 옹알이를 하는 아이를 지켜보는 기분이 이럴까 싶은데. 너무 감동해서 네 말이 다 맞다고, 어리광도 다 받아주고 싶은 마음이 굴뚝같지만······ 사실이 그렇지가 않네. 사실이 뭐냐면, 네가 그동안 쫓아왔던 도연이가 사실은 김민진이고, 입양 가족과 친구를 죽인 살인자이고, 가랑이가 닳을 때까지 몸을 팔아댄 더러운 년이라는 거지. 네가 제일 잘한 건 그런 형편없는 여자를 이 년 만에 알아보고 내버렸다는 거고. 제일 못한 건 그 쓰레기 같은 여자를 되찾겠답시고 온갖 고생을 사서 했다는 거야. 그 여자는 너와 헤어지고 나서도 몸을 팔러 다녔어. 할 줄 아는 게 그것밖에 없으니까. 그런 맥락에서라면 러시아에 오게 된 경위라는 것도 이해가 돼. 기왕 몸 팔 거, 더 늙기 전에 러시아 재벌한테 팔아서 한 몫 챙기자는 발상이었겠지. 그래서 그 머나먼 곳까지 팔려가는 걸 자진한 거야. 그곳에서 노예가 되어 땅에 파묻힐 줄은 전혀 예상하지 못했겠지만. 여기까지가 이 이야기의 전말이야. 괴롭지? 낭만적인 사랑 뒤에 숨겨진 사실, 자명한 진실이라는 게.

해도 (목을 옆으로 가누고 소리 없이 흐느낀다.)

산 (한숨을 쉬며 고개를 가로젓는다.) 이제 좀 알겠나. 그녀는 네가 그만큼 희생하고 헌신하면서 사랑할 만한 여자가 아니었어. 이도연, 아니, 김민진은 그만한 사랑을 받을 자격이 없는 여자였다고. 널 기억하지도 못했을걸. 죽는 그 순간에도 널 떠올리지 못했을 거야. 스스로가 바보같이 느껴지지 않나? 너는 그 보잘것없는 여자를 찾으러 세상의 끝까지 갔는데.

해도 (목이 멘 소리로) 아니야. 아니야.

산 떼를 쓴다고 뭐가 달라지나. (김이 샜다는 듯이 남아 있는 서류를 전부 바닥에 던진다. 수십 장의 종이가 쓰러진 해도의 양옆으로 흩날려 떨어지고, 그중 한두 장이 바닥에 고인 눈물에 닿아 젖는다.) 그 뒤 얘기는 직접 확인해 봐. 나도 읽어주는 게 지친단 말이야. 진실을 말해주는 데도 왠지 나쁜 일을 하는 것 같아서 짜증 나고…… 그렇지. 꼴이 이래서야 뭘 줘도 읽을 수가 없겠어. (어깨 뒤로 손바닥을 뻗어 내밀면서) 만포.

만포 (뭔가 망설이는 듯 잠깐 동안 멎어 있다가, 이내 웃옷 안주머니에서 한 뼘 길이 정도 되는 단검을 꺼내 산의 손 위에 올려놓는다.)

산 걱정하지 말아. 내가 말했잖나. (꽉 쥔 단검으로 해도의 손과 발에 묶인 케이블타이를 끊어낸다. 쇳덩이가 바닥에 내동댕이쳐지는 소리가 들린다.) 이놈은 더 이상 뭘 어쩌지 못해. 나는 알 수 있어.

해도 (연방 눈물을 흘리며 산이 던진 서류를 그러모은다. 돌로 된 바닥이며 종이 위에 눈물방울이 툭툭 떨어지는 소리가 이어진다.)

산   저 모습이 보이나? 저게 뭔지 알겠나? (상체를 만포가 있는 쪽으로 아주 살짝 기울이며) 완전히 절망에 빠진 인간의 모습이야. 완전하게 절망한 인간만큼 꼴사납고 추잡스러운 것도 없지. 한때 시간을 손아귀에 넣었던 남자, 뜻을 다 이루기 전에는 죽고 싶어도 죽을 수 없었던 남자. 그랬던 저 녀석조차 지금이라면 내 말 한마디에 끝장날 거야. 하지만 내가 그러지 않는 이유를 알겠나? 정해도. 내가 널 살려두는 데는 이유가 있어. (엎드려 울고 있는 해도 옆에 가서 재차 쪼그려 앉는다.) 그 이유가 뭔지 짐작하겠나?

해도   (계속해서 울고 있다.)

산   붙잡혀 있던 곳에서 내 얘기를 조금은 전해 들었겠지. 대부분은 악의적으로 왜곡된 이야기겠지만 말이야. (빙긋 웃으며) 사실만 말해주지. 혁명도 내가 일으켰고, 전쟁도 내가 일으켰어. 하지만 그런 생각해 본 적 있나. 세상이 너무 죄악에 절여져 있어서, 꼭 한 번은 크게 물갈이를 해야 하겠다는 생각 말이야. 뜻대로 잘되지 않는 게임을 끄고 다시 시작하는 것처럼. 안 해봤을 리가 없지.

신조차 그런 생각을 하거든. 성경에도 나오잖아. 신이 홍수로 세상을 쓸어버렸다고. 오죽 답답했으면 그랬겠나. 자기가 만든 세상인데. 나도 비슷한 심정인 거야. (아예 바닥에 엉덩이를 대고 앉으며) 정말이라니까. 잘 들어봐. 오늘날 세상의 거의 모든 죄악, 고통과 비극은 모두 자본주의로부터 나와. 거짓말이 아니야. 네가 잘만 일하던 건물에서 잘린 것, 오갈 데 없이 태어난 그녀가 몸을 팔며 살 수밖에 없었던 것, 그로 인해 네가 러시아로 와서 툰드라를 파헤쳐야 했던 것도 알고 보면 전부 자본주의 때문이지. 그런데 인류는 자본주의의 기형적인 속성을 일찌감치 파악하고, 보다 나은 체제로 이행하고자 했던 전적이 있어. 그게 지난 20세기에 있었던 일이야. 그때 탄생했던 공산 국가들은 죄다 실패했어. 그 실패들을 부정하지는 않아. 단지 실패할 수밖에 없었던 이유가 있었던 거지. 이 주제에 대해서 백 일 동안 쉬지 않고 말할 수 있는 게 나라는 사람인데, 여기서는 간략하게 세 가지로만 줄여서 말해주도록 할게. 첫 번째는 공산주의를 구현할 기술적 발전이 미진했다는 것. 두 번째는 권력욕에 빠진 지도층이 전통적인 지배구조를 포기하지 못했다는 것. 세 번째는 세상에 자본주의에 길들여진 인간들이 너무도 많았다는 것. 그런데 나는 이 세 가지를 완전하게 극복할 자신이 있었어. 한 세기 동안 급격하게 발전한 기술 덕분에, 인간은 마음만 먹으면 노동으로부터 완전히 자유로워질 수 있게 됐거든. 마르크스가 말한 노동의 축적이며 균등한 분배 같은 논리가 필요 없어진 거야. 로봇과 인공지능은 이십사 시간 내내 일해도 노동쟁의를 하지 않으니까. 인간은 그저 모든 것이 기계화된 세상에서 재화를 나눠 가지고, 삶을 누리기만 하면 되는 거야. 인류에게는 이미 그럴 만한 능력과 자원이 있어. 그렇게 하지 않는 이유는 단지 자본주의가 '죽을 때까지 노동하며 쉼 없이 소비하는 인간'을 필요로 하기 때문이지. 자본주의는 인간의 해방을 원하지 않아. 더 완전한 구속을 원하지. 현존하는 모든 인간을 체제의 노예로 만드는 것이 바로 자본주의의 최종목적이라고. 내 말 알아듣겠어? 자본주의를 자유주의와 혼동하는 머저리들이 얼마나 많은지. 이거야 검은색과 흰색을 헷갈리는 수준이야. 자본주의가 하는 일이 뭔데? 수백만 개나 되는 집이 비어 있는데도 머무를 데가 없어 노숙하는 사람을 만들고, 매일 같이 톤 단위의 멀쩡한 음식을 내다 버리면서도 굶어 죽는 사람을 만드는 거야. 그저 돈이 없다는 이유로. 어디 집과 돈뿐인가. 자본주의는 인간에게 기본적으로 주어졌던 자유들을, 자본이 없으면 결코 누릴 수 없는 것으로 만들었어. 사랑할 자유, 생식할 자유, 그 자리에 서서 존재할 자유. 자본주의 체제하의 인간들은 자유를 얻기 위해 서로 피 터져라 경쟁하고, 죽기 살기로 일하며 삶을 낭비해. 그런데도 자본주의가 자유인가? 자본주의는 고도로 발달된 노예제도야. 그 속에서 노예들은 자신이 노예라고 인지하지조차 못하는 거야. 이 얼마나 대단한 제도인지. 노예들은 저들을 노예로 부리고 있는 제도를 지키고자 목숨까지 바치고 있어. 그래서 나는 생각한 거야. 이 저열한 노예들을 살려뒀다가는 언젠가 반드시 노예제도를 되살리고 말 것이라고. 단순히 혁명을 일으키고, 새로운 체제를 이룩하는 것만으로는 부족해. 새 포도주는 새 자루에 담으라는 말이 있지. 복종하는 것이 노예의 일이라면, 선택하는 것은 인간의 일이야. 나는 인간으로서 선택했어. 자본주의에 길들여진 인간들을 지구상에서 없애버리기로. 마침 러시아에는 그렇게 할 수 있는 무기가 잔뜩 있었어. 그래서 한 거야. 나를 감정이 없는 사이코패스로 취급하는 건 쉽지. 하지만 나라고 수억 명의 사람을 죽이고, 전쟁을 일으키는 것에 아무런 고통을 느끼지 못할 줄 안다면 오산이야. 나는 고통을 느끼지 않는 게 아니라 감수하고 있는 거야. 암을 치료하기 위해서는 종양을 도려내야 하는 것처럼. 공산주의 사회에는 공산적으로 사고하고, 공산적으로 행동하며, 공산적으로 살아갈 준비가 된 사람들만이 남아 있어야 해. 나는 그런 결연한 마음으로 이 전 세계적인 혁명전쟁을 일으킨 거야. 전혀 전쟁광이 아닌 사람, 오히려 인류애가 가슴에 넘치는 사람이 전쟁을 일으키는 마음을 이해하겠나? 이해할 리가 없지. 그런 것까지는 바라지도 않아. 나는 사람들로부터 이해받거나, 사랑받거나, 큰 인기를 끄는 것에는 관심이 없어. 그저 인류가 가장 근본적인 곳에서부터 평화와 안식을 얻길 바랄 뿐이지. 그런 마음으로 아주 먼 길을 왔어. 지금까지 얼마나 많은 미래를 봐왔는지 기억도 나지 않아…… 문제는 내가 수세에 몰렸다는 거야. 혁명군이 세계 도처에서 패배를 거듭하고 있어. 혐오스러운 자본주의의 노예들 때문에. 내가 가진 능력으로 상황을 바꿀 수 있다면 좋겠지만. 그러기에는 이미 전황이 좋지 않아. 하루에 백 번은 넘게 보이던 미래도 이제는 한두 번 보일까 말까야. 아마도 텐서인 네가 절망에 빠져 있는 것과 무관하지 않겠지. 그거 아나? 이전에 나는 네 주변에서 미래를 보지 못해 숨이 막힐 지경이었는데, 이제는 딱히 아무렇지가 않아. 너에게 시간을 되돌릴 능력이, 그보다도 시간을 되돌려서라도 찾고 싶은 무언가가 사라졌기 때문일 거야. 그래서 나는 너를 일부러 살려두면서 이런 얘기를 하고 있는 거야. 정해도. 내 말을 들어. 그런 같잖은 여자가 죽었다고 해서 네 인생이 달라지는 건 없어. 평범한 사람이라면 지나간 시간을 생각하면서 한탄하겠지만, 너는 그러지 않아도 되잖아. 텐서니까. 나는 네가 시간을 되돌릴 이유를 주려는 거야. 나를 위해, 아니, 위대한 혁명을 위해 시간을 돌릴 수 있는 영광을 주지. 전황이 이렇게 흐르기 전까지 시간을 되돌리고, 나를 위해 봉사해. 이미 죽은 여자는 어쩔 수 없어. 애초에 그럴 만한 여자도 아니었다고. 하지만 너의 슬픔은 가슴 깊이 이해하겠어. 제이, 제삼…… 수도 없이 태어나서 불행하게 죽어가는, 수천 만의 김민진이 더는 나오지 않도록 세상을 바꿀게. 그런 세계를 내가 만들어볼게. 그러니까 시간을 돌려줘. 단 일 년만이라도 좋으니.

해도 (어쩔 수 없는 병으로 경련하듯 몸이 떨린다. 눈물이 멈추지 않고 흐른다.)

산 (엎드린 채 울고 있는 해도의 등을 뚫어져라 쳐다본다. 그는 아예 양반다리를 하고 앉았다. 손으로 턱을 괸 자세로 꽤 긴 시간 동안, 바다를 보며 생각에 잠긴 사람처럼 그대로 있는다. 수백 년 동안 똑같은 사유에 잠겨 있던 불상을 연상시키는 모습. 그와 해도 사이에 가로놓인 시공간이 긴장감으로 인해 왜곡되는 것 같다. 그는 세 시간을 넘게 기다렸다. 그는 그만한 시간 동안 멈추지 않고, 멈출 기미도 없이 우는 사람을 살면서 처음 보았다. 마침내 그는 겹쳐 앉았던 다리를 풀고 몸을 일으키며 말한다.) 안 되겠군. 이미 망가질 대로 망가졌어. 결국 이 정도 인간이었던 거야.

만포 어떻게 합니까?

산 (차갑게 시선을 돌리며) 죽여. 죽이고 다음에 나타나는 텐서를 찾으면 돼.

만포 알겠소. (해도가 엎드려 있는 곳으로 성큼성큼 걸어 다가간다. 품 안에서 권총 한 자루를 꺼내 해도의 정수리에 겨눈다. 해도는 저항하지 않는 가축 같다. 그가 방아쇠에 힘을 주기도 전에 소리가 난다. 뒤에서 나는 소리다. 뒤를 돌아보자 산이 머리를 붙잡고 쓰러져 있다.) 선생님!

산 (쓰러진 채, 황급히 다가온 만포를 올려다보며) 말도 안 돼. 머리가, 머리가. (극심한 두통으로 얼굴이 흉하게 일그러져서) 해도!

만포 (화들짝 놀라 해도가 있던 쪽을 돌아본다. 줄곧 엎드려 울던 그 자리에는 아무도 없다. 그는 뒤에서 자신을 덮치는 그림자를 느낀다. 서둘러 반격하려 하지만 이미 늦었다.) 읏! (어깻죽지에 칼이 꽂힌 채로 바닥에 나뒹군다. 피가 솟구친다.)

산 (필사적으로 달려드는 해도를 밀쳐내며) 도대체 뭘 한 거야? (후들거리는 다리로 겨우 서서) 왜 이제 와서 시간을 돌리고 있는 거야? 대체 몇백 번, 몇천 번을. (떨어져서 총을 줍는 만포에게) 그만! 지금은 안 돼. 놈을 죽일 수가 없어. 죽일 수가 없어. 왜 죽일 수 없지? 그렇게 정해진 미래인가?

해도 (떨리는 목소리로, 눈보라처럼 차갑게) 아니.

산 왜 죽지 않는 거야. 왜 이제 와서. (당황하다 못해 아예 억울하다는 투로) 이도연은 죽었어. 이젠 없어. 나를 죽인다고 해서 그 여자가 살아나는 건 아니야. 지금 네가 무슨 짓을 저지르려는 건지 알고는 있나?

해도 (대꾸하지 않고 달려든다. 산과 함께 바닥에 나뒹군다.)

산 (필사적으로 해도와 엎치락뒤치락한다. 그는 좀처럼 우위를 점하지 못하다가 끝내 해도의 위에 올라탄다.) 미친놈. 고작 여자 하나 때문에. 그 여자가 뭔데? (부러진 손으로 해도의 얼굴을 갈긴다. 그의 손에서 났는지 해도의 얼굴에서 났는지 모를 피가 뺨에 튀어 묻는다.) 아름답지도 않아. (같은 손으로 해도의 얼굴을 다시 때린다. 뼈가 맞물려 으스러지는 소리가 난다.) 똑똑하지도 않아. (또다시 때린다. 해도의 코뼈가 부러져 시뻘건 선혈이 터져 나온다.) 순결하지도 않고. (또 때린다. 만신창이가 된 그의 주먹

위로 손가락뼈가 살을 찢고 튀어나온다.) 고귀하지도 않아. (또 때린다. 날카로운 뼈의 단면이 그의 얼굴을 푹 찌르고 나온다. 그곳에서도 피가 난다.) 심지어 너를 사랑하지도 않아! (또 주먹을 휘두른다. 해도가 머리를 옆으로 피했기 때문에 주먹은 허공을 가른다. 칼날 같은 뼈가 부러진 코 위쪽을 할퀴어 피가 흐른다.) 그런데도 그것을 사랑해? (해도는 그가 휘두른 주먹을 끝까지 지켜본다. 눈앞에서 손목을 붙잡아 멈춘다.)

해도 그래. 사랑해.

산 그럴 가치가 없다고 했잖아.

해도 상관없어.

산 (그의 몸이 확 일으켜진다. 자세가 바뀌어 여태 자신이 올라타고 있던 해도에게 반대로 깔린다.) 헉, 헉, 알겠다. (턱 하고 막힌 숨을 간신히 내뱉으면서) 정해도. 네가 사랑한 건 그녀가 아니야. 너 자신의 사랑이지. (목이 졸리면서도 멈추지 않고) 너는, 사랑하고 있는 너 자신에, 도취된 거야. (켁켁 거리듯이 단어를 씹으면서) 사랑의, 의미, 가치, 그런 건, 생각도, 안 하고.

해도 (말없이 산을 내려다본다. 제압하고 있는 손아귀에 힘이 조금씩 풀린다. 산은 그것을 느끼고 있다.)

산　　이 새끼! (기다렸다는 듯이 몸을 크게 뒤집는다.)

(일순간 방 안에서 큰 소리가 난다. 그것은 몸을 뒤집을 때 나는 치열한 소리가 아니다. 총신에서 터져나오는 파열음이다. 정적이 이어진다.)

45

아…….

만포의 탄식이 공기의 기초적인 압력에 사그라든다.

선생님. 선생님.

그는 허겁지겁 산에게 다가가 총상을 확인한다. 오른쪽 갈비뼈 아래에 선명한 탄흔이 있다. 그 구멍에서 진득한 피가 꿀럭꿀럭 소리를 내며 흐른다. 만포는 안 되리라는 걸 알면서도 손으로 그것을 막아본다. 피는 멈추지 않고 손과 옷과 피부 사이의 좁디좁은 틈 사이로 배어 나온다. 아, 피가. 간에서 피가.

"만포." 산은 시시각각으로 생명력이 빠져나가는 듯한 목소리로 말했다. "죽일 수, 없다고, 했잖아."

죄송합니다. 죄송합니다. 만포는 실색한 얼굴로 전신을 오들오들 떨었다.

　검은색 터틀넥 셔츠는 피에 젖어 더 검어진다. 만포는 사람을 불러 조치하기에는 때가 늦었음을 안다. 하지만 이분은 여기서 죽어서는 안 될 사람이다. 이런 일은 일어나서는 안 됐다. 그는 급박하게 시선을 돌려 해도를 찾았다. 해도는 핏자국과 붓기가 덕지덕지한 얼굴로 죽어가는 산과 만포를 내려다보고 있었다.

　제발 살려주시오. 만포는 그의 바지 아랫자락을 붙잡고 애걸했다. 조금만 시간을 돌려주시오. 내가 경솔했소. 선생님의 말을 들었어야 했는데. 돌아가면 그땐 총을 쏘지 않겠소. 다시는 그렇게 하지 않겠소. 제발.

　해도는 그의 어깻죽지가 축축하게 젖은 자국을 쳐다본다. 만주벌판을 통틀어 가장 날래고, 힘세고, 용맹했던 그가 지금은 한 남자를 위해 울며 빌고 있다. 수도 없이 많은 삶을 앗아가고도 눈도 꿈쩍 않던 그가.

　살아갈 수가. 이래선 살아갈 수가.

　덫에 걸린 짐승처럼 신음하며 중얼거리고 있다. 해도가 붙잡힌 발을 끌어 떼는 데에도 어쩔 줄 모르고 나가떨어진다. 해도는 더 이상 그를 거들떠보지도 않고 걸어간다.

만포는 널브러진 총을 주워 그에게 겨누었다가 내려놓고, 다시 한번 겨누었다가 재차 내려놓고, 옮긴 의자를 발받침대 삼아 환풍구로 기어들어 가는 해도에게 또 한 번 가늠쇠를 조준했다. 그가 산이나 만포를 위해 시간을 되돌리지 않으리라는 것은 의심의 여지가 없었다. 그러나 지금 해도를 죽인다는 것은 불가능했다. 이제는 그에게도 돌아가야 할, 마땅히 재생되어야 할 과거가 생겼으므로.

만포는 부하를 시켜 해도를 쫓게 하지 않았다. 대신 몇 가닥 남지 않은 산의 숨줄을, 얼마 지나지 않아 마지막 호흡이 땅 아래로 휘늘어지는 모습을 조용히 지켜보았다.

46

 공식적인 종전 선포로부터 두 달쯤 지난 시점이었다. 지선은 해도와 접촉하기 위해 한강 남쪽으로 차를 몰고 있었다. 임시정부의 주도로 서울 전역이 전후복구사업에 한창이었다.

 한강대교는 성수대교와 함께 전쟁통에서 형태를 보존한 둘뿐인 교량이었다. 다른 다리들이 전부 완파된 것은 아니었지만 그 두 다리만큼 상태가 좋지는 않았다. 도시 각지에서 다리를 건너기 위해 모인 차량들 때문에, 지선은 한강대교 위에서 오랫동안 정체된 채 주변을 돌아보았다.

 한강은 짙푸르렀다. 곳곳에 제방이 무너져 물길이 일그러져 있었지만 여전히 그랬다. 헬기장이 있던 노들섬 동쪽 지대에 폭격의 흔적이 고스란히 남아 있었다. 낮게 패인 지대 주변으로 까맣게 그을린 콘크리트들이 폭격 당시의 열화를 증언하고 있었다.

남한의 그 어떤 곳보다 많은 포탄과 생화학무기에 시달린 서울이었다. 영원히 번화할 것 같았던 환락가들, 무너지지 않을 줄 알았던 유리 거탑들, 성냥갑 같던 아파트 단지들은 초토화되었다. 그나마 건물의 형태가 남아 있는 지역은 폐허가 됐고, 그렇지 않은 곳들은 폭발반경에 따라 통째로 소멸했다. 가죽이 벗겨진 피부처럼 지반이 드러난 황무지들. 전쟁 이전 그곳이 얼마나 많은 사람들로 붐볐고 높았고 번쩍였는지를 알기 위해서는 살아남은 사람들의 기억을 빌리거나 순전한 상상력을 동원하는 수밖에 없을 것이었다.

예전 같았다면 애저녁에 허물어졌을 콘크리트 건물 앞에 지선은 차를 세웠다. 이 층에 허름한 간이 카페가 있었다. 들어가는 문은 반쯤 가려져 있었고, 유일한 직원이자 카페의 주인인 할머니는 인기척도 모른 채 꾸벅꾸벅 졸았다. 해도는 가장 구석 자리에 앉아 지선을 기다리고 있었다.

"여기 있었군요." 지선은 해도가 있는 자리 맞은편에 가방을 내려놓고 앉았다. 테이블 위에는 해도가 마시는 것 이외에 손대지 않은 커피 한 잔이 더 놓여 있다. 지선은 뜻하지 않은 친절에 픽 웃음이 나왔다. "이건 제 몫인가요? 마셔도 돼요?"

"마셔요." 해도가 자기 잔에 있는 커피를 마저 들이켜고 나서 말했다. "저 할머니가 직접 내린 거예요. 진짜 커피는 얼마 없고, 이미 식었지만."

지선은 그가 평범한 사람처럼 대화하는 것에 놀라지 않으려고, 당장은 표정을 숨기면서 커피잔을 들었다. 그의 말대로였다. 진짜 커피는 구색으로만 조금 섞였을 뿐이고, 대부분은 싸구려 찻잎이나 약초 찌꺼기로 채워 내린 액체. 이십 년 전만 해도 쓰레기 달인 물에 지나지 않았을 그것이 지금은 버젓이 커피라는 이름을 달고 잔에 담겨 나오는 것이다. 지선은 아무런 불평 없이 그것을 마셨다. 미적지근한 액상에 쓰고 떫고 매캐한 맛들이 어지러이 뒤섞여 들었다.

"못 보던 사이에 말문이 트인 모양이네요." 지선은 잔을 내려놓고 나서, 혹시나 비아냥대는 투처럼 들리지 않을까 조심스럽게 운을 뗐다. "좀 놀랐어요. 그날 메일을 남기고 가셨을 때도 그랬지만…… 거기 백업돼 있던 건 저 혼자 다 읽었습니다. 딱히 공유할 곳도 없었지만요."

"……."

"제가 있던 조직은 궤멸됐어요. 연방 첩보국이 얼마나 빠르게 들이닥치던지. 그때 동생도 죽어서 이제는 저 혼자예요. 가족도 뭣도 없어요. 사지 멀쩡히 살아남은 제가 불평할 처지는 아니겠지만."

더 이상 시간관리국 소속의 스칼라 요원이 아니게 된 지선은 삼팔선 이남의 통제권을 되찾은 임시정부에서 관료로 일하고 있었다. 어쨌거나 그녀는 엘리트 교육을 받은 인재였으므로, 정부는 그녀를 전후복구사업의 핵심인력으로 발탁한 것이다.

지선은 새로 일하게 된 직장에 대한 이야기, 전후복구사업에 따르는 행정상의 어려움 같은 이야기들을 혼자 삼십 분 넘게 늘어놓고 나서야,

"내 정신 좀 봐. 해도 님 이야기를 들으려고 오늘 만나 뵌 거였는데" 하고 본론에 접어들었다. "도청 걱정하지 말고 말해주세요. 윗선에는 제가 잘 이야기해 놓았습니다. 기밀이 언급되지 않는 선에서요. '조직의 비공식 요원으로서 요인 암살에 기여했다'라는 걸로 해서, 임시정부 측

에서도 해도 님께는 감사하고 있어요. 상황이 허락하는 한 웬만한 건 다 제공이 될 거예요. 물자를 우선적으로 배급받을 수도 있고, 국가로 환수된 부동산을 선택해서 분배받을 수도 있고…… 그걸 위해서 얼마나 많은 생존자들이 정부에 로비를 하고 있는지 모르시겠죠. 십 년, 이십 년이 지나면 도시가 재건될 거예요. 지금은 아무것도 없는 황무지지만. 곧 다시 집이 지어지고, 다음 세대가 태어나고, 공장과 대형마트와 아파트가 지어지겠죠. 지금 로비를 잘해서 위치가 좋은 집과 땅과 공장을 불하받은 사람들은 그때의 상류계층이 될 거고요. 그럼 그제야 겨우 몇십 년 전으로 돌아갈 뿐이겠지만."

지선은 방금 자신이 한 말에 저 스스로 놀란 듯, 괜스럽게 아무도 없는 주변을 두리번거리고 나서 말을 이었다.

"처음에는 해도 님이 이 모든 것이 일어나기 전으로 되돌릴 수 있을 거라고 생각했어요. 그렇게 해줄 거라고 믿었죠. 부끄럽지만 그게 사실입니다. 근데 지금은 그저 전쟁이 끝난 것만으로도 감사한 마음이에요. 죽지 않은 이상 삶은 끝난 게 아니니까요. 부디 해도 님도 그랬으면 좋겠어요. 필요한 걸 말씀해 주세요. 할 수 있는 한 모든 도움을 드릴게요."

그러나 해도는 그녀가 말한 그 어떤 것도 필요로 하지 않았다. 그는 다만 한 사람의 행방을 찾아달라고 부탁했다.

"그 여자인가요?" 지선은 몇 초간 이어지는 긴 한숨을 내쉬고 나서 물었다. "나라면 한참 전에 포기했을 텐데. 질리지도 않나요?"

"단 한 번도."

해도는 말했다. 일말의 망설임도 느껴지지 않는 선명한 목소리였다. 실수로라도 그 말을 잘못 들을 리는 없을 것이었다.

지선은 그런 해도의 주름진 얼굴을 한참 동안 바라보았다. 온정과 냉담, 다정함과 한심함, 동정심과 질투심이 있는 대로 섞인 그녀의 시선은 시원섭섭했다. 마시다 만 커피의 수면 위로 정체 모를 기름이 떠올라 섬 같은 모양을 띠었다.

"그러지 말고 그냥 저랑 같이 살지 않을래요? 우리 두 사람 다 갈 곳도 없고, 가족도 없고…… 어디 하나 의지할 곳이 있으면 좋잖아요. 사람이라는 게. 해도 님이 저를 어떻게 생각하시는지 모르겠지만. 보기보다 일도 잘하고, 생활력도 좋아요. 생긴 것도 이만하면 귀엽다고 생각하는데…… 다 새로 시작해 봐요. 전쟁도 끝났잖아요. 같이 살면서 집도 짓고, 애도 낳아서 키우고, 그렇게……."

지선은 말하는 중에 자신이 울고 있음을 깨달았다. 내가 왜 울고 있을까. 멀거니 자신을 쳐다보는 그 남자의 눈빛이, 그 애달픈 시선이 보이지 않는 증기처럼 날아와 맺힌 것 같았다. 뒤늦게 밀려드는 회한이 수치심으로 변해갈 즈음 그녀는 사과했다.

"미안해요. 제가 쓸데없는 말을 했네요. 말씀하신 건은 최선을 다해 알아보겠습니다. 제 권한으로 충분히 가능한 일일 거예요. 보고할 내용이 생기는 대로 메일을 드리겠습니다. 저한테 주셨던 그 메일주소로."

"고맙습니다."

"저, 해도 님. 하나만." 지선이 짧게 인사하고 일어서려는 해도를 손짓으로 막았다. 그리고 긴 시간 동안 참아왔던 숨을 내뱉듯 가까스로 물었다. "……어떻게 도연 씨가 죽지 않았다는 걸 알았나요? 시베리아에서."

"알 수 있었어요." 해도는 일어나서 대답했다.

"해골이 나왔잖아요? 도연 씨의 이름이 붙은 옷에서."

"도연이가 아니었어요."

"그걸 어떻게 알아요?"

"알았어요." 해도가 말했다. "껴안자마자 알 수 있었어."

47

Subject: 〈해도 님. 지선입니다.〉

Contents: 안녕하세요. 해도 님.

무탈하게 잘 지내고 계신가요. 마지막으로 저희가 만난 지도 반년이 훌쩍 지났네요. 할 수 있는 한 빠르게 연락을 드리고 싶었지만, 거의 모든 행정력이 전후복구사업에 투입되어 있는 상태여서요. 과거 기록의 조사와 추적, 그리고 사실확인 과정의 대부분을 개인적으로 진행할 수밖에 없었습니다.

다행스러운 것은 제가 권한이 있는 개인이라는 점입니다. 자료열람이 필요하면 청소부로 취직하는 대신 서류를 보내고 기다리기만 하면 됐고, 필요하다면 현지 수행원을 활용할 수도 있었어요. 물론 면밀한 확인이 필요한 부분에서는 제가 직접 방문해 조사했습니다.

좋은 소식은 그동안의 조사에 성과가 있었다는 것입니다. 여기서 성과라는 말은 저희가 이도연 씨의 행방을 확인했다는 것을 의미합니다. 그녀는 생각보다 가까운 곳에 있었어요. 처음부터 해도 님은 그렇게 먼 곳까지 갈 필요가 없었을지도 모릅니다.

다만 해도 님이 도연 씨를 만나는 것이 과연 도움이 될 수 있을지는 의문입니다. 이제 와서 그녀를 만나 뭘 어떻게 하실 작정이신지요? 해도 님은 이미 할 수 있는 최선을 다했습니다. 그것은 초인적이라고도 할 수 있는 집념과 사랑이었어요. 사실은 그 자체로 충분한 것이 아닐까요. 노력이 배신당하는 것은 흔한 일이지만, 어떤 경우의 배신은 남아 있는 삶을 송두리째 무너트리기도 합니다.

자꾸 외람된 말을 꺼내게 되는 저를 용서해 주시기 바랍니다. 하지만 해도 님, 당신이 수도 없이 시간을 되돌려 오며 살아온 그 시간들은 그 어떤 것으로도 보상받을 수 없습니다.

이제 와 도연 씨를 만난다고 해서 당신이 행복해질 수

는 없습니다. 구원받을 수도 없습니다. 사람이 다른 사람을 구원한다는 것은 애초에 불가능합니다. 해도 님은 도연 씨가 아니라 자기 자신을 구원해야 하지 않을까요.

무엇보다도 이런 일은 한 쪽의 의사만으로 되는 게 아닙니다. 해도 님, 만에 하나 그녀가 당신을 만나고 싶어 하지 않는다면 어떻게 하실 건가요? 너무 많이 변해버린 자신을 보이고 싶지 않아서, 이제 와서 만나봐야 할 수 있는 말이 없어서. 도연 씨가 해도 님을 만나기 싫을 이유는 너무도 많이 있습니다.

해도 님, 다시 여쭤보겠습니다. 도연 씨가 당신을 만나고 싶어 하지 않는다면 어떻게 하실 건가요?

이것조차 너무 부질없고 바보 같은 질문일까요?

지선 드림.

...

해도는 그녀가 쓴 글, 문장부호와 글자 사이의 공백까지 빠트리지 않고 전부 읽었다. 그러자 조용히 떠오르는 비눗방울처럼, 부유하는 질문이 그의 사고를 이끌었다.

도연이가 나를 만나고 싶어 하지 않는다면?

그런 생각은 해본 적이 없었다. 도연이가 날 만나기 싫어한다면. 그런 건 상상해 본 적이 없었다.

그렇게 질문할 필요가 없었다. 도연이를 보고 싶었고, 찾고 싶었고, 할 수만 있다면 구하고도 싶었다. 그러나 만나고 싶다는 생각은 해본 적이 없었다. 그는 도연에게 아무것도 바라지 않았다.

그렇다면 해도는 그녀를 찾아서 뭘 어쩌겠다는 것인가. 그녀를, 그 가련하고 추하고 외로운 여자를 어떻게 하고 싶은 것인가. 해도는 생애 최초로 그것의 언어화를 시도했다. 마음의 형상이라는 것.

그것은 포옹이었다. 세상의 모든 위험에 아무런 보호 없이 노출돼 있는 것. 한없이 취약한 상태로 드러나 있는 것. 비바람에 스치기만 해도 피를 머금은 생채기가 나는 것. 파르르 떨거나, 불안해하거나, 울음을 터트리는 것밖에는 저항할 방법이 없는 것. 그 힘없이 가녀린 것을 껴안고, 감싸고, 품어줌으로써 살아가게 하는 것. 사랑을 주는 것.

지금으로부터 수십 년 전. 해도는 헤아릴 수도 없을 만큼, 그녀의 두개골 모양이 가슴께와 팔 둘레에 평생토록 각인될 만큼 자주 도연을 안아주었다. 그럼에도 그녀는 품어지지 못했다. 세상으로부터 튕겨져 나왔다. 해도 자신조차도 그녀를 튕겨낸 무수한 세상의 편린 가운데 하나에 불과했었다. 해도에게는 이제 와 그녀를 안을 자격이 없다. 더구나 그녀를 안아주어야 할 것은 한 명의 인간이 아니다. 그녀가 엉겁결에 태어나고 자란 이 세계, 이 모든 우주가 그녀를 포옹해 주어야 한다. 사람은 그 순간 비로소 태어날 수 있기 때문에.

해도는 그녀를 태어나게 해주는 포옹, 온 세상으로부터 받아들여지는 포옹을 해주고 싶다. 하지만 어떻게 해야 할지 모른다. 그래서 가장 먼저 그녀를 찾으려 했는데. 도연이를 찾아서, 먼발치에서만 바라보아도 포옹의 단서를 알 것 같았는데. 지금 와보니 그녀를 찾는 데에만 너무 많은 시간이 지났다.

시간이 너무 많이 지났다니. 내가 그런 생각을 하다니. 해도는 자조적으로 중얼거렸다. 시간이 지나도 어지간히 지났나 봐. 내가 시간이 지나간 것에 대해 생각하다니.

해도는 숨을 길게 들이마셨다. 그리고 지선이 보낸 메일에 아주 짧은 답신을 써서 보냈다.

48

Subject: 〈해도 님. 다시 지선입니다.〉

Contents: 안녕하세요. 해도 님. 보내주신 답장은 잘 읽었습니다. 왜인지 저는 당신이 그런 대답을 하리라는 걸 미리 알고 있었던 것 같습니다. 어째서일까요. 제가 미래를 보지 못하게 된 지도 어느덧 일 년이 다 되어 가는데.

도연 씨의 행방에 대해 이야기하기 전에 미리 말해두고 싶은 것이 있습니다. 그것은 제가 해당 조사를 위해 동원할 수 있는 모든 수단과 방법을 사용했다는 것입니다. 그 중에는 경우에 따라 불법적인 것도, 비도덕적이라고 할 만한 것도 있었습니다. 임시정부의 초법적인 권한을 사용해 도연 씨의 온라인 계정을 해킹한 것부터 시작해서, 허가되지 않은 물리 서버에 접근해 자료를 직접 탈취하거나, 필요한 경우 정보와 관련된 자들을 납치하거나 협박한 일도 없지 않았습니다.

이것에 대해 저를 윤리적으로 판단 내리거나 하지는 않으시겠죠. 다만 저는 해도 님이 도연 씨의 과거에 대해 얼마나 알고 계신지를 몰라 염려스럽습니다. 해도 님은 도연 씨와 함께 살았던 시절, 그러니까 그녀를 떠나기 한 달쯤 전에 그녀가 쓴 일지를 몰래 읽었다고 적어두셨죠.

저는 그 일지가 얼마나 자세하게, 그리고 솔직하게 쓰여 있었는지 알지 못하지만, 세상에는 혼자 보는 일기에서조차 거짓말을 쓰는 사람이 있습니다. 해도 님이 그 일지에서 무얼 읽으셨든지, 그녀 스스로 쓴 내용 전부가 사실이 아닐 가능성도 있어요. 하기야 그건 제 메일도 마찬가지일까요.

첫머리에 이런 사족을 달아두는 것은, 뒤에 이어질 내용을 읽고 해도 님이 괴로워할 것을 대비한 보험이라고 생각해 주세요. 당신의 괴로움을 덜기 위해서라면 저는 그 어떤 사실도 꾸밈없이 털어놓을 작정입니다. 우선은 해도 님이 궁금해하시는 것, 그녀가 당신을 떠난 그때부터의 행적을 차례대로 설명해드리겠습니다.

도연 씨가 해도 님을 찾기 위해 수원으로 간 것은 사실입니다. 하지만 조금은 우발적으로, 무턱대고 찾아갔던 것 같아요. 수원에만 가면 어떻게든 되겠지 같은 생각으로요. 그래서 수원역에 도착했다가, 하루 이틀 정도 갈팡질팡하며 쏘다니다가 그냥 돌아왔습니다. 정말로 짐을 챙겨 수원으로 간 것은 일주일 뒤의 일이었어요. 당신이 전국을 싸돌아다니며 그녀가 나가기만을 기도하는 동안.

그녀는 역 근처에 있는 작은 방 하나에 세 들어 살기 시작했습니다. 무슨 심경의 변화가 있어 수원으로 이사를 갔는지는 모르겠습니다. 홧김에 그랬을 수도 있고, 단순히 서울보다 월세가 저렴해서였을 수도 있죠. 확인 가능한 것은 그녀가 카페나 식당의 종업원으로 취직하고, 작은 회사에 경리로 들어가기도 했지만 전부 한 달이 채 안 돼 그만뒀다는 거예요. 그러고 나서는 술집에서 일했습니다. 그녀에게는 익숙한 일이었어요. 이런 말 하기는 좀 뭣하지만. 그녀 같은 처지의 여자가 별 노력 없이 돈을 버는 데는 그만한 일이 없으니까요.

저는 여성의 그러한 선택에 대해 비난할 마음도 없고,

혐오하는 마음도 갖고 있지 않습니다. 그런 상황에 내몰린 여자는 어느 시대 어느 곳에서나 찾을 수 있어요. 자신의 몸 말고는 팔 것이 남아 있지 않은 여자들이 남자들을 위로하고, 그 대가로 몇 푼의 돈을 받아 삶을 지탱하는 게 나쁜 일이라고는 할 수 없겠죠. 다만 유감스러운 것이 있다면, 술집에서 일하기를 선택한 도연 씨가 여전히 젊고 가능성이 있는 나이였다는 거예요. 그런 선택을 하게 된 심리의 근저에는 '남들처럼 힘들여 살고 싶지 않다'는 약아빠진 면이 있다고 생각합니다. 제가 견딜 수 없는 것은 바로 그 지점이에요. 남자냐 여자냐 하는 문제가 아닙니다. 하여간.

도연 씨가 접대부로 들어간 술집이 하필 그런 곳이었다는 것은 정말이지 불운이었다고밖에 설명할 수 없겠습니다. 그곳에서 그녀가 상대하게 된 사람들은 평범한 직장인 아저씨들이 아니었어요. 조직폭력과 마약밀수, 인신매매 같은 불법적 세계에 몸을 담고 있는 자들이었습니다. 그런 어두운 쪽 바닥에 한번 발을 담그고 나면 아무 대가 없이 빠져나오기 힘든 법입니다. 그것이 도연 씨 같은 술집 여자였다고 해도.

그녀가 어떤 경로를 통해, 어떤 수법이나 함정에 속아

넘어갔는지는 정확히 알 수 없습니다. 어쩌면 그녀는 아무에게도 속지 않았을지도 모릅니다. 도연 씨는 해도 님께 버림받았고, 시작해 보려는 일마다 실패를 겪었고, 가족이나 친지같이 의지할 사람 한 명 없이 남겨진 상황이었습니다. 그런 그녀가 자기 인생을 함부로 다루고 싶어졌다고 해도 이상한 일은 아니죠. 자발적으로 도박이나 마약에 빠져 적지 않은 빚이 생겼고, 그것을 수습하려던 과정에서 더 큰 일에 휘말리게 됐을지도 모르고요. 좌우지간 그녀는 그 술집에서 일하던 와중에 부산으로 내려갔습니다. 실제로는 팔려갔다거나 붙잡혀갔다고 말하는 것이 더 정확한 표현이겠지만.

도연 씨가 부산에 머무른 시간은 길지 않았습니다. 때마침 러시아에 전쟁이 일어났거든요. 일부 러시아 재벌들은 외국으로 나가지 못하는 스트레스를 외국인 노예를 수집하는 것으로 해소하고 있었어요. 한국인 노예는 특히 엄청난 가격에 거래가 되었습니다.

일부 인신매매 업자들은 아예 독자적인 거래 루트를 만들고자 했어요. 한국인 노예를 두세 명만 취급해도 떼돈을 벌 수 있었으니까요. 문제는 리스크였습니다. 이러나저러나 한국은 세계에서 가장 치안이 좋은 나라 중 하나이니까요. 자국인을 납치해 해외로 팔아넘긴 일이 걸렸다가는 업자 개인은 물론 그 바닥 전체가 날아갈 우려가 있었습니다. 아무리 돈이 좋다 한들 길에 있는 아무나 잡아다가 팔아넘길 수는 없는 노릇인 거죠.

그래서 러시아로의 인신매매는 극소수의 브로커들을 통해, 매우 비밀스러운 방식으로 아주 가끔 이루어졌어요. 그런 거래를 의미하는 은어도 있었더랬어요. 부산에는 눈이 내리지 않는다, 라는.

가족을 포함한 누구의 보호도 받지 못하는 사람, 어느 날 갑자기 사라진다고 해도 찾지 않을 만한 사람, 그래서 팔아넘긴 뒤에도 후환이 걱정되지 않는 사람. 업자들은 그런 매물이 나타나기를 오매불망 기다리고 있었습니다. 바로 그때 도연 씨가 부산에 나타났던 거죠.

젊고, 건강하고, 여성이고, 그녀의 행방을 쫓을 가족이나 친척이 아무도 없었던 도연 씨는 시장에 매물로 나오자마자 낙찰됐습니다. 그리고 의식을 잃은 채 블라디보스토크로 가는 밀수선에 실렸죠.

한국산 화물로 분류된 그녀는 횡단 열차에 실린 채 시베리아를 반쯤 가로지르다가, 투먼이나 예카테린부르크 같은 중간도시에서 갈아탄 차로 재벌들의 개인별장까지 옮겨질 예정이었습니다. 그리고 그곳에서 갖은 고생과 수모를 겪다가 삽도 잘 들지 않는 툰드라 어딘가에 묻힐 것이었어요. 이름 없이 이 세상에 태어나, 이름 없는 시체가 되어 이름 없는 장소에 묻혀 사라지는 것. 그것이 이도연이라는 여자에게 주어진 운명이었습니다. 블라디보스토크를 출발해 북쪽으로 향하던 열차가 갑작스런 폭설로 하바롭스크에 정차하지 않았더라면요.

그야 러시아에서 눈이 내리는 건 흔하디흔한 일이고, 하바롭스크 같은 도시에 갑자기 많은 눈이 내리는 일도 드물지 않습니다. 하지만 그날은 하바롭스크 철도역의 하급 노동자들이 총파업을 단행한 참이었어요. 아무도 선로에 쌓인 눈을 치우지 않았기 때문에 열차는 앞으로 갈 수 없었고, 일부 직원들이 복귀한 다음 날에야 화물차를 바꾸어서 보내자는 안이 채택됐어요. 일꾼들은 선로 주변으로 눅진하게 녹은 눈더미를 치우자마자 화물을 옮기는 작업에 투입됐죠.

환갑이 넘은 빅토르는 현장에 있었던 일꾼들 중 최연장자였습니다. 고려인 출신이었던 그는 일손이 빠르고 성실한 데다가 동료를 잘 살피는 성격이어서 다른 노동자들의 존경을 받았어요. 그래서 그가 관 같은 크기의 나무상자에서 금방 묻어난 것 같은 피를 보고, 한마디 말도 없이 창고로 옮겨갈 때도 참견하는 사람이 없었습니다.

빅토르는 '전시용품(마네킹)'으로 분류된 그 상자에서 왜 피가 흐르고 있는지를 확인하려고 했습니다. 아무도 없는 곳에서 조심스럽게 상자를 열었을 때, 빅토르는 생명유지 장치가 연결된 나신의 아가씨가 혼수상태로 거기 누워 있는 모습을 보았습니다. 몸에 걸친 것이라고는 목욕탕 열쇠고리처럼 발목에 채워진 이름표밖에 없었더랬어요.

아냐Агня. 그것이 그녀가 러시아로 팔려갈 때의 이름이었습니다. 아마도 어린 시절 그녀의 세례명과 연관이 있을, 그리고 수원의 클럽에서 사용한 가명이었을 그 이름이 도연 씨의 상품명이었죠. 당신은 도연이 아니라 아냐의 행방을 찾았어야 했던 겁니다.

저는 우연이라는 말을 좋아하지 않습니다. 그녀보다 몇 년 일찍 한국에서 팔려온 여성 중에 도연Аоён이라는 이름의 여자가 있었다는 것은, 정말이지 우연이라고밖에 표현할 길이 없습니다. 세상에는 그런 일이 일어납니다. 운명의 장난이라고밖에 생각되지 않는 일들이.

빅토르는 화물차에서 발견한 아냐, 도연 씨를 몰래 거두어 돌봐주었습니다. 그러다 그녀가 임신 중이라는 사실을 알게 되었죠. 상자에 묻어난 피는 하혈의 흔적이었습니다. 당연히 아이의 아버지가 누군지는 알 길이 없었고, 그런 건 중요한 문제도 아니었어요. 중요한 건 그녀가 이름 모를 누군가의 아이를 뱀으로써 의식이 없는 상태에서조차 세상에 신호를 보냈다는 것입니다. 아직 살고 싶다고. 이렇게 죽고 싶지 않다고.

빅토르는 도연 씨가 고국으로 돌아가서 아이를 낳길 바랐어요. 임신한 몸으로 여자 혼자서, 전쟁 중인 러시아를 떠나 한국으로 돌아오는 것은 거의 불가능에 가까운 일이었는데도. 그는 도연 씨에게 반드시 그렇게 해야 한다고 말했습니다. 그리고 죽을 위기를 무릅쓰고 아무르강을 건너, 중국 국경에서 하얼빈으로 가는 버스에 그녀를 태워주었습니다.

이튿날 하얼빈에 도착한 도연 씨는 빅토르가 챙겨준 여비로 곧장 선양으로 갔고, 그곳에 있는 주중 영사관을 통해 한국으로 돌아올 수 있었어요. 그 기록이 외교부 데이터베이스에 남아 있지 않았다면, 도연 씨의 행적을 추적하는 데는 반년이 아니라 오 년이 걸렸을지도 모르겠습니다. 그래도 당신은 제가 메일을 보내기를 기다리고 있었을까요.

결과적으로 도연 씨는 해도 님과 엇갈리기는 했지만, 무사히 한국으로 돌아와 해산했습니다. 아이를 낳고 난 뒤의 그녀는 부쩍 부지런해졌어요. 혼자서는 그렇게 되는 대로 살던 여자가. 홀어머니가 되고 나서는 몰라보게 당차고 굳센 사람이 되었습니다. 식당 종업원, 건물청소부, 가사도우미, 배달원, 공사장의 신호수까지. 이전 같았으면 거들떠도 보지 않았을 일들을 억척스럽게 해내면서 아이를 길렀죠. 그러다 전쟁이 일어났고, 그녀는 발발 당일 일어난 핵폭발에 휩쓸려 죽었습니다.

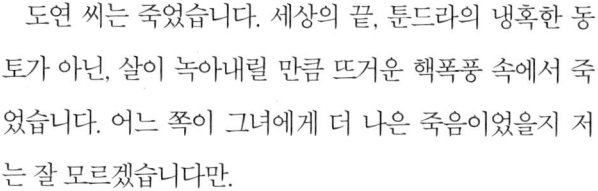

49

 도연 씨는 죽었습니다. 세상의 끝, 툰드라의 냉혹한 동토가 아닌, 살이 녹아내릴 만큼 뜨거운 핵폭풍 속에서 죽었습니다. 어느 쪽이 그녀에게 더 나은 죽음이었을지 저는 잘 모르겠습니다만.

 그건 정말 뜨거웠겠지요. 존재의 본질조차 융해되어, 한때의 존재보다 원래의 부재를 믿는 것이 한결 쉽게 느껴질 만큼.

 미안합니다. 처음에는 저도 이 사실을 믿고 싶지 않아서, 몇 번이나 다시 확인하는 절차를 거쳤더랬습니다. 하지만 그럴수록 그녀가 이 세상에 존재하지 않는다는 것은 확실했습니다. 사상자들의 신원을 파악하는 것은 임시정부의 주요사업 가운데 하나였거든요.

 폭발 당일 그녀는 국제업무단지의 한 건물에 청소용역으로 출근했습니다. 도연 씨는 로봇 청소가 까다로운 기계실이나 보일러실에 있었던 것으로 추정되는데, 백업 서버에도 그녀의 출근기록과 자동촬영 이미지가 남아 있었어요. 혹시나 하는 마음으로 그녀가 찍힌 마지막 사진을 첨부합니다. 사진 속의 여자가 도연 씨라는 사실은, 최소한 육안상으로나 생체기록으로 보았을 때는 명백한 상황입니다. 폭발은 그 사진이 찍히고 나서 십오 분 뒤에 일어났습니다.

 건물은 그날 용산에 쏟아진 여섯 발의 핵탄두 중 하나의 중심부에 있었습니다. 온도와 압력이 비교적 낮은 외곽부에 노출되었다면 탄화된 뼈나 잔해를 수습할 수 있었을지도 모릅니다. 하지만 폭발 중심부에 있었던 피해자들은 사태가 일어나는 순간 소멸합니다. 인체의 모든 조직이 삽시간에 증발해 버리기 때문입니다. 제 가족들도 그렇게 죽었습니다. 내전 중에 죽은 오빠나 동생은 묘지라도 만들어 줄 수 있었지만, 핵폭발로 죽은 사람은 그렇게 해줄 수가 없었어요. 오래전 폭심지였던 곳에 자그마한 공원이 있고, 그 공원 가운데 희생자들을 추모하는 하얀

위령비가 놓여 있을 뿐입니다.

확인된 사망자들의 명단은 온라인 상으로 열람이 가능합니다. 명단에는 신원이 확인되지 않은 자, 이름을 알 수 없거나 실종 처리가 된 자들의 이름도 실려 있지만, 이도연 씨의 이름은 확실하게 기재돼 있어요. 〈사망 확인〉이라는 글자와 함께. 그 목록에 접근할 수 있는 링크도 첨부합니다. 이도연 씨의 이름은 위에서 삼만 구백다섯 번째 열에서 확인할 수 있어요.

이러한 친절이 불쾌하게 여겨지지 않길 바랍니다. 저는 다만, 모호한 가능성으로 인해 고통받는 것보다는, 확실시된 비극이 낫다고 생각하는 거예요. 해도 님도 알고 계시잖아요. 사람은 시간이 흘러 단단해진 슬픔을 계단처럼 딛고 일어날 수도 있다는 것을.

그러나 당신의 이 슬픔이 굳어지기까지 얼마나 오랜 시간이 걸릴지. 그것이 시간을 수천 번 되돌려도 부족할 만큼 길지는 않을지. 어쩌면 그녀의 존재 자체가 그 시간을 견뎌낼 이유이지는 않았을지 저는 모릅니다. 그 무지로 말미암아 저는 제가 할 수 있는 모든 것을 했고, 하고 있는 것입니다.

...

해도는 메일에 첨부된 파일들을 열어보았다.

첫 번째는 이미지 파일이었다. 폐쇄회로 카메라에 감시되듯이 찍힌 사진. 도연이는 그곳에 카메라가 있는지도, 자신이 촬영되고 있는지도 모르는 듯한 얼굴로 비좁은 건물 복도를 걸어 지나고 있었다. 목덜미 위에서 끊어지는 단발, 패턴 없이 단조로운 원색의 칼라셔츠, 신축성 없는 소재의 청바지 차림에, 때가 탄 운동화는 적어도 반 사이즈는 커서 앞코가 바닥에 끌릴 것처럼 보이고, 등 뒤에는 자기 몸통만큼이나 커다란 군청색 배낭을 메고 있는 모습.

그것은 영락없는 아줌마, 눈에 띄는 허영을 부릴 만한 여유가 없는 엄마, 자기보다 소중한 사람의 존재로 인해 더는 외양을 챙기지 않게 된 여자의 모습이었다. 그럼에도 해도는 그 여자가 도연이라는 사실을 대번에 알아보았다. 이미지를 화면에 띄우자마자. 화면을 눈 가까이 대고, 천천히 그 사진에 초점을 맞춰보기도 전에 그는 느꼈다. 지선이 제대로 보았다는 것을. 그녀가 도연이 이외의 그 누구도 아니라는 것을.

두 번째는 목록 파일이었다. 팔만여 명의 사망자 가운

데 이도연이라는 이름은 한 사람밖에 없었다. 그것은 정확하게 삼만 구백다섯 번째 열에 있었다. 이번에도 지선은 제대로 보았다. 하지만 이제는 그 적확함, 빈틈없는 일처리에 구역질이 날 것 같았다. 그녀를 원망하는 것은 부당한 일이었다. 당연하게도.

저항할 수 없는 구토가 밀려왔다. 육신을 빈집처럼 만들라는 수용체의 명령이 있었던 것처럼. 망설임과 두려움, 자기모순에 휩싸여 있었던 그가 도연에게 방을 비워달라 말했던 것처럼.

오랜 구토 끝에 더는 게워낼 것이 없게 되자, 이번에는 눈물과 콧물이 쉴 새 없이 흘러내렸다. 불현듯 골수까지 스미는 오한 때문에 몸이 벌벌 떨렸다. 이내 쓰러진 해도는 발작하는 사람처럼 숨을 컥컥거렸고, 전신에서 흘러나오는 땀으로 옷과 바닥이 흥건하게 젖었다.

경련은 밤새껏 이어졌다. 새벽이 되어 정신을 되찾았을 때, 그는 자기 몸에서 흘러나온 온갖 액체에 둘러싸여 헤엄치듯 있었다. 반대로 그의 몸은 물기 한 점 없었다. 뜨겁고 건조한 사막에 오랫동안 방치돼 있던 사람처럼. 바싹 말라 미라를 연상케 하는 자신의 손과 피부를 그는 지켜보았다. 아무것도 생각하지 않고. 아주 오랫동안.

흐르는 시간이 그를 잠재워주지 못한다는 것을 알았을 때, 해도는 비트적거리며 일어난다. 기계적인 표정과 동작으로 주전자에서 물을 따라 마신다. 그의 몸 전체에서 악취가 풍기고 있다. 빌린 방에 이런 냄새를 풍겨선 안 되지. 그는 자신에게서 나온 물들을 힘들여 전부 닦고, 따뜻한 물에 몸을 씻기로 한다.

가뭄으로 쩍쩍 갈라진 땅 같은 피부에 물이 쏟아진다. 수도꼭지를 왼쪽 끝으로 틀자 살을 델 것처럼 뜨거운 물이 나온다. 바닥 타일에 부딪히자마자 무더운 증기가 일어나는, 그 뜨거운 물줄기에 해도는 입을 갖다 댄다. 주변의 살이 익는 것 같은 느낌, 끓는 물을 식히지 않고 목으로 통과시켰을 때처럼 타는 듯한 통증이 그는 마음에 든다.

해도는 몸 구석구석에 화상을 입어 발갛게 부은 모습으로 샤워부스를 나온다. 세면대 앞에서 찬물로 얼굴을 두어 번 헹궜다. 고개를 들어 거울을 보니 머리가 온통 하얗게 센 남자가 부연 눈동자로 응시하고 있다.

50

 동쪽으로 가는 도로였다. 동쪽 끝에도 사람이 살고 있을 것이었다. 설령 도착한 곳에 사람이 살고 있지 않다고 해도 좋았다. 그런 곳에도 사방이 조용한 해변과, 해도의 숨구멍보다 깊은 바다만큼은 일렁이고 있을 것이다.
 석 달쯤 머물렀던 단칸방에서 나오기 전에, 해도는 입고 다니던 옷이며 갖고 있던 물건들을 차곡차곡 정리해 가방에 넣었다. 옷깃에 보풀이 잔뜩 낀 베이지색 코트, 낡아빠진 셔츠, 속옷과 양말, 린스가 없는 여행용 세면도구 세트, 머리끈, 올이 나간 수건 두 장, 휴대용 디바이스, 사랑과 죽음에 관한 책, 삼 분의 일쯤 남은 싸구려 위스키 병, 안경집, 생활필수품이 된 위통약 상자, 주먹만한 두께로 마구 뭉쳐져 있는 약 봉지들, 뒤꿈치가 닳은 고무장화, 손가락 끝이 잘린 목장갑, 고장 난 사진기.

중간 크기 보스턴백이 절반도 차지 않았다. 그는 건물 아래에 있던 커다란 쓰레기 수거함에 가방을 던져넣을 수도 있었다. 그럼에도 구태여, 파리하게 지친 기분으로 동해바다가 보이는 곳까지 온 것은, 감청색으로 속살거리는 해수면 위로 하나하나씩 물건을 꺼내 던진 것은 세상에 남은 미련 때문이 아니다.

김민진, 이도연 그리고 아냐.

그녀는 아무것도 가지지 못한 채 세상에 오고, 아무 흔적도 남기지 못하고 세상을 떠났다. 그녀가 그럴 수밖에 없었다면 해도 역시 그래야 했다. 그는 갖고 있던 모든 것을 무한한 수평선으로 던져넣었다. 이 땅 위에 있는 모든 것들, 얼핏 영원할 것처럼 보이는 것들은 모두 저 깊은 바닷속에서 아무것도 아닌 것이 된다. 인간의 모든 슬픔, 녹아내린 육체와 정신, 존재가 존재했다는 기억, 비인지 눈인지 모를 그것이, 지붕을 깨어 부술 듯이 우르르, 쏟아지던 날 오후의 포옹까지도.

해도는 또다시 바다로 걸어 들어간다. 침입자를 들이자마자 잔잔해 보이던 파도가 매서워진다. 달은 지구를 끌어당기는데 바다는 그를 밀어낸다. 밀어내기만 한다. 그는 얼마나 깊은 곳까지 다다라야 바다를 안을 수 있을지를 생각한다. 파도가 뻗은 손끝이 코와 입을 헹구고 있다. 바닷물은 너무도 짜다. 그는 안기는 대신 절여진다. 바다는 바다로부터 태어나지 않은 것들을 안아주지 않는다. 태곳적 자신으로부터 모든 생명이 탄생했음을 잊었기 때문에.

해도.

그것은 그의 아버지가 지어준 이름이다. 바닷사람이었던 아버지는 바다에도 길이 있다고 믿었다. 무성한 숲속과 너른 강가, 험준한 산속이나 풀 한 포기 없는 사막에도 길이 있듯이. 술기운이 돌면 집채만한 파도가 이는 폭풍우 속에서 별 탈 없이 돌아왔던 날의 무용담을 늘어놓고, 어디서도 길만 잘 찾으면 모든 일이 잘 될 거라고 믿었던 낙천주의자 아버지는 어느 날 먼바다로 가서 돌아오지 못했다.

어째서 돌아오지 않을까. 해도는 시신이 없는 장례식에서 혼자 생각했다. 사실 아버지는 돌아와야만 했다. 돌아올 수밖에 없었다. 그가 지은 이름처럼. 바다에도 길이라는 것이 있다면.

그의 실수는 너무 먼 바다로까지 나가버린 거야. 해도는 생각한다. 너무 멀리 가다보면 돌아오는 길을 잃기 마련이니까. 그처럼 나도 너무 멀리 나와버렸어. 돌아가기에는 너무 먼 길이었어. 길을 잃었어. 도연아. 어디 갔니. 혹시 거기에 있니.

그의 발밑에는 아무것도 없다. 눈코입은 완전히 잠겼고, 그의 정수리만이 해수면 위에서 연거푸 파도의 안수를 받고 있다. 본능에 따라 숨을 참는다. 얼마 지나지 않아 폐에 물이 들어찰 것이다.

죽음이 도래할 것이다.

그는 과도하게 긴 시간을 살았다. 한순간의 주마등으로는 다 돌아볼 수도 없다. 지나간 수만 년의 시간을, 해도의 무의식은 타버린 필름처럼 조악한 형태로밖에 보여주지 않았다. 기억이 타오른다. 컴퓨터가 용량을 초과한 데이터를 삭제하듯이. 그것은 해도의 의사를 묻지도 않고 닥치는 대로 소각장에 퍼 나르다가, 마지막으로 하나의 기억을 눈앞에 가로놓고 최후의 질문을 던진다.

"이것도 버려도 되는 거야?"

도연은 해도의 옷장에서 소매 끝이 닳은 와이셔츠 한

벌을 꺼내 들고 묻는다. 해도는 고개를 끄덕인다. 도연은 아직 멀쩡한 옷 같은데, 하고 들릴 듯 말 듯 중얼거리면서 고개를 갸웃거린다.

그날 저녁 그는 옷장에 걸려 있던 옷 절반을 헌옷수거함에 내다 버렸다. 그중에 진짜 헌 옷이라 할 만한 것들은 많지 않았다. 너무 좋아해서 한때는 매일 입었던 옷, 산 지 얼마 되지 않은 옷, 그대로 중고장터에 내놓아도 팔릴 만한 옷. 해도는 그런 옷들을 스스럼없이 버렸다. 그렇게 비워진 절반의 옷장에는 도연의 옷가지가 채워질 것이었다.

채우기 위해서는 버려야 한다. 누군가의 절반이 되기 위해서는 나의 절반도 비워야 한다.

해도는 도연을 위해 자신을 버리는 일이 아무렇지도 않았다. 그녀의 집이 돼주고 싶었다. 남아 있는 삶에 대한 두려움, 죽음에 대한 공포가 엄습하기 전까지만 해도.

이제 그는 그토록 바라던 죽음 앞에서 최후의 질문을 맞닥트렸다. 기어코 당신은 이것도 버리고 말 것이냐고.

그것은 지선이 보낸 메일의 마지막 단락이었다.

51

 하지만 해도 님. 지금부터 쓰는 내용은 당신과 아무 관계가 없을지도 모릅니다. 다만 어쩔 수 없는 의무감으로 이 이야기를 하는 저를 용서해 주세요.

 도연 씨에게는 딸이 있었습니다.

 하바롭스크에서 고려인 빅토르의 도움을 받아, 기적적으로 귀국한 뒤에 낳은 그 아이입니다. 임신 기간 중에 원인 모를 하혈이 있었고, 산모인 도연 씨가 많은 스트레스 상황에 노출되었음에도 아이는 무사히 태어났습니다. 산부인과 기록에 따르면 다른 신생아 못지않은 몸무게에 혈색이나 울음소리도 좋아 무척 건강한 상태였다고 합니다. 반죽음이 됐던 산모가 아이의 얼굴을 보자마자 화색을 띠며 기뻐했더라는 기록도 남아 있어요. 그녀에게도 살아가야 할 이유가 생겼던 거죠. 그저 태어났기 때문에, 사는 대로 살아가는 것이 아니라. 제대로 살아갈 수밖에 없는 이유가.

한 가지 문제가 있다면 아이가 한 살, 두 살이 되도록 말을 떼지 못했다는 것이었습니다. 처음에 도연 씨는 별 신경을 쓰지 않았던 것 같아요. 때가 되면 알아서 잘 배울 거라 생각했던 걸까요. 그녀가 보육원에서 자란 영향도 있을지 모릅니다. 보통 그런 곳에서는 어린아이들이 별다른 학습 없이도 한글을 깨치는 일이 많거든요. 영유아 시기부터 자기 또래나 한두 살 많은 다른 원생들과 끊임없이 의사소통을 하면서 자연스럽게 언어를 습득하기 때문입니다.

반면에 도연 씨는 딸을 아무 데도 보내지 않고 집에서만 길렀어요. 그러면서 생활비며 양육비를 감당하느라 많은 시간을 일터에서 보냈습니다. 원래라면 도연 씨 같은 미혼모 가정에는 나라에서 돌보미를 지원해 주게 되어 있지만, 내전의 영향으로 국가행정은 사실상 마비된 상태였습니다.

딸아이는 세 번째 생일을 맞았을 때도 제대로 된 말을

할 줄 몰랐습니다. 엄마, 손, 우유, 물, 그런 간단한 단어 몇 개로 웅얼거리며 소통하는 것이 고작이었죠. 도연 씨는 뒤늦게 상황의 심각성을 알게 되었습니다. 부랴부랴 아이를 병원에 데리고 가서 검사를 받게 했어요. 검사 결과, 아이는 언어발달 수준이 다른 아이에 비해 느리기만한 것이 아니라 발달장애가 의심되는 경계선 지능지수를 가진 것으로 나타났습니다.

그녀는 뒤늦게 탁아소를 알아보았습니다. 네 살이 가깝도록 말도 제대로 못 하는 아이를 받아주려는 곳은 좀처럼 없었어요. 그런 아이는 다루기가 까다롭기도 하거니와, 성장해서 장애 여부가 판명이 됐을 때 부모가 책임을 따지는 경우도 종종 생기거든요. 어렵사리 아이를 맡아준 곳에서도 문제가 터졌습니다. 말을 못 하니 또래 아이들과 어울리지를 못한 거지요.

그런가 하면 도연 씨도 딸로 인한 우울장애를 겪었습니다. 정신과 진료기록에는 '아이의 지적장애와 사회성 결여가 부모의 지속적인 부정적 감정을 초래한 것으로 추정'이라고 쓰여 있어요. 상황이 좋지 않았습니다. 당장에 아이를 돌봐줄 어른은 엄마인 자신뿐인데, 우울증을 앓고 있는 상태로는 딸에게 좋은 영향을 끼칠 리 없으니까요.

아이의 슬픔은 고스란히 부모의 좌절이 될 것이고요.

그녀는 결단을 내렸습니다. 잠깐 동안 딸과 떨어져 있기로 한 거죠. 발달장애 아동을 전문적으로 케어하는 센터에 아이를 맡겼어요. 당연하게도 많은 비용이 들었습니다. 이렇다 할 휴일 없이 매일 열 시간을 넘게 일해야 했어요. 수입의 대부분을 센터로 보내고, 약간의 저축을 하고 나면 남은 돈이 거의 없었죠. 그녀는 일터에서 남은 식재료를 가져오거나 무료 급식소를 이용하면서 자기 몫의 생활비를 극단적으로 줄였습니다. 죽기 전 몇 달간의 통장 거래 내역을 보면 놀라울 정도예요. 어떻게 요즘 사람이, 더구나 도시에 사는 여자가 이것밖에 쓰지 않고 지낼 수 있는지.

그녀는 그렇게 살던 어느 날 갑자기 죽은 것입니다. 핵폭발에 휩쓸려서. 한순간에.

선제타격을 당한 북한은 미군기지가 있는 용산에 미사일을 쐈고, 미처 요격하지 못한 탄두들이 지상에 떨어졌습니다. 고작 몇 발 만에 그녀 한 사람을 포함한 수만 명의 죽음이 뒤따랐죠. 그것은 뒤에 있을 무수한 대량살상의 예고편에 지나지 않았어요. 시베리아에서 땅을 파고 있었을 해도 님께는 이때야말로 모든 것이 끝나버린 순간이었을지 모르겠지만.

 아이의 삶은 끝나지 않았습니다. 도연 씨가 생전에 쌓아두었던 저축과 사망보험금 덕분에, 한동안은 맡겨졌던 센터에 그대로 있을 수 있었거든요. 다만 센터 측에서도 언제까지고 부모 없는 아이를 봐줄 수 없는 노릇이었습니다. 재정난에 시달리던 센터장은 그 아이를 강원도 모처에 있는 한 종교재단에 위탁했어요. 그 재단에서 관리 운영하는 보육원에서는 장애 여부와 관계없이 부모 없는 아이들을 보살펴 주지만, 일정 나이가 넘어가면 자립할 준비가 되었다고 판단해 퇴원시킨다고 해요.

 그 아이에게는 시간이 얼마 남지 않았습니다.

 사실만을 이야기했다는 말이 비겁하다는 것은 알고 있어요. 그러나 저는 당신이 이 메일을 읽고 어떤 생각을 할지, 어떤 결정을 내리게 될지 아무런 짐작이 가지 않습니다. 당신이 무얼 하기로 결심하든지 간에 이해하겠습니다. 그럴 수밖에 없잖아요. 이미 말씀드렸다시피.

...

 마지막 한 줄 한 줄의 텍스트, 그것이 말해주는 사실과

의미가 파도에 저항하듯 아슴아슴 떠올랐다.

　아이의 삶은 끝나지 않았어요. 시간이 얼마 남지 않았습니다. 그럴 수밖에 없잖아요.

　……나보고 어쩌란 거야. 이제는 나랑 아무 상관없잖아.

　해도는 빠끔빠끔 허파로 치미고 드는 해수에 목구멍이 화끈거렸다. 이대로 조금만 있으면 된다. 손발을 헤치는 건 본능일 뿐이다. 그가 발을 뗀 육지는 너울에 가려 보이지도 않았다. 그런데 어째서 뒤를 돌아보았는지 모르겠다. 어차피 돌아갈 수도 없는데. 돌아가서는 안 되는데.

　그는 폐부에서 각기 한 무더기의 바닷물을 쏟으며 몸을 일으켰다. 온몸의 구멍이 따가운 비명을 질렀다. 알알이 굵은 모래가 거칠어 살을 쓸었다. 발끝을 적셨던 파도는 다음 차례에 발목을 잠그러 왔다. 해도는 여전히 자신이 살아 숨 쉬는 이유에 대해 생각하다가 고개를 가로저었다.

　가없이 쇄도하는 바다의 기세에 그는 밀려났다. 동해는 펄펄 끓는 지구의 힘을 받아 몸집을 불리고 있었고, 죽을 각오가 된 한 사람으로서는 그것을 거스를 수 없었다. 해도는 저도 모르게 시간을 되돌려버려서가 아니라, 그동안 인류가 너무 많은 양의 샴푸, 프레온 가스, 플라스틱과 폭약을 썼기 때문에 죽지 못했다. 그러고 보니 오는 내내 지도에 양양과 강릉이 보이지 않았던 것 같다.

정말 미치겠다.

해도는 어딘가에 있을 지선을 붙잡고 얘기해 주고 싶었다. 역사상 최초, 절망에 빠져도 죽을 수 없는 텐서가 여기 있다고. 그 이유는 다름 아닌 지구온난화 때문이라고. 똑 부러진 만큼 어딘가 배배 꼬이기도 한 그녀도 이번엔 깔깔 웃을지 몰랐다. 그건 정말 꼴불견이겠군. 해도는 생각했다. 하지만 그러기 전에 해야 할 일이 있어. 그럴 수밖에 없다는 걸 이제 알았어.

52

해도는 지선이 매일 말미에 써둔 강원도 모처의 주소지로 향했다. 주변에는 산, 짙은 목청을 곤두세우고 있는 산줄기가 굽이굽이 풍경을 메우고 있는 곳. 보육원은 그런 동네에서도 가장 후미진 구석에 있었다.

세계를 뒤흔든 혁명, 참혹한 핵전쟁과 돌이킬 수 없는 기후변화. 그 모든 것으로부터 외따로 떨어져 있는 듯한 적막한 곳에 아이는 맡겨져 있었다. 잔인한 사월의 햇살이 따사롭게 빛나고, 해도는 건물로 이어지는 정문의 돌기둥에서,

〈국제교 복지재단 산하 율도보육원〉

이라고 쓰인 현판이 비바람에 자연스레 낡아 있는 것을

보았다.

곱슬머리가 풍성한 중년의 여자가 사람 좋은 미소로 해도를 맞았다. 보육원장인 남편은 잠깐 자리를 비웠다고 했다. 해도는 낯선 사람이 이곳에 자주 오느냐고 물었다. 그녀는 골똘히 생각하는 것처럼 눈을 가늘게 뜨더니,
"석 달에 한 번은 오는 것 같은데요" 하고 대답했다.
보육원에 있는 아이들은 총 열세 명이었다. 키 작은 담장으로 둘러싼 안마당에서 뛰놀던 대여섯 살배기 꼬마들이 처음 보는 아저씨인 해도를 빤히 서서 바라보았다.
그는 원장 아내의 안내를 받아 보육원의 본채 역할을 하는 건물로 들어갔다. 주홍색 기와가 덮인 양옥이었다. 돌이 갓 지난 아기, 막 두 살이나 세 살쯤 되었을 아이들이 불 꺼진 방 안에서 쌔근쌔근 밭은 숨을 내쉬며 잠들어 있었다. 해도는 낮잠 방과 놀이방, 식당과 화장실을 지나서 뒷문으로 나갔다.

본채 뒤뜰에는 제법 수령이 돼 보이는 느티나무가 한 그루 서 있다. 양 갈래로 머리를 길게 땋은 소녀가 그 밑에서 오래된 낙엽을 줍는다. 답답할 정도로 굼뜨고 느린

동작이다.

"효주야!"

원장 아내가 부르는 소리와 함께 소녀는 쪼그렸던 몸을 펴서 세운다.

"손님 오셨다. 너 보러 여기까지 먼 길 오셨대."

"엄마?"

벚꽃색의 큼직한 스웨트셔츠 밑으로, 발목까지 내려오는 긴 치마가 한들거리며 돌아선다. 소녀의 앞모습이 풍경에 젖어오듯이 밝아온다.

해도는 그녀의 절반을 알아본다.

"엄마는 아니고, 엄마의 아는 분이래." 원장 아내가 손짓으로 그를 가리키며 말한다.

"아." 소녀는 잠깐 동안 입을 헤벌리고 선다. 달걀 흰자처럼 투명하게 비치는 눈알을 해도에게로 돌린다. 그녀의 얼굴에는 처음 보는 사람, 처음 보는 사람에게는 인사, 인사는 어떻게 하지…… 같은 사고의 흐름이 생생하게 비쳐 보인다. 폭이 좁은 입술이 작게 열렸다가 오물거린다. 마침내 소녀가 상체를 꾸벅 숙인다. 도무지 요령 없는 깍듯함이다. "안녕, 하세요오."

해도는 대답할 수 없다. 인사를 받았을 때 꺼낼 수 있는 말, 알고 있던 모든 단어들이 입안에 갇혀 아우성친다. 그는 자신이 이 정도로 동요할 수 있다는 것에 놀라고, 몸이 뇌의 무의식적인 명령에 저항할 수 있음에 안도한다.

그녀를 안아. 꽉 껴안아서, 다시는 떠나지 않도록 해.

그 무자비한 신호에 거역하느라 해도는 말을 잃는다. 원장 아내와 소녀 사이에 무안해하는 눈빛이 오고 간다. 느티나무 위에 있던 박새 한 마리가 낮게 지저귀다가 난다.

해도는 맡겨놓았던 물건을 찾듯 그대로 효주를 데리고 갈 수 있었다. 지선이 입양에 필요한 절차나 서류를 미리 처리해 두었던 것이다. 맹랑한 여자 같으니. 해도는 생각했다. 이러고서는 '아무런 짐작이 가지 않습니다'라고.

"아안녕히, 계세요오." 효주는 안마당을 걸어 나오기 전에 원장 부부에게 배꼽 인사를 했다. 아이에게는 짐이 없었다. 보육원에서 맞춰준 옷가지 몇 벌이 고작이었지만, 그마저 가지고 나오지 않았다. 그녀 입장에서는 자기 물건이 아닌 걸 갖고 나갈 수는 없다는 모양이었다. 이른 여럿이 말리고 들지 않았다면 한사코 입고 있던 옷까지도 벗고 나갔을 것이었다. "감사했습니다아."

"해도 씨라고 하셨죠." 말쑥한 정장 차림에 새치가 듬성

듬성한 보육원장이 예의를 차린 목소리로 말을 건넸다.

"우리 효주를 잘 부탁합니다. 이제는 우리라는 말이 어렵네요. 그래도 여기서 제일 오래 지낸 아이니까."

원장의 아내가 덧붙였다.

"심성이 참 착한 아이예요, 효주는. 말로 잘 표현은 못 하지만 참을성 있게 들어주다 보면 알게 됩니다. 그 아이의 마음을 오해하지 마셔야 해요. 함께 살던 우리도 그럴 뻔한 적이 많았거든요."

원장 내외는 정문 앞까지 나와서 손을 흔들었다. 효주는 예닐곱 걸음쯤 가다가 뒤돌아서 꾸벅, 또다시 열 걸음쯤 가다가 다시 한번 돌아서 꾸벅, 그렇게 열두 번을 인사하고 다시 뒤돌아 보았을 때, 떠나 온 그곳이 눈에 보이지 않는 것을 확인하고 나서야 안심하고 길을 떠났다.

차가 서울로 진입할 때는 밤이 깊어 있다. 꾸준하게 전방을 주시하던 그는 아주 잠깐 동안 고개를 돌려 아이가 잠들어 있는 모습을 힐끔 본다. 마치 하면 안 되는 행동을 하는 사람처럼.

감은 눈 위에 속눈썹이 정렬한 모양, 의자에 기대 고개를 좌우로 가누는 모습들에서 해도는 흠칫흠칫 놀란다.

그것들은 마치 시공간이 통째로 되돌아간 듯한 환상을 불러일으킨다. 자신에게 여전히 그런 힘이 남아 있는 것이 아닐까 하는 착각이 우습다. 그는 아이에게서 절반의 도연을 식별하고 있을 뿐인데.

효주를, 잘, 부탁합니다.

떠나는 길에 원장 부부가 건넨 말마디들이 교차로 귓전을 울린다. 그는 누구의 말에도 대답을 하지 않았었다. 잘, 이라는 건 생각해 본 적이 없다. 그보다도 뭔가를 잘해본 적이 한 번도 없었던 것 같다. 더욱이 혼자서 아이를 키우는 일이라면.

상상해 본 일조차 없다. 그럼에도 아이를 데리고 온 이유는 달리 방법이 없어서다. 머무를 수 없는 효주는 해도 없이 떠날 수 없고, 죽을 수 없는 해도는 효주 없이 살아갈 수 없다. 생판 남이었던 두 사람이 하루아침에 운명공동체가 되어 한 차에 탄다. 하지만 우리는 어떻게 살아가야 하는가. 해도는 목덜미 아래가 울컥 부풀어 오르는 것을 느낀다. 그리고 생각한다. 사랑하는 마음만으로 어떻게든 되리라고 생각한 적이 있었어. 그렇지만 사랑이라는 것, 그것은 사랑하던 사람의 마지막 자취까지도 사랑하기를 요구하는지. 그렇게 터무니없고 부조리한 것을.

53

 처음에는 셋집살이를 했다. 해도는 낮에는 도시복구사업의 말단 노동자로 일하고, 저녁이 되기 전에 장을 보고 돌아와 집안일을 하며 아이를 돌봤다. 효주는 정신연령이 어릴 뿐 혼자서 밥을 챙겨 먹거나 정리정돈 같은 일들은 곧잘 했다. 체계가 잘 잡힌 보육원에서 자란 티가 난다고 할지, 딱히 집에 있는 것을 지루해하는 것 같지도 않았다. 그가 집에 올 즈음이면 아이는 항상 집 안에 있는 뭔가를 보거나 만지며 히죽거리고 있었다. 그 좁은 공간에서조차 재미있고 멋진 일들이 너무나 많아서, 도저히 지루할 틈이 없다는 것처럼.

 해도는 효주를 키우는 일이 걱정했던 만큼 힘들지 않다

는 것에 어쩐지 맥이 풀렸다. 오히려 평범하고 정상적이라는 아이들보다도 다루기 쉬운 아이가 효주였다. 효주는 만사에 싫증 내는 일이 없었고, 속 보이는 거짓말로 어른을 속이려 하지 않았고, 꾀를 부려 이득을 보거나 힘을 덜 들이려고도 하지 않았다. 그보다는 미련하게 시킨 대로만 하는 습관이 있어 곤란할 지경이었다.

하루는 설거지를 할 겨를이 없어서 그릇 좀 씻어놓을래, 하고 저녁에 돌아왔더니, 싱크대의 그릇들은 물론이거니와 화장실의 대야와 창밖의 화분까지 다 씻어놓는 바람에 진땀을 뺐다. 효주는 그릇처럼 생긴 모든 것들을 씻어놓으라는 것으로 생각했던 것이다. 이때 흙을 헤집어놓은 탓인지 멀쩡하게 잘 자라던 장미 허브가 시들해지다가 죽었다. 해도는 이다음부터 설거지를 시킬 때에는 반드시 '싱크대에 있는 것만'이라는 단서를 붙여서 말했다.

데려온 아이가 말을 잘 듣지 않아서가 아니라, 너무 잘 듣기 때문에 해도는 심경이 복잡했다. 그보다 내가 효주를 '키운다'고 말할 수 있을까? 생활에 필요한 돈 전부를 그가 벌어오는 것은 사실이었지만, 그밖에 살아가면서 챙겨야 할 것들이며 해야 할 일들에 있어서는 상당 부분 효주의 도움을 받고 있었다. 부모와 자식, 설령 그사이에 피한 방울 섞여 있지 않다 하더라도, 얼마쯤의 공생관계가 형성되는 순간 일방적인 양육의 개념은 모호해진다. 그것은 가족이 각자의 삶을 위해서라도 웬만큼 사랑할 수밖에 없게 되었음을 의미한다. 때때로 미워하고, 지울 수 없는 상처를 주고받으면서도, 다음 날 아침이 되면 겸연쩍은 얼굴로 함께 숟가락을 들어야 한다는 것을 뜻한다. 인간은 그것이 아름답고 낭만적이어서가 아니라 실질적으로 삶을 살아가는 데 필요하기 때문에 사랑하기를 선택한다.

그런가 하면 효주는 무언가를 해서 주는 일에는 능숙하면서, 저 자신이 무엇을 받는 일에는 도대체 생각이 없었다. 그런 그녀의 태도는 대부분 완강한 거부의 형태로 나타났다. 뭔가를 건네주면 "고맙습니다" 하고 덥석 받았다가도 시간이 지나면 고스란히 되돌려 주고 말았다. 효주에게는 '받는다'라거나 '가진다'라는 개념이 없었다. 세상의 모든 것들이 잠깐 빌린 것에 지나지 않았다.

이를테면 효주는 집 안 청소를 할 때면 언제나 하얀 머릿수건을 쓰고 얇은 데님으로 덧붙인 앞치마를 입었다. 하지만 그것은 집 안 어딘가에 비치되거나 걸려 있던 것을 잠시 빌린 것이지, 그녀 자신의 것이어서는 안 된다는 게 효주의 주장이었다. 그 머릿수건이며 앞치마는 해도나 다른 사람이 쓸 일이 전혀 없는 물건이었는데도.

"아아무튼, 제 건 아아니에요."

먹는 것에 한해서만 예외가 인정됐다. 효주는 먹는 것을 좋아했다. 좋아해서 많이 먹는 것이 아니라, 뭔가를 먹어서 자신의 일부가 되는 일련의 과정 자체에서 행복을 느꼈다. 간식은 그녀가 살아가는 데 주요한 낙 가운데 하나였다. 수고스러운 일을 한 뒤에 간식을 받으면 뛸 듯이 기뻐했다. 그녀는 먹는 것에서만큼은 좀체 거절하는 법이 없이 넙죽넙죽 잘 받아먹었다. 그럴 때마다 예의 바른 동물을 길들이는 듯한 기분이 드는 해도로서는 난처한 구석이 없지 않았지만.

먹는 것이라고 해서 가리지 않고 다 받아주는 것도 아니었다. 이를테면 해도가 주먹만한 귤 하나, 초콜릿 한 조각을 주면 효주는 기뻐하며 받는다. 웬만한 경우 받은 그 자리에서 맛있게 먹어버린다. 그런데 귤이 한가득 든 오 킬로그램 상자나 초콜릿 한 박스를 주면 그녀는 받지 않는다. 아무리 먹을 것이라도 당장 먹어서 없애버릴 수 있는 양이 아니면 얼마 동안 '가지고 있을 수밖에 없는' 물건으로 취급되었다. 해도는 하는 수 없이 '갖는 일'은 모두 자신이 하고, 그렇게 갖게 된 것들을 효주에게 무한히 '빌려주는 일'을 함으로써 그녀와의 삶을 이어나갔다.

54

 해도는 효주가 학교 교육을 받아야 한다고 생각했다. 그녀가 공부를 통해 장차 훌륭한 사람이 되거나, 더 나은 조건을 갖춰서 사회로부터 대우받거나, 어디 가서 가방끈이 짧다는 이유로 무시당하지 않도록 하기 위해서가 아니었다. 해도는 효주가 공부를 통해 세상을 더 알고, 더 아는 만큼 사랑할 수 있게 될 것이라고 생각했다. 그녀는 자신을 둘러싼 세상에 대해 알게 될 때마다, 비가 내리고 천둥이 치고 바람이 부는 일 같은 것의 신비를 온몸으로 느끼고 감탄할 줄 알았다. 그런 어린아이 같은 면을 보고 교육의 필요성을 실감하는 자신에게도 해도는 놀라지 않을 수 없었다. 그 자신은 끔찍이도 공부를 싫어하고 배제하는 삶을 살아왔으면서. 한때는 본인도 그런 삶을 산 주제에 자식에게 수재가 되라고 강요하는 부모를 경멸했으면서.

무턱대고 공립학교에 보냈던 것은 해도의 실수였다. 물론 효주는 그가 시키는 대로 책가방을 메고 학교에 가서 수업을 들었다. 해맑은 얼굴로 나가서 흥에 겨운 걸음걸이로 집에 돌아왔다. 학교생활에 대한 불평은 한마디도 하지 않았다. 오늘 학교는 어땠니, 하고 물어봐도 마냥 좋았다는 말밖에 없었다.

그러다 처음 본 시험의 대부분 과목에서 낙제점이 나왔다. 담임교사로부터도 '효주한테 학교 수업이 좀 어려운 것 같다'는 맥락의 연락이 왔다.

그렇지만 어떻게 사람이 첫술에 배부를 수 있나. 진득하게 믿고 보내다 보면 달라지겠지. 무엇보다 효주 스스로가 즐겁다고 말하고 있지 않은가. 그렇게 생각한 해도는 일이 일찍 끝난 날, 집에 돌아왔을 때 효주가 화장실에서 세면대에 물을 가득 받아놓고 얼굴을 담그는 것을 보았다. 화들짝 놀라 들어가 보니 아이의 얼굴은 함빡 젖기 이전에 퉁퉁 부어 있었다. 그녀는 울어서 부은 모습을 숨기려했던 것이다. 등과 어깨에 생긴 멍 자국도 그때 처음 보았다. 책가방에는 제각기 다른 아이들의 발자국이 흙먼지 무늬로 남아 있었고, 안에 있는 교과서며 공책도 마구 찢기고 칠해진 자국으로 인해 멀쩡한 것이 없었다.

몸이 뜨겁게 달은 해도는 어쩔 도리를 몰라 머리를 부여잡았다. 벽에다 이마를 짓찧거나 가슴을 때리지 않으면 숨이 멎을 것 같았다. 그 모습을 본 효주가 "아저씨, 잘못, 잘못했어요. 죄송해요." 하며 연신 눈물을 흘리는 얼굴은 볼썽사나웠다. 그는 누군가 심장을 불로 지지고, 칼로 찌르는 듯한 고통을 삼키며 말했다. 네가 잘못한 게 아니야. 네가 잘못한 게 아니야.

자퇴 서류를 접수하고 돌아오는 길에, 해도는 중국집에 들러 효주에게 짜장면을 사주었다. 더 이상 그 학교에 가지 않아도 된다는 말을 이해나 했는지. 그녀는 그저 새까만 면 줄기가 맛있다면서 입가를 물들이고 있었다.

사립학교에 아이를 보내는 것은 공립학교와는 비교가 안될 만큼 복잡다단했다. 해도는 석 달에 걸쳐 수십 장의 서류를 갖추고, 수정·보완한 끝에 효주를 경기도 소재의 한 사립학교에 입학시켰다. 그러나 이곳에서도 두 달이 채 못 돼서 자퇴를 결정했다. 지진아와 같은 반이 되어 면학 분위기에 지장이 있다는, 일부 학부모 회원들의 거센 반발이 있었기 때문이다.

혁명과 내전, 핵전쟁이 일어나도 사라지지 않는 것이 학부모회였다. 상황이 그렇게 되자 해도는 뒤도 돌아보지 않고 절차를 밟았다. 학교를 나오는 효주의 얼굴도 홀가분해 보였다. 구름 한 점 없는 화창한 날씨였다. 두 사람은 이번에도 중국집에 가서 짜장면을 한 그릇씩 먹고 집으로 갔다.

특수학교에는 일 년 반 정도 다녔다. 효주는 처음으로 다른 아이들에게 따돌림도 받지 않고, 학부모들의 군소리에 시달리지도 않으며 학교생활을 했다. 통학에만 두 시간이 걸렸지만, 불만은 없었다. 창밖을 보면 시간이 금방 지나가더라는 것이었다.

그러던 효주가 세 번째 학기가 끝나가던 어느 날, 아침밥을 먹다가 불쑥,

"이제 그만 할래. 학교 그만 다닐래" 하고 말했을 때는.

그도 묻지 않을 수 없었다.

"왜?"

"그냥, 재미없어."

아무래도 학교가 너무 먼 것 같다거나, 다른 아이들 또는 교사가 못살게 군다거나 하는 건 크게 상관없었다. 학

교가 멀면 그 근처로 이사를 가면 되고, 괴롭히는 녀석이 있으면 찾아서 죽여버리면 된다. 하지만 재미가 없다는 것은 큰 문제였다. 해도는 그럼 어떻게 해야 할지를 끙끙 앓듯이 고민하다가 물었다.
"그럼 뭐가 재미있는데?"
"아저씨랑 있는 거······."
효주는 밥이 들어간 입을 작게 우물거리면서 대답했다. 그러고 나서 퍼뜩 일어나 자기 방으로 들어가 버렸다. 그녀가 사라진 식탁 자리로 밥공기에 밥이 반쯤 남아 있는 것이 보였다. 몇 숟가락 뜨다만 미역국에서도 김이 나고 있었다.

55

"멀리서 돌봐주는 정도로만 생각했었는데요."

몇 년 만에 그의 연락을 받은 지선은 해도가 아이와 함께 살고 있다는 것에 적이 놀라는 눈치였다. 그녀는 못 보던 사이 정부의 요직에 올라, 국가의 대사에 영향을 미치는 고위 행정관이 되어 있었다. 해도의 결심에 깊은 감명을 받은 듯 필요한 게 있다면 뭐든 이야기하라는 말도 덧붙였다. "어차피 뭘 부탁하려고 전화한 것 아니었어요?"

해도는 집을 부탁했다. 효주와 둘이서 살아갈 수 있는, 가능한 한 조용하고 한적한 곳의 집 한 채를 필요로 했다. 그는 그런 집이 어디에 있는지 알았고, 잠깐동안 그곳에 살아본 경험도 있었다. 해도의 말을 들은 지선은 황당하

단 투로 되물었다. "정말 진심으로 하는 말이에요? 안 될 거야 없지만……."

그가 한때 타의로 머물렀던 집, 제주도의 안전가옥은 한라산 중턱의 초원과 숲 지대 사이에 있었다. 바다가 있는 남쪽으로는 간간이 야생의 말이나 양들이 줄달음치는 들판이 펼쳐지고, 산정상으로 이어지는 북쪽에는 잎이 넓은 나무들이 빽빽한 우듬지를 뽐내는 곳이었다. 해도는 몇 년 만에 돌아온 그 집이 그새 폐가처럼 낡아 보인다는 것에 사뭇 놀랐다. 사람의 손길이 닿지 않는 집이라는 것은 금방 그렇게 쓸쓸해지고 마는 것이었다.

그런 해도의 마음을 모르는 효주는 마냥 신난 기색이었다. 산골 마을의 보육원에서 오래 살았던 그녀로서도 어딘가 돌아왔다는 기분을 느끼고 있을지 모를 일이었다. 육지를 떠난 것도, 섬에 오게 된 것도 처음이었던 효주에게는 곧 쓰러질 듯 위태로운 집조차도 유쾌한 모험의 일부같이 보였다.

커다란 가방 두 개와 연식이 오래된 전기차가 그들이 갖고 온 전부였다. 집은 주인이 없는 공지에 숨겨놓은 듯 자리 잡아 있었고, 가장 가까운 마을에 가려면 차로 사십 분은 달려야 했다. 산 중턱까지 곧장 이어지는 도로도 없었다. 제대로 차를 몰기 위해서는 포장되지 않은 들판과 바위지대를 넘나들어야 했다. 이렇게나 접근성이 떨어지는 곳에 누가 사람 사는 집이 있으리라고 상상할 수 있을까. 그가 연금생활을 하던 시절에는 조직에서 물과 식량을 비롯해 필요한 모든 것들을 조달해 주었지만, 이제부터는 해도와 효주 단 두 명이서 자급자족할 수 있는 수단을 갖춰나가야 했다.

근처 마을에서 각종 공구와 목재를 조달해 집을 수리했다. 환갑이 멀지 않은 백발의 노인과 어리숙한 소녀, 둘이서 그곳을 어떻게든 살 만한 집으로 만드는 데만 한 달이 걸렸다. 두어 번쯤 지선이 현장확인차 찾아와 일손을 도운 적도 있었다. 실상 아주 큰 도움은 되지 못했지만, 그녀는 몇 년 만에 만난 효주가 몰라보게 의젓해진 것을 보고 기뻐했다. 효주 역시 그녀를 친언니처럼 잘 따르는 모양이었다.

물을 구하는 것은 생각보다 어렵지 않았다. 화산섬인 제주도에서는 섬 곳곳의 바위나 지표면으로 지하수가 솟아나는 곳, 소위 말하는 용천수라는 것이 있었다. 두 사람이 살게 된 집에서는 느긋하게 걸어 왕복 한 시간 정도 걸리는 장소에 용천수가 있었다. 해도와 효주는 매일 아침 일찍 일어나 양동이를 하나씩 등에 둘러메고 그날 쓰거나 저장해 놓을 물을 길어오는 것으로 하루를 시작했다.

먹을 것을 마련하는 일은 물을 구하는 것보다 까다로웠다. 첫 두 해까지는 쌀과 부식을 가까운 마을에서 사다가 먹었지만, 집 근처에 텃밭을 가꾸면서부터는 고구마와 감자, 보리와 당근 같은 것들을 직접 키워서 먹게 되었다. 그렇게 먹고 남는 식재료가 생기자 그것을 보관할 창고가 필요해졌다. 해도는 숲에서 나무 몇 그루를 베어와 작은 헛간이며 텃밭의 울타리를 만드는 데 썼다. 왜인지 그는 목공이 금방 몸에 익는다는 느낌을 받았다. 나무를 썰고 다듬고 서로 이어붙여서 모양을 만드는 일이 적성에 맞았다. 좀 더 이른 나이에 이 일을 알았다면 어땠을까 하는 생각이 들 정도였다.

이듬해 그는 잘 익은 나무를 잘라 헛간보다 지붕이 좀 더 높은 구조물과, 그 주변을 넓게 둘러치는 우리를 지었다. 효주는 그곳에 병아리와 새끼돼지를 놓아 기르기 시작했다. 너른 들판에 풀어놓는 것만으로도 가축들은 곧잘 자랐다. 숲이나 바위 너머로 사라진 줄 알았던 녀석들도 하루 이틀이 지나면 언제 그랬냐는 듯 우리 안에 돌아와 있고는 했다. 효주는 그렇게 떠났다가 돌아온 닭들, 돼지들에게 한동안 더 많은 애정을 갖고 돌봐주었다. 그렇게 멀쩡한 모습으로 돌아오는 것이야말로 세상에서 가장 기특한 일이라는 듯이.

가축 기르는 일 자체는 손이 많이 들었다. 조금만 관리가 소홀해도 분변으로 인한 악취가 풍겼다. 갑작스런 추위나 질병이 돌면 폐사하는 동물도 생겼다. 가축은 가축일 뿐이라는 생각을 가진 해도와 달리, 새끼일 때부터 한 마리 한 마리에 이름을 붙여가며 정을 붙인 효주는 그런 일이 있을 때마다 세상이 떠나가라 울었다.

한번은 효주가 '튼튼이'라고 이름을 지어주었던 암탉이 죽은 채 발견됐다. 병아리 때부터 몸이 약해 시름시름 앓던 녀석이었다. 병에 걸려 죽은 닭은 먹을 수 없다. 해도는 우는 효주에게 마른 나뭇가지와 낙엽들을 주워오게 했다. 그리고 그것들 위에 튼튼이를 올려놓고 불을 피웠다. 발 한쪽 크기밖에 안 되는 작은 닭이었는데도 연기는 진종일 피어올랐다. 그렇게 화장이 끝난 뒤에도 효주는 울음을 그치지 않았다. 그다음 날 아침에도, 저녁에도, 밤에도 멈추지 않고 울었다.

사흘 밤낮을 내내 우느라 몸이 쇠잔해진 효주에게 해도

는 물었다. 왜 그렇게 울고 있느냐고.

"나도, 나도 모르겠어."

그녀는 그렇게 대답하고 나서 또다시 눈물을 줄줄 흘렸다. 해도는 효주가 우는 모습을 망연히 쳐다보다가, 할 수 없다는 듯 아이의 머리를 끌어안고 웃옷에 눈물을 닦게 했다. 기다렸다는 듯이 곡소리가 터져 나왔다. 그런 면에서조차 효주는 도연이를 닮아 있었다. 두 모녀는 그렇게 서러운 울음이 누군가의 품 안에서만 허락된다고 믿는 것 같았다. 해도는 자기 몸보다 커다란 나무를 찍어 내리고 옮길 때보다 더 기진한 모습으로 위로할 말을 찾다가,

"그만큼 튼튼이를 사랑했기 때문이겠지"라고 별 뜻 없이 말했다.

"사랑했다고." 효주는 울어서 꽉 막힌 코를 힘겹게 훌쩍거리면서 되뇌었다. "사랑한다는 게 뭔데?"

생각지 못한 되물음에 해도는 어안이 벙벙해졌다. 효주는 효주대로 그의 침묵이 못마땅하고 야속해 재차 눈물을 쏟았다. 그녀의 울음이 해도에게는 모질게 질책하는 소리처럼 들렸다. 어떻게 그럴 수가. 아직도 사랑이 무엇인지조차 모르다니. 그토록 기나긴 시간을 살아왔으면서.

그때 해도는 생각했다. 이 아이는 지금 사랑의 총체적

의미, 종말적인 결론을 요구하고 있는 것이 아니다. 그것은 까닭 없이 울고 있는 자기 자신을 이해하기 위한 질문일 뿐이다. 정해도. 너는 어른으로서 대답하기만 하면 되는 거야. 네가 사랑에 대해 정말로 알고 있는지 어떤지는 상관없어.

"효주야." 해도는 무언가 결심을 굳힌 표정으로, 가슴께에 파고들어 있던 효주의 어깨를 떼어내 눈을 맞췄다.

"사랑한다는 건, 내가 아끼는 것이 슬프고 외롭게 살다가 죽지 않기를 누구보다 간절히 바라는 거야. 그걸 위해 할 수 있는 어떤 것이든지 해주고 싶은 마음이기도 하지. 넌 사랑하는 마음에 최선을 다했어. 슬피 우는 것이야말로 최선을 다해 사랑한 사람에게만 허락된 일이거든. 그렇지만 울고만 있어선 안 돼. 죽어버린 튼튼이를 생각하느라 네가 하루 종일 울고 있기만 하면, 사랑이 필요한 다른 병아리나 돼지들은 어떻게 되겠니. 사랑 때문에 우는 것은 괜찮아. 하지만 사랑을 잃고 실컷 울고 난 뒤에는, 다음에 사랑할 것을 위해 일어나 밖으로 나가야 하는 거야. 우리는 사랑하는 것 없이는 단 하루도 제대로 살아갈 수 없으니까…… 무슨 말인지 알겠니?"

효주가 해도의 말에 아무 대꾸도 하지 않았기 때문에,

그는 자신이 한 말이 제대로 전달되었는지에 대해 불안한 마음이 들었다. 어쨌거나 그녀는 차츰차츰 눈물을 거둬들이고, 여전히 반쯤 막혀 있는 코를 킁킁거린 다음, "자러 갈게" 하고 자기 방으로 돌아갔다.

다음 날 효주는 기운을 아주 차린 듯한 모습이었다. 이른 아침부터 씩씩하게 물을 길어오는 것부터 시작해서, 그동안 하지 못했던 일을 벌충하듯 무서운 기세로 움직여댔다.

그녀는 또다시 태어나는 병아리들과 새끼 돼지들에게 이름을 붙였다. 암탉들이 낳은 계란을 그러모았다. 거름을 정리해 헛간 옆에 재어놓았다. 갖가지 채소가 심긴 텃밭에 물을 댔다. 집 안에 있는 먼지와 자그마한 벌레들을 털어냈다. 해도가 쪼개놓은 장작을 한데 모아 말렸다. 저녁 식사 준비를 위해 불을 피웠다. 목욕할 때 쓸 물을 통에 넣고 끓였다. 그렇게 다시 하루가 지나갔다.

56

 하루는 긴데 계절은 짧았다. 일 년은 더 짧았다. 살아간다는 것, 저 스스로와 함께 사는 서로를 먹이고 살피고 재우기 위해 사는 것은 눈코 뜰 새 없이 바쁜 일이었다. 할 일이 너무나도 많았다. 다행히 효주는 천성이 부지런한 아이였다. 해도는 그런 그녀의 영향으로 더 부지런한 사람이 된 것 같았다. 삶은 부단히 살아가는 것만으로도 짧다는 것을, 그는 그렇게 부지런해 보고 나서야 실감했다.
 텃밭과 목장은 해를 거듭할수록 커졌다. 효주는 생명이 있는 어떤 것을 돌보고 길들이는 데 천부적인 소질이 있었다. 그녀가 부리는 양계와 흑돼지들은 하나같이 살이 투실하고 건강했으며, 개체 수도 꾸준하게 늘어가고 있었다.

덕분에 두 사람은 직접 기른 채소와 계란, 돼지고기를 양껏 먹으며 자급자족했다. 그러고도 남는 것들, 일손이 부족해 충분히 돌봐줄 수 없는 가축들은 먼 곳의 시장으로 가서 내다 팔았다.

건장하게 잘 자란 성계와 돼지들은 내놓는 족족 비싼 값에 팔렸다. 해도와 효주는 그렇게 받은 돈으로 부자가 된 듯한 기분을 만끽하며, 시내로 가서 산속 생활에 필요했거나 갖고 싶은 물건을 몇 개씩 사서 돌아왔다. 해도가 사는 물건은 도끼를 가는 숫돌과 날붙이, 빗물을 저수하는 탱크와 자가발전기 같은 것이었고, 효주는 색상이 백여덟 개나 있는 색연필 세트나 가죽 케이스로 덮인 크로키 북, 동물들에게 달아줄 작은 리본 같은 것들을 골랐다. 그러고도 그날 번 돈을 절반도 다 쓰지 못하는 일은 흔했다.

다만 처음이자 마지막으로, 해도가 그날 번 돈 전부에 웃돈까지 얹어가며 물건을 산 일이 있었다. 해도는 그것을 업자로부터 받아들자마자 숨기듯 가방에 집어넣었다. 효주는 그 물건을 영화나 그림책 같은 데서 본 적이 있었다.

"왜, 산 거야? 총을." 그녀는 집으로 돌아가는 길의 조수석에서, 땅거미가 진 너머의 바다를 쳐다보다 말고 물었다.

"집을 지키려고."

"무엇으로부터?"

"산 중턱에" 해도는 종이에 적힌 글을 읽듯 건조하게 대답했다. "개들이 많이 돌아다닌대."

"아저씨, 나 개도 좋아해."

"네가 좋아할 만한 그런 개가 아니야."

"그럼 무슨 개인데?"

"들개야. 사람에게 길들여지지 않는." 해도가 말했다. "늑대 같은 녀석들이지."

생물학적으로 개와 늑대는 동일한 종으로 분류된다. 둘의 유전적 차이는 피부색이 다른 인종 간의 차이보다 미미하다. 일반적인 학계의 의견에 따르면, 개는 자연의 늑대 중에서 인간을 유독 잘 따르고 의존적이며, 적응력이 높도록 태어난 돌연변이들이 가축화된 부류에 지나지 않는다. 그런가 하면 늑대들 가운데 '낯선 존재를 쉽게 믿고 일방적으로 **사랑할 수밖에 없는** 정신질환'을 지닌 개체가 개가 되었다는 가설도 있다. 이 가설에 따르면 개들은 인간을 친구로 여겨서가 아니라, 사랑할 수밖에 없는 병에 걸렸기 때문에 길들여졌다. 인간은 스스로 치료할 수 없는 병에 걸린 늑대들을 수천 년 동안 이용해 온 셈이다. 이것은 공평하지 않다. 개는 인간을 사랑하지 않으면 안 되게끔 태어나고 진화해 왔는데, 인간은 그렇지 않았기 때문이다.

늑대가 개가 될 수 있다면 개도 늑대가 될 수 있어야 할 것이다. 실제로 제주 남부에는 그런 일이 일어나고 있었다. 전쟁 당시의 폭격과 인명피해로 인해 발생한 유기견들이 하나둘 산속으로 올라가 들개로 변한 것이다. 세대를 거듭하며 인간과 관계를 맺지 않는 야생동물로 자연에 적응한 녀석들이 때때로 민가에 내려와 가축을 사냥하거나 사람을 습격하던 중에 사살되는 일은 꽤 오래전부터 있었다.

그러나 최근 들어 상황이 심각해졌다는 모양이었다. 해도는 라디오와 인근 마을의 주민들로부터 그런 소식을 들었다. 요 근래 한라산 중턱을 배회하는 들개들 가운데 규모만 수십 마리나 되는 무리가 있더라는 것이었다. 그 우두머리 역할을 하는 개는 온몸의 털이 눈처럼 새하얀 녀석으로, 덩치만 보면 늑대와 분간이 안 갈 정도로 컸다는 게 목격주민들의 일관된 증언이었다.

"근처 목장에서 피해사례가 계속 보고되고 있어요. 치

고 빠지는 수법이 들개답지 않게 약삭빠릅니다. 선을 크게 넘지 않는 걸 보면 우두머리가 영리한 녀석인가 봐요. 별일은 없겠지만 혹시 모를 상황을 대비해 놓을 필요는 있겠지요."

해도가 산 물건은 연식이 제법 된 레밍턴 사의 엽총이었다. 이튿날 아침에 그는 집 주변에 서서 주위를 확인한 다음, 먼 하늘을 향해 총을 한 방 쏘았다. 탄약에 들어 있던 구슬이 후드득 터지며 흩어졌다. 북쪽으로 뻗은 숲에서 크고 작은 새들이 날개를 퍼득거리며 날았다. 마찬가지로 깜짝 놀란 효주가 무슨 일이냐며 목청을 높였다. 해도는 아무 일도 아니라고 대답했다.

아무 일도 일어나지 않았다. 해도가 공중에 시험사격을 했던 날 저녁, 근처 숲을 산책하던 효주가 털이 새하얀 강아지를 주워오고 나서도 보름 동안은 잠잠했다. 단지 해도는 그녀가 '구름'이라고 이름 붙인 그 강아지를 숲에 돌려놓는 것이 좋겠다고, 그 애를 잃어버린 주인이나 엄마 개가 열심히 찾고 있을 수도 있지 않겠느냐고 말해보았다가 매우 감정적인 비난을 들어야 했다.

"아저씨, 어떻게 구, 구름이한테 그런 말을 할 수 있어.

이, 이미 구름이는 우리 가족이야. 한 번 데려온 애를 그렇게 버리면 안 되는 거야. 아저씨는 나도 데려온 곳에도, 돌려놓을 거야?"

구름이를 몰래 훔쳐다 숲에 내버리는 방법도 생각해 보았다. 그러나 그런 기색을 눈치챈 듯한 효주가 하루 종일 강아지를 품에 끼고 지내다시피 했고, 그런 마당에 억지로 뺏어다 일을 저질렀다가는 돌이킬 수 없는 감정의 균열이 벌어질 것이었다.

해도가 아홉 살이었을 때, 반 친구에게서 받아와 몰래 키우던 햄스터를 엄마가 허락도 없이 내다 버린 일이 있었다. 그녀는 햄스터가 어디 갔느냐고 묻는 질문에 '상자째 쓰레기 소각장에 던져넣었다'고 대답했다. 해도와 엄마 사이의 존재적 균열은 그때부터 모습을 드러내기 시작해서, 그녀가 죽을 때까지 단 한순간도 희미해지거나 좁혀지지 않고 남았다. 그것은 상대가 더는 존재하지 않는다고 해서 사라져주지도 않았다. 오히려 양생이 끝난 콘크리트의 균열처럼, 끝끝내 메워질 기회를 잃고 영속하는 흉터로 남는 것이었다.

해도는 그 자신이 못된 어른으로 생각되는 것보다, 효주의 삶에 아로새겨질지도 모를 흉터에 대해 생각했다.

그리고 그 새하얀 강아지에 대한 근심이 신경과민에 지나지 않기를 진심으로 바랐다.

57

 그것은 간밤의 엷은 꿈속에서, 무언가 검은 것들이, 어둠 속에 은폐해 음험하게 수선거리던 어느 날 아침에 시작되었다.

 초겨울에 접어들면서 해가 짧아지고 있었다. 해도는 아직 어두컴컴한 바깥으로 현관문을 열고 나갔다. 새벽공기에 시린 손과 얼굴을 몇 차례 부비면서, 양동이를 챙겨 물을 길으러 가려는 길에 무뜩 피비린내를 맡았다.

 냄새는 헛간 건너편의 우리 안쪽에서 풍기고 있었다. 가까이 다가가 랜턴을 켜보니 팔뚝만한 닭 두 마리가 목을 물린 채 죽어 있었다. 피가 아직 따뜻한 것을 보니 불과 몇 분 전에 일어난 일인 듯했다. 말 못 하는 증인들, 나머지 돼지와 닭들은 우리의 가장 구석진 곳에서 겁에 질려 있었다.

왔구나. 해도는 생각했다. 조금 뒤에 일어날 효주에게는 둘러댈 말이 필요했다. 일부러 닭을 두 마리나 잡았어. 겨울을 나려면 힘을 보충해야 하니까. 그녀는 먹는 양이 많지도 않은 그가 닭을 둘씩이나 한 번에 잡았다든가, 하필이면 공기가 차가운 이른 아침에 잡았다는 사실에 조금은 의아해할 것이다. 그러면서도 저녁이 되면 손질된 닭으로 정성껏 요리를 하고, 최선을 다해 맛있게 먹을 것이었다. 남은 것은 적당한 용기에 넣어 냉장 보관을 해 둘 것이다. 일단은 그것으로 족했다.

짐승에게도 경고와 유예기간이 있다면 신기한 일이었다. 나흘이 지난 다음 날 아침에는 닭 네 마리와 돼지 한 마리가, 거기서 닷새가 더 지난 뒤에는 닭 열 마리와 돼지 세 마리가 차례로 죽었다. 숫자를 헤아렸을 때 사라진 가축은 한 마리도 없었다. 녀석들은 그저 찾아와 죽이고만 간 것이다. 유희를 위한 사냥일까. 그랬다면 하나같이 목을 물어뜯어 일격에, 최대한 재빠르게 죽이고 모습을 감춘 것이 설명이 되지 않았다.

"대체 왜, 왜 이런 짓을 하는 거야." 효주는 차갑게 얼은 땅바닥에 주저앉아 울었다. "아무 잘못도, 없는 애들을. 그냥……."

그냥이라는 것도 설명은 되지 않는다. 들개는 언제나 굶주려 있다. 들개라는 단어 자체에 굶주림이 깃들어 있다. 그런 녀석들이 통통하게 살진 가축을 다 죽여놓고, 살점 하나 뜯어가지 않고 내버려 둔 데에는 필경 이유가 있을 것이었다. 엄격한 규율이 집단을 통솔하고 있었다. 해도는 그것이 보여주고 있는 명백한 적의를 분별했다. 그리고 그 속에 도사리고 있는 질문. 효주가 흐느끼는 소리 아래에서, 눅눅하게 퍼진 피비린내의 이면에서, 묵묵하게 자신을 노려보고 있는 듯한 질문을 실감했다. 당신은 아직도 이해하지 못하고 있는가. 어째서 가만히 기다리고 있는가.

무언가가 다가오고 있었다. 해도는 그것이 모든 것을 결딴내고 말리라는 것을 알고 있다. 그러나 그에게는 그것을 막아낼 힘이 없다. 해도는 지독한 무력감에 짓눌리는 듯한 꿈을 연거푸 꾸다가 깬다. 창밖에는 눈이 내리고 있고, 조각달은 새벽같이 버티며 설산 위의 순백을 폭로

하고 있다.

해도는 뜬 눈으로 날이 밝아오는 것을 보았다. 이맘때 섬에 눈이 내리는 것은 흔치 않은 일이었다. 좌우로 뻗은 들판에, 헛간의 장식 없는 지붕 위에, 산마루 방향의 숲에, 여름 내내 뿌리를 일궜던 텃밭 위에 층층이 눈이 쌓였다.

효주는 잔뜩 신이 난 구름이를 따라 밖으로 나온다. 침울했던 소녀도 때 이른 첫눈에는 가슴이 두방망이질한다. 너무 일찍 슬픔을 이겨내는 데 따르는 굴욕감이 그녀에게는 없다. 아이는 붓기가 채 빠지지 않은 얼굴과 손으로 제 몸집만한 눈사람을 만들고, 강아지는 그 주위를 반시계 방향으로 뱅글뱅글 돌며 왕왕거린다. 꺄르르 웃는 소리가 눈부신 천공에 흩어진다.

저녁 식사는 닭과 돼지고기가 잔뜩 들어간 카레였다. 평소보다 양파를 더 많이 썰어 넣었지만, 그것이 효주가 요리하는 내내 코를 훌쩍인 이유는 아니었다. 두 사람은 애도의 뜻을 담아 짧게 합장했다. 카레 향이 듬뿍 밴 고기와 야채 덕분에 몸이 훈훈해졌다.

"너무 맛있어." 효주는 목울대가 먹먹해진 채로 말했다. "맛있어서 더 속상해. 슬퍼. 눈물 날 것 같아. 그런데 맛

있어."

해도는 말없이 고개를 주억거렸다. 그녀의 말이 맞았다. 맛있는 고기와 카레였다. 하지만 속상하고 슬펐다. 그가 손질해 놓은 고기가 너무도 많았다. 두 사람은 남아 있는 고기를 다 먹지 못할 것이다. 먹지 못한 것들은 시장에 내다 팔아야 할 것이다. 그는 이 모든 것에 감사한 마음을 갖기로 했다. 이 저녁, 이 식사, 이 아이와의 시간을 가질 수 있었던 것에.

58

 그들이 모습을 드러낸 것은 식사가 끝나갈 무렵이었다. 지나치게 이르지도, 너무 늦지도 않은 밤에, 들개 무리는 북쪽 숲속에서 서서히 밝아오는 그림자처럼 다가왔다.

 밤 짐승 같은 그들은 곳곳에 피워둔 횃불에 아랑곳하지 않았다. 해도가 치켜든 랜턴과 엽총도 두려워하지 않았다. 줄잡아 서른 마리는 될까 싶은 무리의 가장 후미에서, 그림자의 끝부분이 당겨져 오듯이 놈이 나타났다. 새까만 코 아래로부터 꼬리 끝까지.

 온몸이 새하얀 털로 감싸진 커다란 개였다. 위엄있게 어청거리는 걸음걸이, 꼿꼿이 세워져 있는 목과 꼬리로 그놈이 우두머리라는 것을 쉽게 알 수 있었다. 사람들이 그것을 늑대라고 생각한 까닭을 알 것 같았다. 네발을 땅에 딛고도 허리보다 높은 키나, 커다란 덩치의 윤곽 때문만이 아니었다. 그것이 인간에게 던지는 냉랭하고 홀연한 눈빛 때문이었다. 거기에 깃든 것은 길들여지지 않은 야성이 아니라 칼처럼 벼려진 증오였다.

온몸에서 반사적으로 도망치고 싶은 충동이 일었다. 본디 태어나기를 우두머리로 태어난 녀석이었다. 그는 간신히 맞서고 있는 와중에도 놈의 위압감 넘치는 풍모에 경외심이 들었다. 한갓 동물에 그런 마음이 드는 것을 그도 어쩔 수가 없었다.

미처 잠들지 못한 가축들이 두려움에 신음하는 소리가 났다. 어쩔 수 없는 공포에 의해 새어 나오는 소리였지만, 그것은 되레 무리를 자극하고 야생의 잔혹성을 이끌어내고 말 것이었다. 그럼에도 들개들이 이성을 잃지 않고 버티고 있는 것, 곧바로 달려들지 않고 대열을 유지하고 있는 것은 녀석들의 대장 때문이었다. 대장의 준엄한 명령이 버려진 들개들을 로마의 군단병으로 만들고 있었다.

해도는 자신을 응시하는 그것의 동공을 보았다. 그것은 자신의 털처럼 머리가 센 남자, 그 남자의 손에 들려 있는 길쭉한 엽총, 불안을 겨우 숨기고 서 있는 두 다리를 차례로 훑고 나서 눈동자의 중심을 향했다. 대장은 흔들림 없는 눈으로 말하고 있었다. 숨기려 해봤자 아무 소용없어. 나는 네가 두려워하는 것을 알고 있으니까.

순간 등 뒤에서 문 열리는 소리가 들렸다.

"아저씨, 무슨 일 있어?" 하고 집 안에 있던 효주가 걸어 나왔다. 그녀는 가축들이 불안에 떠는 소리를 들었던 것이다.

해도는 뒤돌아보지 않았다. 그들에게서 눈을 뗄 수 없었기 때문이다. 눈 위를 걷는 발소리가 몇 번 이어져 가까워져 오다가 멈췄다. 그녀도 상황을 알아차렸다. 대열 속의 들개 몇 마리, 그것들의 소름 끼치는 눈빛을 목격했다.

괜찮아. 그대로 돌아서 집으로 들어가. 해도의 음성은 침착했다.

그러나 돌아가는 발소리는 들리지 않았다. 효주의 몸은 돌처럼 굳었다. 그녀의 시선이 무리의 중심에 있는 대장에 닿았기 때문에. 한밤중에도 눈이 부실만큼 흰 털, 그것의 창백하고 맹목적인 주시에 발이 얼었기 때문에.

"아저씨."

효주가 가까스로 그를 불렀지만, 해도는 대답하지 않았다.

대답할 수 없었다. 어느 순간, 어떤 일이 일어나 버릴지 알 수 없었다. 그는 뛰어들 수도, 물러설 수도 없었다. 그가 할 수 있는 일은 없었다. 이미 여러 번 생각했었듯이.

그러나 그에게는 지켜야 할 것들이 있었다. 이제부터 어떤 일이 일어나더라도, 해도는 거기 서 있을 수밖에 없었다. 그저 버티며 기다릴 수밖에 없었다.

침묵은 뜻밖에 아주 희미한 소리, 때에 맞지 않게 명랑한 소리에 의해 깨졌다.

"구름아."

털이 하얀 강아지가 문 쪽에서 폴짝거리며 뛰어왔다. 구름이는 꼬리를 요란하게 흔들면서, 효주의 주변을 빙글 돌다가 멈췄다. 그리고 해도가 서 있는 쪽, 북쪽의 숲과 머언 산마루로 이어지는 방향으로 초점을 옮겼다. 제 몸집의 수십 배는 될 커다란 것들이 나무처럼 서 있는 곳으로.

왕!

우짖는 소리와 동시에 구름이가 튀어 나갔다. 팽팽하게 당겨진 활시위가 풀려나듯이. 효주와 해도로 구성된 시공간으로부터 한순간 튕겨 나가듯이.

59

 하얀색 강아지가 무리에 뛰어든다. 효주는 마법에 걸렸던 소녀같이, 뜻하지 않게 생기가 돌아와 그것의 뒤꽁무니를 쫓는다. 어리고 나약한 것이 이빨들에게로 달음질친다. 내달려 지나가는 효주의 옷깃과 그의 손끝 사이에는 틈이 있다.

 틈.

 한없이 가늘고 사소한 틈.

 그러나 결코 잡히지 않고, 좁혀지지도 않으며, 되돌려지지도 않는 틈. 해도는 그 틈을 놓치고 만다.

 무리 중에서도 성질이 불같은 녀석, 싯누런 털을 가진 들개 한 마리가 왼편에서 뛰쳐나온다. 효주의 살갗을 노리고 달려드는 그것에게 해도는 방아쇠를 당긴다. 총성이 귀를 찢고 둔중한 소리가 이어진다. 머리가 날아간 들개의 사체가 발자국이 끊긴 곳에 나동그라진다. 붉은색 물감처럼 선연한 핏자국이 눈밭 위에, 무거운 쇳덩이 같은 피 냄새가 공기 중에 급격히 확산한다.

그림자들은 파도가 되어 덮쳐든다. 어느 쪽이 먼저랄 것도 없이, 거의 동시라고 해도 좋을 정도로 순식간에. 해도는 놀라 넘어진 효주의 앞으로 나가 선다. 이성을 잃은 들개들은 순서 없이 좌우로 달린다. 방아쇠가 당겨질 때마다 살점이 터져나간다. 대장의 명령은 어느덧 권위를 잃었다. 놈들은 동시에 달려들 타이밍을 잰다.

"뛰어!"

해도가 큰소리로 외친다. 효주는 기함할 듯이 놀라 뛰기 시작한다. 두 마리가 작고 쉬운 먹잇감을 따라 추격한다. 해도는 그것들을 놓치지 않는다. 세 차례의 총성이 이어지고, 그는 그녀를 쫓는 그림자가 더는 없음을 확인한다.

놓친 것은 등 뒤의 기척이다. 벼락같이 달려든 들개의 이빨에 어깻죽지를 깨물린다. 턱 힘이 얼마나 센지 떼어낼 수가 없다. 몸을 흔들고 때릴수록 물린 상처가 벌어지고, 뼈마디 사이의 신경을 찌르자 눈앞이 번쩍한다. 휘청거리는 그를 보고 몇 마리가 더 달려들 태세를 한다. 해도는 필사적으로 개에 물린 쪽 팔을 들어 총을 장전한다. 그리고 쏜다. 놈들은 그가 총을 겨누지 않은 곳에서도 나타난다. 그는 힘껏 깨물려 통증이 치미는 순간 그곳에도 피가 흐르고 있음을 깨닫는다.

절대 넘어지거나 쓰러져서는 안 된다는 것을 해도는 알았다. 두세 마리의 개가 몸에 매달려 있는 와중에도 선 채로 버틴다. 전신에 물린 상처는 헤아릴 수 없다. 입고 있던 옷은 그의 것인지 들개들의 것인지 모를 피로 푹 젖었다. 곳곳에 잡아 뜯어진 살갗과 개방된 뼈가 추위에 벌벌 떨린다.

방아쇠를 당기는데 총이 나가지 않는다. 그는 뒤늦게 오른손 검지가 사라진 것을 깨닫는다. 몇 번의 깨물림과 출혈을 대가로 치른다. 벌벌 떨리는 중지로 몇 마리를 더 쏘아붙인다.

대부분의 그림자들이 땅거미로 내려앉았다. 두세 마리의 잔당이 그를 구심점 삼아 원형으로 싸고돈다. 양쪽 다 서로에게 힘이 얼마 남지 않았음을 안다. 한순간에 결판이 나고 말 것이다. 그는 무척 긴 라운드를 치른 복서처럼, 겨우겨우 다잡고 있는 정신으로 상대와의 거리를 재고 있다. 좀처럼 시야에 초점이 잡히지 않는다고 생각한다. 한쪽 눈이 이미 뜯겨나간 것을 모르고 있다.

대치 상태에 있던 개들은 저들끼리 눈빛을 주고받다가, 그가 알아차릴 수 없는 신호와 함께 일제히 달려든다. 해도는 마지막 탄약으로 눈앞에 있던 한 마리를 날려버린다. 개머리판으로 오른쪽으로 달려든 녀석을 후려갈긴다. 나머지 한쪽은 도리없이 물린다. 주둥이만큼 무지막지한 덩치를 가진 놈이다. 중심을 잃고 눈 위에 쓰러진다. 왼팔은 더 이상 쓸 수 없다.

해도는 탄약이 떨어진 총을 내던진다. 그리고 남아 있는 오른손, 남아 있는 네 손가락으로 연장을 꺼내 휘두른다. 장도리의 지렛대 부분이 개의 관자놀이에 때려 박힌다. 낑낑거리는 울음소리가 나지만 무는 힘은 더 강해진다. 해도는 통증을 느낄 새도 없이 놈의 몸을 마구 때린다. 정신을 차렸을 땐 이미 그것은 죽어 있다.

팔뚝의 근육을 찢고 깊게 박힌 이빨을 잡아뺀다. 구덩이처럼 움푹 패인 상처로 피가 웅덩이처럼 고인다. 넋이 나갈 것 같은 극통이 찾아온다. 꽉 다문 입술 틈으로 통제되지 않는 신음이 새어 나온다. 숨이 쉬어지지 않는다. 피를 얼마나 흘린 걸까.

동쪽에서 바람이 분다. 불이 꺼져 어두침침한 설원에 새까만 그림자들이 누워 있다. 피는 여전히 그것들의 일부인 것처럼 암흑을 연장하고 있다. 움직이는 기색은 없다. 마침내 끝났다. 그가 해낸 것이다. 그 결과 만신창이가 되었지만. 여전히 숨은 붙어 있다.

눈 위에 뻗어 누운 해도가 하늘을 바라본다. 별빛들이 달려온다.

가장 먼저 반짝이는 세 개의 별은 오리온자리의 허리띠다. 신화 속 사냥꾼은 몽둥이를 치켜든 모습으로 먼 곳을 바라보고 있고, 등 뒤에는 큰 개와 작은 개가 밤하늘을 헤엄쳐 뒤를 쫓는 중이다. 해도는 깜빡거리는 것이 별빛인지 자신의 눈인지 분간하지 못한다. 별안간 그가 몸을 일으킨다. 땅을 덮은 그림자들 가운데 우뚝 솟은 형상이 나타나 있다.

대장이 거기 있다. 고결하게 하얀 털에는 피 한 방울 튀지 않았다.

그것은 굉음과 절규가 낭자하는 속에서도 움직이지 않고, 꿰찌르듯이 날카로운 눈빛을 던지고 있었을 것이다. 해도는 남아 있는 눈, 바로 떠지지도 않고 흔들리는 눈동자로 그것과 마주한다. 지금 보니 대장의 머리는 그의 가슴팍에도 닿을 것 같다. 그것은 앞발을 들지 않고도 해도의 심장을 물어뜯을 수 있을 것이다.

해도는 체념인지 겸허함인지 모를 감정으로 거기 서 있다. 저항할 힘은 남아 있지 않다. 그것은 얼마든지 다가와서 목숨을 앗아갈 것이다. 이미 두려운 마음은 들지 않는다. 인간의 한 생애에 쏟아낼 수 있는 힘, 모든 여력을 소진한 듯한 피로감에 정신이 몽롱해진다.

대장은 해도에게 몇 걸음쯤 다가가는 듯하다가 멈춰 선다. 그것의 뒷발치에서 작은 털뭉치 같은 것이 파들거린다. 해도는 그것이 구름이라는 것을 겨우 알아본다.

그 가여운 것은 떨고 있다. 사방에서 진동하는 피비린내 때문에 겁에 질려 있다. 그는 그것을 세 번쯤 쓰다듬어줬던 것도 같은데, 지금처럼 마음을 다해 어루만지고 싶은 적은 없었다. 그럴 수만 있다면 소리 내 말해주고도 싶다. 네 탓이 아니라고.

대장이 해도를 바라본다. 위아래로 핏줄이 터진 해도의 눈은 새빨갛게 젖어 있다. 눈물만으로는, 아무리 오랫동안 운다고 해도 그렇게 빨개질 수 없다.

이 순간 그 새하얗고 거대한 것이 어떤 생각을 했는지 해도는 모른다. 그것이 미련없는 발걸음으로 돌아서서,

북쪽 숲의 칠흑 속으로 사라지는 이유도 짐작할 수 없다. 다만 그는 뒤에서 자신을 껴안아 받치는 힘, 피 칠갑이 된 몸을 지탱해 오는 그녀를 느낄 뿐이다.

60

"아저씨, 아저씨, 아저씨, 아저씨."

다 들려, 해도는 들릴 듯 말 듯한 목소리로 말했다. 효주는 안도의 한숨을 내쉬었다. 또 어딘가 전화를 하고 온 모양이었다. 그런 노력들로 인해 그녀는 더 괴로워질 것이다.

주말로 접어드는 깊은 밤이었다. 가장 가까운 마을의 병원도 월요일 아침에야 문을 열 것이다. 그나마도 이 정도의 중상을 어떻게 해볼 만한 의원은 없었다. 응급실은 섬 전체에 단 한 곳, 산봉우리를 마주 본 반대편 기슭에 있었다. 언제나 바빠서 환자를 데리러 올 여력이 없는 곳이었다. 이쪽에서 밤길을 헤치고 섬을 거꾸로 돌아간다

한들 가망은 없었다.

다만 해도는 낙엽을 주워오라고 했다.

낙엽은 뭐하러, 효주는 그와 소리 내어 대화할 수 있다는 것에 찰나의 위안을 받으며 물었다.

"헛간을 태우려고." 그가 대답했다.

효주는 새벽 내내 낙엽을 주워다 날랐다. 그는 헛간에 쌓인 낙엽, 마른 나뭇가지와 지푸라기와 죽은 가축들 위에 누워 있었다.

그녀는 너무도 많은 낙엽을 가져왔다. 처음부터 낙엽 줍는 일에는 일가견이 있었지. 해도는 생각했다. 정말 잘 줍잖아. 근처에 있는 낙엽이란 낙엽은 다 주워다 오겠어. 내가 그만두라고 하지 않으면.

그만해도 돼. 그는 짓물려가는 의식 속에서 간신히 입을 뗐다. 바쁘게 드나드는 효주의 실루엣이 멈춰 섰다. 효주야.

"응."

"……불 좀 붙여줄래?"

"어디에?"

"여기에"라고 말하며 해도는 아무 데도 가리키지 않았

다. 손을 들어 가리킬 힘도, 손가락도 그에게는 없었다.

"그건 싫은데."

"그래?"

"응."

"그럼 장작불이라도."

"추워?"

"응. 조금."

효주는 헛간 구석에 있는 양철통에 장작을 몇 개 집어넣고 불을 피웠다. 어스레하던 내부가 조금 환해졌다. 나무 타는 소리가 났다. 주위를 감싼 공기가 천천히 데워졌다. 해도는 훈훈한 기운에 잠이 몰려오는 듯 몸을 옴짝거리며 낙엽 더미에 파묻혔다.

"아, 아저씨." 효주는 낡은 의자에 몸을 기대앉았다. "이제 잘 거야?"

"이따가."

"아저씨."

"왜."

"시간을 되돌려."

"……."

"지선 언니한테 드, 들었어." 효주가 추위를 타는 듯 몸을 들썩이면서 말했다. "아저씨가 후회하면, 그렇게 됐다고. 그런 걸 하, 할 수 있었다고."

"……그래. 예전 같았으면." 해도는 그렇게 말하고 나서 침을 꿀꺽 삼켰다. 정적보다 무거운 소리가 아래로 가라앉았다. "바로 되돌렸겠지……."

"하, 하면 되잖아."

"이젠 못해."

"왜?"

"다 타버렸어."

"그런 게 어딨어." 효주는 울먹한 음성으로 칭얼거렸다.

"그냥 그래."

"엄마가 죽어서 그래?"

"……."

"다 되돌리면 되잖아. 되돌려서 어, 엄마도 살리면 되잖아."

"그럴 수 없어."

"왜? 왜?"

"효주야." 해도는 다 꺼져가는 듯한 양초처럼, 바람에 잦아드는 쇠잔한 목소리로 대답했다. "……네 엄마를 구할 수 없었어. 내가 버렸거든."

"엄마를 버렸어?"

"그래."

"왜?"

"무서웠어."

"뭐가?"

"같이 불행해지는 게."

"그랬구나."

"무서워서 버렸어. 아무리 되돌려도 그 사실은 사라지지 않아."

"엄마를 사랑했어?"

"아주 많이."

"그럼 되돌려."

"되돌려 봤자 달라지는 것이 없어. 몇 번을 다시 살아도. 되살아나도…… 불행한 삶이 반복될 뿐이야."

"불행하면 안 되는 거야?"

"아마도."

"엄마는 불행했어?"

"……잘 모르겠어."

"아저씨는 불행해?"

"……그것도 잘 모르겠네."

"엄마를 살려줘. 엄마가 불쌍해."

"……."

"엄마를 불행하게 죽게 하지 마. 이렇게 끝내지 마."

"효주야. 나는, 아빠는……" 해도는 이승에서의 마지막 호흡을 느꼈다. 그에게 깃들어 있던 마지막 생명이 빠져나가려고 하고 있었다. 남아 있던 모든 말을 최후의 날숨에 실어야 했다. 그렇게 말해야만 했다.

"널 사랑해."

"엄마를 살려줘." 효주는 단호하게 말했다. 방금 여왕이 된 소녀가 최초의 칙령을 내리듯이. "엄마를 살려줘. 엄마는 그렇게 죽으면 안 됐어. 나는 상관없어."

말할 수도 볼 수도 없는 해도의 영혼에, 그녀의 마지막 목소리가 메아리쳤다.

"그게 **사랑한다**는 거잖아. 아빠."

아빠. 아빠. 아빠. 아빠. 아빠. 아빠. 아빠.

해도는 그녀가 하염없이 외치는 소리를 듣는다. 파동이 벽에 부딪힌다. 계속해서 부딪힌다.

이윽고 모든 것이 무너져내리고 다시 세워진다. 추락하는 동시에 솟아오른다. 아득해지면서 선명해진다. 사그라

들면서 환히 타오른다. 끝없이 소멸하면서 영원히 탄생한다.

그는 초월한다.

1

 끔찍이도 더운 여름날이었다. 푹푹 찌는 듯한 열기가 운전석 시트의 꿉꿉한 냄새와 섞여 서로 스멀댔다. 그는 차 유리를 빽빽 두드리는 소리에 눈꺼풀을 푸르르 떨었다.

 ……, ……까?

 창밖에서 누군가가 말을 걸고 있었다. 깜빡하고 잠든 사람을 깨우듯이, 손바닥으로 차창을 툭툭 때리면서. 쑤석거리며 잠긴 문 손잡이를 몇 차례 당겼다 놓으면서.

 ……? ……세요!

 핸들에 기대고 있던 머리가 땀에 미끌려 고꾸라졌다. 고개가 아래로 튕긴 그는 스르르 눈을 떴다. 시각은 가로로, 세로로, 내처 방향 없이 흔들리고 번졌다. 온 주변이

습기 찬 유리에 가린 듯 모호해 보였다. 해도는 매우 독한 술에 곯아떨어졌던 사람처럼, 뒷머리가 얼얼할 정도로 깊은 잠에 빠져 있었던 사람처럼, 좀처럼 의식을 가눌 수 없어 몸을 들썩거렸다.

……려요! ……어봐요.

그는 머리를 차 문 안쪽으로 퍽 소리가 나게끔 기댔다. 누군가 문을 두드리는 곳, 입을 열어 말하고 있는 곳으로 상체가 기울었다. 이마께에 맺혀 있던 땀방울들이 목줄기를 타고 오소소 흘렀다. 지독한 열감이었다. 폭발하기 직전의 분화구 속에 앉아 있는 것 같았다. 맹인처럼 보이지 않는 곳을 마구 더듬었다. 검지와 중지의 마지막 마디에 손잡이가 걸려왔다. 해도는 그것을 당겼다. 있는 힘껏 당겼다.

일순간 몸이 확 기울었다. 그는 문이 열리자마자 무게중심을 잃고, 상체부터 아스팔트 바닥으로 곤두박질하듯 넘어졌다.

"아이쿠, 이런!" 머리 위에서 목소리가 들렸다. 중후한 남자의 음성이었다. "괜찮습니까? 괜찮아요?"

"어후, 차 안에 열기가 장난이 아닌데……" 다른 젊은 남자의 목소리였다.

"이러니까 젊은 총각이 기절을 하지." 나이깨나 있는 아주머니의 목소리였다. "에어컨 안 틀고 뭘 한 거야. 고장이라도 났나?"

"고장 났겠죠. 안 그랬으면 쓰러질 때까지 그냥 있었겠어요?"

"저기요, 아저씨! 정신 좀 차려보세요. 내 말 들립니까? 들리면 대답해 보세요."

중후한 목소리의 남자가 땀에 범벅이 된 해도의 머리를 아스팔트에서 받쳐 들었다. 해도는 가슴께에서부터 아주 깊은 한숨을 내뱉었다. 목구멍이 델 것처럼 뜨거운 숨결이었다. 숨을 씨근거리자 죽다가 살아난 사람들이 으레 내는 쇳소리가 났다. 그는 사레가 들린 듯 몇 번을 거칠게 쿨럭이고 나서 말했다.

"……들려요."

"아."

이른 오후의 태양을 가리고 섰던 사람들이 일제히 탄성을 내질렀다. 그가 정신을 아주 잃어버리지 않아서 다행이라는 듯이. 이 더운 날에 뭣 하러 그렇게 쓰러져 있느냐는 듯이.

"저, 총각. 이걸로 땀 좀 닦아요. 물도 좀 마시고."

아주머니가 자기 차에서 가져온 수건과 생수병을 내밀었다. 해도는 탈진한 와중에 짧은 감사 인사를 하고, 그녀가 시키는 대로 땀을 닦고 생수를 마셨다. 맑은 물 한 모금이 꿀꺽거리며 목구멍으로 넘어가는 느낌에 의식이 한층 또렷해졌다.

알이 뾰족한 선글라스를 낀 그녀는 해도가 차를 멈춘 곳 뒤에서 상황을 보고 있었다고 했다.

"가뜩이나 차도 막히는데 이게 뭔가 했지…… 그래도 다시 일어나서 천만다행이에요. 지금 여기서 졸도하면 병원차도 못 와. 도로 한복판에 헬기를 띄울 거야, 어쩔 거야? 하늘이 도왔어."

해도는 열어놓은 운전석 차 문 밖으로 다리를 내놓고 앉았다. 살짝 기울어 있는 오후의 태양이 도로를 굽고 있었다. 수천 대의 차량은 영문도 모른채 정체 구간에 갇혔고, 당장은 걸어가느니만도 못한 속도로 찔끔거리며 나아가고 있었다. 그 와중에 해도가 차선 하나를 막고 선 바람에 비상등을 켠 차들이 양쪽 차선으로 비켜 가느라 애를 먹었다. 원해서 이렇게 된 것은 아니지만 미안한 마음이 드는 것은 별수 없었다.

멈춰선 차선 뒤쪽에서부터 어깨가 단단해 보이는 젊은 남자가 걸어 나왔다. 그는 해도의 차 옆에 묵직하게 큰 가방 같은 것을 툭 내려놓고 나서 말했다.

"저, 괜찮으시면 본네트 한번 열어보실래요? 이게 점퍼가 좀 오래되기는 했는데……."

세 번의 시도 만에 계기판의 불이 켜졌다. 해도는 엄동설한에 차가 퍼졌다는 말은 들어보았어도, 더위 때문에 배터리가 방전될 수 있다는 사실은 전혀 몰랐다.

"날씨가 오죽 더워야죠." 남자는 해도의 차 배터리에 연결했던 케이블을 집어 빼면서 말했다. "그래도 시동이 걸려서 다행입니다. 아까보다 차도 좀 빠진 것 같고요."

"그래도 한참은 가야 할 텐데, 이 날씨에 에어컨이 고장 나서 어떡해요?" 중년의 남자가 말했다.

"총각, 어디까지 운전해요?" 아주머니가 물었다.

"수원이요." 해도는 대답했다. "아마도……."

"아마도는 뭐야? 수원이면 그렇게 멀지는 않네."

"얼음팩이라도 있으면 하나 줬을 텐데, 참."

"운전을 할 수 있겠어요?"

"집이든 어디든 가서 빨리 쉬는 게 좋죠. 얼른 들어가요."

"창문을 좀 열고 가세요. 덥다고 닫고 있으면 차 내부가 사우나처럼 돼요."

"차선을 아예 저 끝에 붙이고 가라고. 그러다가 쓰러질 것 같다 싶으면 갓길에 대놓고 바람이라도 쐬고 가라고요."

"이제 가볼게요. 조심히 가세요."

"다들 수고했습니다. 그나마 별일 없어서 다행이네."

"하이고, 다행이야. 천만다행이야."

"안녕히 가세요."

해도는 끝까지 내려놓은 운전석 창문 너머로 꾸벅 고개를 숙였다. 기어를 아래로 꺾고, 브레이크 페달에서 발을 떼자 차바퀴가 굴러가기 시작했다.

끔찍이도 더운 여름날이었다. 해는 아직도 머리 위에 걸려 있었고, 꾸물거리는 차들의 뒷면으로 후미등이 잇따라 꺼졌다가 켜지기를 반복했다. 활짝 열어놓은 차창으로 후덥지근한 바람이 불어 이마를 때렸다. 축축한 등줄기는 마르지 않았다. 수원으로 가는 길은 여전히 멀고 뜨거웠다. 해도는 뜨겁게 달은 핸들에 손을 가져다 댔다. 아주 조금, 차가 앞으로 갔다.

2

 수원역에서 그리 멀지 않은 곳의, 크지도 작지도 않은 병원에 엄마는 입원해 있었다. 환자 네 명이 함께 쓰는 중환자실이었다. 간호사는 해도가 환자의 아들이라는 사실을 듣자마자 의사를 호출했다.

 "뇌졸중입니다."

 의사는 결론부터 짧게 말했다. 이전에도 여러 번 쓰러진 적이 있으셨다고 들었다. 상황은 어느 때보다 좋지 않다. 뇌압이 계속해서 상승하고 있다. 지주막하출혈은 특히나 예후가 나쁘다. 출혈이 계속되는 중이다. 아마도 오늘 밤을 넘기지 못할 것이다.

 해도는 멍멍하게 서서 그 말들을 듣고, 까닭 없이 미안하다고 하는 의사에게 고개를 마주 숙인 다음 병실에 들어섰다.

그녀는 못 보던 사이에 체구가 더 작아진 것 같았다. 병상 옆에 돌멩이 같은 얼굴의 한 남자가 서 있었다. 그녀의 내연남이었다. 땅딸막하게 작은 키에 피부가 가무잡잡했고, 눈썹으로부터 입으로 떨어지는 얼굴의 구성요소들이 촌스럽게 부리부리한 남자였다. 해도는 그와 짧은 인사를 나누고 그의 옆에 나란히 서서 엄마를 내려보았다.

그녀. 먼바다에서 남편을 잃고, 젊은 나이에 과부가 되었던 그녀. 어린 아들의 손을 잡고 방방곡곡을 헤맸던 그녀. 그에게 술과 담배를 사 오게 시키고, 이웃 아줌마의 돈을 훔치다 걸리고, 자식의 첫 애완동물을 내버리고, 전화로 끙끙 앓는 소리를 내며 돈을 요구하던 그녀. 끝내는 어느 공사판 노동자와 사랑에 빠져, 환갑이 머잖은 나이에 재혼을 꿈꾸던 그녀가 거기에 누워 있었다. 머리 안쪽으로 터져 흐르는 피에 속수무책으로 당하고 있었다. 해도는 헐거운 환자복 차림의 엄마에게서 생명이 빠져나오는 모습을, 그녀의 몸과 영혼이 서서히 기능을 정지하는 모습을 지켜보았다.

다음 날 새벽 다섯 시 삼십삼 분에 엄마는 사망했다. 해도는 의사가 작성한 사망진단서를 받아들고, 시신이 장례식장으로 운구되는 것을 보고 난 다음 건물 뒤편의 나무 테라스로 나왔다. 그녀의 돌멩이 같은 내연남도 따라 나왔다. 발을 디딜 때마다 목재 바닥이 삐거덕거렸다.

해뜨기 전의 스산하고 검푸른 하늘에서 가랑비가 소리 없이 내리고 있었다. 수원 시내의 건물 숲이 물기에 젖은 모습을 희미하게 드러냈다. 이따금 요란해지는 실외기 소리 때문에 분위기는 우중충했다.

간밤부터 내내 말이 없던 남자가 주머니에서 담뱃갑을 꺼내 들었다. 해도는 그가 내미는 담배를 정중한 손짓으로 거절했다.

"왜요. 담배 안 태웁니까?"

"아뇨. 그건 아닌데." 해도는 객쩍은 투로 대답했다. "캡슐이 들어간 건 안 피워서요."

"아, 그래요."

남자는 그렇게 말하고 나서 해도에게 내밀었던 담뱃갑을 도로 집어넣었다. 그리고 다른 쪽 주머니에서 비닐이 구겨진 담뱃갑 하나를 다시 꺼냈다. 그는 아예 두 개비를 빼서 나머지 하나를 해도의 손에 쥐여주었다. 디스 플러

스였다.

"나도 그렇습니다."

남자는 능숙한 동작으로 자기 담배에 불을 붙인 다음, 해도가 꼬나 물은 담배 끝에도 라이터 불꽃을 대주었다. 연기가 폐에 들어차자 코 안 쪽에서 비릿하고 매캐한 냄새가 났다. 해도가 일했던 공사현장에서는 누구나 그런 비릿한 담배를 피웠다.

"방금 건 엄마가 피우던 건가요?" 해도가 물었다.

"예." 남자가 대답했다. 입에서 나온 연기가 부슬거리는 빗발 사이로 흩어졌다. "한사코 저한테 맡기고 다녔었지요. 나한테 받아서 피우는 게 제일 좋다고."

"원래는 에쎄였어요."

"맞아요. 바꾼 지 얼마 안 됐습니다."

"그래요?" 해도는 필터를 깊게 빨아 마셨다. 담배 끝부분이 진홍색 불빛으로 환해졌다가 유유히 잦아들었다. "지긋지긋할 정도로 많이 사다 줬었는데."

내리는 빗살이 안쪽으로 부는 바람을 타고 들이쳤다. 건물 그늘에 서 있던 두 사람의 신발 앞코가 가볍게 젖었다. 두 남자의 코와 입에서 하얀 연기가 굴뚝처럼 피어올랐다.

"다 알면서 사랑했어요." 남자는 축축하게 젖은 목소리로 말했다. "내가 바보 같아 보이죠?"

"전혀요." 해도가 대답했다.

두 남자는 사흘 동안 말없이 빈소를 지켰다. 엄마의 남편도, 친척도 아닌 그 돌멩이 같은 남자는 엄마의 시신을 발인해 화장터로 이동할 즈음에 홀연히 자취를 감췄다. 해도는 엄마의 시신이 화장터로 들어가 고운 뼛가루로 변하고, 정해진 장례절차가 모두 끝났을 때가 돼서 그 남자가 모든 비용을 치르고 떠났음을 알았다.

이튿날 광교산에 올라 뼛가루를 뿌렸다. 부연 잿더미가 바람이 부는 방향으로 흩어져 사라졌다. 산을 오르내리는 데만 아침나절이 꼬박 걸렸다. 해도가 시간을 들여 아주 천천히 가루를 흩었다. 한 줌 먼지가 된 그녀가 사라지는 데 몇 분이 채 걸리지 않았다.

그는 하산한 곳 근처의 분식집에서 김밥 한 줄을 시켜 먹다가, 산을 오르기 전 별 뜻 없이 샀던 로또 번호를 확인해 보았다. 맞는 게 하나도 없었다. 분식집 주방에서 반찬 그릇 떨어지는 소리가 요란하게 울렸다.

3

 해가 지고 밤이 깊을 때까지 수원 시내를 정처 없이 걸었다. 수백 년이 지난 성곽과 도시 가운데로 흘러드는 하천, 셔터가 내려진 캄캄한 시장통을 지나 중앙역으로 이어지는 큰 도로로 접어들었다. 로데오 거리는 불야성을 이루고 있었다. 휘황찬란한 간판들, 네온사인들, 고기 굽는 가게들이 토해내는 연기, 튀김 냄새들, 비도 오지 않았는데 젖어 있는 거리들, 피부 위에 용과 잉어가 뛰노는 남자들, 손등으로 한쪽 팔꿈치를 받치고 선 채 담배를 태우고 있는 여자들, 뒷골목을 어슬렁거리는 남루한 행색의 노인들.

 그런 수원 어딘가에 그녀가 살고 있을지도 몰랐다. 정

확한 위치나 시기는 알 수 없지만, 해도는 도연이가 자신과 같은 하늘 아래 살아 있다는 사실만큼은 기억하고 있었다. 지금쯤 무엇을 하고 있을까. 잠자리에 누워 자기와는 맞지 않는 직장을 그만둘 궁리를 하고 있을 수도, 어깨가 드러나는 옷을 입은 채 배 나온 아저씨들에게 술을 따라주고 있을 수도 있었다.

모든 가능성이 열려 있었다. 해도는 당장 수원 전역에 있는 모든 원룸을 쥐잡듯이 뒤질 수도 있었다. 헤아릴 엄두가 나지 않을 만큼 수많은 방들이 있겠지만, 무한한 것은 아니다. 아냐라는 가명을 쓰는 술집 여자를 수소문하는 방법은 좀 더 쉬울 것이었다. 하지만 그녀를 찾아서, 만나서, 뭘 어떻게 하겠다는 말인가.

해도는 도연을 구원할 수 없었다. 그녀와 함께 단란한 가정을 이루고, 아이를 낳아 행복해지는 통속한 결말은 떠올릴 수도 없으되 그럴 수도 없었다. 세계는 어떻게든 흘러갈 수 있었지만, 최후에 맞을 파멸과 슬픔의 크기는 정해져 있었다. 혁명과 전쟁 그리고 죽음. 미래는 벌써 오래된 꿈처럼 가물거렸지만, 어쨌거나 심판은 예정되어 있다. 해도는 묵시록적 세계 한가운데에 던져져 있었다.

안온한 만큼 시끌벅적한 도시의 보행자 도로 위에 그가

쓰러졌다. 주어진 기능 그 이상의 것을 시도하려다 돌연 작동을 멈춘 기계장치처럼.

육체적 고통은 신체가 보내는 이상 신호라고 한다. 쓰라리게 아픈 느낌으로 베인 손가락을, 턱을 찌르고 드는 신경통으로 충치를 실감하듯이. 해도는 난데없이 정신을 잃고 실신하는 사건을 통해 머릿속 종양의 존재를 지각했다. 정체를 알 수 없는 그의 암 덩이는 오직 그러한 형태로만 고통을 주었다. 길가에 아무렇게나 쓰러져 있는 그는 의로운 시민의 신고를 통해 응급환자로 실려 가기도 하고, 때로는 인사불성의 주취자로 분류돼 관할 경찰서에서 눈을 뜨기도 했다.

그때마다 해도는 옷에 묻은 먼지를 털며 일어나 밖으로 나왔다. 병원의 간호사들이며 경찰서의 근무자들은 낯 한번 붉히지 않고 아무렇지 않게 나가는 그를 얼떨떨하게 쳐다보았다.

단지 그는 혼란해하고 있었다. 이미 무수하게 반복되었던 인생 속에서, 종양은 이 같은 신호를 보내온 적이 거의 없었다. 머릿속에 종양 같은 것이 있었다는 사실도 까맣게 잊고 있었을 정도다. 맞아, 나한테 이런 게 있었지, 하지만 왜 이제 와서…… 그렇게 되뇌며 건물을 나온 해도는 방향 없이 아무 곳으로나 걸었다.

뜻하지 않은 때와 장소에서 의식의 연속성을 잃는다는 것, 삶 속에 아무렇게나 내던져진 듯한 기분으로 매번 다시 시작해야 한다는 것은 도리가 없는 고통이었다. 어느 장난기 많은 아이가 수시로 머릿속을 휘젓고 노는 것 같다. 그곳의 두꺼비집을 수시로 내리는 것이 그 아이의 가장 큰 즐거움일까. 한순간 집 안의 모든 불빛이 꺼지고, 생명력을 갖고 움직이던 것들은 죽은 듯이 멈춘다. 악의가 없는 아이는 포복절도하며 웃을 것이다. 그것은 삶으로부터의 비웃음처럼 느껴진다. 상상 속의 웃음소리가 즉물적인 고통으로 전이되어 온다. 이러한 고통까지도 그의 몸이 보내는 신호라고 한다면.

해도는 그 신호로부터 무엇을 감지하고 깨달아야 할지를 몰라 괴로워했다. 다만 그는 신이라는 것이, 이 모든 것들 뒤에 은닉하고 있는 그것이 천진한 꼬마아이 같다는 생각이 들었다. 악의 없이 두꺼비집을 내리고 올리는 아이. 그저 재미로 모든 걸 무너트리고, 다시 지어 올리며 웃음을 터트리는 아이. 어른은 삶을 지나치게 진지한 것으로 생각한 나머지 아이들의 순진무구함에 깊은 상처를 입는 것이다.

 스스로 멈출 수 없는 고통에 대해 인간이 으레 그러하듯이, 해도는 종양과 그것이 일으키는 고통에 서서히 삶을 적응시켜 나갔다. 언제부턴가 그는 가슴께에 앞주머니가 달린 셔츠만 입고 다녔다. 주머니에는 언제나 삐죽 튀어나온 메모를 꽂아두었다.
 〈머릿속에 악성종양이 있습니다. 때와 장소에 관계없이 쓰러져 정신을 잃지만 곧 돌아옵니다. 사람이 다니지 않는 곳으로 옮겨주세요. 감사합니다.〉
 바깥 활동은 가급적 자제했다. 일은 최대한 집에서 할 수 있는 것으로 바꿨다. 수입은 줄었지만 쓰는 데가 없었으므로 돈이 남았다. 집에서 혼자 쓰러지고 눈을 뜨는 일을 반복하면서 의식불명이 되는 원리에 대해서도 조금은 알게 되었다.
 요컨대 해도는 어떤 일에 마음을 너무 쓰거나, 극심한 스트레스에 시달리거나, 무언가를 무리해서 해버리는 일이 있을 때 더 자주 졸도했다. 말하자면 그의 뇌는 내용연수가 한참 지난 장기 같아서, 극도로 세심한 관리 없이는 사용할 수 없는 상태에 이르러 있었다. 반대로 말해서 그것은 '신경만 잘 쓰면' 그럭저럭 살아갈 수 있다는 것을 의미했다. 지금의 해도에게는 그 사실만이 중요하게 느껴졌다. 살아 있다는 것, 어떻게든 살아갈 방법이 있다는 것, 그렇게 해서 해야 할 일이 남아 있다는 것.

얼마간의 칩거 생활 동안 해도는 자신이 해야 할 일들에 대해, 그 일들을 어떻게 할 것인지에 대해 생각했다. 할 수 있는지 없는지에 대해서는 조금도 생각하지 않았다. 어차피 할 수밖에 없는 일이었다. 거창하게 느껴지는 일을 시작할 때의 고양감이나, 그것을 다 해낸 뒤에 찾아올 보람이며 성취감에 대한 기대가 그에게는 없었다. 그런 것들에 의해 일어나기에 해도는 너무 오래 살았다. 다만 살아갈 수밖에 없는 삶이 남아 있을 때, 운명이 탈출할 수 없는 물리적 중력을 띠고 찾아올 때, 그는 일어나야 할 때를 알았고 결국 그렇게 했다.

마침내 문밖에 선 그에게는 해야 할 일들이 있었다. 모든 것이 해상도를 최대로 높인 이미지처럼 선명했다. 그 일들을 하기 위해서는 조력자가 필요했다. 유능하고 신뢰할 수 있으며 구구절절한 설명을 필요로 하지 않는 인물.

뇌리 어딘가에 스냅사진처럼 찍혀 있던 메일주소 하나가 떠올랐다. 해도는 용건과 목적을 적은 소략한 메일을 한 통 써서 그 주소로 보냈다. 아침나절에 쓴 메일은 점심시간이 채 지나기도 전에 답신이 왔다.

〈이 메일주소를 어떻게 알고 있는지 소명할 것. 한 시간 내로 답신하지 않을 시 필요한 조치를 취하겠음.〉

제목이 없는 메일이었다.

4

 해도는 받은 메일에 답장을 쓸 겨를도 없었고, 구태여 발신인을 찾아갈 필요도 없었다. 상대 쪽이 먼저 해도를 찾아냈기 때문이었다. 메일이 보내진 장소를 역추적하고, 발신인의 신상정보와 휴대전화번호를 파악하고, 외부와 연락할 수 있는 수단을 차단한 다음 해도의 집에 숨어들기까지 몇 시간이 채 걸리지 않는 인물. 해도가 지선이라고 생각했던 그 사람은 젊고 건장한 성인 남성의 모습으로 나타나, 집 안에 들어선 해도의 머리에 총구를 겨누고 말했다.

"한 시간 내로 답신하라고 했잖아."

해도는 양손을 들어 저항할 의지가 없음을 보였다. 그

럼에도 남자는 손에 든 총을 거둬들이지도 않고, 조금도 흐트러지거나 누그러지지 않은 말투로 몇 개의 질문을 이어갔다. 당신은 누구인가. 무엇을 하는 인간인가. 메일 주소는 어떻게 알았나. 메일에 쓴 내용은 어떻게 알게 되었나.

해도는 착실하게 묻는 말에만 대답했다. 까딱 잘못하면 자신의 머리가 날아갈 수도 있다는 것, 태연히 그런 일을 하고도 수습할 능력이 그 남자에게 있다는 것을 그는 눈치껏 알았다. 침착하고 명확하게. 사실 그대로 말하는 것만이 상책이었다. 하지만 그렇게 하면 할수록, 그가 내놓은 답변에 꼬리에 꼬리를 무는 질문이 이어질수록, 얼굴도 보이지 않는 그 남자의 눈이 흔들리고 있음을 해도는 느꼈다.

평일 오전이었다. 집 근처 학교에서 수업시간을 알리는 종소리가 들려왔고, 짧은 정적이 이어졌다. 남자는 총을 쥔 손에 불끈 힘을 주면서 마지막 질문을 던졌다. 지금 한 말을 나더러 믿으란 겁니까.

이지적으로 선명한 얼굴선에 시원하게 뻗은 눈썹과 코허리가 인상적인 청년이었다. 키는 위아래로 커서 호리호

리했고, 눈구멍과 볼에 패여 있는 듯한 그늘이 있어 어딘지 초췌한 느낌을 줬다. 자신을 지석이라는 이름으로 소개한 그 젊은 요원은 해도가 아직 열댓 살밖에 되지 않은 지선에게 메일을 보냈다는 점, 그 새침데기 같은 자신의 여동생이 내전 도중 죽게 될 자신의 메일주소를 썼다는 점에 특히 황당해하면서 머잖아 전쟁이 일어나 자신이 죽게 되는 것에 대해서는 전혀 놀라지 않았다.

"그건 놀랍지 않습니다. 언젠가 사람은 죽게 돼 있으니까요." 하고 아무렇지 않게 대답했다. 가문을 대표하는 스칼라이자 시간관리국의 정예요원으로서, 지석은 죽음이 늘 지근거리에 있다고 생각하며 사는 사람이었다. 그가 걱정하는 것은 자신의 죽음이 아니라 가족과 동생들의 안위였다. 그 자신에게 뛰어난 미래탐지 능력이 있음에도 불구하고, 지석은 스스로 비극을 피하지 못했다는 것보다 세계와 가족 그리고 사랑하는 이들이 겪을 고통에 큰 충격을 받았다.

"그렇지만 정말 이상하네요." 지석은 손가락 몇 개로 자신의 이마를 툭툭 건드리면서 말했다. "텐서와 스칼라의 존재를 알고 있는 이상, 당신이 무언가에 연관돼 있다는 것은 알겠어요. 그런데 정해도 씨, 당신이 텐서라는 주장은 믿어지지가 않습니다. 아니, 믿을 수 없어요."

해도는 그 이유가 자신의 옆에서도 미래를 볼 수 있기 때문인지 물었다. 지석은 고개를 저었다.

"아뇨. 이미 우리는 텐서를 발견했어요. 한 달 전쯤에. 나디라Nadira라는 여자아이예요. 인도네시아 자바섬에 사는 열여덟 살짜리 여자애인데, 불과 얼마 전에 자신의 능력을 깨달은 뒤로 뻔질나게 시간을 되돌리고 있어요. 빌리 아일리시나 올리비아 로드리고, 로제 같은 팝스타가 되겠다고요. 시간관리국에서 파악한 바로는 영 쉽지 않을 거라는 예상인데…… 그래도 언젠가 어떻게든 되겠죠. 텐서니까. 시간을 되돌릴 힘이 있으니까. 얼마 안 가 세계는 마돈나를 뛰어넘는 팝의 여왕을 맞이하겠죠. 그런 꿈은 나쁘지 않다고 생각합니다. 세상을 멸망시킨다거나, 많은 사람들을 죽게 만드는 일이 아니니까요. 그저 세상으로부터 사랑받고 싶은 거죠. 모든 사람들이 자기한테 관심을 가져줬으면 좋겠고, 잘 봐줬으면 좋겠고. 그런 게 그 나이 때 여자아이들이 하는 생각이니까. 나쁘다거나 철없다고 할 것이 아니라는 생각을 했습니다. 단순하게 보면 나디라는 게 탄 셈이죠. 그런데 인류 전체의 시간을 짊어진 게라고나 할까. 얼마나 행운아예요. 자신의 꿈을 이룰 수 있는 무한하고 확정적인 기회를 얻었으니까…… 근데 어쩌다가 이런 얘기를 하고 있었죠? 방금 건 완전한 기밀 사항인데. 아, 그러네요. 맞아요. 당신이 텐서였다는 말을 하고 있었습니다."

5

 같은 시간, 동일한 시대에 텐서가 두 명 이상 존재할 수 없다는 것이 시간관리국의 입장이었다. 적어도 그들이 알고 있는 바에 의하면 그랬다. 인류는 동시에 두 명의 텐서를 가진 적이 없었다. 한 명의 텐서가 소멸하면 세계 어딘가에서 새로운 텐서가 나타난다. 그 말인즉 텐서가 살아 있는 한에서는 다른 텐서가 등장할 수 없다는 이야기이기도 했다. 시간관리국이 파악한 나디라의 존재가 해도의 주장을 반증하고 있는 셈이었다.

 그러나 지석은 해도를 거짓말쟁이라고는 여기지 않았다.

 "시간관리국에서 일하면서 알게 된 것이 있어요. 우리가 알고 있는 건 이런 일이 일어나고 있다는 사실밖에 없다는 거죠. 언제, 어디서, 어떻게, 왜 일어나는지에 대해서는 여전히 아는 것이 거의 없어요."

따라서 전례 없는 일, 기존의 생각과 다른 사건이 일어난다고 해도 이해하지 못할 것은 없다는 게 그의 개인적인 입장이었다. 그런 지석의 생각에는 일리가 없지 않았다. 그런 만큼 이해할 만한 수준의 새로운 논리를 만드는 데에도 그는 재주가 있었다.

다 큰 남자 둘이 앉아 있는 것만으로도 비좁게 느껴지는 단칸방이었다. 지석은 그곳에서 몇 시간이나 죽치고 앉아 골똘히 생각한 끝에 다음과 같은 결론을 냈다.

태초에 이런 일, 그러니까 평범한 인간들 가운데 텐서와 스칼라가 생겨나는 현상이 일어났을 때에는 어떠한 힘이 작용했을 것이다. 힘이라고 해야 할지, 의지라고 해야 할지, 정 모호하게 생각된다면 그것을 신이라고 생각해도 좋다.

어쨌거나 그러한 현상이 실제로 일어나고 있는 이상, 그것을 이끄는 모종의 섭리가 있음은 부정할 수 없다. 그러한 섭리 속에서 텐서는 한 시대에 한 명만 존재하는 것으로 '관측되어 왔다'. 하지만 해도가 거짓말을 하고 있는 것이 아니라면, 조직이 파악한 현상에 적어도 하나의 오류가 있다는 셈이 된다. 사실은 동시기에 시간을 돌릴 수 있는 능력을 가진 사람이 두 명 이상 존재할 수 있거나, 그러한 존재가 반드시 죽음을 맞이해야만 그다음 텐서가 나타나는 게 아닐지도 모른다.

"아마도 후자겠죠." 지석은 일어선 채로 천장이 낮은 방을 배회하면서, 전등에 머리가 부딪칠 뻔한 것을 몇 번이나 숙이고 피해가며 말했다. "당신이 말한 바에 따르면요. 세계가 반쯤 멸망하고, 당신은 시간을 되돌리는 능력을 잃었다고 생각했고, 섬에서 그 죽은 여자의 딸과 같이 살았습니다. 그러다가 최후라고 생각한 순간 이 시대로 시간을 되돌렸다고 했잖아요. 어쩌면 그것이 텐서로서의 마지막 에너지였을지도 몰라요. 텐서가 시간을 되돌리는 데에도 어떠한 에너지를 필요로 한다면. 그 에너지를 다 소진한 순간 비로소 새로운 텐서가 나타나는 거죠. 자연의 섭리, 법칙, 신, 뭐 그런 것들의 관점에서 봤을 때, 정해도라는 인간은 이미 죽은 것이나 다름없는 겁니다. 원리상으로는 더는 존재하지 않는 사람이기 때문에, 세상에 새로운 텐서가 나타나더라도 아무런 오류가 없게 되는 거죠. 어차피 지금은 시간을 되돌리지 못하고 있잖습니까. 시간을 되돌릴 수 없다면, 텐서가 아닌 거예요. 단순한 이야기입니다."

해도는 그가 한 말들을 천천히, 속으로 되새김질을 하듯 곰곰이 생각해 보았다. 그의 논리는 타당할 뿐 아니라 일목요연했다.

텐서가 아니다. 애써 반박할 필요도 없었다. 해도로서도 텐서로서의 자신은 오래전에 끝났다고, 죽었다고 생각하고 있었다. 세상이 그를 죽어 사라진 존재라고 인식한다고 해서, 새로운 텐서가 나타났다고 해서 억울해할 필요도 없었다. 그 역시 나디라가 꿈을 이룰 수 있었으면 좋겠다고 생각했다. 해도의 유일한 문제는 앞으로 어떻게 할 것인가에 대한 것이었다. 그리고 그것에 대해 생각할 무렵 해도는 의식을 잃고 쓰러졌다.

지석은 줄곧 앉아 있던 자리에서 그를 응시하고 있었다. 창밖에 만발하던 해가 이울은 것, 앞주머니에 꽂아두었던 쪽지가 테이블 위에 잘 보이게끔 놓여 있는 것을 빼면 변한 것이 없었다. 두 시간이 사라졌을 뿐이다. 공연히 괜찮냐고 묻지 않는 지석의 태도로부터 해도는 말 없는 배려를 느꼈다. 정체를 드러낼 수 없는 비밀조직의 요원. 차가운 신분에 따뜻한 심장을 가진 사람. 새삼스럽게 그가 지선의 친오빠라는 사실을 상기했다.

"앞으로는 신중해야겠네요." 지석은 마주 앉은 사람이 쓰러지기는커녕, 자신과 내내 대화하고 있었던 것처럼 자연스럽게 말을 이어갔다. "이제는 실수를 없던 일로 할 수도 없고, 죽어도 살아날 수가 없을 테니까. 텐서가 아닌 평범한 사람의 삶이란 원래 그런 거니까요. 그래도 살다 보면 어느 순간 적응하게 되겠죠."

해도는 말없이 앉아 있었다. 방 안의 유일한 창문은 남쪽으로 살짝 기운 서쪽으로 나 있었다. 방구석 모서리에 해 질 녘 하늘의 낙조가 새어들어 오렌지색 광선을 세로 그었다.

"당신이 어떻게 살아갈지 저도 궁금합니다. 텐서가 아닌 사람이 텐서가 되었을 때 일어나는 일에 대해서는 자주 들었지만, 그 반대는 들어본 적이 없거든요. 그래도 너무 걱정 마세요. 어떻게든 살아갈 수 있을 테니까."

"살아가는 것에 대해서는 걱정하지 않아요." 해도가 말했다.

"그럼 뭘 걱정하는데요?"

"해야 할 일이 있습니다. 살아 있는 동안에……."

6

 시간관리국은 새롭게 발견된 텐서의 존재에 모든 촉각을 기울이고 있었고, 이미 텐서로서의 존재의미를 상실한 그를 신경 쓸 이유는 없었다. 해도가 자신을 이전 세계의 텐서라고 주장하며, 근미래에 일어날 혁명으로 세계가 파멸한다는 사실을 경고한다고 해봤자 믿어줄 턱도 없었다.

 때문에 해도가 받게 된 도움은 전적으로 지석 개인의 호의와 판단 그리고 그가 가진 능력들로부터 나왔다고 할 수 있었다. 그는 해도의 존재와 신분을 철저하게 은닉해 주었고, 자신에게 연락할 수 있는 보안 회선도 제공해 주었다.

 "꼭 필요할 때만 연락해 주세요. 저도 한가한 사람은 아니니까……."

그렇게 덧붙여 놓았던 지석은 해도가 좀체 연락을 해오지 않는 바람에 노심초사했다. 혼자서 무리한 일을 하려다 픽 쓰러지지나 않았는지, 그러다 어디서 문득 객사해 버린 것은 아닌지 궁금해 그 몰래 행적을 추적해 보기도 했다.

해도는 느리게 나아가고 있었다. 당장에 사는 데 필요한 돈을 마련하고, 어딘가에 바쁘게 전화를 걸고, 수화기 너머의 누군가와 대화하고, 쓰러졌다 일어나고, 서류를 준비해 밖으로 나가고, 진득하게 앉아 정보를 탐색하고, 몸이 더 병들지 않도록 움직이고, 이른 시간에 잠자리에 들었다. 그의 일상 속에서 보이는 사소한 말과 행동, 반복되는 작업들 모두가 하나의 목적을 위해 빈틈없이 꾸려져 있음을 본 지석은 안심했다. 해도는 길을 잃지도, 해야 할 일을 잊지도 않았던 것이다. 단지 그는 몸을 수그리고 있었다. 흐르는 시간과 엄존하는 세계 앞에서. 전능한 신의 눈에 띄지 않으면서 뜻을 이룰 수 있도록.

때가 되면 지석에게도 연락이 올 것이었다. 그때는 해도를 위해 미래를 귀띔해 주겠다고 그는 생각했다. 분명 그렇게 할 필요가 있었다. 지나치게 멀리 보는 해도는 코앞의 미래를 가늠하지 못할 테니까. 그래서 그가 필요했다. 수억 광년 떨어진 별을 좇느라 땅밑의 구렁텅이에 빠지지 않게끔.

그가 바라보는 하늘. 그가 구원하려는 세계. 그것은 무한정 시간을 되돌아 갈 수 있는 능력을 갖고서 역사상 최고의 팝스타가 되고자 하는 것보다는 시시하고 별 볼 일 없었다. 그러나 그 세계에는 중력이 있었다. 개별적 현상으로서만 감지되는 시공간의 왜곡, 마음의 질량이 우주를 구부려 만든 힘. 지석은 그 힘에 이끌려 들었다. 그런 건 처음이었다. 가족이 아닌 누군가를 위해 미래를 보고 싶다고 생각한 것은.

지석은 때때로 해도를 위해 미래를 살펴주었다. 해도가 미처 마음을 먹기도 전에 그가 먼저 연락하는 일도 있었다. 놀라울 정도로 정확하게, 필요한 타이밍에 걸려오는 지석의 연락은 해도가 때를 준비하는 데 없어선 안 될 큰 도움이 되었다.

지석이 가진 재능은 동생인 지선보다도 뛰어났다. 그렇게 대단한 예지능력을 가진 지석이 내전에서 덧없이 목숨을 잃었다는 사실이 해도는 믿기지 않았다. 그만한 능력이라면 총탄이 빗발치는 곳, 폭탄이 떨어질 만한 곳, 적습이 들이닥치게 될 곳을 예감하고 피해 다니는 것쯤은 일도 아니었을 텐데.

만일 지석이 저 혼자 살아남고자 했다면 어땠을까. 그는 전쟁통에 죽지 않는 것을 넘어 자연적인 수명이 끝나기 전까지 불멸할 수도 있었을 것이다. 여생 동안 돌부리에 발이 걸리거나 티끌에 살이 긁히는 일도 없었을 것이고, 생채기 하나 없는 깨끗한 몸으로 곱게 늙어 관에 들어갈 수도 있었을 것이다. 지석이 그렇게 하지 못했던 이유는 약점이 있었기 때문이다. 인간은 사랑함으로써 스스로 약점을 만든다. 제아무리 뛰어난 사람도 예외가 아니다. 지석은 보고도 피하지 못하고, 알고도 도망치지 못했을 것이다. 세상에 아직 사랑하는 것이 남아 있었기 때문에. 세상에 사랑하는 것이 남아 있다면, 그것이 존재하고 있는 세상까지도 얼마쯤 사랑할 수밖에 없기 때문에. 그 같은 사랑이 자기 자신만을 챙기고 생각하려는 이기적인 본능을 단호히 거부하기 때문에.

특출나게 태어난 사람, 어떤 일을 하게끔 태어난 듯한 사람이 덧없이 죽기 위해서는 사랑이 있어야 했다. 단단하게 버티는 자신을 무겁게 짓누르고, 뭉개고, 으깨버릴 만큼 커다란 사랑이 있어야 했다. 해도는 지석의 능력에 감탄하지 않았다. 그런 능력에도 불구하고 그를 죽을 수밖에 없게 만들었던, 그가 가진 사랑의 크기에 감탄했다. 어쩌면 해도가 진실로 이해받고 도움을 얻을 수 있었던 것조차도 그에게 그러한 사랑이 있음으로써 가능한 일일지 몰랐다.

그러므로 해도는 사랑에 감사했다. 지석이 그에게 말했던 것들. 자연과 섭리, 물리적인 법칙 또는 신이라 불리는 것을 해도는 믿지 않았다. 그는 사랑을 믿었다.

한 여자를 사랑했다. 실제로 일어난 일은 그뿐이었다. 언젠가 그가 떠나보냈던 여자. 세상으로부터 외면받았던 여자. 아름답지도 않고, 똑똑하지도 않고, 순결하거나 돈이 많거나 고귀하지도 않은 여자. 이제는 그를 사랑하지도 않는 여자. 자신의 존재를 기억하지도 못할 그 여자를 그는 사랑했다. 아직도 사랑하고 있었다. 감히 헤아릴 수도 없는 시간이 지나갔음에도.

사랑하지 않을 방법이 없었다. 오히려 그녀의 불행과 그녀가 살아갈 수밖에 없을 이 세상까지도 그는 사랑하게 되었다. 이 불가피한 사랑, 어쩔 도리 없는 사랑의 양감에 비하면.

해도가 도연을 위해 할 수 있는 일은 거의 없는 것이나 다름없었다. 그는 그녀를 행복하게 해줄 수 없었고, 그녀의 삶을 대신 살아줄 수도 없었다. 도연이 고아로 태어나는 것을, 그녀의 의지와 관계없이 입양되는 것을, 그 집에서 상처받고 욕보여지는 것을, 세상으로부터 배신당하는 것을, 자신으로부터 또다시 버려지는 것을 막을 수 없었다. 세상에는 수만 번, 수억 번 시간을 되돌아가도 어쩔 수 없는 일이 있었다.

하물며 해도는 도연이 술집 여자가 되는 것조차 막을 수 없었다. 그가 할 수 있었던 일은 마약에 노출되거나, 머나먼 외국으로 팔려갈 일이 없는 다른 술집의 여자가 되도록 하는 것이 고작이었다. 그것으로 도연은 느닷없이 임신하지도, 마취된 상태로 러시아에 실려 가지도 않을 수 있었지만, 여전히 헤픈 웃음을 짓고 술을 따르며 때때로 몸을 파는 여자로 살 수밖에 없었다. 그것이 그녀의 선택이었다.

나 아닌 다른 사람을 구원할 수 있다는 생각은 오만하다. 그걸 알기까지 정말 지긋지긋하게도 살았다. 이제 보니 그가 구원할 수 있는 유일한 것은 그녀의 불행뿐이었다.

그녀가 기꺼이 고통받고, 슬퍼하고, 불행해하면서 살아갈 수밖에 없는, 가증스러운 세계 그 자체였다.

7

당신이 아직도 그렇게 헛된 희망을 품고 있다니 통탄스럽습니다. 자본주의의 전일적 지배는 갈수록 교묘해지고, 철저해지고 있습니다. 그것은 우리가 가진 고유한 인간성을 억압하는 데서 그치지 않습니다. 아무리 강력한 억압도 언젠가는 거센 저항과 반동적 움직임에 부딪히기 때문입니다. 이제 그것은 압제자가 아니라 협상자의 모습으로 다가옵니다. 그러나 그들이 우리에게 주려는 것은 자유의 모조품입니다. 사람들이 스스로 팔과 다리에 착용하게 만드는 족쇄입니다. 이 사회에서 자본이 하는 역할이란 전적으로 그러한 종류의 기망에 종사하는 것입니다.

그런데도 당신은 협상이 극적으로 타결되었다는 말

합니까. 그것은 당의 지도부로서 해야 할 말이 아닙니다. 내가 당신을 노사협의체에 참여하도록 허락한 것은 실제로 사측과 협상하라는 의미가 아니었습니다. 나는 협상을 거부하고, 그것의 존재를 부정하라는 뜻으로 당신을 파견한 것이었습니다. 아마도 의견을 전달하는 과정에서 중대한 오해가 있었던 것으로 보입니다. 그런 데서까지 당신의 책임을 묻지는 않겠습니다. 지금 내가 있는 카잔에서 그곳 하바롭스크는 수천 킬로미터나 떨어져 있으니까요. 당의 지령이 왜곡되기에는 충분한 거리입니다. 그런 점을 미처 헤아리지 못한 나의 불찰입니다. 진심으로 그렇게 생각합니다.

자본에 대한 우리 당의 입장은 명확합니다. 그것이 해체되고 분해되어 사라져야 한다는 것입니다. 구소련의 경우처럼 껍데기에 불과한, 상징적이기만한 해체가 아닙니다. 우리가 목표하는 것은 자본의 본질적인 해체이고, 자본 지향적으로 전이된 관념 세계로부터의 탈출입니다.

자본이 '축적된 노동'이라는 점은 익히 들어 알고 있겠지요. 우리가 돈이라고 부르는 것, 그것은 상품화되어 교환가치를 지니게 된 노동입니다. 따라서 자본주의 치하에서의 인간이란 유사 이래 누적되어 온 과거의 노동에 의해 지배받고 있는 셈입니다. 우리가 자본을 위해 일하며 하루하루를 살아간다는 것, 그것은 한없이 과거에 예속되어 살아가고 있다는 것을 의미합니다.

몇 년 전 내가 떠나온 극동의 작은 나라, 한국에 대해서 이야기하지 않을 수 없겠습니다. 지난 세기 이데올로기로 인한 전쟁을 겪고 폐허가 되었던 한국은 수십 년 만에 선진국 수준의 경제 규모를 달성했습니다. 그러나 오늘날 대다수의 한국인들은 가난합니다. 내가 그들을 가난하다고 말하는 것은 정신적인 궁핍 때문입니다. 과거의 노동에 종속된 한국인들은 한때는 인간다운 삶과 정의, 영혼과 정신을 위해 싸웠습니다. 그러나 이제는 상속세와 투기자산 그리고 자신의 빈곤을 감추는 일로밖에 싸우지 않습니다. 과거의 노동이 영락한 삶을 약속해 주므로 오늘의 열심은 천대받습니다. 현재의 노동이 아무리 분투해 보았자, 과거의 퇴적물인 자본의 횡포 앞에서는 무력하기 때문입니다. 그래서 한국인들은 연예인을 추앙하고, 복권 당첨자를 부러워하며, 일하지 않고 누릴 수 있는 삶을 갈망하면서 그렇게 사는 타인을 시샘하고 질투합니다. 새로운 것을 해내기보다 남의 것을 빼앗는 데 혈안이 되어 있습니다. 한국의 근대사는 자본의 축적성이 인간성을 절멸시키는 과정을 적나라하게 보여줍니다.

수렵과 채집으로 인구를 부양하는 한 원시 부족을 머릿속에 떠올려 보시기 바랍니다. 이 부족이 생산하는 '부'는 사냥과 재배의 결과물, 즉 고기와 채소에 근거합니다. 그러나 어느 순간부터 잉여 생산물이 발생합니다. 욕심 많은 몇몇 사람이 자신의 사유재산을 주장하고, 그것을 거래하기 위해 자본이 개발됩니다. 자본은 결코 자연적인 것이 아닙니다. 그것은 과거의 노동을 통해 현재, 나아가 미래의 부를 획득하려는 탐욕에 의해 인공적으로 만들어진 것입니다. 해변에서 주운 조개껍질에서 시작해, 누런색으로 빛나는 광물과 고인의 얼굴이 그려진 종잇조각에 이르기까지. 자연상태의 인간은 그런 것들에 가치를 부여할 줄 모릅니다. 오직 자본주의사회에서 태어나 자란 인간들만이 그렇게 합니다. 자본이란 그런 것입니다. 부족 공동의 노동인 수렵과 채집에 참여하지 않고도 부를 얻고자 하는, 천부적인 이기주의자와 게으름뱅이들의 발명품입니다. 세대가 거듭하면서 게으름뱅이들은 그저 자본을 거래하는 것만으로도 부를 얻습니다. 그것을 알게 된 다른 부족원들 역시 더는 열심히 사냥하거나 재배하려 하지 않습니다. 고기와 채소의 생산량을 유지하기 위해 물가가 오릅니다. 자본가들은 오르는 물가를 방어하기 위해 타 부족을 침략해 노예를 들이거나, 미련하게 일밖에 할 줄 모르는 근처 부족 사람들을 이민자로 받아들입니다. 그러나 그들 역시 두어 세대가 지나면 부를 추앙하고, 노동을 멸시하는 태도를 갖게 됩니다. 이 원시 부족에게 일어난 일이 바로 자본주의 국가들에게서 똑같이 일어나고 있는 것입니다.

자본주의는 체제화된 탐욕입니다. 그것은 본인이 도저히 소화할 수 없는 많은 양의 음식들을 끝없이 집어삼키게 하는 질병입니다. 그 병은 배가 터져 위장과 창자가 흘러나올 때까지, 출혈이 계속돼 죽음에 이를 때까지도 먹는 것을 스스로 멈추지 못하게 합니다. 자본주의는 그것을 더 많은 자본이 해결할 수 있다고 변명합니다. 그건 마약중독으로 삶이 망가진 사람에게 더 많은 마약을 투여해 문제를 해결할 수 있다는 논리와 동일합니다. 정상이 아닙니다.

금융화되고 고도화된 자본주의는 길어야 한두 세기 동안만 작동할 뿐입니다. 인류 스스로 통제할 수 없는 체제, 그 자신을 노예로 만들고 자발적으로 착취하게 하는 체제가 그렇게나 오래 유지될 수 있었다는 것에 나는 놀라곤 합니다. 어쩌면 그것은 우리들 인간이 칼로 살을 찢는 고통이 두려워, 상처가 뼛속까지 곪을 때까지 내버려 두는 겁쟁이나 다름없었기 때문일지도 모릅니다. 어쩌면 당신처럼 타협을 통해, 새로운 계약의 체결을 통해 문제를 개선할 수 있다고 착각하는 사람들이 대부분이어서일지도 모르겠습니다.

다시 한번 말하겠습니다. 자본은 과거의 것입니다. 이미 죽고 없는 이들의 노동이 눈덩이처럼 불어 땅과 건물과 금융자산과 사회자본을 형성해 온 것입니다. 오늘날 살아 있는 사람들은 그것의 일부나마 얻어보려고 안간힘을 쓰며 살고 있습니다. 과거가 현재를, 죽은 것이 산 것을 지배하고 있는 셈입니다. 우리 당은 정부나 기업, 형편없는 졸부들에게서 자본을 빼앗아 나누고자 하는 것이 아닙니다. '과거가 현재와 미래를 지배할 수 있다'는 절대적으로 낡고 위험한 관념체계와 대결하고 있는 것입니다.

그럼에도 당신은 노사협의체에서, 하바롭스크의 철도청에서 조합이 요구하는 노동조건을 수용했다고 보고합니까. 그것으로 늙고 병든 노동자들의 처우가 개선되었다고 기뻐합니까. 그것이 당신이 아끼고 사랑하는 사람들을 위해 할 수 있는 전부라고 생각합니까.

나라면 그러지 않았을 것입니다.

그러나 내가 당의 비공식적인 자문위원장으로서 당신에게 직접적으로 할 만한 조치는 없을 것입니다. 나는 작금의 상황으로 인해 개인적인 실망과 슬픔을 느끼고 있을 뿐이고, 그것에 대해 명확히 해두고자 하는 마음으로 서신을 작성합니다. 이후 하바롭스크 지부장으로 있는 당신의 직무에 어떤 변화가 있다 하더라도 그것은 당 차원에서의 전략적 조정으로 인한 것이지 저의 의견이 개입된 결과는 아닐 것입니다.

존경을 담아
적색당 최고자문위원장
안드레이 산

8

 벌써 사흘째 잠을 자지 못했다. 산은 신경이 몹시 곤두선 상태로 창밖을 보고 있었다. 눈에 덮인 카잔 시내가 한눈에 들어오는 사무실이었다. 탁 트인 전망에도 불구하고 머리가 뜨겁고 현기증이 났다. 모든 걸 수면 부족 탓으로 돌릴 수는 없었다. 상황이 좋지 않았다.

 러시아 전역의 당협에서 노동쟁의가 실패했다는 보고가 이어지고 있었다. 총파업은 대부분 성사되지 않거나 아주 작은 규모의 소요만 일으켰다가 끝나고 말았다. 러시아 하류계층에 뿌리 깊게 박혀 있는 노동운동의 조류, 생디칼리슴을 자극해 당의 영향력을 확대하고 거국적인 공산주의 혁명으로 연결시키겠다는 그의 계획은 치밀했다.

전 지역의 당협위원장이 만장일치로 총파업 계획에 찬성했다. 빈틈없이 작성된 혁명 매뉴얼이 모든 지부에, 지체 없이 하달되었을 것이다. 그의 계산대로라면 지금쯤 크렘린궁을 무력으로 점거하고 프롤레타리아 독재체제가 임시수립되었음을 선언하고 있었어야 했다. 산이 본 무수한 데자뷔, 감각 가능한 미래들은 모두 그러한 미래를 향해 설계되고 이행되었다. 더구나 그는 이 모든 계획들이 아주 오래전에, 이미 성취된 적이 있었다는 어렴풋한 느낌마저 갖고 있었다. 그런데.

며칠 동안 그가 받은 연락은 과반수의 노동자들이 파업을 거부했으며, 나아가 몇몇 당협위원장들이 허울뿐인 노사협의에 찬동했다는 당최 이해할 수 없는 보고들밖에 없었다. 노동조합 내부의 프락치들에게 그가 전달한 조건은 실현 불가능한 것이었다. 그것은 턱없이 낮은 총 임금의 이백 퍼센트 인상, 일일 근무시간의 제한과 주4일제의 전면적인 보장, 최소한의 안전조치가 취해지지 않은 가혹 환경에서의 업무거부권처럼 지극히 당연한 것들에 지나지 않았으나, 그간 러시아 노동자들이 받아온 처우나 기업들의 태도로 보건대 하루아침에 성사될 가능성은 없는 것이나 마찬가지였다. 자본주의사회가 어디 그런 사회였던가?

정당한 요구를 한다고 해서 다 들어주는 사회였던가?

그런데 그렇게 돼버린 것이다. 하류층과 중앙아시아계 이민자들로 구성된 노동자들을 인간으로도 취급하지 않던 기업들이, 최근 일주일 사이에 태도를 싹 바꿔서는 조합이 내건 조건을 모두 수용하겠다고 나섰던 것이다. 협상에만 그친 것이 아니라 당장에 노동자 처우가 개선된 작업장들도 더러 있다는 모양이었다. 그것은 좋지 않았다. 노동자들은 눈앞의 조건이 나아졌다는 것만으로도 만족하고, 마땅히 분노해야 할 일에도 의지를 상실해 버리기 때문에. 심지어 그들은 정말로 나아지지 않은 경우에도, 단지 나아질 수 있음을 확인하고 희망을 갖는 것만으로도 그렇게 되고 말았다. 조삼모사, 코앞의 도토리 네 개에 만족해 버리는 원숭이들…….

산은 배움이 짧은 하류층 노동자들이 어떠한 족속들인지 잘 알고 있었다. 그래서 이 어처구니없는 전개에 화도 낼 수 없었다. 그조차도 이 체제하의 기업들이, 자본주의라는 종합적 악덕의 요체들이 그런 정당한 조건을 갑작스레 수용할 줄은 예상하지 못했다. 관측범위를 벗어난 곳에서 일어나는 이런 돌발적 사건에는 도무지 대책이 없었다.

그러나 이런 종류의 사건들이 아무렇지 않게, 단순한

우연의 연속으로 일어나는 법이 없다는 것을 산은 알았다. 이것은 황당한 해프닝이 아니라 역사적 사건이었다. 러시아 정부는 노동자들의 요구가 이토록 극적이고 평화로운 방식으로 수용된 것을 기념해 국경일을 제정해야 할 판이었다. 조잡한 뒷공작이나 사소한 배신 따위로 일어날 만한 이변이 아니었다. 이것은 그가 미처 알지 못하는 정치적 맞수에 의한 저지여야만 했다. 그럴 수밖에 없었다. 그는 우연을 믿지 않으니까.

산이 갈망하는 것은 노동자들의 처우 개선이나 점진적인 부의 재분배처럼 뜨뜻미지근한 변화가 아니었다. 그런 변화들은 지나치게 말초적이고, 그렇게 말초적이라는 점에서 똑같은 상황이 지속되는 것보다 더 나빴다.

그가 원하는 것은 혁명이었고, 기존 체제의 완전한 전복이었으며, 균열을 넘어서는 완전한 깨어짐이었다. 새로 태어나기 위해서는 일단 죽어야 한다. 다시 짓기 위해서는 이미 있던 것들을 깡그리 무너트려야 한다. 산이 원하는 것은 온 세계의 창조적 파괴였다. 악의가 아닌 순수한 선의로, 거룩할 정도의 정의감으로 그렇게 하고자 했다.

그런데 그것을 방해하려는 자가 지금 등장했다. 깨어짐과 무너짐에, 죽음에 완강히 거부하는 자가 나타나 보이지 않는 곳에서 그의 계획을 일그러트리고 훼방을 놓았다. 그의 대적자가 나타난 것이다.

혼자 있는 사무실에서 산은 머리를 헝클어트리고 앉아 있다. 집요하게 밀려오는 잠에 저항하고, 희미한 기시감에 정신을 집중시킨다. 머리가 한층 더 뜨거워지다가 새하얗게 질린다. 그는 차분한 얼굴로 다음에 해야 할 일을 생각하지만, 당분간 그자와 만나게 될 미래가 보이지 않아 미간을 찌푸린다.

9

 "다들 여기 계셨었네요." 젊은 여직원이 사내 카페에서 만난 다른 직원들에게 인사했다. "식사는 하셨어요?"

 "아, 안녕하세요. 저희 다같이 방금 막 먹고 오는 길이에요." 인사를 받은 직원들이 살갑게 미소지었다. 인사성 바르고 붙임성도 좋은 여직원은 같은 부서 직원 모두에게 이쁨을 받고 있었다.

 "여기 좀 앉으세요." 다른 직원이 옆에 있던 카페 의자를 꺼내주며 선뜻 말했다.

 "감사합니다. 무슨 얘기들 하고 계셨어요?"

 "무슨 얘기는요. 요즘 통 볼 게 없다는 얘기나 하고 있었어요."

"드라마도 영화도 볼 게 있어야지. 다 그 나물에 그 밥이라니까."

"아아, 그러셨군요." 젊은 여직원은 손에 들고 있던 아이스 커피를 한 모금 마시고 나서 말을 이었다. "저는 얼마 전에 다큐멘터리 같은 걸 하나 봤었는데……."

"무슨 다큐멘터리?"

"아, 무슨 종교 관련한 거였어요. 사이비종교 얘기인데, 혹시 국제교라고 들어보셨어요?"

"아아. 그거? 나도 얼마 전에 친구가 봤다 그래서 찜 목록에 넣어놨었는데."

"뭐야, 다큐멘터리라고? 국제교 얘기를 다룬 거야?" 나잇살이 있는 다른 직원이 물었다.

"네. 혹시 좀 알고 계신가요?"

"알고 있냐고? 알고 있다 뿐이겠어? 몇 년 전에 내 사촌동생이 거기 빠져가지고 집안에 난리가 났었잖아."

"진짜요? 그런 일이 있었어요?"

"애가 대학교 졸업하고 나서, 어디 취직도 안 하고 계속 밖에 싸돌아다니더래. 처음에는 면접이라도 다니나 보다, 대외활동이라도 하나보다 생각을 했었는데, 알고 보니까 국제교에 홀려가지고 집안 돈을 훔쳐서 갖다 바치고 있었다는 것 아니야. 그때 숙부가 빵꾸 났다는 돈만 해도……."

"아니, 정말이라니까요. 이게, 저는 지나가면서 몇 번 이름만 들어보고 그런 게 있나 보다 정도로 생각을 했었는데. 진짜 주변에 숨겨진 신자들이 많다고 하더라고요. 그렇게 큰 종교인 줄도 몰랐어요. 진짜 생각보다 규모가 대단해서……."

"그래? 걔네가 그 정도란 말이야?" 다른 여자 직원이 되물었다.

"그러니까 그, 저희가 알고 있는 회사나 언론사 중에도……. 아, 이건 제가 말할 게 아니라 다큐를 직접 봐야 돼요. 요즘 볼 거 없으시면 그거 한번 보세요. 이런 것도 보고 알아야 조심도 할 수 있잖아요."

그 무렵 한국은 스트리밍 서비스를 통해 공개된 한 다큐멘터리 시리즈로 시끌벅적했다. 그것은 국내에서 내로라하는 탐사 전문 프로듀서들이 취재팀을 꾸려 세계적인 사이비종교인 국제교의 실태를 폭로하는 내용으로, 총 삼부작에 걸쳐 공개되었다.

사람들은 일편에서 한국 근현대사로 거슬러 오르는 국

제교의 역사와 창시자 반명선의 행적에 신기해했고, 이편에서 국제교가 상당수 지분을 차명으로 갖고 있는 학교와 기업들의 목록이며 그것들이 한국 사회에 알음알음 미치고 있는 영향력에 놀랐으며, 삼편에서 교주의 의문스러운 죽음과 그의 후계자 자리를 놓고 벌어진 자녀들의 암투를 엿본 뒤 충격을 받았다. 이 모든 영화 같은 일들이 실제로 벌어진 사건이라는 것에, 현재진행형으로 일어나고 있다는 사실에 대중은 전율했다.

국제교는 법원에 방영금지 가처분을 신청하는 서류를 제출했지만, 곧 기각당했다. 사이비종교의 비정상성을 고발하는 공익적 목적을 인정한다는 재판부의 판단 때문이었다. 방송계의 호사가들, 시류에 편승하는 개인 콘텐츠 제작자들까지 국제교 관련 주제에 뛰어들면서 사태는 더 커졌다. 국제교와 관련한 주제는 한동안 거의 모든 사람들의 구설에 올랐다. 직장 내 휴게실에서, 주말 오후의 미용실에서, 고등학교 동창들끼리 오랜만에 만난 술자리와 일가친척이 모인 계곡 캠핑장에서조차 국제교에 관한 이야기가 안부처럼 오고 갔다.

다큐멘터리 삼부작 가운데 가장 많은 사람들의 흥미를

끈 것은 마지막 편이었다. 교주 반명선의 손녀뻘 되는 마지막 아내, 그녀에게서 나왔다는 막내아들 반길산의 홀연한 행적은 시리즈 전체의 하이라이트였다. 어린 나이에 어머니를 여의고 위탁가정에서 자라며, 국내 최고의 대학을 졸업하고 유학까지 다녀온 그는 어느 순간부터 행방이 묘연해졌던 것이다. 공식적으로는 러시아 체류 중 일어난 전쟁에 휘말려 목숨을 잃었다고 되어 있었지만, 교단 내에서는 반길산이 후계자 다툼에 휘말려 암살당했다는 설이 공공연하게 퍼져 있었다. 이미 오래전 그의 어머니가 난데없는 실족사로 목숨을 잃었던 것처럼.

그러나 취재진에게 한 익명의 제보자가 나타나면서 모든 가설이 뒤집혔다. 자신을 '만포'라는 가명으로 소개한 이 제보자는 '반길산은 죽지 않고 살아 있으며, 지난 몇 년 동안 극동 러시아를 중심으로 정치적 세력을 키워 국가전복을 꾀하고 있다'는 충격적 선언을 시작으로, 취재진이 국제교 특집다큐 제작을 결정하게 만든 핵심제보 몇 건을 메일을 통해 보내왔다는 것이다.

제작위원회는 사정상 '만포'가 제보한 사실 전부를 대중에게 공개할 수는 없지만, 실제 취재진이 조사하여 사실로 드러난 부분이나 높은 확률로 들어맞을 수 있는 가설을 제시했다. 그것은 반길산이 교주 반명선과 후계자 자리를 노리던 다른 자녀들을 숙청한 진짜 배후이며, 지금 국제교를 표면적으로 이끌고 있는 배다른 형조차도 그의 꼭두각시에 불과하다는 것이었다.

만일 '만포'의 제보가 사실이라면, 반길산은 멀쩡하게 살아 전쟁 중인 러시아에서 준동하며 국제교에서 나오는 어마어마한 자본을 바탕으로 반자본주의 혁명을 꾀하고 있어야 했다. 그는 새롭게 수립될 소련 정부의 '빅 브러더'가 되어 자본주의 진영 전체에 핵폭탄을 투하하고 세계 문명의 질서를 재편성하겠다는 음모를 가지고 있기 때문이다.

취재진은 주요 제보자인 '만포'에게 얼마쯤의 과대망상증이 관찰된다는 점을 순순히 인정했다. 그러면서도 그의 제보 전체가 아주 근거 없는 이야기로만 채워져 있는 것은 아니며, 적어도 반길산이 살아서 러시아 내에 거주하고 있다는 사실만큼은 확인할 수 있었다는 것으로 일차적인 결론을 내렸다. 그리고 이에 대한 증거로서 '안드레이'라는 이름을 쓰는 한국계 남자가 카잔의 어느 건물에 들어가는 영상을 공개하고, 그 영상에 나타난 남자가 교단에 남아 있던 반길산의 마지막 사진과 꼭 빼닮아 있다는 것을 제시하며 다큐 시리즈를 마무리했다.

ㅡ과연 이 영상에 찍힌 안드레이는 반명선의 막내아들 반길산과 동일인물일까? 만약 그렇다면 그가 전쟁 중인 러시아에서 체류하며 몰래 활동하고 있는 이유는 무엇일까? 그에 대한 정보를 제공한 익명의 제보자 '만포'는 그와 어떤 관계이며, 어떤 이유로 제보를 하게 된 것일까? 진실은 저 너머에, 우리가 갈 수 없는 먼 압록강 이북에 갇혀 있는 것처럼 보인다. 화면 암전. 엔딩 크레딧. 총괄 프로듀서의 이름과 주요 취재진들의 명단. 그 외 도움 주신 분들. 협력사 로고들.

10

 이윽고 만포가 죽음에 이르렀을 때에도 산의 분노는 수그러들지 않았다. 그는 만포에게 직접적으로 책임을 물은 적이 없고, 실제로는 말 한마디 꺼내지 않았다.

 다만 산이 노기가 가득한 표정으로, 그 집채만한 남자를 집무실 한가운데에 불러세웠을 때. 만포는 평소의 그답지 않게 긴장한 티가 역력했다. 긴 땀 줄기가 목 뒤로 흘러내리고 있었으며, 몇 번이나 변명이라든지 핑계를 늘어놓으려다가 산의 손짓에 입을 다물었다.

 사실이 아닙니다, 누군가의 모략입니다, 산은 그런 빤한 말을 듣겠다고 만포를 불러세운 것이 아니었다. 그는 테이블 서랍에서 막 꺼낸 콜트 파이슨을 이리저리 돌려보고, 약실을 꺼내 탄약이 잘 재어 있는지 확인해 본 다음, 공이치기를 꽉 잡아당겨 장전한 상태로 만포의 손에 쥐여 주었다. 그는 친히 방아쇠에 집게손가락을 붙여주기까지 했다.

만포의 그 손가락에 모든 것이 걸려 있었다. 그는 산의 이러한 행동이 어떤 의미인지를 잘 알았다. 말하지 않아도 주인의 뜻을 헤아릴 줄 아는, 고도로 훈련된 충견 같은 부하가 만포였다. 이제껏 산의 명령을 따라 수없이 많은 정적들을 해쳤던 그는 마지막 명령을 받았다. 이것은 그에게 내려진 임무 중에서 가장 단순한 것이었다. 그는 자기 자신조차 눈치챌 수 없을 만큼 짧은 순간 동안 공포에 떨었다. 산이 총을 쥐여주고 나서 그가 뜸을 들인 시간은 불과 몇 초도 되지 않았다. 만포는 총구를 제 옆머리에 갖다 대자마자 방아쇠를 당겼다.

산은 밖에서 대기하고 있던 부하를 호출해 주검을 치우도록 했다. 만포의 육중한 시신을 옮기기 위해 세 명의 부하가 동원되었다. 급격하게 온기를 잃어가는 그의 몸 일부가 집무실 바닥에 끌려 눅진한 핏자국을 남기고 갔다.

더럽고 끔찍하고 구역질 나는 광경이었다. 그런 건 두 번 다시 보고 싶지 않았다. 그렇지만 방금 내 앞에서 스스로 목숨을 끊은 이 남자, 만포는 여태까지 나의 명령 하에 이런 살풍경한 모습을 얼마나 자주 봐왔을 것인가. 그런 생각에 이르자 산에게는 후회라는 감정이 생겼다.

그는 방금 같은 일이 일어나기 전에, 만포에게 총을 쥐여주기 전에 이미 보았다. 그 덩치 큰 짐승 같은 남자가 일말의 주저함도 없이 제 머리를 날려버리는 미래를 보았다. 그것으로 그의 결백은 증명된 것이나 다름없었다. 그럼에도 산은 만류하지 않았다. 쥐여주었던 총을 빼앗아서, 그만하면 됐다는 말과 함께 서랍 속에 되돌려놓지 않았다. 얼마든지 그렇게 할 수 있었는데도.

산은 알고 있었다. 만포가 잘못한 것은 아무것도 없었다. 앞으로 얼마나 많은 부하를 수중에 거느리게 된다고 해도 만포만큼 강하고 충성스러운 오른팔은 얻을 수 없을 것이었다. 그런데도 왜 그가 죽어가는 것을 말리지 않았나? 다 알고 있었으면서도.

마음이 내키지 않았을 뿐이다. 그것이 산의 머리를 깨트릴 듯이 아프게 했다. 마음이라는 것. 뒤늦게 후회가 밀려들었다. 그를 죽게 하지 말았어야 했어. 좋은 녀석이었는데. 내가 시키면 시키는 대로 다 했지. 마지막 순간까지 그렇게 했어. 시간을 조금만 되돌릴 수 있다면. 총 같은 건 주지 않았을 거야. 아. 넌 여기서 죽어선 안 되는 놈이었는데.

 그러나 시간은 되돌아가지 않는다.

11

 문제는 파나마에서 찍어낸 위조달러를 유통하기가 쉽지 않다는 것이었다. 짓다 만 교회는 도시에서 차로 한 시간 넘게 떨어진 열대우림 사이에 숨겨져 있었다. 현지 경찰은 물론 근처 촌락 사람들도 좀처럼 발을 들이지 않는 장소. 그런 곳에 왜 아버지가 교회를 지으려 했는지는 알 수 없었지만, 불법 조폐공장으로 개조해 쓰기에는 최적의 조건이었다.

 전 세계에서 가장 영향력 있는 화폐인 달러는 오직 미국 내에서만 생산된다. 워싱턴D.C와 텍사스주 포트워스에 조폐공장이 있다. 자본주의가 작동하는 지구상의 모든 나라들은 이 두 공장에서 쉴 새 없이 찍어내는 초록색 종이의 영향을 받아 부유해지기도 하고 가난해지기도 하는 것이다.

한편 텍사스는 미국에서 국제교의 영향력이 가장 큰 지역이었다. 포트워스는 미 남부에서 가장 큰 교회가 위치한 도시였고, 그 교회의 신자 한 명이 달러 인쇄 공장의 요직을 맡고 있었던 것도 산에게는 행운이었다. 그는 내용연수 초과로 폐기될 예정이었던 조폐설비 일부를 기꺼이 국제교에 헌납했다.

그렇게 빼돌린 기계에 막대한 돈을 들여 차린 설비들, 그 설비들이 들어찬 공장이 육안은 물론 전문가조차 분간할 수 없는 완벽한 화폐를 찍어냈다. 엄밀히 말해 그것은 위조라고 할 수도 없었다. 그는 처음부터 일반 화폐와 완전히 동일한 것을 만든다고 생각하고 있었다. 자본주의를 무너트리기 위해서는 자본의 개념을 무너트려야 하기 때문에.

산은 이곳에서부터 시작해 전 세계에 화폐공장을 차릴 작정이었다. 그렇게 조, 경, 해에 달하는 화폐를 쉴 새 없이 찍어내다 보면, 자본주의의 총아인 달러와 화폐경제에 대한 신뢰가 무너지면, 그것이야말로 내부에서부터 세계를 무너트리는 혁명이 될 것이었다. 문제는 그가 처음부터 지나치게 많은 달러를 찍어냈다는 것이었고, 파나마 외곽에서 그 막대한 지폐 더미들을 은밀히 옮기고 유통시키는 것에서부터 물리적 한계에 부딪혔다는 것이다. 그리고, '바다'가 나타났다.

러시아어로 '바다вода'는 물을 의미한다. 누군지는 몰라도, 바다는 그 이름 그대로 산을 물먹이고 있었다. 가상화폐 해킹을 위해 차린 사무실을 엉망진창으로 만들고, 차명으로 빼돌린 해외 자산들을 동결시키고, 가는 나라마다 국제경찰의 수배령을 내려 그를 쫓기는 신세로 전락시켰다. 어쩌면 혁명이 목전에 있었던 러시아에서 총파업을 저지하고, 그 염병할 다큐멘터리를 만드는 데 결정적인 제보를 하고, 그로 하여금 만포를 자결하게 만든 장본인도 그놈일지 몰랐다. 아마도 그럴 것이다. 그런데 산이 그에 대해 알고 있는 것은 '바다'라는 가명밖에는 없었다.

정말이지 이름밖에는 몰랐다. 바다는 그 이름으로 산의 모든 계획을 헝클어트리고 무너트렸다. 마치 산이 무엇을 생각하고 꾸미고 있는지 다 알고 있는 것처럼.

그런데 어떻게 그럴 수 있지? 산은 생각했다. 바다는 다 알고 있는 것 같아. 어쩌면 내가 미래를 볼 수 있다는 것까지도.

 아니야. 그 정도가 아닐지도 몰라. 바다는 나보다 더 먼 미래를 보고 있는 것일 수도 있어. 그렇다고 하면 모든 게 맞아떨어지지. 하루를 내다보는 사람은 이틀이나 사흘을 내다보는 사람을 이길 수 없으니까. 하지만 그렇다면, 정말로 그렇다면 나는 어떻게 해야 한단 말인가. 놈은 이런 외딴곳의 교회까지 나를 쫓아왔는데.

 화마에 휩싸인 교회는 늦은 오후가 될 때까지 계속해서 타올랐다. 너댓 명에 불과했던 현지인 일꾼들은 애저녁에 돈다발을 챙겨 도망쳤다. 오직 산만이 맹렬히 불타오르는 달러들을 등지고 서서, 교회 돌기둥 뒤에서 상황을 살피고 있을 바다를 향해 외쳤다.
 "바다!"
 "……."
 "그래. 거기 있는 것 다 알아." 교회와 수억 원어치 달러 뭉치가 타는 소리, 그 이글거리는 소리와 거의 분간이 되지 않는 목소리로 산이 말했다. "대답할 필요 없어. 나오지 않아도 돼. 어차피 내가 이렇게 말할 것도 알고 있었겠지?"

바다는 대답하지 않는다.

"너는 미래를 내다볼 수 있어. 나도 알고 있지. 네가 알고 있는 것과 똑같이 알아. 그런데 내가 정말 알 수 없는 건, 왜 나한테 **이렇게까지** 하느냐는 거야. 무슨 이유로……"

바다는 대답하지 않는다.

"내 사상에, 비전에 동의하지 않을 수도 있어. 그런 건 아무렇지도 않아. 어차피 내 말을 제대로 이해하는 사람은 거의 없으니까. 세상에서 단 한 명, 나 혼자만이 정답을 알고 있는 기분을 느껴본 적이 있나? 나는 한평생을 그런 고독 속에서 살아왔어. 이해받지 못하는 느낌은 익숙해. 그런데 이건 좀 아니야."

바다는 여전히 대답하지 않는다.

"내가 하는 짓을 막고 싶었으면 그냥 날 죽여버렸어야지. 그럴 기회가 얼마든지 있었잖아. 특히 너한테는…… 왜 날 죽이지 않고 이렇게 괴롭히나? 어차피 나는 살고 싶었던 적이 단 한 번도 없었어. 이렇게 태어나고 싶지도 않았어. 내가 지금껏 하려고 했던 일은 그저 태어났기 때문에, 살아 있기 때문에 한 것에 불과해. 나는 죽음이 두렵지 않아. 죽음보다 두려운 것은 이 형편없는 세상, 가증스러울 만큼 껍데기로 가득한 세상, 인간성을 말살하고 사랑을 짓이기는 세상에서 무력하게 고통받는 사람들을 보는 일이야. 차라리 죽어서 그 꼴을 안 볼 수 있다면 감사천만이지."

바다는 아직도 대답하지 않는다.

"그러니까 날 좀 죽여줘. 계속해서 나 같은 사람을 좌절시키고, 고꾸라트리고, 바닥에 처박으면서 네가 얻는 게 뭐야? 어떤 종류의 화풀이인가? 있잖아, 화풀이는 나 같은 개인에게 해서 될 것이 아니야. 문제를 총체적으로 판단해야지. 지금 인간들이 분노하고 우울해하는 이유는 모두 자본의 지배를 받기 때문이야. 태어나서 죽을 때까지 노예적 상태를 벗어날 수 없기 때문이고. 이 부분에 대해서는 날 믿어도 돼. 나는 자본이라는 것, 자본이 지배하는 오늘날의 문명이라는 것을 엄청나게 공부한 사람이야. 그런데 공부하면 공부할수록 그것이 더없이 악마적이라는 사실을 알게 되거든. 나는 홧김에 이런 짓을 하는 게 아니라고. 내가 한 모든 일들은 차가운 이성과 이웃에 대한 사랑을 바탕으로 한 것이었지. 미래를 보는 능력은 그러한 뜻을 이루라는 어떤 계시처럼 느끼고 사용했어. 네가 나타나기 전까지만 해도 말이야. 바다? 설마 그딴 게 진짜 이름은 아니겠지?"

바다는 대답하지 않을 것이다.

"나는 널 죽이지 못해. 그리고 너는 내가 널 죽일 수 없다는 것을, 그 사실을 알고 있다는 것을 알고 있어. 하여튼 너는 여기서 선택하는 수밖에 없는 거야. 지금 이 자리에서 날 죽이거나, 아니면 내가 하는 일을 돕거나. 왜냐면 나는 멈추지 않을 거거든. 왜일까? 왜 나는 멈출 수 없을까? 그건 나도 모르겠어. 그냥 그렇게 태어나 버린 것일 수도 있지. 딱히 이상한 일도 아니야. 세상을 있는 그대로 사랑하도록 태어난 사람이 있다면, 그 반대인 사람도 존재할 수 있는 것 아닐까? 나라고 이렇게 살고 싶어서 살겠나? 나를 먼저 저버린 것은 세상이야. 그런데 버려진 처지라고 해서 가만히 있을 순 없는 거야."

바다는 대답할 수 없다.

"용서할 수 없어. 미워하고, 상처입히고, 서로 죽일 듯이 싸우는 것은 용서할 수 있어도, 버리는 것은 용서할 수 없어. 신이 왜 세상을 이 모양 이 꼴로 내버려 두겠나? 인간들이 신을 버렸기 때문이야. 신조차도 버림받는 것만큼은 참을 수 없었던 거야. 그래서 나는 멈출 수 없어. 네가 아무리 날 괴롭히고 못살게 굴어도. 설령 나보다 더 멀고 긴 미래를 볼 수 있다고 해도."

산은 그가 숨어 있는 기둥 쪽으로 몸을 살짝 돌리려다가 의식적으로 그만둔다. 멀리 있는 도로 쪽에서 길게 늘어진 사이렌 소리가 들려온다. 교회에서 시작해 열대우림으로 옮겨붙은 불 때문이다. 나무가 쓰러지고 동물들이 도망치는 기척이 느껴진다. 그러는 동안에도 바다는 말이 없다. 한마디도 하지 않는다.

"자, 나는 이제 도망친다. 도망치고 도망쳐서 내가 할 수 있는 일을 할 건데…… 너는 도망치는 내 등에다가 총을 쏘겠나? 아니면 언젠가 내 앞에 또 나타나서 방해하겠나?"

산은 그렇게 말하고 나서 불이 붙은 열대우림 속으로 내달렸다. 머잖아 등지고 있던 기둥으로부터 모습을 드러낸 바다, 해도는 자우룩한 연기 속으로 성큼 사라지는 그의 뒷모습을 잠자코 지켜보며 태어나자마자 버림받은 기분으로 사는 삶에 대해 생각했다. 당장은 누구도 산을 쫓지 않을 것이다.

12

"루블린?"

"폴란드 동부에 있는 도시입니다. 수도인 바르샤바와는 북서쪽으로 백칠십 킬로미터 정도 떨어져 있고, 동쪽으로 그보다 가까운 거리에 우크라이나 국경이 있는 곳이에요. 아주 큰 도시는 아니지만 외곽에 적당한 크기의 공항이 있습니다. 거기서 일을 치를 작정인가 봐요."

보안회선 너머로 들려오는 지석의 대답은 군더더기 없이 깔끔 명료했다. 그는 해도를 위해 관측한 미래를 보고할 때마다 사전에 알아두어야 할 것이며 필요한 준비 같은 것들을 꼼꼼하게 준비해 놓고 나서 연락을 해왔다. 그러고 나면 해도는 비밀지령을 받은 특수요원처럼, 예상

되었던 대로의 미래에 맞게 미션을 수행하기만 하면 되었던 것이다. 당연하게도 그것은 영화 속에서처럼 엄숙하지도 순조롭지도 않았지만. 어쨌거나 우여곡절 끝에 세상을 **조금** 구한다는 점에서는 일맥상통하는 바가 있었다.

"그나저나 정말 집요하네요. 가능성이 없는 싸움을 하고 있다는 걸 본인도 알 텐데. 월가, 시티 오브 런던, 홍콩, 싱가포르, 또 어디였죠? 솔직히 저는 폭탄테러가 좀 구식이라는 입장입니다. 드론으로는 그 남자가 원하는 만큼의 피해나 반향을 일으킬 수 없을 것이고요. 왜 실패가 뻔한 테러리즘에 천착하는지 도통 알 수가 없었는데."

달리 방법이 없으니까, 라고 해도는 속으로 생각했다. 이따금 그는 지석에게 미래를 보는 것뿐만 아니라 멀리서 마음을 읽는 능력이 있지는 않을지 노심초사했다.

"이번에는 아예 작정을 하고 온 모양새입니다. 동구권에 잔재한 친러계 무장세력에 연줄이 닿았나 봐요. 그 남자야 뭐, 전쟁 끝나기 전까지만 해도 러시아 내에서는 꽤 거물이었으니까. 정신 나간 신도 몇 명만 데리고 와도 큰일 저지르는 건 일도 아니라 생각했겠죠. 잘 터트리면 전면전으로 확대될 가능성도 있고요. 폴란드 쪽도 지난 전쟁으로 힘이 바짝 들어가 있거든요. 이번 테러를 러시아

쪽의 선제도발이라고 생각할 공산이 큽니다. 그러면 또다시 전쟁이 일어나고, 세계적인 불황도 더 이어지겠고, 소란을 틈타서 다른 일을 벌일 수도 있다는 그런 계산이겠죠…… 듣고 계세요?"

"네."

"잘 들어주세요. 상황이 좀 심각할 수도 있어요. 산이 직접 나서거든요. 뭔가 각오를 한 것처럼 보입니다. 이쯤 되면 저희 쪽에서도 조치를 취해야 하는 부분이겠지만, 아시다시피 그럴 수가 없어요. 최근에는 나디라 때문에 더 바쁘기도 하고…… 여태 그랬듯이 당신의 존재 자체도 비밀이니까요. 설사 당신이 이번 일로 죽는다고 해도 저는 관계없는 사람인 거예요. 누가 물어도 모른다고 대답할 겁니다."

"알고 있습니다." 해도는 말했다. "이런 도움만으로도 충분해요. 감사하고 있습니다."

"감사는요. 서로 신세 지고 있는 입장인데."

"신세라니요."

"요즘 몸은 좀 어떠세요? 그게, 괜한 걱정일 수도 있겠지만……" 지석은 그답지 않게 머뭇거리면서 말끝을 덧붙였다. "늘 좋지는 않았잖아요. 상태가. 아, 오해하지 마세요. 뭘 봐서 하는 말은 아니고. 저는 평범한 안부 인사처럼."

"괜찮아요. 나쁘지 않습니다."

"갑자기 쓰러지는 건요?"

"계속 쓰러지고 있죠. 계속 일어나고요." 회선 너머의 해도가 나지막이 대답했다.

"그걸로 괜찮은 거예요?"

"일단은요."

"죽으면 다 끝입니다. 그땐 일어날 수 없어요." 지석은 침묵에도 힘을 주듯이, 자못 의미심장한 정적을 행간에 두고 말했다. "……제대로 인지하고 있는 거죠? 당신이 더는 텐서가 아니라는 거요."

"네."

"전과 같은 우연은 없어요."

"알고 있어요."

"그럼 다행입니다. 아, 당신한테 말해 둘 것이 있어요."

"혹시 급한 건가요?

"그건 잘 모르겠는데요."

"그럼 나중에 연락할까요." 해도는 차분하면서도 무게감 있게, 상황의 심각성을 충분히 전달할 수 있는 어투로 말했다. "쫓기고 있어서요."

"그래요."

지석은 그렇게 대답하자마자 뚜— 하고 끊기는 통화음을 들었다. 일찍이 데자뷔로 보았던 이 순간의 이미지, 영상에 소리가 입혀지면서 그것이 현실로 다가왔음을 실감했다.

지난번 사건으로 잔뜩 악에 받친 산과 슬하의 국제교잔당이 해도를 추적하고 있다는 것은 알고 있었다. 마지막 순간에 회선이 끊겨 말을 잇지 못하리라는 것도 이미 내다보았다. 따라서 그는 해도에게 더 일찍 그 말을 꺼낼 수 있었고, 응당 그래야 했을지도 몰랐다.

그럼에도 하지 못했던 이유. 알면서도 거스르지 못하는 까닭에 대해 지석은 무척이나 오래 생각해 왔다. 미래를 볼 수 있는 자가 후회하며 산다는 것은 희극적이다. 모든 것에 대비하고 준비하기에 삶은 너무도 짧고, 거기에는 준비하지 않고 맞아야 할 일들도 더러는 있다. 그래서 그에게 연락하는 나중은 없다. 지석은 보안회선 단말을 두 동강 내서 쓰레기통에 던졌다. 그가 할 일은 끝났다.

13

 이를 데 없이 화창한 날씨였다. 곧 다가올 겨울에 대한 꿈을 꾸고 있는 듯 시린 하늘과, 우주선처럼 납작하고 하얀 건물이 눈에 익게 조화로웠다. 공항은 놀랍도록 평화로워 보였다. 폴란드와 러시아의 전면전, 세계를 폭약과 방사능으로 뒤덮을 삼차대전의 시발점으로는 보이지 않았다. 결국은 그렇게 되지 않게끔 하는 것이 그의 과제였지만.

 폭탄테러가 예상되는 터미널로 진입하던 중에 해도는 정신을 잃었다. 상태가 좋지 않았다. 컨디션이 좋지 않은 정도가 아니라, 영구적이고 돌이킬 수 없는 손상이 누적

되었다는 확연한 느낌이 있었다. 국제교의 추적을 피해 동유럽에 오는 데만도 많은 일이 있었다. 지금까지 용케 쓰러지지 않은 것만 해도 행운이 따라준 셈이었다.

불현듯 현기증이 나서 들어간 화장실 칸에 앉아 정신을 잃은 것, 하루 전날 공항 측에 보안상 경고를 해두었던 것도 그로서는 다행스러웠다. 시간이 지나 의식을 되찾았을 때. 그는 불이 몽땅 꺼진 채 폐쇄된 화장실 안에서 눈을 떴다. 어둠에 적응되지 않은 눈으로 겨우 몸을 일으키고, 빛이 비쳐드는 밖으로 나갔을 때에는 터미널 전체가 폐쇄돼 있음을 알았다.

공항 곳곳에 설치된 디스플레이에서 모든 항공편이 결항되었다는 문구가 반복적으로 출력되고 있었다. 얼마나 긴 시간 동안 쓰러져 있었던 건지. 우려하던 모든 일들이 이미 벌어지고도 남았을지 몰랐다.

하지만 그랬다면 지석이 말해주지 않았을 리가 없다. 해도는 지석을 믿었으므로 아직은 기회가 남아 있다고 생각했다. 다만 여유롭지는 않을 것이다. 움직여야 한다. 그렇게 생각한 해도는 달렸다. 인기척 없이 텅 빈 공항 내부에 그의 발소리가 던져졌다.

터미널은 동서를 가로질러 길게 이어진다. 정오를 막 지난 태양이 북쪽으로 난 통창을 내리쬐어 점 같은 그림자를 새긴다. 창밖에는 폭이 넓지 않은 활주로가 마을이 있는 지평선을 향해 치닫고 있고, 연한 초록색으로 둘러싼 잔디밭은 밀도 있는 바람에 부딪힌 듯 일렁거린다. 그 매서운 바람으로부터 방탄된 내부는 햇볕에 달궈진 바닥재 때문에 훈훈하게 덥다.

한편 경찰특공대에 의해 봉쇄된 공항, 그 안에 발이 묶인 외국인 승객들은 그 더위가 미치지 않는 그늘진 내부에 갇혀 있었다.

도연은 그 불만 가득한 무리 한쪽 끝부분에 주저앉아, 창밖에서 비치는 햇살을 응시하고 있다.

숨차게 달려온 해도는 그녀를 발견한다. 아주 먼 곳에서부터 알아본다.

보초병은 그를 화장실에 다녀온 승객 중 한 명 정도로 보아 넘겼다. 덕분에 해도는 아무 방해도 받지 않고, 낯선 야생동물에게 접근하듯이, 느릿느릿 조심스러운 동작으로, 넋을 빼고 있는 그녀의 곁으로 다가갈 수 있었다.

도연이다. 도연이가 여기 있다.

그 사실을 실감하고 되짚는 것만으로 수백 년은 흘러버린 듯한 기분이 들었다. 개념으로서의 시간이 흔들렸다. 그것은 무한한 시행만큼 되돌아 반복되었을 수도, 영원에 가까운 시간 동안 멈춰 있었을 수도 있다. 그리고 마지막 순간에 다다라서야 겨우 감각된다. 앞으로, 아래로, 어떤 방향으로 흘러갈 때가 되어서 비로소.

첫사랑의 열병에 빠진 아이처럼 해도는 긴장하고 있다. 초점 바깥의 세계가 소멸하고, 신체의 모든 신경이 내생적인 것들에 집중된다. 꿀꺽 삼킨 침이 목젖 뒤로 넘어가는 느낌, 귀 뒤쪽에서 쿵쿵 맥동하는 소리, 어안이 벙벙해 입안에서만 맴도는 말들. 포화상태에 적응해 빠져나오지 못하는 생각들. 마음들.

어떻게 이야기를 꺼내는 게 좋을까. 나를 알아보기는 할까.

그녀는 영원히 그곳에 앉아 창밖을 내다볼 것처럼 보이고, 해도는 그 뒷모습을 우주가 끝날 때까지 바라볼 수 있을 것 같다. 그러나 그는 알고 있다. 그런 순간, 영겁과 찰나 사이에 있는 순간, 매일 아침 타오르는 태양의 수명처럼 언젠가 깨어질 수밖에 없는 접전상태를. 그것은 어느 순간에 다다라 불쑥 깨어진다. 그러한 깨어짐에 대응할 방법이 평범한 사람에게는 없다.

그러나 해도에게는 이미 충분한 시간이 있었다. 그는 세상에 존재하는 모든 단어와 표현들을 면밀하게 검토해 보았다. 그리고 마침내 하나의 단어를, 시간의 끝자락에서 소리 내 읽어야 할 두 음절의 소리를 찾았다. 사전에는 없는 단어. 누구도 진짜 의미를 모르는 단어. 그러나 그만큼은 누구보다도, 어떤 사람보다도 자주 되뇌어왔던 그 단어를.

해도는 아무렇지 않게 말해야 한다. 매일 아침 그 단어와 함께 눈을 뜨고, 깊은 밤 앞에서 껴안고 잠들어 왔듯이. 자연스럽게.

"도연."

"아." 그녀는 누군가 자신의 이름을 부르는 소리에 고개를 돌린다. 새벽 하늘처럼 얼굴이 밝아온다. 두 눈은 수십억 광년을 달려온 별빛처럼 그곳에 박혀 깜빡인다. "오빠."

심장이 뛴다. 돌아가 있던 시계태엽이 풀린다. 영사기가 작동하고 필름이 운동한다. 모든 순간과 소리가 구분되지 않고 불분명하다. 두 사람의 음성이 몇 차례 오고 간다. 그 파동들이 우주 끝까지 가닿으려면 또 한 번 영원한 시간을 필요로 할 것이다.

해도는 이제 그만 쓰러지라는, 생동을 종료하라는 육체의 요구에 저항한다. 대화는 희미한 파열음으로 분열한다. 끊길 듯 말 듯 위태로운 의식의 가닥을 유지하며, 가까스로 그녀의 목소리에 매듭을 묶어 쥐었을 때.

도연이 묻는다.

"그동안 어떻게 지냈어?"

해도가 대답한다.

"그냥, 별일 없었어."

〈끝〉

에필로그

뜨거운 폭발이 일어난 곳으로, 눈물이 스치도록 메케한 연기 속으로 그는 뛰어든다. 화학적인 발화와 눌어붙는 냄새 때문에 머리가 어지럽다.

방향을 알 수 없는 속에서 누군가 뛰어가는 소리가 들린다. 해도는 눈이 멀어 미련한 동물처럼, 무작정 발소리가 나는 곳으로 따라서 뛴다. 그러자 보이지 않는 것과의 추격이 이어진다. 해도는 그게 무엇인지도 모르고 쫓고, 그것은 해도가 누구인지도 모르고 쫓긴다.

얼마 지나지 않아 휘잉, 하고 귀를 꿰뚫는 듯한 바람이 마주 분다. 불어닥친다. 무쇠처럼 빽빽한 바람은 배수구가 열린 욕조에서처럼 공항 내부로 밀려든다. 폭연과 함께 뒤로 날아갈 것 같은 압력을 해도는 간신히 서서 버틴다. 순간 외부로 향하는 통로로 빛과 함께, 역광을 등진 남자의 그림자가 달아나는 모습이 보인다.

통로는 탁 트인 활주로로 이어진다. 눈이 부시게 청명한 하늘, 춤을 추듯이 나부끼는 진초록빛 풀밭, 그 가운데를 수평으로 가로지르는 회백색 활주로 위에 두 남자가 달리고 있다.

공항에 머물던 비행기들은 움직일 줄 모르는 조형물처럼 군데군데 놓여 있다. 그 너머 수 킬로미터 떨어진 마을에는 키 낮은 건물의 지붕들이 옹기종기 모였고, 곳곳에 들어선 좁고 야트막한 나무숲들이 파수꾼처럼 시선을 막아선다. 이 광막한 풍경 속에서 산과 그 뒤를 따르는 해도의 질주는 자그마한 두 점의 아우성 같다.

시간이 지나간다. 멈추지 않고 흐른다. 흐르는 시간에도 온기가 있다.

온몸이 벌겋게 단 쇳물처럼 뜨거워졌을 때, 숨이 턱 끝까지 차서 실제적인 형태를 띠고 입안으로 넘어오려 할 때, 발목과 무릎 사이사이의 관절이 마모된 이음새처럼 화끈거릴 때가 되어서야 산은 달리는 것을 멈춘다.

그의 네다섯 걸음쯤 뒤에 따라 멈춘 해도도 사정은 비슷하다. 한계를 시험당한 몸이 의지와 상관없이 후들거리고, 의식은 금방이라도 날아갈 것처럼 아찔하다. 산과 해도는 둘 사이에 놓인 거리를 충실하게 지키며 상체를 숙이고 미친 듯이 호흡을 몰아쉰다. 앞으로 뭘 하든지 간에 일단 숨부터 돌리자는 듯이. 서로 그렇게 하기로 약속이나 해놓았던 것처럼 그렇게 한다.

몇 분쯤 지나자 거칠었던 숨이 잦아든다.

"……이번에도." 산이 여태 머금고 있던 질문을 위해 입을 연다. "나를 쫓아왔나? 내가 하는 짓을 막으려고?"

해도는 양쪽 무릎 위에 손을 얹고 윗몸을 숙인 상태로 고개를 끄덕인다. 이렇게 기진맥진한 채로는 그것이 한계라는 것처럼.

"꼴만 보면 곧 죽을 사람 같은데. 그렇게 체력이 약해서야 날 막을 수 있겠어?"

"……헉, 헉."

"아, 이거 웃긴데. 허구한 날 보니까 정이 들었잖아. 내가 하는 일에 훼방만 놓는 놈한테. '네 원수를 사랑하라'는 성경 말뜻이 이런 것이었을까?" 산은 차마 못 견디겠다는 듯이 프스스 웃음을 터트린다. 그리고 곤란한 상황에 부닥친 사람처럼 고개를 가로저으며 말한다. "어제까지만 해도 그랬어. 원수 같은 너를 어떻게든, 어떤 수를 써서든 찾아내서 죽여버리고 싶었는데. 신기하게도 지금은 그런 마음이 들지 않아. 왜일까······."

산은 정말로 웃는다. 계속해서 웃으며 말한다. 제 딴에 아주 재미있는 농담이 떠올랐는데, 그걸 말하기도 전에 본인부터가 웃겨서 참지 못하는 사람같이.

"웃기지 않나. 삶이라는 게. 마치 우리를 고문하고, 속이고, 모욕하고 조롱하기 위해 세상에 던져놓은 것 같아. 그러고 보니 카프카가 이런 문장을 썼더랬어. 신은 우리가 그를 더 이상 필요로 하지 않을 때만 나타난다. 한국 속담 중에도 비슷한 게 있지. 개똥도 약에 쓰려면 없다고. 그 두 가지는 본질적으로 똑같은 거야. 사람 사는 일이라는 게 죄다 그래. 우리가 필요로 할 때는 일어나지 않고, 필요로 하지 않을 때만 일어나는 거지. 처음부터 우리가 원해서, 원하는 방식으로 이곳에 태어나지 않았던 것처럼. 시종일관 그렇게 굴러가는 거야. 인생이란 게."

그렇게 말하고 나서 한참을 더 웃던 산이 갑자기 시계를 쳐다본다. 표정에 웃음기가 사라진다. 해도는 침묵하는 그의 눈을 바라본다. 그곳에 금방이라도 얼어붙을 듯이 냉혹한, 창백하게 푸른 불꽃이 튄다.

"그것도 이제는 끝났어." 산은 일순간 표백된 것처럼 건조하고 메마른 목소리로 말한다. "네가 어떤 미래를 보고 왔는지 모르겠지만, 나를 쫓아 여기까지 온 순간 전부 끝장난 거야. 설마 내가 아무 이유도 없이 냅다 달렸을 거라고 생각하는 건 아니겠지."

그는 해도의 눈빛을 정면으로 받아 맞서며 말을 잇는다.

"어떻게 구했는지는 묻지 마. 수소폭탄의 소형화는 전 세계 어느 나라를 가도 쉽지 않으니까. 아무튼 그게 공항 어딘가에 설치돼 있어. 아주 감쪽같아. 모르는 사람이 보면 디자인이 좀 특이한 공기청정기 정도로 보일길…… 초소형이기는 하지만 수소폭탄이라는 게 중요해. 공항을 중심으로 반경 칠팔백 미터는 그냥 사라진다고 봐야지. 대충 우리가 지금 서 있는 곳 정도면 안전하겠지만. 실수로 봤다가 눈이 멀거나 가까이 가서 피폭되지 않게 조심해야 돼. 시간은 대충 오 분 정도 남았어. 무슨 말인지 알겠나?"

산은 안주머니에서 발터 권총을 꺼내 들고, 한쪽 눈으로 총구 안쪽을 유심히 살펴보면서 말한다.

"나를 따라 나온 시점부터 너는 실패했다는 거야. 미래를 볼 수 있다고 해서 너무 방심한 것 아닌가? 어쨌든 실

수 한 번이면 그동안 쌓아놨던 게 다 물거품이 되는 거거든. 두 번 다시 돌이킬 수도 없고. 그렇게 불합리한 게 인생이야. 정말 진절머리나지 않냐. 이제 네가 할 수 있는 건 여기서 공항이 터지고 전쟁이 시작되는 걸 보거나."

산은 그쯤 해서 들고 있던 총의 안전장치를 풀어 바닥에 내려놓는다. 그리고 구둣발로 툭 차서 해도의 발 앞에 밀어넣는다. 뱅그르르 돌던 발터의 검은색 총신이 산이 있는 쪽으로 겨누어지며 천천히 멈춘다.

"그걸로 나를 쏴 죽이거나. 둘 중 하나야." 산은 미리 준비해 놓은 대사를 읊듯이 웅변적인 투로 말한다. 소리가 충분히 크지 않음에도 고함처럼 느껴지는, 한없이 결정론적인 울림이 해도에게 전해져 온다.

"죽여. 기폭장치는 내 심장과 연결돼 있다. 내 심박이 멈추면 시계도 멈춰. 폭발도 없고 전쟁도 없다. 더 이상의 테러도 없다. 바다. 네가 날 죽여주기만 하면 모든 게 끝나는 거야."

"……"

"죽여."

해도는 몸을 숙여 이삭을 줍듯이 총을 쥐어 든다. 탄창은 묵직하다. 방아쇠가 걸린 검지에 시체와 같은 서늘함이 전해진다. 그것은 피아노 건반을 누르는 것처럼 가볍고 단순한 일이다. 아주 약간, 손가락 마디에 힘을 주어 굽히기만 하면 된다.

그렇게만 하면.

"죽여."

산은 죽고, 세계는 되살아난다.

"죽여."

그는 아예 양팔을 벌리고 섰다. 기꺼이 해도의 과녁이 되겠다는 태도와 자세로, 몸이 붕 떠서 승천하기를 기다리는 구주처럼, 달콤한 죽음을 환대하듯이.

그렇게 서 있는 산에게 다가간다.

한 걸음.

두 걸음.

세 걸음…….

산은 이제 숨소리가 들릴 만큼 가까운 곳에 있다. 별안간 총이 내던져진다. 두 사람은 정지된 영화의 한 장면처럼 서 있다. 그렇게 영원처럼 긴 시간이 흘러 지났을 때. 해도는 있는 힘껏 끌어안는다. 숨이 막힐 때까지 끌어안는다.